外国文学名著丛书

〔美〕辛克莱·路易斯 / 著

大 街 下

潘庆舲 / 译

"外国文学名著丛书"编委会

人民文学出版社

第十九章

一

在她离开老家定居戈镇的三年里,卡萝尔经历过的某些事情,虽被《无畏周报》列为要闻加以报道,或是成为芳华俱乐部议论的对象。但有一件了不起的事情,至今还未被人们所知晓和议论,那就是:现如今她逐渐认识到她多么渴望着能找到跟自己志同道合的人。

二

碧雅和迈尔斯·伯恩斯塔姆在六月间结婚了,那是在《来自坎卡基的姑娘》演出以后一个月光景。迈尔斯变得老成持重了。他对本州和社会上的事情不再加以批评了:他不再四处流浪,贩马为生,或者身裹红方格毯子进森林伐木去。现在,他已在杰克逊·埃尔德锯木厂里当上了机匠。他多年来对一些可疑人物总要挖苦嘲弄一番,可是现在呢,人们时常看见他在街上走过时,尽量跟别人套近乎。

他们俩的婚礼得到了卡萝尔的鼎力相助。久恩尼塔·海多克讥笑她说:"你真傻,竟让碧雅这样得心应手的女用人走掉。喂,还有你怎能把她嫁给可怕的'红胡子瑞典佬'那种乱来一气的无业游民,还说成是——天赐良缘呢?哼,放聪明一点儿吧!趁早用拖把将他撵走,紧紧抓住你的那个瑞典女丫头,要不然你就后悔莫及。嘿,怎么啦?要我去参加他们瑞典老两口子的婚礼吗?呸,那是白日做梦!"

其他在座的太太们也都附和久恩尼塔的看法。见到她们如此心狠口毒,卡萝尔感到很震惊,但她自己的看法仍然坚持不变。迈尔斯对她大声嚷道:"杰克·埃尔德说也许他会来参加婚礼!嘿,大老板也来向俺们正儿八经的新娘子碧雅太太恭喜恭喜,倒是很好玩儿的。我说,有朝一日我发了大财,碧雅不是可以跟埃尔德太太,还有您在一块玩儿!您等着瞧吧!"

举行婚礼的那天,在那个破烂不堪的路德教会礼拜堂里总共只到了屈指可数的几位来宾:卡萝尔、肯尼科特、盖伊·波洛克、钱普·佩里夫妇,全是卡萝尔请来的;碧雅娘家方面,有她的慌里慌张、土里土气的亲生父母,她的表姐蒂娜以及彼得;至于迈尔斯方面,则有一个脾气暴躁、满身长毛的贩马伙友,特地买了一套黑礼服,从一千二百英里以外的斯波凯恩专程赶来贺喜。

迈尔斯一个劲儿回头张望礼拜堂大门口,可是连杰克·埃尔德的影儿都见不到。头一批来宾犹犹豫豫地进入礼拜堂以后,大门就再也没有开过。这时,迈尔斯紧紧地抓住了碧雅的胳膊。

迈尔斯在卡萝尔的帮助下,已把他的矮棚屋改建成一间小屋,屋里有白色窗帘,一只金丝雀,还有一张罩着闪光印花布椅套的圈手椅。

卡萝尔好说歹说劝那些有钱有势的太太奶奶不妨去看望一下碧雅。她们在半讥半讽一阵之后,不情不愿地答应下来了。

接替碧雅的,是上了年纪、长得胖乎乎、不太爱说话的奥斯卡里娜。开头一个月里,奥斯卡里娜对她的这位举止轻佻的女主人不免怀有疑虑,因此,久恩尼塔·海多克就钻了空子,幸灾乐祸地说:"哎哟哟,我的好宝贝呀,我早就跟你说过,你们家里准会碰上女用人这个麻烦事儿的!"可是没有多久,奥斯卡里娜就把卡萝尔当成自己的闺女,如同往日碧雅那样耿耿忠心地在厨房里干活。因此,卡萝尔的生活,几乎一点儿都没有发生变化。

三

卡萝尔不久就被新镇长奥利·詹森任命为公共图书馆馆务委员会委员,这是她始料不及的。其他的委员还有:韦斯特莱克大夫、莱曼·卡斯、朱利叶斯·弗利克鲍律师、盖伊·波洛克以及从前的马车行老板、现在的汽车行主人马丁·马奥尼。她知道后简直喜出望外。她去参加头一次会议,还觉得有些屈尊俯就,因为在她看来,除了盖伊以外,只有她一个人知书识礼,或是懂得管理图书的方法。她打算把图书馆整个体系来一番改革。

图书馆是由一所普通楼房改建而成的。卡萝尔在二楼的一间陋室里,看见诸位委员并没有在谈论天气,也没有在下棋消遣,而是一本正经地在讨论图书问题,这时候,她不但没有什么优越感,反而变得谦虚谨慎起来。她发现:平易近人的韦斯特莱克老医生酷爱诗歌作品和"轻松小说";那个小牛犊脸膛、胡子拉碴的面粉厂老板莱曼·卡斯,精心研读过吉朋①、休谟②、格鲁特③、普雷斯科特④,以及其他历史学家的皇皇巨著,据说他还能整页整页地复述出来,而且,事实上他真的复述过。当韦斯特莱克大夫对她低声耳语道:"不错,莱曼这个人学问非常渊博,而且又虚怀若谷"的时候,她方才觉察到自己未免学识浅陋和妄自尊大了,责怪自己直至今日还没有发现偌大的戈镇人群中间隐藏着无穷无尽的潜力。当韦斯特莱克大夫从《天国》⑤《堂吉诃德》⑥《威廉·麦斯特》⑦和《古兰经》⑧中引经据典的时候,她心里暗自琢磨:上面这四部书在她自己认识的亲友中间——即使是她父亲——恐怕也不见得都读过吧。

她去参加第二次会议的时候,不免有些缺乏自信心。她压根儿不打算再进行任何改革,只是一心希望贤明的长辈们能耐心听取她的建议,改变一下少年读物在书架上陈列的方式。

~~~~~~~~~~

① 吉朋(1737—1794),英国历史学家,著有多卷本《罗马帝国兴衰史》。
② 休谟(1711—1776),英国哲学家、主观唯心主义思想家,以《大不列颠史》一书著称。
③ 格鲁特(1794—1871),英国历史学家,著有十二卷《希腊史》。
④ 普雷斯科特(1796—1859),美国历史学家,写过有关西班牙及其在美洲殖民地等历史著作。
⑤ 《天国》是意大利伟大诗人但丁的杰作。
⑥ 《堂吉诃德》是西班牙伟大作家塞万提斯的著名小说。
⑦ 此处指德国伟大诗人,作家歌德的两部长篇小说《威廉·麦斯特的学习时代》和《威廉·麦斯特的漫游时代》。
⑧ 《古兰经》是伊斯兰教的经典。

可是,在图书馆馆务委员会开过四次会议以后,她又故态复萌,重新恢复了她自己早先对他们的看法。她发觉,尽管韦斯特莱克、卡斯,甚至盖伊都以读书人为自豪,但他们根本没有想到要让这个图书馆变成戈镇的真正财富。他们只不过把它利用了一下,通过了一些决议,以后也就石沉大海了。大量出借的,只有亨特的儿童历史故事,玛莎·芬莉的艾尔西丛书,以及由道德高尚的女小说家和精力充沛的传教士所写的最新出版的乐天知命的作品。馆务委员会的人,只不过对那些矫揉造作的旧书感兴趣罢了。他们根本没有要向青年们介绍伟大的文学作品的那种愿望。

如果说卡萝尔因为一知半解的学识而妄自尊大的话,那么,他们至少也是自视过高。他们都振振有词地谈到过为了图书馆还得增收附加税,但是他们谁都不乐意冒着惹起公众不满的风险去积极争取,何况现在图书馆里的经费少得那么可怜,扣去了房租、劈柴、电灯等费用和维利茨小姐的薪水以后,每年只剩下一百块钱用来买书。

后来又发生了短缺一角七分钱的事,使卡萝尔更加心灰意冷了。

有一回,她在馆务委员会上高高兴兴地提出了一个计划方案。她开出了一张书单子,其中包括最近十年内欧洲出版的三十部小说,另外还有二十本有关心理学、教育学和经济学的重要书籍,这些书在图书馆里都是付之阙如。肯尼科特已经答应捐出十五块钱。如果每一位馆务委员都同样肯出钱,买这些书就不用犯愁了。

莱曼·卡斯听了大吃一惊,死劲儿搔自己的后脑勺,抗议说:"我觉得,要馆务委员们捐钱,开了这个例子很不好,哼,这么一点儿钱,我倒是并不在乎,不过,这样的做法太不公平,我们千万不能开这个先例。我的天哪!我们是替大伙儿尽义务,他们连一个子儿都没有给我们呀!当然总不能指望我们自个儿掏腰包来买这个差使吧!"

只有盖伊脸上还露出赞同的神情,伸出手来摸摸那张松木桌子,半响一言不语。

散会以前,他们大动干戈地调查公款怎么会短了一角七分钱这个问题,马上就把维利茨小姐叫来了。她花了半个来钟头,怒咻咻地给自己辩白。那一角七分钱,几乎是一分钱一分钱地加以复查核对,来回穷折腾了一番。卡萝尔看着那张写得工整可爱、就在一个钟头前还使她感到高兴的书单子默不作声。她为维利茨小姐感到难过,可是更多的是为她自己难过。

在她任职两年期间,卡萝尔总是定期参加会议,后来维达·舍温被任命为馆务委员,接替了她的职位。此后有关图书馆的改革工作,她就再也不去想它了。她的单调乏味的生活,照旧没有变化,当然更没有什么新的东西可谈了。

四

肯尼科特做地产生意赚了一大笔钱,可是因为没有把事情的来龙去脉详细告诉她,她也并不见得十分高兴或激动。其实,真的叫她感到激动不安的,还是肯尼科特的决定,那次他既像低声耳语,又像脱口而出,既有丈夫的体贴心情,又有医生的冷静头脑,突然对她宣布说,他们现在"应该有个小孩了,现在他们也养得起了"。好多年来他们一直同意"暂时不要小孩,看来也无妨",所以没有小孩在他们看来就是很自然的事。现在她害怕生小孩,可心里又想得发慌,不知道该怎么办才好。她犹犹豫豫地点头同意了,可是她心里又有点儿后悔。

在他们俩的关系里,并没有发生任何新的变化,不久她就把这件事儿也给忘得一干二净。她的生活仍然如同从前一样漫无目标。

五

只要每天下午肯尼科特到镇上去,卡萝尔就独自一人闲坐在湖畔消暑别墅门廊里。湖面上波光粼粼,四周的空气懒洋洋的。她禁不住浮想联翩,梦想着风雪弥漫中的[纽约]第五大道上,有穿梭不绝的小轿车,五光十色的商铺橱窗,还有一座颤巍巍的大教堂的尖塔;一间茅屋搭建在贫民窟附近的河边淤泥地上,由一些奇形怪状的木桩支撑着;巴黎的一套宽敞高雅的豪华房间,门窗上都有垂饰,还有一座阳台;令人心醉的山岭子;在马里兰州,位于山间溪水和悬崖绝壁之间峰回路转的地方,有一座古色古香的石头磨坊,光秃秃的高地上到处是羊群,偶尔也有阳光的阴影一掠而过;一座码头上,起重机轰隆轰隆地正在给来自布宜诺斯艾利斯和青岛的大轮船卸货;慕尼黑的一家音乐厅里,一位著名的大提琴家正在演奏——是呀,他正在为她演奏呢。

她还突然想象到更加令人迷醉不已的一幕情景:

她伫立在平台上,凭栏眺望海滨一条林荫大道。她敢肯定地说——虽然她毫无理由这样说——那个地方就是芒图内①。一辆辆四轮大马车正机械地发出有节奏的哒啦啦、哒啦啦的声音,从她眼底下匆匆驶过。还有一些顶盖乌亮的大轿车,引擎发出的呜呜声,简直就像老头儿在叹息一样低沉。车子里,仕女们个个身段纤细,正襟危坐,虽然经过浓妆艳抹,但脸上还是像傀儡一样毫无表情。她们把小手按在小阳伞上,好像在凝眸远望,压根儿不理睬旁座的那些身躯高大、头发灰白、仪容非凡的绅士们。林荫大道那一边,是风景如画的大海和沙滩,有许许多多蓝的和黄的尖顶帐篷。所有这一切景物,仿佛都是凝滞不动似的,只有车辆在来回滑动,远远望去,行人显得渺小而又呆板,有如一幅金碧辉煌的油画上的斑斑点点。耳畔简直听不见风卷海涛的声音;更听不见喃喃低语和花瓣落地的声音,只有一片黄澄澄、蓝幽幽、令人目眩的亮光,以及老是不变调的哒啦啦、哒啦啦……

　　她突然一怔,呜咽起来。原来是时钟的嘀嗒声使她进入一种迷迷糊糊的状态,使她以为听到了马蹄声呢。眼前既没有风光旖旎的海滨景色,也没有目空一切的矜持的人们,只有一只圆肚形镀镍闹钟摆在架子上,背靠着毛茸茸的、凹凸不平的松木板壁,闹钟的上方,钉子上挂着一条硬邦邦的灰色浴巾,下面还放着一只煤油炉。

　　成千种的梦幻般的情景,都是她从前阅读过的小说里和观赏过的油画中衍化出来的,陪伴着她把湖畔别墅里夏日午后催人欲睡的时刻给打发过去。可是当她还沉醉在梦幻中的时候,肯尼科特恰好从镇上回来,他的卡其裤腿上还沾着发干

----

① 芒图内:法国东南部濒临地中海的一避暑胜地。

了的鱼鳞皮。他一个劲儿问："过得很痛快吧?"但他并没有好好去听她的回话。

所有这一切都没有什么变化,而且看来也没有什么理由预见到不久就会发生变化。

六

一列列火车!

她在湖滨别墅时,非常惦念疾驰中的一列列火车。她觉得,她在镇上时就是从南来北往的火车那里知道,还有另一个世界存在。

对戈镇来说,铁路不仅仅是一种交通工具。它是一个新神,一个以钢铁为四肢,橡木为肋骨,砾石为躯体的怪物,贪婪地吞纳着数量惊人的货物。它是这里人们为了崇拜个人财产而创造出来的一个神,正如人们在别的地方出于同样原因,把矿山、纱厂、汽车厂、大学和军队也都尊奉为神像似的。

在美国东部,有好几代人都没有见过铁路,对它根本谈不上有什么敬畏之情。可是在这里,从遥远的年代起,就有了铁路。在荒无人烟的大草原上,一些市镇就是立桩标界以后才建立起来,作为未来的火车招呼站的合适地点。远在一八六〇年至一八七〇年之间,但凡事先了解到哪个地方就要开辟为市镇的人,不消说,都可以发家致富,成为贵族。

那时候,铁路局只要对某个市镇不太赏识,先是置之不理,接着切断它的商业命脉,一下子就把它掐死了。对戈镇来说,铁路就是永恒的真理,铁路局董事会简直可以说是万能的上帝。无论年纪最小的小男孩,还是平日里足不出户的老奶奶,都能告诉你:上星期二的第三十二次列车轴箱有没有热得起了火,第七次列车是不是还要多挂一节普通客座车厢。至于铁路局董事长的名字,在戈镇早已是家喻户晓,妇孺皆知。

即使今天已经到了汽车新时代,戈镇居民们有时也会跑到车站去看火车过把瘾。铁路就是他们心驰神往的美好憧憬。在他们的心目中,除了天主教堂里的弥撒以外,铁路就是他们唯一的神秘事物。从火车上下来的,是来自遥远的世界的阔佬儿,穿着绲边紧身马甲的旅行推销员,以及从密尔沃基来做客的远房亲戚。

戈镇原先是个"枢纽站"。现在圆形机车库和机车修理厂都已迁走了,可是还有两个列车员住在镇上。他们都是了不起的人物,经常走南闯北,跟外地人也不时要搭讪的。他们身上穿着有铜扣子的铁路制服,一眼就能看穿骗子们所玩弄的一切鬼把戏。他们已自成一个特殊阶层,跟海多克一家人的地位不相上下,但不同的是,他们还是某方面的行家里手兼冒险家。

火车站上那位夜班报务员,是镇上最富于传奇性的人物:每天凌晨三点钟,他独自一人待在机房里,精神抖擞,嘀嗒嘀嗒地按着发报机上的键盘忙个不停。他经常通宵达旦,一直跟远在二十英里、五十英里,甚至一百英里以外的话务员"通话"。他随时有可能被不法之徒劫持。事实上,他从来都没有被劫持过,但也很难说。折磨着他的也许是这样的联想:闪过窗口的戴着面罩的脸孔、左轮手枪以及把他捆绑在椅子上的绳索,他昏倒之前也许还要爬向发报机键钮,作殊死的挣扎。

赶上大风雪的日子,火车站周围的一切就大不一样了。经常是一连好几天,戈镇跟外界完全隔绝,没有信件,没有快递,没有鲜肉,没有报纸。最后来了一辆铲雪车,终于把一堆堆积雪铲到道轨两旁,不时喷出一股股雪水来,于是通往外界的道路又重新畅行无阻了。戴着大围巾和皮帽子的火车司闸员,在结满冰凌的货车车厢顶上跑来跑去;火车司机擦掉司机室窗上厚厚的冰花往外张望着。他们沉默寡言,神情令人难以揣摩,他们仿佛是茫茫大草原这个海洋上给人们领航的舵手——他们就是英雄主义,在卡萝尔眼里,他们身上表现出了探索者的勇敢气概,他们刚从遥远的、到处都是食品商店和牧师讲道的世界赶来,不知道又要奔向何方。

在那些小男孩看来,火车站就是他们每天必到的游戏场所。他们有时从货车两侧的铁梯子爬上车顶,在一堆堆破烂枕木后面生起了篝火,见了他们最喜爱的司闸员还会频频挥手致意。可是卡萝尔却觉得这些奇妙得不可思议。

她和肯尼科特一起坐着汽车,在黑暗中颠簸行进。路旁的泥水坑和杂草,都给车灯照亮了。蓦然间火车来了!只听见一阵"丘克——阿——丘克、丘克——阿——丘克"的声音,火车飞也似的疾驰而去,恐怕是"太平洋号"特别快车吧,它像一支金光闪闪的飞箭。机车锅炉炉膛里的火光往四处迸射,照亮了拖在它后面的像一条长尾巴似的黑烟。这一幻景刹那间就不见了。卡萝尔又置身在茫茫黑暗之中。对于刚才逝去的那种火光闪闪的奇景,肯尼科特却斩钉截铁地说:"开过去的是十九次列车。大概晚点十分钟。"

她在镇上的时候,经常躺在床上就能听到特别快车通过北郊一英里以外隧道时发出的鸣笛声。呜呜呜!声音是那么微弱无力,那么令人心烦意乱,就像落拓不羁的骑士在深夜里吹响了号角,正在奔向充满欢笑、旗帜和钟声的大城市——呜呜呜！呜呜呜！正在从那个世界离去,呜呜呜！汽笛声越来越微弱,仿佛呜呜咽咽起来,最后终于完全听不见了。

湖畔别墅这里没有火车经过,非常安静。大草原上是那么粗犷,灰暗,阴沉。大草原把湖整个包围起来。大草原就在她周围,只有火车方能横越而过。总有一天她又会坐上火车的,那将是一大乐事。

七

现下卡萝尔又开始密切注意"文化讲习团"①,正如不久前她对戏剧社和图书馆馆务委员会发生兴趣一样。

文化讲习团除了总部常驻纽约以外,在全国各州都设有营利性的分部。这些分部派出一个个既有讲演又有说唱的小分队,到每一个小镇上去,在帆布帐篷下进行文化周活动。但这种流动性的文化讲习团,卡萝尔住在明尼阿波利斯时却从来没有见到过。现在文化讲习团宣布要到戈镇来,这给她带来了希望:也许别人正在做她曾经想去做的那些虚无缥缈的事情。在她的想象中,人们就可以学到精简后的大学课程。那天上午,她跟肯尼科特从湖上回来,看见每一家商店的橱窗里都贴出海报,大街上也横空悬挂着一长串的细长三角锦旗,锦旗上面按着字母顺序写着:"博兰文化讲习团即将来我镇!"和"启迪心灵和使人快乐的一周!"但是她看到节目单时,却大失所望了。看来它不像有一整套少而精的大学课程,

---

① "文化讲习团",英文名称:The Chautauqua,系一普及文化的社会团体,利用暑假组织文化讲座、实地考察与其他娱乐活动,因首届暑期学校在纽约州沙托克瓦湖畔举行而得名。

一点儿都没有大学的味道,只不过是由歌舞杂耍表演,基督教青年会讲座和朗诵班的结业典礼凑在一起的大杂烩罢了。

她把自己心中的疑虑告诉了肯尼科特。他却不以为然地说:"哦,也许这次讲习团来的人,知识不是像你我希望的那样了不起,但总是聊胜于无吧。"维达·舍温也接上去说:"他们有一些呱呱叫的演说家。即使从他们那里学不到多少真正的知识,也可以得到许多新思想,那才是最合算不过的。"

文化讲习团在戈镇活动期间,卡萝尔总共参加了三次晚会,两次午会,一次晨会。那些观众给她留下了深刻印象:一些穿着裙子和罩衫的面色苍白的妇女,急着要思考问题;不穿外衣、只着背心的男人,急着要捧腹大笑;扭来扭去的小孩子,却急着要溜走。她喜欢他们的那些简易长凳,挂着红色帷幕的活动舞台,以及罩住整个会场的大帐篷,晚上,它在一串串白炽灯上面显得影影绰绰,可是在白天,它却给很有耐心的观众身上投下了有如琥珀一般的光辉。尘土飞扬和被践踏过的草地,以及在烈日炙烤下的树木所散发出的气味,使她想起了叙利亚的骆驼商队。她一听到帐篷外面的喧闹声,就把台上的演讲人全给忘了。原来帐篷外面有两个庄稼人正在攀谈,声音显得喑哑,一辆大车吱嘎吱嘎地从大街上开过去,此外还有一头公鸡正在打鸣儿。现下她觉得很满足了,虽然它只不过是一个迷路的猎人小憩时所感到的那种满足罢了。

她从这个文化讲习团里并没有得到什么东西,只不过是一文不值的废话和粗野的笑声,那是乡巴佬听到老掉了牙的笑话时所发出的笑声,那种声音既沉闷又原始,听上去就像是农场牲口棚里发出来的吼叫声。

在这七天里开讲精简后的大学课程的,就有下面这么几位演讲人：

在九位演讲人中，有四位当过牧师，一位当过国会议员，他们都发表了"启迪心灵的演讲"。卡萝尔从他们这些演讲中归纳出来的事实或观点不外乎是：林肯是个大名鼎鼎的美国总统，但他小时候却是非常之苦；詹姆斯·J.希尔是美国西部铁路界的知名人物，小时候也很穷；做事要诚实和有礼貌，总要比态度粗鲁和公开的欺诈好得多，但具体到每一个人，又不能一概而论；戈镇的人就是以诚实和有礼貌著称；伦敦是一个大城市，有一位著名的政治家一度还教过主日学校；如此等等，不一而足。

四位说唱艺人讲了犹太人的故事，爱尔兰人的故事，德国人的故事，中国人的故事，以及田纳西州山地人的故事，这些故事十之八九卡萝尔从前都听说过。

有一位"朗诵小姐"朗诵了吉卜林的作品，而且还模仿了儿童的声调。

有一位演讲人放映了介绍安第斯山脉①的探险活动的影片，画面很美，可惜道白却说得结结巴巴。

有一支三人铜管乐队，一个六人歌剧队，一个夏威夷六重奏小组，还有四个年轻小伙子吹奏萨克斯管和弹弄假装成洗衣板的吉他。所有演出的节目中，最受欢迎的还是像《露西亚》那样听众们常常听到的歌曲。

整整一个星期，博兰地区讲习团的主任留驻在戈镇，而其他演讲人都到别的地方去讲演。那位主任书生气十足，看来还有些营养不良。他不遗余力地鼓动观众要假装出热烈情绪

---

① 安第斯山脉位于南美洲。

来。为了让他们喝彩叫好,他就把观众分成几个小组,来一番比赛,而且还夸赞他们都很聪明能干,因此场内不时响起了震天动地的喧闹声。他本人所作的演讲,大部分都在上午。他声调低沉地谈论诗歌、圣地,还说分红办法对雇主是极不公平的。

最后出场的是一个男人,他没有演讲,也没有传道,更没有助兴表演。他身材矮小,其貌不扬,两只手总是插在口袋里。所有其他的演讲人都坦白地说过:"我不得不告诉你们这个美丽城镇的公民们,随本团巡回到这里的那些才华横溢的演讲人中间,谁都没有看见过像戈镇这样迷人的地方,这样热心而又好客的市民。"殊不知那位矮个儿在话里却暗示说,戈镇的房屋建筑简直是杂乱无章,风景如画的湖滨竟被堆满煤渣的铁路护堤所独占,实在是愚不可及。事后,观众们大发牢骚说:"那个家伙说的也许有道理,不过老是看事物的阴暗面,又有什么用呢?新思想固然很好,可是像这样的批评就不见得都好。人活着,遇到的麻烦已然够多了,干吗自己再去找麻烦!"

这就是卡萝尔亲眼看到的文化讲习团以后产生的印象。经过这次讲习活动之后,镇上的人都觉得自己很了不起,好像受过了高等教育似的。

八

两星期以后,世界大战在欧洲爆发了。

头一个月,戈镇的人虽然吓得发抖,但一等到战争进入挖战壕、两军对峙的局面时,他们早就把它忘得一干二净了。

卡萝尔一谈到巴尔干半岛各国的情况和德国有可能爆发

革命的时候,肯尼科特打着呵欠说:"哦,是的,那是老八辈子的一场大打出手的吵架,跟咱们毫不相干。这里的乡亲们正忙着种玉米,顾不了那些外国佬挑起的愚蠢战争。"

只有迈尔斯·伯恩斯塔姆这样说:"为什么会有战争,我可闹不明白。虽然我反对战争,不过,我觉得应该把德国狠狠地揍一顿,因为那些德国贵族老爷们就是进步的绊脚石。"

正是新秋时节,她去拜访迈尔斯和碧雅。他们见了她高兴得大声呼喊起来,连忙给她掸去椅子上的灰尘,还跑去打水煮咖啡。迈尔斯笑容满面站立在她跟前。本来他常常对戈镇的大人物不太恭敬,但现在他时时刻刻竭力克制自己,尽量表现出彬彬有礼和深为感激的心情来。

"我想大概很多人都来看过你们,是不是?"卡萝尔暗示说。

"哦,碧雅的表姐蒂娜经常来的,还有锯木厂的领班,还有——哦,我们日子过得实在不赖。你瞧一下那边的碧雅吧!从前听她说话的声音,看她的那一头瑞典姑娘淡黄色头发,你不觉得她就像一只金丝雀吗?可你知道,现在她是个什么样儿?哼,她变成了一只老母鸡!她老是那样婆婆妈妈关心我,她要老迈尔斯给自己脖子上打领带!我真不想让她当面听到,叫她不开心,不过,她确实是个非常好的——非常好的——就算是那些卑鄙的势利鬼不上我们家串门,他妈的!我们也不在乎!只要我们俩在一起,就得了。"

卡萝尔对他们的生活很担忧,但因为自己身体不适和心里害怕,也就把这件事给忘了。那年秋天,她知道自己有了身孕,她生活中这个了不起的变化,尽管包含着风险,但终于使她预见到了有趣的生活远景。

第二十章

一

眼看着孩子快要出世了。每天早上,卡萝尔都觉得恶心,浑身发冷,四肢无力,深信自己不再像从前那么妩媚动人了。一到黄昏时分,她心里总觉得怪害怕的。她一点儿都没有得意扬扬的神情,相反,却是蓬头散发,衣冠不整,连性情都变得暴躁起来。等到这阵子胎气过去了以后,她就长时间感到烦恼不安。她开始觉得行动困难,本来她身材苗条,步态轻盈,现在不得不拄上拐棍走路,成为街谈巷议的笑柄,一想到这里,她心里就恼火。现在四面八方都向她投来谄媚的目光。每一位太太都向她暗示说:"卡萝尔呀,你快要做孩子的妈妈了,亲爱的,暂且撇下你的那些远大理想,好好安下心来吧。"她觉得自己身不由己地开始进入家庭主妇这个圈子里去;由于用孩子作为人质,她也就永远都逃脱不了;不久她就要一面喝咖啡,一面晃动婴儿摇篮,谈什么尿布问题了。

"反正我可以起来跟她们拼搏。这玩意儿我太在行了。但我落到了这样的地步,还认为是理所当然似的,那我可实在受不了——不过,好歹我还得忍受呀!"

她一会儿憎恨自己领会不了那些善良的太太的心意,一会儿又憎恨她们给了她那么多的劝告:她们故意装出悲天悯人的样子来,向她暗示说她分娩时将会受到多大的痛苦;她们根据自己长期以来的经验教训,不厌其烦地向她介绍了婴儿卫生须知;她们还提出了一些迷信办法,劝告她为了拯救即将新生的胎儿的灵魂,她就非得要吃哪些东西,念哪些东西,看哪些东西,并且还要经常令人讨厌地傻笑着,咿咿呀呀说儿语。钱普·佩里太太特地赶来借给她一本《本·赫尔》①,预防未来的婴儿道德败坏。博加特寡妇也登上门来,说话时拖长调门,大声嚷道:"我们可爱的——未来的——小妈妈——今儿个——好吗?哎哟哟,常言道,闺女一有喜,越长越俊俏,简直赛过圣母马利亚。告诉我——"从她的低声耳语里带着几分诲淫的味道,"你有没有——感到——胎动,你觉不觉得——那个可爱的小东西——爱的象征——在蠕动呀?直到现在——我还记得——我怀赛伊的时候,他在我肚子里蠕动的感觉,当然咯,那时节他已长得非常大——"

"博加特太太,现在我这个样子一点儿都不好看。我面容憔悴,头发开始脱落,看上去很像盛土豆的口袋。而且我觉得两条腿也酸软无力。我说,未来的婴儿也不是什么爱的象征,恐怕会长得跟我们一模一样。我并不相信什么母爱不母爱,反正所有这些——只不过是该死的叫人腻味透顶的生理过程罢了。"卡萝尔回答说。

后来婴儿终于出生了,也并没有遇到什么特别困难:是个

---

① 《本·赫尔》系美国作家沃利斯(1827—1905)根据早期基督教传说所写的历史小说(出版于1880年),畅销一时。

小男孩,后背挺得笔直,两只小腿儿也很壮实。头一天,她很讨厌他,因为是他给她带来了临盆时的阵痛和绝望的恐惧;她一见到他那种难看的样子,就更恼火了。但是后来她却全心全意而又本能地疼爱着他,对于母亲的这种本能,从前她还曾经嘲笑过呢。她见了他的那双纤巧、精美无比的小手,就像肯尼科特一样高声啧啧称赞。婴儿竟是那么放心地紧偎着她,简直使她茫然不知所措;现在她虽然不得不给他去做那些令人不快而又毫无诗意的琐事,但是对他的热爱也在同时增长。

这个婴儿取名为休,是随他的外祖父的名字。

休渐渐长成一个瘦长而又健康的孩子,脑瓜儿很大,还长着一头浅褐色柔细鬈发。他很有心眼儿,但又熟不拘礼——活像肯尼科特。

在这两年里,她一心一意抚养孩子。可她并没有像那些喜欢冷嘲热讽的太太所预言过的那样,"等她自己一有了孩子,就不会再惦着外面的事儿,也不会再给别人的孩子操心啦"。她绝不会只顾自己的孩子而牺牲别人的孩子,这对她来说确实是于心不忍的事情。但她愿意让自己作出牺牲。她认为这是一种神圣的献身精神。当肯尼科特示意要让休受洗的时候,卡萝尔回答说:"我绝不会让我的孩子和我自己受气,要一个身穿僧袍的无知的年轻人给他祝福,然后归我领养!我绝不会让我的孩子去接受什么该死的净化仪式!如果说我在生我的孩子——我的孩子——的时候痛了九个钟头之久,还不能替他涤尽罪愆的话,那么,他从齐特雷尔牧师那里也不会得到更多的祝福呀!"

"哦,浸礼会不会给小孩子施洗礼,我想还是找沃伦牧师去吧。"肯尼科特说。

休已然成为她生活的宗旨,未来的希望,爱慕的对象——同时也是一个给她消愁解闷的玩物。"我以为自己刚做孩子的妈妈,只懂一点儿皮毛,哪知道带领孩子我跟博加特太太一样惊人地熟练。"她自己夸口说。

在这两年里,镇上的人对卡萝尔早已不见外了。她如同麦加农太太一样,是个年轻的孩子妈妈。看来她再也不固执己见,同时也不想逃避现实了,她的整个心灵都扑在休身上。她一看到他那宛如珍珠一般的耳垂,就禁不住高声嚷起来:"我的皮肤跟他一比,如同砂纸一样粗糙,我简直像个老太婆,可我心里还是乐滋滋!他长得真是十全十美呀。将来什么东西他应该都不愁短缺吧。我想,他恐怕不会一辈子待在戈镇这个地方的……我可不知道到底哪一个大学最好,哈佛、耶鲁,还是牛津?"

二

在卡萝尔的这个小天地里,由于惠蒂尔·N.斯梅尔先生和太太的光临而显得更加惹人注目。他们就是——肯尼科特的舅舅惠蒂尔和舅母贝西。

地地道道的大街上的居民,往往把亲戚看成这样一种人,那就是说,即使他没有请你去,但你照样可以到他家去,乐意住多久就住多久。如果你听说莱曼·卡斯去美国东部旅行期间一直住在奥伊斯特镇,那并不是说他特别喜欢奥伊斯特这个小镇,不喜欢新英格兰的其他城镇,而仅仅是因为他在那个小镇上有亲戚。那也同样不是说他多年来一直和那些亲戚互通音讯,也不是说他们曾经表示过要跟他晤面的愿望。但是,

"你总不能指望一个人花很多钱去住在波士顿一家旅馆里,而他的远房亲戚明明就住在同一个州,你说,这不是太不合算吗?"

斯梅尔夫妇把他们在北达科他州的乳酪厂盘出以后,就到拉克—基—迈特去探望斯梅尔先生的妹妹,也就是肯尼科特的母亲,随后动身来戈镇,到他们的外甥家里做客。他们在卡萝尔还没有生孩子前就突然来到,认为当然一定会受到热情款待,可是没有多久,他们就开始发牢骚,说他们住的那个房间的窗子是朝北的。

惠蒂尔舅舅和贝西舅妈认为,既然是亲戚,他们就有权利嘲笑卡萝尔,同时他们身为基督徒,也有责任要让她知道她的"思想"该有多么荒唐可笑。他们对一日三餐、对奥斯卡里娜不友好的脸色,以及对刮风、下雨,甚至卡萝尔不合身的孕妇服都表示很不满意。他们身体很硬朗,好像永远不知疲累似的;他们一迭连声提问题,长达一个钟头之久,问的不外乎是她父亲的收入、她的宗教信仰,以及她上街为什么不肯穿胶鞋。他们天生就特别喜欢大惊小怪瞎扯淡,甚至连肯尼科特也跟他们学会了对自己的爱妻也要婆婆妈妈地乱挑剔一通的那套本领。

卡萝尔要是不小心,低声哼了一声有点儿头痛,斯梅尔老两口和肯尼科特马上就过来问长问短。每隔五分钟,不论她坐下来也好、站起来也好,还是和女用人奥斯卡里娜说话也好,他们都会用瓮声瓮气的鼻音说:"头痛好一点儿吗?是在哪儿痛呀?家里有没有预备一点儿氨水呀?今儿个是不是走得太远呀?有没有闻过氨水呀?家里干吗不准备一点儿,随时可以派用场呢?这会儿你觉得好一点儿吗?你的眼睛也痛

401

吗？通常都是几点钟上床呀？是不是就像这样晚呀？哦！现在你觉得怎么样？"

惠蒂尔舅舅当着她的面，哼着鼻音对肯尼科特说："卡萝尔常常头痛吗？哼！她要是不出去赶桥牌会，稍微照顾一下自己的身体，恐怕就不会头痛了！"

他们就这样翻来覆去不断地进行品评、盘问，直到最后她实在按捺不住，只好轻声颤抖着说："看在老天爷的面上，不要再议论了！现在我已经不头痛啦！"

她听到斯梅尔夫妇和肯尼科特一直在抬扛，原来是贝西舅妈要把那份《无畏周报》寄给她远在艾伯塔的妹妹，可是都不知道应该贴两分邮票呢，还是贴四分邮票。本来卡萝尔倒是很愿意把那份报纸拿到药房去称一称，不过，转念一想，她是一个幻想家，而他们分明都是讲究实效的人（他们就是常常这样来标榜自己的），也就只好作罢了。所以，他们就凭着自己的内在知觉判断一下，到底应该贴多少邮票。这种凭内在的知觉判断，再加上非常坦率的自言自语，就是他们解决所有一切问题的方法。

斯梅尔夫妇认为，保守个人秘密和缄默"全是胡说八道"。有一回，卡萝尔把她姐姐的来信放在桌子上，后来听到惠蒂尔舅舅谈起信里的内容，不由得大吃一惊。他说："我看到你姐姐在信里说，你的姐夫日子过得很不赖。你应该常常去看看她。我问过威尔，他说你很少去看她。哎哟哟！你应该常常去看看她才好！"

卡萝尔要是在给同学写信，或是计划一个星期的菜谱，贝西舅妈准会闯进来，嗦嗦地笑着说："这会儿我不想打扰你，只不过是想看一看你在哪儿罢了。你不用撂下手里的活儿，我只不过待上一秒钟就走。我想,也许你以为我今儿个中午没有吃洋葱头,是因为洋葱头烧得不好吃,其实原因根本不在这里,我并不觉得因为它烧得不好吃。老实说,你家里样样东西都很好,而且又很讲究,虽然我总觉得奥斯卡里娜有时候大大咧咧,满不在乎,你给了她那么多的工钱,她压根儿还瞧不起呢。她脾气又是那么坏,哪一个瑞典佬脾气都是坏透了。我真的闹不明白你干吗要雇用这么一个瑞典佬,不过——不过原因并不在这里,我之所以不吃洋葱头,并不是因为我觉得它烧得不好吃,而是因为洋葱头不合我的胃口呀。说来也真怪,自从上次得了胆病以后,无论是炒洋葱头也好,还是生拌洋葱头也好,我都受不了,哪知道惠蒂尔偏偏爱吃糖醋生拌洋葱头——"

她上面这一大堆话,说的倒是真心话。

卡萝尔发觉,唯有一件东西比你意识到的憎恨更要难过,那就是强求得到别人的喜爱。

她暗自琢磨在斯梅尔夫妇面前要尽量克制自己,举止言谈也得单调乏味,跟镇上的人一模一样,但他们从她身上却早已嗅到了她的那些异端邪说的气味。他们索性坐了下来,津津有味地想尽办法,要把她的那些令人可笑的思想都套出来,存心拿她来开心解闷。他们活像星期天下午逛动物园观赏猢狲的游客,当那些相当高贵的兽类忍不住瞋目而视的时候,他们却指手画脚,挤眉弄眼扮鬼脸,咪咪地傻笑不止。

惠蒂尔舅舅脸上露出乡巴佬常有的那种自命不凡的微笑说:"卡丽,听说你认为戈镇应该全部拆掉,重新再建设起来,这到底是怎么一回事呀?真不知道哪儿来这么多的新花招。最近,达科他州有很多庄稼人也在耍新玩意儿。要办合作社,自以为他们比商人更会做买卖！哼！"

"只要惠蒂尔和我还能下地种庄稼，我们说什么都不要合作社！"贝西舅妈得意扬扬地说，"卡萝尔呀，快告诉老舅妈：你星期天有没有去教堂做礼拜？有时候，你大概也去过吧？不过，你应该每个礼拜天都去！赶明儿你到了我这么大年纪的时候，你就会知道，不管人们自以为他们有多么聪明，反正上帝总比他们知道得要多得多，那时候你准会相信，去听牧师布道，该是人生一大乐事了！"

他们俩就像是刚看到一条长着两个头的小牛犊，连声嚷着"从来没有听到过这么有趣的玩意儿！"他们怎么也没有想到，就是眼前这么一个可以摸得着、看得见的活生生的女人，原先住在明尼苏达州，后来嫁给了他们自己的亲外甥，现在居然相信：离婚绝不能一概都说成是不道德；私生子不应该特别受到人们诅咒；除了希伯来《圣经》以外，还有别的道德权威；酗酒的人并不一定死在贫民窟；资本主义的分配制度和浸礼会的婚礼仪式，在伊甸园里都是没有的；蘑菇如同咸牛肉杂拌一样，也是可以吃的；"花花公子"这个名词，现在已经不常用了；有一些牧师已接受了进化论观点；有些人确实是聪明而又能干，却偏偏不肯投共和党一票；冬天穿贴身法兰绒衣服的这种习惯，在各地还不太普遍；从本质上来说，小提琴并不见得伤风败俗，因此也就不比礼拜堂的大风琴差劲；凡是诗人并不是个个都蓄长头发；不是所有的犹太人，都当小商贩或则旧货商。

"她的一大套理论，都是从哪儿来的呢？"惠蒂尔·斯梅尔舅舅不由得感到很惊讶，而贝西舅妈却插进来问："难道说许多人都像她那么个想法吗？我的天哪！要是真的这样的话，"听她说话的语气就证明不会有这样的事情，"我真不知道这个世界究竟会变成什么个样子！"

卡萝尔好歹耐心地等待着，希望有一天他们总会说要离开这里的。过了三个星期以后，惠蒂尔舅舅说："我们很喜欢戈镇。恐怕要待在这里不走了。我们把奶酪厂和农场卖掉以后，究竟应该干些什么工作，就一直拿不定主意。不久前我找奥利·詹森谈过他的杂货铺，我想把他的铺子盘下来，暂时先做做生意再说。"

他果然说到做到了。

卡萝尔知道后非常反感。肯尼科特却劝慰她说："哦！我们不会常常和他们见面的。他们早晚会有自己的房子。"

她决定要冷淡他们，好让他们待得离她远一点儿。可她又不善于故意装出傲慢的姿态来。他们找到了一幢房子，但是卡萝尔仍然甩脱不了他们，因为他们常常破门而入，嘴边还挂着会心的微笑说："今儿晚上，我们特地来看看你，免得你独个儿感到冷清。哎哟哟，你的这些窗帘，怎么到现在还没有洗过呢？"每当她转念一想，实际上是他们俩自个儿感到冷静的时候，总是对他们深表同情，可是她的这种怜悯之情，却被他们提出的一连串问题、批评和劝告一下子冲淡了。

没有多久，他们就跟自己情趣相投的卢克·道森夫妇，皮尔逊牧师夫妇和博加特太太搞得很热火，到了晚上居然还领着他们一块儿来串门。贝西舅妈仿佛给那些老奶奶架设了一座桥，好让她们满载忠告之类的礼物和愚昧的经验，一窝蜂都拥到卡萝尔这个孤岛上。贝西舅妈还撺掇善良的博加特寡妇说："你可要常来看看我的外甥媳妇——卡丽。现下那些年轻的少奶奶跟我们不一样，她们都不知道操持家务呀！"

博加特太太心里想,真的能跟他们沾上一点儿亲戚关系,实在是求之不得了。

卡萝尔正在琢磨一些保护办法,不让自己受气,偏偏这时候肯尼科特的母亲突然来到,要在惠蒂尔哥哥那里待上两个月。卡萝尔很喜欢这位婆婆,所以自己原先的那些打算也就没法实现了。

她觉得自己好像已然落入圈套之中。

她早已成为戈镇的俘虏。她是贝西舅妈的外甥媳妇,而且应该很快成为一个名副其实的孩子妈妈。人们都指望她能坐下来扯家常,老是扯不完的孩子、烹饪、刺绣、土豆的价钱,以及谁家的男人爱吃菠菜,谁家的男人不爱吃菠菜,甚至现下她自己也觉得这样做是天经地义的。

她往往躲到芳华俱乐部那里去避难。她突然想到,她们准能跟她一起来嘲笑博加特太太的。现在她方才知道,久恩尼塔·海多克的疯言疯语并不庸俗,而是能逗人发笑,分析起问题来还特别深刻呢。

她的生活——甚至远在休出生以前——就已经发生了变化。她眼睁睁期待着芳华俱乐部的下一次纸牌会,到了那时候,她就可以和她的好友莫德·戴尔、久恩尼塔以及麦加农太太悄悄说上几句贴心话了。

她早已跟戈镇打成一片了。戈镇的哲学和它的恩怨观念已然主宰了她。

三

现下不管那些婆娘们嘀嘀咕咕地说了肉麻话也好,还是胡说什么"小孩子的饮食倒是并不要紧,你只要给他穿上花边的衣服,死劲儿吻吻他就得了"也好,卡萝尔听后虽然再也不生气了,可她自己下的结论却是,照料孩子如同搞政治一样,聪明才智要比摘引脂粉气很浓的语录更为重要。她对肯尼科特、舍温和伯恩斯塔姆一谈到她的休,就马上喜形于色。有一次,肯尼科特坐在她身旁地板上直瞅着孩子做鬼脸,这时,她确实沉醉在一种天伦之乐中。迈尔斯冲着休说话的样子,好像是在给成年人劝诱说:"我要是你的话,说什么都不会穿娘儿们的裙子。快来参加工会,一块儿罢工。就是要他们给你裤子穿呀。"即使这样,卡萝尔听了,心里也乐滋滋的。

肯尼科特满怀慈父般的深情,在戈镇首次举办了儿童福利周。卡萝尔帮着他给婴儿测量体重,检查他们的喉咙,还给那些来自德国和斯堪的纳维亚国家的不会说英语的孩子妈妈们开了婴儿食谱。

戈镇的上流社会,哪怕是嫉妒的医生同行的太太们,也都一起参加了。一连好几天,镇上充满着和睦团结的气氛和人心亢奋的景象。可是,当最佳婴儿奖授予碧雅和伯恩斯塔姆夫妇,而不是授予那些温文尔雅的家长时,这种造福社会的友爱气氛也就立刻烟消云散了。那些善良的太太们,先是瞪着两眼看奥拉·伯恩斯塔姆的蓝眼睛、黄头发和挺得笔直的后背,接着就开了腔说:"是呀,肯尼科特太太,虽然这个瑞典小子说不定的确有你丈夫所说的那么健壮,不过,现在让我老实告诉你,我简直不敢去想象这个孩子未来的前途,要知道他娘给人家当过女仆,他的老爹是个可怕的、不信神的社会主义者!"

卡萝尔听了非常恼火,但她们说话时的气势是那么咄咄逼人,贝西舅妈又是不断跑过来通风报信,说有人在说她的闲话,所以她带着休出去和奥拉夫一起玩的时候,就不免觉得有些尴尬了。她憎恨自己竟然会产生上面这种情绪,不过,她希望没有人看见她走进伯恩斯塔姆的小屋子。她一看到碧雅对两个孩子一视同仁,伯恩斯塔姆也深情款款地直瞅着两个孩子时,她就不由得更加憎恨自己和戈镇人的冷酷无情。

伯恩斯塔姆积攒了一点儿钱,已经离开了埃尔德锯木厂,在自己小屋附近的空地上开设了一个奶酪厂。现在他对自己的三头母牛和六十只小鸡感到很自豪,甚至深更半夜还爬起来给它们喂食。

"我说你只要眨眨眼,我就会马上变成一个富裕的庄稼人!老实告诉你,赶明儿奥拉夫这个小伙子还要和海多克家的孩子们一块儿去东部上大学。嘿!现在有好多人都来找碧雅和我闲聊天。我的天哪!有一天,博加特老大娘也上门来了!她呀——那个老太太待人接物可好着呢,我倒是很喜欢。还有锯木厂的领班,他也常常来这儿。哦,俺们的朋友真多得很。不用说你也都明白!"

四

在卡萝尔的心目中,戈镇就像它四周的田地一样,压根儿没有什么变化,但在过去的三年里,人员却一直在不断变换。这个草原小镇上的居民,经常向西陲迁徙。这也许因为他们是喜好移居的祖辈的后代,也可能是因为发现自己身上缺少冒险精神,便要去换换环境,去寻求新的出路。戈镇市容虽然和从前一个样,居民的面孔却像大学里听课的学生,常有变换。戈镇有一位珠宝商,会无缘无故地把铺子卖掉,搬到艾伯塔或是华盛顿州去,又在那里重新开业,可是他新开设的铺子以及他新迁居的那个小镇,却和从前完全一模一样。除了有专门职业和殷实富户以外,其他一般居民的寓所和职业都不大固定。一个庄稼人可以变成杂货商、市镇警察、汽车行修理工、餐馆老板、邮政局长、保险公司代理人,最后还会去当庄稼人,但是话又说回来,每一次改行,由于缺少经验,社会只好多少蒙受一点儿损失。

杂货商奥利·詹森和肉铺子老板达尔,都搬到南达科他和爱达荷去了。卢克·道林夫妇带着由一万英亩草原地产变成的一本小小的支票簿,到帕萨迪纳去,住在一幢富有东方风味的平房里,沐浴和煦的阳光,常常跑自助餐厅。切特·达沙韦把自己的家具和殡葬业务出让以后,也迁到洛杉矶去了,据《无畏周报》报道:"我们的好朋友切斯特现在一家地产公司担任要职,他的夫人在我国这个西南名城的上流社会里,有如过去她在本镇时一样享有盛名。"

丽塔·西蒙斯已经嫁给了特里·古尔德,在年轻的少奶奶中间,就数她和久恩尼塔·海多克最爱玩儿了,不过,久恩尼塔还有一点儿要胜过丽塔。哈里的父亲——也就是久恩尼塔的公公——去世后,哈里就成为时装公司的大股东,久恩尼塔也就比从前更加刻薄,更加精明,更加饶舌了。她买了一套晚礼服,让自己的锁骨都袒露在外面,故意到芳华俱乐部来出风头,而且还一个劲儿说要搬到明尼阿波利斯去。

她为了要巩固自己的地位,跟新婚不久的特里·古尔德太太互争短长,想方设法笼络卡萝尔,打算把她拉到自己这个小圈子里来,所以就咯咯大笑着对卡萝尔说:"有一些人也许会说丽塔很天真,但我知道她并不像一般的新娘子那么无知,当然咯,论医术,特里跟你丈夫就是要差十万八千里呢。"

说心里话,卡萝尔真恨不得也跟着奥利·詹森一块儿走,哪怕是搬到另一条大街上去住也行;从一个熟悉的沉闷的环境逃到一个生疏的沉闷的环境,尽管暂时会引起一些新的变化,但也许说不定会得到更好的前景。她向肯尼科特暗示过,如果他到蒙大拿和俄勒冈去行医,可能有很多好处。她明明知道他对戈镇很满意,根本走不了,但是,一想到要走,她就到火车站去要一些折叠式的铁路行车示意图,用手指头不停地在上面划来划去,这样做仿佛也会给她带来莫大希望似的。

然而,漫不经心的人绝不会发现她心里会有这种不满情绪,也揣度不出她会有背叛大街的信仰。

循规蹈矩的居民认为,凡是背叛者必定经常大发牢骚。他一听说有这么一个叫卡萝尔·肯尼科特的人,会喘一口气说:"这个人真可怕呀!跟她住在一块儿,准定活受罪!谢天谢地,我家里的人都能安于现状!"实际上,卡萝尔每天独自苦思冥索的时间还不到五分钟呢。但说不定就在这个焦虑不安的居民的周围,少说也可以找到一个就像卡萝尔那样韬光养晦、难以捉摸的背叛者。

自从添了孩子以后,她已然把戈镇和那幢褐色房子真的当作天然的安身立命之地。肯尼科特高兴地看到:她跟自满而又成熟的克拉克太太和埃尔德太太已能和睦共处。当人们在议论埃尔德家那辆崭新的"凯迪拉克"牌小轿车,或是克拉克家的大儿子已进面粉厂公事房工作的时候,她也经常插进来议论一番,在她看来,这些话题都很重要,简直成为每天必不可少的谈笑资料了。

在最近这一两年里,她几乎把自己的思想感情都倾注在休的身上,她再也没有闲情逸致去批评那些商铺、街道、熟人……她急急忙忙地跑到惠蒂尔舅舅店里去买了一包玉米片,心不在焉地听惠蒂尔舅舅责怪马丁·马奥尼硬是说上星期二的风是南风,而不是西南风。后来,她从街上回来的时候,并没有碰到令人吃惊的事情,或是令人惊讶的陌生面孔。一路上,她只管想着休正在长乳牙的事,根本没有注意到:就是这一家小铺子,这些一排排灰不溜丢的房子,却构成了她的生活环境。她已然完成了自己分内的工作。在打五百分纸牌时,卡萝尔还赢了克拉克夫妇,真够得意扬扬呢。

五

休出生以后的这两年里最大的一件事,就是维达·舍温辞去中学教职出嫁了。卡萝尔是她的伴娘,婚礼仪式是在圣公会教堂举行的,所有的女宾都穿着耀眼的新皮鞋,戴着雪白小羚羊皮制成的柔软光滑的长手套,看上去非常精美雅致。

多年来,维达尽管始终把卡萝尔当作自己的妹妹来看待,可是卡萝尔却一点儿都闹不清楚维达究竟是喜欢她呢,还是憎恨她,她们两人之间的关系的确有点儿蹊跷。

第二十一章

一

由于飞轮旋转得太快,灰色的钢圈仿佛静止不动似的;榆树成行的林荫大道上,覆盖着灰色的积雪;太阳还没有出来,隐蔽在灰色的黎明之后;这种灰色的情调,正是维达·舍温在三十九岁时的生活写照。

她长得个儿矮小,机灵活泼;她的肌肤略呈灰黄色,她的黄头发已开始泛白,而且显得有点儿干巴巴。她身上穿的蓝绸衫,镶着素淡的花边领饰,脚上是一双黑色高筒皮靴,头上戴着水手帽——所有这些穿着打扮,和教室里的课桌一样单调划一,毫无魅力。但她的一双眼睛却使她的外貌显得特别有精神,可以看出她具有坚韧不拔的个性,而且总是相信世界上每一件东西都是有实效和有意义的。她的那双碧蓝的眼睛一直在滴溜溜地转动,迸射出欢乐、怜悯和热情的光芒。她安睡的时候,眼角边布满皱纹,光芒四射的虹彩会被垂下的眼睑所遮蔽,她的那种神采奕奕的仪态也就消失殆尽。

她出生在威斯康星州一个山峦起伏的小村子里,父亲是个贫苦的牧师;她在一所假仁假义的大学里半工半读,毕业后在满目荒凉,到处都是蓬头垢面的鞑靼人和门的内格罗人的铁矿区小镇那一带教过两年书,后来就来到了戈镇;她在这儿一看到郁郁苍苍的树林和大草原上一望无边的闪闪发光的麦田,仿佛真的置身于天国乐园了。

她对跟她一起共事的老师们说过,校舍多少有点儿潮气,不过,她认为教室倒是"安排得非常方便——楼梯口的那座麦金莱总统的半身雕塑像,是一件很好看的艺术品,人们一想到这位勇敢、诚实、以身殉职的总统,思想上不是都会受到很大的鼓舞吗?!"她在学校教的是法文、英文、历史,以及二年级拉丁文。

其实,她只不过玄乎其玄地讲讲拉丁语法中的间接语段和绝对离格罢了。她觉得学生们学习进度好像一年比一年快。她花了四个冬天的时间组织了一个辩论会,在某一个星期五下午进行热烈辩论的时候,辩论人都能做到一句话也不漏掉,好歹使她感到自己没有白费力气。

她平时过着忙碌而有益的生活,看上去似乎很冷静,很单纯,但心灵深处却充满着恐惧、渴望和内疚。她知道那是怎么一回事,但自己就是不敢说出来。她甚至还讨厌听到"性"这个字眼儿。她梦里看见自己变成了穆斯林后院深闺里的一个肌体洁白而又温馨的妻妾,醒来时吓得浑身发抖,好像她在自己幽暗的房间里早就毫无保障似的。于是,她连忙向耶稣祷告——她总是向上帝的儿子祷告的——给他献上无限敬慕之情,称他为永远令人敬爱的主,只要一想到他的荣耀,她心里就顿时充满了炽烈的热情,因而感到自己无比兴奋,无比高大了。这么一来,她总算克制住自己的感情,心里不再感到恐惧了。

白天她虽然忙于参加各种活动,但有时免不了嘲笑入夜以后自己胸中难以排遣的那些炽烈的热情。她假装出乐乐呵呵的样子来,到哪儿都是这么说:"我想我天生就是个老处女","谁都不会娶我这么一个普普通通的女教员呀","你们这些吵吵闹闹、令人讨厌,而且又是惹不起的男人,我们女人真不乐意让你们到这里来乱转悠,把那些干干净净的漂亮房间弄得邋里邋遢的。要知道你们需要的是安慰和开导,不然我们早就该把你们通通嘘出去了!"

可是,有一回她在舞会上不知被哪一位男士紧紧搂住的时候,甚至当乔治·埃德温·莫特"教授"一面跟她谈到赛伊·博加特有多么顽皮,一面慈父般地抚摸着她的纤手时,她也都会情不自禁地颤抖起来。她好像自以为很了不起,觉得至今还是保持了自己的童贞。

一九一一年秋天,威尔·肯尼科特结婚的前一年,有一次打桥牌五百分,维达·舍温就是跟他搭档的。那时候她三十四岁,肯尼科特大概是三十六岁。她觉得他很了不起,有些稚气,喜欢玩乐,而且身材长得魁梧,所有英雄素质好像都集中在他身上似的。他们两人帮着女主人端生拌凉菜、咖啡和姜饼。他们在厨房里并排坐在一条长凳上,而其他的人都在对面的房间里闷头吃晚饭。

肯尼科特毕竟是个须眉汉子,很有一套办法的。他抚摸维达的手,漫不经心地用胳膊搂着她的肩膀。

"快撒手!"她厉声说道。

"你真可爱呀。"他轻轻地拍着她的肩背,用试探的口吻说道。

她虽然在拼命躲开,心里却很想跟他靠得更近些。他俯下身子来,两眼故意直瞅着她。她低眉直瞅着他放在她膝盖上的左手。她突然蹦了起来,开始乒乒乓乓地洗起盘子、碟子来了。肯尼科特也帮着她一起洗。那时,他感到有些懒怠,所以并没有继续进行试探——反正由于职业关系,他对女人家实在是太了解了。她心里很感激他,因为他所谈的话与她根本无关,好歹使她控制住自己的感情。她知道她好不容易把一些荒唐的念头给遏制下去了。

一个月以后,有一次乘雪橇外出活动的时候,他们两人正好坐在一块儿,身上盖着水牛皮车毯,他低声俯耳对她说:"你虽然自以为是一个成年的教师,实际上还不过是个小娃娃呢。"他把胳膊伸了过去,想搂抱她,可她却偏偏不答应。

"难道说你不喜欢这个可怜的、孤独的单身汉吗?"他傻里傻气地嘀咕着说。

"不,我不喜欢你!你一点儿都不喜欢我。你不过是骗骗我罢了。"

"你真不觉得害臊吗?!说实话,我可非常喜欢你。"

"可我不喜欢你呀。我根本也不会让自己喜欢你。"

他一个劲儿想让她靠近自己身旁。她紧紧地抓住他的胳膊。随后她掀开车毯,跳下了雪橇,和哈里·海多克一起跟在雪橇后面奔跑。下了雪橇以后,大家就都跳起舞来,这时候,肯尼科特一心一意跟那个模样儿长得水灵灵的莫德·戴尔在一起,维达却大声叫嚷着要跳弗吉尼亚舞。尽管她好像并没有去仔细观察肯尼科特,但她也知道他连一眼都没有看过她。

维达·舍温的初恋——也就到此结束了。

他一点儿都没有表示过他还记得自己"非常喜欢"她的。她还是一往情深地期待着他。她虽然沉醉于这种期待之中,但她又意识到自己心有内疚。她自言自语说,她要的并不是他的三心二意;除非他倾心爱她,她绝不肯让他轻轻地碰她一下的。她一发现她的这些想法也许是自欺欺人时,却对自己表示极端蔑视。她要用祷告来一决雌雄。她身上披着粉红色法兰绒睡衣跪在地上,稀稀落落的头发披在后背上,她的前额有如悲剧里的假面具似的令人感到恐怖,她把她对上帝的儿子——耶稣的爱和她对凡夫俗子的爱混为一谈,而且还暗自纳闷世界上到底有没有哪一个女人像她那样亵渎过神明。她甚至还想当修女去,永远虔信敬慕上帝。她还买了一串念珠,但她毕竟是个虔诚的新教徒,自己也就不敢使用罢了。

无论是在她学校里,或是同宿舍的好友,谁都不知道她心里有过这么一段深藏不露的风流韵事。他们还说她"非常乐观"呢。

维达听到肯尼科特快要跟一位年轻漂亮的,而且还是来自圣保罗的城市姑娘结婚,这时她心里感到完全绝望了。她向肯尼科特表示祝贺,并且还漫不经心地向他打听结婚的时刻。到了那个时刻,维达便独坐在自己房间里,默默地在想象着他们在圣保罗举行婚礼的情景。她充满着一种连她自己都会感到吃惊的狂喜心情,好像在冥冥之中跟着肯尼科特和那个窃据她的位置的姑娘,跟着他们一起上火车,度过了整整一个黄昏和一个夜晚。

她心里又很坦然地想到,觉得自己这样做也并不可耻,因为她自己和卡萝尔之间本来存在着一种神秘的关系,她通过卡萝尔仍然可以和肯尼科特在一起,而且她还有权这样做。

卡萝尔在刚到戈镇的头五分钟里,就给维达看见了。维达目不转睛地盯住从她跟前开过的那辆小汽车,盯住肯尼科特和他身旁的那个姑娘。维达虽然处在这种朦朦胧胧的移情境界之中,但并没有产生人们常有的那种嫉妒心理。她深信,既然她通过卡萝尔接受了肯尼科特的爱,那么,卡萝尔就成为她的一部分,好比是她魂魄的附庸,一个比自己更为高大,更加可爱的形象。她看到卡萝尔迷人的魅力,乌光闪亮的鬈发,俊俏的脸孔和粉嫩的肩膀,打心眼里感到喜欢。但她突然发火了。原来是卡萝尔两眼总共只乜了她四分之一秒钟,但对路旁一座老式谷仓却看了很长时间。本来维达觉得自己作出了这么大的牺牲,至少也应该感激她和重视她,一想到这里,她简直义愤填膺了,但是,她意识到自己身为教师,就千方百计把这一片痴情给遏制下去了。

她头一次去拜访卡萝尔的动机,一半是欢迎一位喜欢读书的朋友,一半则是急于查明卡萝尔知不知道肯尼科特从前曾经对她发生过兴趣。她发现卡萝尔并不知道肯尼科特曾经摸过别的女人的手。卡萝尔是一个有趣、天真,而且怪有学问的女孩子。维达一面绘声绘色地历数妇女读书会的光荣事迹,给这位受过专业训练的图书馆馆员说了不少恭维话,一面却在幻想着这位年轻姑娘仿佛就是她和肯尼科特生的孩子一样;她从那个象征过程之中获得了好几个月来从没有得到过的安慰。

她和肯尼科特夫妇以及盖伊·波洛克共进晚餐以后,一回到家里,她心底的那种挚爱突然又愉快地故态复萌了。她急匆匆奔进自己的房间,把她的帽子扔在床上,就唠唠叨叨地说道:"我可不在乎!我并不比她差呀——只不过比她大几岁罢了。我的身子长得也很轻巧,我跟她一样能说会道,我相信男人都是傻瓜蛋。我要是谈情说爱起来,准定比那个喜欢梦想的孩子高明十倍。何况我长得也很好看呢！"

可是，她一坐在床上，看到自己瘦骨嶙峋的大腿时，她的那股子藐视别人的劲儿，也就一下子消失了。她不禁悲从中来地说：

"不，我哪儿都比不上她。我的天哪，我们总是喜欢欺骗自己！我原来自以为我很有'灵性'，两条腿长得也很美。其实远不是那样，我的两条腿简直太瘦了，只有老处女才会有呀。一想到这里，我可真恨死啦！我恨那个鲁莽无礼的年轻女人！一个自私自利、心地毒辣的女人，想当然就霸占了他的爱……不，她毕竟是很可爱的……不过，依我看，她不应该跟盖伊·波洛克搞得那么热乎。"

有一年之久，维达很喜欢卡萝尔，她心里虽然很想——可就是不敢——去打听卡萝尔和肯尼科特之间相处的详细情形，她很欣赏卡萝尔在那些孩子气的茶会上所表现出来的爱好娱乐的精神；她忘记了她们之间所存在的那种神秘关系，所以一看到卡萝尔俨然以拯救戈镇的社会救星自居，她就大为恼火了。维达心里所想到的最后一点看法，过了一年以后，动不动就要暴露出来。她简直恼羞成怒地想道："这些人什么事儿都不干，忽然想要把所有一切东西都来一番改革——像这样的人我最讨厌！我来这儿工作已然有四个年头了，挑选一些学生参加辩论，对他们进行训练，硬逼着他们去看参考书籍，还要求他们给自己定出题目来——花了整整四年时间，才不过搞了一两次精彩的辩论会！而现在她突然闯了进来，指望在一年以内把整个市镇变成一个甜蜜蜜的天堂，要大家把手头其他的事情全撂下，只能去种郁金香，喝喝茶。说到底，这儿毕竟也是个可爱的、舒适的古老市镇呢！"

卡萝尔每搞一次运动——比方说,为了改进妇女读书会的研究计划,为了演出萧伯纳的几个剧本,为了呼吁兴建新校舍——维达马上就会像刚才那样感到愤愤不平,可她从来没有公开暴露出来,所以老是觉得后悔莫及。

维达始终是一个改革家,一个自由主义者。她认为细节方面不妨更改,但是世界上的事物一般说来都是合理的,良好的,根本用不着改变。卡萝尔则是个革命家,一个激进分子——其实,革命连她自己还都不理解呢——具有的只是破坏者才有的"建设性的思想",因为改革者认为所有必要的建设工作早已完成了。经过多年来的亲密交往以后,就是这种深藏不露的反对态度——而不是她失去了自己想象中对肯尼科特的爱情——使维达常常感到非常气愤。

可是休的出生,又使维达的心情混乱起来。她一看到卡萝尔给肯尼科特生了孩子以后好像还没有感到满足,就很不高兴。她承认:卡萝尔仿佛对孩子非常喜爱,而且照顾得无微不至;可是,现下她却开始把自己跟肯尼科特等同起来,总觉得在这段时间里,由于卡萝尔的三心二意,她简直不能容忍了。

她回想起其他一些女人,她们从外地来到了戈镇,但并不喜欢这个市镇。记得某教区牧师的太太,对待来客态度十分冷淡,于是镇上谣言四起,说她曾经说过:"这儿乡巴佬在应答祈祷文时是那么虔诚,我可实在受不了。"人们还有根有据地说那位太太的紧身围腰里衬着许许多多手绢呢!哦,镇上的人一见她就要呵呵大笑。当然,不到一两个月,那个牧师和他的太太就被撵走了。

随后又来了一个神秘的女人,她的头发是染过了的,眉毛也是画上去的。她穿着英国式紧身短上衣,身上散发出难闻的麝香味道。她一个劲儿跟男人们卖弄风情,她打官司,却要他们给她先掏腰包。她嘲笑维达在学校联欢晚会上朗诵的节目。临走时,她连住旅馆的钱都付不出,还向人家借了三百块钱。

维达自己坚信,她是很喜欢卡萝尔的,但又幸灾乐祸地把她和镇上那些喜欢诽谤的人相提并论。

二

维达对雷米埃·伍瑟斯庞在圣公会唱诗班里唱歌很欣赏;她在卫理公会联欢会上和时装公司里,还跟他认真地讨论过天气问题。可是直至她搬到格雷太太兼供膳食的寄宿舍以后,才算真正了解他。这是在她向肯尼科特求爱失败以后的第五个年头。她已然三十九岁了,雷米埃说不定还比她略小一岁。

她的确诚心诚意地向他说:"哎哟!就凭你那么聪明机智,那么圆熟老练,此外还有天生的那么一副好嗓子,真是前途未可限量!你在《来自坎卡基的姑娘》这台戏里演得很出色。站在你跟前,我简直就像个傻瓜蛋似的。你要是真的去演戏,我敢说,你说不定会跟明尼阿波利斯那些名角一样叫座呢。不过,我说现下你做生意可也不赖。这也是一种富有创造性的事业。"

"你真是这样想的吗?"雷米埃手里拿着苹果酱的碟子,叹了一口气说。

他们两人谁都觉得自己生平头一遭找到了彼此可以推心

置腹的伴侣。他们瞧不起银行职员威利斯·伍德福特和他的那位一天到晚为孩子们操心的太太；他们也瞧不起沉默寡言的莱曼·卡斯夫妇，还有那满嘴都是俚语的旅行推销员，以及格雷太太那里其他胸无点墨的房客。他们两人就这样面对面一直坐了很久。他们觉得两人能够在一起谈谈心，真可以说是喜出望外。

"像萨姆·克拉克和哈里·海多克这号人，对于音乐、绘画，还有教堂里娓娓动听的布道和艺术性确实很高的电影一点儿都不热心，但是，从另一个方面来说，像卡萝尔·肯尼科特这种人，对所有这些艺术玩意儿又强调得太过分了。人们欣赏美的东西固然应该，不过，同时也要讲求实际嘛——他们应该从实际出发来看待事物才好。"

维达和雷米埃这时笑容满面，把盛着泡菜的印花玻璃碟子传来传去。他们看到格雷太太的晚餐桌布上，仿佛闪耀着他们之间亲密友情的光辉，情不自禁地谈到卡萝尔的玫瑰红小圆帽，卡萝尔有多么惹人喜爱，卡萝尔新买的浅口皮鞋，卡萝尔认为学校纪律不宜太严的错误论点，卡萝尔在时装公司里又是多么雍容大方，末了，还有卡萝尔的那些令人难以捉摸的、老实说好像有些神经质的狂妄思想。

他们两人又谈到：雷米埃在时装公司橱窗里把各式各样男衬衫陈列得很好看，雷米埃上星期天在礼拜堂里为奉献仪式伴唱，实在唱得好，事实上，没有一首新的独唱曲能比得上《金色的耶路撒冷》那么悦耳动听了；雷米埃又是如何去缠磨久恩尼塔·海多克的，只要她一跑到店里来指手画脚，他就干脆对她说，她死劲儿要让人们知道自己有多么精明能干，所以她说的也不是自己心里想说的话，到头来还是徒劳；反正这个皮鞋部现在是归雷米埃经管的,要是久恩尼塔或是哈里觉得不满意,尽可以另请高明嘛。

他们两人又谈到:维达镶着皱褶花边的新上衣,只要她一穿上去,看起来就——据维达自己的估计——只有三十二岁,或者据雷蒙的估计——则是二十二岁光景。维达打算要让中学的辩论会演出一台小戏;在运动场上因为有那个傻大个儿赛伊·博加特在捣乱,所以要其他的小男孩乖乖地听使唤,也就很困难了。

他们两人又谈到,道森太太从帕萨迪纳寄给卡斯太太的那张风景明信片上印着二月里在户外盛开的玫瑰花;又谈到第四次列车现在改点了;古尔德大夫开汽车又是如何乱来一气的,凡是开车的人,几乎都是豁出去似的;还谈到有人认为,这些社会主义者一旦有机会将他们的理论付诸实践,就可以治理政府长达半年之久,那才是弥天大错;而且,卡萝尔好像发疯似的,常常从这个问题一下子就跳到那个问题上去了。

过去维达总是认为,雷米埃是一个戴眼镜的身材瘦削的人,令人沮丧地耷拉着脸儿,此外还有一头褪了色的硬头发。现在她才发觉,他的下巴颏儿是方方正正的;他的一双手又白又长,而且动作灵活,姿势优美;他的一双信赖人的眼睛,说明他一直"过着纯洁的生活"。维达开始管他叫"雷",每当久恩尼塔·海多克或是丽塔·古尔德在芳华俱乐部窃笑他的时候,她就马上会跳出来为他申辩,说他这个人不但不自私,而且还能体贴人。

是在暮秋时节一个星期天的下午,他们两人一起款步来到了明尼玛喜湖边。雷说他心里很想去看一下海洋,海洋风光一定非常壮丽,不用说,比一个湖——甚至还是一个大湖——要壮丽得多。这时,维达虚怀若谷地说,从前她已经看见过了,是在一个夏天,游览科德角时见过的。

"你真的到过科德角吗?到过马萨诸塞州吗?我知道你出门旅行过,但怎么都没有想到你会去过那么远的地方!"

由于雷米埃的兴趣勃发,她觉得自己更年轻、更挺秀,所以就滔滔不绝地说:"哦,是的,我是出过远门的。那次旅行真是好玩。马萨诸塞州有那么多的名胜古迹。那里有我们打败英国兵的莱克辛顿①的古战场,有朗费罗在剑桥的故居,还有科德角——那里什么东西都很好玩的——比如说,有渔夫、捕鲸船和沙丘等等。"

忽然她希望手里能拄上一根小小的拐棍。雷米埃就马上给她从柳树上攀折了一根枝条。

"我的天哪,你力气可真大!"她说。

"不,算不上很大。我真的巴不得这里有一个基督教青年会,这样就可以常常去锻炼身体。过去我常常在想,只要有机会的话,我准可以当一个相当不赖的杂技演员。"

"我想你一定没有问题的。尽管你个儿这么大,动作却灵活得出奇呀。"

"哦,那还差得远呢。但我真的巴不得我们能有一个青年会,常常到那里去听听演讲等等,一定是很有意思。我要去上上课,培养自己的记忆力,我觉得,人人都应该继续自学,使他变得不断聪明起来,哪怕他是个商人,你说对不对,维达?我称呼你'维达',也许不算是太冒昧吧?"

---

① 莱克辛顿是位于马萨诸塞州东部的一城镇,美国独立战争期间,即一七七五年美国人在这里头一次打败英国兵。

"好几个星期以来,我可一直管你叫'雷'呀。"

他心里纳闷,不知为什么她的语气里有一点儿生气似的。

他搀着她从堤岸上走到湖沿,但又突然把她的手放下来了。他们一起坐在一段砍倒了的柳木上,他不知怎的拂了一下她的衣袖,这时,他便小心翼翼地挪动了一下,低声耳语说:"哦,对不起,我可不是故意的。"

她凝眸望着浑浊不堪的冰冷的湖水,和漂浮在上面的灰暗苇草。

"看上去你好像心事重重似的。"他说。

她两手一甩。"是啊,我可心事重重!请你告诉我,这个——我觉得干什么都不会有用处的!哦,还是别管我吧。我是一个心里常常郁郁不乐的女人。快把你打算在时装公司入股的计划告诉我。我认为你的主意很好,哈里·海多克和那个老吝啬鬼西蒙斯,就是应该让你加入一股。"

雷米埃开始谈到自己在店里屡遭败北的"几个战役",那时他虽然充当过像阿喀琉斯①和口若悬河的涅斯托耳②一样的角色,可是,那些残暴的国王们对他的正确策略却当作耳边风……"要知道我一再跟他们念叨过,顺便弄一些男人夏天穿的短裤衩到柜台上来卖,当然,后来他们果真去了,不料却上了里弗金这个骗子的当,这个买卖一下子给抢走了;后来,哈里就说——哈里其人你是知道的,也许他并不是故意要发脾气,但是话又说回来,他这个人脾气确实是很坏的——"

雷米埃伸过手去,很想把她搀扶起来。"当然,只要你不

---

① 阿喀琉斯,特洛亚战争中的希腊最伟大的英雄人物。
② 涅斯托耳,希腊神话中的英雄人物,为人正直,善于辞令,并以睿智著称。

见怪的话,我觉得,一个男人要是陪着一位小姐出去散步,得不到她的信任,却一个劲儿想跟她调情,那就糟糕透顶了。"

"我相信你这个人是非常靠得住的!"她尖声说了出来,不用他搀扶,一下子就站了起来,随后粲然一笑,说,"哦——你觉得卡萝尔有时候是不是没有意识到威尔大夫多么有能耐?"

三

雷常常会问维达对他的橱窗装饰、新鞋陈列、在"东方明星社"演出的最佳音乐以及他自己的衣着打扮(尽管他本人是镇上公认的男子服饰权威)有什么高见。她撺掇他不要打小小蝶形领结,否则看起来就像主日学校的老师一样。有一次,她冲着他大声嚷道:

"雷,我有时候真想好好揍你一顿!你知道你这个人太喜欢赔礼道歉了,你总是把别人抬捧得太高了。有一回,卡萝尔·肯尼科特发表疯狂的理论,胡说我们都应该成为无政府主义者,要不然我们就干脆吃无花果和硬壳果过日子的时候,你还是对她溜须拍马。有时,哈里·海多克拼命摆出架子来,夸夸其谈地说到什么营业额、贷款以及你不知道比他要在行多少倍的事情,你也一声不吭,乖乖地听着他瞎叨咕。你应该理直气壮地正视别人!要瞪着两眼看他们!用低沉的声音说话!你可要明白,镇上就数你是最最聪明的人了。你的确是名不虚传!"

这一点叫他简直无法相信,所以,他老是跑来要她给予证实。虽然现在他对别人确实瞪着两眼,并用低沉的声音说话,可是当着维达的面,他还得拐弯抹角地暗示说,他有一次真的向哈里·海多克怒目相视的时候,哈里却一个劲儿问他:"你这是怎么回事呀,雷米埃?你觉得哪儿在痛呀?"过了半晌,哈里就问起"坎特比顿牌"短袜来了,这时,雷觉得老板的态度不再像刚才那样屈尊俯就了。

他们两人坐在兼供膳食的寄宿舍小客厅里的黄缎面落地长靠椅上。雷再次重申,要是哈里真的不让他入股,他简直就一天都待不下去了。说到这里,他还打了个手势,不料却碰着了维达的肩膀。

"哦,对不起!"他不好意思地说。

"没什么。啊,我觉得应该回去了。有点儿头痛。"她就这样简短地回答说。

四

三月里,有一个晚上,雷和她一起看完电影回来,顺路来到戴尔的铺子里去喝杯热巧克力。维达说:"你知道明年我说不定就不在这里啦。"

"你说这话是什么意思?"

他们在一张圆桌子前坐下来,她用细长的手指头在玻璃桌面上来回比画着。她透过玻璃桌面,看见桌斗里摆着黑色、金色和橘黄色的香水盒。她往四下里扫了一眼,只看见售货架上还放着一些大红热水袋、淡黄色海绵、蓝边大浴巾和樱桃红刷背的发刷。她摇摇头,活像是一个刚从阴魂附身中挣脱出来的巫婆似的,愁眉不展地直瞅着他,开口问道:

"我干吗老是要待在这里呢?现在我一定要当机立断。

一转眼,就要重订明年聘约了。我想赶明儿到别的镇上去教书。这里的人都讨厌我。我最好还是早点儿走吧。趁人家还没有公开说讨厌我,我自个儿先走为好。今儿晚上就得作出决定来。不过,我也很可能——哦,暂先撇开这个不谈了。我们赶快走吧。时间已经不早了。"

她突然站了起来,根本不理睬他在一迭连声地哀叫:"维达!等一下!快坐下!我的天哪!你真把我吓坏啦!唉!维达!"这时,她迈开大步,走了出去。他在付账的时候,她早已走得很远了。他在她后面拼命追赶,哀哀号哭着:"维达!等一等!"到了高杰林家门口的紫丁香棚架下,雷米埃才追上了她,把他的一只手搭在她的肩膀上,不让她再逃走了。

"哦,不要这样!不要这样!这又有什么意思呢?"她恳求着说。她抽抽噎噎地哭起来了,她那柔细的眼睑里噙满了泪水。"有谁能心疼我,或者能帮助我一下呢?看来我还不如到处流浪去,干脆把我都忘了吧。哦,雷,请你不要缠住我。快放我走吧。现在我决定不再接受这里的聘约了,我要离开这里,到天涯海角去——"

他的手紧紧地抓住她的肩膀。她低下了头,用她的面颊抚摸着他的手背。

他们终于在六月间结成了眷属。

五

他们租下了奥利·詹森的那幢房子。"房子虽然很小,"维达说,"但有一个很好的菜园子,便于接近大自然,我真是太高兴了。"

虽然按说她应该叫维达·伍瑟斯庞,虽然她也无意表示独立不羁,继续保留自己的本姓,但人们还是照旧管她叫维达·舍温。

她虽然已辞去了中学教职,但仍然在该校兼任一班英文课。妇女读书会每次开会,她都是忙得不亦乐乎。她常常闯进农妇休息室,叫诺德尔奎斯特太太要把地板扫得干干净净。她接替卡萝尔担任了图书馆馆务委员会委员。她在圣公会主日学校给女子高级班教课,并设法恢复女子团契①活动。她心中充满了自信和幸福。原先她已是万念俱灰,但结婚以后,她的精力却日益充沛,身子也变得一天比一天丰满,虽然照样喜欢饶舌,但她再也不羡慕人家婚后的幸福,见了小孩子也不触景生情了。可是,她却比从前更加坚决地要求整个戈镇都赞成她的改革方案——那就是购置土地兴建公园,并强制规定家家户户的后院里都要打扫得干干净净。

她一到了时装公司,就把办公桌跟前的哈里·海多克给缠住了。他要说笑话,但都给她打断了。她非常不客气地对他说,皮鞋部和男子服饰部都是雷一手办起来的,所以要求他也让雷做一个股东。哈里还没有来得及回话,她就要挟说,否则雷和她也许就会另开一个铺子了。"我自个儿就站柜台当伙计,而且有人还愿意资助我们。"

其实,连她自己都不知道到底有没有人愿意资助。

后来,雷果然当上了股东,占有全店股金的六分之一。

如今雷已经神气活现地在招待顾客了。他对男顾客往往

---

① 原文为 The King's Daughters,可能是美国基督教圣公会由女子组成的团契之一。

摆出一副新的架子来,见了漂亮的女顾客,也不再羞怯怯地拍马奉承了。每当他不是在殷切地力劝顾客去买他们根本不太需要的东西的时候,他就心不在焉地伫立在店堂后面。但是,只要一想到维达那种急风暴雨式的爱情,他就会扬扬得意地觉得自己真不愧为一个堂堂正正的男子汉。

　　维达只要一看见肯尼科特跟雷在一起,马上就会产生一种嫉妒心理——它只不过是从前维达认为卡萝尔即是自己化身的一点儿残余罢了。这时,维达还在暗自思忖:有人也许会认为肯尼科特就是雷的顶头上司。她相信卡萝尔对此也会有同感,所以心里真恨不得尖声叫嚷:"你可不要太幸灾乐祸!你的那位死样活气的老男人,我才不稀罕!嘿,我的雷身上那种高尚的精神品质——他可一丁点儿都没有哩!"

第二十二章

一

一个人最难使人理解的地方,并不是他对两性的赞扬所作出的反应,而是他怎样设法把一天二十四个小时打发过去。正是这个原因,码头工人不了解店员,伦敦人不了解布须曼人①。正是这个原因,卡萝尔也不了解婚后的维达。至于卡萝尔自己,已然有了孩子,一幢大房子也需要她照料。肯尼科特在外出诊的时候,只要来了电话,她还要替他代接一下。此外,卡萝尔见了什么书都要拿来读读,而维达只要看看报纸的大标题就得了。

可是维达脱离了多年来沉闷的寄宿舍生活以后,非常喜欢操持家务,哪怕是令人腻味的琐事也绝不肯放过。她没有雇用人,说实话也不想雇用。她做饭炒菜,烤点心,打扫房间,洗刷晚餐桌布,那种高兴劲儿就像一位化学家来到了新的实验室一样。炉灶在她看来真的就像是一座神圣的祭坛似的。她一上街买东西,往往胸口抱着一大堆肉汁罐头回来。她还

---

① 非洲纳米比亚和博茨瓦纳等地的居民。

会买一把洗碗刷或是一大块熏肉,看样子就像准备大宴宾客似的。她两膝跪在一颗豆苗旁边,喃喃自语道:"这是我亲手培植出来的——我给大自然创造了一个新生命。"

"看到她是那么幸福,我很高兴,"卡萝尔暗自寻思道,"我也应该以她为榜样。我疼爱自己的孩子,不过,谈到家务方面——哦,我想我还算是走运;跟新开垦的林地上那些农妇或是贫民窟里的人相比,真不知道要好多少呢。"

可是话又说回来,凡是自以为生活比别人优裕的人,也不见得就会感到非常满足,或者永远满足。

那么,卡萝尔自己的一天二十四个小时又是怎样打发过去呢?她一起床,就给孩子穿衣服,吃过早饭,吩咐奥斯卡里娜当天要买哪些东西,领着孩子上门廊那儿去玩,再到肉铺子去买牛排和猪排,接着给孩子洗澡,用钉子把架子钉牢;吃过了午饭,安排孩子午睡,给了送冰块的工友小费后,看一个钟头书,然后带孩子出去散步,顺便去拜访一下维达;吃过晚饭,让孩子上了床,马上补袜子,耳边听到肯尼科特一面在打呵欠,一面在指摘麦加农大夫不该用他那套蹩脚的 X 光仪器来治疗上皮癌;补好了长袍以后,已经昏昏欲睡,只听到肯尼科特在给炉子添煤,临睡前还硬着头皮看了一页索尔斯坦·维布伦①的书——整整一天的时间就这样过去了。

只有在休非常淘气,或者呜呜呜地叫,或者哈哈哈地笑,或者用令人吃惊的成年人的口吻说"我爱我的小椅子"的时候,卡萝尔心里才感到很高兴,可是在别的时候,她总觉得很孤单冷清。一想到这里,她再也不觉得自己比别人幸运了。

---

① 索尔斯坦·维布伦(1857—1929),美国经济学家和社会学家。

她真恨不能像维达那样安于戈镇现状,高高兴兴地拖地板——那才好呢。

二

卡萝尔看过的书,真是数量惊人,这些书不是从公共图书馆借来的,就是从圣保罗各书店买来的。起初,肯尼科特对她买书的癖好感到十分不安。书——终归是书嘛,这儿图书馆里有的是好几千册书,可以免费借阅,那你又何必一定要自己掏钱去买呢?为了这件事,他担心了两三年,后来认为她之所以染上"怪癖",也许就是她当过图书馆馆员的缘故,恐怕一辈子也都改不掉吧。

她读过的这些书和作者,十之八九都是维达·舍温深恶痛绝的。他们中间,有年轻的美国社会学家,年轻的英国现实主义作家,俄国的恐怖分子;安纳托尔·法朗士[1]、罗曼·罗兰[2]、尼克索[3]、威尔斯[4]、萧伯纳、凯伊、埃德加·李·马斯特尔斯[5]、西奥多·德莱塞[6]、舍伍德·安德森[7]、亨利·门肯[8],以及所有具有颠覆性的哲学家和艺术家,无论是在纽约

---

[1] 法朗士(1844—1924),法国著名作家、进步的社会活动家。
[2] 罗曼·罗兰(1866—1944),法国著名作家、思想家、进步的社会活动家。
[3] 尼克索(1869—1954),丹麦无产阶级作家,誉称为"丹麦的高尔基"。
[4] 威尔斯(1866—1946),英国作家、历史学家、社会学家。
[5] 马斯特尔斯(1869—1950),美国诗人,在他的杰作《斯庞河诗集》(1915)中,对乡镇市侩习气进行了尖锐的批评。
[6] 德莱塞(1871—1945),美国现实主义大师。
[7] 安德森(1876—1941),美国诗人,在他的著名小说《小城畸人》中,对美国僻远乡镇上"小人物"的孤独焦急情绪作了生动描绘。
[8] 门肯(1880—1956),美国评论家,在二十世纪二十年代影响较大。

挂着蜡防印花布帷幔的画室里,在堪萨斯的农场里,在旧金山的客厅里,还是在亚拉巴马的黑人学校里,许多妇女正在孜孜以求地向他们请教。卡萝尔从他们那里得到了一种模糊不清的、如同好几百万妇女都感觉到的愿望,同时,她也得到了一种必须具有阶级意识的决心,但她就是不知道自己究竟应该属于哪一个阶级。

她读了这些书以后,当然对她观察大街、戈镇,以及跟肯尼科特一起驱车时所看到的附近乡镇很有帮助。在她飘忽不定的思想里,逐渐形成了某些信念,甚至就在她上床睡觉前,或是在修剪指甲时,或是在等待肯尼科特回家的时候,也还会出现一些零零碎碎的片段印象。

后来,她就把自己的这些信念告诉维达·舍温——维达·伍瑟斯庞。她们两人坐在热水汀旁边,那里还有刚从惠蒂尔舅舅杂货食品店买来的一大碗质量不太好的胡桃和美洲山核桃。那天晚上,肯尼科特和雷米埃跟斯巴达协会的其他几位干事一起到瓦卡明去主持该地分会的成立典礼仪式。所以,维达就跑到卡萝尔家里来过夜了。她帮着卡萝尔先让休上床睡觉,而且还满嘴唾沫星子乱溅,啧啧称赞孩子的皮肤很柔嫩。随后,她们两人就开始闲聊天,一直聊到深更半夜。

那天晚上,卡萝尔嘴里所讲的和她心里反复琢磨的,表达了成千上万个草原乡镇广大妇女的心声。她所提出的方案,并不能使许多现实问题迎刃而解,只不过展示出一些可怜巴巴的、徒劳无益的幻景罢了。她并没有把自己的意见简明扼要地用言语表达出来,只是略微提到了这么几句:"哦,你知道","你要是领会我的意思的话",以及"我可不知道这会儿我自己是不是讲清楚了"。其实嘛,她的这些意见已经够明确,足以使人义愤填膺了。

三

卡萝尔说,她在读通俗小说和看戏的时候,发现美国的小镇只有两种传统。第一种传统,往往可以从每月出版的几十种杂志里看到,那就是说,美国的许多小镇,至今仍然保持着古老的淳朴和睦的风气,在那里可以娶到心地纯洁的、可爱的姑娘。因此,凡是在巴黎一举成名的画家,或是在纽约发家致富的金融家,早晚要对那些漂亮的城市女人感到厌倦,都会说大城市邪恶透顶。于是,他们就衣锦荣归,娶上他们孩童时代青梅竹马的情侣,欢欢喜喜地定居在这些小镇上,安度晚年。

另一种传统,就是说,所有的美国小镇都有以下这些重要特征:男人脸上都留着络腮胡子,草坪上都有铁狗雕像,门前都有金碧辉煌的砖饰,都拥有西洋跳棋和涂上金色香蒲花纹的水壶,此外还有一些精明而又滑稽的老头儿,他们往往被人叫作"土佬儿",有时他们突然会大喊一声,"哼,俺老子赌咒发誓就得了"。这种令人心驰神往的传统,至今仍然是杂耍歌舞剧团、滑稽插图的画家,以及报上幽默小品的绝妙题材,但在实际的生活里,远在四十年以前早已消失殆尽。就卡萝尔所在的那个小镇来说,那里的人们心里想的,早已不是像过去贩卖骡马的这种生意经,而是什么便宜的汽车、电话、成衣、谷仓、紫苜蓿、柯达照相机、留声机、莫里斯式皮圈椅、桥牌奖、石油股票、电影、地产,从来没有阅读过的马克·吐温全集,以及文字写得非常简洁的政治书籍。

对于这样的小镇生活,尽管像肯尼科特或是钱普·佩里这种人都觉得很满意,但也还是有千千万万的人——特别是女人和年轻小伙子——并不完全感到满意。脑子灵活一点的年轻人(以及那些走运的寡妇!),都像一溜烟似的逃到大城市去了。他们不管小说里所写的那种传统,决心在那里住下来,哪怕是在假日也很少回到老家来。在这些小镇上,就是最最慷慨激昂的爱国志士,到了晚年,只要有路子,他们也会离开那里,举家迁往加利福尼亚或者各大城市去。

卡萝尔历来认为,问题并不在于乡巴佬的愚昧无知,而是因为乡镇上缺少生活乐趣!

小镇周围的一切事物,都是呆板划一,缺乏灵感;人们举止言谈,无不呆滞迟钝;而且,为了得到别人的尊敬,精神上就得受到严格节制。这是一种满足的情绪……就是弥留之际的死者蔑视自强不息的生者那种满足的情绪。他们却把这种消极态度推崇为唯一美德。这里禁止人们享乐,要人们心甘情愿受奴役,就像笃信上帝一般崇拜这种死气沉沉的生活。

这些呆板乏味的人们,吃的东西简直味同嚼蜡,饭后就坐在扎屁股的摇椅里,身上连外套都没有穿,脑子里则是空空如也,耳朵里听着机械刻板的音乐,嘴巴里赞美"福特"牌汽车机械性能好,竟然还把自己看成是世界上最最伟大的民族呢。

四

卡萝尔曾经了解过这种普遍沉闷的生活对来自外国的移民所产生的影响。她记得,在头一代斯堪的纳维亚移民中间,还可以看到一些异国情调。有一回,碧雅领她去逛路德教会礼拜堂前设摊叫卖的挪威人市集,她看到就在一个地地道道挪威乡村小饭馆里,有一些肤色苍白的女人,穿着镶嵌金丝、彩色珠子绲边的大红坎肩,蓝边的黑裙子上束着绿条子围裙,高高耸起的小圆帽使她们的脸蛋儿显得格外俊秀——她们正在给顾客们端上"rommegrod og lefse"——甜酥饼和肉桂酸牛奶布丁。卡萝尔在戈镇破题儿头一遭发现了这种新奇的事物。她几乎醉心于这种淡淡的外国风情之中。

可是她也看到:这些斯堪的纳维亚女人,却乐于把她们带有肉桂风味的布丁和大红坎肩,各自换成炸猪排和浆得梆硬的白裥子,把挪威峡湾古色古香的圣诞赞歌换成了《她是我的爵士乐美人儿》,渐渐地跟美国生活方式趋于一致。在不到一代人的时间里,本来她们那些愉快的、新颖别致的习俗,如今早已蒙上了灰暗的色调。虽说本来也许会给小镇生活增添异彩,这一变化过程,是在她们的子女身上集大成的。他们穿的是成衣,说的是中学里流行的俚语,竭力遵守当地礼俗,这么一来,健全的美国生活习俗,就毫无保留地把入境的外国风俗习惯完全吸收过来了。

她觉得自己跟这些外国移民一样,也在潜移默化,变成貌似好看、实则庸庸碌碌的人。一想到这里,她非常害怕,很想起来反抗。

卡萝尔说,在许许多多小镇上,人们要是想保持体面,就得发誓在知识领域力求贫乏简单。每一个小镇上,除了五六个人以外,几乎人人都把极其容易造成的愚昧无知引以为荣。但凡"有智力",或是"有艺术素养",或是按照他们所说的"自炫博学"的人,反而都被视为自命不凡的、道德有问题的人。

虽然在施政纲领和合作社销售方面的大规模的实验,以及需要知识、勇气和想象力的冒险事业,确实已然在美国西部和中西部着手进行,不过,搞这些实验活动并不是在城市,而是在农村。在城市里,这些异端邪说只不过得到少数教师、医生、律师、工会和像迈尔斯·伯恩斯塔姆那样的工人支持罢了,事后他们往往因此遭到指责,被人讥笑为"狂热病"和"半瓶醋的空谈社会主义者"。报刊编辑和教会牧师,都会喋喋不休地对他们进行劝诫。那种安之若素的愚昧无知,就像乌云似的笼罩在他们头上,使他们感到郁郁不乐和无可奈何。

五

维达说:"是的——哦——你知道,我总觉得雷本来可以做一个呱呱叫的牧师。我认为他就是有一个笃信宗教的灵魂。我的天哪,要是他布道,一定会精彩极了。我想,现在他要做牧师,恐怕已经来不及了,不过,我告诉他,卖鞋子照样可以造福人群嘛——我心里正在纳闷,真不知道我们是不是应该组织家庭祷告会?"

六

卡萝尔认为,世界上所有的小镇,不管在哪一个时代,哪一个国家,毫无疑问,都有这样一种倾向:小镇上不但死气沉沉,而且卑鄙可恶,此外还有着难以遏制的好奇心。在法国或西藏正如在怀俄明州或印第安纳州一样,这些特性都是世代相传,历久不衰。

可是,当一个国家处心积虑,力求清一色标准化,渴望在维多利亚时代的英国之后成为世界上头号市侩的时候,它的小镇早已无法继续保持乡土气息,镇上的人们再也不会在无知的庇荫之下躺下来睡大觉了。这个小镇——就是代表这样一股力量,它正在想方设法去征服大地,使高山大海为之失色,让诗人但丁来赞夸戈镇,并给大人物披上大学生制服。这一股力量,由于它非常之自信,就会咄咄逼人地威胁着世界上其他国家的文明,因为一个头戴褐色圆顶礼帽的旅行推销员妄想踩在中国哲人贤士头上,竟把香烟广告贴在千百年来一直篆刻着孔夫子格言的古老拱门之上。

像这样的一个社会,本来可以大量制造廉价汽车、便宜手表和安全刮脸刀片。但它偏偏还不感到满足,除非全世界都认为,生活的最大乐趣和目的,就是要坐上廉价的小汽车,大肆吹捧便宜手表,黄昏时分坐下来闲聊天,聊的不是爱情和勇气,而是安全刮脸刀片使用起来该有多么方便。

像这样的一个社会,像这样的一个国家,却是由许许多多小镇所决定的。最最了不起的制造商——也不过是就像萨姆·克拉克那样的忙人罢了。所有那些身体圆胖的参议员和总统,实际上,也都是一步登天的乡下律师和银行家。

像这样的小镇,虽然它自以为是广大世界的一部分,并把自己跟罗马和维也纳相提并论,但它绝不会得到——也许使它变得伟大的——科学精神和国际主义思想。它只知道一个劲儿打听消息,以便发财致富,或者名噪一时。它的社会理想,缺乏伟大的气派、崇高的志向、高傲的姿态,而只是关心工钱便宜的厨子和暴涨不已的地产价格。它只会在小屋子里肮里肮脏的油布上打打纸牌,而不知道预言家们已经走上门廊,正在议论一些重大问题呢。

要是小镇上人人都像钱普·佩里和萨姆·克拉克那样心

地厚道,那就大可不必再要它去寻求伟大的传统了。可是哈里·海多克、戴夫·戴尔、杰克逊·埃尔德这号人——就是这些忙忙碌碌的小商人,出于他们经商的这一共同目标,因而具有极大的势力,他们虽然自以为有远大抱负,但是他们却整天价离不开收银机和滑稽电影——就是他们使这个小镇成为枯燥无味的寡头统治的天下。

七

卡萝尔竭力要弄清楚戈镇外貌为什么会这样丑陋不堪。她认为,原因在于这个小镇本身,处处看起来都是大同小异,镇上建筑马马虎虎,极不坚固,很像早年拓殖边疆的移民村子,不会充分利用当地自然环境的特点,以致漫山坡上矮树丛生,湖滨胜地已被铁路截断,小溪两旁垃圾堆积成山;色彩过于单调沉闷;市房建筑千篇一律,都呈长方形;那些坑坑洼洼的街道,简直太宽太直,一刮大风就没处躲藏,而且一眼就可以望到郊外一片难看的荒地,绝对看不到迂回曲折、引人入胜的景象。这样宽敞的街道,要是两旁宫殿式建筑耸然林立,一定会气势宏伟,两者相比之下,典型的大街两旁又矮小又破烂的店铺,不消说,会越发显得寒碜不堪。

看起来都是大同小异——就是对那种沉闷的、安安稳稳的哲学的一种外在的写照。美国的小镇十之八九都很相像,游客无不感到腻味。在匹兹堡以西,到处可以看到——而在匹兹堡以东,有时偶尔也可以看到——同样的锯木厂,同样的火车站,同样的"福特"汽车行,同样的奶酪厂,同样的盒式住宅和两层楼店铺。甚至比较新颖的、别出心裁的住宅建筑尽管力求富于变化,看上去还是大同小异:它们同样都是小平房,同样都是用灰浆和彩色瓷砖砌起来的四四方方的房子。各个店铺里陈列着同样的统一规格、广告遍布全国的商品;方圆三千英里以内的各地报纸,都刊登着同样的"通过报业辛迪加发出的特写报道";阿肯色州一个小伙子身上所穿的那种色彩鲜艳的现成衣服,也可以在德拉瓦州一个小伙子身上发现,他们两人嘴里都会说内容相同的体育版上同样的俚语,如果说他们中间一个是大学生,另一个是理发师的话,谁都不会猜出他们到底谁是大学生,谁是理发师。

如果说肯尼科特突然被人带到离戈镇几十英里远的另一个小镇去,那么连他自己也不见得会有什么异样的感觉。显然,他走过的是同样的大街(那条街道的名字八成儿也叫作大街);他会在同样的食品店里,看到同样的年轻小伙子正在端着同样的冰激凌苏打,送给一个同样的年轻女人,而在她的胳臂底下也掖着同样的杂志和唱片。只有等到他一上楼,走进自己的诊所,发觉门上挂着另外一个牌子,诊所里面又是另外一个肯尼科特医生——也许这时候他才会发觉事情有点儿蹊跷了。

最后,卡萝尔从她所有的批评后面,清楚地看到这样一个事实:大草原上的这些小镇,虽然是依靠庄稼人才得以存在,但在为庄稼人提供劳务方面,并不见得比大城市更好些;它们要靠庄稼人发财致富,为镇上的居民提供大汽车和令人尊敬的社会地位;它们跟那些大城市不一样,在攫取高利以后,不愿把本地建设成一个雄伟的、永久性的中心城市,却依然留下了这么一些破破烂烂的小房子。这是一种"寄生的希腊文化",甚至还要删去"文化"这两个字才合适。

"这就是我们目前所处的情况,"卡萝尔说,"有没有什么补救办法呢?是不是真的有呢?也许可以从批评着手。哦,对于我们那些平庸无能的大人物所作的抨击,也许多少总会有一点儿效果……但说不定也可能连一点儿效果都没有。也许有一天那些庄稼人会建造一个属于他们自己的市镇。不妨想想看,他们可能还会有自己的俱乐部呢!不过,我想,我自己恐怕再也不会提出什么'改革方案'了。再也不会提了!唉,毛病就出在人们精神状态上面,反正没有哪一个社团或政党会认为公园总比垃圾场好……这就是我的想法,不知道你有什么意见?"

"换句话说,你希望所有一切都要十全十美,是吗?"维达回答说。

"是呀!那又有什么不好呢?"

"你好像非常讨厌这个地方!你要是对它连一点儿感情都没有,那又怎能指望在这里有所作为呢?"

"嘿,怎么能说我没有感情呢!其实,我对它还是一往情深的。要不然,我就不会这么生气了。现在我才了解到:戈镇并不像我当初所想象的那样,只不过是大草原上小小的一粒疹子,实际上,它就跟纽约一样大。我在纽约认识的人没有超过四五十个,但在这里,我也认识了那么多的人。你再说下去!说说还有什么其他的意见?"

"哦,亲爱的卡萝尔,我要是果真把你所有的看法当真的话,那一定会觉得很伤心。不妨想一想,人家会有什么样的感受呢?要知道人家辛苦了这么多年,才建起了这么一个好端端的市镇,而你好像突然从天上飘落下来,满不在乎地说'糟透了!'难道这样说就公平吗?"

"怎么就不公平啦？要是让戈镇人去看一看威尼斯,作个比较,准定也会同样感到伤心呢。"

"绝不会的！我说,乘坐威尼斯的那种狭长的平底船固然很惬意,但我们这里的浴室可要比那里漂亮！可是——我亲爱的卡萝尔,在这个镇上考虑过这些问题的人,并不是只有你一个人,尽管——恕我无礼——我觉得你好像就认为除了你以外谁都没有动过脑子似的。当然咯,我也得承认,我们这里有某些东西还不够水平。比方说,我们上演的戏剧,也许就没有巴黎精彩。是的,确实如此！可我也不愿看到任何外来文化突然来侵袭我们——先不管它是街道设计、请客礼仪,还是疯狂的共产思想。"

维达简单扼要地谈到了她认为是"将会使戈镇变得更好、更美的一些行之有效的办法,但是这些办法跟我们的生活很有关系,事实上已在实现之中"。她谈到了妇女读书会,农妇休息室,灭蚊运动,以及有关园林绿化和疏浚下水道的运动——所有这些事情,并不是异想天开,虚无缥缈,而是近在眼前,切实可行。

而卡萝尔的回答是够异想天开,虚无缥缈了。

"是的……是的……我知道。以上这些事情都很好。不过,要是我能使所有这些改革一下子都得到实现的话,我仍然需要一些令人吃惊的外来东西。这里的生活已经够舒服、够合乎卫生了,而且又是那么安稳。现在但愿它最好少一点儿安稳,多一点儿热劲才行。我希望妇女读书会能促使市政建设得到改善,办法就是:提倡斯特林堡[①]的戏剧,以及古典舞

---

① 斯特林堡(1849—1912),瑞典著名作家。

蹈家(在朦朦胧胧的薄纱下面,可以看到一双娇美的腿。)。还有(我可以一目了然地看见他!)一个身材粗壮、蓄黑胡子、玩世不恭的法国人,坐了下来,喝酒,唱歌剧里的咏叹调,讲一些淫猥下流的故事,嘲笑我们的繁文缛节,并摘引了拉伯雷作品里的一些片段,而且还一点儿都不感到害臊,居然吻我的手!"

"哈!——哈!——哈!别的事情我可不太清楚,不过,我想,那正是你和所有其他不知足的年轻女人真的求之不得的:让一个陌生人吻你的手!"一看到卡萝尔喘不过气来,那个逼肖老松鼠的维达,马上脱口而出,大声嚷道,"哦,亲爱的卡萝尔,千万不要把我的话当真。刚才我说话的意思,只不过是——"

"我知道,你说的正是这个意思。快往下说呀。拯救一下我的灵魂。说来也怪可笑的:我一个劲儿想拯救戈镇的灵魂,而戈镇也死劲儿想拯救我的灵魂。你说,我还有什么别的罪愆吗?"

"哦,还多得很呢。也许有一天我们在这里会看到像你刚才所说的那种脑满肠肥而又愤世嫉俗的法国人(多么可怕,净是喜欢冷嘲热讽,满身散发出烟草味,拼命喝烈酒,把脑子和消化器官都给毁掉了!),不过,谢谢老天爷,我们暂时还得忙着修草坪和铺路面!你知道,这些事情真的一转眼就会来了。妇女读书会好歹已是初见成效。而你呢?"她用特别强调的语气继续说道,"使我大失所望的是,你做的事太少了,老实说,并不比被你嘲笑的人做得更多!校董会的萨姆·克拉克,目前为了改善学校的通风设备,他正在作出努力。埃拉·斯托博迪——她的口才,在你看来总是很可笑的——已经说服铁路局一起出钱,在火车站前面那块空地上开辟一个小花园。

"你呀动不动就挖苦人。可是很抱歉,我发现你的态度确实不太好,特别是你对待宗教的态度。

"你应该知道,你压根儿不是一个彻底的改革家。你这个人好高骛远,常常半途而废。新的市政厅大会堂、灭蝇运动、读书会的报告、图书馆馆务委员会、戏剧社——现在你都撒手不干了,只不过是因为我们还没有能达到上演易卜生剧本的水平罢了。什么事情你都要求一下子做得十全十美。你可知道,除了生下休以外,你还做过一件什么了不起的好事吗?我说,那就是:在儿童福利周,你曾经给肯尼科特大夫帮过忙。你在称每一个婴儿以前,并没有要求他当一个哲学家或艺术家,可你平日里对我们大家却提出了那么高的要求。

"还有一件事我说了,担心会叫你伤心。就在这一两年内,我们镇上将要修建一幢新的校舍——可我们自始至终都没有得到你一点儿帮助或关注!

"莫特教授和我,还有别人,多年来一直唇焦舌燥地在向有钱人叨咕这件事。我们没有来找你帮忙,因为要是你在毫无希望的情况下,一年接一年老是叨咕这么个问题,肯定受不了。但是到头来我们果然胜利了!那些有影响的人物已经答应我说,只要战时情况许可的话,他们就为兴建校舍发行公债。到时候,我们就会有一幢呱呱叫的大楼,是用很好看的褐色砖头盖成的,有许许多多大窗子,学校里还要设置农科和工艺科。我说,等到我们的新校舍一落成,那就是我对你所讲的全部大道理的回答!"

"听你这么一说,我实在太高兴。我很惭愧,因为我没有能够亲自参加这一工作。不过,如果我提出下面这么一个问题,请你千万不要以为我对这件事丝毫没有表示过同情:在那幢合乎卫生的新校舍里,教师们是不是还会照旧讲给学生听,说:波斯是地图上的一个黄点儿,'恺撒'是一本文法难题集解的书名呢?"

八

维达听了很生气;卡萝尔连忙赔礼道歉;她们两人又继续谈了一个钟头,有如永恒的马利亚和马大——马利亚主张废除道德,马大则主张要进行改革。① 结果还是维达占了上风。

卡萝尔因为自己没有被请去筹划兴建新校舍的事,心里觉得怅然若失。她只好把尽善尽美的梦想暂时搁在一边了。所以,维达要求她带领一小组营火会少女,她就一口答应了,而且对她们所演出的印第安人的舞蹈、宗教仪式以及服饰打扮也都表示十分满意。她参加妇女读书会的次数也越来越多了。她以维达作为后援,四处奔走,到处募款,以便雇用一位乡村护士,向贫困的病家提供医疗照顾。她还亲自劝募基金,而且坚持要求那位护士一定要年轻、健壮、和蔼而又聪明。

可是卡萝尔一直就像小孩儿看到他在空中飞翔的游伴一样,仿佛看到了那个身材粗壮、玩世不恭的法国人,以及那些穿着透明衣衫的舞蹈家;卡萝尔之所以会喜欢营火会少女,用维达的话来说,并不是因为"通过这种童子军训练,可以使她们将来成为贤妻良母",而是希望那些印第安人的舞蹈,可以

---

① 基督教福音派人物,一个注重实际,一个注重理想。

给她们暗淡无光的生活增添一些逆反的色彩。

她帮助埃拉·斯托博迪在火车站附近的小三角公园里栽种花草。她蹲伏在脏地里,拿着一把铲土的小弯刀,手上戴着种花时专用的长手套。她和埃拉一起谈到倒挂金钟属植物和美人蕉属植物,都是深受大众喜爱的花草。她觉得自己好像是在一座被天上诸神所遗弃,没有香火,也没有圣乐绕梁的空荡荡的神庙里干活儿似的。火车上的旅客们,竟然把她当作一个姿色日衰,但举止端庄的乡村妇女。行李搬运工听到她说,"哦,是的,我认为这给孩子们作出了极好的榜样";就在这个时候,她仿佛看到自己头上戴着花冠,正在巴比伦的大街上东奔西跑。

通过这次栽花种草活动,她对植物产生了兴趣。过去她认得的花花草草,只不过是卷丹和野玫瑰罢了,但她对休却重新有了认识。"妈妈,金凤花在说什么话呀?"他大声喊道,手里抓了一大把乱草,脸上沾满了金灿灿的花粉。她跪了下来把他抱住。她承认是他使自己的生活内容更加丰富了。就在一个钟头里……她跟他简直是完全水乳交融了。

可是一到深夜,她却被死亡的恐惧所惊醒。于是,她就从肯尼科特躺着的被窝旁边爬出来,蹑手蹑脚地走进了浴室,对着药品柜门上的镜子,仔细端详着自己那张苍白的脸孔。

当维达变得越发丰满、越发年轻的时候,她自己的模样儿是不是显得越发苍老呢?她的鼻子是不是比从前更尖削呢?她的脖子上是不是开始有了皱褶呢?她凝眸审视着自己,简直连气都透不过来,现下她才不过三十岁。可她结婚已有五年了——她好像是上了麻醉药似的,迷迷糊糊地一下子就让那五年的时间过去了。真是岁月不待人啊!她用拳头使劲儿

敲搪瓷浴缸的边沿,默默无言地对那些无动于衷的大人物大发脾气:

"我可不在乎!但我简直忍受不了!他们都是在撒谎——维达、威尔、贝西舅妈——他们都说我如今有了休,有了一个美满幸福的家庭,又在火车站小花园里种上了七株金莲花,就应该感到心满意足!我——终归是我!等到我死的时候,我眼前这个世界好像也就毁了。我——终归是我!我不乐意把大海和象牙塔都留给别人——我自己就需要它们呀!该死的维达!他们通通都是该死的家伙!难道说他们真的可以使我相信豪兰·古尔德杂货铺里陈列的破土豆,已经够美和新颖别致了吗?"

第二十三章

一

美国一卷入欧洲大战,维达就把雷米埃送到军官训练营去了,那时他们结婚还不到一年光景。雷米埃到了那里,学习很勤奋,而且还相当刻苦耐劳,结业后被授予步兵中尉,是最早派到海外的美国军官中的一个。

这时,卡萝尔简直非常害怕维达,因为现在维达已把结婚后迸发出来的强烈感情转移到打仗上去,而且又开始变得非常不耐烦。卡萝尔被雷米埃那种向往英雄气概的热望深深感动,而且还尽量委婉地把自己的这种仰慕之情表达出来,哪知道维达对待她的态度,简直就像是一个鲁莽无礼的小孩一模一样。

莱曼·卡斯、纳特·希克斯和萨姆·克拉克的儿子,也都被征召入伍。但入伍的士兵十之八九都是卡萝尔不认识的德国和瑞典庄稼人的子弟。特里·古尔德大夫和麦加农大夫,都当上了随军医疗队的上尉军医,驻扎在艾奥瓦和佐治亚的营房里。来自戈镇那个地区的入伍人员中间,撇开雷米埃不算,只有他们两人是军官。本来肯尼科特也很想跟他们一起入伍,可是镇上那几位医生这时已把同业竞争的事儿忘得一干二净,开会商谈的结果,说应该让他留下来,在他还没有奉召入伍以前,暂且给镇上的人看病。那时节,肯尼科特才四十二岁,在那个方圆十八英里的地区来说,他是一个独一无二的比较年轻的医生。韦斯特莱克老医生一向贪图舒适,夜间照例不乐意到乡下去出诊的,这时却在他放置硬衣领的盒子里翻寻他从前的勋章襟绶。

至于肯尼科特也想入伍的事,卡萝尔简直不知道自己应该怎么表态才好。当然,她没有斯巴达妇女的那种尚武精神。但她知道他心里很想去;她也知道他心里一直怀着这种愿望,从他老是步履艰难地走路的姿势和有时谈到天气是阴是晴的神态中就可以看得出来。她对他怀着一种敬佩的深情——但可惜除了这种深情以外,并没有积极鼓励他入伍去。

赛伊·博加特本来就是戈镇的好斗分子。如今,他再也不是从前躲在阁楼里瞎琢磨卡萝尔的自命非凡以及刺探女人生孩子秘密的一个骨瘦嶙峋的小孩子了。他已经十九岁,长得身躯高大,腰粗膀圆,整天价都在忙这忙那,是镇上有名的浮浪子弟,无论喝啤酒,掷骰子,讲不堪入耳的故事,样样是他的拿手本领。他专门站在戴尔的药房门前,见到过路的女孩子,都要"开开玩笑",弄得她们当场发窘。他的脸上泛出桃红色,同时还长着许许多多粉刺。

赛伊到处放出风声说,要是他老娘博加特寡妇不准他入伍,他就不告而别,自个儿报名参军去。他大喊大叫,说他"憎恨每一个卑鄙下流的德国兵;谢天谢地,他要是能一刺刀捅进一个大块头德国佬,教他懂得一点儿规矩和民主,那他也就死而无憾了"。当时,赛伊还十足出过一阵风头,那是因为他用鞭子狠揍过一个名叫阿道夫·波希鲍埃尔的乡下孩子,说后者是个"该死的德国杂种"……后来,正是这个年轻的波希鲍埃尔,拼命把他的美国上尉的尸体背回战壕的时候,却在阿尔贡尼不幸捐躯了。这个时候,赛伊·博加特仍然在戈镇,正打算要上前线打仗去。

二

　　卡萝尔到处听人说,这场战争将在人们心理上引起一种根本性的变化;所有一切事物,从婚姻关系一直到国家政体,都会在道德上得到净化和提高。对于这种变化,她觉得非常高兴,不过她始终没有发现它罢了。她看到镇上妇女们已把桥牌扔掉,正在给红十字会做纱布绷带,同时还笑着说,没有白糖叫她们怎么过日子呢。不过,她们在做这些外科包扎用的敷料时,并没有谈到什么上帝和凡夫俗子的灵魂,她们只不过唠唠叨叨地谈到迈尔斯·伯恩斯塔姆的粗鲁无礼,特里·古尔德四年以前跟一个庄稼人的女儿之间有过私情,以及怎么烧卷心菜,怎样修改短裤子等。她们一提到战争,只是一个劲儿谈它残暴恐怖。卡萝尔去做纱布绷带,不但很守时刻,而且效率还很高,但她怎么也没法像莱曼·卡斯太太和博加特太太那样,给那些绷带、敷料灌满了同仇敌忾的情绪。

　　她对维达愤愤不平地说:"年轻人都在努力工作,而这些老奶奶却坐在一边,净跟我们打岔,一开口话里就充满了憎恨,毕竟是她们身体太虚弱,什么事儿都不干了,只会憎恨别人吧。"

　　但维达马上转过身来对她说:"你即使不向她们表示一

点儿敬意,至少也不应该如此冒失无礼,一味固执己见;要知道现下这个时刻,有许许多多的男女正在面临着死亡。我们当中有些人——我们已经作出了这么多的贡献,而且又都是乐于这么做的。最低要求我们希望——你们这些人可不要自作聪明,净是损人呀。"

接下来是卡萝尔的哭泣声。

卡萝尔从心里确实希望看到普鲁士独裁政府的垮台;她自己深信,除了普鲁士以外,世界上哪儿都没有独裁政府了;她从电影上一看到部队从纽约出发的情景,心情就感到非常亢奋;可是叫她深感不安的,却是她在街上遇着迈尔斯·伯恩斯塔姆,听到他说了下面这些话:

"你的那些事儿怎么样?我呢,混得还不错,新近又买了两头大母牛。怎么啦,这会儿你变成了一个爱国者?啊?准定是他们带来的民主——死亡的民主。是的,打从伊甸园那个时候开始,只要一打仗,工人们总是根据大老板说给他们听的冠冕堂皇的理由,奔赴战场,互相残杀。可现在我比从前聪明了,我已经学乖了,什么战争不战争,我压根儿不乐意听呢。"

卡萝尔一听到迈尔斯这些话以后,心里考虑的已不再是这场战争的问题,而是马上敏感地觉得:她自己、维达以及所有一心要为"普通人效劳"的人,实在都是微不足道的,因为这些"普通人"只要一了解到事实的真相,他们自己就能够关心自己,而且很可能也是这样做的。她暗自思忖,像迈尔斯那样的数百万工人早晚要统治一切的;她一想到这里,不由得感到毛骨悚然。到了那个时候,恐怕连她一向恩爱有加的伯恩斯塔姆、碧雅和奥斯卡里娜,他们再也不会把她看成"宽宏大量的好太太"了——想到这里,她就马上打住,再也不敢琢磨下去了。

三

六月间,正好美国卷入欧洲大战以后两个月,戈镇出了一件了不起的大事,那就是声名煊赫的百万富翁、波士顿维尔维特汽车公司总经理珀西·布雷斯纳汉荣归乡里拜客访友。凡是新来乍到的外地人,常常要听到人们津津有味地谈论这个在本镇土生土长的大人物。

整整两个星期,都是传说纷纭,莫衷一是。萨姆·克拉克大声对肯尼科特嚷道:"喂,听说珀西·布雷斯纳汉快要回来啦!老天哪,见到这个老家伙俺真开心,嗯?"后来,《无畏周报》在头版用头条大号标题,刊登了布雷斯纳汉给杰克逊·埃尔德所写的一封信,全文如下:

亲爱的杰克:

你好,杰克,我想此事已是指日可待了。我马上就要到华盛顿去,在航空动力工业部门担任支取年薪仅一美元的政府顾问。我要告诉他们,有关汽化器问题我还有许多地方闹不清楚。但是我眼看着就成为英雄豪杰之前,我要回来钓几条大黑鲈鱼,跟你和萨姆·克拉克、哈里·海多克、威尔·肯尼科特等老友畅叙一番。我将在六月七日从明尼阿波利斯动身,搭乘第七次列车抵达戈镇。一切面谈,并希转告伯特·泰比给我留好一杯啤酒。

你的挚友

珀西

戈镇上流社会、金融、科学、文学和体育界的全体人士,在第七次列车到站时,几乎全都出动,前去迎接布雷斯纳汉。莱曼·卡斯太太站在理发师德尔·斯纳弗林旁边,久恩尼塔·海多克对图书馆维利茨小姐也几乎显得特别客气。卡萝尔看到布雷斯纳汉在车厢出口处冲着他们眉开眼笑。你瞧,他身材魁梧,服饰整洁,下巴突出,目光如炬。他怪亲热地大声喊道:"各位父老乡亲,我向你们问好!"当卡萝尔被介绍给他——而不是他被介绍给她——的时候,布雷斯纳汉两眼直瞅着她,握着她的手显得热烈而又从容不迫。

许多人请他上汽车,都给他一一谢绝了。他宁愿迈开两腿,安步当车。他把自己的手臂搭在喜好运动的裁缝纳特·希克斯的肩膀上。衣冠楚楚的哈里·海多克和德尔·斯纳弗林两人,替他拎着两只灰色大皮包。杰克·埃尔德替他拿着大衣,朱利叶斯·弗利克鲍则替他拿钓竿、渔网。卡萝尔注意到,虽然布雷斯纳汉脚上穿着护腿套,手里拄着拐棍,可是没有一个小孩子胆敢嘲笑他。她拿定主意说:"我一定要让威尔也有一件双排纽扣的蓝外套,一条高边领子,一个布满花点子的蝶形领结,跟他的服饰打扮完全一模一样。"

那天傍晚时分,肯尼科特正在花园甬道两旁剪草,布雷斯纳汉独个儿坐车来了。这时,他穿的是灯芯绒裤子,卡其布衬衫,领口敞开着,头上戴着一顶白色划船小帽,脚上是一双帆布皮鞋,显得别有风味。"威尔老兄,这会儿你还在忙活!老实说,回到这儿来,一穿上合适的、大尺寸的裤子,我心里舒坦极了。尽管人们都说大城市里怎么怎么惬意,可我觉得,赶回来看看老朋友,钓几条大鲈鱼——这才是赏心乐事呀!"

他健步如飞地沿着甬道向卡萝尔跑去,大声吆喝道:"小家伙上哪儿去了?听说你生了个大胖儿子,快抱出来,让我瞧一瞧!"

"他已经睡觉了。"她简单地回答说。

"我知道,规矩就是规矩,小孩子到商店里去总会像马达一样大吵大闹的。不过,大姐,你瞧,我这个人可就是专门要打破规矩的。快去抱出来,让珀西大叔看看他。劳驾劳驾,大姐。"

他就伸出胳膊来,一把搂住她的细腰——那是一条粗大、强壮、老于世故,但又令人感到舒适的胳膊。他狡黠地朝着她咧嘴狞笑,简直叫她受不了,这时,肯尼科特脸上也泛上了一种空洞的笑容。卡萝尔不由得脸红了;这位来自大城市的贵宾,就这样随随便便地闯进了她处处设防的个人生活圈子里来,这不免叫她惊慌失措。后来,她总算能落脚溜了,蹦蹦跳跳带领这两位男人上了楼,来到了休睡觉的那个卧室。肯尼科特嘴里一直在低声咕哝着说,"好极了,好极了,嘿,老家伙,看到你回来,当然咯,可叫人高兴!"

休这会儿背朝上趴在床上,看样子好像睡得正熟。他为了躲避电灯光,已把两眼埋在蓝色小枕头里,但在这时候,不知怎的突然坐了起来。他身上穿着毛线睡裤,看来身子小而娇弱,他的一头褐色鬈发也显得蓬乱不堪。他把枕头紧紧地抱在自己胸口。他一下子就号啕大哭起来了。他一个劲儿瞪着两眼,直瞅着这位陌生人,分明是要他立刻走开。稍后,他方才对卡萝尔说了知心话:"天还没有亮,爸会不答应的。这个枕头会说些什么话?"

布雷斯纳汉怪亲昵地把自己的胳膊搭在卡萝尔的肩膀上

说:"我的天哪,你运气真好,生了这么一个小宝贝。我说,威尔真有能耐,说得你服服帖帖——嫁给像他这么一个老光棍!听说你是从圣保罗来的。赶明儿我们要拉着你上波士顿去玩玩。"说完这话,他就俯下身子对着床上的休说:"小伙子,你是我离开波士顿以后所见到的最漂亮的孩子。我就送给你一个小小的纪念品作为见面礼,好吗?"

他掏出来一个红橡皮做的滑稽戏里的小丑。休说:"盖[给]我呀。"他一拿到手,就把它藏在被子底下,两眼又是一个劲儿盯住布雷斯纳汉,好像这老头是他从来都没有见过似的。

卡萝尔这次觉得有必要提醒休:"休,我的乖孩子,要是有人给你东西的时候,你应该说些什么?"这位大人物显然是在等着休向他道谢呢。他们伫立在那里,白等了一场,最后还是布雷斯纳汉带领他们一起从卧室走了出去,而且声调低沉地说:"威尔,你看我们哪天去钓鱼,好吗?"

他在威尔家里待了半个钟头,嘴里老是对卡萝尔说她长得多么迷人,两眼馋涎欲滴地始终盯着她不放。

"是的。他也许有本领,会叫一个女人爱上他的,但时间长不了,至多只有个把星期罢了。他的那种好吵好闹和虚情假意的作风,我一看见就讨厌。他是个恃强凌弱的老手。我出于自卫起见,只好对他不讲客气了。哦,是的,他乐意上我们家来。他也很喜欢我们。他是个非常出色的演员,深信自己能……要是他在波士顿,我会憎恨他。凡是大城市里令人目眩的一切东西,他都有,什么漂亮的小轿车,什么精心裁制的晚礼服。他会在豪华的餐厅里预订精美酒席。他府上的客厅,是用最佳商号的精美家具陈设起来的——不过里面挂的画,却叫他大出洋相。我宁愿在盖伊·波洛克那个积满尘埃的公事房里跟他闲聊天……但是,我怎么能说假话呢!他的胳膊抚摩着我的肩膀,他的眼睛激起了我对他的敬佩之情。我害怕他。我憎恨他!……啊,女人家的想入非非而又自命不凡的心理,简直叫人难以捉摸啊!只因为我是威尔的妻子,他方才对我有好感,而我又怎地对这么一个和蔼可亲而又精明能干的堂堂正正的好人来妄加评论呢!"

四

肯尼科特夫妇,埃尔德夫妇,克拉克夫妇,和布雷斯纳汉一起动身,到雷德·斯克沃湖边钓鱼去了。他们乘坐的是埃尔德新买的"凯迪拉克"轿车,要走四十英里路方能到达湖边。开车前,他们有说有笑,七手八脚忙着把午餐篮子和钓竿都搬到车上,还一再问卡萝尔座位底下有一大堆围巾,她是不是真的觉得很碍事。他们正要出发的时候,克拉克太太大惊失色地说:"哎哟哟,萨姆,我可忘了把那本杂志带来。"布雷斯纳汉吓唬她说:"快走吧,你们这些太太们要是自以为喜欢文学,那就干脆别跟我们这些大老粗一块儿走!"他的这些话,逗得车上的人哈哈大笑起来。一路上,那些太太都抓紧时间午睡了一会儿,只有克拉克太太在自言自语说,她虽然现下还没有看完,要是不坐车出门,恐怕她早就可以看完的,因为她看的是一部长篇连载小说,正好看到了一半——那是一个非常激动人心的故事,好像写的是一个少女的逸闻,那个少女是一个土耳其舞女(其实,她是一个美国女人与俄国亲王所生的女儿)。尽管有许多男人死乞白赖地追求她,但她仍能保持贞操,其中还有一个场面——

到了湖边,男人们就纷纷上船,投饵钓黑鲈鱼去了。女人们则一面准备午餐,一面连连打着呵欠。卡萝尔觉得男人们事前认为她们女人本来就不爱钓鱼的,因而感到很生气。"虽然我并不想跟他们一块儿去,但去不去,就要随我的便,反正他们也得问我一声才对。"

他们的这顿午餐拖得时间很长,气氛却很愉快,并且以此为背景,他们大谈特谈这位衣锦还乡的大人物、大城市的见闻、国内外重大事件,以及许许多多著名的人物。他们既幽默而又谦虚地扬言说,他们的朋友珀西一生中的成就并不亚于绝大多数"波士顿的富商巨贾,这些人之所以都自以为了不起,只不过因为他们都是古老的巨富世家出身,又到大学里念过书罢了。请相信,今日里治理波士顿的,正是一些新兴的实干家,而不是那些在俱乐部里打盹儿的老牌吹牛大王!"

卡萝尔终于明白,布雷斯纳汉并不是戈镇人常说起的那种"在东部各地发迹——实际上只要不在那儿挨饿——的戈镇子弟"。她还发现,在他唠叨不休的阿谀奉承后面,布雷斯纳汉对他那些老朋友确实满怀着真挚动人的深情。他就这次大战所发表的宏论,已引起了他们特别的关注和激奋。他们都俯下身子凑到他跟前来——其实周围两英里以内,据悉有人会偷听的——他就把说话的声调尽量放低,向他们透露说,他在波士顿和华盛顿两地,搞到了不少有关这次大战的内幕消息,都是直接来自美国参战大本营的,他跟大本营里某些人士经常保持接触,可惜他不便泄露他们的尊姓大名,因为他们在国防部和国务院都是位居要职,他特别关照大家,谢天谢地,千万不能向外人吐露一个字,这是仅限于大本营内部掌握的重大机密,所以在华盛顿以外的人根本不会知道的,只有我和你们之间才无所不谈。这是绝对可靠的消息,西班牙到头来还是决定加入协约国,正式出场干仗了。是的,伙计,就在一个月以内,西班牙将要派出二百万装备齐全的大军,在法国境内跟我们肩并肩地作战了。德国佬一下子准傻眼!

"那么,德国国内革命发展的前景又如何呢?"肯尼科特毕恭毕敬地问。

这位权威人士低声咕哝着说:"无可奉告。关于这方面,唯一靠得住的消息是,不管德国是打赢了还是打输了,只要地狱里还有熊熊烈焰,德国人照样都是效忠于德皇。这是在华盛顿内部一位极为可靠的人士亲口告诉我的。不,伙计,对于国际事务方面,我虽然不敢说知道得很多,但有一点你们是可以深信无疑的,那就是说:德国在今后的四十年以内,仍然还是一个 Hohenzollem①。我认为这可不是什么坏事。德国皇帝和年轻德国贵族绝对不会撒手不管那些赤色鼓动家的,要知道他们一旦得逞了,准定比皇帝还要糟糕。"

"对于推翻俄国沙皇的这次起义,我倒是非常感兴趣的。"卡萝尔暗示说。到头来她还是拜倒在这位对于天下大事无所不知的哲人贤士脚下了。

肯尼科特连忙替她进行辩解,说:"卡丽对于俄国这次革命很感兴趣。珀西,你可有这方面的消息吗?"

"没有!"布雷斯纳汉直截了当地说,"现在我可以斩钉截铁地说。亲爱的卡萝尔呀,你刚才说话的那副派头,很像纽约的那些俄国犹太人,或是那些留长头发的空谈家,真的叫我大

---

① 德语,意谓:帝国。

吃一惊！我可以告诉你，只不过你可不能往外声张出去，要知道，这是一项重大的国家机密，我是从一位跟国务院很接近的人士那儿了解到的，我老实告诉你，沙皇将在年底以前重新掌握政权。当然，你一定在报上看到了许许多多有关沙皇退位和被杀的消息，但就我所知，还有一支庞大的军队仍然在支持他，他还是会给那些该死的鼓动家、好吃懒做的叫花子显威风的，他们这些家伙自己安安稳稳躲在后头不露面，却把那些替他们送死的可怜虫差来遣去的。反正俄国沙皇还是会把他们打发到老家去的！"

卡萝尔一听说沙皇要卷土重来，心里觉得很难受，可她还是一言不语。说起像俄国这么遥远的一个国家，其他在场的人看来脑子里都是空空如也，连一点儿概念都没有，所以也就没有开口。后来，他们就拼命往前挤过来，向布雷斯纳汉纷纷打听：他对"帕卡德"牌小汽车、得克萨斯州油井的投资，以及对明尼苏达和马萨诸塞两州出生的青年人的孰优孰劣有何看法？还有，对于禁酒和汽车轮胎的今后价格问题，他有没有什么意见？末了，还问他美国飞行员的技术是不是真的比法国飞行员更出色？

他们听了以后都很高兴，因为在所有一切的问题上，布雷斯纳汉的看法跟他们完全一致。

卡萝尔一听到布雷斯纳汉扬言说："我们将非常乐意跟经过选举产生的工人委员会对话，但有一些外面来的煽动者却插了进来，居然指点我们该如何管理工厂，这个我们可受不了！"卡萝尔记得从前杰克逊·埃尔德——这会儿他正在乖乖地接受"新思想"——谈到同样的问题时，也曾经说过同样的话。

就在萨姆·克拉克冥思苦想,搜索枯肠,找出来一个又冗长又噜苏的腻味故事时——说有一回他在豪华的普尔曼式卧铺车厢里还对一个名叫乔治的茶房念叨过呢——布雷斯纳汉两手抱住膝盖,身子前后摇动着,仔细端详着卡萝尔。她心里正在纳闷,真不知道他是不是了解到她强颜欢笑的苦衷,因为刚才肯尼科特当众笑话她,说她"整日价玩命似的砰砰砰敲打大箱子",他这句土话译成大白话,就是说她"自己一心只顾弹钢琴",却忘了去照顾休——像这样芝麻绿豆大的家庭琐事,要是别的男人准张不开口来,可他却絮絮叨叨地已说上了十遍之多。肯尼科特邀她去打扑克牌,她佯装没听见,她想,布雷斯纳汉一定看透了她的心事。她生怕说不定他会说出一些难听的话儿来,但又转念一想,大可不必这样害怕,因而不免有点儿恼火了。

后来,她同样又觉得恼火的是:回来的时候,他们的车子一开到戈镇大街上,人们都向布雷斯纳汉频频挥手示意,连久恩尼塔·海多克也把身子探到车窗外去张望,这是人们给予布雷斯纳汉的无上荣誉,但她也分享到了,因而感到十分自豪。她自言自语说:"好像我真的巴不得让人们看见我跟这个说话像唱机一样的大亨阔佬在一起!"同时又暗自思忖,"威尔和我常常陪同布雷斯纳汉先生出去玩儿,想必大家也都看在眼里了。"

全镇的人都在议论他的逸事,说他态度和蔼可亲,说他博闻强识,不会忘掉人家的名字,又说他的衣着打扮,说他捕鲑鱼的诱饵,又说他如何如何乐善好施。这次他慷慨解囊,送给了克卢博克神父一百块钱,同时又把一百块钱送给浸礼会牧师齐特雷尔先生,对齐特雷尔牧师推行的美国化这一工作表示赞助。

卡萝尔在时装公司听到裁缝纳特·希克斯兴高采烈地说：

"这次珀西老兄可把那个老是夸夸其谈的伯恩斯塔姆狠狠地骂了一顿。人家都这么想的,他在结婚以后就会安分守己,不再招惹是非了,可是,我的老天哪,像他们这号人好像自以为什么都知道,这种劣根性就是永远改不了呀。嘿,这个'红胡子瑞典佳'简直自讨没趣,真是活该！他竟然胆大包天,跑到戴夫·戴尔店里对珀西说：'啊,原来是这么一个家伙,人们就得付给他一百万块钱,供他吃喝玩乐,俺心里老想瞧一瞧他呢！'珀西瞥了他一眼,马上回敬了一句：'哼,怎么啦？'接下去他就说：'我一直在四处找人,只要会扫扫地就行,一天我赏他四块钱。老兄,这个肥缺你乐意干吗？'哈,哈,哈！你们都知道,伯恩斯塔姆平日里耍贫弄嘴真行,这一回却哑口无言了。他为了想把面子扳回来,就骂这个小镇该有如何如何缺德透顶,珀西马上予以反驳说：'你要是不喜欢我们这个国家,就趁早滚回德国去,那儿本来就是你的老窝嘛！'可是,你们不妨想一想,过去我们从来没有这样嘲笑过伯恩斯塔姆呀！嘿,我说珀西老兄真是个好样的,了不起！"

五

布雷斯纳汉借了杰克逊·埃尔德的汽车,把车开到了肯尼科特家大门口,冲着卡萝尔大声喊道："快出来兜兜风吧。"这时,卡萝尔正在门廊里,来回摆动着休的摇篮。

她很想冷冰冰地回绝他："真是太感谢你了,可我还得尽看管孩子的职责呢。"

"把他一块儿捎去就得了！把他一块儿捎去就得了！"布雷斯纳汉已经跳下车来，大步流星从甬道上走过来。这么一来，她简直受宠若惊，就不好意思再拒绝他了。

不过，她并没有把休一起捎走。

汽车开了一英里，布雷斯纳汉一言不语，但两眼直瞅着她，仿佛要她明白，原来他对她心里所想到的每个问题都是了如指掌。

她发觉，他的胸脯长得很宽厚。

"这儿土地真美呀。"他说。

"你真的喜欢这些土地吗？可它们不会给你带来什么利润呢。"

他哧哧地笑了起来。"大姐，你先别跟我打岔，好吗？我对你可以说了解得非常透彻。你认为我很会装腔作势，净是吓唬人。哦，也许我就是这样的。不过，亲爱的大姐，你何尝不是如此呢？何况你人长得很标致，要是不怕你掴耳光，我心里可真恨不得跟你亲热一番呢。"

"布雷斯纳汉先生，难道你对你太太的朋友说话，就都是这么个样子吗？你也都管她们叫'大姐'吗？"

"老实说，就是这样嘛！我有办法讨得她们的欢心。结果是一比零，我胜了！"说完，他又哧哧大笑起来，可是声音却没有刚才那么洪亮了。他十分在意地望着车上的电流表。

过了一会儿，他又小心翼翼地开始说话了："你的威尔·肯尼科特，的确是个了不起的好医生。我们这些乡下医生，一直在做出了不起的事情。有一天，我在华盛顿跟一位著名的医学界权威，也就是约翰·霍普金斯医学院的教授交谈过，那时他说,那些开业医生在乡下所起的作用,以及他们给予居民的同情和帮助,人们从来都没有加以充分肯定过。我们的那些第一流的医学专家,还有年轻的科学家,他们个个都是那么自信,整天价关在实验室里搞研究,早已把病人忘得一干二净了。除了规规矩矩的人不担心会染上极少数罕见的病例以外,真正保障人民大众的身心健康的,还是这些开业的乡下医生。老实说,在我亲眼见到过的最稳健、头脑最清楚的开业医生里面,威尔就是其中的一个。嗯?"

"我相信他的确是这样的。他就是为人们的实际需要效劳的。"

"你再说一遍,好吗?哼,是呀。不管怎么说,我觉得你这话还是说对啦……不过,你说,孩子,要是我没有猜错的话,你好像并不怎么喜欢戈镇吧?"

"一点儿也不喜欢。"

"那你就要错失大好机会了。那些大城市嘛,并没有什么了不起。请相信我的话,我可知道得最清楚不过了!总的说起来,这是一个很好的市镇。你能到这里来,就算你走运。我自己真巴不得能在这里长住下去!"

"那敢情好呀。你干吗又不长住下去呢?"

"嘿!我的天哪——难道说我能把事业给扔掉不管——"

"你——大可不必住在这里。而我呢,非长住下去不可!所以我就想要改变它的面貌。你可知道,像你这样杰出的人物嘴里老是啧啧称赞你的本乡本州好,实际上却产生了多大的恶果吗?我说,正是你在鼓励当地居民不要进行什么改革。他们还援引你的话来做证,一直相信自己住在天堂里,而且——"她捏紧了拳头说,"这个鬼地方,简直沉闷得要死!"

"得了,就算你的想法是对的。既然如此,你也用不着对这么一个怪可怜巴巴的小镇大发雷霆呀!"

"我对你说过它很沉闷。简直沉闷得要死了!"

"可是别人并不觉得它沉闷呀。像海多克两口子那样的夫妇,日子过得该有多欢畅,什么跳舞呀,还有打纸牌呀——"

"不,他们也觉得怪烦腻透顶的。几乎镇上每个人都是这样。内心空虚,作风恶劣,到处搬嘴弄舌——我恨之入骨的,就是这些玩意儿。"

"这些玩意儿——在这里,当然咯,是免不了的。就是在波士顿,也是一个样!不管到哪个地方,也都是一个样!唉,你刚才给戈镇找出来的那些毛病,只不过是人类生活的天性,永远都改变不了的呀。"

"你说的也许有道理。可是在波士顿那样的地方,所有像我卡萝尔这样正直的年轻女人——顺便说一说,我认为自己是清白无辜的——相互之间都可以谈谈心,乐一乐。如今,我在这里——却是孤零零的一个人,掉在一个死水坑里——只有你这位了不起的布雷斯纳汉先生来了,才把它搅动了一下!"

"我的天哪,听你这么一说,好像这儿的'当地土著'——你姑且不客气地这么称呼他们——一定是非常悲观绝望啦。可是,说来也真怪,他们并没有都去上吊自杀呀。看起来他们好像多少还是在发愤图强呢!"

"那就是因为他们不知道自己缺少的是什么东西呗。归根到底,人多少总还有一点儿忍耐力吧。你不妨看看那些矿工和囚犯,就得了。"

布雷斯纳汉把车开到明尼玛喜湖南岸,透过倒映在湖中的芦苇,看见了宛如压皱的锡箔一般、正在湖面上闪闪颤动的涟漪,远处岸边郁郁苍苍的树林子,还有银白色的燕麦和深黄色的小麦。他轻轻地拍拍她的手,说:"卡萝尔——大——姐呀,你真是一个可爱的女孩子,但你这个人可也很难弄的。我说的意思,明白吗?"

"我明白。"

"嘿,也许你明白,不过,按照愚见——但也并不是太愚不可及——总觉得你喜欢标新立异,自以为与众不同。嗯,你只要知道,有成千上万的妇女,特别是在纽约,她们的说法恰好和你完全合辙,这么一来,你再也不会得意扬扬地把自己看成是独一无二的天才了,你就会去赶浪头,摇旗呐喊,高呼戈镇万岁万万岁,安安稳稳地去过一种既体面而又舒适的家庭生活了。大概有上百万的女孩子,刚刚走出大学校门,就想指手画脚,倒过来教她们老奶奶如何如何煮鸡蛋。"

"你的那个土里土气、俗不可耐的比喻,用得可真漂亮呀!我想,你大概是在'宴会'上和'董事'会上常常要用的,给你自己卑微的出身夸耀一番吧。"

"哼!也许你这话说得有些道理,反正我不想跟你抬杠了。不过,你也得想一想:你对戈镇的成见太深,所以就不免言过其实了;有些人原来在某些问题上可能很想赞同你的看法,但你却偏偏跟他们闹对立——可是我说,好家伙,整个戈镇绝不可能从头到脚全都错了!"

"不,当然还不至于全都错了,但说不定还是有错吧。现在让我讲一段小故事给你听听。远在人类还处于原始穴居时代,有一个女人向她的配偶诉苦说,她简直觉得样样事情都不满意,她特别讨厌的就是潮湿的洞穴,从她赤身裸腿上跑过去的耗子,披在身上的硬邦邦的兽皮,嘴里吃的半生不熟的禽肉,此外还有她丈夫胡子拉碴的脸孔,终年不断的战争,以及对神祇的顶礼膜拜,要是她不把自己最好的兽爪项链送给祭司,那么,神祇就会把厄运降临到她头上来。可她的男人却不以为然地说:'你说的这些,不见得有什么坏处吧!'他心里想这么一说,就可以把她的嘴巴给堵住了。现在,你也一定自以为:既然维尔维特汽车公司和它的大老板珀西·布雷斯纳汉就是在这里出生的,这里一定是个具有高度文明的地方吧。事实上,真的就是这样吗?我们还不是至今仍然停留在由野蛮过渡到文明的这个阶段吗?我建议不妨以博加特太太为例加以说明,得了,我说,只要像你这样聪明的人继续为维持现状而进行辩护,那么,我们就永远脱离不了刚才所说的这种野蛮状态了。"

"孩子,你真会耍贫嘴呀。不过,我的天哪,我倒很想看看你想设计一种新的什么玩意儿,比方说,开一家工厂,雇上一大拨来自捷克斯洛伐克、匈牙利,还有天晓得打哪儿来的赤色分子替你干活去吧!我料你很快就会把自己的那一大套理论扔得精光!当然,我可并不是一个劲儿要为现状辩护。毋庸讳言,现状确实是糟得很!只不过就我这个人来说,头脑还是很开明的。"

于是,他就开始传播他自己的那一套为人之道:喜爱户外活动,做事光明正大,对朋友永远忠诚。这时,卡萝尔就像一个新受圣职的教士一样突然发现:那些保守派只要一超出宗教宣传小册子的范围,即使遭到一个反对崇拜偶像者的攻击,他们既不会浑身发抖,也不会哑口无言,而是恰好相反,他们马上会神气活现地利用一些含糊不清的统计数字来进行反驳了。

布雷斯纳汉真是一个了不起的男子汉、实干家和好朋友,卡萝尔越是拼命跟他拌嘴,反而越是喜欢他。他是一个踌躇满志的总经理,她压根儿不愿让他瞧不起她自己。在他说到所谓"空谈的社会主义者"——尽管这个名词并不是什么崭新的玩意儿——时所露出的那种挖苦嘲笑的神态后面,好像就有一股强大的力量,不由得使她产生一种希望,愿意和他那一帮子脑满肠肥、鸿运亨通的经理先生握手言和。布雷斯纳汉问:"你真的愿意跟那些长着火鸡脖子,戴着牛角边框的眼镜,得了腺样增殖症,蓬头散发的傻瓜蛋打交道吗?要知道这些家伙整日价唠叨什么'条件'不好,可就是从来不肯做一点儿正经事。"卡萝尔回答说:"当然不愿意咯,但——反正都是一个样呗。"布雷斯纳汉又说:"就算你说的那个穴居的女人所找的碴子通通都找对了,我敢说,她最后准定会碰上一个棒小伙子,一个真正的须眉汉子,为她找到一个又舒适又干燥的洞穴,而不是一个什么满腹牢骚、吹毛求疵的激进分子。"卡萝尔只是稍微扭了一下脑袋,压根儿没有表态。

他的那双巨大的手,充满性感的嘴唇,以及毫无拘束的说话声音,仿佛使他的自信心越发增强了。现在,他正如肯尼科特从前一样,使她感到自己既年轻而又温顺。这时,只见他耷拉着脑袋说:"亲爱的卡萝尔,可惜我马上就要离开戈镇了。跟你在一块玩儿,可真是再好都没有啦。是的,你长得的确很标致!赶明儿你上波士顿的时候,我可一定要请你吃午饭。哎哟哟,真见鬼,这会儿我们该往回走了。"不过,卡萝尔还是缄口无言。

卡萝尔到家后对他传播的那一大套煎牛排式的为人之道所作出的唯一答复，就是哭泣着说："反正都是一个样呗——"

在他动身去华盛顿以前，卡萝尔就再也没有看到他了。

他人走了，但他那目光如炬的神情，好像还映现在眼前。他两眼端详着她的嘴唇、头发和肩膀时的神态，分明使她感到：她自己不仅是贤妻良母，而且还是年轻的女人呢，世界上还是有许许多多的男人，跟上大学的时候并没有什么两样。

就是那种赞美之情，促使她要好好地去重新认识肯尼科特，她要揭去亲密的外衣，透过最熟悉的现象去发现从没有见到过的新东西。

第二十四章

一

整个仲夏时节,卡萝尔对肯尼科特好像特别敏感。她想起了他的许许多多的怪事情。她听到他嚼烟叶时又气恼又好笑的样子;她晚上一个劲儿念诗给他听的情景;此外还有许许多多的事情,看来都已遗忘了,连一点儿影子都没有了。她一再重复说他虽有入伍参军的宏愿,但现在还得要耐心等待下去。就是在许许多多小事情上,他也都给了她莫大的安慰。她很喜欢他,就是因为他爱做家务,特别善于小修小补;百叶窗的铰链坏了,他毫不费劲儿就把它修好;他一发现鸟枪的枪管里生了锈,心里感到挺难过的,就会像孩子似的跑去找她寻求安慰。反正她总觉得他这个孩子爸爸简直就跟休一模一样,尽管休的前程尚难预料,但肯定要比他老子富有迷人的魅力吧。

那是在六月底,有一天暑气逼人,天边还不时出现闪电。镇上其他的医生都应召入伍去了,压在肯尼科特身上的工作特别重,所以他们夫妇俩并没有到湖畔别墅去消夏,仍旧留在镇上,有时不免感到无聊和恼火。那天下午,卡萝尔到奥利森·麦圭尔——从前叫作达尔·奥利森——杂货铺去买东西,碰到那个刚从乡下来的年轻小伙计,居然也敢如此大胆放肆,不由得叫她感到非常气恼。其实,那个小伙计举止言谈并不比镇上别家铺子里的掌柜们来得更加唐突随便,但是因为天气太热的缘故,她也就动不动发火了。

她说要买鳕鱼准备做晚饭去,那个年轻的小伙计咕哝着说:"你干吗要买那种糟糕透顶的东西呀?"

"我喜欢它呗!"

"瞎扯淡!我说,大夫先生想来买得起比这还要好的东西吧。来一点儿本店刚上柜的特制的牛肉熏香肠怎么样?棒极了。海多克家也常常来买呢。"

卡萝尔火冒三丈地说:"哎哟哟,小伙子呀,我家里的事儿用不着你来瞎指点;至于海多克家爱买什么玩意儿,跟我又有什么相干呀!"

那个年轻的小伙计简直碰了一鼻子灰,赶紧把蹩脚的鳕鱼片包扎好,目瞪口呆地望着她慢腾腾地走出去。她仿佛心里很难过地说:"刚才我实在不应该对他说这样的话。其实,他心里可并没有什么恶意。他人还年轻,根本不知道自己态度粗鲁呢。"

她又走到惠蒂尔舅舅的杂货铺去买细盐和一包安全火柴,这时她的那种后悔心情也没有用行动表示出来。惠蒂尔舅舅热得汗流浃背,身上穿的一件无领衬衫全湿透了,正冲着店里一个伙计大声吆喝道:"来呀,你赶快把这一磅小甜饼送到卡斯太太家去!镇上有些人认为,开铺子的掌柜就得整日价接电话,送货上门……哈罗,卡丽。我觉得你穿的这件裙子,领口似乎开得太低了一点儿。你也许觉得非常朴素大方,不过,我说我也许还是个旧脑筋吧,我总觉得女人家不该把自己的胸脯都敞开,给全镇人看呀! 哈,哈,哈! ……希克斯太太,你好! 你要买——鼠尾草吗? 对不起,刚卖完了。怎么样,买别的香料好不好?"惠蒂尔舅舅好像挺不高兴似的,哼着鼻子说:"好说,好说! 我们这儿还有名目繁多的香料,质地跟鼠尾草一样好! 我说,来一点儿甜胡椒,怎么样?"希克斯太太刚走出店堂,惠蒂尔舅舅就气呼呼地说:"有些人走到柜台前还不晓得自己到底要买啥东西呢!"

"我丈夫的舅舅可真是个榨取人们血汗、恃强凌弱但又假装笃信上帝的圣徒!"卡萝尔暗自寻思道。

她蹑手蹑脚地走进了戴夫·戴尔的店铺。戴夫举起两只手说:"不要开枪! 我投降就得了!"她脸上笑了一笑,情不自禁地想到,将近五年以来戴夫一直喜欢跟她开这种玩笑,仿佛她是在威胁着他的生命似的。

她懒洋洋地在炎热的街上边走边想,戈镇居民谁都不会开玩笑——只有戴夫一个人例外。在最近的五年里,一到严寒的冬天,大清早莱曼·卡斯所说的总是这么一句话:"多亏天气还不算太冷——天气在好转以前还得要冷呀。"有一回,卡萝尔曾经问过埃兹拉·斯托博迪:"我要在这张支票背后签名吗?"可是后来他却把这事对大家说了五十遍之多。萨姆·克拉克也这样大声地问过她五十次:"你的那顶帽子打哪儿偷来的?"镇上有一个运货马车夫,名叫巴尼·卡胡恩,本来他就像掉在夹缝里的一个镍币,是个无足轻重的小角色,但在肯尼科特嘴里却无中生有地讲过五十遍之多,居然说巴尼有一天指着牧师鼻尖说:"快上库房去,把你的那箱子宗教书籍搬出来——它们热得在出汗呢!"

每次她都是一成不变地沿着老路走回家去的。每一幢房子的门,每一个十字路口,每一块广告牌,以至于每一棵树,每一只狗,她全都知道。路边排水沟里的每一块变黑了的香蕉皮和每一只空香烟盒子,她也都知道。甚至连每个人见面寒暄时的方式,她也都了如指掌。当吉姆·豪兰突然站住,目瞪口呆地直瞅着她的时候,他并不是要向她说说知心话,不,这是他在对她抱怨说:"哦,今儿个你黄[慌]里黄[慌]张的,上哪儿呀!"

展望她的未来,难道就是如此这般吗?面包房橱窗里照样摆着盛面包的红色篮子,离斯托博迪家大门口那根拴马的花岗石柱不远有一排房子,那里人行道上照样有着顶针形状的裂缝——

她一声不吭地把买回来的东西交给了一言不语的奥斯卡里娜,然后坐在门廊的摇椅里,开始不停地扇扇子。可是休在她身边哭哭闹闹的,不由得叫她恼火了。

肯尼科特一回到家里,就咕哝着说:"该死的,这个孩子在干号什么?"

"他闹腾了一整天我都忍着,难道说仅仅这十分钟你就受不了吗?"

吃晚饭的时候,肯尼科特身上只穿了一件衬衫,背心一半敞开着,可以看到早已褪了色的吊裤带。

"你干吗不把那件吓人的背心脱掉,换上你那套漂亮的夏装呢?"她开始对他埋怨地说。

"太麻烦,因为天太热,不想上楼去呗。"

她又转念一想,大概有一年光景,她没有细心地察看过她的丈夫了。她先留意观察他在餐桌上的那副吃相。他死劲儿用刀子在盘子里一面拣,一面狼吞虎咽地吃鱼片,末了还会咂嘴舔舌去吮刀子上的残汁剩屑。她看了真觉得有点儿恶心。这时,她聊以自慰地说:"实在好笑!像这样的一些琐事,又有什么关系呢!我可千万不要这么傻呀!"但她心里明白,对于他的这种不登大雅之堂的吃相,她的确不可能等闲视之。

她发觉,他们俩之间竟然无话可说;令人难以相信的是,这会儿他们俩就像从前卡萝尔可怜过的那些坐在餐馆里相对无言的一对对情侣。

要是布雷斯纳汉在这里的话——他一定会眉飞色舞,口若悬河似的说个没完没了……

她发觉,肯尼科特身上的衣服好久以来没有熨烫过了。他的外套上都已经起皱,一站起来,裤子膝盖处也往外鼓了出来。他的那双变了样的破皮鞋很久没有上过油。他硬是不肯戴柔软的礼帽,老是戴着一顶硬邦邦的圆顶礼帽,表示自己威风凛凛,鸿运亨通;有时候,到了家里还舍不得把帽子摘下来。他的袖口——她偷偷地看了一眼,原来跟浆过的衬衫一样,早已磨破了。她曾把衬衫袖口翻了个身,重新做过,而且她每星期都要拿去洗的。在上星期日早上洗澡的时候,她苦苦哀求他把那件衬衣扔掉,他却没好气地回答说:"哦,我看还可以将就穿它个半年呢。"

他一星期总共只刮三次脸,有时候自己刮,有时候找德尔·斯纳弗林帮忙。可是这天早上,他正好偏偏没有刮脸。

但是尽管这样,他见了人,还是常常夸耀他新颖的大翻领和那时髦的领带。他不时要议论麦加农大夫如何如何"衣冠不整",甚至嘲笑那些老头儿喜欢戴可以脱换的活袖口,或者是早已不时兴的"格莱斯顿式"衣领。

那天晚上,卡萝尔对奶油鳕鱼那道菜不太喜欢。

她注意到,他的指甲修剪得很不整齐,那是因为他平日里有个习惯,爱用小刀子修剪指甲,历来瞧不起城里太太小姐们所使用的指甲钳。肯尼科特身为外科医生,他的十个手指头却洗刷得特别干净,相形之下,跟他原来不修边幅的仪表,显得更加不协调了。他的那双手——尽管聪明而又善良,但偏偏就是不会谈情说爱。

她忽然想起了当年他向她求爱时的情景。那时,他千方百计想要博得她的欢心,羞羞答答地给自己草帽上扎上一条彩带,就这样深深地打动了她的心。难道说他们相互眷恋的那些日子,如今已是一去不复返吗?他为了要使她产生好感,还念了许许多多东西给她听,并且坚持说她总是在准备随时指出他的每一个错误(现在,她一想到这里,简直就哭笑不得!)。有一次,他们俩坐在斯内林堡墙根下一个僻静的角落里,他还是这样坚持说——

她仿佛"砰"的一声把回忆的大门关上了。那是属于神圣的范围以内的事情。可是,多么难为情的,却是——

她好像神经质似的把她面前的蛋糕和甜杏仁羹猛地推在一边。

晚饭以后,因为门廊里蚊子太多,他们只好进屋去了。肯尼科特又唠叨着说:"门廊的纱窗,也应该换新的啦,破纱窗让所有的虫子都钻进来了。"像这么一句话,五年以来,他已经絮絮叨叨地说过两百次了。这会儿他们正坐在那里看书,忽然她又发现了他的那个简直有伤大雅的老毛病——见到他这副德行,实在叫她疾首蹙额了。这时只见他弯弯扭扭地倒在一张椅子里,两条腿搁在另一张椅子上,正在用小指头掏他的左耳朵——她还可以听到轻微的呷嘴声——瞧他正死劲儿往耳洞里面掏呀掏——

他突然脱口说道:"哦,我可忘了告诉你,今儿个晚上,有几个哥儿们要来这儿打纸牌。我说,你给我们准备一点儿饼干、奶酪和啤酒,好吗?"

她点点头,暗自思忖道:

"本来他就可以早一点儿告诉我呀。哦,是的,反正这儿就是他的家嘛。"

他的那些牌友果然陆续驾到:萨姆·克拉克、杰克·埃尔德、戴夫·戴尔、吉姆·豪兰。他们见了卡萝尔,好像板着脸孔说了一声"晚上好",而一见到肯尼科特,他的那一拨伙友就熟不拘礼地开腔说:"怎么样,现在就开始打牌吧?我有预感,今儿个晚上可要叫他输个精光。"他们谁都没有说也要她——卡萝尔——一块儿打牌。她自言自语说,这可要怪她自己不好,因为平日里她跟他们实在太不够朋友了;可是,她又转念一想,反正他们也从来没有找过萨姆·克拉克太太打牌。

要是布雷斯纳汉在场的话,说不定他就会邀她一块儿来打牌了。

她坐在客厅里,隔着过道,远远地望着他们人头簇拥地俯伏在餐桌上打扑克牌。

他们身上只穿着单衬衫,嘴里有的抽卷烟,有的嚼烟叶,有的还随地吐痰。他们一会儿压低声音,在那里嘀嘀咕咕什么,不让她听见他们说话的内容,可是一会儿他们又声音嘶哑地傻笑起来。他们说来说去,就是在打扑克时常用的那些万变不离其宗的牌迷的行话。满屋子都是叫人闻了呛鼻子的雪

475

茄烟味。他们嘴里紧紧地衔着雪茄烟,所以他们的面孔下半部就阴沉而死板,简直毫无表情。他们就像一群政客,恬不知耻地在摊分肥缺似的。

他们怎地能理解她心目中的那个世界呢?

她的那个虚无缥缈的世界,是不是真的存在呢?她是不是个傻瓜蛋呢?现在,她怀疑她心目中的那个世界,她甚至还怀疑她自己。令人刺鼻的充满烟味的空气,几乎使她呕吐。

她又开始默默地回想着他们日常生活的情景。

肯尼科特的日常生活,就像一个孤独的老鳏夫一样呆板乏味。最初,他似乎温情脉脉地故意表示自己对她亲手做的饭菜——这是她的想象力能得到自由驰骋的唯一领域——都很喜欢,但现在他认为需要的,只有他平常最爱吃的那几道菜:牛排、烤牛肉、炖猪脚爪、燕麦粥、烤苹果。有的时候难得灵活变通一些,他把吃柑橘改为吃葡萄柚①,于是就自以为是一个享乐至上主义者了。

婚后头一个秋天,卡萝尔看到他把自己那套猎装当成宝贝似的,不由得感到高兴,可是现在,猎装的皮面子上,线缝已经裂开,露出了浅黄色线脚来,沾满了野地里的污泥和擦枪时的油渍的破烂不堪的粗布衬里,从扯破了的衣摆底下钻了出来,她一看到就觉得很腻味。

难道说她的一辈子,活脱脱就像上面那套皮面猎装吗?

她知道肯尼科特老太太远在一八九五年所买的那一套细瓷餐具,连它上面的每一个豁口和褐色斑点,她都知道得一清二楚——那是一套细瓷餐具,上面的"勿忘草"图案早已褪

---

① 一种热带水果。

色,金边也变得模糊不清了。整套餐具包括一个盛卤汁的碟子,放在跟它极不相称的托盘里,此外还有一些色彩庄严、印着福音书上箴言、带盖子的菜盆,以及两个大盘子。

余外还有一个中号盘子,被碧雅打碎了,卡萝尔听到肯尼科特为了这件事曾经长吁短叹达二十次之多。

还有那个厨房间呢——黑铁洗涤槽里终年潮湿;滴水板也是湿漉漉,早已白里发黄,它的木质由于潮湿和长期揩擦,如今就像一束棉纱线那样柔软;那张小圆桌,桌面已经发翘了;此外还有一只小闹钟。灶台好像已被奥斯卡里娜大胆地涂上了一层黑乎乎的生漆,可是尽管这样,它仍然叫人见了摇头——因为几扇炉门已经松了,通风管道也坏了,烘箱里热度从来就没有稳定过。

卡萝尔对这个厨房间总算是尽了自己的最大努力:她先是把四壁粉刷得雪白,又给窗子挂上帘子,最后还把那个挂了六年之久的月份牌拿走,另换上了一幅彩色图片。她巴望能给厨房间砌上瓷砖,添置一个夏天烧饭用的煤油炉,可是到了肯尼科特那里,他老是舍不得花这笔钱。

其实,她对维达·舍温或是盖伊·波洛克的了解,远不如她对厨房间里的炊事用具了解得那么透彻。比方说,那个开罐头的小刀,原是用灰色软金属做的一个起子,尽管不久前有人用它去撬窗子给弄弯了,但卡萝尔觉得它可要比欧洲所有的各大教堂用处更大。再说,星期日吃晚饭的时候,要把冷冻童子鸡切开来,究竟是用厨房里那把柄上没有涂过漆的尖头小菜刀好呢,还是用装上鹿角柄的专门切肉的餐刀来得好——这是虽然每个星期都要碰到、但至今仍未妥善解决的一个问题,看来也远比亚洲的前途命运更加重要吧。

二

那些爷儿们只顾自己打牌玩乐,却一丁点儿都没有去理睬她。直到深更半夜,她的丈夫方才大声招呼她说:"卡丽,我说,给咱们送一点儿吃的,好吗?"当她走过餐厅的时候,男人们都朝着她笑,好像是在捧腹大笑。可是等她把饼干、奶酪、沙丁鱼和啤酒一一端上来的时候,他们谁都没有看她一眼。那时,他们正在兴头上,议论戴夫·戴尔在两个钟头前突然不再补新牌,他心里到底打的是什么算盘。

直到他们走了以后,卡萝尔才对肯尼科特说:"你的那些好朋友,几乎把我们家当作酒吧间,巴不得我就像一个女招待那样去伺候他们。不过,在他们眼里,恐怕我连个女招待都还不如呢,因为他们根本用不着给我小费。真是倒霉——得了,祝你晚安!"

其实,在大热天,她很少会像刚才这样找碴子,唠唠叨叨骂个不停,但肯尼科特并没有生气,只是感到有点儿惊讶罢了。"喂!等一下!你说的这些话,是什么意思呀?我说,我实在闹不懂你的意思。什么酒吧间不酒吧间的,难道说我的那些好朋友都是酒鬼吗?你可要知道,珀西·布雷斯纳汉不久前就说过,今儿个晚上来我们家的这拨人,才是天底下心眼儿最好的老实人!"

他们夫妇两人就这样伫立在前厅里。肯尼科特心里实在给气得要死,不免把自己分内的工作都给忘了:关上大门,给座钟上弦。

"布雷斯纳汉——他算老几!一听到他的名字,我就讨厌!"其实,她这话并没有什么特别的意图,只不过是随便说说罢了。

"你怎么啦,卡丽,他是——我们国内了不起的一个伟人!整个波士顿,人人都要指望他,方能吃上饭呢!"

"我可纳闷,你说的是不是真的这样。再说,也许我们还会了解到,他在波士顿的名门望族中间,说不定被人看成是一个地地道道的大老粗呢?你听,他一见到女人,就叫什么大姐长大姐短的,叫人听了多俗气呀——"

"得了!别说了!当然咯,我知道你心里的意思并不是这样的——你只不过是因为天气太热,又觉得很累,拼命跟我发一通脾气罢了。可是,不管怎么样,反正我不许你对珀西老兄说三道四。你——正如你对这次大战的态度一样——就是生怕要不了多久,美国就会变成一个军国主义的——"

"那么说,你就是一个货真价实的爱国志士啦?"

"那还用说,我本来就是嘛!"

"是呀,今儿个晚上,我就是听到你对萨姆·克拉克在一起嘀嘀咕咕什么……逃避所得税呢!"

这时,肯尼科特方才惊魂甫定,连忙赶去给大门上了锁,拖着沉重的脚步上楼去。卡萝尔跟在他后面,只听见他在大声吼道:"你连自个儿都不知道在说些什么呢。我一向是诚心诚意把我的税款都缴足了的,事实上,我也很赞成缴纳所得税的,尽管如此,我还是觉得,这对培养克勤克俭和进取精神来说,却是一种惩罚——事实上,这种税收办法是极不公平,极不明智的。但不管怎么说,反正我还是照缴不误。只不过政府要我缴多少,我就缴多少,要我多缴一个子儿,我才不当这样的傻瓜蛋呢。刚才我跟萨姆·克拉克在一起议论的,就是汽车费是不是应该从总额中扣掉。随你说我什么,我都可以原谅你,卡丽,但你说我不爱国,我可一秒钟都受不了。你明明知道我曾经想尽种种办法,以便脱身出来去参军入伍的。你也知道,这场战祸一开始,我就说过——我就是这样直截了当地说的——只要德国——入侵比利时,我们就应该马上投笔从戎。你简直一点儿都不了解我。你简直不了解一个男人的工作。你简直有点儿不太正常呢。我想恐怕你是从这些骗人的小说和别的什么书,还有什么自以为了不起的高深学问里头招来的麻烦吧——不知怎的你老是爱跟人家抬杠来着!"

过了一刻钟以后,他管她叫"神经病",就侧转身子假装睡觉去了;他们这场夫妇争吵,到此方才算结束了。

反正这就是他们俩头一次发生的口角龃龉。

"世界上是有两种人——确实是只有这两种人——他们却偏偏生活在一起。他管我这种人叫'神经病',我就管他这种人叫'大笨蛋'。我们之间永远不会互相谅解的,永远都不会的。要知道,我们要是这样争吵下去,简直是发疯了——就在这个令人毛骨悚然的房间里,这张热得够呛的眠床上,这两个冤家对头偏偏还要躺在一起呢。"

三

卡萝尔心里真恨不能有区区一隅,属于她自己所有,这才好呢。

"天气这么热,我想我还是到那个空的客房去睡吧。"次日,她就对肯尼科特这样说。

"这个主意,倒也不错。"他和颜悦色地回答说。

那个客房间,已被一张样子笨重的双人床和一个质地低劣的松木五斗柜占满了。她先把双人床藏到阁楼上去,换上了一张帆布床,又给它罩上一块粗斜纹布床单,白天还可以当作长沙发。接着,她又搬进来一张梳妆台和一张套着提花布椅套的摇椅。而且,她还叫迈尔斯·伯恩斯塔姆做了一些书架。

肯尼科特慢慢地开始懂得,她是有意要回避他,这才独居一室的。他一迭连声地问:"整个房间要重新布置一下吗?""把你的书都搬进去吗?"她从他的这些提问里了解到他的沮丧心情。反正这事好办,她只要房门一关,也就根本见不到他的满脸愁容了。一想到她这么容易就可以把他忘掉了,她心里不免感到很难过。

贝西·斯梅尔舅妈凭自己的嗅觉,终于发现了上述如此这般不成体统的事情。她大发牢骚说:"卡丽呀,难道说你就打算单独一个人上床睡觉吗?你的这种做法,我可不赞成。夫妻嘛,本该要同房的,那还用说吗?你千万不能有这样的傻念头。谁知道这会闹出个什么名堂来。你不妨想一想,我要是突然向你惠蒂尔老舅提出要求,说我要单独住一个房间,那还像话吗?!"

卡萝尔在回答的时候,故意把话题扯到玉米布丁的做法上去了。

殊不知韦斯特莱克大夫太太,却给她鼓了气。有一天下午,卡萝尔去拜访韦斯特莱克太太,破题儿头一遭被请上楼去,发现这个和蔼可亲的老太太正在一个四壁粉白的房间里缝衣服,房间里陈设着一套桃花心木家具,此外还有一张小眠床。

"哦,原来你跟韦斯特莱克医生早已分床了吗?"卡萝尔心照不宣地说。

"是呀,一点儿都不错!韦斯特莱克大夫说我吃饭时动不动发脾气,他受不了。可你呢——?"韦斯特莱克太太目不转睛地直瞅着她,"嗯,你们——不妨也可以试一试吗?"

"这个——我心里正在琢磨着呢。"卡萝尔有点儿发窘,禁不住笑了起来,"我要是偶尔想单身住开,我想,你总不至于会认为我是水性杨花吧?"

"哪儿的话,孩子,每一个女人家——都应该有她自己的小天地,这样就可以反复思考各种问题。比方说,想想孩子,想想上帝,想想自己面色不太好看了,想想男人们对她确实不太谅解,想想家里的活儿该有多忙,而且要承受一个男人的爱,有时就得需要拿出多大的耐心来啊!"

"你可说到点子上啦!"卡萝尔一面喘着粗气说,一面来回不停地搓着手。这时候,她很想坦白地说,她不但痛恨贝西舅妈,而且对她最喜爱的那些人也心怀不满:她跟肯尼科特日益疏远,她对盖伊·波洛克大失所望,她一见到维达时心里就忐忑不安。但她还是有力量足以控制住自己的感情,这会儿仅仅说了这么两句话:"是呀,那些男人,他们误入歧途该有多么可怜!我们就是应该躲开他们,好好笑话笑话他们!"

"当然咯,就得这样办。可你总不能老是笑话肯尼科特大夫呀;不过,我的天哪,我的那一位,可真是个举世罕见的老怪物!他应该去办正经事儿的时候,却一动不动坐在那儿看小说!'马克斯·韦斯特莱克,'我就是这样对他说,'你真是一个罗曼蒂克的老糊涂呀。'你猜,他听了有没有生气?唉,他一点儿都没有！反而哧哧大笑地说，'是呀，我的亲人哪，人家都说结发夫妻嘛，两人的相貌就会越长越像呢！'对这个老头儿，你真拿他没有办法呢！"说完，韦斯特莱克太太就轻松自在地笑了起来。

听了韦斯特莱克太太上面这一段自白以后，卡萝尔为了回答她的一片好意，也只好这样说，不管怎样，反正肯尼科特还够不上非常罗曼蒂克吧。临走以前，她还对韦斯特莱克太太瞎扯了一阵，说是她很讨厌贝西舅妈，现在肯尼科特一年可以赚五千多块钱，以及她对维达嫁给雷米埃的看法（其中包括她言不由衷地称赞雷米埃，说他"心眼儿好"），此外还有她对图书馆馆务委员会的意见，肯尼科特提到过卡撒尔太太得了糖尿病，以及肯尼科特对圣保罗、明尼阿波利斯城里某些外科医生的看法。

她在回家路上，觉得由于说了一番心里话而特别宽慰，同时也为自己结交了一位新朋友而感到心情亢奋。

四

这是一出有关"治理家务"的悲喜剧。

那时奥斯卡里娜已回老家帮忙种地去了。卡萝尔一连雇用了好几个用人，当然中间也有断档的时候。雇不到用人，已成为许许多多草原小镇上最难办的问题之一。越来越多的乡下女孩子都甩手不干了，原因是她们觉得这种小镇上空气太沉闷，而且久恩尼塔式的太太奶奶们歧视"女用人"的态度，至今丝毫没有改变。她们都纷纷跑到大城市去，有的给人家烧饭，有的去商店站柜台，也有的索性进工厂打工，这样，她们下班之后就可以自由自在,真正体会到人的价值了。

芳华俱乐部里的人,一听到卡萝尔到头来还是被那个耿耿忠心的奥斯卡里娜所遗弃,简直个个幸灾乐祸似的。不久前卡萝尔说过这样的话:"我家里绝不会发生用人问题的,你看,奥斯卡里娜现在不是还在我家里忙活嘛。"这话她们故意提了出来,问卡萝尔现在还记不记得。

卡萝尔请的用人,十有八九是北方树林子里的芬兰小丫头、来自大草原的德国人,偶尔也有瑞典人、挪威人和冰岛人,每当新旧用人来不及交接的时候,她就自己动手做家务,同时还要耐心去应付贝西舅妈的突然袭击。要知道,贝西舅妈常常像水鸭子掠过水面似的噗噗噗跑进来,告诉她若要打扫起了绒毛的尘土,就得给扫帚上洒一些水,接着又一一指点她怎样给油炸圈饼加糖稀,还有怎样调好作料塞进鹅的肚子里。卡萝尔干活灵巧熟练,常常赢得肯尼科特很有分寸的赞赏。但是,当她一发觉自己肩胛骨开始像针扎似的疼痛的时候,她心里就纳闷,真不知道天底下有多少个像她这样的女人——啊,何止千千万万呢——欺骗自己说,她们一辈子——直到临死以前——仿佛都是傻哈哈的,爱做这种没完没了的家务事呢。

现如今,她对一夫一妻的小家庭方式的好处、对它的神圣性开始产生怀疑,而从前她却把它看作是人们美满生活的基础。

她又转念一想,自己不该有如此严重的疑心病。她尽量不去回想芳华俱乐部里有多少太太奶奶们,尽管常常骂她们的丈夫,可是回过头来,她们自己也得常常挨丈夫的骂。

她总是尽量不向肯尼科特发牢骚。可是现在她常常觉得眼睛发疼;她不再是五年以前在科罗拉多群山之中身上穿着马裤和法兰绒衬衫、傍着一堆篝火野餐的少女了。她的最大心愿就是能在九点钟上床睡觉;她最讨厌清早六点半就得起来照料休,一下床,脖子根还在痛呢。她嘲笑过这种平庸忙碌的生活的"乐趣"。现下她方才闹明白:为什么工人和他们的妻子对他们那些好心的雇主不太表示感激的道理。

到了上午十点钟左右,她的脖子和肩背好像暂时不痛了。她真的又觉得工作很有乐趣了。这时,她干起活来也就显得生龙活虎似的。但她却没有心思去阅读报上讴歌劳工如何伟大的短评,要知道那些短评每天都要见诸报端,是由新闻记者中间一些眉毛发白、善于辞令的预言家撰稿,往往写得面面俱到,振振有词。不过,她觉得自己的看法是独立不羁的,而且带着一点儿阴暗色彩,虽然她尽量不让它显露出来。

她在大扫除的时候,方才想到了用人住的那个小房间。那里屋顶板倾斜,窗口狭小,就像一个牢房似的;下面就是厨房,夏天闷热得透不过气来,冬天却冷得手脚都要冻僵。这时,她方才知道,尽管她一向自以为是一个心肠非常好的女主人,事实上,她还是让她的好友碧雅和奥斯卡里娜长年累月住在这么一个猪圈里。于是,她就哭诉着,一一讲给肯尼科特听。当他们站在从厨房间通往阁楼的那道岌岌可危的楼梯上的时候,肯尼科特还大声吼叫着:"难道说那里出了什么事儿吗?"这时,卡萝尔就一一指给他看:倾斜得很陡的、从来没有抹过灰浆的屋顶板上因为漏雨而渗出的一圈圈褐色污斑;屋里的地板也是凹凸不平;那张帆布床和乱扔在床上的扯得稀烂的被子,还有一张破烂不堪的摇椅,以及那一块照起来会走样的镜子。

"当然咯,这儿可不是雷迪森大旅馆的客厅,但是对那些女用人来说,至少比她们自己家里要舒服,所以说她们应该完全心满意足啦。反正她们不会领你的情,我们乱花钱,不是太傻了吗?"

可是话又说回来,那天晚上,肯尼科特想要出其不意让她开开心,就慢吞吞地胡诌说:"卡丽,你知不知道,说不定这会儿我们就可以考虑盖一幢新房子啦。你觉得怎么样呀?"

"怎么啦——"

"我说现在条件已经具备,我们造得起一幢叫人们大吃一惊的房子!我们盖的那种房子,就是要让镇上的人连做梦也都想不到!一定要叫萨姆和哈里望尘莫及!让大家饱饱眼福!"

"是的。"她回答说。

可他并没有再继续说下去了。

从这以后,每天他都要提到盖新房子的事,可是,新房子到底什么时候盖,盖的又是什么样式的,连他自己心里都没有谱。起初,她居然信以为真,滔滔不绝地说:她就是主张盖一幢石头砌的矮平房,那里要有许多格子窗和种郁金香的花坛;或者盖一幢具有拓殖时期风格的用砖头砌的红房子,要不然干脆盖一幢白色木头房子,装上许多绿色百叶窗和屋顶窗。他一看到她谈得那么热火,就回答说:"是的,说得不错呀,值得考虑考虑。可你知不知道——我的烟斗搁在哪儿呀?"在她的追逼之下,肯尼科特只好烦躁不安地说,"连我也不知道。不过,你刚才讲的那些房子,我觉得好像太老式,不太中用啦。"

原来他心里想要盖的房子跟萨姆·克拉克的完全一个

样,也就是说,现下美国各个小镇上,每三户人家都有这么一幢新房子:照例是四四方方的、呆头呆脑的黄房子,四周围都是鱼鳞状护墙板,显得非常洁净,屋前是一道宽敞的有顶棚的门廊,还有相当多的草坪和混凝土甬道;这种房子简直就像时下商人的头脑那样单调划一,要知道这些商人只会投某一个政党候选人的票,每个月去教堂做一次礼拜,并且都有一辆漂亮的小汽车。

肯尼科特连自己也都承认:"嗯,是的,我想盖的房子,也许不够那么富有艺术美,不过说实话,我压根儿也不要像萨姆那样的房子。他屋顶上的那个傻里傻气的塔楼,我也许会把它敲掉的。我觉得,要是给房子刷上一种柔和的奶油色,或许看起来会更悦目一些呢。萨姆的那幢房子,颜色简直黄得太俗气。此外,还有一种样式的房子也很不错,看起来挺结实的,屋顶上铺的是漂亮的褐色木板,而且都不用鱼鳞状护墙板,像这样的房子我在明尼阿波利斯就见过不少。所以说,你要是说我只喜欢像萨姆家那一种房子,那实在是大错特错了!"

有一天晚上,卡萝尔虽然已是睡眼惺忪,但还在坚持说,新房子那里要有一个玫瑰园——就在这时候,惠蒂尔舅舅和贝西舅妈突然闯了进来。

"舅妈,说到治理家务,就数你老人家经验最丰富啦。"肯尼科特好像向她讨救兵来着,"你是不是觉得最好还是盖一幢地地道道的四四方方的房子,装上一座呱呱叫的大火炉就得了。至于要采用什么样的建筑风格,安装上什么花里胡哨的雕饰等等小玩意儿,我说,干吗要操这个心?"

贝西舅妈的嘴唇一张开来,简直就像一个橡皮圈那样富于弹性。

"当然,他说得可对咯!卡丽,像你这样的年轻人心里又有怎么样的想法,我可都知道,你就是喜欢什么塔楼呀,什么凸窗呀,什么钢琴呀,以及天晓得还有什么别的劳什子,其实嘛,最最要紧的还是要有几个壁橱,要有一台好的火炉,而且晾衣服的地方也要方便,至于其他方面,我看那就无所谓了。"

这时,惠蒂尔舅舅不管嘴里流出一点儿口涎水,还是把脸儿凑到卡萝尔眼前,唾沫星子乱飞地说:"当然咯,其他就都无所谓了!至于别人对你的房子的外表有什么看法——你管它干什么呀?要知道你是住在房子里头嘛,一点儿都不碍事。这个事本来就跟我无关,可是,我还得要说一说:眼下你们这些年轻人,只想吃蛋糕,不爱吃土豆,这可叫我气炸啦。"

她为了忍住心中的愤怒,就赶紧跑到自己的房间去了。但她仍然听得见他们老两口近在楼底下说话的声音:贝西舅妈嘀嘀咕咕的声音,有如一把扫帚窸窸窣窣地在扫;惠蒂尔舅舅嘟嘟囔囔的声音,却像一个拖把咯噔咯噔地在拖。她心中怀着一种无名的恐惧,生怕他们会跑到楼上,突然来个破门而入;可她又唯恐自己会向戈镇的礼俗标准屈服,乖乖地下楼去向贝西舅妈"请安"。她仿佛觉得戈镇全体居民都要求她一言一行务必合乎他们的标准;她感到:他们这种要求,简直就像一个个浪头似的纷至沓来;他们坐在自己的客厅里,好像用一种令人敬畏、具有权威、毫无妥协的眼光在瞅着她。于是,她大吼一声说:"好吧,我下楼就得了!"她给鼻子上搽了一点儿粉,又整了一下衣领,就冷冰冰地下了楼。不料那三位年纪都比她大的长者都没有理睬她。原来他们已经把话题从新房

子扯到轻松愉快的废话上去了。这时贝西舅妈说话的声音,听起来就像是在哼哧哼哧啃烤面包似的:

"我觉得,斯托博迪先生应该把我们店里的水落管马上修好。我是在星期二上午十点钟以前去找他的——不,不对,应该说是十点过两分钟——不管怎么说,反正那时候离晌午差得相当远呢,我记得时间还很早,因为我刚从银行里出来,就直接上小菜场买牛排去了,哎哟哟,我的天哪!奥利森——麦圭尔铺子里的肉,价钱真是贵得吓人呢,其实质量并不见得很好,哪怕给你切一块上好的肉,我说也还是一点儿都不新鲜!可是,到头来我还得把肉买下来。末了,我还顺便拐个弯,去看一下博加特太太,问问她的风湿病见不见好——"

卡萝尔一直在留神观察着惠蒂尔舅舅。从他脸上那种紧张的表情,她知道这会儿他并没有在听贝西舅妈的絮絮叨叨,好像他自己在想什么心事,突然会把舅妈的话儿打断的。果然不出所料,他开腔说:

"威尔,你说,我上哪儿——才能给这套上装和背心再配一条裤子呀?不过,我想花的钱不要太多。"

"哦,那么,纳特·希克斯就可以给你做一条嘛。不过,依我看,你最好还是到艾克·里弗金的铺子去,他那里定的价钱,可要比时装公司便宜得多。"

"哼!那么,你诊所里安装了新式火炉没有?"

"还没有呢。我已然去萨姆·克拉克的店里看过一个,可是——""嗯,你还是赶快就装吧。不要拖拖拉拉,眼看着夏天都快过去了,干吗非要拖到秋凉以后呢。"

卡萝尔只好曲意奉承地对他们笑笑说:"请各位不要见怪,我想早点儿歇息去了。因为今天打扫楼上,我觉得有点儿累了。"

　　说罢,她就告退了。她可以料到他们背地里准定在议论,表面上却假惺惺地原谅她。她不知怎的一直睡不着,后来听到远处床铺吱嘎作响,知道肯尼科特已经上床,这时她才算放心了。

　　次日吃早饭的时候,肯尼科特简直是没头没脑,又突然扯到斯梅尔夫妇身上去了:"惠蒂尔舅舅看起来好像很笨,实际上,他这个老头儿才精明呢。不用说,他的那个铺子经营得满不错的。"

　　卡萝尔粲然一笑说:"惠蒂尔舅舅说得对,盖房子,最要紧的还是对内部要讲究,至于别人对房子的外表有什么看法,那是无关宏旨的。"肯尼科特一听到她想通了,不由得喜上眉梢。

　　看来他们家的新房子,决定要照萨姆·克拉克家的那种样板动工建造了。

　　肯尼科特一个劲儿说,盖新房子完全是为了他们娘儿俩。他说要给她做几个存放衣服的壁橱和一间"很舒适的缝纫室"。可是,当他从旧记账簿上撕下一片纸来——平日里他总是节省纸张,喜欢收集针头线脑的——拟定修建汽车房的计划时,他的最大注意力便放在一块混凝土地坪、一把工作凳和一条汽油槽上,而不是放在未来的新房子里的缝纫室上。

　　这时,她身子就往后挪了一下,心里仿佛觉得挺害怕似的。

　　就在眼前这座破房子里,稀奇古怪的东西可多着呢——吃饭间居然要比前厅高出一个台阶;一小丛紫丁香虽然枝叶上还沾满烂泥,但放在小屋里倒也很别致。可是,在未来的新房子里，一切的一切都将是光洁平整，千篇一律，而且又是固定不变的。现如今，肯尼科特已是年过四十，可谓功成名就，人们自然可以想见，在这座新房子里，也许就留下了他最最富于创造性的东西了。只要她还待在这所破破烂烂的大房子里，她随时都可以来改变一下它的面貌。可是，一旦搬进了新房子以后，她就得在那里待上一辈子，而且就在那里寿终正寝了。因此，她就恨不得让盖房子的事往后拖下去，但愿今后会有奇迹出现。当肯尼科特喋喋不休地说要给汽车房安装一道能自动启闭的大门时，她仿佛已经看到了监狱的大门。

从此以后，卡萝尔自己再也不愿提到盖房子的方案了。肯尼科特心里觉得很难过，再也不拟定什么计划方案了。反正过了十天之后，盖房子的事也就忘得一干二净了。

五

卡萝尔结婚以后，每年都巴望能去美国东部旅游观光一番。肯尼科特每年照例都说要去参加全美医学会大会："会后就去东部各地玩个痛快。纽约这个城市我很熟悉，因为我在那里待过将近一个星期，不过，我倒是很想去看看新英格兰，参观那边所有的名胜古迹，也很想尝尝海鲜呢。"他从二月间一直谈到五月间，可是到了五月，他总是一成不变地说："眼看着某几个女人快要临盆了，或者是有好几笔地产生意要成交，看来今年又脱不出身来出远门了——不过，既然出远门，就要真的像模像样地出远门，否则也就毫无意思了。"

卡萝尔因为对洗不完的碗碟感到非常腻味，所以越来越想离开戈镇出门旅游去。她常常想象自己仿佛到了东部，一会儿正在瞻仰爱默生①故居,一会儿又在宛如翡翠牙雕一般的拍岸浪花里洗海水浴,一会儿穿着珍贵的衣服在跟一个具有贵族风度的外国人侃侃而谈。还是在春天的时候,肯尼科特就好像自怨自艾地说:"我想,今年夏天你大概想到很远的地方去玩玩,可是,古尔德和麦加农一走,那么多的病人都要找到我头上来,现在看来我又脱不开身了。我的天哪,要是这次你又去不了,我觉得自己简直就成了一个吝啬鬼。"卡萝尔自从领略过布雷斯纳汉到处旅游、其乐无穷的那种令人心头缭乱的情趣以后,整整一个七月里都觉得很不安顿。她心里虽然很想出门旅行去,不过嘴里并没有说出来。他们曾谈到过要去明尼阿波利斯和圣保罗玩玩,但后来还是没有去成。有一回,她竟然开天大的玩笑似的提议说:"我想,要是我暂时离开你,带着休自己去科德角,你看怎么样?"她的丈夫所作出的唯一回答就是:"我的天哪,要是明年我们还走不了的话,恐怕你也许就得单独出门了。"

到了七月底,肯尼科特提议说:"听说那些'比弗斯'②正在乔雷莱蒙开大会,还在街头举办集市,各式各样的东西都有。赶明儿我们就上那儿看看。顺便我还有事儿要想找卡利布里大夫谈谈。就在那里待上一整天。我们出不了远门,这一趟也许将就弥补一下吧。我说,卡利布里大夫这个人,可真了不起!"

其实,乔雷莱蒙就是跟戈镇大小相仿的大草原上的一个

---

① 爱默生(1803—1882),美国著名文学家、诗人、哲学家,享有美国文明之父美誉。
② "比弗斯",即指"比弗斯兄弟会"会众(此会可能是辛克莱·路易斯虚构出来的),详见下文。"比弗斯"系英语"beavers"译音,意谓"海狸"。

小镇。

原来他们的汽车已经坏了,大清早又没有旅客列车,所以只好搭乘货车去。事前他们几乎磨破了嘴皮子,才把休留下来托付给贝西舅妈照看。卡萝尔一听到这次极不寻常的短途旅行,简直可以说是大喜过望了。自从休断奶以后,她除了瞥见过布雷斯纳汉以外,这就是头一件非同小可的大事了。他们登上了守车——就是挂在列车最后面的那一节颠簸得够呛的红色圆顶小车厢。它好比是一间四处流动的矮棚屋,或者是四轮大马车上带篷顶的一个客厢,靠边的地方有一些黑漆布座位,还有一块钉在铰链上的松木板,可以放下来当作桌子用。肯尼科特正在跟车上那个乘务员和两个司闸员一起打纸牌。卡萝尔很喜欢司闸员脖子上围的那种天蓝色绸巾,见到他们如此热情好客,而又毫不拘束的神态,自然她心里也很高兴。既然这里不会有满头大汗的旅客朝她身旁挤过来,她就可以尽情享受坐慢车的乐趣了。她仿佛置身于波光粼粼、麦浪滔滔的风景画之中。她很喜欢闻闻车上涂的润滑油和泥土晒热后散发出来的芳香;她觉得,火车轮子不紧不慢地发出来的嘎哒嘎哒声,就像它不顾烈日炎炎当空照,依然在尽情引吭高歌似的。

她心里觉得自己好像正在前往落基山①的旅途中。他们快要到达乔雷莱蒙的时候,卡萝尔脸上喜气洋洋,就像是在欢度节日似的。

可是,她一看到乔雷莱蒙火车站的那座红色木头房子,跟他们刚离开的戈镇火车站完全一模一样,心里就凉了半截。

---

① 美国著名游览胜地之一。

肯尼科特打着呵欠说:"火车准点到达。上卡利布里家吃午饭还来得及呢。我在戈镇给他打过电话,通知他我们要上这儿来。我对他说:'我们坐的是货车,十二点以前到。'他说要上车站来接我们去他家里吃饭。卡利布里人品很好,你还会发现,他的那位太太也非常聪明伶俐,真可以说是个贤内助呢。哎哟哟,你看,他已经来了。"

卡利布里大夫有四十来岁,脸上的胡子刮得精光,个儿长得矮墩墩,看上去非常像他的那辆栗壳色小汽车,只不过他头上还多了一副防风眼镜罢了。肯尼科特说:"喂,卡利布里大夫,给你介绍一下,这是我的内人——卡丽,快过来跟卡利布里大夫见见面。"卡利布里默默地鞠了一个躬,就跟她握起手来,可他还没有把她的手放下来,就马上全神贯注地对肯尼科特说:"肯尼科特大夫,见到你可高兴呢。对啦,这会儿我可别忘了要请教你一下,那就是说,你对瓦赫基恩扬那个波希米亚女人得的突眼性甲状腺肿,到底是怎么下手的?"

这两位男大夫肩并肩坐在车子的前座,对甲状腺肿谈得很热火,几乎把她丢在一旁。可她自己也还没有发觉呢。她正凝眸远望着那些陌生的房子……单调乏味的小棚屋,人造石砌的矮平房,笨头笨脑的四四方方的房子,尽管被油漆涂得乱七八糟,但鱼鳞状护墙板看上去却是齐齐整整,而且都有宽敞的门廊,此外还有不少干干净净的草坪——她想这次出门真不易,要尽量将沿途景色饱览一番。

卡利布里到家后,就把卡萝尔介绍给他的妻子。卡利布里太太身子长得胖乎乎,一开口就叫卡萝尔"亲爱的太太",接着就问她是不是觉得热,显然是在没话找话,到头来总算找补上这么一句话:"哦,让我想想看,你和肯尼科特大夫好像是有个小宝贝,是不是?"接着,卡利布里太太就把一盆卷心菜炖咸牛肉端到餐桌上来,这时候,她的脸上简直就像那些热气腾腾的卷心菜叶子一样在直冒热气。这两个男人显然把他们的太太全给忘掉了,他们按照大街的习俗寒暄一番以后,谈的还是老一套,什么天气呀,庄稼收成呀,还有各种款式的汽车等等,后来索性扔掉了这些条条框框,七转八拐地就扯到他们格调不高的行话上去了。肯尼科特捋着下巴颏儿,摆出一副学问渊博的面孔,慢条斯理地问:"你说,卡利布里大夫,你利用甲状腺素来治疗产妇临盆前两腿疼痛,效果到底好不好?"

他们认为她知识非常浅薄,对于男人之间谈的种种奥秘事情根本一窍不通——对于他们这种见识,卡萝尔并不觉得气恼,反正习以为常了。可是眼前直冒热气的卷心菜,还有卡利布里太太老是絮絮叨叨地说"现下女用人就这么难找,真不知道将来我们又会变成什么样儿呢",却说得她两眼昏黑,几乎要打瞌睡了。但她为了驱走睡魔,赶紧打起精神来,向卡利布里求教:"卡利布里大夫,明尼苏达州医学界有人主张要制定帮助哺乳母亲的法令吗?"

卡利布里慢慢地转过身来对她说:"哦——这个问题嘛——我从来还没有——哦——从来还没有调查研究过。我可不大想跟政治问题掺和在一块呢。"说完,他马上一扭头,背着卡萝尔,怪亲昵地瞅了肯尼科特一眼,把刚才打断了的话儿又接上了,"肯尼科特大夫,你总碰到过单侧肾盂肾炎的病例吧?巴尔摩尔的巴克伯恩医生主张采用剥脱肾脂和肾切除的方法,可是我觉得——"

他们一直吃到下午两点钟以后方才站起身来。卡萝尔就

495

在他们无敌三勇士的前簇后拥下，信步来到了给"比弗斯兄弟会"年会增添了世俗的欢乐气氛的市集上。"比弗斯兄弟会"会众到处都可见到：身份较高的会员，身上穿着灰不溜丢的便服，头上戴着圆顶大礼帽；喜欢时髦的会员则穿着夏天流行的毛巾布短上衣，头上戴着草帽；还有一些土里土气的会员，身上只穿一件单衬衫，吊裤带也都磨坏了；但是，不管他属于哪一个阶级，每一个比弗斯会员胸前都佩戴一大条像炒虾仁似的透红彩带，上面印着"比弗斯兄弟会本州年会骑士阁下"这么几个银色字样。在每一位莅会会员的太太衬衣上，也都佩戴一枚徽章："比弗斯会骑士阁下夫人"。跟都庐斯市代表团一起来的，还有他们那个著名的"比弗斯业余管乐队"，全体队员一律是义勇兵式①华服穿戴打扮：绿丝绒夹克衫，天蓝色裤子，红色圆筒形无边毡帽。说来也真怪，就在那些义勇兵自鸣得意的艳服映衬之下，依然是一个个美国商人的典型脸孔：满面红光、油腔滑调，而且鼻梁上还架着一副眼镜。他们正在大街和第二条街的拐角上站成一个圈，开始演奏了。每当他们嘘嘘地吹横笛，或是鼓起两个腮帮子死劲儿吹短号的时候，他们总是瞪起两只眼睛，仍然显得很严肃，好像是正襟危坐在挂着"今日本人公务忙"的牌子的写字桌后面办公一样。

本来卡萝尔以为那些比弗斯就是一些普通市民，他们组织起来的目的，无非是劝人参加便宜的人寿保险，每月第二个星期三到会所去打一次扑克牌；可是，她却看到一幅大字招贴，上面这样写着：

---

① 原文为"Zouave"，系美国南北战争时期身穿华丽军装的义勇兵。

比弗斯兄弟会

本会向来为全国优秀公民的楷模,
世界上青年精英全荟萃于此,
他们精力充沛,聪明能干,又宽宏大量,
乔雷莱蒙竭诚欢迎诸君光临。

肯尼科特看完了大字招贴后,就啧啧称赞地对卡利布里说:"比弗斯,好一个强有力的社团!我从来都没有加入过。真不知道往后要不要入会呢。"

卡利布里却暗示着说:"他们这个社团真不赖,而且势力也很大。你看到那边打小鼓的那个家伙吗?听说他是都庐斯最精明泼辣的杂货批发商呢。依我看,是值得加入的。喂,请问你常常要给人寿保险检查体格吗?"

他们一直往前走去,看看设在街道两旁的集市。

沿着大街某个街区走去,都可见到许许多多"诱人的玩意儿",有两个小摊在叫卖热狗,一个小摊卖柠檬汁和爆玉米花,一台震耳欲聋的旋转木马,还有好几处都是游乐场地,谁要是有兴致的话,就可以用小球去投掷布娃娃。那些高贵的代表们觉得有失自己身份,当然不屑一顾;但是那些乡下小伙子则不然,他们红砖色的脖子颈上系着浅蓝色领带,脚上穿着黄得发亮的皮鞋,搭上沾满尘土和来回摇晃的"福特"汽车,带着自己的情人一起到镇上来。他们正在狼吞虎咽地吃三明治,仰着脖子整瓶整瓶地大喝草莓汁汽水,而且还跨上深红色和金色旋转木马把它当真马骑呢。他们一会儿尖声喊叫,一会儿又咪咪大笑起来;从烤花生的摊头上不断地传来嚓嚓啪啪的声音;那台旋转木马也在隆隆地发出单调乏味的噪音,还有一些人正在声嘶力竭地嚷叫着,拼命招徕顾客:"好机会——好机会——喂,小伙子,快来——快来——让那位姑娘痛痛快快地玩一玩——让她开开心心,乐一乐——花上五分钱——也就是说,半角钱、一块钱的二十分之一——说不定你还能赚进一块真正足赤的金表!——机会难得,切莫错过!"大草原上的骄阳,正在把它一支支有毒的箭矢射向那条一无遮拦的街道;商铺砖房上,白铁皮檐口正晒得闪闪发光,一阵阵闷热的风把扬起的尘土吹落在汗流浃背的比弗斯弟兄们身上,他们穿着紧得扎脚的新皮鞋,在同一个街区之间来回奔跑,真不知道下一步应该搞些什么名堂,好让大家玩个痛快。

卡萝尔跟在脸上毫无笑容的卡利布里夫妇后面,沿着一长溜货摊走去,觉得有点儿头沉,就低声对肯尼科特说:"让我们来乐一乐吧!玩一会儿旋转木马,抓一个金戒指回来!"

肯尼科特想了一下,咕哝着对卡利布里说:"旋转木马——你们二位乐不乐意也去玩一会儿?"

卡利布里想了一下,咕哝着对他的妻子说:"你——乐不乐意也去玩一会儿旋转木马?"

卡利布里太太淡淡地一笑,叹了一口气说:"哦,不必了,对这玩意儿我可不大喜欢,你们不妨自己去玩玩就得了。"

卡利布里也索性对肯尼科特明说了:"不,我们对这个玩意儿实在也没有多大兴趣,你们二位不妨去玩玩就得了。"

肯尼科特在最后归纳意见的时候,就是反对乐一乐的。他说:"卡丽,依我看,还是以后再玩吧。"

她只好把这个念头打消了。她开始仔细观察眼前这个小镇。她发现自己从戈镇的大街来到乔雷莱蒙的大街,好像还在原地,一步也没有挪动似的。这里杂货铺也是开设在上下两层的砖房里,帆布篷上面也挂着各种会社的牌子;女帽店也都是木板平房;汽车行也都是红砖房;大街的尽头,也照例跟草原连成一片;这里的人们心里也会照样纳闷:不知道在大街上随便吃了一个热狗三明治,算不算触犯了清规戒律。

晚上九点钟,他们终于回到了戈镇。

"你好像有点儿火了。"肯尼科特说。

"是的。"

"乔雷莱蒙是一个生龙活虎的市镇,你觉得是不是这样?"

她恼火了。"不!我觉得那是一个垃圾堆。"

"卡丽,你——怎么啦?"

他为了这件事苦恼了足足一个星期。只要他在用刀子刮盘子,拼命索捡咸肉屑粒的时候,每次都会偷偷地瞅上她一眼。

第二十五章

一

"卡丽人很乖,可就是有点儿娇气,不过迟早会改过来的。可我真恨不得她快点儿改过来才好!她怎么也不懂,在这么一个小镇上开业的医生,就得跟那一套自以为高深的学问一刀两断,也不能老是把他的时间都花在音乐会上,或是把自己的皮鞋擦得油光锃亮。其实,只要有时间,他照样也会搞什么学问研究和艺术欣赏等等玩意儿,其成就绝不会比别人逊色!"有一个夏天的傍晚,威尔·肯尼科特大夫在诊所里闲着无事,不由得默默地沉思起来。他耷拉着脑袋,坐在办公桌后面那张高背椅子里,解开了衬衫上的一个扣子,浏览了一下《全美医学会杂志》封底的大事记,就把它放下了,仰靠在椅子背上。他用右手的大拇指插在背心的袖孔,同时用他左手的大拇指去摸自己的后脑勺。

"天哪,她实在是太冒险啦。但愿她慢慢会明白过来:我可不愿做一个沙龙里的花花公子。她常常说是我们想要'把她改变过来',不,实际上是她想要把我改变过去,就是说,让一个有真才实学的医生,变成一个系上社会主义领带的傻诗人！要是她知道,威尔只消眨一眨眼睛,就有多少个娘儿们死心塌地偎依在'心爱的威尔'身旁,一个劲儿给他安慰——那她恐怕会气得昏过去了!再说,至今还有不少女人认为:这个老家伙风流不减当年呢!当然咯,好就好在我结婚以后再也不去拈花惹草了。不过这话也很难说,万一碰巧有一个头脑很开通,根本不当它一回事的年轻姑娘,或是一个虽然不会一天到晚把诗人朗费罗挂在嘴边,可就是会拉住我的手说'我的心肝儿,你好像累极了。歇一会儿,先别说话'的少奶奶,有谁说我能保证不动心,不去百般讨好她们呢?

"卡丽以为她自己很了不起,善于识别人。其实,她对这个小镇只不过是马马虎虎地看了一下,居然就教训起我们来了。唉,她要是发现原来镇上有的男人对太太不忠实,暗地里跟别的女人厮混得可欢啦,恐怕一下子就会气疯呢。但是,我对她一向很忠实。凭良心说,不管卡萝尔身上有多少缺点,不管在戈镇,还是在明尼阿波利斯,试问有哪一个女人能比她更漂亮,更正直,更聪明呢。她要是不结婚,本来很可能成为一个艺术家,或是女作家、女演员这一类的人物。不过,现在她既然已在这里落户了,就不应该再三心二意了。论漂亮——我的天哪,她确实是漂亮,但是她也太冷淡了。她压根儿不懂得夫妻之间的感情是怎么回事。她压根儿不理解,要一个血气旺盛的男人只能一味忍耐,老是要佯装出心满意足的样子来该有多么痛苦。只因为我是一个身心正常的男人,却偏偏要我感觉到自己就像阶下囚一样,真叫人厌烦透顶。可现下她简直越来越淡薄,甚至于我亲亲她的嘴,她也好像是完全无动于衷似的。嗯——那又有什么办法?

"我想这个我大概还受得了,从前我靠自己挣来的钱念

501

完医科大学,到后来开业行医,还不就是那样熬过来的吗?但是,现在我心里纳闷,难道说我能在我自己的家里老是当一个不速之客,这行吗?"

肯尼科特一看到戴夫·戴尔太太走进来,身子马上坐得笔直。她颓然倒在沙发椅里,热得直喘粗气。他笑嘻嘻地说:"啊,啊,莫德,你好,你好。你的捐款簿在哪儿呀?这次你亲自登门,是不是又要在我身上敲竹杠?"

"威尔,我可不是上门来募捐的。我是专程来看病的。"

"怎么啦?你不是基督教科学派的信徒吗?难道说你已然放弃了,又改信什么新的玩意儿,是'新思想派'①,还是'唯灵论'派?"

"不,我至今还没有放弃呢!"

"我说,你来找我看病——这对你的那些小姐妹不是一大打击吗!"

"不,这哪儿会呢。只不过是我自己的信念还不够坚强,所以才来找你呀!再说,你威尔还善于给人安慰呢。我的意思是说,你不仅是个医生,也是个男人嘛。瞧你是那么健壮,又是那么和气。"

他坐在办公桌的边沿,身上没有穿外套,背心也敞着,露出一串金灿灿的金表的表链。他的两条结实的胳膊微微弯着,他的两手则插在裤袋里,他两眼眯缝着听她喁喁细语,觉得怪有意思的。要知道戴夫·戴尔这位太太有点儿神经质,笃信宗教,面容却显得十分憔悴。她多愁善感,动不动就掉眼

---

① 新思想派:起源于美国的一种唯心的神秘的宗教思潮,辛克莱·路易斯曾在他的长篇小说《埃尔默·甘特利》(又译《灵与肉》)中对它加以嘲笑过。

泪。她尽管身段长得并不匀称——但是大腿却很漂亮,两条胳臂也挺好看,可惜她的脚踝大了一点儿,还有她的身体,就在不该突出来的部位偏偏突了出来。不过,她的肌肤呈奶白色,两只眼睛水灵灵的,还有那闪闪发亮的栗壳色鬈发,从耳朵到脖子根的线条,简直是柔美极了。

过了半晌,他方才开口说了这么一句叫病家听腻了的话:"哦,莫德,你觉得哪儿不舒服呀?"不过,他在这句话里却倾注了异乎寻常的款款深情。

"我觉得背上老是在痛,而且痛得真够呛。上次你已给我治好了,可我担心这老毛病恐怕又犯上了。"

"有什么明显的症状没有?"

"没有,不过,我想,你最好替我检查一下。"

"不,不必检查了。莫德,我说没有什么必要吧。你、我都是老相识嘛,我就不妨给你说实话,我认为,你的病八成儿是胡思乱想出来的。所以,老实说,我就劝你不必再检查了。"

她突然脸红了,一瞬间两眼只好转到窗外去了。他也觉得自己说话的声音好像有点儿控制不住了。

她很快就转过身来。"威尔,你总是说我的病是胡思乱想出来的。那你干吗不照科学方法来给我治一治呢?刚才我正读到一篇介绍专门研究新型精神病的专家的文章,根据他们的看法,认为许许多多'胡思乱想出来的'病——哦,还有许许多多真正的病痛——全都是属于他们所说的精神病。所以,他们认为,为了预防起见,就要改变女人的生活方式,让她可以登上一个比较高尚的境界——"

"住口!住口!你得住口!马上住口!你可不能把你的

基督教科学派跟心理学乱扯在一起！它们是两种完全不同的时髦货！说不定你还会把社会主义也给生拉硬扯在一起呢！真糟糕，你怎么会跟卡萝尔一模一样，都有点儿'精神病'。我的天哪，莫德，要是有人舍得花钱来看病，要是我在大城市挂牌开业，也是厚颜无耻地向病家收取那么多的诊金的话，我敢打赌，我照样也可以像那些骗人的专家一模一样，大放厥词，谈论什么神经病，精神病，抑制物，还有什么什么压抑疗法和变态心理，如此等等，乱吹一通。要是有一位精神病专家向你敲竹杠，你先付一百元诊金，接着给你治病，关照你动身去纽约，免得耳边老是听不完戴夫的瞎叨咕，我说，你二话没说，也一定照办不误——可你的那一百块大洋不是白白地泡汤了吗？但是话又得说回来，我这个医生你是最清楚的，我是你的贴邻街坊。你一抬眼，就看到我在修剪草坪，在你眼里，我至多只不过是一个马马虎虎，还算过得去的普通开业医生。要是我说，'快动身去纽约吧。'戴夫和你二位一定会把脑瓜儿都笑掉，说，'你瞧，威尔该有多神气！他干吗要摆那个臭架子？'

"事实上，刚才你也是说对了的。你得的这个病，充分说明性的本能受到了压抑，结果就在你身上出现了严重症状。现在你需要暂时离开戴夫，出门旅游去，散散心，是啊，你也不妨跟那些该死的'新思想派''巴赫派'①'斯瓦米派'②，以及什么乌七八糟的人物多见见面吧。我知道，你要是这样做，包管做得很出色。但是，我可不能给你出这个点子。要不然戴

---

① 或译巴赫主义，系十九世纪在伊朗兴起的穆斯林教派，他们强调人类精神一体的宗教思想，曾在当时美国相当流行。
② 印度教中的一个教派。

夫准会赶过来剥我的皮呀。即使叫我去当家庭医生、传道牧师、管子工、奶妈子,我也都是心甘情愿的,但就是不能让戴夫老兄哗啦哗啦乱花钱。天气那么热,门诊这个工作实在累死人!喂,莫德,你明白吗?天气再这样热下去,恐怕就要下雨了——"

"可是,你知道,威尔,哪怕是我自己这么说,戴夫他无论如何也不会给我钱的。他说什么也不会让我一个人出门去的。戴夫这个人的脾性你是了解的:他在大庭广众之中是那么乐乐呵呵,大大方方,哦,他还喜欢赌钱,哪怕输得精光,也毫无怨言!但是他在家里的时候,连一个五分镍币也捏得紧紧的,简直就像一头大水牛,怎么也挤不出半滴儿血来。每次我虽然只跟他要一块钱,但也得唠唠叨叨说上老半天。"

"亲爱的太太,这个我当然知道咯。不过,你自己还得设法去征服他,一个劲儿缠住他。他肯定要恨我多管闲事呢。"

肯尼科特走过去,拍拍她的肩膀。纱窗上沾满了尘埃和从三角叶树上飞落下来的绒毛,显得光线很暗;大街上阒寂无声,只有一辆停放在那里的汽车,马达在突突地震响着。她抓住了他那结实的手,把那手指关节紧紧地贴在自己的脸颊上。

"威尔啊,戴夫是那样卑鄙,气量狭小,喜欢啰唆,他简直就像一个小丑!而你——却是这样稳重沉着。他在众人面前常常插科打诨瞎胡闹,而我却看见你悄悄地躲在后面冷眼旁观,活像一头猛犬俯看着一只哈巴狗。"

他要尽量维护医生的尊严,只好说:"戴夫人可不坏。"

她依依不舍地把他的手放下。"威尔,你今儿个晚上到我家来串门,训斥我一顿,让我变得聪明而又乖觉起来。要知道我实在太冷清呀。"

505

"我要是今儿个晚上去,戴夫也在家的话,那我们两个一块儿打纸牌就得了。今晚料他休息,不去店里吧?"

"不,店里那个小伙计刚才给叫回科林斯去了,因为他的老娘病倒了。戴夫要在店里待到半夜才回来。哦,你可准定要来呀。我家里还准备好一些冰镇鲜啤酒,我们俩就坐下来谈谈心,凉快凉快。这可没有什么不合适,你说是吗?"

"是,是,那当然不会有什么不合适。可是说到底,还是要不得的——"这会儿他仿佛看到卡萝尔宛如牙雕一般的纤细苗条的黑憧憧的身影,正冷冷地嘲笑着他在和别的女人私通。

"是呀,要不得,可我孤零零一个人实在太冷清呢。"

她身上穿着一件肥大的机绣花边细布褂子,脖子周围肌肤显得格外娇艳粉嫩。

"老实告诉你,莫德,我就是碰巧路过你那里,最多也只能待上一分钟。"

"那你就看着办吧,"她假正经地说,"哦,威尔,我只不过需要一丁点儿安慰罢了。我知道你早已有了家室,我的天哪,你还是一个沾沾自喜的孩子爸爸呢,不用说现在——我真恨不能在天黑以后偎坐在你身旁,默默无语,把戴夫忘得一干二净!到时候你会来吗?"

"好,我就准定来!"

"那我就等着你啦。到时候你不来,我可要冷清死了!回头见。"

他暗自咒骂道:"真是该死,我太傻了,干吗要一口答应去呢?可我说了话还得算数,否则她就要生气的。她是个善良、文雅而又多情的女人,而戴夫却是个吝啬鬼,准没有错儿。

她身上充满了活力,比卡萝尔还要多。反正说来说去,都得怪我不好。我干吗不能像卡利布里、麦加农和其他医生那样对病家常有戒备之心呢?哦,我平时够谨小慎微了,可是莫德就像痴子一般缠住我,故意哄骗我在今儿个晚上到她那里去。按说这是个原则问题:我真不该让她这么胡说八道的。我可去不得呀。我不妨打个电话,通知她我去不了。卡丽是天底下最可爱的女人,我怎能把她扔在家里,去跟莫德·戴尔那个疯疯癫癫的女人厮混在一起呢——不,别白日做梦!但是我说也犯不着叫她伤心。我不妨顺便去一下,待上一秒钟,告诉她我在她那里不能逗留太久。不管怎么说,都得怪我自己不好;想当年我自己实在不应该采取主动去一味追求她。如果说这是我的过错,那我就根本没有权利去惩罚莫德了。我还是不妨去一下,推托说要下乡出诊去,说完扭头就走。真讨厌,我还得胡编一套假话!我的天哪,为什么那些女人总不肯让你清净一些呢?难道说仅仅因为你七万万年以前做过一两次糊涂事儿,她们就要永远把你缠住不放吗?这是莫德自己的过错呀。我要远远地躲开她。我不妨就带着卡丽一块儿去看电影,好把莫德忘掉……可是今儿个晚上电影院里恐怕热得真够呛。"

他想逃避自己的内心斗争。他猛地戴上帽子,把外套挽在手臂上,砰的一声关上了门,又上了锁,然后拖着沉重的脚步下楼了。"我不去了!"他发了个狠心说。可是,别看他嘴里是这么说,其实心里还是七上八下的,真不知道自己该不该去。

他一出门,见到那些熟悉的窗子和面孔,如同往日一样,烦恼顿失,喜不自胜。萨姆·克拉克怪亲热地冲他大声喊道:

"大夫,今儿晚上到湖边游泳去吗?难道说今年夏天你们湖畔别墅就铁将军把门了?我的天哪,大伙儿都惦着你呢。"他一下子心里又乐滋滋的。眼看着汽车行新造的房子进度很快,每砌上一层砖头,他心里都感到很自豪,因为他从这里亲眼看到戈镇正在日益繁荣。奥利·森德奎斯特毕恭毕敬地对他说:"晚上好,大夫!我妻子的病已好多了。你给她开的药,真管用。"这又使他觉得沾沾自喜起来。回到家里,忙完了下面那些机械刻板的活儿,他方才感到心平气和了;他先把野樱桃树上的灰色虫网烧掉,接着用胶水把汽车右侧前轮开裂的内胎补好,末了还在大门前的路面上洒了水。他觉得水管拿在手里真凉快,喷出来的水简直好比一支支闪闪发亮的箭矢,轻轻地落到了地上,灰蒙蒙的尘土马上形成一摊黑乎乎的水渍。

戴夫·戴尔正从街上走过来。

"戴夫,你上哪儿去呀?"

"上店里去。我刚在家吃过晚饭。"

"可是每逢星期四晚上,你不是照例歇班吗?"

"是的,一点儿不错,可是彼得回老家去了。据说他的老娘得了病。天知道,眼前店里这些伙计真糟糕,尽管你给了他们很多的工钱,可他们照样不好好干活!"

"乖乖,戴夫,那么说,你只好自个儿忙活,一直忙到半夜十二点吧。"

"没错。你要是去闹市区,不妨就来店里抽支雪茄。"

"哦,说不定我也许会去的。恐怕我要去看看钱普·佩里太太。她病了。戴夫,回头见。"

肯尼科特直到这时候,还没有走进屋子里去。他知道卡萝尔就在离自己不远的地方,应当考虑到她的意见,怕只怕万一她不高兴,那就自讨没趣了。不过话又说回来,他还是宁愿独自一个人在外面多待一会儿。直到洒完了水之后,他方才进屋,朝着婴儿室走去,大声对休说:"要听爸爸讲故事,嗯?"

卡萝尔背着窗坐在一把矮椅子上,透过窗框的落日夕照,给她的身影抹上了一层淡淡的金色光辉。那个孩子正坐在她膝上,头枕在她的胳臂上,神情严肃地听她在哼唱着吉恩·菲尔德的儿歌:

> 早上唱的是小宝宝——
> 　　勒迪达德,
> 晚上唱的也是小宝宝——
> 　　勒迪达德;
> 一天到晚唱的就是
> 　　这支可爱动听的歌儿
> 唱得那个小淘气笑呵呵,
> 　　长大了一准懂事儿。

肯尼科特听着,好像着了迷。

"莫德·戴尔吗?我说她可差得远了!"

那时,女用人正一面上楼,一面大声说:"晚饭都准备好了!"肯尼科特这会儿正仰卧在地上,两手前后摆弄着,竭力想装出一只海豹的动作来,而休则拼命用力踢他,没想到这个孩子竟然会有这么大的劲儿,不由得叫他大吃一惊。他搂着卡萝尔的肩膀,一起下楼吃晚饭。他因为心里那个危险的念头早已烟消云散了,所以感到格外高兴。卡萝尔去安排孩子上床睡觉,他就坐在门前的台阶上歇息。那个浪荡子裁缝纳特·希克斯却悄没声儿坐到他身旁来了。他一面挥手赶蚊子,一面低声说:"喂,大夫,今儿个晚上你想不想再当光棍去,跟我们一块儿出去乐一乐,好吗?"

"你说怎么啦?"

"你听人说过镇上新来了一个女裁缝斯威夫特韦特太太吗?——就是那个非常时髦的金头发女人?哦,跟她一块儿玩玩可过把瘾啦。今儿晚上,我和哈里·海多克就要带着她,顺便还捎上在时装公司干活的那个胖乎乎的小娘儿们一块儿兜风去。说不定我们车子还会开到哈里新买的那个农场去。车里要带上一些啤酒,还有你从来没有尝过的、味儿醇的黑麦威士忌。我敢打赌说——要是我没有猜错,到时候我们准定来它一次野餐呢。"

"去你的,纳特,我才不上你的圈套。你不要认为我乐意充当车上的第五个轮子!"

"不,你先听我说:斯威夫特韦特太太那里有一位从威诺纳来的女友,人长得很标致,也很会玩儿,所以嘛,哈里和我心里想也许你乐意溜出去乐一个晚上。"

"不行——不行——"

"大夫,你胡扯,你可不要老是惦着你的身价呀、面子呀。想当初你打光棍的时候,自己还不是没命玩儿吗?"

也许是因为肯尼科特耳朵里听到过斯威夫特韦特太太的那位女友名声不佳,也许是因为薄暮时分卡萝尔给休唱儿歌时的声音使他久久难以忘怀,也许还是仅仅因为那种令人值得称道的天性淳厚的美德——但是不管怎样,他非常坚决地回答说:

"胡扯淡!我已然是有了家室的人。可我并不想要假装圣人。我也喜欢出去瞎胡闹,喝几杯。不过,每一个人身上都承担一种义务。老实说,你在外面大喝大闹之后,再回到你太太身边,难道不会感到做贼心虚吗?"

"我吗?凭我的老经验,只要事情不露馅儿,娘儿们包管不发火。常言道,对付娘儿们的好办法,不外乎是:下手快,管得紧,嘴巴严,少开言!"

"哦,我说,你夸你的办法妙,可我呢,那就只好敬谢不敏了。何况,我总觉得,跟别的女人私通好比是下赌,输得精光的照例是你自己。你要是真的输了嘛,就只好自认是大傻瓜;你要是赢了吧,等你一发觉自己费了那么多的心机,所得到的不过如此而已——那时你就会觉得简直比输了还难受呢。尽管我们通常都会受到人的本能的驱使,但是,如果说我们镇上的太太们都发现自己的丈夫背着她们所干的一切勾当,我想,她们肯定要大吃一惊,纳特老弟,你说是不是,嗯?"

"那还用说嘛!唉,我说,老兄呀!要是那些好心肠的太太一知道她们的丈夫在明尼阿波利斯和圣保罗的所作所为,我说,她们不昏倒才怪呢!这么说来,大夫,你就真的不去吗?你不妨好好想一想,既然车子开得那么远,你兜过风以后一定全身很凉快,随后那个迷人的斯威夫特韦特太太还用她雪白粉嫩的手为你调一杯冰镇威士忌呢!"

"不行,不行。实在对不起,我不想去。"肯尼科特喃喃自语道。

他看得出纳特马上就要走了,心里自然很高兴。但他却又觉得有点儿忐忑不安。他耳畔听到卡萝尔下楼的脚步声,就高兴得大声叫嚷起来:"快来坐一会儿,该有多好呀!"

尽管他兴冲冲招呼她,可她并没有搭理他,径自坐在门廊

511

里,默默地来回晃动着摇椅。过了半晌,她叹了一口气说:"这儿蚊子实在太多。你到今天还没有把纱窗装好吗?"

他仿佛是在试探她,低声地对她说:"你又头痛了吗?"

"哦,还好,不过,这个女用人真是笨透了,样样都要我做给她看。所有银器差不多都要我自己动手洗。休闹腾了整整一个下午。可怜的孩子,天实在太热,叫他受不了,可把我累坏了。"

"嗯,你不是常常喜欢出去走走吗。这会儿你乐意上湖滨去散散步吗(那个女用人可以看家嘛)?还是索性去看电影?走吧,让我们一块儿去看电影!要不然就坐车,上萨姆家去游泳,好吗?"

"亲爱的,请你不要见怪,我实在太累,恐怕去不了。"

"今儿个晚上,你干吗还不下楼来,睡在那张长沙发上呢?楼下凉快得多。这会儿我就上楼,把我的凉席搬下来。快来呀,跟老头子做做伴吧。我说,说不准我会被小偷吓坏的!你好意思就让我这么一个人孤零零待在楼下?"

"多谢你的好意啦。不过,我还是挺喜欢自己的那个小房间。亲爱的,你尽管下楼去睡好了。你干吗不好好睡在长沙发上,非得铺凉席睡地板?哦——我想进屋去,看一会儿最近那一期时装杂志,随后也许回来跟你说一声再见。亲爱的,你大概不需要我吧?当然咯,你要是真的有什么事需要我——"

"没有,没有……老实说,我真应该赶快去看看钱普·佩里太太呢。她得了病。你快去歇着吧,也许我会顺路到药房去一趟。我要是还没有回来,你觉得太困了,不妨先睡就得了。千万不要等我。"

他吻了一下她,就慢腾腾地走出了家门。他在路上向吉姆·豪兰点头示意,又照例和特里·古尔德太太寒暄了几句。但他觉得心儿突突地乱跳,肚子好像也在收缩。他放慢了脚步,终于走到了戴夫·戴尔家的院子门口。他往院子里张望了一下,看到攀满了野葡萄藤蔓后面的门廊里,有一个身穿白衣服的女人形象。他听到了她的摇椅吱嘎作响的声音,原来她突然坐了起来,探出头去看了一眼,随后后背又靠着摇椅,假装在休息一样。

"进去喝杯冰镇啤酒真不赖,可是只好待上一秒钟。"他一推开戴尔家的大门,还在这样暗自寻思道。

二

博加特太太在贝西·斯梅尔舅妈的陪伴下过来看望卡萝尔了。

"你有没有听说过那个可怕的女人——一个头发染成金黄色的斯威夫特韦特太太,据说是搬到镇上来给人家裁裁剪剪、缝缝补补什么衣服的。"博加特太太几乎一面唉声叹气,一面唠唠叨叨地说,"听说她家里一下子闹腾得叫人吓坏了。原来是有一拨年轻的小伙子,也还有头发都白了的老不死浪荡子,只要天一黑,就都偷偷摸摸地溜到她家去喝威士忌酒,在那儿寻欢作乐。我们女人家一辈子都摸不透男人心里老是在琢磨什么犬马声色的鬼名堂。老实告诉你,尽管威尔·肯尼科特是我亲眼看他长大成人的,看来我对他也还信不过!谁知道那些骚货会不会去勾引他呢!特别是他,身为一个开业医生,不时有女人跑到他诊所去看他,跟他纠缠不休!你知道,我这个人向来不喜欢搬嘴弄舌的,不过,你有没有感觉到——"

卡萝尔勃然大怒说:"我并不想袒护威尔,说他十全十美,一点儿差错都没有。但有一件事我知道得最清楚:他就是正如你所说的那种一味'寻欢作乐'、头脑简单得像个小娃娃一样的人。如果说他是个大坏蛋,两只眼睛老是盯着女人的话,那么,我倒是希望他干脆主动去勾引女人,而不是像你刚才说的那么可怜巴巴地等着女人来勾引他!"

"卡萝尔,你怎地说出这样促狭的话来着!"贝西舅妈说。

"不,我说话就是不含糊!哦,我当然不会有这个意思咯!不过,他脑子里在想什么念头,就数我知道得最清楚,哪怕是他心里在想还没做的事,也都瞒不了我。今天早上——哦,昨天夜里他很晚才出门,说是佩里太太病了,非要去看看她,随后又把哪一个男人脱了骱的手臂接好。到了今天早上,他在吃早饭的时候,居然一句话也都没有说,好像心事重重似的——"她故意让身子凑过去,装模作样地贴着那两个虎视眈眈的恶婆婆的耳朵说,"你们猜,他心里在琢磨什么呀?"

"什么事?"博加特太太声音哆哆嗦嗦地问。

"也许他心里是在琢磨要给草坪修剪一下了!这会儿你们该闹明白啦!我刚才是闹着玩儿说的,请你们多多包涵。现在就请你们尝尝我刚做好的葡萄干小甜酥饼[①]。"

---

① 亦即我国时下译成"曲奇"饼干。

第二十六章

一

卡萝尔最喜欢带着休一块儿出去溜达。休见了啥都要问,总想知道黄杨树在说些什么,"福特"汽车行在说些什么,那儿一大片的云彩在说些什么,她都一一告诉了他,务必使他觉得:她的回答绝不是凭空杜撰出来,恰好相反,她是在揭示出天底下所有一切事物的精髓所在。他们特别喜欢面粉厂前面的拴马桩——那是一根滚粗的木桩,虽已变成褐色,但望过去还是很好看;它的下半截特别光滑,不时在阳光底下熠熠发光,但是它的上半截因为经常被马缰绳勾勒,露出一道道凹纹,用手指头摸起来就会发痒。从前卡萝尔根本不去留神观察大自然,只看见它的色彩和形体在不断变换罢了。她心里留意的是人和理想。现在休提出的问题迫使她细心观察到:麻雀、知更鸟、蓝色樫鸟和金翼啄木鸟中间好像发生了一幕幕闹剧似的。她虽然看到雏燕试飞的情景心里非常高兴,可是又不免要替它们的泥巢和巢中无谓的争吵而担忧。

这时,她心中的烦恼仿佛早已一扫而光。她对休说:"我们好像是两个可怜巴巴的、年老的吟游诗人在到处流浪。"这时,休也会跟着她说,"到处流浪——到处流浪。"

他们最大的惊险活动,他们俩最喜欢去的那个秘密地方就是迈尔斯、碧雅和奥拉夫·伯恩斯塔姆的家。

肯尼科特显然很不赞成跟伯恩斯塔姆一家人经常来往。他说:"你干吗要去跟那种怪人搭讪呢?"不言而喻,他是说一个从前是"瑞典女用人"的儿子,根本没有资格跟威尔·肯尼科特医生的公子交朋友。当时卡萝尔并没有马上出来辩解。反正这种事情连她自己也没有完全闹明白;她自己都没有想到:伯恩斯塔姆一家人不知怎的会成为她的朋友,她的俱乐部,而且从他们那里得到了同情和令人开心的冷嘲热讽。卡萝尔为了躲开贝西舅妈的絮聒不休,曾经找过久恩尼塔·海多克和芳华俱乐部的人闲聊天,扯家常,可是这个办法没多久也行不通了。见了那些年纪轻轻的少奶奶,她精神上反而感到非常紧张。她们说话时嗓门是那么大,她们的笑闹声几乎要把屋子都给震坍下来。她们说的笑话也好,俏皮话也好,往往翻来覆去,非要说九遍以上不可。她不知不觉地就甩掉了芳华俱乐部、盖伊·波洛克、维达等人,只跟韦斯特莱克医生太太,以及那时还摸不清够不够是朋友的伯恩斯塔姆一家人来往。

在休眼里,那个"红胡子瑞典佬"真可以说是世界上最最神通广大的英雄好汉。每当迈尔斯喂牛、赶他的唯一的那头猪——一种懒怠成性、到处乱窜的动物——或是在杀鸡的时候,休总是怀着无限钦佩的心情一步一步紧跟在他后面。在休看来,奥拉夫仿佛是凌驾在万民之上的小小国王,虽然他还没有父王迈尔斯那么高大健壮,但对耍棍弄棒、玩扑克牌和滚破铁环这一类的事情却显得头头是道,十分在行。

卡萝尔看得出来——尽管她自己还不肯承认——奥拉夫不但外貌长得比她自己肤色黝黑的孩子漂亮,而且举止言谈也很大方。奥拉夫就像是古代北欧某部族中的酋长:身材魁梧、满头金发、四肢壮实,对待自己的臣民非常宽宏大量。而休呢,却是庸碌之辈,简直就像一个忙得不可开交的商人。休跳跳蹦蹦地说:"让我们一块儿玩,好吗?"奥拉夫就会张大亮闪闪的蓝眼睛,纡尊降贵地表示同意说:"好吧。"要是休动手打了他一下——休确实打过他——奥拉夫面无惧色,只不过觉得有点儿吃惊罢了。于是,他就独自昂首阔步,朝屋里走去。而休却因为自己的过错失去了人们的宠爱而放声大哭了。

这两个小朋友正在玩一辆富丽堂皇的四轮马车,那是迈尔斯利用一只盛淀粉的盒子,再加上四根红色线轴搭起来的;他们又把树丫杈一股脑儿往耗子洞里塞,虽然一点儿结果都没有,但他们却玩得痛快极了。

碧雅脸儿长得溜圆,嘴里爱哼小调,她一视同仁地把小甜酥饼分给两个孩子吃,有时即便责骂他们,她也从来不偏心。要是卡萝尔连一杯咖啡和几块瑞典奶油饼干都不肯赏光,她心里就会觉得非常扫兴。

迈尔斯的制酪厂搞得相当不错。现有六头母牛,二百只鸡,一台脱脂器和一辆"福特"牌运货车。春天里,他在自己的小棚屋旁边又搭建了两间披屋。搭建的时候,休简直觉得就像过狂欢节一样有劲。你看,迈尔斯大叔的一招一式,都是人们意想不到的,博得人们的啧啧称赞:他一骨碌爬上梯子,站在房梁上,手里挥着榔头,嘴里唱着什么"公民们,快拿起武器来"这一类的歌儿;他钉起屋顶板来,简直要比贝西舅妈熨手绢还来得快。末了,他还让休和奥拉夫分别坐在一块两英寸宽,六英寸长的木板两端,然后把它举了起来。迈尔斯大叔最惊人的癖好,就是他用世界上最粗、最软的铅笔所画出来的各种人物形象,不是画在白纸上,而是画在新锯好的松木板上,真是太妙了,值得一看!

迈尔斯大叔那里还有各式各样的工具哩!休知道在爸爸的诊所里,也有许许多多晶光闪亮、奇形怪状的工具,虽然挺好玩的,可是都很锐利,据说还消过毒,孩子们千万不准用手乱摸的。事实上,在爸爸的诊所里,一看到玻璃柜里陈列的那些工具,最好就反复嘱咐自己千万不要用手去乱动乱摸。可是迈尔斯大叔这里却不是这样。他的风格毫无疑问要比爸爸高得多,所有的工具,都让你随意摸弄,只有锯子碰不得。他有一把头上镶银的榔头;一个大"L"形的铁器①;一个具有魔力的小玩意儿,珍贵得很,是用名贵的红木和金子做成的,里面有一根细管子,细管子里有一小滴儿——不是一滴水,是什么东西说不上来——反正不管你有多小心,只要把那个小玩意儿往上稍微翘一下,那一小滴儿就会惊恐万状地在细管子里上下乱跑②。此外,他那里还有许许多多的钉子,虽然型号各不相同,但是非常精巧——其中有威风凛凛的大号尖钉,也有并不令人喜欢的中号钉子,而那些钉屋顶板的钉子,却比图画书里五彩缤纷的仙女还要有趣呢。

---

① 此处指直角尺。
② 可能指水平仪。

二

迈尔斯在搭建披屋的时候,曾经跟卡萝尔坦白地交谈过。他承认只要自己还住在戈镇,就始终会被人看作是贱民。碧雅的路德会教友因为他不信神,嘲笑过上帝,所以见了他很生气;而那些商人也认为他太偏激,见了他同样感到很恼火。"看来我又不能老是闭着嘴巴不说话。我觉得自己好像是一只咩咩叫的小绵羊,胆小得很,只不过说说猫是猫、狗是狗这样的话,哪敢长篇大论地谈问题呢。谁知道等他们一走,我才发觉自己还是伤了他们虔信上帝的感情。哦,是的,虽然面粉厂的那个领班,还有那个丹麦鞋匠,埃尔德工厂里那个工厂师傅,还有一两个瑞典佬,他们还是照常上我们家来串串门,不过,你是知道的,碧雅这个女人心眼儿好,待人和气,喜欢家里常常有人来,喜欢忙这忙那,赶紧给客人煮咖啡,忙得个不可开交,好像是不把自己累得透不过气来,她还觉得不高兴呢。

"有一回,她硬是拽着我到卫理公会教堂去做礼拜。好吧,我就像博加特寡妇那样虔诚地走进了教堂,安安静静地坐了下来,听牧师布道。那天牧师特别讨好,给我们大讲特讲进化论,可是尽管他讲得牛头不对马嘴,我也没有嗤的一声笑出来。做完了礼拜,那些虔诚的老教友都聚在教堂门口,'兄弟'长'姐妹'短地跟每一个会众握手道别,可他们就是眼看着我正经八百地走出教堂,却连手都没有伸出来跟我拉一拉。他们分明是把我看成是镇上的坏人呗。说不定,他们就是这样,一辈子把我看死了。我想,到了奥拉夫那个时候,可不准那样啦。有的时候,他妈的,我真想挺身而出,说:'我头脑还太守旧了。别管它。现下我上镇西边那些小锯木厂制造麻烦去就得了。'可是碧雅身上好像有魔力似的,我始终离不开她。老天哪,肯尼科特太太,你知道她可是一个多么快乐、正直、忠实的女人!还有奥拉夫我也很疼他呢,哦,得了吧,就此打住,我不想在你面前说这些温情脉脉的话。

"当然咯,我也曾经有过这样的念头,想干脆收摊子,搬到西部去。那儿人们要是事先不了解真情,也许不见得会发觉我是犯了罪,竭力在为自己开脱呢。不过——哦,我辛辛苦苦,好不容易才搞了这么一个制酪厂,实在舍不得把它扔掉,另起炉灶,拖着碧雅和小孩子搬到别处的一个小棚屋去。哦,人们就这样力劝我们别走!他们还撺掇我们要省吃俭用,攒下了钱买房子,我的天哪,他们就把我们劝服了。他们知道我们不敢冒天下之大不韪,去干有损于——这又该怎么说呀——哦,有损于陛下尊严的事儿,我说这话的意思是,他们知道我们不会暗中嘀咕着,说我们要是有了一个合作银行,就是没有斯托博迪也能活得下去。哎哟哟,只要我能坐下来跟碧雅一块儿打打纸牌,给奥拉夫乱吹一通,说什么从前他的老子在森林里的历险经过,以及他又怎样去诱捕一头又大又白的猫头鹰,又怎样知道保罗·班扬①的故事,即使他们把我看作无业游民,我也不在乎!说实话,我心心念念,想的都是他们娘儿俩。我说,我说一件事给你听,可你一个字都不要跟碧雅说呀:等那两间披屋一搭好,我还要给她买一架留声机呢!"

后来,他说的话果然兑现了。

---

① 保罗·班扬,伐木巨人,美国民间传说中的英雄人物。

碧雅一面忙着干家务活——洗衣服、熨衣服、补衣服、烤面包、掸尘土、做果酱、拔鸡毛、油漆水槽等,这些活儿尽管累得她筋骨酸疼,但她和迈尔斯本是恩爱夫妻,水乳交融,所以还是感到特别有劲,并且富有创造性——一面听着留声机上播放的歌曲,瞧她那种欣喜若狂的劲儿,简直同暖洋洋的圈栏里的母牛差不多。新盖成的披屋,楼下是厨房,楼上是卧室。那个原来是单间的小棚屋,现下改成小客厅,里面摆着一架留声机,一张有着真正皮座面金黄色橡木摇椅,此外还有一帧约翰·约翰逊州长的照片。

七月底,卡萝尔又上伯恩斯塔姆家去,希望顺便跟他们谈谈自己对"比弗斯兄弟会"、卡利布里夫妇和乔雷莱蒙小镇的观感。她看见奥拉夫正躺在床上,因为有一点儿发烧,神色显得十分不安;碧雅脸上红彤彤的,仿佛也有点儿头痛脑涨,但她还在手脚不停地忙着活儿。卡萝尔就把迈尔斯叫到一边,急切地问他:

"看来他们娘儿俩好像都不大舒服,这是怎么回事呀?"

"他们在闹肚子。我本来想请肯尼科特医生来看一看,可是碧雅心里觉得医生对我们感情不太好,她认为医生之所以感到不高兴,也许就是因为你常常上我们这里来串门。这可真叫我急死了。"

"那我马上回去叫肯尼科特医生来。"

她面有忧色地俯身去看奥拉夫。他的那双闪闪发亮的眼睛好像早已凝滞不动似的。他一面呻吟,一面用手擦额角。

"他们恐怕吃过什么不干净的东西吧?"她开口问迈尔斯。

"可能是水不干净。我跟你说,我们平时总是过街到奥斯卡·埃克龙家的那口水井去打水。但是奥斯卡见了我就要唠唠叨叨,说个没完没了,不外乎说我是个财迷,舍不得花钱给自己挖一口井。有一次,他对我说:'喂,你们这些社会主义者真了不起,只会掏别人家的钱包——饮别人家的水!'我心里明白,如果他老是这样挖苦我,准定会吵起来,而一吵起来,很可能闹出乱子来,那时恐怕我按捺不住,准会给他脸上一拳头。尽管我乐意付钱给他,但他硬是不肯收,他宁愿找碴子来嘲弄我。于是,我就上洼地那边费杰罗斯太太家的那口水井去取水,也许那里的水并不怎么干净。这会儿我正打算今年秋天挖一口水井呢。"

卡萝尔听他说话的时候,眼前突然浮现出来的仿佛是可怕的猩红热这么一个字眼。她赶紧一溜小跑,奔到了肯尼科特的诊所。他神情严肃地听她一讲完,就点点头说:"我马上就去。"

他给碧雅和奥拉夫仔细检查一遍后,摇摇头说:"是的,好像是伤寒。"

"我的老天哪,我在锯木厂看见别人得过伤寒,"迈尔斯呻吟着说,一瞬间觉得浑身酸软无力,"那么,他们俩的病情很严重吗?"

"哦,我们会给他们好好治疗的。"肯尼科特回答说。自从他们相识以来,他头一次冲着迈尔斯微笑,拍了一下他的肩膀。

"大概需要一个护士?"卡萝尔问。

"哦——"

肯尼科特转过身来,向迈尔斯暗示说:"你能找得到碧雅的表姐蒂娜吗?"

"她已经回到乡下老家去了。"

"那就让我来照顾他们好了!"卡萝尔坚持着说,"他们需要有人给他们做饭;再说,他们得了伤寒,看来还要用海绵擦擦澡,不是很好吗?"

"是的,你说得不错。"现下肯尼科特说话已变得不由自主了,他毕竟是个医生,以替人治病为自己的天职,"我说,目前镇上护士似乎很难请得到。斯蒂维尔太太这会儿正忙着接产,而你的那位护士又度假去了,是不是。好吧,那么,白天你就辛苦些,夜里由伯恩斯塔姆来照顾。"

整整一个星期,每天从早晨八点开始一直到半夜,卡萝尔一刻儿都不离开病人,忙着给他们喂饭,洗澡,烫床单,量体温。迈尔斯硬是不让她上灶台烧饭。他心里感到万分惊恐,脸色也显得煞白,脚上只穿着长袜子,来回走动没有一点儿声音,忙着烧饭和打扫屋子;他的那双又红又大的手,虽然看起来很笨拙,但干起活儿来却是非常细心周到。肯尼科特每日三次来看病人,态度始终和蔼可亲,叫病人感到很有希望,就是对待伯恩斯塔姆也很客气。

卡萝尔心里明白,她对她的朋友是多么热爱呀。这种热爱反过来又给了她有力的支持,所以给他们擦澡的时候,她的胳臂仿佛很有劲,一点儿都不觉得累。可是碧雅和奥拉夫的病情却使她感到很绝望,因为他们身体虚弱极了,每次进食以后,脸上就升起火来,把他们折磨得够呛。他们只好指望晚上能睡得好一些。

奥拉夫的病进入第二周后,那双健壮有力的腿便软弱无力了。他的胸前和后背开始出现可恶的点点红斑,两个腮帮子也深凹下去,他的神色显得万分惊恐。他的舌头已经变成褐色,而且时时恶心。他那充满自信的说话声音,现在已逐渐低沉,变成一种断断续续的含糊不清的低语声,好像在忍受着极大的痛苦。

碧雅刚得病时自己还能苦撑着,但是时间拖得太久了,所以等到肯尼科特关照她要卧床休息的时候,她早已病入膏肓了。有一天,正是黄昏时分,她突然大声尖叫起来,把大家吓了一跳,原来她肚子痛得要命,不到半个小时,她就开始胡言乱语。卡萝尔就守在她身旁,一直到大天亮。尽管那天夜里,碧雅始终处于半谵妄状态,可是,迈尔斯从狭窄的楼梯口不时探头向房里张望的那种默默无言的痛苦的情状,不由得使卡萝尔越发感到心酸。转天早晨,卡萝尔只睡了三个钟头,然后才回家去。碧雅嘴里仍旧在说呓语,但她说来说去,老是这么一句话:"奥拉夫,沃[我]们玩得真欢——"

十点钟的时候,卡萝尔正在厨房间准备冰袋,突然听到敲门声,迈尔斯连忙去开门,只见大门口站着维达·舍温、莫德·戴尔和齐特雷尔太太——她的丈夫就是浸礼会里的那位牧师。她们手里拿着一些葡萄和妇女杂志,那些杂志里有许许多多色彩鲜艳的图画和轻松愉快的小说。

"我们刚听说你太太病了,所以专程前来看望,不知道有没有什么事儿要我们帮帮忙的。"维达开始叽叽喳喳地说话了。

迈尔斯泰然自若地直瞅着那三个女人。"可惜你们来得太迟了。现在已经不用你们帮忙了。碧雅老是伸长脖子,盼着你们各位来看看她。她真心诚意要跟你们交朋友。她常常坐在这儿等着别人来敲门。这是我目睹的。可是现在——哼,他妈的你们都给我——滚蛋!"话音刚落,他砰的一声就把大门关上了。

整整一天,卡萝尔眼看着奥拉夫体力一点儿一点儿正在消失。事实上,他早已虚弱透顶。胸前肋骨清晰可见,皮肤冰凉而又滑腻,脉搏细弱,可是跳得惊人地快,而且越跳越快——越跳越快——发出就像死神在击鼓似的声音。到了傍晚时分,他突然咽了一口气,就离开了人间。

这时,碧雅仍然昏迷不醒,自然不知道她的儿子已经夭折了。次日早上,她也一命呜呼了。当然,她也不会知道,奥拉夫再也不会在门前阶沿上挥舞木头剑了,再也不会去治理鸡埘里那些"子民"了,迈尔斯的儿子永远不会到东部去上大学了。

迈尔斯、卡萝尔、肯尼科特都默默无言。他们眼里噙满了泪水,把娘儿俩的尸体洗刷干净。

"赶快回家睡觉去吧。你确实够累了。给我们做了那么多的事,我可一辈子都报答不了你。"迈尔斯低声对卡萝尔说。

"我这就走,可是明天我会再来的,跟你一起去送葬。"她好不容易抑制住心中的悲痛回答说。

出殡的时候,卡萝尔却病倒在床,简直动弹不得。她猜想也许四邻街坊会去的。当时人们并没有告诉她,迈尔斯那天叫维达等人吃了闭门羹的事,已经传遍整个戈镇,引起了一阵旋风似的怒潮。

只是完全碰巧,她用胳膊肘支在床上的时候,从窗子里看到了碧雅和奥拉夫出殡的情景:没有哀乐,也没有车队,只有迈尔斯·伯恩斯塔姆孤零零一个人,身上穿着他结婚时的那套玄色大礼服,耷拉着脑袋,跟在装着他妻儿遗体的那辆破烂不堪的柩车后面。

一个钟头以后,休号啕大哭,走进了妈妈的房间。她强颜欢笑着问:"小宝贝,你怎么啦?"他央求着说:"妈妈,我要去找奥拉夫玩儿。"

那天下午,久恩尼塔·海多克跑来串门,让卡萝尔解解闷。她说:"你从前的那位女用人碧雅,实在是太不幸了。可是我对她的丈夫却一点儿都不同情。大家都说他是个大酒鬼,对待家里人太刻薄,所以他们才会得这种该死的病。"

第二十七章

一

雷蒙德·伍瑟斯庞从法国来信,说他不久前被派往前线,挂过一点儿彩,现已提升为上尉。卡萝尔从维达的那种自豪心情中也得到了一些慰藉,好歹不再心灰意懒了。

这时,迈尔斯已把他的制酪厂卖掉,得了好几千块钱。他跟卡萝尔紧紧地握手告别,咕哝着说:"我要到北艾伯塔去买一个农场,尽可能跟这儿的人离得远远的。"他猛地一转身就走了。但他的步态已经不像从前那样富于弹性,肩膀似乎也给人留下一种老态龙钟之感。

据说他临走以前曾经把戈镇咒骂了一顿。有人还说要把他抓回来,游街示众,然后驱逐出境①。也有谣传说老钱普·佩里在火车站把迈尔斯臭骂了一通:"赶明儿你最好别再回来啦。我们对你已故的妻儿是尊敬的,但是,我们对一个亵渎上帝的人,一个对国家毫无贡献、只买了一份公债②的卖国

---

① 这里按原文直译,应为:"把他放在杆子上抬着赶出镇外去。"这是流行于美国的一种惩罚方法,通常还给受罚者身上涂抹柏油,插上羽毛。
② 此处指美国政府在第一次世界大战期间发行的一种战时公债。

贼,是根本不会尊敬的。"

当时在火车站目睹的一些人说,迈尔斯当场予以反驳,其内容极端富于煽动性,说什么他喜欢德国的工人胜过美国的银行家;但也有的人出来做证说,当时迈尔斯被佩里这个老家伙骂得哑口无言,只好偷偷地溜到了火车上去。大家众口一词地说,想必他心里一定会感到非常内疚,因为当列车离开戈镇的时候,有一个庄稼人看到他伫立在车厢的出口处频频往窗外张望。

他的那座房子——连同他在四个月前搭建的披屋——离铁路道轨非常近,他所搭乘的那列火车,这会儿正从道轨上驶过。

卡萝尔最后一次来到迈尔斯的那座小棚屋,发现奥拉夫那辆用红色线轴做成的四轮马车还停放在马厩附近的一个向阳的角落里。她真不知道一个眼光锐利的人从列车上能不能看得见。

就在那一天和那一个星期里,卡萝尔虽然身在红十字会里工作,可是始终提不起精神来。她默默地缝补和捆扎衣服,维达在念作战公报。后来,她就一言不发地听肯尼科特大放厥词说:"根据佩里所提供的情况,我说伯恩斯塔姆毕竟是个坏蛋。虽然暂且不提碧雅,我真不知道市民委员会应该怎样做方能迫使他把爱国心表现出来——要是他不肯自动买战时公债,加入基督教青年会,我想他们会把他关到牢房里去的。他们对付那些德国佬庄稼人,可真有一手绝招呢。"

二

卡萝尔从韦斯特莱克太太身上并没有得到什么令人鼓舞的东西,只不过觉得她这个人还是和蔼可亲,颇可信赖的;特别是这位老太太善于接受新事物的态度不由得使她深受感动。于是,她就抽抽噎噎地给韦斯特莱克太太讲了碧雅的不幸遭遇,一直到她心中的积郁倾吐完了,方才感到舒坦得多。

她虽然经常在街上碰到盖伊·波洛克,但他只会用他那种悦耳的声音大谈特谈查尔斯·兰姆和傍晚落日的情景。

卡萝尔在跟弗利克鲍律师太太的交往中对后者有了较多的了解,这真可以说是她最大的收获。弗利克鲍太太是个细高挑儿,很容易感情冲动。这天卡萝尔正好在药房前面碰上她。

"你是出来溜达吧?"弗利克鲍太太突然脱口问道。

"是呀,我出来走走。"

"哼。我想,恐怕你就是镇上独一无二的还会用腿走路的女人了。上我家去,喝一杯茶吧。"

眼前卡萝尔正好闲着无事,就径直跟着她去了。可是弗利克鲍太太身上的衣着打扮却招来了行人的好奇眼光,卡萝尔不由得感到很别扭。这时虽然已是八月初了,可天气仍然很热,弗利克鲍太太头上却戴着一顶男式小帽,身上披着一件光板皮袄,看上去很像一只死猫。她的脖子上挂着一串假的珍珠项链,穿着一件满是皱皮疙瘩的缎面短褂子,还穿着一条前摆高高翘起的厚粗呢裙子。

"请进来坐坐。把小孩儿放在那张摇椅上吧。屋子里乱七八糟的,真像个耗子窝,请你不要见怪。这个市镇嘛,你不喜欢,我也是跟你一样不喜欢呀。"弗利克鲍太太说。

"那是为了什么?"

"你当然是不喜欢呀!"

"哦,我可确实不喜欢呀!不过,我相信总有一天我会找到一个解决办法的。也许我好比是一颗六角形的钉子,解决的办法就是要找到一个六角形的洞眼。"卡萝尔兴致勃勃地说。

"那你怎么知道你一定会找得着呢?"

"我们不妨就以韦斯特莱克太太为例来说吧。她天生就是住在大城市里的女人,本来她应该在费城或波士顿有一幢古色古香的房子,但她却想用埋头读书的办法来逃避现实。"

"光是读书,而别的什么事儿都不干,难道说你就会感到满意吗?"

"当然不满意咯,可是老天哪,一个人总不能老是憎恨自己居住的市镇呀!"

"为什么不能呢?我说就是能!我憎恨戈镇已有三十二个年头啦。我将来就死在这里,所以我就憎恨它,一直到我咽了气为止。我早就应该去经商做买卖。要知道我对什么计算呀、数字呀都有特殊天才呢。可现在一切都完了。许多人以为我疯了。是的,说不定我确实是疯了。因为我老是坐在那儿发牢骚。不过,我也去教堂做礼拜、唱赞美诗,别人还以为我很虔信上帝,真是天晓得!其实,我无非是想解解闷,忘掉洗衣服、熨床单、补袜子罢了。我多么想开个铺子做生意,可朱利叶斯硬是不肯听我的话。现在怎么说也来不及了。"

卡萝尔坐在硬邦邦的长沙发上,心里不禁感到毛骨悚然。

难道说这种单调乏味的生活就会永无止境地延续下去吗？有朝一日她会不会像韦斯特莱克太太那样瞧不起自己和四邻街坊，而自己也变成一个瘦骨嶙峋的、举止古怪的老媪，身上穿着一件肮脏的猫皮短袄，跌跌撞撞行走在大街上呢？她蹑手蹑脚地往家里走去的时候，觉得自己终于落到这个圈套里去了。当她怀里抱着昏昏欲睡的孩子，步履蹒跚地一回到家里，她简直变成了一个弱不禁风、微不足道的少妇，尽管今日里她风韵犹存，可是眼眸之间早已失去了希望的光彩。

那天傍晚，她独自坐在门廊里。肯尼科特看来还得要出诊，去给戴夫·戴尔太太看病。

暮霭渐浓，枝影俱寂，街上阒然无人。只是偶尔听到汽车轮胎擦过地面的沙沙声，豪兰家门廊里摇椅吱嘎吱嘎的响声和有人用手掌打蚊子的声音，人们都热得懒于搭腔，只有时断时续的谈话声，蟋蟀节奏鲜明的嘀啾声，飞蛾碰撞在纱窗上的吧嗒声——所有这些音响，不由使人感到四下里越发岑寂了。这仿佛是另一个世界上的一条街，一条不可救药的街。纵然她可以一辈子坐在这里，恐怕也不会有蔚为大观的行列或是一个饶有风趣的人物从她面前走过。这里确实沉闷乏味，一条没精打采而又渺不足道的街！

这时，默特尔·卡斯——挨在她身旁的是赛伊·博加特——出现了。赛伊按照当地向姑娘献殷勤的乡俗，呵得默特尔耳朵痒痒的，她发出了哧哧的傻笑和两脚乱跳的声音。他们走路时踢里踏拉，就像一对情侣在跳舞，一会儿脚丫子往两边踢，一会儿又拖着脚跟跳曳步舞，于是混凝土人行道上发出了断断续续的四二节拍的回响。他们俩说话的声音，已在薄暮里引起了一阵骚动。蓦然间，坐在医生家门廊摇椅里的那个女人,仿佛觉得夜间充满了活力,在这茫茫的黑夜里,到处可以听到有一种——那正是她所缺少和殷切期待的——热切渴望的声音在喘息,往后想必会发生一些什么事情吧。

第二十八章

一

八月间，卡萝尔在芳华俱乐部的一次晚餐会上，听戴夫·戴尔太太谈到了有关"伊丽莎白"的事情。

卡萝尔很喜欢莫德·戴尔，一是因为最近以来她对卡萝尔显得异乎寻常亲热，二是她显然已有所悔悟，不再像从前那样神经过敏讨人嫌了。她们俩只要一见面，莫德就会轻轻地捋着她的手，问长问短地谈起来。

肯尼科特说，他觉得"莫德怪可怜的，她简直是太多愁善感了，但戴夫却待她很不好"。他们一块儿到湖滨别墅去游泳的时候，肯尼科特对可怜巴巴的莫德始终以礼相待。卡萝尔对他的那种同情心觉得很自豪，所以现在她尽量跟他们的这位新朋友坐在一起了。

戴尔太太打开了话匣子，就滔滔不绝地说："哦，你们各位有没有听说过有这么一个年轻小伙子，他刚来镇上不久，那些小男孩就给了他一个外号，叫'伊丽莎白'的？这个人就在纳特·希克斯的裁缝铺里干活。我敢打赌，他一个星期赚不到十八块钱，可是，我的天哪，乍一看，他可活脱脱像一个娘儿们！他讲起话来总是文绉绉的,哎哟哟,他真会摆架子呢,身上穿着束腰带的夹克衫,凸纹布衣领上插着一枚金别针,甚至脚上短袜子跟领带颜色也配得很协调,老实说,也许你们不相信,可我是亲耳听人告诉我的,说这个家伙就住在格雷太太那幢破破烂烂的兼供膳食的寄宿舍里。据说他还问过格雷太太,说吃晚饭的时候他该不该穿上晚礼服呢!你们猜得着竟然会有这样的事儿吗?其实,说穿了,他只不过是个瑞典小裁缝,他的名字叫作埃里克·瓦尔博格。因为他在明尼阿波利斯一家裁缝店干过活,所以大家都说他手里针线活儿不赖,而他自己也就拼命装作是个地地道道的城里人。据说他还想要让别人相信他是个诗人呢——他带着书本本到处跑,而且还装腔作势,好像是在看的样子。据默特尔·卡斯说,她在一次舞会中见过他,那时他正在那里茫然若失地乱转悠,还开口问她喜不喜欢什么花呀、什么诗呀、什么音乐等等玩意儿,照他说话时的神气,真像美国国会参议员。要知道,默特尔那丫头本来就是个机灵鬼,哈哈!哈哈!她故意挑逗他,没话找话,尽量把他的话套出来。嘿,你们猜一猜,他讲了一些什么来着?他说,他在这个镇上还没有找到一个可以推心置腹谈谈的朋友呢。这种事儿你们想得到吗?真是天大的笑话呀!他充其量只不过是个瑞典小裁缝罢了!我的老天哪!人们还说他娇滴滴,真把人吓坏了——看起来简直就像个小姑娘。那些小男孩都管他叫'伊丽莎白',他们在街上拦住他,问他装模作样看的是什么书。于是,他就一五一十地告诉他们了。他们好像信以为真似的,又拼命把他挖苦了一番,但他根本不知道他们是在出他的洋相。哈!哈!我说这真是太好笑了!"

芳华俱乐部的会员一下子都哈哈大笑起来,卡萝尔也跟着她们一起笑了。杰克·埃尔德太太又接上去说,就是这个埃里克·瓦尔博格私下里还告诉格雷太太,说他"真巴不得能为太太小姐们设计服装"。恐怕大家都想不到吧!哈维·狄龙太太也看见过他一眼,认为他人长得漂亮极了。不过,她的这一看法,马上遭到了B.J.高杰林太太——她是银行家高杰林的太太——的反驳。高杰林太太说,瓦尔博格这个家伙她曾经仔仔细细地打量过。她和高杰林先生开着车子经过麦格鲁德大桥的时候,这位"伊丽莎白"正好就在那里。瞧他身上穿的衣服难看死了,腰身又细又窄,就像娘儿们一样。那时他正坐在桥边一块大石头上,闲着没有事干,但是,一听到高杰林的汽车喇叭声,他连忙从口袋里掏出一本书来,当汽车开过的时候,他就装腔作势地埋头读书,这个样子完全是摆给人家看的!其实,他的长相也并不怎么好看,正如高杰林先生所说,连一点儿须眉汉子味道都没有!

那些男士们一到,也都跟他们的太太一起来揭瓦尔博格的隐私。"我的名字,就叫'伊丽莎白'。我是个呱呱叫的裁缝师傅,而且还很喜欢音乐。成千的女人都拜倒在我脚下。劳驾给我一点儿面包夹牛肉,好吗?"戴夫·戴尔乐呵呵地尖叫着说。接着,他还讲了一些令人吃惊的事情,讲的就是镇上的那些毛头小伙子净找瓦尔博格寻开心。比方说:他们把一条烂鲈鱼偷偷地塞进他的口袋里,给他后背上别一块小牌牌,上面写着:"我是个大傻瓜,劳驾踢我几脚吧。"

卡萝尔觉得能有机会笑一笑,自然也很高兴,所以就跟着大家胡闹了一阵。冷不防她突然语惊四座,大声嚷了起来说:"喂,戴夫,你一理过发,简直就是个美男子呀!"听了卡萝尔脱口而出的这句俏皮话,大家觉得很有意思,一个劲儿拍手鼓掌。肯尼科特不消说也很得意扬扬。

她暗自寻思,哪一天路过希克斯的裁缝铺,不妨去看看这个怪家伙。

二

星期天上午在浸礼会教堂做礼拜时,卡萝尔跟她的丈夫、休、惠蒂尔舅舅、贝西舅妈都正襟危坐在一排座椅上。

尽管贝西舅妈老是唠唠叨叨规劝他们去做礼拜,肯尼科特夫妇还是很少去。肯尼科特大夫确实说过这样的话:"毫无疑问,宗教具有一种良好的感化力,如果要想把下层阶级社会笼络住,那就万万少不了它。事实上,也唯有宗教这个东西才能感化那些家伙,迫使他们去尊重个人拥有财产的权利。我说这套神学玩意儿,全是一些聪明的老古董琢磨出来的,他们知道得可要比我们多得多呢。"他虽然信仰基督教,但他从来没有认真地对它的教义思考过;他虽然相信教会,但他平时却很少去做礼拜;他对卡萝尔不信神虽然很吃惊,但他也根本闹不清她为什么不信神。

卡萝尔本人是个不可知论者,但她有时也很不自在,因而总是尽量回避。

卡萝尔竟然不揣冒昧,也到主日学校去听课。她听到那些老师上课时瓮声瓮气地对孩子们说,像沙姆谢赖①那样的家系,就是伦理学上一个非常可贵的问题,值得他们认真思

---

① 即古代以色列王。

考。她在星期三晚祷会上,亲耳听到那些开铺子的年老掌柜每星期照例都要一成不变地做证一番,他们所引用的总是一些原始的性爱象征,以及迦勒底人用过的类似"用羔羊的血洗涤自己罪孽"和"复仇之神"等等血腥味很重的话语。博加特太太居然也夸口说,赛伊从小时候起,每天晚上她都要他根据《圣经》上十诫忏悔一番。那时,卡萝尔困惑不解地发现,二十世纪的美国基督教竟然就像祆教①那样一反常态——但它并没有像昔日祆教那样大放异彩。不过话又说回来,当她上教堂参加晚餐时,亲身感受到了会众之间那种友爱气氛,亲眼看到了姐妹们欢欢喜喜地把冷火腿和烤土豆端上来。钱普·佩里太太有一天下午从电话筒里对她大声说:"亲爱的卡萝尔呀,但愿你能知道,蒙受上帝永恒的恩典该有多么幸福!"卡萝尔这才发觉,就在充满血腥味,而且跟她格格不入的神学后面,照样也还有人情味呢。她始终认为,各教派——卫理公会,浸礼会,公理会,以及天主教等——对她童年时代那个法官家庭来说几乎是无足轻重的,后来到了圣保罗,又为日常生活而繁忙奔波,使她跟教会更加疏远了。可是,到了戈镇以后,她总觉得各教派直至今日仍然是促使人们明哲保身的最最强大的力量。

八月间,有一个星期天,卡萝尔听到埃德蒙·齐特雷尔牧师要宣讲的题目是《美国,要正视自己的问题!》时,心里就不觉雀跃起来。要知道第一次世界大战期间,每个国家的工人

---

① 祆教(在我国亦称火祆教,拜火教)即琐罗亚斯德教。相传为古波斯人琐罗亚斯德(约在公元前十至前七世纪之间)所创立的教义,认为世界有两种对立的本原,即善与恶、光明与黑暗的斗争,而火则是善和光明的代表,故以礼拜"圣火"为主要仪式。

都想要把工业控制起来,俄国的革命左派正准备推翻克伦斯基,妇女参政即将成为事实——如此之多的问题,似乎都值得牧师齐特雷尔先生吁请美国当局予以认真应对。于是,卡萝尔就倾家出动,一路快跑跟在惠蒂尔舅舅后面。

由于天气奇热,会众也就不拘礼仪比较随便了。男人们的头发都梳得油光锃亮;他们死劲儿刮胡子,脸皮差一点儿都给刮破了;他们一脱下外套,叹了一口气,又把他们最漂亮的笔挺的马甲解开了两个扣子。那些胸脯丰满,穿着白罩衫,脖子间直冒热汗,鼻梁上还架着眼镜的老太太,这会儿正在很合节拍地来回摇着棕榈叶扇子——她们这些"古代以色列的老妈妈①",都是拓殖时期的教友,也是钱普·佩里太太的好友。年轻小伙子好像害臊似的,都躲到了后座,正在咴咴地傻笑;雪白粉嫩的小姑娘们却跟她们的母亲一起坐在前排,自己觉得怪难为情的,所以也尽量不东张西望了。

这座礼拜堂一半像谷仓,一半像戈镇人家里的客厅。墙上糊着褐色条纹纸,上面挂着"跟我来吧"和"耶和华是我的牧者"②的字框,此外还有一份赞美诗目录和一张红红绿绿的画在浅灰色纸上的图画,画的是一个年轻人完全可以不费吹灰之力,从"欢乐之宫"和"荣耀之家"一下子坠入"永劫不复的深渊"。可是,那些被油漆髹得亮晃晃的橡木座椅,大红的新地毯,以及讲台后面的三把大安乐椅,却使人顿时感到如坐摇椅一般舒适。

今天卡萝尔格外和蔼可亲,人们无不啧啧称赞。她简直

---

① 辛克莱·路易斯在这里指的是最初开拓边界市镇,创业维艰的前辈戈镇妇女。
② 这两句话都引自《圣经》。

笑逐颜开,见了熟人就微微鞠躬。她还跟着大家在一起唱赞美诗:

> 日曜之辰何光明!
> 会众齐集共欢欣,
> 屏绝人欲诸思想,
> 不使罪愆污我身。

只听见上过浆的裙子和硬邦邦的衬衣前胸发出了一阵沙沙声,会众都已落座,开始注意听齐特雷尔牧师布道了。这位牧师是个身材瘦削、肤色黝黑、为人热情的年轻人,说话时嗓门很大。他身上穿着一套玄色便服,脖子上系着一条淡紫色领带。他使劲儿敲着讲台上那本大部头《圣经》,大吼一声说:"兄弟姐妹们,让我们一起来思考问题吧。"接下去,他就向至高无上的上帝祷告,报告过去一周内的新闻消息,然后言归正传,方才开始思考问题。

原来他认为美国必须亟待解决的唯一问题,只不过是摩门教①和禁酒令罢了。他说:

"有一些自高自大的家伙,到处想要制造麻烦,你们可不要上他们的当,以至于觉得所有那些自作聪明的运动都很有意义,通过工会和农会自行决定工资和物价的办法,是用来扼杀我们所有的进取精神和事业心的。任何一项运动,要是它缺少精神基础,那只不过是大轰大嗡一阵子就过去了。让我在这儿向你们提醒一下:当人们因为一谈到他们所谓的'经

---

① 美国的一个教派,创立于一八三〇年。创始人史密斯(1805—1844),自称得天书《摩门经》而设立"耶稣基督后期圣徒教会",通称摩门教。初期行多妻制,后遭反对而停止。流行于美国西部各州。

济学''社会主义''科学',以及许许多多涉及伪装的无神论等等完全小题大做的问题,并且争吵得不可开交的时候,撒旦①已把自己乔装打扮好,化身为约瑟夫·史密斯②、布里格姆·扬③,或是今日里他们其他的首领人物——至于他们是什么样儿的人,那是无关宏旨的——这会儿正忙不迭地在犹他州撒开它的罗网和触须。现在他们还一个劲儿嘲笑古老的《圣经》。要知道,就是这部《圣经》,引导我们美国人度过种种艰难险阻,达到了目前这种固若金汤的地位,于是预言都实现了,美国人也就被公认为世界各国的领袖了。上帝在《圣经·新约全书》使徒行传第二章第三十四节里说过,'你坐在我的右边,等我使你仇敌作你的脚凳。'现在就让我告诉你们,早晨你们应当起得早,甚至比你们出门去钓鱼的时候还要早得多,如果说你们都想要比上帝聪明能干的话,那么,只要照着上帝给我们指出的一条笔直的正路走去,谁偏离了它,就会坠入万劫不复的地狱中去。现在,我回过头来,再谈谈摩门教这个严重而又可怕的问题,正如我上面所说,可怕的是直至现在我们还是熟视无睹,殊不知摩门教这种邪恶东西,早已渗透到我们这个圈子里,而且,事实上,已来到了我们家的大门口。但是,我认为,更可耻的和为人们所不齿的是,美国国会竟然把所有的时间都花在讨论一些无关紧要的金融问题上面。就我个人所知,这些问题应当留给财政部去处理,但美国

---

① 希伯来文 Satan 的音译,一译沙殚,意为"仇敌"或"抵挡"。《圣经》故事中魔鬼的别名。
② 约瑟夫·史密斯(1805—1844),美国著名传教士,美国摩门教会创始人,后被自己教会内仇敌所杀害。
③ 布里格姆·扬(1801—1877),美国传教士,美国摩门教会首领之一。

国会偏偏不肯利用自己的权力通过一项法令,把那些自命为摩门教徒的人流放出去,或者干脆把他们驱逐出境。在我们这个自由的国家里,绝不能让一夫多妻制和专横跋扈的撒旦之流有立足之地!

"美国国会这个问题嘛,我们暂先撇开不谈。我特别要说一说的是,我们眼前这一代年轻女孩子,简直一味追求虚荣,真不知道赶明儿会出什么乱子。这些女孩子心心念念想的是穿长筒丝袜子,很少肯听她们母亲的话,当然也很少会想到学学烤面包的手艺,而且有许多年轻女孩子还喜欢去听那些神出鬼没的摩门教教士传教呢。你们可要知道,像这样的女孩子,在我们这个州里就比摩门教教士还要多得多呢。几年前,我就亲耳听到一个摩门教教士在都庐斯市一条大街拐角那里传道,而那些执法的警官先生却置若罔闻,从不加以干预。不过,我们还有一个看来很不显眼、但情况比较迫切的问题,我倒很想停下来,专门谈谈那些安息日会教徒。我可并不是说他们这些人不道德,但我总是觉得,既然耶稣基督本人已明白无误地宣示了新的安排,而现在却有一个团体仍然硬要把星期六定为安息日,我说,立法机构似应出来干预一下才对——"

听到这里,卡萝尔头脑方才清醒过来。

在随后的三分钟里,卡萝尔仔细端详着对面那排座椅上的一个小姑娘的脸孔:她是一个多愁善感而又郁郁不乐的小姑娘,尽管她十分崇拜齐特雷尔牧师,但无意间却流露出一种既惊恐又渴慕的神情来。卡萝尔不知道这个小姑娘是哪一家的,但在教堂共进晚餐时总看得见她。卡萝尔暗自思忖:在全镇三千人中,真不晓得有多少人她根本不认识;有多少人已把妇女读书会和芳华俱乐部看成是冷若冰霜的、高不可攀的上流社会峰巅;还有多少人也许比她更加心灰意懒,但是正勇气倍增地在拼搏之中。

她仔细察看自己的指甲,念了两首赞美诗,又搓了搓发痒的指节,仿佛觉得适意些。她让孩子的头靠在她肩膀上,孩子刚才像妈妈那样磨蹭了一段时间以后,现在美滋滋地打起盹儿来了。她翻看了赞美诗集的序言、书名页和版权页。她很想追根究底地闹明白,肯尼科特缘何从来都不把围巾戴上,以便遮住他敞开的领口。

她坐在那排座椅上,简直无聊极了,就回过头来看了一眼会众。她转念一想,她应该怪亲热地向钱普·佩里太太点头示意。

她的头在慢慢转过去的时候,突然触电似的停住了。

坐在中间过道那边的两排座椅后面的,是一个陌生的年轻小伙子,他在那些嚼烟叶的市民中间,简直容光焕发,卓尔不群,就像是来自遥远的太阳的客人一样——他长着一头琥珀色鬈发,低额角,细鼻子,他的下巴颏儿很光洁,可又不像是星期天早晨马马虎虎地刚刮过脸那样。特别是他的嘴唇,不由得叫卡萝尔叹为观止。通常戈镇男人的嘴唇都是扁平的,呆板的,而且总是不怀好意的。而这个陌生人的嘴唇,却是弯曲的,上唇稍微短些。他身上套着一件褐色细线衫,里面穿的是白绸衬衫,下身是白色法兰绒裤,脖子间系上一个天蓝色蝶形领结。一见到他,人们禁不住就会联想到海滩,网球场,以及除了被骄阳晒得起了浮泡的大街以外的令人心驰神往的地方。

莫非他就是从明尼阿波利斯来接洽业务的客商吗?不,

他根本不像是商人。他是一位诗人呢。他的脸上仿佛闪烁着济慈、雪莱和阿瑟·厄普森①的神采(有一回,她在明尼阿波利斯还见到过阿瑟·厄普森呢。)。根据她在戈镇的见闻觉得:他这个人简直太富于感情,而又温文尔雅,绝不是做买卖的人。

他露出很有分寸的嘲笑神情,仔细地打量着这会儿正在哗啦哗啦布道的齐特雷尔牧师。让这个来自大千世界的密探式人物听一听这个牧师瞎唠叨吧。卡萝尔不觉感到很难为情。她觉得自己好像应该对戈镇负责似的。这个陌生人目瞪口呆地观察他们的礼拜仪式的神情,也叫她感到很生气。她一瞬间不由得脸红了,连忙把头扭过去。但是她心里仍然感到他近在咫尺。

她怎地方能跟他见见面呢?看来她非要跟他见一面,两人聊上一个钟头!她如饥似渴地憧憬着的——正是他。她绝不能让他一言不语就给溜走了,她一定要跟他聊一聊。她心里甚至很想——她为此而笑话自己——索性走过去跟他搭讪:"我已经中了乡下的病毒。请你告诉我:住在纽约的人都在谈些什么,玩些什么来着?"她真不敢想象要是她跟他说了这样的话,肯尼科特脸上会现出什么样的神色:"我的心肝儿,你为什么不邀请那位身穿褐色细线衫的陌生人,叫他今儿个晚上到我们家来吃晚饭呢?"

她已陷入沉思之中,不再往后面张望了。她警告自己:也许她是过于夸张了,试问哪一个年轻小伙子身上会集中这么

---

① 阿瑟·厄普森(1877—1908),美国抒情诗人,他所写的《十四行诗集》颇享盛名。

多高贵的品质呢？莫非是他长得太漂亮，又穿上刚做好的崭新衣服，因而显得太耀眼吗？很像一个电影演员。说不定他是一个旅行推销员，会唱男高音，身穿仿纽波特衫，自以为很时髦，嘴里乱吹一通什么"惊人的赚大钱的生意经"。她慌慌张张又把他瞅了一眼。不！这个年轻小伙子，长着古希腊雕像那样富于曲线美的嘴唇和庄重的眼睛，不像是一个走南闯北的推销员。

一等到礼拜仪式结束，她站起身来，小心翼翼地挽着肯尼科特的胳膊，脸上对他露出微笑，仿佛默默地在表示自己的心迹：今后不管天坍地塌，她都将要对他忠贞不渝。他跟在那个身穿褐色细线衫的"神秘客人"的后面，走出了教堂。

纳特的儿子——小胖子希克斯说起话来就像尖叫似的。他用手拍拍这位漂亮的陌生客人的肩膀，讥笑着说："嘿，小妞儿，今儿个你打扮得真标致，做新娘子，是不是？"

卡萝尔听了感到一阵恶心。原来她的这位来自外地的贵宾，就是埃里克·瓦尔博格，他的雅号："伊丽莎白"。一个裁缝铺里的学徒工！手里提着热熨斗，还有汽油瓶！给人缝补脏兮兮的夹克衫！点头哈腰地拉着软尺，给一个大腹便便的胖子量体裁衣！

但她暗自寻思道，这个小伙子身上，还是很有个性呢。

三

星期天他们在斯梅尔舅舅家里吃晚饭。餐室里陈放着一盘水果和鲜花，此外还有一帧放大了的惠蒂尔舅舅的铅笔画肖像。尽管贝西舅妈一会儿嘀嘀咕咕说罗伯特·B.施明克太太那串珠子项链不怎么样,一会儿却又埋怨惠蒂尔在今天请客的日子里,真不该穿上那条肥大的带条子的裤子,但卡萝尔好像完全没有听到似的。她也没有尝尝烤猪肉片的美味,就没头没脑地说:

"喂,威尔,今天上午,我在教堂里看到有个身穿白色法兰绒裤的年轻小伙子,是不是大家常常谈到的那位瓦尔博格呀?"

"是啊,就是他呗。他身上的那套行头,实在太漂亮了!"肯尼科特一面说,一面在自己硬邦邦的灰色袖口上刮去那个白色污斑。

"他穿得的确不坏。我真不知道他是哪儿的人?好像在大城市里住过很长时间。他是不是从东部来的呢?"

"什么东部?是他吗?哈,哈,他就是本地老乡,家就在镇北一个农场,靠近杰弗逊的这一边。他父亲——阿道夫·瓦尔博格——我还认识,是一个地地道道的瑞典佬,种了一辈子庄稼,脾气可古怪呢。"

"哦,是真的吗?"她不动声色地问。

"是呀,我想,他大概在明尼阿波利斯待过相当长的时间,是在那儿学的裁缝手艺。我说,他这个家伙相当聪明,真有两下子。书看得很多。据波洛克说,他常常向图书馆借书看,镇上的人就数他书借得多。哈,哈,在这方面,他倒有点儿像你呢!"

这个妙不可言的玩笑,简直叫斯梅尔夫妇和肯尼科特都前仰后合地大笑不止。惠蒂尔舅舅一下子抓住了这个话题,说:"你们说的是在希克斯铺子里干活的那个小伙计吗?哎哟哟,他是个穿裙子的,哪儿像个须眉汉子!一个年轻人应该去当兵打仗,或者干脆下地种庄稼,老老实实地过日子,就像我年轻时一样。可他呢,明明是个男子汉,偏偏做的是娘儿们的针线活儿,身上又打扮得像个女戏子,而且还要上街乱转悠,叫人见了真恶心!唉,想当年我在他这么大的年纪——"

卡萝尔心里真恨不得桌上那把切肉刀刹那间变成一把锋利的匕首,一下子捅进惠蒂尔舅舅的心窝。不消说,报上就会出现惊人的头条新闻!

这时,肯尼科特却说了一些通情达理的话:"哦,我倒是要出来给他说句公道话。我记得他确实参加过入役前体格检查。查出了静脉曲张——虽然不算十分严重,但还是不够资格当兵的。尽管这么说,我总是觉得,像他这么一个人即使上战场,料他也不敢冲着德国兵的肚子把刺刀捅进去!"

"威尔呀,你说话留情点儿,好吗?"

"嘿,料他就没有那种胆量。我看他就是那么扭扭捏捏,简直不像个男人!据说他星期六去理发的时候,对德尔·斯纳弗林说过,他还想去学钢琴呢。"

"真有意思,咱们这个小镇上,人与人之间什么事儿都知道得一清二楚呀。"卡萝尔天真地说。

肯尼科特一听这话,觉得个中有些蹊跷,可是贝西舅妈一面端上奶油布丁蛋糕,一面却附和卡萝尔的看法说:"是啊,真有意思哟。大城市——可叫人吓坏了。人们在那里尽管干了种种十恶不赦的事儿,准保没有人会知道的,但在咱们这个小地方,就不行了。今儿个上午,我在教堂里就留神注意那个成衣铺里的小裁缝,那时候,里格斯太太乐意跟他一块儿合看她的那本赞美诗集,谁知道他却摇摇头,不要看。那时候,我们大伙儿都在唱赞美诗,他简直就像一个木墩头站在那里,紧闭着嘴巴,从来没有张口。人们都说他自以为知书识礼,比我们大家斯文,可我倒想知道他所说的斯斯文文的礼貌,究竟是个啥玩意儿?"

卡萝尔又在琢磨着桌上那把切肉刀了。鲜血洒在洁白的桌布上——该有多美啊!

接着,她又在暗自思忖道:

"傻瓜!神经病!这是万万办不到的事!自己三十岁了,简直还是在病人说梦……我的天哪,难道说我真的已有三十岁吗?那个小伙子恐怕连二十五岁还不到呢。"

四

卡萝尔这会儿出门访客去了。

就在博加特寡妇家搭伙的,有一位名叫弗恩·马林斯的姑娘,现年二十二岁,从下学期起将在中学任教,讲授英文、法文、体育等科目。弗恩·马林斯提前来到戈镇,参加为期六周的乡村教师讲习班。卡萝尔曾经在街上看见过她,而且听到人们谈过她的事儿,几乎跟人们议论埃里克·瓦尔博格时一样多。要知道弗恩·马林斯是个细高个儿,容貌长得也很俊秀,但在举止方面却相当放荡不羁。不管她身上穿的是袒胸露颈的水手式宽大外套,还是比较素净的、上学校时穿的玄色高领罩袍,反正她都显得特别轻佻刺眼。"她看起来真像个性感女郎。"但凡萨姆·克拉克太太那样的人,都会频频摇头地这样说,而像久恩尼塔·海多克太太那样的人,却不由得又暗自艳羡不已。

就在星期天傍晚,肯尼科特夫妇正坐在屋子边草坪上的帆布折叠椅里时,忽然看见弗恩和赛伊·博加特在一起哈哈大笑。赛伊虽说还是个初中学生,但身体长得很快,是个大块头,其实只不过比弗恩小两三岁罢了。这时,赛伊因有要事——大概有关弹子房的问题——要匆匆赶到闹市区去。撇下弗恩一个人只好两手托住下巴颏儿,无限怅惘地坐在博加特家的门廊里。

"看起来她好像孤单得很。"肯尼科特说。

"她的确孤单得很,怪可怜的。我真想走过去和她说说话呢。我虽然在戴夫店里跟她见过面,可后来我一直还没有去登门拜访呢。"卡萝尔就悄悄地穿过草坪,在半明半暗的薄暮里,只见隐隐约约一个白色背影从沾满露水的草地里一掠而过了。这时,她不知怎的想起了埃里克,也想起了自己的脚被露水浸湿了。她随口而出地跟弗恩打起招呼来:"晚上好!我和大夫怕你独个儿会觉得冷清呀。"

弗恩有些着恼地说:"可不是嘛!"

卡萝尔全神贯注地瞅着弗恩。"亲爱的马林斯小姐,也许你确实冷清得很!这个你可瞒不了我。从前我忙着工作的时候——因为我在图书馆里当过馆员——也时常会感到很困倦。你是哪个大学的?我是布洛杰特学院毕业的。"

弗恩一听很感兴趣,就回答说:"我是明大的。"弗恩指的是明尼苏达大学。

"那你在明大一定很痛快吧?我们布洛杰特学院有一点儿沉闷。"

"你是在哪儿的图书馆工作的?"这时弗恩反而盘问起卡萝尔来了。

"圣保罗的那个大图书馆。"

"是真的吗？哦,我要是能再回到明尼阿波利斯和圣保罗去,该有多好！我来这儿还没有开始教书,就把我吓死了！我回想起来,在大学里的日子该有多么好玩:我爱演戏,喜欢打篮球,整日价吵吵闹闹,疯来疯去,我简直还是个跳舞迷！可是,一到这个地方就不一样了:除了给孩子们上体育课,或是带领篮球队去外地比赛以外,我简直寸步难行,连吱一声也都不敢呢。我觉得,他们对你在教学上是不是有劲儿倒是满不在乎的,他们只要求你在校外的品行表现能感化人们乐于行善就得了——就是说,你在下课以后自己心里想做的事儿,就万万做不得。这儿的师资讲习班办得糟透了,学校正式开课以后,我看一定还要讨厌呢！要是这会儿还来得及到明尼阿波利斯和圣保罗找事由儿去,我敢发誓说我准把这里的工作辞退了。要知道今年整整一个冬天,我连一次舞都没敢去跳呀。我要是稍微放松自己一下,爱跳什么舞就跳什么舞,那么,他们认为我就是一个'母夜叉'了,你看我冤枉不冤枉！哦,我实在不应该这样胡说八道。我一说话就要说漏了嘴！"

"亲爱的弗恩,你不要怕！……我说这样的话,听起来未免有点儿苦口婆心似的！老实说,我现下跟你说话的口吻——也就是当年韦斯特莱克太太对我说话的口吻！我想,那也许是我已经出过嫁,下过厨房的缘故吧。可是,我至今仍然觉得自己很年轻,我也还想——像一个'母夜叉'那样——痛痛快快地跳跳舞呢。所以说,我对你是非常同情的。"

弗恩点点头表示很感激。卡萝尔接下去又问:"你在大学里演过哪些戏呀？我在这儿竭力推广过一种类似'小剧场'的剧目,结果很惨。赶明儿我一定会讲给你听的——"

两个钟头以后,肯尼科特也走过来跟弗恩打招呼,而且还打着呵欠说:"喂,卡丽,我说你最好赶快回家吧,明儿我还有活儿,真够呛呢。"这时她们俩谈得正入港,不时要打断对方的说话。

卡萝尔落落大方地提起裙子,由丈夫陪着回家,不仅觉得很体面,而且心里着实很高兴。"现如今一切都变了!我又有了两个朋友:弗恩和——可是另外的那一个——又是谁呢?说起来也真怪呀;我想,那就是——哦,真是太荒唐呀!"

五

卡萝尔在街上不时碰到埃里克·瓦尔博格;他身上的那件褐色细绒衫,早已不再惹人注目了。太阳偏西的时候,她和肯尼科特一起坐车外出,见到他在湖边看一本薄薄的小书——说不定是一本诗集呢。卡萝尔也注意到,如今在这个人人出门都坐汽车代步的市镇上,唯独他还是非常喜欢安步当车的。

她暗自思忖,她,身为法官的女儿,医生的太太,当然不会乐于去结识一个喜好蹦蹦跳跳的小裁缝。她暗自思忖,她对一味献殷勤的男人的反应,历来是淡淡的……甚至对珀西·布雷斯纳汉也不例外。她暗自思忖,一个三十岁的女人看上一个二十五岁的小伙子,岂不叫人笑话。但在星期五那天,她不知怎的却又按捺不住,觉得必须亲自到纳特·希克斯铺子里去一趟。于是,她就拎了里面放着她丈夫一条裤子的那个毫无罗曼蒂克情调的包袱,直奔裁缝铺去了。这时,希克斯正在后面一个房间里。她劈面撞见了这位"古希腊之神",不过后者一点儿都没有神的味道,正俯伏在一台漆皮剥落的缝纫机上砸一件外套,四周灰泥墙上,到处都是烟炱污斑。

她看见他那双手跟他的那张富于古希腊雕像美的脸很不调和。他的那双手因为常常要跟针线、热熨斗和犁耙柄打交道,已变得又厚又粗了。哪怕是在铺子里干活,他也照样还是衣冠楚楚:绸衬衫,玉色透明围巾,质地轻柔的黄皮鞋。

这一切她都看在眼里,就随口问了一句:"劳驾把这条裤子熨一熨,好吗?"

他并没有站起身来,只是伸出一只手来,咕哝着说:"那你什么时候要?"

"哦,星期一。"

她的"历险经过"就到此结束,正要往外走去。

"请问您贵姓?"他冲着她背影大声叫唤。

他像小猫咪那样轻盈自如一跃而起,尽管挽在他手臂上的是威尔·肯尼科特大夫那条鼓鼓囊囊的裤子,不论是谁,见了都要觉得滑稽可笑。

"肯尼科特。"

"肯尼科特。哦!那么说,您就是肯尼科特大夫太太了,是吗?"

"是呀,错不了。"她伫立在门口。本来她只是一时冲动,十分冒昧前来察看一番,现下既然已经一睹他的风采,所以此刻她反而变得冷静起来。她要仿效贞洁的埃拉·斯托博迪小姐那样,绝不让对方觉察到男女之间过分亲密的行为。

"您的大名我早就听说过了。默特尔·卡斯说您组织过一个戏剧社,上演过一出精彩的戏。我真巴不得有机会参加一个什么小剧场的组织,上演一些欧洲剧本,或是巴利①的情节离奇的剧本,或是干脆上演露天古装历史剧。"

瓦尔博格把露天古装历史剧的英文名词"pageant"错念为"pa—gent",还把"pag"念成了"rag"。

身为太太的卡萝尔,虽然对手艺人十分赏识,频频地点头示意,可她心里却暗自讥笑着说:"可怜巴巴的埃里克,真是一个怀才不遇的约翰·济慈呀。"

他以恳求的口吻问道:"依您看来,今年秋天能不能再组织一个新的戏剧社?"

"哦,这个恐怕值得考虑吧。"她克服了自己内心的矛盾冲突,开诚布公地对他说,"我们这儿新来了一位老师,名叫马林斯小姐,很有一点儿天才。要是以我们三个人为核心,另外再物色五六个人,也许就可以搭上一个小小的演员班子,上演一出好戏。不知道你过去有没有演过戏?"

"我在明尼阿波利斯工作的时候,曾经跟几个朋友在一起搞过一个剧社,当然很差劲。不过,剧社里有一位倒是很不错,他是个室内装潢设计师,尽管他这个人身上有一点儿软绵绵的味道,但他确实是个艺术家。那时我们还上演过一出呱呱叫的戏。不过,我——当然咯,我一向工作努力,坚持自学,尽管我感情上也许有一点儿脆弱,可是我想,只要好好地投入排练中去,我一定会把戏演好的。我有话在先,我总觉得,要是导演越爱挑刺儿就越好。你们要是认为我当不了演员,我照样乐意替你们负责设计演员服装。反正我喜爱各式各样的

---

① 巴利(1860—1937),苏格兰小说家、剧作家。

纺织物——从它的质地、色彩到花纹图案——简直是入了迷。"

她心里明白,他是在死乞白赖要把她留住不走,一心表白自己并不仅仅是一个专门侍候人,熨熨裤子的小裁缝。他的话匣子一打开,就收不住了:"我真巴不得有朝一日手里攒下一点儿钱,趁早离开这个缝缝补补的破摊子。我想到东部去,在一些有名的时装公司那里工作,专门研究绘图艺术,当一个高级时装设计师。也许,在你看来,我的这种志趣简直不值一谈吧?我原是庄稼人出身,后来不知怎的就跟丝绸绫罗结下了不解之缘!我可真不知道将来……我很想听听您的高见,据默特尔·卡斯介绍,说您念过的书可多着啦。"

"是的,我念过的书可多着呢。你不妨告诉我:我的那些伙伴们对你的那种雄心壮志,有没有开过玩笑?"

她觉得自己好像年逾古稀,毫无性感,似乎比维达·舍温还会教训人。

"哦,他们当然开过我的玩笑,不管是在这里也好,还是在明尼阿波利斯也好。他们常常当着我面说:裁缝裁缝,自古以来是娘儿们的活儿。要知道我本想报名去当兵!我确实也去过征兵站,偏偏他们不要我。可我真的还是争着要去呢!后来,我就在一家男子服饰公司那里工作,还给一家服装商店充当过旅行推销员,可是,不知怎的我对裁缝这个行当就是腻味,而且,好像连推销员的这个差使,我也觉得没有多大劲儿。我整日价在想象自己仿佛置身在这么一大间四壁糊着灰黄色墙纸的画室里,墙上挂着许许多多窄边镶金画框——也许还嵌上许许多多亮晃晃的白色镶板,那当然更好了——而且窗口又正好冲着第五大道①,我就在这个房间里设计一套华丽的——"说到这里,他把"华丽"说成了"华力","像菩提树那么绿的透明薄纱绣金长袍!您知不知道椴树花,该有多雅致啊……对于我的这些想法,您认为行不行?"

"这又有什么不行呢?至于城里那些流氓阿飞也好,还是乡下的那些小伙子也好,他们爱怎么说,就让他们怎么说好了,你犯不着跟他们去计较。可是,说实话,你也千万别让我这样一个不期而遇的陌路人对你妄加评论。"

"哦——不过,我觉得您说不上是一个陌路人!要知道默特尔·卡斯,不,应当说是卡斯小姐,她经常谈起您。我心里早想登门去拜访您——还有肯尼科特大夫——可我就是没有那种胆量。有一天,正是傍晚时候,我路过您家大门口,您和您丈夫正在门廊里闲聊天,你们俩看上去是那么亲昵,那么快活,我实在不敢来打扰你们呢。"

卡萝尔就用一种慈母般的口吻说道:"我认为,你要想跟一个导演学学发音,这是值得称赞的事。说不定我还可以帮帮你的忙呢。我天生是个头脑非常清醒,但又十分平凡的女教师。不过,我这个人也可以说是阅世很深了。"

"哦,您怎么啦,您说得不对!"

这时,卡萝尔尽管自命为老于世故的女人,不免令人可笑,但对他的这一片热情恭维,毕竟是完全接受不了的。但过了半晌,她还是能够相当理智而又客观地说:"谢谢你。让我们试试看,看能不能真的成立一个戏剧社。我说:今天晚上八点钟,你上我家里来。我还要把马林斯小姐请过来,随后我们

① 即指纽约市最繁华热闹的一条大街。

大家就在一起谈谈吧。"

六

"他这个人简直一点儿幽默感也没有,比威尔差得远了。可是,他不是也有——不过,我说所谓'幽默感'究竟是什么东西呢?是不是因为他身上所缺少的,正是像这儿人们拍着肩膀开玩笑的那种幽默呢?不管怎么说,这个可怜的小羊羔,一个劲儿缠磨我,还要我陪着他聊天解闷呢!啊,可怜而又孤独的小羊羔!他要是能离开纳特·希克斯那些人,离开那些说他是'花花公子'和'无业游民'的人,他会不会还有发展的前途呢?

"我心里纳闷,真不知道惠特曼小时候有没有使用过布鲁克林①后街那一带的俚语?

"不,他不是惠特曼。他是济慈——特别喜爱优雅的东西。'无数瑰丽斑斓的纹溜,宛如灯蛾的彩色翅膀。'这不就是济慈的诗句嘛!他突然闯入大街,不免有点儿茫然不知所措。大街却冲着他哈哈大笑,笑得肚子痛,笑到他自己对自己都感到怀疑,笑到他只好放弃上台演戏,而到一家'男子服饰商店'里去干活。戈镇有一条著名的长达十一英里的混凝土人行道……我真不知道在这条混凝土人行道、也就是那些墓石底下,有多少个约翰·济慈被埋葬了。"

---

① 惠特曼(1819—1892),美国著名诗人。布鲁克林,系纽约一市区。

七

肯尼科特对弗恩·马林斯小姐倒是很亲热,不时逗弄着她,说他还"乐意跟漂亮的女教师一块儿偷偷逃到天涯海角去",并且向她担保说,要是校董会反对她去跳舞,他就要"敲敲他们的脑瓜儿,老实不客气地跟他们说,眼下他们能有这么一位劲道十足的女教师,已是够走运的"。

但是对埃里克·瓦尔博格,他就根本谈不上什么亲热不亲热了,只是冷冰冰地跟他拉拉手,说了一声:"你好。"

纳特·希克斯在上流社会还算兜得转;毕竟他定居在戈镇已有多年,而且还开设了一个铺子。瓦尔博格只不过是纳特手下的一个小伙计,尽管戈镇历来自诩完全民主平等,可是民主平等这个原则,总也不能不分对象地乱用一气。

眼前这个戏剧社筹备组的碰头会,按理说肯尼科特应该包括在内,但他远远地坐在一旁,用手掩住面孔打呵欠,有时瞅上一眼弗恩的脚踝,有时却会心地微笑着,好像在观看孩子们做游戏。

弗恩真恨不得让满肚子牢骚都给倒出来。卡萝尔只要一想到《来自坎卡基的姑娘》就生气。最后还是埃里克提出了不少建议。尽管他看过的书是那么惊人的广泛,但他就是拿不出惊人的眼力来。他虽然不大会说像流音①这一类的字眼,但他常常喜欢滥用"glorious"这个词儿。所以说,凡是转引书上的词儿,有十分之一他都读错了。这一点,当然他自己

---

① "流音",即指英语字汇中 L. T. 等语音。

心里也有数。此刻他态度虽然很坚决,但是也不免有点儿害臊。

当瓦尔博格主张上演由库克和格拉斯佩尔小姐合编的《隐藏在心里的欲望》①的时候,卡萝尔对他马上就刮目相看了。他并不是一味喜欢空想的人。他是个艺术家,他也谈出了自己的一家之言。"我要是给这个戏设计布景,那就十分简单。后面只要开一扇大窗子,旁边加上一道耀眼的蓝色弧形背景画幕,窗口探出一条树枝丫来,表示底下是一个花园。吃早餐的桌子,要摆在一个高台上。色彩一定要雅致、充满茶室的气氛——橘红色的椅子,橘红色中带一点儿蓝色的桌子,天蓝色的日本早餐餐具,此外,我大笔一挥,随便往哪儿抹上一大块黑斑——不就大功告成了吗!哦,我真巴不得我们还能上演坦尼森·杰西的《黑面具》。虽然这个戏我并没有看过,但是结局精彩极了:那个女人一看见她的男人整个面孔都被炸烂了,就发出一阵令人心肝欲裂的惨叫声。"

"我的天哪,那就是你认为的精彩结局吗?"肯尼科特大吼一声说。

"那就太残酷了!我虽然非常喜欢艺术,但是那些恐怖的玩意儿,我就不敢苟同了。"弗恩·马林斯唉声叹气地说。

埃里克困惑不解地直瞅着卡萝尔。但她却向他点点头,以示完全赞同。

直到他们的碰头会结束时,什么事情都还没有定论。

---

① 美国剧作家库克(1873—1924)与格拉斯佩尔(1882—1948)于一九一四年写成的一个独幕剧。

第二十九章

一

星期一下午,卡萝尔搀着休沿着铁路道轨散步。

她猛地看到迎面走过来的正是埃里克·瓦尔博格。他身上穿着一套特别短的老式便服,脸色阴沉,独自一人用拐棍敲着铁轨,踉踉跄跄往前走去。一瞬间她不假思索地就想回避他,但她终于还是往前走去。她正泰然自若地和休谈论上帝的问题,在孩子的心目中,横空而过的电线嗡嗡发响——那就是上帝说话的声音。埃里克抬眼一看,马上身子挺得笔直,他们互相打起招呼来。

"休,快说一声'瓦尔博格先生,你好'。"

"哦,你的小宝贝呀,他的裤子上有一个扣子松开了。"埃里克一说完,马上跪下去给休扣好。卡萝尔皱紧眉头,看着他一手托住休在空中来回乱转,知道他力气真不小。

"我可以陪您溜达一会儿吗?"

"这会儿我已累了。让我们到那边枕木上歇一会儿。我就得往回走啦。"

他们坐在一堆废置不用的枕木上。那些橡树枕木上面,密密麻麻都是肉桂色腐烂斑点,而且在铺过铁轨的部位,还可以看到一条条褐色铁锈痕迹。休知道那堆枕木就是印第安人常常藏身的地方,所以他就踅摸他们去了。于是,两个大人就坐在那儿谈一些简直枯燥无味的事情。

电线在他们头上呜呜地响个不停;闪闪发亮的铁轨笔直地伸向远方;秋麒麟草好像散发出一阵阵淡淡的气味。铁路那边是一大片草场,那里有刚冒出头来的苜蓿,还有被母牛踩出的一条条乱七八糟的小道;越过这一长条静谧的绿色草地,是一望无际的刚割完麦子的庄稼地,如今只剩下一些残茬枯枝,而星罗棋布的麦堆,远远望去却很像一只只巨大无比的菠萝。

埃里克谈的都是有关书的问题,而且就像一个刚入教的信徒,谈得挺热火。他尽可能把许许多多书名和作者都罗列出来,偶尔也停下来问卡萝尔:"您看过他的最后一部作品吗?您认为他是一个非常有才华的作家吗?"

她有点儿头晕目眩了。但他还是一个劲儿地问:"既然您做过图书馆馆员,请您指点一下,我是不是小说书看得太多了?"于是,她就自视甚高地——也可以说是杂乱无章地——给他出了一些主意,特别指出:他从来都没有认真研究过书的内容,往往一目十行,从这个情节一下子就跳到另一个情节。尤其是——她迟疑了一会儿,方才一针见血地说——凡是他念不出来的字,可不能乱猜一气,要多查查字典,千万不能偷懒。

"瞧我一说起话来,真像一个迂腐透顶的女教师。"她叹了一口气说。

"不!您一点儿都不像呢!我一定要好好下功夫研究研

究！把那部头痛的字典从头到尾看一遍。"他两腿交叉在一起,俯下身子,双手捂住自己的脚踝,"您的意思我明白了。我很像破题儿头一遭闯进画廊的小娃娃,一转眼就从这幅画蹿到了另一幅画跟前。您知道,我直到不久以前才发现了这么一个世界——在那里,就有许多算得上是美的东西。我在十九岁那年才离开农场。我爹爹是个老实巴交的庄稼人,别的什么都不懂。您知不知道他当初干吗要送我去学裁缝?本来我是打算学绘画的,但他有个表弟,在达科他州做裁缝,赚了大钱。我爹爹就说,裁缝这个玩意儿跟绘画也差不多少,所以就把我送到一个名叫柯卢的、简直跟窟窿一般大的地方去,在一家裁缝铺里干活儿。在那以前,我每年只上过三个月的学——从家里到学校要走两英里路,有时路上积雪齐膝盖那么深——除了学校里读的课本以外,我爹爹从来不肯给我买一本别的什么书。

"后来,我从柯卢图书馆里借到了一本《哈登府邸的多萝西·弗农》①,在这以前我从来都没有看过小说书的。我觉得那部书写得真是了不起!接着,我又看了《围栅已被烧毁》②和蒲柏翻译的荷马作品③。您看,这些作品搭配得还不错吧!两年后到了明尼阿波利斯,我自以为柯卢图书馆里的书我都看过了,哪知道我一辈子还没有听说过罗塞蒂、约翰·萨金

---

① 美国作家查尔斯·迈耶(1856—1913)写的一部长篇小说,于一九〇二年出版后,深受美国青少年欢迎。
② 美国作家爱伦·坡(1809—1849)写的一部著名长篇小说,主要内容是写一个贫苦的青年跟富商女儿的恋爱史。
③ 蒲柏(1688—1744)是英国著名诗人,这里指他把荷马的两大史诗《伊利亚特》和《奥德赛》译成英文的版本。

特①、巴尔扎克,或是勃拉姆斯②。不过——是啊,赶明儿我一定要好好研究研究。依您看,我是不是干脆把这种裁裁剪剪、熨熨烫烫和缝缝补补的活儿甩掉不干呢?"

"我倒觉得一个外科大夫真犯不着花太多时间去补鞋子呢。"

"可是,万一我发现自个儿真的既不会画画,又不会设计图样,那该怎么办呢?在纽约或是芝加哥瞎忙活了一阵子,到头来还是回到一家男人服装商店去干活,该有多么丢脸!"

"请你改一改,管它叫'男子服饰用品商店'。"

"男子服饰用品商店吗?得了,我记住啦。"他耸耸肩,一下子把手指头全张开。

卡萝尔见他那么谦虚,不由得也心软了。至于她自己是不是太天真了——这个问题她认为不如暂时撇开不去想它,以后有空再好好琢磨吧。所以,她就规劝他说:"万一你还得回老地方,那又有什么了不起呢?这种事儿我们大家都会碰上的!我们总不能人人都当艺术家,就拿我自己的例子来说吧。我们都得自己动手补袜子,但也不能一天到晚什么都不干,老是惦着袜子和补衣服呀。我要是你的话,就要竭力去争取我能得到的一切东西——可我也不知道最后是去认真设计长袍呢,还是修建庙宇,还是烫烫裤子。你要是真的成不了艺术家,那又怎么办?我说,至少你也见过大世面啦。面对生活,不能太胆怯!要往前闯!你年纪还轻,又没有结婚。你要敢作敢为嘛!千万别听纳特·希克斯和萨姆·克拉克的那一

---

① 约翰·萨金特(1856—1925),美国画家。
② 勃拉姆斯(1833—1897),德国作曲家、钢琴家。

套话,做一个'靠得住的年轻人'帮着他们赚大钱。你毕竟还是一个圣洁的天真无邪的青年。趁那些'好心肠的人'还没有捆住你手脚的时候,快去跑呀跳呀玩玩吧!"

"可是我根本不想去玩。我想要创造出一些美的东西来。我的天哪!偏偏我的知识又很不够。你明白我的意思吗?你能了解我吗?直到今天还没有一个人了解我!那么,你能了解我吗?"

"是的,我了解你。"

"所以嘛,不过,我常常感到苦恼的事是:我喜欢纺织物以及诸如此类的精致的东西,还有小巧玲珑的图画和优美高雅的辞藻。可是,您再看那边一片片田野,该有多么辽阔广大,多么清新可爱!离开这个地方,到东部和欧洲去,做别人早就开始在做的工作,我总觉得是很可耻的。这里出产的小麦有好几百万蒲式耳之多,可我却在一心研究辞藻的美!本来我就得帮着爹爹去开垦荒地,可我却去阅读佩特①这位先生的作品!"

"开垦荒地固然不错,但对你来说并不适合。要知道有一个我们最喜爱的美国神话,好像就是这么说的:广阔的平原使人胸襟恢宏,巍峨的高山使人怀有崇高的理想。我最初来到这个大草原的时候,就是有过这种想法的。'辽阔广大,清新可爱。'哦,我并不想否定这个大草原,说它没有前途。不,它的前途一定是光辉灿烂的。但是,我同样也不愿在它的恫吓之下,为了大街去跟人吵架,硬要人们相信它的前途早已在

---

① 佩特(1839—1894),英国散文家及艺术批评家,对古希腊及欧洲文艺复兴时期哲学、文学与绘画颇有研究。

眼前展现了,我们大家都得五体投地来膜拜一堆堆麦垛,而且斩钉截铁地说:这里就是'上天的乐园'——这么一来,当然咯,对于促使未来的早日来到,也就永远不会有什么五光十色或则独出心裁的东西了! 不管怎么说,在这里反正你没有立锥之地。只有萨姆·克拉克和纳特·希克斯这一号人,才是我们这个伟大新时代的产物。快走吧! 要不然,你就要跟我们当中某些人一样——不免觉得为时太晚了。年轻人,快到东部去,跟革命一起成长吧! 有朝一日也许等你回来的时候——只要我们还乐意听你的话,而不是先给你动私刑——就请你多多吩咐萨姆、纳特还有我,对于我们开垦过的这些土地究竟该怎么个处理!"

他满怀敬意地望着她。她听到他仿佛在说:"我一直巴不得能结识到跟我说这些话的一个女人。"

其实是她的耳朵听错了。埃里克并没有说这样的话,他总共只说这么一句话:

"您觉得跟您丈夫在一起快活吗?"

"我——你——"

"这么说,他不太喜欢您的那种'该死的天真的想法',是不是?"

"埃里克,你可千万不能——"

"您先是关照我要离开这个地方,有多么自由自在呀,而现在却又说我'可千万不能'!"

"我心里有数。但你可千万不能——你就得要客观些,尽量少提到别人!"

他恶狠狠地瞪了她一眼,活像一只满身是绒毛的小猫头鹰。她仿佛模模糊糊地听到他在咕哝着说:"我要是有那样的念头,准不得好死呀。"她一想到干预别人的命运就会招来危险,不免感到毛骨悚然。所以,她就羞怯怯地说:"现在我们就回去,好吗?"

他在沉思默想着:"论年纪,你比我还年轻。你的两片朱唇,生来就是给晨雾中的江河和暮霭里的湖泊放声歌唱的。我真不明白,难道说谁还胆敢来欺侮你……是的,我们该往回走啦。"

他虽然跟她并排走着,但两眼却不敢看着。休迟疑不决地拉住他的大拇指。他神情严肃地瞅了孩子一眼,突然大声说道:"好吧,就这么办。我在这儿待上一年,攒下一点儿钱。不再胡乱花钱置衣服了,往后去东部,上艺术学校。那时我再到裁缝铺或女子时装公司去干活,赚一点儿外快。依您看,我到底干哪一行最合适:是服装设计,还是画舞台布景,画书籍插图,还是把衣领卖给大胖子。得了,就这样决定啦。"他面无笑容地窥视着她。

"可是你在戈镇这里待上一年受得了吗?"

"只要能常常见到您,就行!"

"别说这样的话!我要说的是:这里的人会不会认为你是个怪物?(老实跟你说,他们认为我就是个怪物呢!)"

"我可不知道。这些事我都不大注意的。哦,他们确实常常要嘲笑我,说我不去当兵,特别是那些老退伍军人,还有那些自个儿不用去打仗的老头儿。此外,还有博加特家的儿子,还有希克斯先生的那个缺德儿子——真叫人觉得可怕。不过,他也许自以为是小老板,对他老子手下的伙计,反正爱怎么说就怎么说!"

"他简直太可恶啦!"

他们回到了镇上,恰好路过贝西舅妈家大门口。贝西舅妈和博加特太太正伫立在窗口目不转睛地瞅着他们,卡萝尔向她们挥手致意的时候,看到她们只不过像机器人似的僵硬地把手举了起来。走过下一排房子的时候,韦斯特莱克大夫的太太正在门廊上凝睇注视着他们。卡萝尔不觉感到有些窘了,就用一种颤抖的声音说道:

"我想进门去,看看韦斯特莱克太太,所以只好就在这里跟你告别了。"

她说话时不敢正视他的眼睛。

韦斯特莱克太太虽然殷勤款待她,但卡萝尔还是感觉到,这位老太太正在等待着她作出详细交代;她暗自寻思,哪怕是要她的命,她也不愿为自己进行任何辩解,不过最后她还得解释几句:

"刚才我们在铁路道轨附近溜达,休就把那个瓦尔博格缠住不放了。他们两个交上了好朋友啦。我也跟他闲聊了一会儿。别人都说他脾气很古怪,我却发觉他脑子挺灵呢。他虽然有点儿粗鲁,但他喜欢看书,他看书几乎就像韦斯特莱克大夫一样入了迷。"

"那敢情好。不过,他干吗还要老待在戈镇这儿呢?我听说好像他对默特尔·卡斯可真有一点儿意思,是不是?"

"这我可不知道。难道说他真的会这样吗?不,我料他不敢!他还说过自己很孤独呢!再说,默特尔·卡斯还是个小丫头呢!"

"不管怎么说,她已经二十一岁啦!"

"是吗?请问韦斯特莱克大夫今年秋天还打算去打猎吗?"

二

　　一想起埃里克,不由得叫她心里起了疑团。尽管他读书不倦,为人热情,但他至多只不过是小镇上的一个小伙子,出生在愚昧落后的农村,后来送到小裁缝铺里学手艺。他的两只手,简直太粗了。要知道,只有像她父亲那么纤细文雅的手,对她才有吸引力。她父亲虽然两手纤细,但意志却非常坚定。可是埃里克这个小伙子则不然——他的两手尽管粗壮有力,意志却脆弱得很。

　　"要使戈镇生气蓬勃,只有依靠健全的力量才行,而像他那样柔和而又软弱的性格,根本不管用。可是,这种说法又有什么意义呢?难道说我也是在赞同维达的意见吗?眼前这个世界,始终让那些'强有力的'政治家和军人——他们说话时声音都很洪亮——来控制的,可是,那些大轰大嗡的傻瓜蛋又干了些什么呢?什么方能称为'力量'来着?

　　"还有这种人以群分的看法,又是什么意思!我想,裁缝师傅跟小偷或国王总是大不一样的。

　　"埃里克突然把话儿转到我身上,真叫我吓了一跳。当然咯,他并没有什么特别的意思,但我千万不能让他干预别人的私事。

　　"如此粗鲁无礼,简直令人可笑!

　　"可他并不是存心这样的。

　　"他的手很结实。我想,恐怕雕塑家的手不也是很粗壮吗?

　　"当然咯,要是我真的能给这个小伙子助以一臂之力——

"虽然我瞧不起那些爱管闲事的人。我想他一定是自尊心很强的。"

三

可是一星期以后,埃里克没有征求她的意见,就自作主张筹办网球比赛,使她觉得特别气恼。原来埃里克在明尼阿波利斯早就学会了打网球,而且,从全镇来说,他的发球技术也仅次于久恩尼塔·海多克。戈镇人虽然喜欢大谈特谈网球,但几乎很少有人真正打过网球。整个戈镇只有三个网球场:一个属于哈里·海多克私人所有,另一个在湖滨别墅,还有一个在市郊,早已废置不用,原是为那个业已解散了的网球协会设立的。

人们看到埃里克身穿法兰绒裤,头戴仿巴拿马草帽,正在那个早已弃置不用的网球场上跟斯托博迪银行里的职员威利斯·伍德福特打球。后来,他又忽然开始到处游说,要求重新恢复网球协会,并且特地从戴尔店里买了一本一角五分钱的拍纸簿,把愿意入会者的名字一一记下来。埃里克以发起人的身份去看卡萝尔的时候,心情显得异常兴奋,所以谈到自己和奥布里·比尔兹利①的话题时总共只花了十分钟左右时间。他用一种恳求的口吻说:"您来介绍几位熟人入会,好吗?"于是,卡萝尔就点点头,表示欣然同意。

他提议不妨先来一次非正式的表演赛,让这个网球协会

---

① 奥布里·比尔兹利(1872—1898),英国艺术家、作家。

创出牌子来;他又建议举行男女混合双打,由卡萝尔和他为一组,另外由海多克夫妇、伍德福特夫妇和狄龙夫妇分别组成三组;而且他认为,凡是热心网球活动的人都可以入会。他邀请哈里·海多克担任临时会长。据他说,哈里一口答应,说"好吧。一言为定。不过,所有工作都得由你去安排,我就点头支持得了"。埃里克计划星期六下午在市郊那个旧的公立网球场举行表演赛。他头一次跟戈镇公民不分你我,打成一片,心里自然觉得美滋滋的。

就在那个星期里,卡萝尔听人说届时镇上许多社会名流都将前往观看球赛。

肯尼科特却大声咆哮着说,他才不想去看呢。

难道说他是反对卡萝尔跟埃里克在一起打球吗?

不,当然不会的!她很需要打打球,活动活动。

那天球赛卡萝尔到得很早。网球场位于新安东尼亚路旁的一块草地上。只有埃里克一个人在那里。他手里拿着草耙,跑来跑去正在平整场地,拼命想把它弄得像样一点儿,免得叫人见了,说它是一块刚犁过的耕地。他说,一想到观众马上要一窝蜂拥到,心里就紧张得要命。转眼间,威利斯·伍德福特和他的太太就到了,威利斯穿着自己裁制的灯笼短裤,脚上是一双钻出脚指头来的黑色胶底运动鞋;随后,哈维·狄龙大夫和他的太太也都驾到了,他们跟伍德福特夫妇一样,态度都很随和,从来不损人的。

卡萝尔不知怎的反而有一点儿窘,但是却显得格外客气,就像一位主教夫人在浸礼会为慈善事业而举办的义卖会上一样,尽量不让自己在举止言谈方面出纰漏。

他们都在鹄望着。

比赛原定在三点钟开始。专程赶来看球的观众,只有一个杂货铺里的年轻的小伙计,他让自己那辆送货的"福特"车停下来,就坐在车里凭窗眺望;此外还有一个面容严肃的小男孩,死劲儿把他的那个挂着一串鼻涕的小妹妹也给拉来了。

"我真不知道海多克两口子上哪儿去了?过一会儿,该是他们出场的时候了。"埃里克说。

卡萝尔却对他会心地微笑着,偷偷地看了一眼通往市区的那条路,空荡荡的连一个人影儿都没有,只见一片沸热的气流、飞扬的尘雾和沾满尘土的杂草。

到了三点半钟,还是不见有人来。那个杂货铺的小伙计等得实在不耐烦了,从车上跳下来,用曲柄摇动了几下,来发动他的那辆"福特"车的引擎。他无可奈何地瞪了他们一眼,就嘎嘎嘎地开车走了。至于那个小男孩和他的小妹妹,他们嘴里正嚼着嫩草叶,一个劲儿在叹气呢。

网球选手们发球时都故意装出兴高采烈的样子来,但每辆汽车驶过时扬起的弥天尘土却叫他们吓了一大跳。没有一辆汽车直接开到草地上来的,直到四点差一刻,肯尼科特方才驾着车子开进来了。

卡萝尔心里觉得很骄傲。"瞧他多么忠心耿耿!他这个人真靠得住啊!即使别人都不到,他是风雨无阻的。尽管他并不喜欢打网球。真不愧为我的好丈夫!"

肯尼科特并没有下车,只是大声嚷道:"卡丽!哈里·海多克刚打电话给我,说他们决定把这一场网球赛——不管你叫它什么玩意儿都行——移到湖滨别墅举行,这就是说地点不在这儿了。他们那一拨人,这会儿都上那边去了:海多克夫妇、戴尔夫妇、克拉克夫妇,还有别的一些人。哈里要我把你送到那儿去。我想了一下,我可以抽空送你的——吃过晚饭以后马上就回来。"

卡萝尔还来不及把肯尼科特的话仔细琢磨一下,埃里克早已抢白了一句。你听,他在结结巴巴地说:"真怪,海多克可没有跟我说过一句话:要改场地!当然咯,他是网球协会的会长,不过话又说回来——"

肯尼科特脸色一沉,瞪了他一眼,就气呼呼地说:"这事我可一点儿都不了解……卡丽,你跟我走吗?"

"不,我不走!球赛既然定在这里举行,那就应该在这里举行嘛!劳驾转告哈里·海多克,说他简直是蛮不讲理!"卡萝尔把面前五个被哈里摈于门外的人召集过来——因为哈里不仅这一次没有邀请他们去,就是在平时,他们也常常是被摈于门外的——说:"来吧!让我们来抽签,看哪四个人参加第一届福雷斯特·希尔斯、德尔·蒙特和戈镇的网球联赛!"

"好吧。你爱怎么办就怎么办,"肯尼科特说,"反正我们得在家一块儿吃晚饭吧?"说完,他开车走了。

她见了他那副冷冰冰的样子就讨厌。她刚才的那种好斗架势一下子给他毁了。她一转过身去,看到她蜷缩在一旁的伙伴时,就觉得自己好像跟苏珊·B.安东尼①还差得远呢。

狄龙太太和威利斯·伍德福特没有抽到签。剩下来的人,好像个个都是愁眉苦脸似的,慢慢腾腾地打起网球来了;他们不是摔倒在坑坑洼洼、凹凸不平的场地上,就是连最容易接住的球也接不住,幸好在场的观众只有那个小男孩,还有他

---

① 苏珊·B.安东尼(1820—1906),美国争取妇女参政运动中一位领袖人物。

的那个拖着鼻涕在假哭的小妹妹。网球场那边,是一望无边的留下残茬的麦田。这四个牵线傀儡在球场上笨手笨脚地来回奔跑着。他们置身在炎热笼罩下的茫茫大地上,简直越发显得渺小和寒碜了。他们即使得了分,发出的喊声听上去不像是在叫好,倒像是在表示道歉似的。比赛结束时,他们抬眼环视了一周,就像在等着别人来嘲笑他们。

在步行回家的路上,卡萝尔挽着埃里克的胳膊,透过自己薄薄的衣袖,感到他的那件褐色细线夹克衫怪温暖的。她发觉那是用紫色、金色和褐色细线编织在一起的。她头一次看到它时的情景,至今记忆犹新。

他们一路上尽兴谈到的话题是:"我从来就不喜欢海多克。他心里想的,只是为了自己图方便。"狄龙夫妇和伍德福特夫妇走在他们前面,谈的是天气和B.J.高杰林那幢新盖的平房。关于这次网球赛的事,却一句话都不提。卡萝尔在自己家门口跟埃里克紧紧地握了一下手,并且还朝他笑了一笑。

次日,正是星期日早上,卡萝尔刚好在门廊那里,海多克夫妇坐着车子来了。

"亲爱的卡萝尔,我们并不是存心叫你生气!"久恩尼塔恳求着说,"我想你一定不会见怪的。原来我们打算请威尔和你一块上我们别墅去吃晚饭的。"

"不,我相信你们不是存心这样的。"卡萝尔显得格外亲切似的。

"但我觉得你们应该向可怜的埃里克·瓦尔博格道歉。这对他的自尊心来说打击太大了。"

"哦,你说是瓦尔博格吗?随他有什么想法好了,我才不管它!"

哈里不以为然地说,"他这个家伙自以为了不起,就是好管闲事呗。久恩尼塔和我都认为他把这次网球赛搞得过了头呢。"

"可这些事不是你说过要他去安排吗?"

"我知道,但我并不喜欢他。我的天哪,你倒说说看,究竟伤了他的自尊心没有?他一打扮起来,就像歌舞团的女戏子,是的,他看上去真是惟妙惟肖呀!其实,他只不过是个种庄稼的瑞典佬的儿子;反正这些外国佬脸皮就是厚,跟犀牛皮差不多。"

"但是,他的自尊心确实受到了很大的打击!"

"是的,可我觉得我也不应该仓促从事,哄呀、骗呀地讨他的欢喜。我倒是愿意递一支雪茄给他。他就会——"

久恩尼塔一直在舔着自己的嘴唇,目不转睛地瞅着卡萝尔。她突然打断了她丈夫的话,说:"是的,我也认为在这件事上,哈里应该向他赔个不是。卡萝尔,你很喜欢他,是不是?"

卡萝尔惊魂稍定,谨小慎微地说:"喜欢他?这个念头我可根本没有呀。我只不过觉得他是一个彬彬有礼的年轻人罢了。我心里一直在琢磨,他为了组织球赛的事确实辛辛苦苦地忙了一阵,到头来我们还要刁难他,这实在是太不像话了。"

"你说的也许真有道理呢。"哈里咕哝着说。过了半晌,他一看见肯尼科特手里拖着一根红色水龙带子从墙角那里走过来,就像松了一口气似的,大吼一声说,"医生,你这是在干啥呀?"

肯尼科特一个劲儿摸着自己的下巴颏儿,煞有介事地解释了一番,说:"我突然发现草叶上有许多黄斑,所以我想最好还是浇浇水。"哈里听了也马上附和说这是个好主意,久恩尼塔就像老相识似的还在吵吵闹闹,但是,她那脸上的动人笑容,好像盖上了一层镀金网罩似的,便于她暗地里观察卡萝尔面部的表情。

四

卡萝尔心里很想去看看埃里克。她是那么需要有个人跟她一起玩!可是现下,哪怕像给肯尼科特去烫裤子那样名正言顺的借口,她都找不着。她仔细检查一下,发现他的三条裤子都很干净,这不免叫她泄了气。要不是她碰巧看见纳特·希克斯正在弹子房里玩,恐怕也就不会去冒那么大的风险了。要知道只有埃里克一个人在店里!于是,她惴惴不安地往裁缝铺走去。她终于闯进了那个邋里邋遢而又闷热难熬的房间,实在好笑,那里还有一头可恶的蜂鸟正在乱啄一株枯萎了的卷丹。直到她进入室内后,方才找到了一个借口。

埃里克正在后面的房间里,两腿交叉着坐在一张长桌子上缝制一件背心。他在缝制那个怪里怪气东西时的样子,好像是在给自己消愁解闷似的。

"哈罗!你能替我设计一身运动服吗?"她气喘吁吁地说。

他瞪了她一眼,愤愤不平地说道:"不,我可不行!我的天哪!我才不会当您的裁缝呢!"

"埃里克,你怎么啦?"她说话时的神态,就像慈母一般,眉宇之间稍微露出一丝惊疑的神情。

她突然转念一想,她根本用不着定制什么运动服,要不然将来在肯尼科特面前恐怕就很难说清楚了。

他从长桌子前转过身来说:"现在我要给你看一个东西。"他就在那张可以卷上来的桌子里兜底翻寻起来,纳特·希克斯藏在那里的有账单、纽扣、日历、带扣、被线团磨出凹槽的蜡块、气枪子弹壳、缎面背心的样品、钓鱼竿上的线轴、春画明信片,以及硬布衬里片等等。埃里克从里面抽出来一张早已污损了的布里斯托①造硬纸板,急忙递给她看。那是他设计的一件长袍图样,画得并不好,太讲究奇巧精致;后面衬托的几个柱子又矮又粗,显得十分可笑。不过,长袍的样式倒是非常新颖别致:背后领圈开得很低,从腰背一直到挂着一串亮晶晶的黑珠子的脖颈,中间露出一块三角形的空白。

"太漂亮了。不过,克拉克太太看到了一定会厥倒的!"

"是的,您说的准错不了!"

"你画的时候还得要放手一些才好呢。"

"恐怕我还办不到吧。我开始学画毕竟太晚了。不过,请您听我说!您猜,我这两星期以来干些什么?我几乎看完了整整一本拉丁文文法,还看了二十页恺撒大帝。"

"好极了!你真走运!你没有老师,但画得并没有不自然的地方。"

"不,您——就是我的老师嘛!"

他说话的声音里带有一种危险的意味。她不由得生气了。她心里十分激动,猛地身子背着他,透过后窗仔细观察这个典型的大街街区所组成的典型中心区——这是偶尔路过的

---

① 布里斯托,英国一工业城市,制造的硬板纸质地优良,颇享盛名。

行人难得看到的街景。戈镇各大建筑物的后面,都有一块四四方方的没人管理而且乌七八糟、满目凄凉的地方。豪兰·古尔德食品杂货铺的门脸还算整洁,可是铺子后面却搭上了一间披屋,四周钉上了风痕历历可见的松木板壁,而屋顶上则浇铺了一层掺进沙子的焦油沥青,在这间东摇西倒的破披屋后面,就有一大堆煤灰脏土,破破烂烂的装货箱,一堆堆的细刨木花,压皱了的马粪纸,破瓶子底里还有一些橄榄以及腐烂了的水果和完全变质的蔬菜:橘红色的胡萝卜已经发黑了,土豆简直烂得一塌糊涂。再看看时装公司后面,有一排黑漆铁皮百叶窗,气氛显得阴森森的,窗底下有一堆从前耀眼的红色衬衫纸盒,因为最近下了一场大雨,早被淋成了一摊烂纸浆。

要是从大街上望过去,奥利森—麦圭尔的肉铺子好歹合乎卫生要求,店容也还算过得去:柜台上砌了崭新的瓷砖,地板也撒上了新锯下来的木屑,钩子上挂着一块切得有棱有角的小牛肉。可是现在她看到的却是肉铺子后面的那个房间,里面摆着一台自己制造的粘满黑乎乎油垢的黄色冰箱。有一个腰里束着斑斑驳驳的干硬血迹的围裙的伙计,正从冰箱里拿出一大块硬邦邦的冻肉来。

在比利午餐馆的后面,那个厨师身上束着那条早就不成其为白色的围裙,一面抽着烟斗,一面冲一堆被胶汁粘住、还在乱挤乱爬的苍蝇吐唾沫。那一个街区的中心地带,不用说早已成为运货马车夫的三套马的厩房,厩房旁边还有一堆粪肥。

埃兹拉·斯托博迪银行大楼的后墙壁早已粉刷得雪白,沿墙根是一条混凝土人行道和一块三英尺见方的草地,但各

575

个窗子外面,一律都装上了铁栏杆。就在铁栏杆后面,她看到威利斯·伍德福特正在费劲地辨认一本本又大又厚账簿上写得又小又挤的数字。他抬起头来,揉了一下眼睛,又低下头去,泡在那一堆永远算不完的数目字里去了。

至于其他商铺的后院,看上去很像这么一幅印象派画面:在邋里邋遢、灰不溜丢的一片昏暗的黄褐色衬托下,到处乱七八糟的都是垃圾堆。

"我怎地会在后院——跟一个云游四方的小裁缝来了这么一段风流艳史呢?"

她想到这里,自己不由得感到又可怜又可鄙,但是,一等到她设身处地替埃里克着想的时候,心中又释然了。于是,她转过身去,愤愤不平地对他说:"你整日价眼看着这些也不觉得恶心吗?"

他好像沉思默想了一下。"是不是窗外那些东西?我很少去注意呢。我只管看屋子里面的东西。当然,要做到那样,可真不易呀!"

"是的……我该走啦。"

她在回家路上一面不紧不慢地走着,一面回想到她父亲曾经对她——一个年仅十岁,但神情严肃的卡萝尔——说过这样的话:"我的心肝儿,要知道:只有傻瓜蛋才瞧不起精装书;但是,只读精装书的人,更是双料的傻瓜蛋。"

这时叫她大吃一惊的是,她不知怎的回想到了自己的父亲,她突然坚信在这个长着淡黄色头发的年轻人身上,看到了那位白发苍苍、沉默寡言的老法官的影子——而老法官在她的心目中是圣洁的爱和正确的谅解的化身。她为此不断进行申辩,强烈地予以否认,却又重新加以肯定,最后不免感到自己太荒唐可笑了。不过可悲的是,她深信无疑在威尔·肯尼科特身上却一点儿也找不到她慈父的影子。

五

卡萝尔连自己也觉得奇怪:为什么她老是喜欢歌唱,而且她又会发现那么多的动人情景——凉风习习中林间的点点灯光,照射在栗色护墙板上的阳光,晨曦中啁啾不停的麻雀,黑黝黝的陡斜屋面在月光下仿佛裹上了素净的银装似的。令人愉快的东西,无限亲切的琐事,还有景色宜人的地方:长满秋麒麟草的田野,小溪潺潺流过的草地,这一切使人觉得人们突然一下子变得和蔼可亲了。维达在外科护士训练班上对卡萝尔显得格外客气;戴夫·戴尔太太也特别巴结她,老是问她身体好不好,问她的孩子和厨师的情况如何,以及问她对这次大战有何意见。

看来戴尔太太并不像镇上许多人那样对埃里克怀有很深的成见。她说:"他的长相很好看嘛,赶明儿我们出外野餐时,一定要叫他一块儿去。"谁都想不到戴夫·戴尔也很喜欢他。这个爱说笑话的小气鬼,对于他认为是风雅别致或聪明灵巧的东西,总是怀有一种莫名其妙的敬意。他针对哈里·海多克的讥笑大唱反调说:"得了,那又有什么关系呢! 就算'伊丽莎白'也许太喜欢打扮,但他这个人倒是挺聪明的,请大家千万别忘了这一点! 有一回,我到处向人打听,想闹明白这个乌克兰究竟在哪里,问谁都是一问三不知,结果还是亏得他告诉了我。你们说他一说话,总是那么斯斯文文,那又有什么关系呢? 全是胡扯淡! 哈里,我认为,说话斯斯文文,并没有什么坏处呀。有一些精明能干的男人,几乎个个跟娘儿们一样斯斯文文呢!"

卡萝尔觉得自己到处走动是很开心的,"咱们小镇上的人可亲热呢!"但是,她一想到这个念头就不免为之愕然,那就是"难道说我非要爱上那个毛头小伙子不成?那真是太荒唐可笑!我只不过觉得他这个人很有意思,所以想要帮帮他的忙,看他将来能不能出人头地"。

可是,当她在小客厅掸灰尘,接着缝补衣领上的带子,最后又替休洗澡的时候,她脑海里一直想象着自己跟一位年轻的艺术家——一个无名无姓、稍纵即逝的阿波罗①——在柏克夏群山或是弗吉尼亚州盖了一幢房子;用他得到的头一张支票,高高兴兴地去买了一把安乐椅;两人在一起念诗,经常认真讨论有关劳工方面的珍贵的统计数字;星期天一清早,就匆匆起床出去散步,两人坐在湖边,一面吃黄油面包,一面谈笑风生(要是换了肯尼科特,恐怕就会连着打呵欠了)。这时,她自然也想到了休——他崇拜这位年轻的艺术家,因为埃里克曾经用椅子和挂毯搭成一座城堡给休玩耍。只要她不是在浮想联翩的时候,她心里就琢磨"我还能为埃里克做些什么事儿呢"。而且,她还不得不承认,在她心目中的那位尽善尽美的艺术家八成儿就是埃里克了。

她惊魂稍定,就竭力想要对肯尼科特多多关心体贴一番,哪知道这会儿他偏偏只想独自一个人看报纸去了。

---

① 希腊神话中太阳神,也是司艺术、音乐的神,后来比喻年轻的美男子。

六

卡萝尔少不得要添置几件新衣服了。原来肯尼科特向她许过愿说："我们今年秋天要出门到明尼阿波利斯和圣保罗去，痛痛快快多玩几天，到时候你就不妨做几件考究的衣服吧。"她一检查自己的衣柜，就把她的那件黑丝绒老式长袍子扔在地板上，火冒三丈地说："穿出去实在叫人丢脸！我的衣服件件都已开了线。"

镇上新来了一个女裁缝和女帽商，她的名字叫作斯威夫特韦特太太。据说她作风不大规矩，一见了男人就拉拉扯扯，哪怕是有妇之夫也都不放过。如果说她的那位斯威夫特韦特先生确有其人的话，那么，"不用说，真怪，这里好像没有一个人知道那位斯威夫特韦特先生是个什么样的人物！"不过，她给丽塔·古尔德做了一件透明的蝉翼纱长袍子，还特地配上了一顶女式小帽，大家都一致公认"好看得简直没法说了"。于是，那些太太们都纷纷登门拜访斯威夫特韦特太太去了，要知道这时她已在弗洛拉尔大街卢克·道森旧宅里租下了好几个房间。那些太太们进门时个个都很谨小慎微，两只眼睛一直在滴溜儿乱转着，但是她们的态度却显得特别彬彬有礼。

在戈镇，人们买新衣服时，通常总在心里来回盘算，可最终老拿不定主意，但卡萝尔却不然，她一跨进斯威夫特韦特店里，就挺爽快地说："我很想选购一顶帽子，可能的话，再加上一件裙子。"

斯威夫特韦特太太在那个阴暗的旧客厅里摆了一面穿衣镜和好些时装杂志的封面，还有一些色彩灰暗的法国版画，尽量设法使它显得漂亮些。斯威夫特韦特太太步态轻盈地在那些模特儿衣架和帽子架中间穿来穿去。过了半晌,她拿来了一顶红黑相间的无边小圆帽,花言巧语地对卡萝尔说:"太太,您看这顶小帽,准保你一定说好看极了。"

"大红大绿,简直太土气了。"卡萝尔虽然心里有这么个想法,但她还是泰然自若地说,"我觉得这顶小帽——我可配不上呢。"

"这是我店里最好的一种帽子,相信您一戴上它,准保满意。真是太漂亮、太时髦了。您就不妨试一试吧。"斯威夫特韦特太太比刚才更加油嘴滑舌地说。

卡萝尔仔细打量一下眼前这个女人。她简直虚假透顶,明明是一块玻璃,硬要冒充一颗钻石。她越是想装作城里太太,结果反而显得土里土气。她身上穿着一件素净的高领口、并排镶着黑纽扣的褂子——这对胸脯平坦、身材又很细长的斯威夫特韦特太太来说,还算是十分相宜,可是,她的那条方格子裙子色彩太刺眼,腮帮子抹的胭脂粉也太厚,两片嘴唇简直涂得鲜红耀眼。看起来她活像是个地地道道的离婚女人,明明是年过四十、目不识丁的婆娘,偏要打扮成年龄在三十岁上下,而且聪明伶俐、楚楚动人的模样儿。

于是,卡萝尔就降尊纡贵地去试戴帽子了。一会儿,她摘下帽子,摇摇头,就像对待下人那样笑着说:"这顶帽子我觉得恐怕不大合适,但是,在这么一个小镇上,就够特别漂亮啦。"

"可是话又说回来,这是真正地道的最最时髦的纽约款式呢。"

"哦——"

"不是我夸口,凡是纽约款式,就数我最清楚啦。要知道我曾经在纽约住过好多年,而且在艾克龙①差不多还待过一年呢!"

"是真的吗?"卡萝尔很客气地说了一句,就悄悄地走了。她闷闷不乐地往家里走去。她心里在纳闷,是不是她自己的那副样子也跟斯威夫特韦特太太一样令人可笑。她把肯尼科特最近买给她看书用的那副眼镜戴上,看了一下杂货铺送来的账单,就连忙走到自己的房间照镜子去了。这时她心绪不宁,也有点儿自惭形秽。不管镜子里的映像是不是十分真切,她从镜子里看到的自己,恐怕就是这个样子:——

戴着一副素净的无边框眼镜。乌黑的头发,乱七八糟地披在最适合老处女戴的绛紫色草帽底下。两腮煞白,没有一点儿血色。瘦削的鼻子,柔和的嘴唇和下巴颏儿。一件朴素大方的、领口缀着花边的透明薄纱裬子。脸上还是透着少女般的温柔娇羞的神情——可惜一点儿都没有欢乐的表情,不消说,更看不出她来自大城市、爱好音乐和嬉笑的任何痕迹来。

"现下我已然变成了一个乡下女人了。而且可以说是地地道道、不折不扣的。要谦虚呀,清心呀,庄重呀。生活里忌讳特别多。还要我摆出阔太太的架子来!明明这些是'乡下病毒'——却偏偏要说成是'乡下美德'。我的头发早已乱糟糟地搅成一团。埃里克要是看到镜子里那个结了婚的老处女,又会作何感想呢?他的确很喜欢我!因为在所有女人中间,只有我他还算说得过去!啊,他何时方能领会到我的心

---

① 当时纽约一家著名时装公司。

意呀？现在我已然对自个儿认识清楚了……难道说我就是那么老,真的就像我的实际年龄那样吗？

"不,我并没有老！只不过是有点儿懒于梳妆打扮,所以看起来像个老处女。

"我要把我所有的衣服通通扔掉。乌黑的头发和苍白的脸颊,就得配上一套西班牙舞女的服装才行！在我耳朵后面,还要插上一朵红玫瑰,一个肩膀上搭着一条猩红色透明薄纱披巾,至于另一个肩膀,就让它全部袒露着。"

她一手抓起胭脂拼命往脸颊上乱搽,用朱红色眉笔死劲儿抹嘴唇,直到唇皮发痛方才住手。这时,她就敞开衣领,猛地伸出两条清瘦的胳臂来,那姿态简直就像正在跳西班牙舞似的。可她又突然垂下两臂,摇摇头说:"我的心儿并不想跳舞哪！"她一扣好领口,脸儿也都涨红了。

"不管怎么说,我至少要比弗恩·马林斯大方得多吧。

"我的天哪！想当初我刚从明尼阿波利斯和圣保罗来这儿的时候,姑娘们个个都模仿我。可现在呢,我自个儿反而要去模仿一个城里来的姑娘。"

第三十章

一

九月初的一个星期六早上,弗恩·马林斯冲进屋子来,发出一阵尖厉的声音,对卡萝尔唠唠叨叨说:"下星期二就要开学啦!我在还没有被关进樊笼之前,得再痛痛快快地玩一次。今天下午我们到湖上去野餐。肯尼科特太太,你也一块儿去吧。说不定,肯尼科特大夫也会同意参加吧?赛伊·博加特也要去呢,他还是个小鬼,不过人倒是挺活泼的。"

"我想大夫恐怕去不了,"卡萝尔不慌不忙地说,"他说过今天下午要下乡出诊去。不过,我倒是很乐意去呢。"

"那敢情好!还有谁——我们也可以邀请去呢?"

"戴尔太太待人接物可好呢,也许她可以跟你做伴儿。说不定,戴夫也乐意去呢,只要他店里走得开的话。"

"那么埃里克·瓦尔博格,怎么样?我觉得他比镇上这些年轻小伙子要时髦得多。看来你也很喜欢他,是不是?"

这么一来,卡萝尔、弗恩、埃里克、赛伊·博加特,还有戴尔夫妇发起的野餐会,不仅是冠冕堂皇,而且也是非搞不可了。

他们坐上了汽车,径直来到了明尼玛喜湖南岸的白桦树林子。戴夫·戴尔一言一语,一招一式,简直就像是个滑稽小丑。他一会儿汪汪汪学狗叫,一会儿手一扬,大跳快步舞,一会儿戴上了卡萝尔的女式小帽子,一会儿又让一只蚂蚁悄悄地沿着弗恩的脖子根爬去。等到下水游泳的时候——女人们把车窗两侧的帘子放下来,羞答答地在里面更换衣服;男人们就到灌木丛后面去脱衣服,嘴里一直不停地在乱嚷嚷:"谢天谢地,千万不要碰上有毒的野藤上的刺儿。"戴夫不仅一个劲儿向大家泼水,而且还扎猛子,钻到深水里去摸他老婆的脚踝。一经他开了头,不用说,人们也就群起效尤了。埃里克从前看过轻歌舞剧团里的古希腊舞蹈节目,所以他也就刻意模仿,表演了一番。等他们都已坐下来,围着铺在草地上的车毯共进野餐的时候,赛伊早已爬到了树上,往他们头上扔橡子。

但是卡萝尔并没有跟他们一起哄闹。

她经过了一番梳妆打扮,头发上是向两边分开梳的发型,身上穿一套水手式服装,还系上一个天蓝色大蝴蝶结,下面是亚麻布短裙子和白色帆布鞋,因而显得异常年轻。她照了一下镜子,看到自己的风姿简直跟大学时代一模一样,她的脖子依然光洁晶莹,就是锁骨也不大看得出来。但她还是尽量不让自己喜悦的心情显露出来。刚才游泳的时候,她对沁人心脾的湖水觉得特别适意,但是一见到赛伊的恶作剧和戴夫的恣意胡闹就很反感。至于埃里克的舞蹈,她倒是非常欣赏;事实上,他也绝不会像赛伊或戴夫那样大煞风景。这会儿她恨不得他能走到自己身边来,但事实上他并没有走过来。他的那种轻松活泼的高兴劲儿,显然深受戴尔夫妇喜爱。莫德老是瞅着他,晚饭后大声对他说:"快过来,坐在我身边,你这个嘎小子!"没料到埃里克甘心情愿做一个嘎小子,跑过去坐在莫德身边,而且还乐呵呵地参加了莫德、德夫和赛伊正在玩的一种并不十分高明的游戏,那就是说,大家都拼命要把别人的盘子里的冷切牛舌片给抢过来。卡萝尔一见到这种情景,也就退避三舍了。看来莫德游泳以后好像有点儿头晕。她公然扬言说:"肯尼科特大夫特地为我制定食谱,真是受益无穷。"但是不一会儿,她却又低声贴耳地独个儿对埃里克说她自己特别多愁善感,一听到别人说了一句带刺的话儿就受不了,又说她特别需要认识一些令人愉快的朋友。

而埃里克确实是令人愉快的。

卡萝尔聊以自慰地说:"不管我有多少缺点,但可以肯定说,我从来没有嫉妒心。至于莫德——我的确很喜欢她;她总是那么招人喜爱。但我心里也在纳闷,她似乎有点儿喜欢勾引男人,来博取他们的欢心。她这个有夫之妇跟埃里克在一起闹着玩儿,哦,她两眼盯住埃里克,竟然那样脉脉含情,那样神魂颠倒,而又保持维多利亚时期①中产阶级的派头。——真叫人恶心!"

赛伊·博加特仰天躺在一棵巨大的白桦树隆起的树根之间,一面抽烟斗,一面嘲笑弗恩,老实不客气地向她打招呼说:再过一个星期,他又要回到中学去当学生了,她当然就是他的老师,不过他在班上照样要对她挤眉弄眼的。莫德·戴尔撺掇埃里克"陪着她一起到湖边去,观赏一下那些可爱的小鲦鱼"。剩下卡萝尔一人,就只好跟戴夫待在一起。戴夫就拼

---

① 指英国维多利亚女王在位时期(1837—1901)的中产阶级所表现的道貌岸然、装作正经和囿于偏见等陋见。

命讲埃拉·斯托博迪喜欢吃巧克力薄荷糖的令人可笑的事情,无非是叫她乐一乐罢了。哪知道就在这时,卡萝尔却看见莫德·戴尔一手抓住了埃里克的肩膀——恐怕是为了走路不绊跤吧。

"真叫人恶心!"她暗自思忖道。

赛伊·博加特用他那只红彤彤的手掌按住了弗恩那只紧张不安的手,她一下子跳起来,似乎有点儿生气地尖声叫了起来:"快撒手!"哪知道他却在龇牙咧嘴地狞笑,还在来回摆弄自己的烟斗——一个瘦骨嶙峋、其貌不扬、年仅二十岁的小色鬼。

"真叫人恶心!"

莫德和埃里克一走回来,就又各自另找伴儿去了。这时,埃里克就对卡萝尔喃喃低语说:"岸边有一条小船,我们溜走划船去,好吗?"

"那别人会有什么样的看法呢?"卡萝尔不免有些担心地问。这时,她看见莫德·戴夫用充满占有欲的泪眼瞅了埃里克一眼。"好极了! 我们就走吧!"卡萝尔说。

她得意扬扬地对其他的人大声嚷道:"跟你们各位——再见啦! 我们一到了中国,就给你们打电报。"

当卡萝尔看到落日余晖倾泻在灰蒙蒙的湖面上,湖面上又响起了咿啊咿啊的桨声,恍如置身仙境的时候,刚才她心中对赛伊和莫德的恼怒不知怎的便抛到九霄云外了。埃里克好像非常自负地对她频频微笑着。卡萝尔仔细地打量着他——他身上只穿一件薄薄的白衬衫,没有穿外套。她显然感觉到他身上的各种男性特征,他那平坦的两肋,他那瘦削的双腿,以及他划桨时那种轻松裕如的神情。他们俩在一起谈论图书馆和电影问题。他抿着嘴在哼《马车,从天上下来》①,她就轻轻地跟着一起哼唱。微风轻拂,吹皱了玛瑙般的湖水,一眼望去,层层涟漪宛如精工细雕的饰有波状花纹的铠甲。微风轻拂,不断给小船送来了凉意。卡萝尔连忙把水手式服装的领子竖起来,别让自己的脖子窝露在外面。

"越来越凉啦。恐怕我们就得往回走啦。"她说。

"这会儿干吗急着要回去呢。说不定他们还在瞎胡闹。我们就贴着湖边划吧。"

"可是你自己也喜欢'瞎胡闹'呢!刚才莫德跟你不是玩得够痛快的吗?"

"哎哟哟!我不过跟她在岸边一起走走,闲扯什么钓鱼的事儿!"

这时,她心里方才如释重负似的,反而觉得很对不起自己的好友莫德了。"你要知道,我只不过是逗着玩儿罢了!"

"这会儿我倒有了好主意!小船不妨停在这儿,我们就坐在岸边,那儿有一小簇榛树丛,正好给我们挡风呢,我们还可以观看湖上夕照。它就像是一炉熔化了的铅。可惜一眨眼就看不见了!我们两个实在不想回去,听他们胡扯淡!"

"那就不用说了,不过——"随后,卡萝尔再也没有说什么话了,埃里克却使劲儿把船向岸边划去。砰的一声小船的龙骨撞上了石头。他站在船头的座位上,向她伸出手来。四下里静悄悄的,只听见水波在轻轻荡漾。她慢慢地站了起来,慢慢地跨过旧船舱底的积水,无限信赖地抓住了他的手。他

---

① 美国著名黑人民歌,歌词头两句就是:"马车,从天上下来,把我带回我的家乡。"

们默默无言地坐在一根早已发白了的圆木头上。金黄的薄暮小景,预示着深秋时节已到。菩提树上的枝叶,正在他们周围簌簌发响。

"我真恨不得——才好!这会儿您还觉得冷吗?"他低声耳语地问道。

"有一点儿。"她浑身直颤抖着,但这并不是因为冷。

"我真恨不得我们能蜷缩在那一堆枯树叶里,欣赏黄昏时分的湖上景色。"

"我心里也巴不得这样呢。"听她回答的口气,仿佛有一种默契似的,认为他只不过是说着玩儿的。

"正如诗人们常常说的——肌肤黝黑的湖上女神和农牧之神。"

"不。我再也算不上是什么湖上女神了。我太老啦——埃里克,你看我是不是真的老了?变成了一个脸色蜡黄的乡下老太婆?"

"哪儿的话,您呀——比大家都还年轻哩——您的一双眼睛,就跟小姑娘的一模一样。它们是那样——哦,我要说的是,就像您对一切事物都很信任似的。虽然您是那样循循善诱地教导我,说不定我也只不过比您小一两岁,但我还是觉得自己的年龄要比您大得多呢。"

"你比我还小四五岁呢!"

"不管怎么说,直到今天,您还有那么天真的眼眸,那么娇嫩的脸颊——该死的,不知怎的,我一见到您,真想大喊大叫:瞧您是那样赤手空拳,压根儿没法保护自己啊。可我心里却很想来保护您,可惜您好像又根本用不着我来保护您!"

"难道说我还年轻吗?是真的吗?要说实话,你可不要骗我呀!"她平日里说起话来最严肃不过了,但现下她既然已被这个志趣相投的男人当作一个小姑娘,所以她说话时也就一下子撒起娇来。瞧她那说话时的声调和神态,简直就像个小孩子,噘着嘴巴,又羞答答地扮了一个笑脸。

"是呀,您当然还很年轻!"

"你有这样的看法可真好啊——哦,埃里克!"

"您乐意跟我一块儿玩吗?能常常见面吗?"

"也许可以吧。"

"您真的乐意躺在一堆枯树叶里,抬头望着满天的星星吗?"

"我想还是像现下这样坐着的好!"

他紧紧地握住她的手。

"哦——埃里克,我们该往回走啦。"

"为什么?"

"这是社会上的礼俗嘛,现下恐怕也来不及给你细讲了!"

"我知道。我们就得往回走啦。不过,像我们刚才这样'私奔',您觉得很高兴,是吗?"

"是的。"她泰然自若而又完全率真地说了这么一句话。但她最后还是站了起来。

他伸出胳膊去搂住她的腰,显得非常唐突。可她并没有表示反感。她觉得反正无所谓。现下她觉得,他既不是农家出身的裁缝,又不是未来的艺术家,也不是难以解决的社会纠纷,更不是一种危险根源。反正他就是他嘛;至于说到他本人以及他的个性,卡萝尔却不知怎的都感到很满意。现下埃里克跟她靠得这么近,她又一次把他的头看了个清楚,而落日的最后一抹余晖,也把他那脖子的线条,扁平的红腮,鼻子的侧面,还有微微凹下去的太阳穴勾勒得格外鲜明突出。他们俩往小船走去的时候,与其说是一对羞羞答答或是忸怩不安的情侣,倒不如说是两个志同道合的好朋友。埃里克把她托举起来,送到了船头上。

他站在船头的座位上,向她伸出手来。四下里静悄悄的,只听见水波在轻轻荡漾。

他在划船的时候,卡萝尔语重心长地说:"埃里克,你就得好好工作!你应当出人头地。可惜你现下是英雄无用武之地。那你自己就得去争取!参加函授,专门学习绘画课程,这些课程本身也许不会有多大价值,但毕竟可以教会你画画!"

一回到野餐的那个地方,她就发觉天色已黑,这么说来,他们两人走开的时间是够长了。

"不知道别人会说什么?"她心里正在纳闷。

大家都跟他们两人开玩笑,而且显得有些不耐烦:"喂,你们到底躲到哪儿去了?""你们这一对谈得那么投机,真是没法说了!"弄得埃里克和卡萝尔都很尴尬,本想回敬他们几句,但是话儿一到嘴边,不知怎的又给缩回去了。在回家路上,卡萝尔一直觉得很不自在。有一回,赛伊居然也大胆放肆,对她一个劲儿挤眉弄眼。就是那个赛伊,从前在汽车间阁楼上偷看过她的小阿飞,现下竟然认为她是跟他一块儿胡作非为的同伙——尽管她一会儿生气,一会儿害怕,一会儿又高兴,真可以说是喜怒无常,但她心里知道,肯尼科特只要一看她的脸色,管保猜得出缘于她的这次"奇遇"。

她进屋时的神态,好像显得既尴尬,但又很不服气似的。

她的丈夫正迷迷糊糊地在灯下打盹儿,一听到她的脚步声,就冲着她说:"喂,怎么样,玩得痛快吗?"

她一时答不上话来。他只是瞅了她一眼,毫无嗔怪之意。他开始给自己的手表上好弦,就打着呵欠,说出了他的那句口头禅:"哪——哦——该上床睡觉去了。"

事情就算这样糊弄过去了。但她心里也并不觉得高兴,恐怕反而还有点失望呢。

二

第二天,博加特太太就急匆匆跑来串门了。瞧她那副神气,活像是一只老母鸡,正在四处细心啄寻面包屑似的。她满脸堆笑,叫人一看就知道是虚情假意。

"听我的小子赛伊说,昨儿个你们去野餐,玩得可有劲儿了。你不觉得很好玩吗?"

"哦,真有意思。我在游泳的时候还跟赛伊比过高低呢。可他一下子把我甩得远远的。哦,他的身体真棒!"

"可怜的孩子,他也想去打仗,简直快想疯了呢,可还是走不了。听说,那个埃里克·瓦尔博格也去野餐了,是吗?"

"是的,不错。"

"依我看,他这个后生真的长得很漂亮,他们还说他很聪明呢。大概你也喜欢他吧?"

"看来他还是非常有礼貌呢。"

"听我的小子赛伊说,你和埃里克还一块儿划船去。哎哟哟,想必一定很惬意吧?"

"那倒也是,只可惜我怎么也没法叫瓦尔博格先生开口说一句话。本来我想向他打听一下,希克斯先生给我丈夫做的那套便服现下做得怎么样了。哪知道他只管自个儿唱歌,不过,在湖上划划船,唱唱歌,当然很惬意。这些完全出于淳朴感情,令人感到多么快活!可恨镇上的人并不想举办像野餐会那样有益于身心健康的活动——而是一味喜欢嚼舌根,搬弄是非,博加特太太,你觉得是吗?"

"是的……是的。"

博加特太太一下子愣住了,几乎答不上话来。她头上歪歪斜斜戴着一顶无边帽子,她那邋里邋遢的样子,简直没法用言语来形容。卡萝尔轻蔑地瞪了她一眼,心想:不管她耍弄什么鬼花招,都随时予以回击。果然不出所料,这个死老太婆又开始来探她的口风了。"今后您还打算多搞几次野餐会吗?"卡萝尔马上回敬说,"这个我可一点儿也没有想到呢!哦……好像休在哭了。我得上去看看他。"

可是一上楼,她突然想起那天她跟埃里克一起从铁路道轨那里走回镇上,恰好被博加特太太看见。她一想到这里,浑身就打了个寒噤,心里不免感到惴惴不安。

两天以后,她在芳华俱乐部那里跟莫德·戴尔和久恩尼塔·海多克促膝谈心。这时,她觉得好像大家都在瞅着她,可又有点儿拿不准;不过,偶尔碰上她心里充满无限力量的时候,也就根本不把它放在心上了。现在她完全可以起来反抗镇上的人一味窥探别人私事的那种陋习,因为她已然得到了——哪怕模模糊糊的,但还是值得起来反抗——的某种重要力量。

为了热切地要求离家出走,就得明确:一是从何处出逃,二是逃往何方。卡萝尔虽然知道她自己巴不得离开戈镇、大街以及跟它有关的一切东西,可就是不知道该走到哪里去。

现下她好歹有了一个目标。这个目标既不是埃里克·瓦尔博格,也不是对埃里克的爱。她一直暗自深信,她并没有爱上埃里克,只不过是"喜欢他,指望他能有点儿出息"罢了。可是,她从埃里克身上毕竟发现了她所渴望已久的青春,同时知道青春也在热情召唤她。在她心中梦寐以求的,并不是埃里克,而是无处不在的——比如说,在教室里、在画室里、在办公室,以及在反对现时社会秩序的集会上……所洋溢着的那种欢乐的青春。但是,这种无处不在的欢乐的青春,却是跟埃里克何等相似呀。

她想了整整一个星期,就有那么多的事情——高尚而又有益的事情——要向他尽情倾诉。她开始承认:只要他不在自己身边,她就觉得很孤单,心中不免有点儿害怕。

野餐会过后才一个星期,卡萝尔在浸礼会的晚餐会上又看到了埃里克。她是跟肯尼科特和贝西舅妈一起去的,那天晚餐安排在教堂的地下室里,餐桌都是用叉形支架搭成,桌面上铺了一层油布。埃里克正在帮着默特尔·卡斯一起斟咖啡,再由女招待给来宾端过去。今天,教友们身上那种虔诚的神情早已一扫而光。孩子们在桌子下面使劲翻筋斗,教堂长老皮尔逊牧师冲着女宾们大声招呼道:"各位大姐,琼斯教友在哪儿?今儿个晚上他怎地还没有来呀?……哦,快叫佩里大姐给你一个盘子,让他们给你多盛一点儿牡蛎饼!"

看来埃里克也忙活得很欢。他跟着默特尔一起哈哈大笑,趁她在斟咖啡的时候轻轻碰一下她的胳膊肘。那些女招待走过来端咖啡的时候,他好像开玩笑似的向她们深深一鞠躬。默特尔一见到他如此滑稽古怪,不由得完全为之倾倒。但在那些太太中间,就数卡萝尔仪态最大方,正坐在房间的另一头仔细观察默特尔,简直越看越恨她,不过转念一想,觉得又犯不着为这区区小事生气。"瞧那个乡下姑娘就像个泥塑木雕的,我干吗要跟她争风吃醋呢!"但她到头来还是怒气难消。她也很讨厌埃里克,幸灾乐祸地看他如何笨头笨脑大献殷勤——用她的话来说,那就是"丑态百出"。他简直可以说热情过了头,就像一个俄国舞星那样去奉承巴结皮尔逊牧师,结果反而招来了一阵冷笑,叫卡萝尔看了既感到痛快,又着实替他难过。后来,埃里克拼命想同时跟三个姑娘搭讪,一不小心却把杯子掉在地上,居然像娘儿们那样大惊失色,叫了一声,"我的妈呀!"只见那三个姑娘显得非常轻蔑,偷偷地互换了一下眼色,卡萝尔不知怎的又很同情他,更不用说为他心疼。

起初,她真有点儿恨他,后来一看见他的两只眼睛好像老是在想博得人们的青睐,不觉又感到他确实很可怜。她发现这跟自己不久前的判断显然大有出入。在野餐会上,她以为莫德·戴尔跟埃里克搞得简直太热火,暗中咒骂道:"唉,这些太太真可恶,没羞没臊的,拼命勾引小伙子。"可在这次晚餐会上,莫德自告奋勇当了女招待,穿梭一般来回忙着给来宾端蛋糕,而且对那些老太太也特别和蔼可亲,但是见了埃里克,却根本没有理睬。轮到她自己进晚餐的时候,居然还跑过来跟肯尼科特夫妇坐在一起。平日里人们总认为莫德这个女人风流韵事真不少,但此时此刻卡萝尔却亲眼看到她并没有跟镇上的小白脸说上一句话,而是净找那个老实巴交的肯尼科特攀谈,岂不是滑天下之大稽吗?

卡萝尔回过头来想再看埃里克一眼,却发现博加特太太瞪着两眼盯住了她。她一想到这一下给那个喜欢偷看别人秘密的博加特太太抓住了把柄,不由得出了一身冷汗。

"啊,我在干什么呀?难道说我爱上了埃里克?成了一个不安分的妻子吗?难道这就是我吗?我心中殷殷为念的是青春,并不是他——我认为,我可不能因为渴望青春再来——而破坏自己的生活。我非得马上断念,越快越好!"

她在回家路上对肯尼科特说:"威尔,我想出门几天。你乐意也到芝加哥去逛逛吗?"

"那儿的天气现下还很热呢。大城市只有冬天才好玩。你干吗要去那儿?"

"我想去看看那里的人。松松脑子。我也要找一点儿刺激呢。"

"你也要找刺激吗?"他和颜悦色地说,"哪一个给你出的点子呀?大概是从一本描写那些饱食终日,无所事事的阔太太的蠢小说书里,你学来了'刺激'这个词儿的。什么刺激不刺激!说正经的,别开玩笑,我实在是工作脱不开身。"

"那么,我就自己一个人走,好吗?"

"嗯——你知道,问题当然不是在于钱,而是你该怎么办?"

"交给贝西舅妈,反正只有几天时间。"

"扔下孩子不管,我可不赞成。交给舅妈他们,我不放心。"

"这么说来,你就是不赞成——"

"我老实跟你说:我认为最好等大战结束以后再说。到时候我们就可以舒舒服服来一次长途旅行。所以说,我不赞成你现下就出门旅行去。"

就这么着,肯尼科特把她一下子推给了埃里克。

三

清晨三点钟,卡萝尔突然一下子给惊醒了。就像她父亲在给一个凶恶的骗子手判刑一样,卡萝尔冷冰冰地自言自语道:

"这种恋爱该有多么可怜而又庸俗。

"没有闪光,也没有反抗。一个自命不凡的小妇人,跟一个沾沾自喜的小男人躲在墙角落里窃窃私语。

"不,他可不是那种人。他人非常好,而且很有志气。他什么都没有错。他看我的时候,他的两只眼睛该有多可爱!多可爱,实在是可爱啊。"

她一想到自己的罗曼史竟会如此可怜巴巴,就不由得怜悯起自己来了。她叹了一口气,暗自寻思道,在这个灰暗而又严峻的时刻里,她觉得埃里克似乎显得很庸俗。

后来,她心里真是恨不得起来造反,把肚子里所有的仇恨全都发泄出来:"我的爱情越是微不足道,大街的罪愆也就越发深重。这说明我多么渴望着往外出逃。反正上哪儿都一样!只要能逃掉,天大的污辱我都不管了。这都是大街给我造的孽。当初我来这里的时候,有一颗炽热的心,向往崇高的理想,准备好好工作,可现在——反正我上哪儿都成。

"我刚来的时候很信得过他们,但他们却抄起了沉闷乏味的生活这个鞭子来狠揍我。他们不知道,而且他们也不会了解到,他们自鸣得意的这种沉闷乏味的生活是多么折磨人,就像伤口被蚂蚁噬咬着,或是被八月里的骄阳曝晒着一样。

"多么庸俗!多么可怜!卡萝尔呀,你本来是个心灵纯洁、神态轻盈的姑娘!现在却偷偷地躲进阴暗的角落傻笑,在教堂的晚餐会上甚至感情冲动,一味嫉妒别人!"

次日吃早餐的时候,她心中的苦恼,经过一夜噩梦惊扰,早已忘得一干二净,剩下来的只是一种紧张不安的犹豫情绪。

四

芳华俱乐部的那些阔佬和太太,平时很少到浸礼会和卫理公会共进晚餐,只有威利斯·伍德福特夫妇、狄龙夫妇、钱普·佩里夫妇、肉铺子掌柜奥利森、白铁匠布雷德·比米斯和皮尔逊牧师这些市井小民,他们倒是经常在那里碰碰头,聊聊天,解解闷。但上流社会那些头面人物,全都到圣公会去参加草坪宴会,他们自以为高人一等,对会外的教友虽然还很客气,却总不免有一点儿冷淡。

这个季度的最后一次草坪宴会,轮到哈里·海多克夫妇主办;宴会上有光彩夺目的日本灯笼,有牌桌,有鸡肉馅儿饼,还有那不勒斯冰淇淋。这时埃里克再也不是个外人了。他正和属于那个"圈子里"的人——戴尔夫妇、默特尔·卡斯、盖伊·波洛克和杰克逊·埃尔德夫妇一起吃冰激凌。海多克夫妇俩依然昂首阔步,根本不理睬他,但别人却没有回避他。卡萝尔觉得,埃里克怎么也不可能跻身本镇的上流社会,因为他直到现在对打猎、驾车、玩扑克牌还是索然无味。但是,他却以自己活泼而又快乐的天性博得人们的青睐——虽然这些天性在他身上远不是最最主要的东西。

这时卡萝尔已被他们招引过去了,所以就只好三言两语谈谈天气,敷衍一番。

默特尔对埃里克大声嚷道:"走吧! 我们干吗要跟这些老家伙凑在一起呢。我要给你介绍一位非常了不起的姑娘认识认识;她是刚从瓦卡明来的,正在玛丽·豪兰那里做客。"

卡萝尔看到他慨然应允去见那位瓦卡明的来客,又看到他跟默特尔喁喁私语在一起散步的情景。她实在按捺不住,就转过身去,对韦斯特莱克太太说:"瓦尔博格和默特尔这一对儿——简直是难舍难分呢。"

韦斯特莱克太太怪好奇似的看了她一眼,然后才咕哝着说:"是呀,一点儿都不错。"

"我干吗要说这种话,难道我真的疯了?"她回头一想,不免又感到有些不安。

她一想到在这里还得要交际应酬一番,就转过身去跟久恩尼塔·海多克说:"您在草坪上悬挂了日本灯笼,真是太好看了。"话音刚落,却看到埃里克正悄悄地走过来。尽管他只不过是两手插在口袋独自散步,甚至根本也没有偷看她一眼,但她却心照不宣:这会儿是他在召唤她。二话没说,她就从久恩尼塔身边溜走了。他也紧走两步,迎面赶了上来。她冷冷地朝他点点头(她对自己这种冷冷的表情真是感到得意极了)。

"卡萝尔! 刚才我得到了一个呱呱叫的好机会! 我觉得,这个机会——也许比到东部去学艺术不知要好多少倍。默特尔·卡斯说——昨儿个晚上,我顺便去串门的时候,跟默特尔的父亲谈了很长时间,他老人家说正在物色一个年轻小伙子到面粉厂去工作,学会全厂业务,说不定将来就当上总经理呢。我在家种过庄稼,不消说,对小麦多少也懂得一些,后来在柯卢当裁缝觉得腻味了,曾经在当地一家面粉厂也干了两个月的活儿。你觉得面粉厂这个工作怎么样?不久前您说过,不论什么工作,只要是艺术家亲自动过手的,就都具有艺术美。而面粉厂这个东西——也是有关千家万户的……您觉得这种工作怎么样?"

"别忙!别忙!"

唉,这个容易动心的小伙子,大概被莱曼·卡斯和他的灰黄脸女儿的花言巧语拉到他们一块儿去了;可是话又得说回来,她怎地能凭这个理由就去反对他们的计划呢?"我一定要说老实话。我可不能只顾自己的虚荣心,毁了他的锦绣前程。"不过她又想不出什么高招来,只好转过身去对他这样说:

"怎地能叫我替你做主呢?这是你自己的事嘛。将来你愿意成为一个像莱曼·卡斯那样的人,还是愿意成为这么一个——比方说,就像我那样——的人!你先等一等再说!你可千万不能再给我溜须拍马。要说老实话。这事情对你来说太重要了。"

"我懂了。我心里觉得自己好像很像您呢!我的意思是说:我也要起来造反。"

"说得对,我们俩实在都很相像呢。"她神情严肃地说。

"可是我对我的计划能不能得到实现把握还不大。老实说,我还不大会画画。我虽然觉得自己对纺织物相当感兴趣,但自从跟您结识以后,我已不想再搞什么服装设计了。不过,当了面粉厂老板以后,我手里有的是钱——就可以买书,买钢琴,不愁出门旅行去啦。"

"我老实不客气地跟你说,你要知道,默特尔之所以对你这么热乎,说穿了,并不是因为她父亲厂子里正要物色一个聪明而又年轻的小伙子,你知道不,一旦她把你弄到手,归她占有以后,还要干些什么来着?嘿,你等着瞧吧,她准要逼着你上教堂做礼拜,叫你一言一行都是温文尔雅呢?"

他瞪了她一眼说:"我不知道,我想说不定就会这样吧。"

"你这个人实在太没有主心骨啦!"

"那叫我又有什么办法呢?我就好比是出了水面的一条鱼!千万不要像博加特太太那样瞎叨叨!您不妨想想看,我这个'没有主心骨'又是怎么来的呢——我是从农场到裁缝铺,又从裁缝铺到了书本上的,我压根儿没有念过什么书,所以说,我就一心想要多看点儿书!说不定很快我就会失败的。哦,我知道也许我这个人不大稳当吧。但是,在面粉厂这个职位——还有默特尔的问题上,我可并不是没有主心骨的。我知道自己心里想要的是什么——原来我心里想要的——就是您!"

"得了,得了,哦,请你住嘴!"

"我要的就是您!我早已长大成人,再也不是小学生了。我要的就是您。如果说我跟默特尔相好,那也只不过是为了要把您忘掉。"

"得了,快住嘴!"

"其实没有主心骨的,还是您自己!尽管您会说,会玩儿,可是好像心里有鬼,总是害怕得要命。要是您和我都已穷愁潦倒,我呢不得不去给人家挖阴沟——这对我来说无所谓,可您准受不了。我心里在想您一定会喜欢我的,可您就是不敢承认。要是刚才您不讥笑默特尔和面粉厂的话,本来我就不该对您说这种话的。如果说我现在不去接受像那样好的差使,您以为我就会心甘情愿照您的话去做一个默默无闻的裁缝吗？像您现在这样的态度,难道说就很公平吗？"

"不。我想当然不公平。"

"那您喜欢我,是吗？"

"没错——不！请你住嘴！我再也不能多说了。"

"这儿不便说话,是吗？海多克太太正瞅着我们呢。"

"不,到哪儿都不行。埃里克啊,我很喜欢你,但我心里可真害怕。"

"害怕什么？"

"害怕他们呀！害怕主宰我的一切的——戈镇……亲爱的孩子,我们都在说傻话呀！要知道我好歹是个贤妻良母呀,而你呢——哦,才不过是一个黄口小儿。"

"可您确实很喜欢我！我可要想方设法使您爱上我！"

她满不在乎地瞥了他一眼,就走开了,尽管她的步态显得十分从容不迫,但实际上却是狼狈出逃。

在回家的路上,肯尼科特嘟嘟囔囔地说:"你跟瓦尔博格那个家伙好像相当亲密！"

"哦,我们是相当亲密呀。他对默特尔·卡斯很感兴趣,我就跟他介绍,说默特尔可是个好姑娘。"

卡萝尔一走进自己房间,不由得大吃一惊:"我怎地就撒起谎来呢。要知道从前我是心灵纯洁而又充满自信,可现在呢？我却要编造谎话,脑子里都是模模糊糊的想法和欲念。"

她连忙走进肯尼科特的房间,坐在他的床沿上。他睡眼惺忪地从暖和的被窝和四周镶着齿轮缘饰的枕头里伸出一只手来抚摸着她。

"威尔,说真的,我应该到圣保罗或芝加哥等地去。"

"我说,头几天我们不是早就说定了吗？！你等着吧,将来总要出远门,真的像个样儿旅行去。"他摇摇头,好像睡意顿时消失殆尽,"临睡前,快来亲我一下吧。"

她身子低下去——好像是在尽义务。他紧紧地贴着她的嘴唇真有好半天呢。"你再也不喜欢这个老头子了,是不是?"他像哄孩子似的问。随后,他坐了起来,怪不好意思地用手搂住她那纤细的腰肢。

"当然,我很喜欢你咯。"这话连她自己听起来,也觉得好像淡而无味。她真巴不得自己说话时能像灵巧的女人那样细声细气。她轻轻地抚摸着他的脸颊。

他叹了一口气说:"看你这样疲累,我心里真难过。看起来好像是——哦,当然,你的身体本来就不太棒。"

"是的……那么,你不觉得我——你还认为我应该在戈镇待下去吗?"

"我这不是早就跟你说过了吗!这会儿就没话可谈啦!"

这时一个小巧玲珑、身穿白衣,但又战战兢兢的人影儿在移动——她蹑手蹑脚地又走进了自己房间。

"我可实在说服不了威尔,硬是要他让我出门旅行去。他是那么固执己见。而我又不能离开他,独自谋生去。到外面去,恐怕早已过不惯了。可他一个劲儿在逼着我,真不知道他要逼我去干什么呀。实在太可怕了。

"听,那边空气不流通的房间里鼾声如雷的那个男人,难道就是我的丈夫吗?难道说婚礼仪式一结束,他就名正言顺地成了我的丈夫吗?

"不。我并不想叫他伤心。我偏偏要爱他呢。可是一想到埃里克,不知怎的我就爱不起他来了。难道说我是太诚实——一种荒唐可笑的颠倒过来的诚实——一个不忠实的人所表现出来的忠实吗？可惜我不能像那些男人那样，把自己的心儿同时分成好几瓣。我对于埃里克——我的孩子埃里克，他是那么需要我，而我呢简直对他是太专一了。

"跟人私通，就像赌输了还债一样——比合法夫妻更要一丝不苟地守信用，因为它不是靠法律来强制服从的。

"这些全都是胡说八道！我根本一点儿都不喜欢埃里克！不管是哪一个男人，也都不喜欢。我要独自一个人待在一个女人的天地里——在那里，没有大街，没有政客，没有商人，而且没有那样的男人，在他们眼睛里会突然闪耀着饥不择食的光芒，以及只有已婚的女人们最了解的那种极不真诚的神情——

"要是埃里克在这里，要是他能安静地坐在这里，跟我谈谈心，那我恐怕就会安然入睡了。

"我实在太累了。要是能睡着该有多好——"

第三十一章

一

有一天他们幽会的时刻突然来到了。

肯尼科特下乡出诊去了。这时天气虽然很凉,但卡萝尔还是待在门廊上,身子蜷缩在摇椅里,一边摇晃着,一边沉思默想。屋子里太冷清,简直叫人生厌。她老是在唉声叹气:"该进屋去看看书啦,有那么多的东西可看,真是应该进屋去了。"但她还是纹丝不动地坐在那里。蓦然间,埃里克从远处走过来了。他一进院子,推开纱门,就握住了她的手。

"埃里克!"

"我刚看到您丈夫开着车子下乡去了,我可真的憋不住呢。"

"不过——你在这里至多只能待五分钟。"

"好久没见到您,心里实在憋得慌。每天傍黑时分,我都觉得应该来看看您的——真的好像您清清楚楚地站在我眼前似的。但我还是一直抑制自己,没来看您呀!"

"今后你还得抑制自己才好。"

"那是为什么呢?"

"我们最好还是不要待在门廊里。街对面的豪兰那家人,就喜欢从窗缝里偷看人家,此外还有那个博加特太太——"

她虽然没有仔细瞅着他,但还是照样感觉到,他跟着她跌跌绊绊走进屋时简直紧张得浑身发抖。只不过一刹那以前,夜凉似水而又空虚落寞,而现在却一下子变得不可思议,欲念炽热而又变化莫测。但是,好在女人们只要跟婚前追求她的恋人断绝来往,一结了婚往往也就成为头脑冷静的现实主义者了。所以,卡萝尔就安详地低声问道:"你肚子饿吗?我刚烤好一些小甜酥饼,呱呱叫的,你就尝两个,赶快溜回去吧。"

"领我上楼吧,让我看一看休睡着了没有。"

"我想不必——"

"只看一眼,就得了!"

"好吧——"

她迟疑不决地把他领到楼上婴儿室去。他们两人的头凑得很近,埃里克的鬈发一碰到她的脸颊,卡萝尔觉得特别舒服。他们隔窗望着婴儿室里的孩子。这会儿休睡得很熟,小脸蛋儿红红的。他使劲儿往枕头里钻,差点儿透不过气来。枕头边有一个赛璐珞犀牛玩具;还有一张早已撕坏了的年迈的科尔国王①的画像,紧紧地捏在他手里。

"嘘——嘘——嘘!"卡萝尔几乎是无意识地嘘了一声,就踮起脚尖走进屋去拍了一下枕头。当她一转身又回到埃里克身边时,见他还伫立在那里等她,不觉喜从中来。他们两人相视一笑。这时她根本没有想到孩子的爸爸——肯尼科特。

---

① 传说中的英国国王,经常出现在儿歌里。

卡萝尔心里在琢磨的是,如果说有这么一个人,不仅跟埃里克十分相像,而且比埃里克还要年富力壮,忠实可靠,能成为休的父亲,不消说就最最理想不过了。那时候,他们三个人就可以在一起做——简直令人难以置信的有趣的游戏了。

"卡萝尔!您跟我谈起过自己的卧室,也让我去瞧一瞧。"

"但不准你在里面逗留,一秒钟都不行。现在我们该下楼啦。"

"好吧。"

"你说话算数吗?"

"您还不信吗?!"埃里克脸色煞白,两只眼睛睁得大大的,正经八百地望着她。

"我就看你说话一定得算数才行!"她觉得自己聪明机智,高人一等,就使劲儿把房门一下子给推开了。

平日里肯尼科特一走进这个房间,总是感到坐立不安,但现在埃里克一进去,东摸摸书,西看看画,跟屋子里的气氛显得惊人地和谐一致。他伸出一双手来,朝她走过去。一阵暖人心窝的柔情袭来,她禁不住全身软了下来,头往后面仰,两眼紧闭着。这时她脑际想到了一些尽管毫无定形,却是五光十色的东西。她感觉到他正怯生生地,但又满怀敬意地在吻着她的眼皮。

她心里突然意识到,这是不可设想的事。

她浑身颤抖了一下,从他怀里猛地挣脱出来,厉声说道:"快躲开!"

他依然执拗地直瞅着她。

"我可非常喜欢你,"她说,"别让事情全给毁了,反正你还是我的朋友嘛。"

"千千万万的女人,哪一个没说过那样的话!可现下——连您也这样说了!不过,我认为事情准不会全给毁了,恰恰相反——前途光明璀璨。"

"亲爱的,我总觉得你身上有一点儿迷人的魅力。要是这在从前的话,我也许早该爱上你啦,可现在——哦——不,已然为时太晚了。反正不管怎么说,今后我始终喜欢你的。但是,不要个人感情用事,往后我就一定做到这样!当然,这并不意味着是那种口头上说说的喜欢。要知道现在你很需要我,是不是?只有你和我的儿子方才需要我。我真的巴不得有人需要我呀!从前我只是一直渴望着人家来爱我。可现在,要是我自己也能给人家……我也就心满意足了!是的,心满意足了!

"我们女人,本来都是喜欢关心体贴男人的。怪可怜的男人!我们会趁你们不备之际,就向你们进行突然袭击,老是跟你们纠缠不休,死乞白赖非要把你们改造过来不可。这是我们身上的本性,真是根深蒂固!你,埃里克,恐怕就是我这一辈子的唯一希望。干出一番有声有色的事业来吧!哪怕是去卖棉布也挺不错。你不妨就推销从中国商人那里运来的漂亮棉布——"

"卡萝尔!够了,够了,别说了!您确实是爱我的!"

"不!我只不过是——你能懂得我的意思吗?在我周围的一切事物,还有那些无聊透顶的专爱看热闹的家伙,都在不遗余力地给我施加压力,现在我正在找寻一条出路——请你不用管我——你快走吧。说实话,我再也忍受不了。我求求你快走吧!"

埃里克终于走了。屋子里静悄悄的,反而叫她难过极了。她心里空洞洞的,屋子里也是空荡荡的,这会儿她多么需要埃里克!她恨不得继续跟他谈下去,把自己的衷情一一向他倾诉,以便建立起一种神志清醒的友谊。她身子摇摇晃晃走进了客厅,透过凸窗往外张望了一下。这时候埃里克连个人影儿都看不到了,但见韦斯特莱克太太正从家门口走过,借着街角上的弧光灯,对卡萝尔家的门廊和窗子匆匆地投以一瞥。卡萝尔连忙把窗帘放下来,呆若木鸡似的站在那里,甚至连她的思想活动好像也都完全停顿了。过了半晌,她方才不假思索地喃喃自语道:"我一定要马上跟他再见一面,让他知道我们只能保持朋友关系。可是——这个屋子里实在太空荡荡了,甚至连它发出来的回声也都是空荡荡的。"

二

过了两天,正是晚餐时分,看来肯尼科特显得有点儿忐忑不安,在客厅里踱来踱去。突然间,他大声咆哮着说:

"喂,你到底对韦斯特莱克老大娘唠叨过什么来着?"

卡萝尔啪的一声把手里的书合上。"你这是什么意思呀?"

"我早就跟你说过,韦斯特莱克大夫和他的老婆是嫉妒我们的,可是你偏偏要去跟他们交朋友,套近乎,而且——根据戴夫向我透露的情况,韦斯特莱克老大娘在镇上到处放风声,说你亲口对她说过你恨透了贝西舅妈;又说因为我睡觉时会打鼾,所以你就干脆跟我分房单独住开;又说碧雅这个穷丫头根本配不上伯恩斯塔姆;最近还说过这个戈镇真叫你生气,原来是因为我们大家都没有跪着叩头去请这个瓦尔博格家伙来家里吃晚饭。韦斯特莱克老大娘说,至于你还说过别的什么,那只有老天爷知道了。"

"所有这些全是无中生有嘛!是的,韦斯特莱克太太我是喜欢的,还去登门拜访过她。看来她是在添枝加叶地把我的话儿全给歪曲了——"

"那是明摆着的事儿嘛。她当然会乱讲一气。可我不是早就关照过你了吗?她这个坏心眼儿的老娘们,简直就跟她的那个一声不吭、只管捞东西的丈夫一模一样。我的天哪,赶明儿我要是得病了,宁愿赶快去找信仰治疗法①的人,说什么也不去找韦斯特莱克那个老家伙。至于他的那个老婆,跟他是一路货,就像是从同一块臭咸肉上切下来的。可是叫我始终闹不明白——"

她等着他说下去,心里可紧张极了。

"像你这样聪明的女人,怎地也会让她把你心里的秘密一股脑儿都给掏出来呢?姑且不管你跟她说了些什么,我都不在乎的——有时候我们偶尔闹别扭,甚至大发脾气,那是很自然的事——但是,如果说你有话不肯向我泄露,那你不妨拿到《无畏周报》上去公开发表,或者干脆拿一只喇叭筒,站在屋顶上大吹大擂,大喊大叫,反正干什么都行,干吗偏要叽叽喳喳去跟她咬耳朵瞎叨咕呢!"

"我知道呀。你的确关照过我尽量少跟她来往。可是看起来她对待我简直就像亲娘一般。而现下我周围又没有别的知心女友——维达一心扑在自己丈夫身上,整天连家务都忙

---

① 即靠祈祷等治病的疗法。

不过来呢。"

"哦,下一回,你可万万不能这样糊里糊涂了。"

他抚摸了一下她的头,颓然坐下来,捧着一张报纸读起来,这时他方才一声不吭了。

她的仇敌们这时从前厅偷偷地摸进来,眼睛贴着窗子正在暗中窥看她。除了埃里克以外,她简直就再也没有别的知心人了。肯尼科特是个大好人——堪称她的兄长之辈。唯有埃里克跟她一样,也是被戈镇摈于门外的弃儿,她乐意投奔到他那里去寻求庇护。在这场风暴兴起的前前后后,她从外表上看来似乎很安静,手指老是在不断翻阅一本浅蓝色封面的家用缝纫大全。但她对韦斯特莱克太太的出卖朋友的行为,已从大吃一惊一下子发展到了极度的恐惧。那个死老太婆对于她和埃里克之间的事儿又会说些什么呢?她的所见所闻又是些什么呢?还有没有别人一起加入进来,向她包抄围攻呢?还有没有别人也看到过她跟埃里克在一起溜达呢?她还得害怕戴尔夫妇、赛伊·博加特、久恩尼塔、贝西舅妈,他们都会说些什么呢?博加特太太盘问起来,她又该怎么回答呢?

第二天,她心里急得简直就像热锅上的蚂蚁,在家里怎么也待不住了,只好借故上街溜达去,可是一到了街上,不管遇到哪一个人,她都害怕得要死。她等着别人跟她说话,就像预感到大祸临头似的。她一再暗自寻思道:"我一辈子都不要再跟埃里克见面了。"但是这句话她始终没有牢记在心头,而且,她对犯罪的念头也从没有达到心醉神迷的程度,虽然对大街的妇女来说,它就是逃避沉闷乏味的生活的最最可靠的办法。

傍晚五点钟光景,她的身子好像蜷作一团,倒在客厅的安乐椅里,忽然门铃声使她吓了一跳。听到有人推开了大门,她心里很不自在地等待着。维达·舍温一下子冲进房里来了。"哦,我信得过的那个人来了!"卡萝尔喜出望外地自言自语道。

维达脸上的表情既严肃而又亲切。她一张开嘴,好像就急得要命似的对卡萝尔说:"哦,亲爱的,你正好在家,我能碰到你,真高兴。快坐下来,我很想跟你谈谈心。"

卡萝尔就乖乖地坐了下来。

维达又慌慌张张地把一把大安乐椅挪过来,坐了下来,一说话就像放连珠炮似的:

"我听到外面有流言蜚语,说你对这个埃里克·瓦尔博格很有好感。可我知道你是问心无愧的,关于这一点,我现在比过去任何时候更要坚信无疑。我说,瞧你这副模样儿,真像是一朵盛开的雏菊!"

"要是有一位相当体面的太太,觉得自己心有内疚,那她会露出什么样的表情来呢?"

从卡萝尔说话的声调里,可以听得出有点儿气恼似的。

"哦——我说——要是不自然流露出来,那才怪呢!这一点先撇开不谈!我知道,在我们镇上,唯有一个人最赏识威尔·肯尼科特大夫。"

"那你听到了什么样的流言蜚语呢?"

"其实说穿了,也没有什么了不起。我只不过是听博加特太太说,她时常看到你和瓦尔博格在一起溜达。"说到这里,维达叽叽喳喳说话时的语调就开始放慢了。她低下头来,看了一下自己的手指甲,又接下去说:"不过,我似乎觉得这个瓦尔博格你毕竟是很喜欢的。哦,当然我这么说并没有任何坏的想法。可是你还年轻,你是不会知道的:这种淳朴的同情心最后会引向什么样的歧途上去。你常常自以为城府很深,实际上还是个小娃娃。我说你真是太天真了,所以,你就一点儿都不会怀疑那个家伙脑子里究竟装的是什么样的坏念头。"

"难道说,你以为瓦尔博格真的胆敢跟我谈情说爱吗?"

殊不知卡萝尔这个相当庸俗无味的玩笑刚说完,维达简直连脸孔都给气歪了,大声嚷了起来:"你知道别人肚子里在打什么算盘吗?你尽管以改造世界为己任,但你却不晓得受苦受罪究竟是怎么一回事。"

说到当面受辱,通常有两种情况是谁都受不了的:一是斩钉截铁地说他身上一点儿都没有幽默感;一是更加蛮横无理,硬说他从来都不知道痛苦是怎么一回事。所以,不消说,卡萝尔就气呼呼地回答说:"你以为我就没有吃过苦头吗?你以为我一直是在过惬意的——"

"不,你确实没有受过苦。这会儿我要告诉你一件事儿,过去我从来没有对谁透露过,甚至包括雷在内。"维达多年来用受压抑的想象力精心筑成的一道防波堤,哪怕雷打仗去了,她还是在不断加固中,可是这当儿却突然让它决口冲毁了,"我从前——我也是非常喜欢威尔的。有一回,在宴会上,哦,当然是在他遇到你以前,我们坐在一起,还手拉着手,真是要好极了。但我觉得自己实在配不上他,就跟他疏远了。请你不要以为直到如今我还爱他!现在我明白,雷才是我命里注定的丈夫。可是,正因为我喜爱过威尔,所以知道他这个人该有多么真诚、纯洁、高贵,他的思想总是规规矩矩地顺着正道走的,从来没有偏离过一点儿。我说还有——我既然把他让给你,那你至少就要爱惜他!过去我同他一起跳过舞,哈哈大笑过,到头来我还是把他放弃了,不过,这是我个人的事儿!而现在我并不是在多管闲事!根据我上面所讲的事情的前前后后,你要知道我和他的看法是完全一致的。现在像我这样赤裸裸地把自己的隐私都给亮出来,也许是很难为情的,但是,我之所以敢于和盘托出,就是为了他——也是为了他和你!"

卡萝尔心里明白,维达仿佛觉得自己是在厚着脸皮巨细不遗地讲述一个卿卿我我的爱情故事;卡萝尔心里也明白,维达在为自己的言行感到震惊之余,竭力掩盖自己的羞涩之情,拼命想要把话儿讲完:"从前我喜欢他,那是最光明正大不过了,可现在要是我仍然站在他的立场上来看待事物的话,那也是万不得已的事——不过,我既然把他让给你,不用说就有权要求你务必谨小慎微,哪怕是有一点儿坏念头刚刚露了头,也要尽量避免——"说到这里,她就抽抽噎噎地哭了,一下子变成了一个满脸通红、哭得眼泪汪汪的女人,样子难看得要死。

卡萝尔情不自禁地跑过去,吻了一下维达的额头,就像小鸭子喁喁细语似的安慰她,而且尽量叫她宽心,说的当然都是下面这些在仓促之间信手拈来的客套话:"哦,你的盛意我实在太感激了","你真是太厚道了","我敢向你担保,你所听到的都是无稽之谈","哦,我当然知道威尔是很真诚的,正如你刚才所说的,是非常——非常真诚"。

维达深信自己现在连很久以来深埋在心头的许多私房话都给说出来了。她就像麻雀抖掉背上的雨点似的,好歹摆脱了刚才那种歇斯底里的心态。她挺起身来,正襟危坐,仿佛乘

胜追击似的继续讲下去:

"我根本不想多提那些不愉快的事儿,但现在你自己也会看出来,所有这一切,全都是你自己招来的结果,原因是你对周围那些心地善良的市民经常流露出看不顺眼的不满情绪。此外还有一点:像你、我这样有志于改革的人,对于自己的一言一行,务必特别严加检点。你不妨想想看,要是你自己能一丝不苟地遵守当地风俗习惯,那么,你即使要加以批评,也容易得多了。那时候,谁都不会说你攻击的目的,无非是替自己的行为失检辩护罢了。"

蓦然间,卡萝尔幡然醒悟到一种极其深刻的哲理,并从历次优柔寡断的改革中得到了证明。"是的,那一套大道理我听说过,的确妙不可言。它简直就是给反抗的人泼冷水,而且还把他们管得严严的,好像不让小羊羔离群一样。换句话说:'你要是相信这儿公认的习俗,那就得好好遵守;不过,你要是不相信,也还得照样遵守!'"

"可我根本不是这样想的。"维达茫然若失地说。这时,她开始露出委屈的神色,而卡萝尔也只好听任她信口开河了。

三

维达好歹给卡萝尔帮了一个大忙,使她认识到所有一切的苦闷都是那么荒唐可笑,所以也不再感到苦恼了,而且还看到自己问题的症结所在:原来是埃里克的个人志向引起了她的兴趣,而这种兴趣却使她在某种程度上对他产生了爱慕之情,不过,她跟埃里克这种关系,将来总会得到照顾的……可是一到夜晚,躺在床上闭目深思的时候,她就不以为然地认为:"我毕竟还算不上是一个受诬告的无辜之人!如果说不是埃里克,而是换上另一个什么人,比方说,意志更加坚决的斗士,一个留着胡子、嘴唇显得很傲慢的艺术家呢——可惜这样的人物只在书本里头方才见得着。本来我恐怕跟悲剧是无缘的,但我偏偏碰到一些荒诞不经的、如同滑稽戏里常有的纠葛,难道说这真的就是悲剧吗?

"世界上竟会有这么一个人吗,不管他多么伟大还是卑贱,以至于我会为他作出牺牲!维达一厢情愿眷恋着威尔,结果是那么惨!爱情与情欲——如同在煤油炉里受到控制的火苗儿!生活里再也没有英勇伟大的东西,大街上所有的一切都是卑鄙无耻,却偏要装成高雅体面!就在大街两侧,人们躲在饰有花边的窗帘后面,偷看别人的谈情说爱!"

转天,贝西舅妈悄悄地走进屋来,一个劲儿向她刺探消息,居然还暗示说肯尼科特也许就有见不得人的隐私,直逼她吐露真情。卡萝尔只好怒咻咻地顶了她一句:"不管我干了什么事,肯尼科特说什么也不会疑心的,请你不用操心,好吗?!"可是说过了以后,她又后悔自己说话不该如此傲慢无礼。万一贝西舅妈就拿她"不管我干了什么事"那句话去大做文章,那又该怎么办呢?

肯尼科特一到家里就忙活儿,摸摸这个,弄弄那个,嘴里还哼哼唱唱的,直到最后才咕哝着说:"今儿个下午看到舅妈,说你对她简直太不客气啦。"

这时卡萝尔忍俊不禁了。肯尼科特困惑地看了她一眼,也就扭过头去,捧起自己的报纸看起来了。

四

卡萝尔躺在床上,久久不能入睡,一会儿想该怎么着方能离开肯尼科特,一会儿又想起了平日里他为人淳厚朴实,对他充满了无限怜悯,因为他虽然身为医生,但一碰到严重的胃溃疡,药物难以奏效,又不能开刀切除时,确实茫然不知所措。也许他并不像专心读书、自得其乐的埃里克更加需要她吧?要是他突然一瞑不视,怎么办呢?她再也看不到他在吃早餐的时候,虽然默默无语,但还是和颜悦色地倾听她的絮絮叨叨。要是他再也不能给休扮演大象呢。要是——下乡出诊路上泥泞不堪,汽车轮子一打滑,出溜窜到路边塌了方,翻了车,一下子把威尔压在底下,叫他痛得受不了,送回家时早已成残废了,只好摇尾乞怜地瞪着两眼瞅着她——要不他就在引颈盼望着她,呼唤着她的名字,而这时候她却身在芝加哥,一无所知!要是碰上一个说话刻毒的刁妇大吵大闹,指控他有庸医误人的事情呢。这时他想要找人做证;韦斯特莱克却在造谣中伤他;连他的朋友们也都不免起怀疑;这个人本来富于自信心,办事果断有力,现在却变得心情沮丧,优柔寡断,真糟糕;后来他被宣判有罪,戴上手铐,押上了火车……

她赶紧朝肯尼科特的房间奔去。由于她死劲儿一推,砰的一声房门撞倒了一张椅子。他一下子被惊醒了,叹了一口气,这才泰然自若地说:"亲爱的,你怎么啦?难道说出了什么乱子?"她一个箭步冲他扑了过去,抚摸着她所熟悉的满脸胡子拉碴的两腮,甚至连上面的每一道皱纹,坚硬的颧骨,以及凸起的肥肉——她都知道!但肯尼科特却倒抽了一口气说:"看到了你,可真难得呀。"随后伸出手来抚摸她只穿着透明薄衫的肩膀。她也强作笑颜地说:"我刚才仿佛听到你在哼哧哼哧似的。真叫我吓了一跳。祝你晚安,我的心肝儿。"

五

卡萝尔一晃已有半个月没有跟埃里克晤谈了,只是在教堂里和裁缝铺匆匆见过他一面。那天她去裁缝铺,为的是洽谈有关一年一度要给肯尼科特裁制一套新便服的事。当时纳特·希克斯正在铺子里,可是对她的态度已不像从前那样毕恭毕敬了。他满脸堆笑地说:"特级法兰绒刚到货,要不要看看样品,嗯?"他还故意碰了一下她的胳膊,示意她去看看那些款式新颖的时装图片。他的那一双眼睛滴溜儿乱转,一会儿看看卡萝尔,一会儿又看看埃里克,样子显得怪可笑的。她一回到家里,暗自思忖:那个可怜巴巴的小掌柜说不定自以为是埃里克的情敌呢;对他的这种卑鄙透顶的邪念,她当然不屑一顾。

她从窗子里望见久恩尼塔·海多克正从她家门口慢腾腾走过去——就像上次韦斯特莱克太太走过时一模一样。

卡萝尔在惠蒂尔舅舅铺子里遇到了韦斯特莱克太太,本想冷淡她一下,但在她目光如炬的凝视之下,卡萝尔早已忘了,不由得对她格外客气。

她相信街上所有的男人——甚至连盖伊·波洛克和萨姆·克拉克在内——都在好奇地斜着眼睛看她,仿佛她是一个声名狼藉的离婚女人。她简直觉得自己上天无路,入地无门,就像一个被人们跟踪追捕的罪犯。她心里巴不得跟埃里克见见面，可又但愿她从来没有见过他。她心里这样想着，整个戈镇恐怕只有肯尼科特一个人对她和埃里克之间的事儿知道得最少。她身子蜷缩一团，倒在安乐椅里，心中琢磨着，在理发馆或充满烟味的弹子房里，男人们也许正在用嘶哑的声调和猥亵的字眼在议论她。

入秋以来，弗恩·马林斯时常来看望她，只有这个时候，她心中的疑虑方才得以冰释。这位喜欢玩儿的女教师，竟然把卡萝尔也看成跟自己一样，好像还是个年轻的姑娘呢。虽然学校正式上课了，她照样每天跑来，提议要办什么舞会呀，还有什么野餐会。

有一天，正好是星期六晚上，弗恩邀请卡萝尔陪她一起到乡下去参加舞会①，但卡萝尔并没有去。哪知道第二天就掀起了一场轩然大波。

---

① 原文为 barn—dance，指二十世纪初期美国乡间常在谷仓举行的舞会。

第三十二章

一

正是星期天下午,卡萝尔在后面走廊里把童车上的一颗松了的螺丝旋得紧一些时,猛地听到,从博加特家敞着的窗子里传来了一阵尖叫声,原来是博加特太太这个老妖婆正在骂街:

"……嘿,你干的好事,你想怎么赖,也都赖不掉……瞧你再敢大摇大摆走进我家的大门……我一辈子都没有听过这样的事儿……从来还没有人敢对我说过这样的……人走上了这样卑鄙下流的罪恶道路……你这个贱货……快把你的衣服撂在这儿,只有天知道,你真不配穿这些玩意儿……你再敢顶一句嘴,我就去叫警察了。"

是谁在跟博加特太太争吵?卡萝尔听不清楚。虽然博加特太太一个劲儿嚷道,现在他好比是——她的知心朋友和得力助手,但她那个宝贝儿子的说话声音,卡萝尔却听不见。

"一定是她又在骂赛伊了。"卡萝尔暗自忖度道。

她把童车推下后面台阶,自以为修理得很不错,打算把车子推到院子里去转一圈。她忽然听到人行道上有人走来,抬头一看,不是赛伊·博加特,而是弗恩·马林斯:这会儿她正拎着一只手提箱,耷拉着脑袋,急匆匆往街上走去。博加特寡妇正伫立在门廊里,两只胖乎乎的手叉在腰里,眼望着那个正在远远消失中的姑娘背影,死劲儿在哀号着:"你要是再敢到这儿来露面,就给你颜色看。你的大衣箱——你尽管叫运货马车上的车把式来搬走。我的家风已给你糟蹋得够了!唉!真不知道上帝干吗要惩罚我呀——"

这时,弗恩早已消失得无影无踪了。你看,这位理直气壮的寡妇眼睛里简直爆得出火花来呢。只见她砰的一声把门关上,进了屋,过了一会儿,头上戴着一顶小圆帽又走了出来,迈开大步上街去了。刚才发生的这场戏,卡萝尔全都看在眼里,老实说,博加特寡妇的一言一行,跟戈镇任何居民躲在窗帘后的窥视活动,根本说不上有什么明显不同的地方。她眼看着博加特太太前脚走进豪兰家,后脚又到了卡斯家,直到吃晚饭的时候方才赶到了肯尼科特家门口。她先按了一下门铃。肯尼科特大夫出去给她开了门,大声嚷道:"哦,哦,我们的好邻居,你好吗?"

这位好邻居手里来回挥动着乌光油亮的羔羊皮手套,看样子她显然很高兴,一张嘴就唾沫星子四处乱溅地说:

"亏你还问得出口我好不好呢!我心里真的在纳闷,我今儿个怎地会碰上这么多吓人的事儿,差点儿没给气死——那个小娘儿们说起话来,粗鲁无礼,我实在受不了——把她的舌头砍掉才好——"

"得了!得了!得了!有话就慢慢说呀!"肯尼科特大吼一声说,"博加特大娘,那个贱货女人究竟——是谁?快坐下,头脑冷静一些,不妨给我们详细说一说。"

"不用坐了,我还得赶回家去,但是话又得说回来,我当然不能只关心跟个人利害有关的事,连招呼也不给你们打一个。老天爷知道,我总是想方设法警告镇上居民对她就要处处小心提防,我并不指望大家都来感谢我。眼前这个世界上真是奸宄横行,即使你们竭力加以防范,不使人们受害,但人们并没有见到,更没有领你们的情——不知道有多少回了,我亲眼看见她窜到这儿来,给你和卡丽增添麻烦呢。谢天谢地,幸亏我发觉得早,她总算还来不及留下大祸害。不过,只要一想到她的所作所为要造成的祸害,虽然我们当中有些人对此深有体会——尽管这样,就我来说,简直快要心碎,虚脱——"

"够了!够了!你说的到底是谁呀?"

"她是在说弗恩·马林斯呗。"卡萝尔怪不高兴地插话说。

"是真的吗?"

肯尼科特对此深表怀疑。

"没错,我说的当然就是她呀,"博加特太太得意忘形地说,"卡萝尔,你真该好好谢谢我,幸亏我发觉得及时,她还来不及把你也给卷了进去。当然咯,你是我的邻居,威尔的夫人。同时还是受过高等教育的太太,不过,卡萝尔·肯尼科特,恕我直言相告,你有的时候对人不够尊敬,而且也不够虔诚,你就是没有遵守上帝在《圣经》里给我们循循善诱的箴规。当然咯,偶尔哈哈大笑一阵,也无伤大雅,而且,说真的,我觉得你的心眼儿并不坏。可是话又得说回来,你并不敬畏上帝,也不憎恨那些触犯上帝的《十诫》的人。现在,你应该替我感到高兴,因为我在自己怀里喂养的这条毒蛇,到头来还是被我发现了——哦,是的,说真的,你就不妨想一想:这位小姐每天早上非得要吃两个鸡蛋不可,现下鸡蛋一打十二个要卖六毛钱,老百姓只吃一个就够了,而她却偏偏还嫌少呢——她根本不管眼下鸡蛋价钱有多贵,也不问问我管她吃、管她住,到头来几乎连一个子儿都赚不到。说实话,当初我看她可怜巴巴,这才留她寄住在我家里的。可是,从她偷偷摸摸地拖到我家里,塞进箱子里的那些长筒丝袜和花里胡哨的衣服,我早就知道她是个骚货——"

博加特太太先是满嘴秽语、津津有味地开讲了五分钟光景,然后方才煞住,言归正传。本来是发生在贫民窟的一场喜剧,经这位戴着乌光油亮的羔羊皮手套的复仇女神一铺张渲染,居然成了一出动人的悲剧。其实故事本身可以说是极其简单、沉闷,简直不值一谈。至于故事的详细情节,博加特太太自己也都闹不清楚,反正不管谁去盘问她,她都要大发雷霆。

前一天晚上,弗恩·马林斯和赛伊一起坐车到乡下去参加舞会。(卡萝尔马上插话说,弗恩也曾经来邀请过,希望陪她一块儿去的。)就在这个舞会上,赛伊跟弗恩亲了嘴——这个事情弗恩自己也承认了。赛伊不知道从哪儿搞到了一大瓶威士忌,博加特太太就想当然地说那准是弗恩带给他的。弗恩本人则一口咬定说,赛伊是从一个庄稼汉的大衣口袋里捞来的——博加特太太一听这话,就恼火了,说弗恩显然是在撒谎。不管怎么说,反正赛伊是喝得烂醉如泥,由弗恩用车子捎回来的,他被撂在博加特太太的门廊里,那时候他嘴里在吐白沫,身子东摇西晃,两个脚丫子根本站不稳。

博加特太太连声尖叫起来,说她儿子从来都没有喝醉过。

肯尼科特当场把她的这句话给点穿了,她方才不得不承认说:"哦,是的,我也想起来了,说不定有过一两回我闻到他身上有酒味儿。"接下去她还摆出一副特别顶真的姿态来,公开招认说,她儿子有的时候到第二天早晨才回家,但他从来都不会酗酒的,因为他每次都会精心编造出叫你不由得不信的理由来,比方说,是别的小伙子勾引他到湖边,打着火把叉小狗鱼去了;要不然,说他的那辆车子"因为汽油用光了",就在回家路上抛了锚。但是不管怎么说,反正她的儿子从来没有落进"狐狸精"的掌心里。

"依你看,马林斯小姐究竟对你儿子打过什么主意呢?"卡萝尔追问了一句。

这一问却把博加特太太给愣住了。过了半晌,她方才又继续说,今儿个早上,她曾经要他们两人当面对质,赛伊毫不迟疑地供认,说千错万错都是他老师弗恩的错,因为——身为老师的弗恩曾经用激将法逼着他喝酒的。弗恩则死劲儿加以否认。

"后来,"博加特太太噜里噜苏地说,"后来,那个贱货居然厚着脸皮冲我说,'我干吗非得要把邋里邋遢的狗崽子①灌醉不可?'你们听着,她这位老师就是这样管她的学生叫'狗崽子'。'我可不想听你在我家里说这样的脏话,'我马上回驳她说,'你认为你就可以掩人耳目,装模作样,让人家相信你受过高等教育,完全有资格当老师,说什么德高望重,堪称青年人的楷模,其实呢,你连一个窑姐都不如!'我就是这样

---

① 原文为"pup",意指"小狗""小狼",在美国俚语中,亦指"学生"(即 pupil 之略称),作者故意让博加特太太乱用一气,造成了混淆视听的效果,越发增添了幽默气氛。

一面说,一面把她臭骂了一顿。我深知自己笃信上帝,身负重任,从来不敢有所松懈,有所退缩,让她以为我们这些正人君子也得听听她的满口脏话。'我干吗非得要把他灌醉不可?'我说,'你不承认自己别有用心,好,这会儿我就干脆把你的底儿都给兜出来吧!平日里我不是常常看见你只要一碰到穿着长裤的须眉大汉就紧追不舍,叫他们听你没羞没臊嚼舌根,凑在一块鬼混下去?我不是常常看见你穿着短裙子满街乱跑,故意让自己的两条大腿露出来,你这个小姑娘这样疯来疯去的,不是在卖弄风情,又是什么呢?'"

本来卡萝尔一听到博加特太太对那个充满青春活力的弗恩所作的写照,就感到恶心。但博加特太太接下去说的那一段话,更叫她气得几乎要死。你听,博加特太太竟然暗示说,谁知道弗恩和赛伊搭车回家以前到底还干过些什么鬼玩意儿呢。说到那个乡下舞会上的情景,这个老妖婆当然连一句话都说不真切的,只是单凭她带有色情的想象力,乱说一气,比如,她:这个黑黝黝的谷仓里,虽然悬挂着灯笼,在刺耳的小提琴声中,可以看到一对对紧紧搂抱着的舞伴,但在乡下四角旮旯里却是若明若暗的,他们的兽欲少不得疯狂地发泄一阵呢。卡萝尔一听心里就厌烦透顶,实在提不起劲儿来打断她的话。倒是肯尼科特按捺不住,大声嚷叫起来:"谢天谢地,你不要再说下去了!实际情况你根本不知道。而且你又拿不出任何一点儿证据来,说明弗恩不折不扣是个举止轻浮的年轻姑娘。"

"你说我没有证据,嗯?好吧,现在就说证据,请问你有什么好说的?好在我直截了当地问过她,'那么,赛伊的威士忌你到底有没有喝呢?'她回答说,'好像是喝过一小口——

那是赛伊逼着我喝的。'你看,她一下子就承认了这么多,所以说别的方面也就可想而知——"

"难道说光凭这一点,就能证明她是个婊子吗?"卡萝尔反问了她一句。

"卡丽!你往后再也不该使用那样的词儿,行吗?"这位愤愤不平的清教徒差一点儿没抽抽噎噎地哭起来。

"得了,那么,我就再问你:要是她只喝了一小口威士忌,就能证明她是个坏女人吗?威士忌嘛,我自己也还喝过呢!"

"至于你也喝过,那是另外一码事。不过,我不赞成你也去喝酒。你知道《圣经》上是怎么说的?'烈酒嘲弄人'嘛!可是,弗恩的情况就完全不同了,要知道她身为教师,怎地跟她的一个学生在一块乱喝酒呢!"

"是的,这样传出去,当然很不好听。毫无疑问,说明弗恩真是有一点儿傻。不过话又说回来,实际上她只不过比赛伊大一两岁,但在瞎胡闹方面,她的经验可要比赛伊差得远呢。"

"那——可不见得——是这样吧!她的年纪实在也不算小了,准保把他教坏了!"

"不,不是她,而是你们这个圣洁的戈镇,早在五年以前就把赛伊教坏了!"

这一回博加特太太并没有暴跳如雷。蓦然间,她脸上露出一种无可奈何的神情,连脑袋也耷拉下来。她轻轻地抚摸着自己乌光油亮的羔羊皮手套,又从她身上那条发白了的栗壳色裙子上抽出一缕破线头儿,一面来回捻着,一面唉声叹气地说:"赛伊他呀,是个好小子,你要是对他以心换心,他就老是念念不忘你。但有人却认为他太撒野。我说,那是因为他毕竟年纪还轻。其实,他这个孩子既勇敢,又诚实,是的,他还是咱们镇上头一批要求报名去当兵的一个青年。那时候,我不得不极其严肃地跟他谈了一下,要不然他恐怕早就跑掉了。说实话,我真不愿让他到那些军营里去沾染上坏影响。后来呢,"博加特太太说话时,再也听不到可怜巴巴的语调,恰好相反,她又像刚才那样滔滔不绝地说,"后来嘛,是我自个儿让一个女人住到自己家里来,至于那个女人,你们也可以想象得到,比他也许会碰到的任何坏女人还要坏上几十倍呢。你既然说这个名叫马林斯的女人年纪还太轻,没有多少经验,所以不至于把赛伊给教坏了。那么,好吧,我也可以这样说,她的年纪毕竟还太轻,没有多少经验,所以说也不配当他的老师,不是前者,就是后者,事难两全嘛!所以说,不管他们把她解聘了的理由是怎么说的,实际上跟我向校董会所反映的,反正也差不了多少。"

"你已然把这件事情告诉了校董会各位董事了吗?"

"那还用说嘛!我早已告诉了每一位董事,还有他们的太太!我是这样对他们说,'至于你们到底怎样处置贵校教师,这就不属于我的职权范围了。我既不准备过问,也不会强迫你们非得完全听我的意见不可。我只不过是想知道,'我就是这样诘问他们,'你们是不是打算记录在案,就是说我们的学校竟然请来了这么一个女人,来做天真无邪的男女学生的老师。可是这个女人,她不但会喝酒,抽烟,骂人,说脏话,而且还做出了令人发指的事情来。唉,连我都说不出口来,反正你们早已心照不宣了。'我又接下去说,'要么就这么着,我觉得这件事还得要让镇上所有的人都知道才好。'回头我就把这件事原原本本地告诉了莫特教授,他是咱们这儿的督学——为人刚正不阿,他可不像那些董事喜欢在安息日开了汽车兜风去。你们要知道,就连莫特教授几乎都承认自己对马林斯式女人也颇有怀疑呢。"

二

博加特太太走了以后,肯尼科特虽然没有像卡萝尔那么震惊害怕,但他却特意模仿了博加特太太刚才说话时的神态,真可以说入木三分呢。

莫德·戴尔打电话给卡萝尔,不知怎的竟会想出煮扁豆咸肉这么一个问题来,请她指点一番,紧接着就问:"你听说过这位马林斯小姐和赛伊·博加特的丑事吗?"

"我说那全是无稽之谈!"

"哦,我说大概也是这样吧。"从莫德的口气里听得出她颇有幸灾乐祸的味道,至于这件事儿到底是真是假,在她看来是无所谓的。

卡萝尔慢慢地踱回自己房间,两手攥得紧紧地坐了下来。这时候,她仿佛听到一片令人厌烦的喧嚣声!她心里明白,整个戈镇,不分男女老幼,几乎每一个人都在一个劲儿提高嗓门,大谈特谈这件事儿,有的人听到一些细节就如获至宝似的,不由得欣喜若狂;也有的人还添枝加叶,说得越来越玄乎,因而不免自以为非常了不起。他们简直煞费苦心地把自己望而生畏、不敢去做的事儿硬是加到别人头上去!不过,说他们望而生畏,也并不完全尽然,其实,他们只不过是比较谨小慎微,善于偷偷摸摸而已。整日价在理发馆里鬼混的浪荡子,伫立在女帽店里的交际花之类的时髦女人——瞧他们该有多么

627

狡黠,全在哧哧地大笑着。此时此刻,卡萝尔仿佛隐隐约约听到了他们的笑声,就像母鸡下蛋后咯咯叫似的,一面显得沾沾自喜,一面却又说了这样溜须拍马的话,"多亏你告诉我说她是个脸皮厚的小娘儿们,要不然我还蒙在鼓里呢!"

可是,整个戈镇偏偏就是没有一个人,如同老拓荒者那样敢于傲视他们和痛斥他们;也没有一个人出来证明他们[中西部]"粗犷的骑士精神"和"朴实无华的德行",以及他们的胸怀历来要比一味造谣中伤的北方佬宽宏大量;更没有一个人会像小说里描写的开拓边界的英雄好汉那样大发雷霆,问道:"你们指桑骂槐,到底是什么意思?你们在窃笑些什么?你们拿得出什么证据来吗?这些前所未闻的罪孽,尽管你们是如此切齿痛恨,其实你们自己乐此不疲,——那到底又是怎么一回事呢?"

这样的话根本没有一个人敢说,无论是肯尼科特、盖伊·波洛克和钱普·佩里都一样。

那么,埃里克会不会说这样的话呢?看来很有可能。他准会唾沫星子乱飞地说出愤愤不平的话来。

她突然一闪念,就想到:她对埃里克有好感这件事,不知道跟马林斯这个问题有没有什么肉眼看不见的联系。莫不是他们考虑到她的社会地位,知道惹不起她,所以就只好像恶狗似的冲着弗恩狂吠一阵?

三

晚饭前,卡萝尔一连打了五六个电话,方才知道弗恩早已躲进了明尼玛喜大旅馆。于是,卡萝尔就急急忙忙赶去,尽管街上的人都对她侧目相视,可她却竭力不让自己露出胆怯的样子来。那个旅馆的账房冷冰冰地说,据他"猜想"马林斯小姐大概是住在楼上三十七号房间,叫卡萝尔不妨自己去找找看。她就顺着散发出一股股霉味的走廊一路找去,看到两边墙壁上,都贴着印上鲜红的雏菊和暗绿的玫瑰花饰的糊墙纸,被水泼过的地方还留下一摊摊泛白的污斑,铺在走廊里的红黄相间的草席早已走破了,一排排松木板房门,只是漆上了薄薄的一层蓝色。那个号码的房间她怎么也找不到。走廊的尽头黑魆魆的,伸手不见五指,她不得不用手去摸房门上的铝制号码。有一回,一个门里发出男人的声音:"是哪一个?你要干什么呀?"让她吓了一大跳,拔脚就跑。最后,她总算把那个房间找到了。她伫立在房门口,侧耳倾听,仿佛从房里传来了一阵呜咽声。直到她第三次敲门的时候,方才听到里面有人在大声惊呼:"是谁呀?走开!"

卡萝尔怀着对戈镇深恶痛绝的心情,把房门推开了。

昨天她看见弗恩·马林斯还穿着长筒靴,苏格兰呢裙子,淡黄色毛线衣,显得十分轻盈而又充满了自信心。如今,她横倒在床铺上,身上穿着一件皱巴巴的淡紫色布外套,一双破破烂烂的低跟便鞋,一副惹人可怜的弱女子的样子,脸上还露出惊恐万状的神情来。她简直惊慌失措地抬起头来。卡萝尔看到她蓬头散发,脸色煞白,两只眼睛哭得就像核桃似的。

"我冤枉呀!我冤枉呀!"她一看到卡萝尔就禁不住嚷了起来。当卡萝尔去亲她的脸颊,抚摸她的头发,并用头巾给她揩擦前额的时候,她嘴里还在一个劲儿鸣冤叫屈。随后,她稍微安静了一些,这时卡萝尔就把那个房间扫视了一遍——它好比是殷勤好客的大街上的神圣殿堂,又是外地旅客的下榻之处,不用说,更是肯尼科特的朋友杰克逊·埃尔德的摇钱树。房间里散发出旧床单、破地毯和污浊的烟气味。那张摇摇欲坠的床铺上面,只铺了一层薄薄的床垫子,床垫子里面到处都是硬疙瘩;跟沙土颜色差不多的墙壁上,既有手指乱画的一道道凹痕,也有用凿子凿过的一个个圆孔;在每一个角落里面,每一件东西下面,都积上了厚厚的一层尘埃和雪茄烟灰;洗脸台台面略微倾斜着,上面摆着一个裂了口的矮胖水壶;那张独一无二的椅子,椅子靠背笔直,油漆早早剥落殆尽,显得寒碜极了。可是房间里不知怎的还有一只金碧辉煌的镌刻着玫瑰花纹的大痰盂。

卡萝尔根本无意追问弗恩的事,可弗恩还是一定要讲给她听。

弗恩说,那天她去参加舞会,说实话,大家并不十分欢迎赛伊的,但为了不要错过十分难得的跳舞机会,同时也可以暂时躲避一下,不去听博加特太太那没完没了的说教,特别是一开学教了好几个星期课,精神上很紧张,需要轻松一下,所以弗恩对他也就百般迁就了。赛伊也一口答应绝不胡闹的,在路上表现得果然不错。舞会上有几个是从戈镇来的工人,更多的是年轻的农民子弟。后来有五六个醉鬼吵吵嚷嚷闯了进来。他们聚居在灌木丛生的洼地里,处于社会底层,有的靠种土豆过日子,也有的正如人们所怀疑的是以盗窃为主。那时候,理发师德尔·斯纳弗林一面使劲拉着小提琴,一面大声嚷叫,提醒舞伴变换舞步和舞姿。大家就这样根据理发师德尔·斯纳弗林发出的符咒,跳起了古老的方阵舞,死劲儿搂紧自己怀里的舞伴,转圈的转圈,跳的跳,蹦的蹦,闹的闹,笑的笑,乒乒乓乓地直跳得谷仓的地板震天响。就在这时候,赛伊一连两次从别人口袋里取出酒瓶偷喝了几口。他在谷仓最远角落里的饲料箱上的一大堆外套里乱找什么东西,弗恩是亲眼看到的。不料,过了一会儿,她就听到一个庄稼人在大声叫喊,说他的那瓶酒给人偷走了。弗恩责备赛伊说,准是他偷了别人的酒,可是他却咻咻地傻笑着说:"哦,只不过是开开玩笑罢了,这会儿我就给送回去。"当时,他死乞白赖非要她喝一口不可,而且还扬言说,她要是不喝,那瓶酒他就不送回去。

"我仅仅用嘴唇皮沾了一点儿,就把那瓶酒交给他。"说到这里,她呜的一声哭了起来。稍后,她就从床铺上坐了起来,两眼瞪着卡萝尔问,"从前你喝过酒没有?"

"我喝过的,不过次数极少。这会儿我真恨不得喝上一口呢!此地这种冠冕堂皇的假正经,实在把我气坏了!"

弗恩听了这话,禁不住破涕为笑了。"我也巴不得喝一口呢!记得我这辈子好像只喝过三四次酒,顶多不超过五次吧。不过,但愿不要再一次碰上就像博加特娘儿俩那样的活宝。唉,说实话,那瓶酒——多可怕的烈性威士忌——我甚至连碰都没有碰,要是甜酒的话,我倒是很爱喝的。那时,我觉得真开心。那座谷仓简直就像一个舞台——高大的橡木,黑洞洞的分隔开的牛栏;白铁皮灯笼下光影摇曳不定,尽头有一架神秘的机器,那是一台切草机。我跟那些年轻貌美的农民子弟一块跳舞实在有劲儿;他们不仅身体健壮,心眼儿也好,而且头脑还聪明得出奇呢。可是回头一看赛伊那副德行,我心里不由得又凉了半截。所以,我明白自己根本没有从那个畜生那里喝过两滴滴。你说,是不是因为我仅仅心里想喝一点儿酒,上帝马上就来惩罚我呢?"

"亲爱的弗恩呀,我想,惩罚你的大概是博加特太太这个凶神恶煞,也就是大街这个凶神恶煞!但是,所有一切大智大勇的人都已起来进行反抗……尽管这个凶神恶煞要把我们通通宰了不可。"

那时,弗恩又一次跟那个年轻的农民子弟在一块跳舞,不一会儿又跟一个在大学里主读农科的年轻姑娘说说谈谈,早就把赛伊忘得一干二净了。赛伊显然没有把那瓶酒归还人家。弗恩看到赛伊摇摇晃晃向她走来。他还不失时机见了女孩子就做出种种令人作呕的丑态来,一会儿又大跳特跳快步舞。她好说歹说,才算说服了赛伊跟她一起回家去。他就跟在她后面,一面哧哧地傻笑,一面还在乱跳什么快步舞。可是他一走出谷仓大门,就跟她亲了嘴……

"从前我常常这样想,要是在舞会上让男士们跟你亲吻一下,该是多好玩!……"

但她一心在琢磨着,说什么也得先把他弄回家去,免得他动起武来跟人打架,所以对他跟她亲嘴的事好像就毫不在意了。多亏有一个庄稼人帮她一起把马车套好,这时横倒在车座上的赛伊早已鼾声大作了。谁知道马车还没有上路,他突然又醒过来了。一路上,他不是在呼噜呼噜地睡大觉,就是动手动脚拼命想跟她亲热。

"我的体力不用说比他差得多。我一面在驾车,一面还要设法尽量跟他离得远远的——而坐的又是一辆东摇西晃的破马车!那时候,我觉得自己与其说是一个年轻姑娘,不如说很像一个打杂的女用人,不,我想,大概是我心里太害怕,所以当时曾经有过什么感想,也就说不上来了。四下里一片漆黑,真吓人。不管怎么说,反正我在回家的路上了。不过,说起来可也真不易。我不时跳下车来,去查看路标,而路上又是一片泥泞。我想划根火柴借个光,就只好从赛伊口袋里去拿火柴,这么一来他也跟着我下车,哪知道他从马车的踏级上掉进泥坑里,爬了起来以后还是一个劲儿跟我胡搅蛮缠。我简直害怕极了。我不由得动手打了他,而且打得真够呛。我一脚跳上车,就开走了,让他在马车后面拼命追赶,听到他在哇啦哇啦地哭着,活像一个小娃娃,怪可怜的,只好让他重新登上马车,可是一到了车上,他还不死心,马上又想——可是不管怎么说,反正我还是把他捎回家啦。一直送到门廊,博加特太太正在那里等着我们……

"唉,说起来也真可笑!博加特太太一见了我,就跟我说话,真是没完没了。可是赛伊嘴里仍然在大口大口地吐白沫,我心里却老在揣摩着,'这会儿我还得把车子送还马车行,真不知道车行掌柜睡了没有?'但是,不管怎么样,我总算把车子送还了马车行,不一会儿又回到了自己房里。哪知道我给房门上了锁,博加特太太还在房门外面唠唠叨叨没个完。原来她一直伫立在那儿破口大骂我,说了许许多多不堪入耳的话,一面死劲儿乱拧门把手,直拧得门把手嘎嘎作响。这时候,我听得见赛伊还在后面院子里乱嚷嚷,显然是在呕吐。我觉得不管是哪一个男人,我这辈子说什么也不想嫁人了。哪知道,到了今天——

"她干脆就把我赶走了。整整一个早上,我说的话她就是一句也听不进去。她听的只是赛伊一面之词。我想,这会儿他大概不再头痛了吧。恐怕是在吃早饭的时候,他就认为:这事前前后后真算得上是个天大的玩笑呢。我想,这会儿他正在镇上到处大吹大擂,夸耀他的'凯旋'。你是了解我的——哦,是的,你不是真的了解我吗?我真的躲得远远的!

633

可是,我真不敢设想我还有什么脸儿回学校去。人们都说,我们乡村小镇上孩子们都能受到良好教育,可是,我委实不敢相信这会儿我自己躺在这里,就像刚才这样向你哭诉一番。当然咯,我更不敢相信昨天晚上所发生的事情。

"唉,说来也真怪:昨天晚上我把衣服一脱下来,发现给烂泥全弄脏了,那是一套很漂亮的衣服,我心里可喜欢呢,不消说,为了它,我还大哭了一场。好吧,反正就不提它了!可是,我回头又发现自己的白色长筒丝袜不知怎的也全给扯破了,我心里纳闷,真不知道是我下车去察看路标被荆棘扎破了的,还是我跟赛伊搏斗时被他的手指甲抓破的?"

四

萨姆·克拉克现任戈镇中学董事会会长。他听了卡萝尔所讲的弗恩的事以后,似乎深表同情,连坐在旁边的克拉克太太也低声咕咕着说:"唉,实在太倒霉了。"卡萝尔正要把话说下去,冷不防被克拉克太太给打断了:"亲爱的卡萝尔呀,你对那些'虔诚'的人说话不要太刻薄啦。咱们镇上有许多真心诚意遵守教规的基督徒,说真的,他们都是宽宏大量的,比方说,钱普·佩里夫妇就是那样。"

"是的,我知道。可惜像这样一心支持教会的好人,在各个教会里已然够多的了。"

卡萝尔话音刚落,克拉克太太又喃喃自语道:"可怜的姑娘呀,她讲的全是实话,当然咯,我一点儿都不怀疑。"萨姆也在咕噜咕噜地说:"是啊,当然咯,没有什么好怀疑的。只怪马林斯小姐年纪太轻,粗心大意呗。咱们镇上除了博加特大娘以外,人人都知道赛伊是个啥东西。马林斯小姐会跟他一块儿去的,你们说,她傻不傻呀?"

"可她毕竟还不至于坏到理应蒙受这样的奇耻大辱吧?"

"当然还不至于,不过——"萨姆尽量不表示更为肯定的意见,所以就一味追问那些既令人神往而又令人厌恶的具体细节,"博加特大娘不是骂了她整整一个早上,是吗? 是揪住衣领把她赶了出去,嗯? 大娘简直就像是一只疯狗。"

"说得不错,你是深知她底细的,她实在太恶毒了。"

"是呀,可她的恶毒劲儿还不是她的拿手好戏呢。她会闯进咱们店里,满脸堆笑,装出一个虔诚的基督徒的样子来,叫咱们店里的小伙计拿这个、拿那个,忙上一个多钟头,她就这样来回挑挑拣拣,结果只买了六颗小钉子。记得有一回——"

"萨姆!"卡萝尔急不可待地说,"你可一定要给弗恩撑撑腰才好! 博加特太太来这儿找你,有没有提出具体指控呢?"

"哦,我想恐怕她是提出了。"

"可是贵校董事会总不至于全按她的意见办事吧?"

"依我看,恐怕多少还得听听吧。"

"但你们总要说一说弗恩是蒙受不白之冤吧?"

"就我个人来说,我将竭尽全力帮弗恩的忙,可是董事会里的那些人,想必你是了解的。先说说齐特雷尔牧师,要知道他教会里的事情大约一半是由博加特大姐主持的,当然他就得替她说话了;再说埃兹拉·斯托博迪,他身为银行老板,不得不竭力强调道德和贞洁。卡丽呀,我说的这些都是事实,我们就得承认才行。现在我心里怕只怕校董会里十之八九都会反对她。你不要认为赛伊说一句话我们就都信以为真,不,他哪怕是指着一大堆《圣经》赌咒发誓,我们也都不会相信的。

可是,现在外面流言蜚语有那么多,我想,马林斯小姐恐怕就没法带领我们的篮球队到外地去进行校际比赛啦!"

"也许不见得吧。难道说别人就不可以去吗?"

"哼,当初我们之所以聘请她,为的就是让她去干这样的差使呀。"萨姆说话时语气显得很固执。

"你可知道,这不仅仅是个就业、受聘或解聘的问题,实际上你们硬是要把好端端的一个小姑娘撵走,使她身上背着怎么也洗刷不掉的污点,让天底下所有像博加特娘儿俩那样的人恣意坑害她,是不是?只要你们把她一解聘,不用说后果就是这样。"

萨姆顿时如坐针毡一般,看了他老婆一眼,搔了一下后脑勺,又叹了一口气,依然哑口无言。

"你不乐意在校董会上替她申辩吗?万一失败了,你乐不乐意和其他跟你看法相同的人在一起,递上一份代表少数人意见的报告书?"

"碰上这种情况,什么报告书都用不着送了。照我们这儿的董事会章程规定,只要把最后决定一宣布就得了,管它在会上是不是全体一致同意通过的。"

"我的天哪,这算是什么章程!分明是毁了一个女孩子的前程嘛!这还能算是什么校董会章程!萨姆!你应该站出来,支持弗恩,要是他们非解聘她,你敢不敢大吵大闹要退出校董会呢?"

他没有料到会碰上如此复杂棘手而又难以捉摸的问题,心里不免十分恼火,所以颇有怨气地说:"那敢情好,我一定尽力而为,但我觉得要等董事会开会时再说。"

随后,卡萝尔又去找督学乔治·埃德温·莫特教授,埃兹拉·斯托博迪,牧师齐特雷尔先生,以及其他的校董事先生,所得到的答复不外乎是:"我一定尽力而为。"或是心照不宣说:"当然咯,博加特大娘这个人,你和我都是了解的。"

事后她仔细回想起来,齐特雷尔牧师的下面这几句话想必就是针对她本人说的:"不过,咱们镇上某些头面人物恣意放纵的事,实在也太多了,可是,谁造了孽,谁就要受到惩罚,不是死亡——至少要被解雇。"她仿佛觉得这位牧师说话时乜着眼直瞅她的情景,历历如在眼前。

次日早上不到八点钟,卡萝尔早就来到了明尼玛喜大旅馆。弗恩真恨不得到学校去,当面看看别人的窃笑。可是她毕竟太软弱,哪有胆量去。卡萝尔一整天读书报给她听,尽量叫她放心,而且表示深信,校董会将会作出公正的决定的。可是到了晚上,她却不那么信心十足了,因为她在电影院里听到高杰林太太对豪兰太太大声嚷道:"也许她的的确确是一身清白的,我想她大不了也就是这样呗;不过,要是她在舞会上——正像大伙儿所说的那样——确实喝了满满一瓶威士忌,那她可能早就记不得自己是不是白璧无瑕了!嘻,嘻,嘻!"这时坐在前面的莫德·戴尔也扭过头来,插话说:"可不是,这事我早就说过啦。我并不是存心要捉弄人,可你们注意过她跟男人们眉来眼去的那副德行没有?"

"真不知道他们多咱把我送上绞刑架?"卡萝尔心里正在琢磨着。

肯尼科特夫妇俩在回家路上被纳特·希克斯拦住了。卡萝尔一见到他装出他和她两人之间好像有过什么默契的样子,就非常讨厌他。看来他很想向她眨眨眼,可又不敢太放肆了,只见他咯咯地笑着说:"你们二位觉得马林斯这个女人怎么样?我虽然还够不上是个道学先生,不过,我认为应该请一些知书知礼的女人到我们的学校里来当老师。我在外面是听到过一些风言风语的,你们想知道吗? 他们都说,这位马林斯小姐不管她后来会干出什么鬼名堂来,她是随身带上两夸脱①威士忌赶舞会去的,赛伊还没有喝上几口,她早已喝得烂醉如泥了! 那个小娘儿们——原来是个大酒桶! 哈,哈,哈!"

"你胡扯淡! 我才不信呢。"肯尼科特咕哝着说。

卡萝尔还没有来得及开口,就被他一把拉走了。

她看见埃里克深更半夜独自一个人从门前走过,目不转睛地望着他的背影,心里真恨不得能听到他用尖酸泼辣的字眼儿痛骂戈镇。她从肯尼科特嘴里只是听到那么平淡无味的两句话:"本来嘛,人人都爱听富于刺激性的丑事,可他们也说不上有什么恶意吧。"

她上楼睡觉去的时候,暗自思忖:校董会那些董事先生态度确实傲慢极了。

星期二下午,她方才知道校董会已在上午十点钟开过会,决定"接受弗恩·马林斯小姐的辞职请求"。这个消息是萨姆·克拉克在电话里告诉卡萝尔的。他说:"我们并没有对她提出任何指控。我们只是建议她自动辞职。劳你大驾去一趟旅馆,叫她写一份辞呈,好吗? 反正她的辞职我们早已接受了。我好歹说服了校董会,把这件事儿顺利解决了,真高兴。这还得多谢多谢你呢。"

"可是,难道你不懂得镇上的人会把这看成是她的罪证吗?"

---

① 美国干量或液量单位,两夸脱约合一点一升。

"可我们——什么指控——都没有——对她提出呀!"从萨姆的话音里显然听得出有点儿不耐烦了。

当天晚上,弗恩就离开了戈镇。

卡萝尔送她上了火车。她们这两个年轻的女人,从默默无言的摩肩接踵的人群中间挤了过去。周围的人们都瞪着眼睛直瞅她们,卡萝尔本想回敬他们一下,但在那些调皮捣蛋的顽童和鼓出牛泡眼的粗汉子面前,又觉得怪不好意思的。弗恩低着头不敢看人,她没精打采地拖着沉重的脚步往前走去。虽然她眼里一点儿泪水都没有,但卡萝尔却感到她的手臂在瑟瑟发抖。弗恩紧紧抓住卡萝尔的手,喃喃地说了几句话,就磕磕绊绊地攀上了车厢。

卡萝尔记得迈尔斯·伯恩斯塔姆也是坐这一趟火车走的。要是有一天她自己也在这里告别戈镇离去,真不知道车站上会有一番什么样的情景呢?

回家的路上,她正好走在两个外地人的后面。

其中有一个外地人哧哧地傻笑着说:"你看见刚才上火车的那个漂亮的小妞儿吗?我说,就是头上戴着黑色小帽的那个小姑娘?实在太迷人啦!我是头天到这里的,打算转车到奥吉巴韦—福尔斯去。她的事情人们都给我念叨过了。好像她是个女教师,当然咯,她花起钱来哗啦哗啦就像淌水一样,我的老天哪,而且还非常傲慢,机警,爱卖弄风骚!是啊,她和几个小娘儿们买了整整一箱威士忌来寻欢作乐,有一天晚上,她们这些年轻小闺女不知怎的找不到漂亮小伙子,只好拉来了好几个比她们年纪小得多的男娃娃,他们男男女女个个都喝得醉醺醺的,闹腾得就像大都会里灯红酒绿的闹市区一样,然后一块儿去赶一个乌七八糟的舞会,而且人们还这样说——"

刚才说话的那个人看来不像是一个普通人,也不像是个干粗活儿的工人,倒像是一个精明的推销员或是一家之主。大概他发现后面跟着一个女人,就赶紧压低声音,但还是继续讲下去,讲得另外的那个人不时发出沙哑的笑声。

卡萝尔一拐弯,就往一条小街走去。

她从赛伊·博加特家门口走过。他正在兴高采烈地向一拨人吹嘘他的一些丰功伟绩呢。听他讲的这一拨人中,包括纳特·希克斯、德尔·斯纳弗林,酒吧间侍者伯特·泰比和讼棍A.坦尼森·奥赫恩。他们虽然都是成年人,年纪远比赛伊大,但还是把他看成忘年之交,撺掇他继续讲下去。

过了整整一个星期,她接到了弗恩的一封来信,里面就有这么两段话。

  ……这件事儿我家里的人当然根本不相信,但他们认为我自己必定也有一些差错,所以把我训斥了一顿——实际上就是唠唠叨叨地骂个不停,叫我受不了,只好住到兼供膳食的寄宿舍去了。这件事想必那些教师职业介绍所早已知道了,有一回我去求职的时候,有个男人几乎当着我的面砰的一声把门关上了;我又到另一家职业介绍所去,谁知道那个女的负责人对我的态度简直狠得要命。真不知道我该怎么办才好。我觉得自己心情很不舒畅。说不定很快就会结婚的,有一个人正在追求我,可惜他傻呵呵的,时常弄得我啼笑皆非。

  亲爱的肯尼科特太太,唯有你一个人方才相信我的话。我想他们是存心跟我开这么一个大玩笑的。我实在头脑太简单了,自己还在逞英雄,觉得那天晚上能赶着马车回镇,而且跟赛伊又是河水不犯井水,真了不起!我甚至还指望戈镇的人对我都会佩服得五体投地呢。我说,仅仅是在五个月以前,我还在大学的时候,人们常常交口称誉,说我的体育运动就是倍儿棒呢。

第三十三章

一

整整一个月仿佛都被疑虑笼罩着,卡萝尔只是在"东方明星社"舞会上和裁缝铺里偶尔跟埃里克碰过面,但没有单独说话的机会。在裁缝铺的时候,因为纳特·希克斯在场,卡萝尔不厌其烦地跟他们交谈的,就是肯尼科特新做的便装袖口上到底应该钉一个扣子呢还是两个扣子。为了不让人家说闲话,他们两人之间只说了一些特别空洞乏味的话。

卡萝尔缘于一是跟他可望而不可即,二是想到弗恩的事就伤心,所以,她突然头一次意识到自己爱上了埃里克。

她暗自思忖,他只要有机会,本来一定会给她说说许许多多激动人心的话儿,因此,她不由得对他产生了爱慕之情。可是她又不敢贸然叫他来。这一点他心里明白,所以也从来不去找她的。她对他再也不怀疑了,连他出身低微都不嫌弃了。卡萝尔由于见不到他,倍觉孤寂,颇有度日如年之感。每天——不论在早上,在晌午,在夜晚,她都会突然喃喃自语地说:"哦,我多么想见见埃里克呀!"这句话她嘴里虽然从没说过,但听起来却同样令人心碎。

有时候她自己怎地都想不起他的模样儿来,心里也就特别难过。他的形象通常会在她脑际清晰地浮现出来——比方说,他在马马虎虎地熨衣服时猛地抬起头来张望,或是他在湖边跟戴夫·戴尔一起奔跑。但有时候他的形象又会倏然消失,只留下一个模糊不清的印象。这时,她就会常常替他的外貌犯愁:他的手腕是不是有点儿太红肿了?他的鼻子是不是个狮子鼻,就像大多数斯堪的纳维亚人那样?他到底是不是就像她心里想象的那么漂亮呢?直到在街上跟他邂逅时,这才算一睹为快。她虽然常常苦于想不起他的模样儿来,但是,一回想到他们不久前亲密无间的情景,却使她更加激动不安:那天在湖滨野餐时,他们两人一块走到小船边,她仔细端详着他的脸;一抹落日的余晖映照在他的鬓角、脖子和脸颊上。

十一月里,某一天晚上,肯尼科特到乡下去了。蓦然间,门铃响了起来,卡萝尔忙去开门,一看差点儿慌了神,原来站在大门口的是埃里克。只见他低头哈腰,脸上露出苦苦哀求的神情,两只手插在外套的口袋里,仿佛是在复述他的台词似的立即开腔说道:

"看见您丈夫开车走了。我实在憋不住才来看您的。我们出去走走吧。我知道您怕被人看见,但我们不妨到郊外去,好不好?我就在谷仓那里等着您。别磨蹭了——哦——还是快点儿来吧!"

"好吧,我过一会儿就去。"她一口答应了。

她喃喃自语道:"我想跟他只谈一刻钟就回来。"说完,她披上苏格兰呢外套,穿上橡皮套鞋,暗自寻思道:你看这双套鞋的样子该有多么朴素,一点儿都不花里胡哨,显然证明我不是去跟情人幽会的。

643

她发现埃里克伫立在谷仓的阴影里,绷着脸儿正在用脚乱踢铁路侧线上的道轨。她往前走去,仿佛觉得他的整个身体突然高大起来。但他们俩都是默默无言;他只是抚摸着她的袖子,她也回过来抚摸着他的袖子;稍后,他们俩越过铁路道轨,踅摸到了一条小路,迈着沉重的步伐朝郊外走去。

"今天晚上有点儿凉飕飕,不过,这种阴沉沉的灰色情调,我倒是很喜欢的。"他开始说话了。

"没错。"

他们走过一簇簇簌簌作响的灌木丛,在那条积满雨水的路上溅着泥浆往前走去。他把她的手塞进他的外套口袋里。她抓住了他的大拇指,又叹了一口气,就像过去他们母子俩溜达时休紧紧地抓住她的大拇指一样。这会儿她猛地想起了休。眼前那个女用人今晚虽然在家里,但把孩子托付给她,是不是就不用担心了?不过,她心里的这个念头,还是渐渐远去了,终于消失得无影无踪了。

埃里克开始慢条斯理地说话了,说的是他自己的身世。他绘声绘色地说给她听从前他在明尼阿波利斯一家很大的裁缝店里打工的情形;店里充满了水蒸气,闷热得要命,干的活儿简直累死人;男人们身上穿的都是破背心和皱得一塌糊涂的裤子;他们一见了酒准喝得酩酊大醉,他们喜欢冷嘲热讽地谈论女人,而且也常常要挖苦他,净拿他来开玩笑。"可是我一直我行我素,一点儿都不在乎,因为我对他们总是敬而远之。我常常去艺术学校,或是去逛沃尔克画廊,或是沿着哈里特湖边散散步,或是干脆安步当车,出了城,到盖茨山庄去——在我的幻想中,那座盖茨山庄好像是意大利的一所乡间别墅,仿佛自己就住在里面一样。于是,我就成了一位侯爵,在帕多瓦①受了伤以后,我就喜欢搜集挂毯。只是后来有一回,我不知怎的碰上了一件真正倒霉的事:就是有一个名叫芬克尔法布的裁缝师傅发现了我写的日记,拿到店里去高声朗读给大家听。不用说,我毫不客气地跟他干了一仗。"说到这里,他禁不住哈哈大笑起来,"结果我被罚掉五块钱。不过,这些都已成为遥远的往事啦。我觉得现在,您好像就伫立在我和那些汽油炉之间,您看,正从炉子周围旁斜逸出的长长的、红艳艳的紫边火苗儿,卷过了烙铁熨斗,而且一天到晚都在发出那种冷笑的声音:呜呜呜!"

卡萝尔一想到那个又闷热又矮小的工作间,烙铁熨斗在咝咝发响的声音,布面被烫焦了的臭味,埃里克置身在那些咪咪地傻笑的侏儒之间——她就只好死劲儿攥住他的大拇指。他让自己的手指尖慢慢地伸进她的手套,轻轻地摩挲着她的掌心。她索性脱去了手套,让自己的手伸了出来,给他尽情摩挲着。

这时,他好像是在大谈特谈一个"了不起的人物",但她正沉醉于安谧恬静之中,每一句话仿佛都从她耳畔飘过去了,只听到他说话时的声音,就像鸟儿在扑扑扑地抖动翅膀似的。

她心里明白,他正在搜遍枯肠,想要说出一些意味深长的话儿来。

"是这样,卡萝尔……我特地给您写了一首诗呢。"

"那敢情好。就念给我听呗。"

"哎哟哟,您可不要说这样敷衍的话,好吗?难道您还不能跟我说正经话吗?"

---

① 帕多瓦,意大利东北部一城市。

"我的心肝宝贝呀,难道我还会不跟你说正经话吗?我当然不乐意看到我们两个将会碰上更加苦恼的事儿,你的诗快念给我听。到现在从来还没有人给我写过诗呢!"

"说真的,这还说不上是一首诗。只是一些我打心眼儿里喜欢的词汇,我觉得它们恰巧把您的神韵都给抓住了。当然,在别人看来,也许觉得简直不值一看,但是——好吧,这会儿我就念给您听——

可爱、温柔、快乐、聪明,
还有一双对我脉脉含情的明眸。

个中意思您也能像我那样都懂了吗?"

"当然懂咯!我真是太感激您啦!"是的,她很感激他,虽然她很客观地说,她觉得这首诗写得很糟糕。

她仿佛觉得,举目四望,夜幕徐降,别有一种粗犷的美。一块块奇形怪状的残云,仿佛在孤零零的月儿周围爬行着;岩石和水坑,影影绰绰地好像也在闪闪发光。这会儿他们正走过一丛小白杨树——它们在大白天显得多么微不足道,但现下却颤巍巍的好像竖起了一道咄咄逼人的墙。冷不防她驻步不前了。他们听得见水珠顺着树丫枝滴下来的声音,还有湿漉漉的树叶子无可奈何地坠落在湿透了的泥地里。

"等待——等待——一切都在等待之中。"她低声自言自语道。她把自己的手从他手里缩了回来,然后握紧拳头,紧贴在嘴唇边。她仿佛顿时坠入一种令人难堪的迷惘之中。"我觉得真快活,现在我们就回家去吧,免得碰上什么不愉快的事情。可是,话又说回来,我们不妨在那段圆木头上坐一会儿,听四下里多么静啊。"

"不,这里太潮湿了。真希望点起一堆篝火来,旁边铺上我的外套,您就坐在上面。要知道在野地里生火,我还是个行家里手呢!有一次,我和表弟拉尔斯在大森林中被漫天大雪困住了,就在一个圆木小屋里待了个把星期。我们刚进小屋时,发现烤火炉子的烟道几乎冻成了一根冰柱子。但是我们设法把冰柱子捣碎,将冰块掏了出来,然后往炉膛里放上一些松树枝丫,简直塞得满满的。现在我们干吗不到那边树林子里去,点上一堆篝火,在火边歇坐一会儿呢?"

她低头沉思了半晌,真不知道是一口答应好,还是干脆回绝好。她觉得头在隐隐作痛。刹那间她仿佛没有主心骨了。在她眼前,茫茫夜色、埃里克的身姿轮廓,以及她还得小心翼翼走向的未来,总而言之,一切的一切——都变得模糊不清,好像她是无影无踪地飘浮在"第四度空间"①一样。正当她心里七上八下拿不定主意的时候,路上拐角处突然见到汽车前灯的亮光,他们赶紧闪开,站得远远的。"这会儿我该怎么办呢?"她在默默地想着,"我想——哦——我说什么也不愿什么权利都被剥夺殆尽呀!我可是一直规规矩矩的!要是我就像当奴仆似的,连跟别的男人坐在篝火旁边聊聊天都不行,那我还不如干脆死掉好了!"

听得见呜呜呜叫的汽车由远而近,声响也越来越大;车前的灯光好像是在变魔术似的越来越亮,一照到他们身上,车子戛然停住了。从挡风玻璃后面的黑魆魆的车座里,发出了"喂!"的一声,声音很大,听起来好像还有点儿恼火呢。

她一听,就知道是肯尼科特的声音。

---

① 除长、宽、高三度以外的第四度空间,在相对论中即指时间而言。

这时,他好像怒气已消,开口问道:"你们是在散步吗?"

他们连声说是,就像小学生一样。

"路上很湿,是不是?坐我的车回去吧。瓦尔博格,快上车,就坐在前面得了。"

随后,他好像很神气似的把车门打开。卡萝尔看见埃里克爬上了车,显然她只好坐在后座了,而且还得自己动手把后面的车门打开。刚才如同冲天的烈焰似的,在她心头燃烧着的那种奇妙无比的憧憬,一瞬间熄灭了。现在呢,她是戈镇的威尔·P.肯尼科特太太,坐在一辆吱嘎吱嘎作响的老式汽车里,看来还得等着听她丈夫的训斥吧。

她心里很害怕,不知道肯尼科特会对埃里克说些什么话,所以把身子往前凑过去,只听见肯尼科特说:"我想,半夜以后说不定会下雨呢。"

"那也可能呗。"埃里克回答说。

"嘿,我说今年秋季的天气真好玩。十月里那么冷,十一月却又这么暖和,我可一辈子都没见过。记得十月九号那天还下了一场大雪呢!我觉得到本月二十一号那天为止,天气不用说都是暖洋洋的!我记得在这个十一月里,直到现在连一片雪花都没见过呢。不过,我心里正琢磨,从现在开始,说不定随时都会下雪的。"

"是的,很有可能。"埃里克附和着说。

"可惜今年秋天我没有那么多的时间去打野鸭子。我的天哪,你就不妨想一想——"肯尼科特说的话是很吸引人的,"有个朋友从曼—特拉普湖来信跟我说,他在一个钟头里就打下了七只黑头野鸭和两只红头野鸭!"

"想必他非常走运呢。"埃里克回答说。

卡萝尔好像坐在冷板凳上没人理睬似的,但是,肯尼科特却有说有笑,高兴得很。他一看见迎面来了一个赶车的庄稼人,就减低车速,慢慢从受惊的那套马车旁边开过去,并且大声嚷道:"小心点—— Schongut!①"她身子好像深埋在后面座椅里,被人遗忘,几乎冻僵在那里,犹如在一出根本没有剧情的戏里扮演一个黯然失色的女主人公。好不容易她方才下了决心,要跟肯尼科特说说话。那么,她跟他又能说些什么呢?当然,她不能跟他说她爱上了埃里克。难道说她果真爱上了他吗?但不管怎么样,她不愿意再缄默下去了。她真不知道对至今还被蒙在鼓里的肯尼科特是应该给予同情呢,还是因为他自以为能够满足任何一个女人生活上的需要,所以应该表示愤怒——但是她知道,她是不会上圈套的,现下她不妨索性开诚布公地跟他谈一谈;她一想到要冒这么大的风险,几乎就要心花怒放了……哪知道这时候肯尼科特还在前面奉陪着埃里克:

"再也没有比打一个钟头的野鸭子更美的事儿了,因为它一下子可以使你食欲大增,而且——我的天哪,这辆汽车引擎,还不如一支自来水笔管用呢。我想准是汽缸里给炭渣塞满了。说不定我又得换上一套新的活塞环呢。"

他在大街停了车,殷勤好客地冲着埃里克咯咯大笑说:"得了,走过一个街区,你就到家了。祝你晚安。"

卡萝尔心里很着急,埃里克会不会就一溜了之呢?

埃里克不动声色走到后窗跟前,把手伸进去,低声说:"卡萝尔,祝您晚安。我能跟您一块儿散步真高兴。"她紧紧

---

① 德语:得了,好吧!

地握了一下他的手。汽车就呜呜呜地开走了。她终于看不见了——埃里克的影子就在大街拐角上那家药房附近消失了!

肯尼科特把车子一直开到家门口,好像根本没有看见她似的。到最后他才算迁就地对她说:"你就在这儿下车吧。我要把车开到后面去。劳驾看看后门是不是开着,好吗?"她替他打开了后门,发觉自己手里还拿着跟埃里克握手时脱下来的那只湿手套,就连忙戴上它。她纹丝不动地伫立在客厅的中央,连身上湿漉漉的外套和沾满污泥的套鞋都没有脱下来。肯尼科特如同往常一样,始终是目光迟钝的。看来摆在她面前的难题,倒并不是洗耳恭听他训斥一顿——而是她怎样竭尽全力方能使他在倾听她的交代以后,所有疑团一股脑儿得以冰释,不要像往常那样,在她说话的时候,他却连着打呵欠,根本听不进去,之后他给座钟上了弦后就上床睡大觉去了。果然不出所料,她听到他正在给火炉添煤。他劲道十足地穿过厨房走进来了,但他并没有开口跟她说话,果然先在门厅那里给座钟上了弦。

他大摇大摆地走进了客厅,他的目光从她头上湿透了的帽子一直到脚上全是污泥的套鞋扫视了一遍。她仿佛预感到——她果然听到了,看到了,尝到了,闻到了,摸到了——他会说:"卡丽呀,你最好把你的湿外套脱下来;看来你身上的外套早已湿透了。"果然不出所料,他真的说了这样的话:

"得了,卡丽呀,你最好——"他把自己的外套扔在椅子上,高视阔步地走到她身旁,用高亢激越的声调继续说下去,"你最好现在就此打住吧。老实说,我不准备扮演一个气得吹胡子瞪眼的丈夫角色,叫人们笑话!我喜欢你,我尊敬你。我要是一个劲儿把事情闹得满城风雨,人们说不定就会把我看成大傻瓜的！不过,我觉得现在该是你和瓦尔博格一刀两断的时候了,要不然你就会落到弗恩·马林斯那样的下场。"

"难道说你——"

"当然咯,我全都知道啦。难道你还不知道吗？就在这个镇上,到处都是爱管闲事的人,他们有的是时间,专门探听别人这一类的事情。尽管他们不敢当着我的面嘀嘀咕咕,但是含沙射影说这类话的可不少,何况我自己也看得出来,你是满心喜欢他的。不过,当然咯,我知道你是很冷静的,我知道即使瓦尔博格拼命抓你的手或是亲你的腮帮子,你是绝对受不了的,所以我是很放心的。可是,我也同时希望你不要以为这个年轻力壮的瑞典乡巴佬也会像你那样天真无邪,居然主张柏拉图式的精神恋爱！你听着,别生气！我可不是在找他的碴。说实话,他这个小子并不坏,很年轻,又喜欢到处翻摸书本本,怪不得你喜欢他呢。这可算不了什么大问题。但是,难道你还没有看到过:镇上的人如果想要指责某某某伤风败俗的话,那就会像教训弗恩那样心狠手辣吗？也许你以为两个年轻人谈情说爱绝不会被旁人看见的,可是,你完全想错了,在这个镇上,不管你在干什么玩意儿,背后总会有一大拨对你特别感兴趣的人,他们就像不速之客老是在东张西望着。难道你还不知道,韦斯特莱克大娘那一拨人要是想中伤你,准会逼得你走投无路,她们每到一处就好像大做广告似的,说是你在跟瓦尔博格那个家伙搞恋爱,尽管她们完全是在造谣中伤,到时候你也还是有口难辩呢！"

"哦,让我坐一会儿。"卡萝尔只说了这么一句话,就颓然瘫倒在长沙发里。

他打着呵欠说:"快把你的外套和套鞋给我。"趁她在脱衣换鞋的时候,他摆弄一下他的表链,摸了一摸热水汀,还看了一眼寒暑表。他把她的外套、围巾之类的东西都拿到门厅去抖了一番,像平时一样准确无误地一一挂好。稍后,他就把一张椅子挪到她身旁,腰背笔直地坐好,活像是一个内科医生硬要病人接受他的句句中肯的嘱告一样。

不料他还没有开始发表冗长乏味的谈话前,她就抢白了一句:"请你先住嘴!你应该知道,我今天晚上可要把全部事情都给你摊到桌面上来谈一谈。"

"哦,其实我倒觉得根本不用多谈了。"

"但我认为还得要谈。埃里克,我喜欢。他正好投合我的心意。"她一面指着自己的胸口,一面说道,"而且我还羡慕他。他不仅仅是个'年轻力壮的瑞典乡巴佬',他还是个艺术家呢——"

"可是,你慢一点儿说!今儿个晚上他抓住机会给你大吹大擂,说什么他是个呱呱叫的棒小伙子。这会儿该轮到我扯一扯啦。尽管我不懂得什么诗情画意,什么艺术上的美,可是,卡丽,我的工作的重要性——你总是了解的吧?"他身子向前微倾,一双粗大而能干的手撂在结实的大腿上。他这个人虽然一向审慎而又稳健,但这会儿还是露出恳求的神情说,"不管你对我有多么冷淡,天底下我就是只喜欢你一个人。记得从前我说过:你——就是我的灵魂。直到现在我还是这样说的。你呢——简直很像我下乡回来在车子里看到的、太阳落山时的动人美景一样,尽管我很喜欢,可我就是没法儿把它们写成诗篇。我的工作性质——你总了解吧?一天二十四小时,我简直就是昼夜不停地转,冒着大风雪、踩着烂泥地疲于奔命地去给病人治病,而且对待病人,我向来是不分贫富,一视同仁。平日里你总是絮絮叨叨地说——这个世界应由科学家来统治,不该让那一拨狂妄自大的政客①来统治,难道你还看不出来:戈镇这儿所有的科学都集中在我一个人身上吗?不管是天寒地冻也好,碰上坑坑洼洼的小道也好,还是在深更半夜赶车时该有多冷清也好,我全都受得了,为的是巴望看到你能在家里迎接我。我并不指望你对我表示热情,不,我再也不那样指望了,但我只指望你能尊重我的工作。我专门替人接生,亲眼看着新生婴儿呱呱落地;我常常上门看病送药,使垂危的病人救活过来;我还规劝那些脾气古怪的男人不要虐待自己的妻子。而你呢,却整日价如痴如醉在胡思乱想着一个瑞典小裁缝,就是爱听他乱吹一通怎样给裙子镶花边!堂堂一个男子汉去干那种雕虫小技,真是没出息!"

她突然冲着他气呼呼地说:"你的话儿已然说完了,现在也该让我来说说吧。你所说的话,我承认——除了有关埃里克的那一段话以外——全都很有道理。可是话又得说回来,难道说只有你和孩子才需要我来支持,只有你们才可以向我提出那么多的苛求吗?要知道,整个镇上人人都不肯饶我呀!我感觉得出他们在我后面盯梢时直喘着粗气!他们当中,包括贝西舅妈,那个令人作呕的嘴里淌着口涎水的老舅惠蒂尔,久恩尼塔,韦斯特莱克太太,还有博加特太太等人。而你却喜欢奉承他们,拼命给他们鼓气,硬是把我拖进他们这个好像还在过原始生活的洞穴里去!这个我可受不了!现在你听见了没有!我现在一切的一切,全都完了。只有埃里克,他还能给

---

① 此处原文为 Spread-eagle Politicians,其中 Spread-eagle 一语双关,按美国俗语,即指"自夸之人",亦指美国国徽上的"展翼鹰",故在此处亦可认为作家辛克莱·路易斯暗喻为"美国政客"。

我一些新的勇气。刚才你说他整天想的只是镶花边。(我顺便说一下,女人的裙子上通常都不镶花边的!)老实告诉你吧,埃里克他心里念念不忘的倒是上帝——也就是给博加特太太蒙上一块油光锃亮的方格细布包头巾的那个上帝!埃里克总有一天会成为一个了不起的大人物的,我说但愿我对他的出人头地略尽绵薄——"

"得了,得了!别说下去啦!你自以为你的埃里克将来一定会飞黄腾达,是不是?但是老实说,等他到了我这样的年纪,顶多就是在朔恩斯特鲁姆那么小的镇上开一家只有一个人的裁缝铺吧。"

"我说不见得吧!"

"就他目前的情况来说,看不出有多大的苗头,他已然二十五六岁了,他究竟干出了什么惊人的事业来,你凭什么认为他将来就再也不给人家熨裤子呢?"

"他呀,天资聪明,有才华——"

"对不起,那就请你说一说,他在艺术上的造就,真的达到了什么样的水平呢?他究竟有没有画过一幅第一流的画,或是正如你所说的——素描、速写?他写过一首诗吗?他会不会弹钢琴?他到底还有什么别的本领呢?我说恐怕他只会说大话,乱吹牛,净开空头支票吧!"

看她的样子好像陷入深思之中。

"我说他要出人头地,就只有百分之一的机会罢了。据我了解,有许多像他那样的小伙子,哪怕在家里真可以算得上是佼佼者,但一到艺术学校以后,辛辛苦苦能学出来的,恐怕只有十分之一——说不定还是百分之一——的人还能混上一口饭吃,总算没有当叫花子。不过,与其说他们过的是艺术家生活,还不如说是在当焊锡的管子工!至于说到这个裁缝师傅……难道你还不明白——瞧你还自以为是精通心理学!难道你还看不出来,只不过是因为他跟麦加农大夫或莱曼·卡斯那一号人比,他才显得好像很懂艺术的样子来。不妨想一想,你要是在纽约那些地地道道的画室里头一次跟他见面,我说恐怕你就根本不会注意到他吧!"

她身子蜷缩成一团,双手合抱着,活像一个修女,跪在一只几乎快要熄灭了的火盆跟前直哆嗦,连一句话都答不上来。

肯尼科特马上站起身来,坐到长沙发上去,紧紧地握住她的两手。"你不妨想一想,如果说他失败了——赶明儿他准会失败的!如果说他又回去干裁缝这一行,而你已成了他的妻子,难道说这就是你梦寐以求的艺术家生活吗?他住在一间又破又小的矮棚屋里,整天替人熨烫裤子,或是弯着腰背给人缝制衣服,而且还得毕恭毕敬地去侍候那些脾气很坏的顾客——这些家伙会突然闯进来,扔给他一件又脏又臭的破裤子,冲着他大声吆喝道,'喂,快给老子补一下,误了期就跟你算账!'瓦尔博格他压根儿没有魄力,开不起大的裁缝店。他干活时总是磨磨蹭蹭叫人干着急,所以说你这位贤内助少不得要去店里帮他的忙,一天到晚站在大桌子跟前,手里拎着一个沉甸甸的大烙铁熨斗,替顾客熨衣服。要是你就像这样给炽热的烙铁熨斗一连烤了十五六个年头以后,恐怕你的脸色一定会更好看,是不是?而且,你穷年累月猫着腰干活,准会变成一个丑妖婆了。那时,你也许就住在小铺子后面的一个小房间里,到了深更半夜——你的那个艺术家——当然,他满身都是汽油味儿,向你走过来了!他死劲儿干活,累得要命,难免脾气不太好,常常隐隐约约地在说,要不是为了你的缘故,恐怕他早就到东部去,当上了一个大名鼎鼎的艺术家。我说,他准会这样叨咕的。那时,你还得好好招待他的那些乡下亲戚——现下你老是在数落惠蒂尔舅舅!好吧,将来你要招待的是这样一位名叫阿克塞尔·阿克塞尔伯格的老头儿,他走进来的时候,长筒靴子上沾满了牛粪。他只穿着袜子,就坐下来吃晚饭,冲着你大声吼叫说,'快点儿,你们这拨梁儿们[娘儿们]俺真受不了!'是的,以后你每年都会生一个尖声哭叫的小孩儿,你在烫衣服的时候,他们就来拽你的衣裙,你哪儿会像现在疼爱正在楼上安睡的休那样去疼爱他们——"

"够了,够了!别再说下去了!"

她的脸俯伏在他的膝盖上。

他低下头去吻她。"我倒是很想说句公道话。我承认,爱情——是一个很伟大的东西,的确是这样。但你认为它也许还包括更多的内容吧?我的亲人哪,难道说我就是那么差劲吗?难道你一丁点儿都不喜欢我吗?要知道我——要知道我一直都是打心眼儿里喜爱你呀!"

冷不防她一把抓住了他的手,吻了一下。她马上抽抽噎噎地说:"赶明儿我再也不跟他见面了。就是现在我也不要见到他。难道说要住在裁缝铺后面的那个闷热的小房间吗——我可还没有爱他爱到那个地步吧。而你呢——哪怕是我信得过他,而且相信他跟我志趣相投——说真格的,我也不会离开你的。常言道天缔良缘——好比是千丝万缕织成的线,要想扯断它——即使到了非扯断不可的时候——也是不太容易呀。"

"那么,你现在就想把它扯断吗?"

"当然不是呀!"

他把她托举了起来,抱着她上了楼,把她放在她的床上,一转身就往房门口走去。

"快过来吻我一下吧!"她低声地嘟哝着说。

他轻轻地吻了她一下,就从她房间里溜了出去。整整有一个钟头之久,她听得见他在他的房间里踱来踱去,点燃了一支雪茄烟,还用手指关节连连敲着椅子。此时此刻,她仿佛觉得,他好像是一道高大的防风墙,使她安然无恙地度过了一个姗姗来迟的,夹着雨雹,而且越发幽暗的暴风雪之夜。

二

吃早饭的时候,肯尼科特心情显得高高兴兴,而且态度比往常还要随和。卡萝尔整整一天都在想方设法通知埃里克,说她今后不乐意再跟他来往了。她想:要是打电话嘛,镇上的电话交换台毫无疑问会"偷听到"。要是写封信嘛,又怕被人们发现。那么,干脆去跟他见一面嘛,更不用说是顾虑重重了。那天晚上,肯尼科特一声不吭地递给了她一封署名"埃·瓦"的信:

我知道,我的这封短信只会使你心里感到难过。今天晚上,我就要动身前往明尼阿波利斯,在那里我将尽快转车去纽约或芝加哥。我一定要好好努力,干出一番事业来。临别依依,我……我简直写不下去了,我,我实在太爱你了。

但愿上帝保佑你。

她一看完这封信就愣住了,后来听到火车呜呜呜的汽笛声,她方才知道开往明尼阿波利斯的列车这会儿正从戈镇开走了。现如今,一切的一切都完了。她觉得,无论是宏图大略也好,还是雄心壮志也好,对她来说早已化为乌有了。

这时,肯尼科特正在看报,她看见他的目光正越过报纸的上端直瞅着她,就赶紧奔了过去,投入他的怀里,随手把那张报纸扔在一边。你看,多少年来,他们头一回又成了热恋中的情侣。但她心里显然知道,展望未来,她仍然是前途茫茫,今后她将永远在那些依然如故的街道上,在那些依然如故的人们中间,在那些依然如故的店铺里走来走去。

三

埃里克走后,过了一个星期,女用人上楼通报说"楼下有一个瓦尔博格先生说是药[要]见太太",不由得叫卡萝尔吓了一跳。

她一发觉女用人充满好奇的眼色,宁静的心境就给搅乱了,为此她感到很生气。她慢吞吞地下了楼,朝客厅里张望了一下,看到站在那儿的并不是埃里克·瓦尔博格,而是一个身材矮小、胡子花白、脸孔蜡黄的老头儿,身上穿着一件粗帆布夹克,脚下是一双沾满污泥的长筒靴,手上戴着一副大红长手套。他的那一对狡黠的红眼珠滴溜溜直瞪着她。

"你九使[就是]大夫的太太吗?"

"是的。"

"俺叫阿道夫·瓦尔博格,刚从杰弗逊上来。俺是埃里克的老爹。"

"哦!"站在她跟前的,是一个身材矮小的长着猢狲脸孔的丑八怪。

"你跟俺家小子干了吗事儿？"

"我不明白你这是在说什么。"

"俺式[说]你一会儿就会明白的！他在哪儿？"

"哎哟哟，说真的——我想他恐怕是在明尼阿波利斯吧。"

"你只是在瞎揣摸吧！"他露出一种令人难以想象的轻蔑神情直瞅着她。他说话时那种叽里咕噜，怪声怪气的腔调，恐怕连正常的拼音法都没法表达出来。他一个劲儿在乱嚷嚷："你只是在瞎揣摸吧！活[话]儿说得多好听！俺可不要这些好听的活[话]，更不要听你说假活[话]！俺只要你知道啥就说啥！"

"请听我说，瓦尔博格先生，你先别吓唬人，好吗？我可不是你们农场上的女工。我根本不知道你儿子在哪儿，你问我真是一点儿道理都没有。"她原想态度不妨强硬些，但看到他的那种死拗劲儿，一下子软了下来。这时候只见阿道夫·瓦尔博格举起一个拳头来回比画着，胸中的怒火好像越烧越旺，反过来把卡萝尔挖苦了一番：

"你们城里的婆娘儿真卑鄙。别看你们身上穿得花花绿绿的，嘴巴里说的净是骗人的鬼话！俺老爹跑到这儿来，为的是救俺家的小子，别让他跟着坏人学坏了，可你却说俺是在吓唬人！天哪，不管是你也好，还是你的男人也好，俺可都不买你们的账！俺并不是给你们家里扛活的泥腿子。这会儿轮到你这号娘儿们听听自个儿正地[真的]是个啥货色，俺就告你式[说]，不过，俺式[说]的活[话]儿可不像城里人那样好听。"

"你真的要说吗,瓦尔博格先生——"

"俺问你跟他到底干过吗事儿?嗯?你不式[说],俺自个儿就告诉你吧!他原来是个好小子,哪怕是太嘎了一点儿。俺要他回老家种庄稼去,干裁缝这一行,赚的钱太少了。眼下俺又请不到短工!俺就是要他回老家下地去。哪知道你硬是插进来,把他弄得晕头转向,跟他轧姘头,到后来还撺掇他逃跑呢!"

"你这是诬赖好人!这都不是事实——这都不是事实!这些就算是事实,反正你也没有权利说这样的话。"

"你胡扯淡!俺全都知道啦。俺听式[说]过,九使[就是]镇上有个人告诉俺,式[说]你一直在跟俺小子勾勾搭搭的。你们干的啥勾当,俺全知道!嘿,你常常拽着他到郊外去遛弯儿!还一块儿躲到树林子里去!哈!哈!俺式[说]你们在树林子里恐怕是在谈什么宗教问题吧!俺又转念一想,恐怕不见得吧!像你这一号娘儿们——简直比在街上荡来荡去的野妓还坏!你们这些阔太太,还尤[有]你们神气活现的男人,正经八百的事儿就是不干——而俺呢?劳驾看一看俺的这双手吧,你一看就知道俺干的是啥活儿!⋯⋯可是你呢——不,但愿上帝保佑你,你用不着干活儿,你是太高贵了,你就可以腰不弯、膀不摇过好日子!所以,你整天净找毛头小伙子——年纪比你轻的小伙子——玩儿,有说有笑,寻欢作乐,简直像牲口!赶明儿不准你再跟俺小子纠缠不清,你听见了没有?"他举起拳头冲她脸儿直摇晃着。她闻到了厩肥和汗臭的味儿,"跟你这号女人式[说]话,一点儿都不管用。你压根儿不式[说]实话嘛。下回我就找你男人去!"

那个矮老头儿正朝着门厅走去,卡萝尔连忙奔了过去,一手抓住了他那沾满尘土和草籽的长袖子说:"你这个老东西,心眼儿可真坏!你一个劲儿想叫埃里克当牛马,替你赚大钱!你一面拼命嘲笑他,一面叫他干活儿,不让他求上进,是的,也许你就是叫他整天围着你的那一堆厩肥转吧!现在,你因为没法把他拽回来,就跑到这儿来大胆放肆——你干脆去告诉我的丈夫,快找他告状去吧——不过,他要是把你宰了,别嗔怪我,好吗?我说,我的丈夫准会把你宰了,是的,宰了你,准错不了——"

那个老头儿哼了一声,呆头呆脑地看了她一眼,只说了一个字,转身就走了。

至于他说的那个字——卡萝尔也清清楚楚地听到了。

她还没有走到长沙发跟前,两腿一发软,就啪的一声倒了下去。她仿佛听到自己在心里嘀咕着说:"这可算不上是晕倒。真叫人好笑!你自己简直是在演戏呢!快站起来吧。"可她就是动弹不得。直到肯尼科特回来,一见她倒在长沙发里,三步并作两步,连忙奔了过去。"卡丽,你怎么啦?你脸上连一丝儿血色都没有了。"

她紧紧地抓住了他的胳膊。"哦,你可一定要心疼我,别再生我的气,好吗?这会儿我想要到加利福尼亚去——看看那边的高山和大海。请你不要再噜苏什么,因为我现在已是非去不可了。"

他低声说:"那敢情好。我们两个都去。孩子留下来,交给贝西舅妈就得了。"

"那现在就走吧!"

"好的,只要我们能脱得出身来就好。这会儿不要再扯下去了。不妨想一下,好像我们已经动了身,就得了。"他轻轻地摩挲着她的鬈发,一直到吃过晚饭以后,方才把这件事又提了出来:"到加利福尼亚去,我是同意的。但我觉得我们最好再等上三个来星期,好让我物色个退伍的年轻医生来接替我,那时再走也不迟。外面流言蜚语实在多,现在你一走,他们不是可以趁机造谣中伤吗?我说你最好能再耐心等一下,过了这三个星期,好吗?"

"好吧!"她茫然若失地说。

四

在街上,人们暗地里都盯着卡萝尔。贝西舅妈一个劲儿盘问她为什么埃里克突然不露面了,多亏肯尼科特当场予以痛斥,这才叫那个老太婆哑口无言了:"嘿,你意思是说卡丽跟那个家伙的出走有关系吗?那我就开门见山给你讲清楚,劳你大驾不妨去给偌大的戈镇上的人通风报信,说那是我和卡丽一块儿捎上瓦尔博格——捎上埃里克开了车出去玩儿的,他说要上明尼阿波利斯去找个比较合意的工作,问我有什么意见,我就劝他当然可以去的……看来最近你们店里进了许多糖,是吗?"

盖伊·波洛克从街对面跑过来,兴冲冲地就有关加利福尼亚和新出版的小说跟她说了一两句话。维达·舍温要把她拉到芳华俱乐部去。冷不防莫德·戴尔过来突然对卡萝尔说:"我听说埃里克已经离开戈镇了。"当时在场的每一个人都侧耳恭听着。

卡萝尔显得落落大方地说:"不错,我也听说他走了。事实上,临走前他还给我打过电话呢,说他在明尼阿波利斯找到了一个好差使。真可惜现在他走了,要不然赶明儿我们再筹办戏剧社,我觉得埃里克真是一个不可多得的人才。不过,这次重建戏剧社我可搞不了了,因为威尔一天工作下来真够累的,我心里正想劝他一块儿去加利福尼亚玩玩。久恩尼塔,你对加州沿海一带是了解得最清楚的吧——请你给我出出主意:是从洛杉矶出发好,还是从旧金山出发好?还有哪一些旅馆最好呀?"

芳华俱乐部的人虽然听了卡萝尔的话大失所望,但是她们却喜欢给别人出点子,也喜欢吹嘘自己下榻过的那些租金最贵的旅馆。(哪怕在那里只吃过一顿饭,也算是住过了。)她们还来不及再三盘问卡萝尔,卡萝尔早已另换了话题,兴高采烈地谈雷蒙德·伍瑟斯庞的事情。不久前维达又得到了她丈夫的新消息,说他在战壕里中了毒气,进医院住了两星期,现在已被擢升为少校,还在攻读法文呢。

五

卡萝尔把休留下,交给贝西舅妈照料。

肯尼科特要是不表示反对的话,本来她倒是很乐意带着休一起走。她真的巴望有她意想不到的奇迹出现,让她能定居在加利福尼亚该有多好。她实在不想再见到戈镇了。

卡萝尔出门期间,斯梅尔夫妇就得搬到肯尼科特家里来住。在动身前这一个月里,卡萝尔觉得最受不了的,就是肯尼科特和惠蒂尔舅舅之间没完没了的碰头会,哪知道他们商量的问题,无非就是怎样在汽车间搭炉子生火,又怎样清扫炉子的烟道罢了。

肯尼科特问卡萝尔要不要在明尼阿波利斯逗留一下,添置几件新衣服?

"不!我只是想走得越远越好,越快越好。等我们到了洛杉矶再说吧。"

"好极了,好极了!随你的便。不过,心情要开朗些!我们这次出门可以痛痛快快地玩一玩。等我们回来的时候,一切都会变了样。"

六

十二月里的一个下雪天,正是黄昏时分。有一列卧车在咔嗒咔嗒的车轮声中正从圣保罗开出,将在堪萨斯城与开往加利福尼亚的列车衔接起来。现在这列火车摇摇晃晃地穿过了工业区,车速也就越来越快了。从戈镇一上车,卡萝尔只看见一望无际的茫茫田野不断映入她的眼帘。前面,夜色越来越浓了。

"我在明尼阿波利斯只停一个钟头,跟埃里克真可以说是近在咫尺。现下他还在那里。等我回来的时候,说不定他已然走了。我就一辈子都不知道他上哪儿去了。"

肯尼科特一扭亮座椅上的电灯,卡萝尔就意兴阑珊地开始翻阅一本电影杂志里的插图。

第三十四章

一

肯尼科特夫妇俩这次出门旅行长达三个半月之久。他们看过了大峡谷①、圣菲②的泥砖砌成的墙垣，并从帕索③乘车进入墨西哥，所以说这是他们俩破题儿头一遭出国旅行。接着，他们乘坐颠簸不堪的汽车，经由圣迭戈和拉霍亚④到达洛杉矶、帕萨迪纳⑤和里弗赛德⑥，沿途各城镇都有许多钟楼耸立的教堂和橘子园。他们又游览了蒙特雷⑦、旧金山和一大片红杉树的保护林区。他们在海滨洗过澡，爬过小山冈，也跳过交际舞。他们还看过一场马球比赛，参观过电影厂摄制影片的过程。他们拢共买了一百十七张风景明信片，寄给戈镇

---

① 大峡谷，在美国亚利桑那州北部，系由科罗拉多河所形成。
② 圣菲，美国新墨西哥州首府。
③ 帕索，美国得克萨斯州西部一城市，位于美国与墨西哥边境。
④ 圣迭戈，美国加利福尼亚州南陲一海港，为海军基地，拉霍亚，圣迭戈以北的一城市。
⑤ 帕萨迪纳，美国加州洛杉矶附近一城市，为著名游览胜地。
⑥ 里弗赛德，洛杉矶东南一城市。
⑦ 蒙特雷，美国加州一海滨城市。

众乡亲作为纪念品。有一回,卡萝尔独自一个人沿着雾气弥漫的海滨散步,在一处沙丘上遇到了一位画家。那个画家抬起头来,看了她一眼,说:"这儿太潮湿,真糟糕,没法儿画画。我们就坐下来聊聊天吧。"于是,就在这短短的十分钟里,卡萝尔觉得自己俨然成为一部充满罗曼蒂克情调的小说里的女主人公。

她心中唯一殷殷为念的,就是竭力规劝肯尼科特不要把自己的全部时间浪费了,因为他净找来自成千上万个其他乡村小镇的游客瞎攀谈。要知道每到冬天,加利福尼亚到处都是来自艾奥瓦、内布拉斯加、俄亥俄和俄克拉何马等州的游客,当他们远离自己心爱的村庄,长途跋涉,来到了数千英里以外的异乡时,他们都有一个心造的幻影,仿佛觉得仍然株守在自己的家门口。他们到处找从自己那个州来的游客交谈,根本无心流连于光秃秃的山岭之间。不论在豪华的卧车上,在旅馆的前廊里,或是在自助餐厅和电影院,他们喋喋不休地谈的总是离不了汽车、庄稼收成和本县的施政纲领。肯尼科特跟他们一起议论地产价格,列举出好几种牌号汽车的优点;他跟列车上的侍应生也都搞得很亲热;在帕萨迪纳逗留期间,他说什么也要上卢克·道森夫妇那座不太雅观的矮平房去看望一番,眼下卢克在家赋闲,真是百无聊赖,所以很想回戈镇去多赚点钱。但肯尼科特却口口声声说他要好好学会过那种轻松愉快的日子。他在科罗拉多的游泳池①里大喊大叫,扬言说——其实只不过是说着玩儿罢了——他还要买套晚礼服哩。他尽情浏览画廊里的艺术作品,而且当他们跟在充当导

① 科罗拉多游泳池,系圣迭戈附近一规模巨大的游泳池,久享盛名。

游的教士后面参观那些古色古香的教堂时,他对它们的建造年代和面积大小等具体数字特别注意搜集——这些都叫卡萝尔深为感动。

她觉得自己身子骨很结实。每当她心里感到烦躁不安的时候,就常常用欺骗自己的方法尽量回避,甚至于索性不去想自己心中的那些芥蒂,免得触景生情,愁肠百结。这么一来,她就相信自己能够保持平静的心情。到了翌年三月间,她欣然同意肯尼科特的看法,认为现在应该动身回家去,何况她心里也在惦念着休呢。

四月一日,正是晴空一碧如洗,罂粟花遍地盛开,海滨呈现初夏风光的时候,他们终于离开了蒙特雷,踏上了归途。

列车从山冈之间穿越而过,卡萝尔仿佛主意已定:"我在戈镇最喜欢的是威尔·肯尼科特身上的优秀品质——那就是他有高尚而又健全的理智。我真高兴,马上就要见到维达,盖伊和克拉克夫妇俩,还有我的宝贝儿子!现在许许多多的话他恐怕都会说了!这是一个新的起点。今后一切的一切,都会变了样!"

四月初,色彩斑驳的小土岗上,一丛丛古铜色橡树已在抽芽,这时肯尼科特正一上一下跷着两个脚丫子咻咻地傻笑着说:"真不知道休一见到我们会说些什么!"

三天以后,他们在夹着雨雹的大风暴中回到了戈镇。

二

谁都不知道他们要回来,因此也就没有专程去车站接他们。那天因为路上有冰凌子,火车站周围只有一辆旅馆接送客人的大汽车,肯尼科特因为要把行李托运单交给火车站站长——他就是唯一欢迎他们回来的人——所以没有赶上那辆大汽车。卡萝尔在火车站里等着肯尼科特,四周都是兜着头巾、拿着雨伞、冻得缩成一团的德国农妇和满脸胡子拉碴、身穿灯芯绒外套的庄稼汉,还有一些像公牛那样一声不响的长工。候车室里到处可以看到淋湿了的外套在冒水汽,烧得通红的炉子发出烤煳了的气味,以及从盛有锯木屑的箱子(现在充当痰盂)里面散发出来的臭味。这时天色暗淡无光,好像灰蒙蒙的冬天的清晨一样。

"这里是一个有名的贸易集散地,也是一个有趣的边疆重镇,但它——可不是我的久居之地。"卡萝尔就像一个新来乍到的客人,心里在这样沉思着。

肯尼科特说:"本想打个电话叫一辆小汽车,但要等上老半天才会来。我们干脆还是走回去吧。"

他们显得怪别扭地出了平坦的木头地板的站台,踮起脚尖保持身子平衡,甚至每跨一步都小心翼翼,就这样沿着大路往前闯去。这时,冰雹已经停歇,雪下得越来越大,真是天寒地冻,砭人肌骨。一英寸左右的积水上面结着一层冰,他们拎着手提箱,走起路来好像在滑冰似的,摇摇晃晃地差点儿没跌倒。湿漉漉的雪浸透了他们的手套,脚底下的积水也溅到脚踝上。他们几乎是一步一滑地走了老半天,才走过三个街区,来到了哈里·海多克家的大门口,肯尼科特唉声叹气地说:

"我们还是在这儿歇歇脚,打个电话叫一辆汽车吧。"

她尾随在他后面,浑身湿透,简直就像一只掉进水缸里的小猫咪。

海多克夫妇俩眼看着他们费了好大的力气才跨到泥泞不

堪的混凝土人行道上,好像冒着生命危险似的踩上门前的台阶。于是,海多克夫妇俩也来到了门口,大声跟他们打招呼:

"哈,哈,哈,你们到底还是回来了!这可好极了!一路上玩得痛快吗?哎哟哟,卡萝尔呀,你看起来简直就像一朵玫瑰花!喂,大夫,你说你喜欢海滨吗?哈,哈,哈,你们都去过哪些地方呢?"

当肯尼科特一一念叨着他们去过的地方时,哈里动不动就插进来,扳着指头说哪些地方两年以前他本人也曾经到过。当肯尼科特夸口说,"我们还去瞻仰过圣巴巴拉①的大教堂"时,哈里连忙插嘴说:"是啊,那才是个有趣的古色古香的大教堂。还有,大夫呀,我可一辈子都忘不了圣巴巴拉那家大旅馆,实在是阔气极了。嘿,里面一个个房间,布置得都像古老的修道院一样。久恩尼塔和我还乘车从圣巴巴拉到圣路易奥比斯波②去玩儿。你们俩也到过圣路易奥比斯波吗?"

"没有,不过——"

"嗯,圣路易奥比斯波这个地方可真是值得一游,后来我们又从那里出发,去看过一个大牧场,至少那个地方的人都管它叫大牧场的——"

肯尼科特这会儿似乎觉得机不可失似的,也插进来谈了火车上的一段小插曲:

"过去我根本不知道——喂,哈里,你知不知道在芝加哥那一带,'库兹'车简直跟'奥弗兰德'车一样畅销呢。说实话,过去我对'库兹'车的评价不怎么样。可是这一回,我在

---

① 圣巴巴拉,美国加利福尼亚州西南部沿海一城市。
② 圣路易奥比斯波,圣巴巴拉以北一海滨城市。

火车上碰到了一位先生——那时我们刚从阿尔布开克①上车,我正好坐在一节专供旅客瞭望的车厢后面的平台上,这位先生紧挨着坐在我旁边。他向我借个火点烟,这么着我们就开始攀谈起来了。从谈话中,我才知道他是从奥罗拉来的,等他一发现我是从明尼苏达来的,就问我认不认识雷德—温市的克莱姆沃思大夫,哦,不错,我虽说从来都没有见过克莱姆沃思,但老是听人谈起过他,看来这位先生跟他好像还是兄弟呢!天底下哪有这么巧的事儿!我们一面闲扯着,一面把列车上茶房叫来。那节车厢里的茶房,对旅客真是非常之客气,他拿了两瓶姜汁啤酒来。我说话时偶然提到了'库兹'车,这位先生看来各式各样的车都开过,现在他开的是一辆'富兰克林'车。他说从前他开过'库兹'车,而且对那种牌号的车很满意。后来,列车开到了一个站头——这会儿我记不得站名叫啥——卡丽,我们离开阿尔布开克以后的头一个站,叫啥名字?——哦,管它怎么说的,反正我们这列火车就停靠在那里加水。于是,这位先生和我就下车去遛遛腿。哪想到这会儿恰好一辆'库兹'车停在站台上,他兴致勃勃地指给我看过去我从没有注意到的一件事情,知道以后我实在高兴极了,那就是'库兹'车的排挡杆,好像要比别的车子长整整一英寸——"

即使肯尼科特在讲这些花絮之类的趣闻,哈里也要频频插话,列举出球状变速装置的种种优点。

肯尼科特见过这么多名山大川之后,本想能足以受到他们的一番称赞,可现在只好不作这样的奢望了,赶紧给汽车行

---

① 阿尔布开克,美国新墨西哥州中部一城市。

打电话要一辆"福特"牌出租汽车。这时,久恩尼塔吻了一下卡萝尔以后,也可以说是捷足先登,向她报告了本镇最新消息,其中包括斯威夫特韦特太太的证据确凿的七大丑闻,以及关于赛伊·博加特的人品是否纯洁大可怀疑的问题。

他们远远地看见有一辆"福特"小轿车冒着暴风雪,正在冲破冰凌开来,好像是茫茫雾海上的一艘拖船。司机让车子停在一个拐角上,不知怎的车子出溜一滑,真的够好玩的,竟会撞到一棵树上去,一个轮子给撞坏了,车子也就歪七竖八地倒在那里了。

哈里·海多克虽然说要用自己的车送他们俩回去,但词意并不十分恳切,肯尼科特夫妇早已婉言谢绝。请诸位听一听,哈里就是这样不痛不痒说的:"要不然我早就把车子从汽车间开出去了,实在是因为今儿个天气太坏了,所以我才待在家里,没有上铺子去。不过,你们要是乐意让我送,那我就不妨去试试看。"卡萝尔咯咯地笑着说:"不必劳你大驾了。我想我们还是自个儿走回去吧。说不定比坐车子还要快一点儿。我真恨不得马上看到我儿子。"说完,他们俩又拎着手提箱,摇摇摆摆地往前走去。这时,他们身上的外套也全都湿透了。

卡萝尔心中原以为转眼间就能实现的希望,早已烟消云散了。她举目四望,心里不觉凉了半截。可是肯尼科特呢,尽管他的眼睫毛上挂满湿雾,他还是满心感到了"回老家"的喜悦。

她看到的是光秃秃的树干和黑魆魆的树丫枝,草坪上有几堆积雪融化后已露出松软的褐色泥土。空地上到处都是长得老高的枯草。眼前那些房子不像夏天那样,屋前屋后都有绿荫掩映，实在难看极了，活像临时避难所。

肯尼科特简直连嘴都合不拢，正悄悄地笑着说："天哪，你快瞧那一边！杰克·埃尔德准给他的汽车房上过油漆了。你看！马丁·马奥尼在他的养鸡场四周修了一道新围墙，嘿，修得真呱呱叫。鸡飞不出来，狗钻不进去。不用说，这道围墙就是好。真不晓得修一码①长围墙要花多少钱呢？是啊，我们戈镇人，哪怕是在十冬腊月，也一直在和泥砌砖呢。远比那些加利福尼亚人更有事业心呀。唉，千好万好，还是我们家乡最好。"

她发现，镇上居民整整一冬垃圾都往自己的后院里倒，待到开春以后再清除。最近由于天气转暖，冰雪开始融化，后院里赫然在目的是一堆堆煤灰渣子、碎骨头、破被褥，还有凝成硬块的油漆罐头，上半部覆盖着一层冰凌子，下半部被淹在低洼处的水坑里。后院里垃圾已把积水变成一片浑浊的色彩：有血红色的，暗黄色的，还有赭黑色的，令人见了真是恶心。

肯尼科特笑嘻嘻地说："你瞧大街那一边！饲料商店门面已经修过，挂上了一块黑底金字招牌，使整个街区面貌焕然一新。"

她发觉，他们在路上碰到过几个人因为气候恶劣，身上都穿着破衣烂衫，看起来简直很像稻草人……"不妨想一想。"她心里暗自纳闷，"长途跋涉了两千英里，经过无数崇山峻岭和巨大城市，最后就在这里下了车，准备在这里长期定居下去！我真闹不明白干吗偏偏非要选择这个地方

---

① 一码：英美长度单位，约合我国两市尺。

不可？"

她看见有一个人，身上穿着一件褪了色的外套，头上戴着一顶布鸭舌帽正迎面走来。

肯尼科特咯咯大笑着说："你瞧是谁来了！原来就是萨姆·克拉克！天哪，天气那么坏，人们穿戴打扮也难免怪里怪气的。"

这两个男子汉一见面就互相握手，少说也握了十二次之多。稍后，他们又按照美国西部的风俗习惯，瓮声瓮气地相互说道："喔唷唷，喔唷唷，你这头老猎狗，你这个老魔鬼。近来你好不好？""你这个偷马的老贼，说不定还是别看见你好呢！"萨姆只是隔着肯尼科特的肩膀向她点点头，反而叫她觉得怪别扭的。

"也许我真不应该离开这里出远门旅行去。我不再会撒谎了。但愿他们都给忘了才好！只要再走过一个街区，我又可以看到我的孩子了！"

最后他们终于到家了。她擦着出来欢迎他们的贝西舅妈身边走过去，两膝跪在休身旁。休结结巴巴地说："妈妈，妈妈，你别走啦！跟我在一起，妈妈！"她也禁不住大声嚷道："不，我一辈子不再离开你！"

休自个儿又说："那是——爸爸。"

"天哪，他一看就认识我们，好像我们从来都没有离开过他！"肯尼科特说，"加利福尼亚那一边，像他这样年纪的小孩儿，你说哪有他聪明伶俐！"

托运的行李一送到家里，他们就在休身旁堆起了许许多多的玩具：有从旧金山唐人街买来的一长溜小小的木刻雕像，小巧玲珑的平底舢板船和小铜鼓；有圣迭戈法国老艺人雕刻的积木;还有圣安东尼奥①特制的套索。

"妈妈走了这么久,你不会见怪吧?"她低声对休说。

她正在全神贯注地盘问休许多问题,比如说,感冒过没有?吃麦片粥时是不是还要调皮捣蛋?早上碰到过哪些不称心的事儿?这时候,贝西舅妈大献殷勤地竖起一个手指头,向卡萝尔暗示说:"既然你已出过远门玩了那么久,而且还花费了那么多的钱,我巴望你现在总可以心满意足,好好地待在家里,不要再往外乱跑。"殊不知在卡萝尔眼里,贝西舅妈至多只不过是喜欢穷叨咕的长舌妇罢了,所以说对她的话不但当作耳边风,而且还反问了贝西舅妈一句:

"他喜欢吃胡萝卜吗?"

窗外的大雪已把那些邋里邋遢的后院都给遮没了,她心里倒觉得很高兴,暗自寻思道,碰上这种下雪天,反正纽约和芝加哥的大街上也得跟戈镇这里一样脏,不过,她又转念一想:"可他们室内毕竟是又漂亮、又舒适。"她嘴里哼着歌儿,认真地一件一件查看着休的衣服。

晌午过后,天色越发变得阴暗起来。贝西舅妈已经回家去了。卡萝尔把孩子接到了自己的房间里。女用人走进来,大发牢骚说:"今儿个晚上还要熏制牛肉片,牛奶没有,啥也做不了。"休一个劲儿想睡觉,卡萝尔一看就知道是给贝西舅妈宠坏了,他一会儿大哭大闹,一会儿又拼命地去抢卡萝尔的银柄刷子,一连抢了七次之多——就算是对一个久别归来的母亲来说,也是够腻味的。除了休在吵闹和厨房里传来的响声以外,整个屋子显得特别死气沉沉。

---

① 圣安东尼奥,美国得克萨斯州中南部一城市。

她忽然听到窗外肯尼科特正在跟博加特寡妇寒暄,反正每逢傍晚下雪的时候,他照例要和她说上这么一句话:"我想这雪说不定要下整整一夜呢。"她等着听下去。果然不错,入冬以来,每天临睡前都是他的老规矩:打开炉门,扒掉煤灰渣,一铲一铲地给炉子添煤。

是的,现下她已然回到了家里!这里的一切依然如故,就像她压根儿没有离开过一模一样。加利福尼亚吗?难道说她真的到过那里吗?要是她——哪怕是只有一分钟——听不到这种用小铁铲捅炉子的声音该有多好?但肯尼科特的想法却截然相反,认为她好像刚远游回来似的,而她呢,仿佛觉得自己从来没有离开过这里一步。此时此刻,她好像感到身居陋室的小人物和富有正义感的人们正从墙上悄悄地走下来。就在这一刹那,她方才恍然大悟,在这次旅行中,原来她忙于走马看花,尽量不去想她心中的疑虑。

"我的天哪,别让我再感到苦恼吧!"她泣不成声地说着。休跟着她也哭了起来。

"等一会儿,妈妈就回来!"说完,她就急匆匆跑到地下室找肯尼科特去了。

这时,他正伫立在取暖锅炉跟前。尽管这幢房子各处都很寒碜,但他认为这个地下室特别重要,务必保持宽敞整洁,四角方方的柱子粉刷得雪白耀眼,储存煤块的木箱,盛放土豆的箩筐,还有大衣箱等等,都置放得有条不紊。炉门里射出来一道火花,正落在他脚跟前光滑的灰色混凝土地坪上。他轻轻地吹着口哨,目不转睛地直瞅着这座火炉,他认为:这个黑色圆顶的怪物就象征着他的安乐窝,说明他现在又在干自己最心爱的、每日照例要做的事情了。不久前吉卜赛一般浪迹天涯的生活已经结束了,他恪尽职责,陪着太太游览观光过许许多多名胜古迹。他弯着腰去窥看炉膛里正在闪闪跳动的蓝色火焰,根本没发觉卡萝尔早已走到自己身边。随后,他轻轻地关上了炉门,又用右手姿势优美地在空中画了一个圆圈,心里真有说不出来的快活!

他一看见妻子,就大声嚷道:"啊哟哟,是你呀,我的好太太!回到了自己家里,觉得够舒服吧?"

"还好。"她刚说出一句假话,心里禁不住就颤抖起来,暗自思忖道,"现在可不行呀。我现在对他怎么也解释不清的。他这个人是那么厚道。他现在还信任我。要不然我会叫他伤心的!"

于是,卡萝尔就向他笑笑,在拾掇他的这个神圣的地下室时,把一只蓝色的空瓶子扔到了垃圾箱里。她喃喃自语道:"只有孩子方能把我留住。要是休咽气了的话——"她惊恐万状地飞奔上楼,才知道休在她刚离开过的这四分钟里并没有出什么事儿。

她一眼看到窗台上有一个铅笔记号。那是她在九月间准备跟弗恩·马林斯和埃里克一起去野餐时记下来的。她和弗恩准定会吵吵闹闹,玩个痛快,而且还准备在冬天开好几个舞会狂欢一番呢。她瞥了一眼街对面不久前弗恩住过的那个房间。静悄悄的窗子上,虚掩着一块破破烂烂的灰溜溜的帘子。

她心里正在琢磨,不妨给谁通个电话解解闷,可就是找不到对象。

那天晚上,萨姆·克拉克夫妇俩来串过门,硬要她给他们俩讲讲那些古色古香的大教堂。他们再三说看到她又回来了真高兴,至少说了十二次之多。

"受到人们欢迎,倒也是一种安慰吧,"她暗自忖度道,"可它会使我变得麻木不仁呀。可是——哦,难道说整个一生始终是一个没法解决的'可是'吗?"

第三十五章

一

卡萝尔尽管竭力要表示出心满意足的样子来,可在她心里总觉得很矛盾。整整一个四月里,她几乎狂热地拾掇屋子。她给休织了一件毛衣。在红十字会工作的时候,她不仅勤勤恳恳,而且沉默寡言,维达在那儿信口开河地说什么美国虽然历来痛恨打仗,但还是要打到德国去,把所有的德国人都杀得一个不剩,因为现在事实证明,在德国军队里,没有一个士兵不是在虐待俘房,或是把婴儿的小手切掉的。哪怕听到她说这些,卡萝尔也不吱声。

钱普·佩里太太因患肺炎突然病故,患病期间卡萝尔曾经自告奋勇地去护理过她。

在送殡的行列当中,有十一位南北战争时期的退伍军人和开边拓荒时代的先驱者,如今他们都是年逾古稀的老人,老态龙钟,恰似风中残烛。可是遥想几十年以前,他们还是满目荒凉的边界上的少男少女,跨上野性未驯的烈马,驰骋在茫茫大草原上,茂密的青草在他们脚下随风起伏。现在他们却一瘸一瘸地跟在一支乐队后面往前紧赶着。那支乐队是由镇上的商人和中学生组成的,他们七零八落地走着,既没有穿一色制服,也没有一定的队形,不消说,更没有人来指挥了,但他们却在吹奏着肖邦的葬礼进行曲,一群衣衫褴褛,但眼角流露出严肃神情的街坊邻居,就在庄严的音调发颤的乐曲声中踏着残雪淤泥,磕磕绊绊地往前走去。

钱普丧偶以后简直伤心极了。他的风湿病也每况愈下。店铺楼上的那些房间里,简直是一片沉寂。现在就连在谷仓里收购小麦这样的轻活,他都吃不消了。庄稼人用雪橇满载小麦而来,都有怨言,说如今钱普连台秤都不会看了,好像整天往幽暗的谷仓里直瞅着什么人似的。人们时常看到他偷偷地穿街过巷,嘴里喃喃自语,尽量不让旁人瞧见,最后才慢悠悠拐进了墓园。有一回,卡萝尔就步步紧跟在他后面,哪知道发现这位举止粗俗、满身烟臭、不大聪明的老头儿,一下子扑倒在白雪皑皑的墓地上,还张开两条粗壮的胳膊,跟那冰冷的坟头拥抱在一起,仿佛不让他的老伴儿挨冻受凉似的。想到逝去了的六十个年头里,天天晚上他都轻手轻脚地给她盖好被子,如今她却孤零零地躺在这里,没有人来照顾她了。

谷仓公司的总经理埃兹拉·斯托博迪让他退职了。埃兹拉对卡萝尔说,谷仓公司因为没有钱,开支不出养老金。

卡萝尔千方百计想举荐他去邮政所挂个名,那是镇上唯一的只管领干薪的闲职,用以酬劳在政治上无懈可击的人,反正所有的工作都由小职员包下来做。殊不知昔日酒吧间侍应生伯特·泰比对这个肥缺也觊觎已久。

看在卡萝尔的情分上,莱曼·卡斯开了恩,让钱普就在面粉厂守更,好歹有一个栖身之处。不过,那些小男孩趁着值夜的钱普低着脑袋打瞌睡的时候就要和他开开玩笑了。

二

卡萝尔一听到雷蒙德·伍瑟斯庞少校凯旋,心里有说不出的快乐。他中了毒气以后,虽已完全复原,但体质仍然很虚弱。雷蒙德现已退伍,是随首批复员军人一起返回美国的。听说他这次回国,事先没有来信通知一声,所以维达一看见他就昏了过去,还把他关在家里一天一夜,不让他跟镇上的人见面。卡萝尔去看他们的时候,维达除了跟雷蒙德有关的事情以外,其他的一字不提,而且总是钩住他的手,一步也不离开他。不知怎的,卡萝尔一看到他们如此柔情似水,心里真不是味道。再说今日的雷米埃要是跟从前的雷蒙德相比,当然判若两人了。他穿着一套紧身的军装,佩戴肩章,下面是闪闪发亮的长筒皮靴,不消说,比过去的雷米埃老成持重得多,好像是他的哥哥一样。他脸上的表情已变了样,嘴巴也比过去紧得多了。雷米埃真可以说是今非昔比了,他早已是威风凛凛的伍瑟斯庞少校了。他好像拆穿西洋镜似的说巴黎远没有明尼阿波利斯那么漂亮,美国士兵凡是休假外出都很规规矩矩,因此就以纪律严明著称于世。肯尼科特和卡萝尔听他这么一说,也都感到由衷的高兴。肯尼科特还毕恭毕敬地请教过他,德国到底有没有性能良好的飞机,比方说,有叫什么"突出部[①]"的,"虱子"的,也还有叫什么"命归西天"的。

不到一星期,伍瑟斯庞少校就当了时装公司的有职有权的经理。哈里·海多克自己将集中精力,打算在位于交叉路

---

① 系军事专用名词。

口的各个村子开设五六家分店。眼看着未来的三十年里,哈里将成为戈镇的富商巨贾,伍瑟斯庞少校也将跟着他发迹起来,维达不由得喜上眉梢,遗憾的是她在红十字会里绝大部分工作不得不都放弃了。据维达自己说,雷蒙德至今仍然需要她的照顾。

卡萝尔一看到他脱下军服,换上一套椒盐色便服,头上戴着一顶崭新的灰呢圆顶软礼帽,不免感到失望了。她仿佛觉得:他已经不是伍瑟斯庞少校,而是一下子又变成从前站柜台的雷蒙德了。

在他刚退伍回来的那一个月里,许多小男孩在街上总是盯他的梢,异口同声地都管他叫"少校",但是这一个尊称没有多久就给缩短为"扫街"①了。所以现在即使他从街上走过的时候,那些小男孩只管在地上打弹子,根本连看都不看他一眼。

三

由于战时小麦市价不断上涨,戈镇显得越发欣欣向荣了。

卖掉小麦得来的钱,并没有长期存放在庄稼人的口袋里,许多设在产地附近的市镇,都在动脑筋打算盘呢。艾奥瓦的农场主以每英亩四百元的价钱把地卖掉,然后就迁居到明尼苏达来。不管是谁把土地卖出或是买进,或是抵押出去,反正镇上的人——其中包括面粉厂老板,地产经纪商,律师,商人

---

① 英语"少校"原为 Major,作者在此处写的是 Maje,所以在中译文中相应译成"扫街",由此可见辛克莱·路易斯的语言幽默诙谐。

和威尔·肯尼科特大夫在内——总得沾上一点儿光。他们按每英亩一百五十元的价格把地买进,接着按每英亩一百七十元卖出,随后再继续买进,来回倒腾着。不到三个月,肯尼科特就赚了七千块钱,竟比他给人看病所收的诊金高出四倍以上。

初夏的时候,这里发起了热情支持繁荣戈镇运动。商会认为:戈镇不但是个盛产小麦的中心,而且也是设立各种工厂、避暑别墅和政府机关的好地方。主持其事的,就是新近到戈镇来做地产投机生意的詹姆斯·布劳塞先生。要知道,这位布劳塞先生是以实干家闻名遐迩。他挺喜欢人们管他叫"诚实的吉姆"。他身材魁伟,举止笨拙,喜欢喧闹,颇有幽默感。他这个人长得满脸红光,两眼眯缝,双手通红粗大,身上穿的是色彩鲜艳夺目的衣服,见了女人就显得特别殷勤。由于感觉欠敏锐,他是镇上唯一的一个对卡萝尔的冷淡态度丝毫没有觉察的人。有一回,他一面搂住她的后腰,一面用十分傲慢的口气跟肯尼科特说:"喂,大夫呀,我说,你的太太可准[真]小叫[巧]玲珑!"殊不知她却冷冰冰地回答道:"承蒙阁下夸奖,不胜感激之至。"这时,他还往她脖子根吹了一口气,根本不知道自己碰了一鼻子灰。

布劳塞这个人喜欢动手动脚。每次他到肯尼科特大夫家里来,少不了总要去摸一摸卡萝尔,碰一碰她的玉臂,或是用拳头轻轻地蹭一蹭她的腰肢。卡萝尔虽然恨透了这个家伙,但还是有点儿怕他。她暗自寻思,真不知道他是不是听说过埃里克的事,所以才敢如此大胆放肆。无论是在家里,还是在大庭广众面前,卡萝尔都说布劳塞不是个好东西。但是,肯尼科特以及其他的社会中坚却誓做他的后盾,说:"也许他举止方面有点儿粗鲁,但我们哪一个人都赶不上他呀;我们镇上从来没有一个人,能像他那样既有干劲,又非常聪明!你听过他对埃兹拉老头儿所说的那一段话吗?他轻轻地拍着埃兹拉的胸脯说:'喂,老兄呀,你干吗要跑到丹佛①去呀?只要给我一点儿时间,这儿问题哪怕是堆成山,我也都能挪得动。我们这儿只要修起了白光大街②,到了那时候,哪怕是天大的问题都搁得下,不用犯愁!'"

这位布劳塞先生,虽然卡萝尔恨透了他,但镇上的人却是竭诚欢迎他。戈镇商会在明尼玛喜大旅馆设宴,为这位贵宾接风洗尘,盛况空前,连菜单都是用金字印制的(可惜菜单上面错字比比皆是),而且还免费招待雪茄烟和苏必利尔湖特产的鲑鱼,这些鲑鱼都涂上厚厚的一层黄油,看起来就像箬鳎鱼一样。不一会儿,喝咖啡用的小碟子里都被雪茄烟灰装满了。大家简直就像演说家似的引经据典地畅谈什么要鼓气、要苦干、要有精神、要生龙活虎、富有事业心,而且还要意志刚强、当真正的男子汉大丈夫;接下来,照例谈到什么漂亮的女人、本乡本土和詹姆斯·J. 希尔,又从蔚蓝的天空、碧绿的田野,一直谈到庄稼丰收,以及日益增长的人口、投资后的高额利润、危及国家安全的外国煽动者、美国政体稳如磐石的基础、参议员克努特·纳尔逊、百分之百的美国精神、光荣的业绩,凡此等等,不一而足。

哈里·海多克以主席的资格给大家介绍诚实的吉姆·布劳塞时说:"诸位乡亲,鄙人深感荣幸要向大家奉告的是,布

---

① 美国科罗拉多州首府。
② 专指城市里灯光灿烂的商业区或剧场区。

劳塞先生尽管刚来本镇不久,但他不仅已成为我的知心好友,而且也是我们热情支持繁荣戈镇运动的坚强后盾。至于我们这个运动怎地方能实现呢?布劳塞先生有许许多多好点子,现在就请他来给诸位讲一讲,希望大家仔细听。"

布劳塞先生一站起身来,简直就像一头长着骆驼脖子的大象——红脸盘,红眼睛,大拳头,可惜不时要打嗝;他是天生的领袖人物,本来命里注定要当国会议员,但后来却转到更能名利双收的地产生意上去了。布劳塞先生先是向他的那些充满热情的朋友和志同道合的伙伴们微微一笑,然后就瓮声瓮气地开始说道:

"前几天,我没想到会在咱们这个可爱的小城的街上大吃一惊。原来是我碰到了一个爱挑铁[剔]的人,真算得上是天底下心眼儿最最坏的家伙——简直比长了角的癞蛤蟆或是得克萨斯的蝮蛇还要坏!(全场大笑)你们知道那是一种什么样的动物吗?原来他就是一个净爱吹毛求疵的人(哄堂大笑和热烈鼓掌)!

"亲爱的朋友们,现在我要告诉诸位的,天地良心,句句是实话:我们美国人跟外国那些胆小鬼和吹牛大王根本不同的地方,就在于我们有一股冲劲儿。对一个地地道道的敬畏上帝的美国人来说,哪怕是面对着天底下最难办的事儿,他都是面无惧色的。不论干什么事,都是咔嚓一声,讲究快当——这早已成为他的座右铭!比方说,他要是想回来吃早餐,那么,他哪怕是在天涯海角也一定会赶到目的地。不过,你们听我说下去,真是阴差阳错,不知道哪儿来的一个笨蛋却挡住了他的去路,你们说这不是倒霉透顶嘛!其实,连那个大笨蛋自己都不知道怎地被这位旋风老先生连吹带卷把他刮到这个地

方来的!(一阵笑声)

"可是,亲爱的朋友们,眼前就只有这么少的几个胆小如鼠、目光如豆的人,说我们这些胸怀宏图大略的人都是疯子。他们还不信我们会把戈镇——但愿上帝保佑她——发展到跟明尼阿波利斯、圣保罗或都庐斯一样繁华热闹。但尚[让]我在这儿奉告各位,天底下有哪一个市镇能比得上古老的戈镇有得天独厚的机会,一跃而起就可以成为拥有二十万人口的大城市!这儿要是谁也持有悲观的宿命论的看法,不乐意追随吉姆·布劳塞搞大进军,那干脆请他出去就得了!就我所知,在座各位都很热爱本乡本土,绝不容忍哪一个家伙冷嘲热讽来找自己的家乡的碴儿,就算是那个家伙有多精明能干也绝不答应。顺便要提一下,我认为农场主联盟和所有形形色色的社会主义者都可以归入这一类。既然他们都在一起找社会繁荣和个人产权的碴儿,那就叫他们通通滚蛋!

"在座的各位乡亲,你们都知道,本州风景秀丽,物产富饶,真可以说独冠全国,可是这儿还是有不少人认为:我们坐着都比人家矮一个头,说我们这儿黄金宝地——西北部怎么也比不上东部和欧洲各国。那么,现在就让我在这儿干脆把这种谎言戳穿了吧。'哈,哈,'他们就是这样说的,'吉姆·布劳塞不是扬言说住在戈镇并不比伦敦、罗马以及所有其他的大城市差吗?那么,吉姆这个笨瓜又怎么会知道呢?'好吧,那我现在就告诉你们我是怎么会知道的!嘿,原来那些大城市我都亲眼看见过呀!整个欧洲,甚至连犄角旮旯里我都跑遍了!他们休想骗得了我吉姆·布劳塞!就让我跟你们说说吧,整个欧洲唯一生气勃勃的力量——那就是我们正在那里作战的美国子弟兵!在伦敦,我待了三天,每天都要花上十六个钟头走马看花似的到各处去瞧一瞧,老实告诉你们,啥都没有看着,看来看去只不过就是灰雾茫茫和一些老掉牙的大楼房子,我说那真是叫我们美国人待一分钟都受不了呀。说起来也许你们还不会相信,偌大的一个伦敦就是看不到一座第一流的摩天大楼。就说我国东部那一拨吹毛求疵的势利小人,情况也跟上面差不了多少,下一回,要是有从赫德森河两岸来的洋场恶少嘟嘟囔囔发牢骚,吓唬人,拼命要想惹起你们心中的怒火来,那么,你们不妨告诉他,说我们西部人身强力壮,富有进取心,就是把偌大的纽约市送给我们,我们谁都不稀罕呢!

"最后,我要说的这一点就是:鄙人深深地感到,戈镇将来不但会成为明尼苏达州的骄傲,在这个誉称北方之星州的光荣史上迸射出夺目的光芒,而且还是一个最最理想的安居乐业和精心栽培子孙后代的好地方——它跟上帝佑护下繁花似锦的大地上任何别的城市一样,也有的是高雅的风尚和发达的文化等等。请你们相信,我说的都是实话,是的,都是不折不扣的实话!"

过了半个小时以后,海多克主席才提议大家一致向布劳塞先生致以衷心感谢。

于是,这个"热情支持繁荣戈镇运动"就算正式开始了。

镇上的人觉得要赶快学时髦,创出名气来,按他们的说法,这叫作"出风头",于是,在商会的资助下,乐队得以重新建立,并给队员们添置了镶金边的紫色制服。业余棒球队从得梅因①雇来了一位球艺比较高明的投手,并拟定了跟方圆

---

① 得梅因是美国艾奥瓦州首府。

五十英里以内各个城镇举行球赛的日程。市民们乘坐一辆专车陪着球队一起去充当啦啦队,车上挂着一面写着"请看今日繁荣的戈镇"字样的大旗帜,乐队也在演奏《笑吧、笑吧、笑吧》的乐曲。不管球队是打赢还是败北,效忠戈镇的《无畏周报》照例是耸人听闻地报道说:"小伙子们,快快加油,同心协力一起干!让我们戈镇的声名威震全球!我镇球队所向无敌,又取得了辉煌胜利!"

不久又是捷报频传,镇上终于修起了一条"白光大街"。这种"白光大街"在中西部真可以说风靡一时。所谓"白光大街",不外乎是沿着大街的两三个街区,竖起一些富于装饰性的灯柱,灯柱上再安装一簇簇大功率的电灯罢了。《无畏周报》上令人醒目地刊登这样的标题:

白光大街业已竣工

戈镇入夜大放光明,恍如百老汇①

可敬的吉姆·布劳塞先生发表谈话

双城啊——欢迎你跟我们来赛一赛

戈镇商会重金礼聘明尼阿波利斯某广告公司的大主笔撰稿,编印了一本小册子。这位大主笔是个长着一头红发的年轻人,喜欢含着琥珀色长烟嘴抽香烟。卡萝尔看了这个小册子,不免为之愕然。这时她方才知道:燕子湖和明尼玛喜湖盛产在国内独一无二的梭子鱼和鲈鱼,湖边又因风景如画的树林子而举世驰名;戈镇的住宅建筑,已将庄严、舒适和雅致浑

---

① 百老汇是纽约市繁荣市区之一,影剧、音乐等游艺场所均集中于此。

然融为一体,特别是草坪和花园闻名遐迩;戈镇的学校和公共图书馆,也因为楼堂宽敞,窗明几净而独冠全州;戈镇各面粉厂制造的面粉在国内来说,可谓首屈一指;戈镇附近各农场,家家户户吃的是黄油面包,他们的产品,即一号硬粒小麦和霍尔斯坦种奶牛①更是无与伦比;戈镇各商号店铺所经销的商品,不论是名贵化妆品还是日用百货,品种齐全,备货充足,店员经验丰富,接待主顾殷勤周到,堪与明尼阿波利斯和芝加哥各大百货商店媲美。总之一句话,卡萝尔看后仿佛觉得戈镇真是一个开设各种工厂和趸卖批发部的理想地方。

"原来这就是我一心向往的模范市镇:戈镇。"卡萝尔说。

戈镇商会后来居然招徕了一家资金不足的小厂商,准备在这里制造木质的汽车方向盘,肯尼科特知道后觉得很高兴,但卡萝尔一看到那位厂商,心里早就料到:就算他果真来了,恐怕也不会起到什么扭转乾坤的作用。过了一年以后,他果然以失败告终,所以卡萝尔心里倒也不觉得特别难过。

许多农场主把土地变卖了以后,就都迁到镇上来住了。地产价格上涨了三分之一。可是现在卡萝尔再也不去找寻什么良辰美景,什么美味可口的食物,什么令人悦耳的声音,什么饶有风趣的谈话,什么大智大勇的人物。她觉得,像从前那样一个虽然寒碜但很淳朴的市镇,她好歹还能容忍,但像眼前这么一个既寒碜而又狂妄的市镇,她委实难以忍受。尽管她能够屈尊俯就去护理钱普·佩里太太,就是对萨姆·克拉克那股戆直劲儿也倍觉亲切,可是,她恁地都提不起劲儿来给"诚实的吉姆·布劳塞"鼓掌。想当初肯尼科特向她求爱的

---

① 即原产荷兰北部及弗列埃斯兰的奶牛,体大,有黑白斑,驰名全球。

时候,曾经恳求她要为美化这个戈镇出力。现如今,这个戈镇既然正像布劳塞先生和《无畏周报》所说的那样美不胜收,那么,她要做的事儿就算到此结束。不消说,她也就可以离开这里了。

第三十六章

一

肯尼科特实在无法像一般人那样继续忍耐下去了,所以对卡萝尔的那种异端邪说,他既不能老是表示姑息,又不能像在加利福尼亚旅行期间那样处处迁就她了。她本想不露声色,免得惹人注意,殊不知反而显出她对"热情支持繁荣戈镇运动"丝毫不感兴趣。对于这个运动,肯尼科特倒是深信无疑,所以要求她对建设"白光大街"和新的工厂表示热情关注。他说:"老实说,我已然尽到自己最大的努力了,现下就指望你了。多少年来,你一直在嘀嘀咕咕,埋怨我们这儿死气沉沉。现下布劳塞一到这里,群情激奋,就像你一直梦寐以求的目标那样要把戈镇美化一番,嘿,你却说他是个大老粗,你偏偏连接送乐队的卡车都不肯坐上去。"

有一回,肯尼科特正在吃午饭,突然大声吼道:"这个消息你知道吗?听说我们很可能还要开一个厂——一个奶油分离器工厂!哪怕你一点儿都不感兴趣,我想你也得尽量装模作样地表示一番吧!"一听到他那雷鸣般的吼叫声,孩子被吓得"哇"的一声连哭带跑,直奔到卡萝尔跟前,没头没脑地倒在妈妈怀里；肯尼科特自讨没趣，只好向他们母子俩求饶。他一想到连自己儿子都不了解他，心中不免就有些恼怒了。

可是有一件与他们根本无关的事情，却激起了他胸中的无名怒火。

这一年初秋，来自瓦卡明的消息说县里的行政司法长官禁止"全国不参战者联盟"的发起人在本县各地演说。那个发起人竟敢违犯上述禁令，公开宣布说他一两天内要在某一个农场主议政的会上发表演说。这个消息当天晚上就给泄露出去了。于是，由一百名商人组成的大队人马，就在那位行政司法长官亲自率领下，马上打着提灯出动搜捕——死沉沉的乡镇街道和自命不凡的村民脸上，都被上下晃动的提灯映照得通红，你看，这一大队人马正在两排低矮的小商铺房子之间迅跑，最后他们终于把那个发起人从他的旅馆里抓了起来，罚他跪在铁栏杆上游街示众，然后被押上一列运货的火车驱逐出境，并且还警告他今后不准再流窜到这里来。

这一事件就在戴夫·戴尔的药房里议论开了，正好萨姆·克拉克、肯尼科特和卡萝尔全都在那里。

"应对那些家伙就得那样——只是可惜他们没有给他动私刑处死！"萨姆首先说了这样的话。肯尼科特和戴夫也得意扬扬地吠影吠声说，"真是高见，高见！"

卡萝尔听了拔脚就走；肯尼科特目送着她走出了店堂。

吃完晚饭，她知道他心里有气，好像一锅水正在冒泡，一会儿就要沸腾起来。等孩子上了床以后，他们俩闲坐在门廊的帆布椅里，他用试探的口吻说："我觉得，你好像认为萨姆对被撵走的那号人太狠心吧？"

"你不觉得萨姆这个人太喜欢逞威风吗？"

"所有这些发起人,嘿,还有许多德国佬和北欧乡巴佬,他们都像魔鬼似的到处煽动民心,别指望他们会热爱本乡本土,效忠美国,我说他们全都是亲德派,绥靖主义分子,一点儿都不错!"

"那么,这位发起人到底说过亲德的话没有?"

"当然没有啦!多亏他们没有让他得逞!"他装腔作势地哈哈大笑起来。

"所以说这个事儿从头到尾都是不合法的!而且还是由一位县行政司法长官带的头!既然法官自己都知法犯法,你怎地还能指望那些侨民守法?这难道就是一种新的逻辑吗?"

"也许不是完全合乎规章法令办事的,不过,那又有什么大不了呢?反正他们料定他早晚要惹是生非的。为了维护美国的利益和美国公民的权利,把日常程序暂时弃置不顾,那也是理所当然的。"

卡萝尔心里正在纳闷:"真不知道他的这种论点是从哪一篇社论里看来的?"于是,她就抗议说,"你听着,亲爱的,为什么你们这些保守派不可以光明正大地向他宣战呢?你们之所以反对这位发起人,并不是你们认为他在煽动民心,而是害怕他把那些农场主联合起来,不让你们镇上这些人通过承接抵押、收购小麦和开店经商等方式牟取暴利。当然咯,这会儿正赶上我们跟德国作战,但凡我们不喜欢的事,不管是商业上的竞争也好,还是低级的音乐也好,我们都可以给它扣上一顶'亲德'的帽子。要是我们这会儿在跟英国作战,我说,你们也会管那些激进派叫'亲英派'的。等到战争一结束,我想你们又要管他们叫'赤色无政府主义者'吧。这是古已有之的一种绝招,可以随心所欲地给我们的反对派横加罪名!反正金钱万能,我们总是巴不得金钱落进自己的腰包里。所以,当我们竭尽全力不让他们夺走的时候,常常认为自己是得到上帝的恩准的。不论教会也好,还是政治演说家也好,他们始终是这样认为的。我想,当我管博加特太太叫'清教徒',管斯托博迪先生叫'资本家'的时候,我常常也是这样认为的。不过,你们做买卖的人,由于你们都是天真无邪、精力充沛而又浮夸自负,管保叫我们望尘莫及——"

卡萝尔要讲的话儿远远还没有完,无奈肯尼科特也顾不上像往日里那样对她相敬如宾,一下子就打断了她:

"住嘴!你这一套我可听腻了!你嘲笑我们戈镇,说它有多么寒碜,多么沉闷,我一直都忍着不说。你瞧不起一大拨像萨姆那样的好人,我也随你高兴去吧。甚至于你在挖苦我们眼看着热情支持繁荣戈镇运动的时候,我也都撒手不管你。可是有一件事儿叫我实在难以容忍,那就是说,我可不能让自己的太太也到处去煽动别人。尽管你说话时可以吞吞吐吐、躲躲闪闪,可你是知道得很清楚的,正如你所说的那些激进派都是反战的。那么,现在就让我开门见山地正告你:你和所有那些蓄长头发的男人和留短发的女人,要找碴子,发牢骚,尽管请便吧,不过以后我们还是要把这些家伙都给抓起来的。要是他们这些人连一点儿爱国心也没有,我们还得教育他们要爱家乡、爱国家。真是天知道,我一辈子都没想到:这样的大道理我还得向自己的太太念叨,不过话又说回来,你要是继续给那些家伙撑腰,那就别怪我们对你不客气了!还有一件事儿,我说你也许还会哗啦哗啦乱讲什么要求言论自由!哼,什么言论自由不自由!我说我们这儿自由多得实在数不过来了,什么言论自由啦,什么煤气自由啦,什么啤酒自由啦,什么恋爱自由啦,还有,你那开口闭口净是该死的自由啦。要是按着我的想法办,我一定要让你们这些人规规矩矩地过日子,哪怕是我真的不得不把你抓了起来——"

"威尔!"现在她几乎一点儿都不胆怯了,"依你看来,我要是听了'诚实的吉姆·布劳塞'的讲话没有像大家那样如痴似醉,难道说也算是'亲德'派吗?依你看来,是要让我循规蹈矩做一个好太太吧!"

他嘴里还在咕噜咕噜地发牢骚说:"你刚才说的这些话跟你平日里的批评,一听就合辙。本来我早就该知道,凡是有益于戈镇的事情,你都会表示反对——"

"你可说得很对。我所做的一切,都是始终如一的。我并不是属于戈镇的。我之所以这么说,并不意味着戈镇的过错,说不定还是我自己的过错。好吧!反正对我来说都是一个样!既然我在这里不得其所,那我索性离开就得了。我再也不用问你答应不答应了。我说什么也得走了。"

他嘟嘟囔囔地说着:"要是不叫你太为难的话,请你告诉我,你打算离开这里多久?"

"我也不知道。也许是一年,也许就是一辈子吧。"

"我明白了。当然咯,我也是很乐意干脆把诊所卖了,陪着你到处跑呢。你乐意让我跟着你一块儿去巴黎学艺术,那时候,也许我身上穿着棉绒裤子,头上戴着女人的无边小帽,吃意大利细条实心面过日子?"

"不,我想大可不必麻烦你了。你到现在还不十分了解我。我马上就要走了——真的我要走了——而且是单独一个人走!我得去找自己合意的工作做——"

"找工作做？找工作做？当然咯，这可没有错！不过你的问题就出在这里啊！原来是你工作太少，闲得发慌呢。你要是身边有五个孩子，又没有雇女用人，而且还得像那些农妇既要干家务，又要忙着撇奶油，那么，你也就不至于会如此不知足了。"

"我知道。人们——不分男女——就像你那一号人十之八九都会这样说的。他们对我的所作所为就是有这么个看法。反正我不打算跟他们争辩。那些生意人每天七个钟头坐在公事房吹牛说大话，却轻描淡写地要我生一打十二个孩子。事实上，像那样的生活我不是也都照样过吗？我们三天两头雇不到用人，所有的家务还不是由我自己料理？此外，我还要照看休，又要去红十字会工作，而且也都做得头头是道。至于烧菜和扫地等打杂的事儿，我也做得很出色，这些——你敢否认吗？!"

"不敢，不敢，你的的确确是——"

"可是，你就以为我干活儿越多越累，心里越乐吗？不，才不是那回事呢。我经常是全身弄得又湿又脏的，还有什么乐趣可说呢。不错，那是工作，但毕竟不是我的本职工作。要知道管理办公室或图书馆，或是看护和教育儿童的工作，我都能愉快胜任。但是，像洗碗碟那样单调的活儿，是远远不会让我满意的，当然也不可能让许许多多别的女人满意的。现在该是我们洗手不干的时候了。以后我们还要用洗碗机来代替它，我们要走出厨房，闯进你们男人历来小心翼翼地把持着的办公室、俱乐部和政治机构！哦，我们这些永不知足的女人，简直已然完全绝望了！那么，你们干吗还要把我们拉在自己身边，惹你们生气呢？所以说，为了你着想，我还是一走为好!"

"难道你就舍得撇下小宝贝休吗?!"

"当然咯,舍不得,所以,我打算要把他一块儿带走。"

"如果说我不答应呢?"

"料你不会不答应!"

肯尼科特绝望地说:"唉——卡丽,你到底想要干什么呀?"

"哦,我只不过想谈谈罢了!不,还有比它更加重要的事情,我想那就是生活该有多么了不起——哪怕是对最最有益于健康的泥疗也不见得就很满意吧。"

"你知道不,谁要是回避问题,谁就永远解决不了问题?"

"也许是这样。不过,我并不是按照你的看法来理解'回避'这个字眼。我不会管它叫——你知道戈镇以外的世界该有多大,你干吗要把我画地为牢,一辈子圈在戈镇呢?说不定有一天我会回来的,不过,那可要等到我功成名就再说。现在就算我是因为胆小才逃走的,好吧,那你就说我胆小也无妨,反正随你高兴怎么说就怎么说!长期以来,我一举一动都是战战兢兢,为的是害怕人们给我编织罪名。所以,我想还不如离开这里,让我六根清净,好好去思考一些问题。我就要走了——我马上要走了!我有保护自己生命的权利。"

"可我也有保护自己生命的权利!"

"你这是什么意思呀?"

"我说,我有保护自己生命的权利——这是说,你就是我的命根子!我觉得你已然跟我的生命息息相关。尽管我绝不会赞同你的那些荒诞不经的想法,可我又是一刻儿都离不了你。恐怕你从来都没有想到事情会变得那么复杂,你'自己要离开我,去过一种放荡不羁,自我表现,自由恋爱,按照你自己的方式去办的生活',是吗?"

"但你是有权可以把我留下来的,你说是吗?"

他茫然若失地瞅了她一眼。

二

关于上面这个问题,他们讨论了整整一个月。他们两人都不免伤心到了极点,有时候几乎快要掉眼泪。他每次总要搬出一些陈词滥调来,说什么她应该尽到妻子的责任,于是她也同样用一套陈词滥调来侈谈什么妇女自由。尽管这样,她觉得:只要真的能够离开大街,对她来说,简直就像初恋时一样心花怒放。可是肯尼科特始终没有明确表态。他至多只用这种口径对人家说她"打算出去短期旅行,希望看看战时的东部是个什么样子"。

于是,她就在十月间——正好欧战快要结束的时候——动身前往华盛顿。

她之所以决定要去华盛顿,一是因为她觉得华盛顿不像纽约那么咄咄逼人,二是她希望能在那里找到一些比较幽静的街道,好让休去玩玩,三是战时任务紧张,那里急需成千名临时职员,也许她可以找到公职的机会。

尽管贝西舅妈一把眼泪一把鼻涕,列举出一大堆理由来竭力加以劝阻,她还是决计要把休带在自己身边。

她心里纳闷,真不知道会不会在东部跟埃里克邂逅,但这只不过是一个瞬息即逝的念头罢了。

三

卡萝尔看到车站月台上最后只剩下肯尼科特一个人,他正在正经八百地向她挥手呢。他脸上充满了一种不可名状的怅惘,嘴唇紧闭着,好像连微微一笑都不会了。她也久久不停地向他挥手,直到他的人影看不见了——这时她真恨不得从车厢出口处跳下去,连跑带奔回到他身边去。现在她方才想到:过去他纵然百般体贴她,她却是熟视无睹。

现在她终于获得了自由,但这种自由却是非常空虚的。这个时刻在她一生中不是登峰造极的顶巅,而是一落千丈的低谷,不用说极其凄凉,不过,也可以说是一个绝处逢生的大好时机,因为现在她已不再继续往下滑,而是开始往上攀登了。

她叹了一口气说:"要不是威尔宽宏大量,给了我盘缠,料我今天怎地也走不成的。"但又转念一想,"有多少个女人,要是她们有了钱,难道说还肯待在家里吗?"

休开始厌烦地说:"妈妈,你看我多难受呀!"他紧挨着她坐在这节普通旅客车厢的红丝绒座椅上,才三岁半,毕竟还是一个稚气未脱的小伢儿,"我觉得坐着火车玩儿真腻味,让我们玩玩别的,好吗?比方说,我们一块儿去看看博加特大娘。"

"哦,这可不行呢!难道说你真的喜欢博加特太太,是吗?"

"是的。她给我小甜酥饼吃,她还跟我讲过什么上帝的事儿。你从来不跟我谈谈上帝的事儿。你干吗不跟我谈谈上帝呢？博加特大娘说赶明儿我要当一个传教士。你看，我做得了传教士吗？妈，你说，我能替上帝传播福音吗？"

"哦，我说，恐怕要等到我这一代人已经停止反抗、而你们那一代人起来反抗的时候。"

"妈，什么叫作'一代人'呀？"

"那就是照亮人们心灵世界的一道光辉。"

"那真可笑呀。"他这个孩子真可以说是正经八百，缺少想象力；他身上连一点儿幽默感也都没有。她吻了一下他皱着的眉头，心里觉得异常奇怪：

"我真像是一部罗曼蒂克小说里的女主人公，喜欢过一个不中用的瑞典小伙子，说出过一些离经叛道的看法，这会儿扔下自己的丈夫外逃了。现下连我的亲生儿子都在嗔怪我没有教他笃信上帝。但是我的这部小说绝不会按照正常的线索发展下去，因为我既不会无病呻吟，也不会有激动人心的场面，使我得到拯救。看来我跑得越来越远了，而且越远越高兴，简直高兴得快要发疯了。现在戈镇早已消失在后面的一片尘雾弥漫的残巷枯茎之中，而我却抬眼正视着前方——"

她转过身来继续对休说："小宝贝，你知道妈妈和你在蓝色地平线那边将会发现什么东西吗？"

"什么呀？"孩子干巴巴地问。

"在那儿，我们将会发现许许多多的大象，大象背上驮着金色的象轿，坐在象轿里、脖子上戴着红宝石项链的年轻的印度公主正在探头张望；在那儿，我们将会发现拂晓时的大海颜色就像鸽子的胸脯那样一片洁白；在那儿，我们将会发现一幢白绿相映的房子，里面有许许多多的书和银质茶具。"

"那么,有没有小甜酥饼呢?"

"小甜酥饼?哦,你别着急,一定会有的。我们吃面包和麦片粥,吃得就够了。小甜酥饼吃多了也会腻的,但总比见不到小甜酥饼要好些。"

"那真是太可笑了。"

"哦,你真不愧是肯尼科特家的好儿子!"

"那可不是!"肯尼科特二世说着,就靠在他妈妈肩头上睡着了。

四

《无畏周报》就卡萝尔出走一事报道说:

威尔·肯尼科特太太及其公子休,已于上星期六搭乘第二十四次列车前往明尼阿波利斯、芝加哥、纽约和华盛顿,将在上述各地逗留数月之久。据肯尼科特太太向本记者透露,全国以华府为中心,正在展开各种战时服务活动,为此她打算短期内就在那里从事一项具体工作。她的许多友人都交口称誉,认为她在当地红十字会服务时工作表现优异,今后不管她到任何战时机构服务,必将作出极其宝贵的贡献。因此,戈镇报效祖国的旗帜上,又将增添一颗熠熠闪光的明星。我们虽然无意要使毗邻各镇黯然失色,但纵观本州,但凡与我镇规模相同的市镇,绝不会对战时服务活动作出如此可贵的贡献。因此务请今后诸君还要多多注意正在不断繁荣中的戈镇。

本报又获悉戴夫·戴尔夫妇,戴尔太太的妹妹珍妮·戴博恩太太,以及威尔·肯尼科特大夫,已于本星期二驱车前往明尼玛喜湖畔举行愉快的野餐会。

第三十七章

一

卡萝尔已在军人保险局①找到了工作。那时,对德休战和约虽然在她到达华盛顿后的几个星期就签了字,但这个局还在照常办理保险业务。她整天忙着把来往的信函一一归档,接着又口授答复函询的信稿。这是一种没完没了、极其琐屑单调的工作,但她自以为她已经找到了"真正的工作"。

没有多久她的幻想又破灭了。她发觉:一到下午,机关里的日常工作简直把人累得要死。她发觉任何机关团体内部也是钩心斗角,丑不可闻,如同戈镇一模一样。她发觉在政府机关工作的妇女十之八九都过着有损于身心健康的生活,在她们拥挤不堪的小房间进餐时往往有啥吃啥,马虎得很。但她同时还发觉:职业妇女可以如同男人一样公开地结交朋友或是树立仇敌,尽情享受一个家庭主妇难以得到的过一个自由自在星期天的乐趣。看来这个广阔的世界并不需要她有多大灵感,但她却觉得她经手发出的信件以及她跟全国各地忧心

---

① 即美国政府为军人举办的一种保险。

如焚的男女之间所保持的联系,早已成为许许多多重大事件中的一部分,因为这些重大事件并不仅仅局限于大街和厨房,而是跟巴黎、曼谷、马德里紧密地联系在一起。

她认为她既可以做机关工作,而又不会使女子善于持家的特性丧失殆尽;比方说,像烧饭洗衣这样的工作,原本要不了很多时间,可是在戈镇,由于贝西舅妈老是跟你纠缠不清,少说也得花十倍以上的时间方才干得完。

她在办公室干了一天工作以后,虽然累得筋疲力尽,但她心里还是感到莫大的安慰,因为如今她再也用不着为自己的种种不同想法向芳华俱乐部的会友们赔礼道歉了,而且也用不着每到晚上向肯尼科特汇报自己的活动情况。她觉得自己不再是一个事事依附丈夫的妻子,而是一个具有完整人格的人。

二

卡萝尔在华盛顿捉摸到了她梦寐以求的优美雅致的城市风光:绿荫深处白色圆柱依稀可见,举目四顾,不是宽敞的林荫大道,就是迂回曲折的幽静小巷。她每天都要从一幢黑魆魆的四四方方的房子旁边走过,这幢房子后面有一个院子,好像还种着木兰花;有一个女人老是透过挂在二楼窗口的那块长窗帘在东张西望。那个女人就像是一部罗曼蒂克小说里神秘的女主人公,但是小说情节发展每天安排得都不一样,有时她是一个女凶手,有时她却是一位大使的弃妇。这种莫测高深的神秘,卡萝尔觉得在戈镇是闻所未闻的。要知道,在戈镇,居民家家门户洞开,一目了然,平时跟每一个人都是很容易见面的;在戈镇更没有通往禁猎地的秘密扉门——只要沿着苔藓斑驳的小径就可以进入一座古色古香的花园,准会碰到许许多多惊人的奇遇。

有一天下午,克莱斯勒①举行独奏音乐会,招待政府机关的职员,卡萝尔听完了出来已是傍晚时分,她步态轻盈地走到第十六条大街,大街两侧华灯初上,正发出一团团柔和的光辉,这时微风轻轻地吹拂着,就像大草原上的和风一样清鲜,但还要温煦宜人。当她抬眼看到马萨诸塞林荫大道上榆树绿荫如盖的街景,当她在至今依然完好无缺的苏格兰神庙跟前叹为观止的时候,她不由得爱上了这个城市,正如普天之下她只爱自己的儿子休一模一样。她偶然还看到原先是黑人的小棚屋,现已改成画室,里面挂上橘黄色窗帘,摆着一盆盆木樨花;在新罕布什尔林荫大道上,有许多大理石私人住邸,家家都有男管家和漂亮的高级轿车;还有一些男人,看上去很像小说里描写的探险家和飞行员。她觉得日子就像飞也似的疾逝而去;她知道她这次从家里出走虽然十分荒唐,但仍不失为一种大智大勇的行动。

她刚到华盛顿的头一个月,就在这个人满为患的城市里到处找房子,所以有时她不免感到很泄气。开头,她只好在一幢破破烂烂的大楼里租一个小房间作为歇脚处,女房东尽管上了年纪,但见了人总是气呼呼的,爱吵架。至于照顾休的那个保姆,看来也靠不住。不过,没有多久,她好歹给自己建立了一个家。

---

① 克莱斯勒(1875—1962),生于奥地利的美国小提琴家及作曲家。

三

卡萝尔最先结识的,是设在一座红砖头大教堂里的廷库姆卫理公会的教友。原来维达·舍温给她写过一封介绍信,把她介绍给一位为人诚挚的女教友。这位女教友鼻子上架着一副眼镜,身上穿着一件方格花纹绸背心,很相信读经班,随即把卡萝尔介绍给廷库姆教会的牧师和其他比较虔诚的教友。现在卡萝尔在华盛顿如同在加利福尼亚一样,发现这里也有一条从远处移植过来而且还精心加以保护的大街。这个教会的教友有三分之二都是从许多草原小镇上来的。因此,这个教会仿佛就成了他们的交际场所和共同旗帜;他们完全像在自己的家乡一样,星期日去做礼拜,参加主日学校、"爱泼沃思联谊会"①、听牧师布道和到教堂来聚餐;他们认为所有的外交使节,轻浮无礼的新闻记者和不信神的科学家,一概都是不怀善意的,应该尽量不跟他们往来;所以他们就恪守着廷库姆教会的种种教规,免得他们的理想受到外界种种坏的影响。

他们对卡萝尔表示由衷欢迎,也问起她丈夫的情况,还关照她小孩子肚子痛了该怎么办,在教堂聚餐时常常把姜饼和烤土豆递给她,尽管这样,她心里依然觉得十分惆怅寂寞,真恨不得去参加好斗的妇女参政运动,哪怕被抓去坐班房也好。

她常常发现华盛顿处处也带有浓厚的大街色彩(哪怕是

---

① 原文为 Epworth League,系美国卫理公会在青年人中间增强宗教信仰的一团体。

在纽约或伦敦,毫无疑问,她也一定会有同样的感觉)。戈镇那种拘谨沉闷的气氛,照样会在华盛顿兼供膳食的寄宿舍出现,在那里,有如贵妇人一般的机关女职员,正在和一些彬彬有礼的年轻军官闲扯电影;无论在星期天川流不息的汽车洪流中,还是在影剧院的人群里,和各州同乡会的宴会上,既可以看到成千个萨姆·克拉克那样的人,也可以看到两三个像博加特寡妇那样的人,而且来自得克萨斯州或密歇根州的老乡,总会心情激动地说,他们一直深信自己草原上的小镇"比这个自己跷起大拇指的东部要生气勃勃得多,而且还富有人情味"。

但她发现华盛顿也还有和大街迥然不同的地方。

盖伊·波洛克写信给卡萝尔介绍了自己的表弟,他的这位表弟现为陆军上尉,是个爽朗活泼的年轻人,常常带卡萝尔去参加晚会,在那里喝茶跳舞。他还很喜欢呵呵大笑,而卡萝尔一直想听到的,就是像他这样乐乐呵呵、无忧无愁的笑声!这位陆军上尉又把卡萝尔介绍给一位国会议员的女秘书,她是一个愤世嫉俗的年轻遗孀,在海军中熟人很多。经她介绍,卡萝尔又认识了不少司令官、少校、新闻记者、化学家、地理学家、财政金融专家,还有一位女教师。这位女教师因为平时接近好斗的妇女参政运动总部,所以也就把卡萝尔一起带到总部去。不过,卡萝尔始终没有成为妇女参政运动中一位杰出人物。在众人眼里,她只不过是书写信封的一个能手罢了。但卡萝尔在这些和蔼可亲的妇女圈子里,简直就像如鱼得水似的,当她们还没有受到围攻或是被逮捕的时候,她们就学学跳舞,或是到切萨比克运河上游去野餐,或是谈论有关美国劳联的种种策略问题。

卡萝尔和那位国会议员的女秘书以及那位女教师合租了一套小公寓房子。如今她已经有了自己的家,有了完全属于自己的小天地,此外还有了一些跟自己谈得来的朋友。她给休请来了一个非常好的保姆,虽然为了请保姆她几乎把自己薪金的大部分都给花完了。每天晚上,她亲自送他上床去睡觉,赶上节假日,还陪着他一起玩。有时候,她和休两人一起出去散步,有时候她就整晚待在家里看看书;但是,在华盛顿毕竟人员交往机会特别多,小公寓里总是客人不断,而且一来就是好几十个,座上天南地北,无所不谈,虽然谈的并不都是发人深省的宏论,但每次都谈得异常激奋。这当然一点儿都不像是她梦寐以求的"艺术家的画室",因为那只不过是小说里虚构出来的,实际上根本不存在的一种东西。他们整天都坐在办公室里,脑子里想得更多的是卡片目录和统计数字,而不是弥撒和色彩。但他们都会开一些非常简单的玩笑,而且仿佛还十分安于现状似的。

她一看到这些嘴里叼着烟卷、又见多识广的女孩子,有时不免也会感到惊讶,正如她刚到戈镇时曾经叫镇上的人大为震惊一模一样。这些女孩子热烈争论的不是有关苏联人的问题,就是怎样划独木舟的方法,她在旁边静静地听着,心里很想说出一大套专门知识来自我炫耀一番,但后来她只好暗自叹气,责怪自己从家里跑出来毕竟为时太晚了。肯尼科特和大街使她的自信心早已丧失殆尽。由于休就在身边,她更觉得自己在华盛顿只不过是短暂逗留罢了。哦,总有这么一天,她不得不把他带回老家去,那里有辽阔无边的田野,休还可以随心所欲地去爬干草堆呢。

她虽然在这一群喜欢嘲笑的狂热者中间始终默默无闻,

但她依然为他们感到骄傲,而且在想象中和肯尼科特谈话时,她依然要替他们辩护,因为肯尼科特会咕哝着说(她仿佛听到了他的声音):"他们只不过是一拨不切实际的理论家,只晓得坐在那里吹牛说大话。""我可没有时间去赶浪头,学时髦呀。我正忙着干活,为的是多攒下几个子儿防老呢。"

到她公寓里来串门的男宾,不论是陆军的军官也好,还是憎恨陆军的激进派也好,他们十之八九举止文雅,平易近人。在女人们面前也落落大方,不会乱开玩笑,令人难堪,这些正是她在戈镇的时候引颈企求的。而且他们做起事来,好像也跟萨姆·克拉克夫妇一样精明能干。她又转念一想,正是由于他们薄具声名,所以也就不怕乡下人那种争风吃醋的劲儿。肯尼科特却认为乡下人之所以不懂礼节,实在是因为太穷。"我们可不是东部来的拥有百万家产的花花公子呀。"他会这样夸口说。但是,这些陆海军军官、政府各部门专家,以及各社会团体创办人,他们每年的收入虽然只有三四千元,生活还是过得很快乐,而肯尼科特撇开地产投机生意不谈,每年还有六千元以上的进项,而萨姆竟然多达八千元。

尽管她到处打听,还是闹不清楚,到底有多少孤苦无告的人死在济贫院里。相反,济贫院这类机构,也是给肯尼科特这种人留着后步的,因为肯尼科特辛辛苦苦地干了五十个年头,为的是"多攒下几个子儿防老呢",要是他把这点儿钱都拼命押在假的石油股票上,最后自然只好进济贫院了。

四

卡萝尔认为戈镇这个地方实在太沉闷、太邋遢,她的看法一点儿都不错,自然受到人们赞同。她发觉,有些年轻的女孩子和不苟言笑的老太太,也都有同样的看法。那些年轻的女孩子因为不乐意做家务才逃跑出来;至于那些老太太,确实令人怜悯,因为她们早已失去了可敬的丈夫和古老的宅邸,现在好歹能住上小公寓,有时间就看看书,日子过得倒也挺舒适。

但除此以外,她还了解到,如跟别的小镇相比,不论从大胆的色彩、聪明的设计,一直到惊人的思想深度,戈镇也还算得上是一个样板吧。有一回,跟她同住的那个女教师谈到中西部铁路沿线某小镇时,曾用一种冷嘲热讽的口吻说过,那个小镇虽然大小和戈镇差不多,但就是看不到草坪和树木,铁路道轨简直杂乱无章地沿着遍地煤渣的大街逶迤而去,铁路工场屋檐下和大门口都被烟炱覆盖着,而且一圈圈油烟还在不断地往外冒。

现在,她从闲谈中对其他一些小镇的情况也略知一二了。比方说,有一个草原上的村子,成天价刮着风,一到春天,路上的烂泥有两英尺深,入夏以后,满天沙土飞扬,给新漆过的房子结上一层层痂疤似的,连盆里寥寥无几的花朵上也都积满了尘垢。在新英格兰的工厂区,工人们住的都是一排排小棚屋——它们看上去就像是从火山喷薄而出、后又经过冷却了的一块块熔岩。新泽西州有一个富饶的农业中心,远在铁路线以外的地方,当地居民都是虔诚的教徒,但统治他们的却是一些简直愚昧无知、整天坐在杂货铺里谈论詹姆斯·G.布莱恩①的老朽之辈。在南方,有一个小镇,到处都是木兰花和白色圆柱——这在卡萝尔看来,本是罗曼蒂克的象征——可是

---

① 布莱恩(1830—1893),美国政治家。

那里的居民都憎恨黑人，百般奉迎有钱有势的世家望族。在西部，有一个矿工居留地，简直就像是一大块毒瘤。此外，还有一个正在欣欣向荣中的小型花园城市，许多聪明灵巧的建筑师都在那里工作，闻名遐迩的钢琴家和油嘴滑舌的演说家也常来访问演出，但由于劳资双方之间斗争，大家都很容易动肝火，所以说，即使是在最最轻松愉快的新房子里，对信奉左道邪说的人也在不断地进行威胁围攻。

五

这个时期卡萝尔的心理活动过程，虽然可以用一张曲线图来表示，但读起来并不很容易。图上有许多线条中断了，方向也不太明确；应该上升的地方，往往会哩溜歪斜地低了下去；图上的颜色，有时是淡蓝色，有时是粉红色，有时还可以看到铅笔符号没有擦净留下的灰色痕迹。只有个别几根线条，还可以勉强辨认出来。

但凡心里郁郁不乐的女人，都喜欢从玩世不恭、流言蜚语和满腹牢骚中寻求慰藉，或则干脆皈依上帝，莫名其妙地寄希望于新的宗教思潮，免得自己多愁善感，见物伤心。卡萝尔虽然没有采用上面这些方法来逃避现实，但她温柔乐观的性格，现在已被戈镇弄得胆小如鼠了。哪怕她这次离家，也是在仓促之间仅仅鼓足一时之勇气才促成的。她在华盛顿与其说是熟悉有关行政事务以及工会方面的情况，还不如说是她重新获得了一种新的勇气，也可以说是一种淡淡的蔑视人生的态度，有人就管它叫"泰然自若"。她眼前的工作既然跟数百万人、几十个国家休戚相关，所以她觉得大街并不如她过去想象的那么伟大重要,实际上是非常之渺小。她从前总觉得维达、布劳塞、博加特那种人神通广大,不免有些望而生畏,可现在这种感觉早已荡然无存了。

她从自己的工作中,从她所接触到的那些搞妇女参政运动的妇女——她们居然能在敌对的城市中建立组织,或是袒护政治犯——身上,多少学到一种不受个人情感影响的态度。这时她方才明白,她从前也像莫德·戴尔一样以自我为中心,动不动因为一些小事而生气。

卡萝尔开始反躬自问,过去她为什么总是对某些个别人大发脾气呢?其实,真正的敌人并不是个别的几个人,而是那些陈规旧俗——谁最赤胆忠心地为它们效劳,谁受害也就最大。它们利用种种伪装的形式和冠冕堂皇的名词,比方说,什么"上流社会""家庭""教会""健全的企业""政党""祖国"以及"优越的白种人"等等,使它们的专制统治暗中得以实现。卡萝尔认为,面对着那些陈规旧俗,唯一的自卫办法,就是一笑置之。

第三十八章

一

卡萝尔在华盛顿住了一年,对军人保险局的工作感到有些腻味。当然这工作还可以凑合过去,反正总比做家务强得多,只不过有些太庸庸碌碌罢了。

她独自一人坐在劳舍尔糖果点心店阳台上一张小圆桌旁边,喝着茶,吃着烤得焦黄的吐司,蓦然间有四个初出茅庐的少女吵吵闹闹地闯了进来。刚才卡萝尔还觉得自己很年轻浪漫,并且对自己那身黑绿相间的衣服也相当满意,可是,等到她眼前出现了那些顶多只有十七八岁少女纤细的脚踝、柔嫩的脖子、她们百无聊赖地抽着烟卷的样子,并且听她们谈论着"房闱艳事",说巴不得"能去纽约开开眼界"时,她觉得自己好像顿时变成了一个其貌不扬的乡下老媪。所以,她心里真想离开这些令人不快的靓女,马上回到一种更加朴实无华、更加富有同情心的生活情趣中去。她们一溜烟地飘了出去,其中有一个姑娘还向汽车司机吩咐了些什么。这时,卡萝尔觉得自己不再是一个蔑视一切的哲学家,而是来自明尼苏达州戈镇的一个年老色衰的政府办事员。

她没精打采地在康涅狄格林荫大道上徘徊着。她突然站住了,她的心儿几乎快要停止跳动了。原来是哈里和久恩尼塔·海多克正朝着她走来。她连忙奔了过去,吻了久恩尼塔一下,这时,哈里方才开口说:"老实说,俺们并没有打算到华盛顿来,本来是要到纽约去买点东西——俺们根本没你的住址,今儿个早上才到的,心里刚才还在纳闷,那么大的地方真不知道该上哪儿去找你呢。"

听说海多克夫妇当天晚上九点钟就要动身回去,她心里觉得挺难过,所以就一刻儿都没有离开过他们。她带他们到圣马克去吃晚饭。她把俩胳膊肘支在餐桌上,身子微微前倾,心情激动地听他们说:"赛伊·博加特得了流行性感冒,不过,当然咯,那个小坏蛋还赖着不肯死呢。"

"威尔来信告诉我,布劳塞先生已经走了。那么,他说要办的那些事搞得怎么样?"

"搞得好极了!好极了!他这一走,真可以说是戈镇的一大损失。他的那种一心为公的精神,真是没得说的!"

她突然发觉布劳塞先生跟自己根本毫不相干,所以就深表同情地问道:"那么,热情支持繁荣戈镇运动,你们还要继续搞下去吗?"

哈里虽然笨嘴笨舌,还是结结巴巴地说:"是啊,俺们只不过是暂时停下来,不过,赶明儿——当然还得搞下去的!喂,大夫有没有写信告诉你,说 B. L. 高杰林在得克萨斯打野鸭子手气可好呢?"

等到这些山海经一讲完,他们的热乎劲儿也就没有剩下多少了。卡萝尔往四下里看了一下,得意扬扬地指给他们看,那是某某参议员,又向他们介绍那个遮上天篷的很别致的花园。她仿佛觉得,有一个身穿晚礼服,胡子上又涂了蜡的男人,正以不屑一顾的神情直瞅着哈里那套耀眼的栗壳色紧身便服和久恩尼塔身上那件接缝处开了线的豆沙色绸褂子。为了自卫起见,她气呼呼地也瞪了那个男人一眼,表示敢于向不尊重他们的那个世界挑战。

后来,他们登上了火车,她还一直向他们挥手,眼看着他们消失在长长的站台尽头。她站在那儿念着以下一些车站的名字:哈里斯堡、匹兹堡、芝加哥。那么,过了芝加哥以后——?她仿佛看见了阔别已久的湖泊和残茬枯茎的麦田,隐隐约约听到了秋虫的唧鸣声和四轮单座马车的吱嘎声,萨姆·克拉克好像迎面走来,跟她说:"哈……哈……哈……大嫂子,你好呀?"

在偌大的华盛顿,简直没有一个人能像萨姆那样老是把她放在自己心上的。

但是就在那天晚上,有一位刚从芬兰回来的男人到她们的小公寓里来做客。

二

卡萝尔正和那位上尉坐在波瓦坦餐厅的屋顶花园里,离他们不远的一张桌子上,有一个男人大声嚷叫,要替两个头发蓬松的姑娘要"软饮料"。卡萝尔觉得那个人的高大背影似乎很熟悉。

"哦!这个人我好像是认识的。"她喃喃自语地说。

"谁呀?你是指对过的那个人吗?哦,他就是布雷斯纳汉,珀西·布雷斯纳汉。"

"你说得不错。那你也认识他吗?你说他这个人怎么样?"

"他这个人心眼儿可不坏,只不过有点儿傻呵呵。即使这样,我还是很喜欢他的。我认为,他在汽车买卖方面,确实了不起,但在航空部门却不受人欢迎了。尽管他拼命想做出一番事业来,可他什么也不懂——什么事他都是一窍不通。有钱的人总是喜欢瞎忙活,净想逞能,这倒也是怪可怜的!哦,这会儿你想要跟他谈谈吗?"

"不,不,我可没有这种想法。"

三

卡萝尔正在看电影。尽管这部影片在广告中被大吹大擂地说成是一部构思深刻的艺术杰作,但实际上却是个大杂烩,里面有哧哧傻笑着的美容师,有廉价的香水味儿,有闹市区后街上摆着红丝绒家具陈设的沙龙,还有一些嘴里嚼着口香糖、沾沾自喜的胖女人。看来这部影片描绘的主要是艺术家的画室生涯。男主人公画了一幅被人称为杰作的肖像画,除此以外,他喜欢抽烟斗,往往在吞云吐雾之中发现许许多多幻景。他是一个非常勇敢、纯洁但穷困潦倒的艺术家。他长着一头卷曲的头发;说来也真怪,他的那幅杰作看上去很像一帧放大了的照片。

卡萝尔实在看不下去,正打算拔脚溜走。

就在这个时刻,银幕上出现了一位作曲家——原来还是演员埃里克·瓦尔博格扮演的呢。

她不由得吓了一跳,先是不敢相信自己的眼睛,接着心里觉得很难过。他头上戴着一顶扁圆形无檐的贝雷帽,身上穿着一件天鹅绒夹克衫,两眼直勾勾地好像正在盯着她看。

他饰演的是个苍白无力的角色,演得不好也不坏。她暗自琢磨道,"本来我也许还可以使他发挥出更大的才能——"一想到这里,她不敢再浮想联翩了。

她到了家里,一口气读了好几封肯尼科特的来信。那些来信看上去虽然只是三言两语,味同嚼蜡,但是却富有强烈的个性——它跟那个穿着天鹅绒夹克衫、在用帆布搭成的房间里没精打采地弹着假钢琴的年轻小伙子的个性当然迥然不同。

四

十一月间——也就是说在她去华盛顿已有一年零一个月以后——肯尼科特方才头一次来看望她。一听说他要来,她心里真拿不准自己是不是愿意跟他见面。不过,一想到这完全是他自己出的主意,她就不由得喜上眉梢。

她向军人保险局请了两天假。

她眼看着他下了火车,迈着稳健的步伐,充满了自信心,手里拎着一只沉甸甸的手提箱,大步流星走来,这时她自己反而觉得胆怯起来!啊,他的形象,该有多么高大、多么魁伟!他们先是难免有点儿迟疑不决,过了一会儿就互相亲吻起来,说道:"你的脸色很好;孩子怎么样?""你的气色好极了,我的宝贝;我说你万事都很顺利吗?"

他咕哝着说:"我可不想打扰你的计划——你的朋友,或是别的什么事情。不过话又说回来,如果你有空的话,我倒很想请你陪我一块儿去逛逛华盛顿,下下馆子,看看电影或是杂耍表演,你把工作不妨暂时搁一下,怎么样?"

卡萝尔跟他一起坐在出租汽车里时,才发觉他穿着一套质地柔软的浅灰色便服,戴着一顶轻便的软呢帽,脖子上还系着一条花领带。

"我这身新打扮你喜欢吗?是在芝加哥买的。唉,我想这套玩意儿总合你的口味吧。"

他们在小公寓里跟休一起消磨了半个钟头光景。她觉得不免有些惊恐失措,可是肯尼科特并没有作出想要再吻她一下的样子。

他在那些小房间里穿梭般走来走去的时候,她发觉他脚上那双新的黄皮鞋擦得简直油光锃亮。在他的下巴颏儿上,还有一丝新近划破的伤痕。显然,他是在列车快要进入华盛顿时在车上刮的胡子。

她领着他去参观国会大厦,这时,她觉得自己很了不起,而且又能认识那么多的人,所以心里真有说不出的高兴。他问国会大厦的圆拱顶有多高,她就自己毛估一下告诉了他;接着,她又把参议员拉福莱特和副总统一一指给他看;到了吃午饭的时候,她就像一位座上常客似的,带着他穿过地道来到了参议院的餐厅。

她发觉他仿佛稍微有些秃顶了。他的发型还是老样子,从左边分开,不知怎的叫她见了很反感。她目光朝下,看了一下他的手,发现他的指甲跟从前一样修得很难看,这使她比刚才见到他特地为她擦得雪亮的皮鞋时心里还要难受。

"今天下午你乐意乘汽车到弗农山去瞻仰华盛顿的故居吗?"她开口问道。

他心里早就有这个盘算。他觉得很高兴,因为那是上流社会人士常去的华府著名胜地之一。

在车上,他很不好意思地拉着她的手,告诉了她一些家乡消息:新校舍已经在挖地下室了;维达"老是目不转睛地瞅着她的'扫街',叫他真恶心";可怜的切斯特·达沙韦已在西海岸的一次车祸中呜呼哀哉了。肯尼科特并没有用花言巧语来诱哄她,以博取她的欢心。在参观弗农山的时候,他对那个嵌着镶板的图书室和已故总统华盛顿的牙科器械特别啧啧称赞。

她知道他平日喜欢吃牡蛎,也一定听说过由于格兰特和布莱恩常常光临而名噪一时的哈维餐厅,所以就领他上那儿去了。他欢度假日时愉快的谈笑声一到吃晚饭的时候,却突然变得紧张不安起来。他真恨不得一下子就弄清楚许许多多有趣的事情,比方说,他们俩至今是不是还算夫妇,等等。但他并没有提出任何问题来,他也只字不提要她回家去。他只是清了一下喉咙,说道:"你瞧,最近我试了一下我们的那架旧照相机。这些快照好像拍得不坏吧。"

三十张戈镇及其四郊的风景照片,他一股脑儿都扔给了她。她简直招架不住,好像一下子又被拽到了戈镇。记得当初他追求她的时候也是使用照片来诱惑她的;她一转念又想到他那始终不渝的爱情,以及他仍乐于采取从前已被证明是行之有效的策略;但是,一看到那些熟悉的地方,她就把刚才那种想法忘得一干二净了。此时此刻呈现在她眼前的是:明尼玛喜湖畔白桦树丛里带着闪闪发亮的太阳光斑的蕨类植物;还有一望无际的麦浪滚滚的原野;还有他们自己家里的门廊——从前休常常在那里玩儿的;此外还有那条大街,街上的每一个窗子、每一张脸,她几乎全都记忆犹新。

她把那些快照退回给他,赞不绝口地说他的拍照技巧很高明。于是,他就大谈特谈照相机的各种镜头和曝光时间等。

晚饭吃完以后,他们就闲扯到她公寓里的那些朋友,他们中间仿佛存在着一个第三者,始终固执己见,硬是不肯后退一步,她实在按捺不住了,所以就结结巴巴地说道:

"我已经把你的行李寄存在火车站,因为我说不准你到底在什么地方歇夜。非常抱歉,我们小公寓里那么挤,安排不了你的住处。我们应该要先给你预订一个房间才好呢。所以,我说,现在还是你最好打电话去问问'威拉德'或'华盛顿'旅馆有没有房间。"

他满脸愁云地瞥了她一眼。接下来,他仿佛是在默默地问,而她仿佛也是在默默地回答:她是不是也要到"威拉德"或"华盛顿"旅馆去。但她竭力装作自己根本不知道他们正在辩论的就是这么一个问题。他要是露出胆怯的脸色,本来她就一定会恨透了他的。但是这时候,他既不胆怯,也不恼怒。尽管他对她的那种无动于衷的态度实在受不了,他还是从容不迫地说道:

"是的,我想就这么办吧。对不起,请你等我一下,好吗?……下一步,要不要叫一辆出租汽车,开到你的公寓去待一会儿呢?我的天哪,这里的出租汽车四[司]机在拐弯的时候,不是明摆着超速了吗?他们开起车来比我还愣头青呀!我很想见识见识你的那些朋友,一定都是很有意思的女人,我也想看一看休是怎样睡觉的,还想了解一下他呼吸的机能如何。当然咯,我并不是说他得了小儿扁桃腺肿大,但是我说最好还是确诊一下,嗯?"他轻轻地拍了一下她的肩膀。

他们一回到小公寓,就看到了她的那两位同住在一起的朋友和一个不久前搞妇女参政运动因而坐过牢的女孩子。真怪,肯尼科特居然跟她们还谈得很投机呢。他听了那个女孩子讲狱中绝食抗议的趣闻,禁不住哈哈大笑起来;他告诉那位女秘书打字的时候眼睛累了该怎么办;那位女教师也问他——在她看来,他不是一位朋友的丈夫,而是一位医生——"给感冒病人注射预防针"到底有没有作用。

卡萝尔觉得,肯尼科特嘴里的土话,一点儿都不见得比她们常用的俚语更差劲呢。

他当着众人的面,像大哥哥吻妹妹似的吻了她一下,随后说了一声晚安就走了。

"他这个人真好。"她的那两位女友都这样说,接下去就等着让她自己来吐露心里的秘密。结果她们什么秘密都没有听到,其实,她自己心里也是毫无秘密可谈的。她压根儿也没有什么值得苦恼的事情。她觉得自己再也没有分析和控制的能力,只好任凭人们随意摆布了。

次日,他又到她的小公寓来吃早餐,随后就动手洗碗碟。哪知道这一下子偏偏叫她十分难堪。他在家时脑子里从来不想到洗碗碟的事儿!

她领着他参观游览了许许多多"名胜古迹"——财政部大厦、纪念碑、科科伦画廊、泛美大厦、林肯纪念堂以及它后面的波托马克河,阿林顿公墓和李将军旧邸的圆柱。尽管肯尼科特心里很愿意痛痛快快地玩一玩,可是卡萝尔总觉得他有点儿闷闷不乐的样子,因而不免感到生气。他的眼眸平常毫无表情可言,现在却变得深不可测,好像心事重重似的,他们走过拉斐特广场,站在杰克逊的塑像前,远远地可以望见白宫宁静淡雅的正门,就在这时,他情不自禁地叹了一口气,说道:"真后悔,我早该上这儿来看看就好了。我念大学的时候还得要找一点活儿干;但是赶上不出去干活或是不做功课的时候,我就在宿舍里跟大伙儿说说笑笑瞎胡闹。要知道在吃喝玩乐、调皮捣蛋方面,我的那一拨同学都算得上是尖儿脑儿了。要是我从年轻时候起就开了窍,多去听听音乐会,或是逛逛什么艺术画廊等等,恐怕现在我也许还够得上你所说的知识分子吧?"

"哦,我的天,你不要那么太自卑!你本来就是知识分子嘛!要知道你已是个非常熟练的医生——"

他心里虽然有话要说,可就是踅摸不到合适的词儿来。过了半晌,他总算踅摸到了:

"戈镇的那些照片——你真的很喜欢,是不是?"

"是呀,那还用说嘛。"

"回去看看咱们那个古老的小镇,也不会是大煞风景,是不是?"

"那当然不会。老实说,就像我不久前在这里遇到海多克夫妇时一样,真有说不出的高兴呢。不过话又得说回来,请你务必了解我的心情。这并不是说,从今以后我再也不评头品足了。也许我很乐意回去看看那些老朋友,可是,像我这种区区小事,和戈镇节日里应不应该举行酒宴或者店铺里卖不卖羔羊肉——我想总不会有什么特别关系吧。"他连忙抢白了一句说:"不,不!肯定没有关系!我心里有数。"

"可是我知道,你跟我这么一个事事都要尽善尽美的人住在一起,恐怕是感到很腻味的。"

他咧着嘴笑了起来。像他这样露齿而笑,她也是挺喜欢的。

五

在华盛顿的所见所闻,使肯尼科特激动异常,他在这里看到了年老的黑人马车夫,海军上将,飞机,国税大厦(他应缴纳的所得税最后就在这里入库),"罗尔斯—罗伊斯"牌汽车,林黑文特产牡蛎,最高法院大厅,看望正在参加彩排某一出戏的纽约剧院的经理,林肯去世时所住的那幢房子,意大利军官的大氅,中午把午餐盒卖给机关职员的手推车,切萨皮克运河上的大型豪华游艇,以及能同时领到马里兰州牌照的哥伦比亚特区汽车。

她执意要领他去看看她最喜爱的白绿掩映的小别墅以及具有佐治亚风格的住宅建筑。他承认要是以玫瑰红砖墙为衬底,配上扇形气窗和白色百叶窗,当然比油漆过的盒子式木头房子更加富于浓厚的家庭气氛。他不打自招地说:"你的意思我可明白啦。这些房子一下子叫我想起了老八辈子的圣诞节画片呢。哦,从前你要是一个劲儿把萨姆和我逼下去的话,恐怕我们早就跟着你一块儿念念诗,或是干些什么别的事儿了。哦,你听着,我有没有告诉过你,原来杰克·埃尔德已经把他的车子漆成了这种邪门的绿色了?"

六

他们在吃晚饭。

肯尼科特暗示说:"今儿个在你领我去看那些地方之前,

我心里早已拿定了主意：赶明儿要盖咱们常常议论过的新房子的时候，我就完全按照你的口味去盖。我呢，只是对地基和取暖设备等方面，兴许还有一些实际经验，不过，我知道自己对于建筑艺术，却完全是个门外汉。"

"亲爱的，此刻我也突然吃了一惊，觉得我自己还不是照样一窍不通吗！"

"得了，得了，不管怎么说，反正汽车间和抽水马桶的工程设计由我包了，其他的通通请你费心啦，如果说你——我的意思是说——如果说你真的乐意干的话。"

"多谢你的美意。"卡萝尔不免有点儿猜疑地说。

"卡丽，你听我说，你也许以为我是在向你求爱，其实根本不是。而且我也并不想要你回到戈镇去！"

她一下子目瞪口呆了。

"这真可以说是一种艰巨的内心斗争，但我好像觉得，除非是你自己愿意回来，否则你对戈镇怎么说也是不能容忍的。当然，我盼望你回来几乎快盼疯了，可我也不愿意向你苦苦哀求。我无非要你知道，我是始终等着你回来的。每次邮差上门来，我都巴望有你的来信，等我真的收到了一封，却又吓得不敢把它拆开来，我是多么希望你在信里写着很快就会回来。每到黄昏的时候，你知道，去年整整一个夏天，我根本一次也没有去过湖滨别墅。叫我眼巴巴看着人家笑笑闹闹地在游泳，而你又不在那里，我简直受不了。所以我就一直待在镇上，天一黑下来，我往往坐到门廊里去——我——我好像总觉得你只不过是到杂货店买东西去了，过一会儿就会回来的。我一刻不停地往街上东张西望着，一直到深夜了，仍然不见你回来。这时候，整个屋子里空荡荡的，一点儿声音都没有，我实在不想进屋去。有的时候,我就在椅子上睡着了,过了半夜方才醒过来,而屋子里——哦,真是糟糕透顶!卡丽,你千万要明白,我只不过是要你知道,如果你自己回来,我心里该有多么高兴。可是现在我也不愿意苦苦哀求你回来。"

"你可真是——这实在太——"

"此外还有一点儿事。我要开诚布公地跟你说,我可不是绝对——嘿——绝对没有一点儿差错的。天底下我最心疼的人儿,就数你们娘儿俩了。但是,你有时候对我太冷淡了,我就不免觉得孤单,伤心难过,不用说会溜了出去——这可是万不得已的。"

她心一软,就连忙给他解围说:"这可不要紧。让我们把它忘掉就得了。"

"可是结婚前你好像说过,要是你丈夫做了什么错事,但愿他会告诉你就行。"

"难道我真的这样说过吗?我可不记得了。现在我觉得脑子里乱糟糟的。哦,亲爱的,我的确知道,你一直是心心念念惦着我的幸福。只不过毛病出在这里——因为现在我老是捉摸不定呢。我真不知道自己脑子里在想些什么来着。"

"那你什么都不用去想它,听着就得了!现在让我给你出个主意吧!你不妨先向局里请两星期假。这儿天气一天天冷起来了。我们就到查尔斯顿、萨凡纳①,也许还有佛罗里达去玩玩。"

"去度第二个蜜月吗?"她好像有点儿迟疑不决地问。

"不。恐怕还说不上吧。反正就管它叫咱们第二次谈恋

---

① 查尔斯顿、萨凡纳都是美国大西洋沿岸的海滨游览胜地。

爱吧。现在我可以说是什么要求都没有,只不过想跟着你一块到各地去走走。我说,我虽然有像你这么一个富有想象力和步态轻盈的年轻女人作为游伴,可是我过去从来不知道这就是自己的好造化呀。所以嘛——我想也许你愿意跟我一块儿去南方走马看花、观光一番吧?如果你愿意的话,你不妨就装成是我的亲妹妹——我另外再给休找一个保姆!我要请一个全华盛顿他妈的最有经验的好保姆!"

七

置身在玛格丽特别墅里,查尔斯顿炮台附近的棕榈树一览无遗,远处港湾里湛蓝湛蓝的波涛尽收眼底——卡萝尔的冷淡态度终于在这里冰消瓦解了。

他们俩正坐在迷人的月光下的阳台上,卡萝尔突然大声嚷道:"你说我要不要跟你一块回戈镇去?你就给我出个主意吧。我心里老是摇摆不定,真是烦死了。"

"不行。你还得自个儿拿定主意。老实说,这次我们尽管是在度蜜月,但我觉得我并不想要叫你回家去。看来现在还不是时候。"

她只好瞠目结舌地直瞅着他。

"我希望你回戈镇的时候一定要心满意足才好。赶明儿我一定尽力而为,务必使你感到快乐,不过,我也难免常常会有失算的地方。所以现在我并不希望你仓促行事,而是要你对这件事好好考虑一下。"

这时,她方才如释重负似的舒了一口气。她至今仍然有机会尽情享受许多难能可贵的自由的乐趣。在她重新投入这个樊笼似的戈镇以前,也许她还可以到别的地方去看看,哦,看来她应该到欧洲去一趟。但现在她对肯尼科特却不由得更加肃然起敬了。从前她总觉得自己的生平仿佛就像是一部小说似的。现在她才知道,在她的一生中既没有惊天动地的英雄事迹,也没有富于戏剧性的情节,更没有富于魅力的幸福时刻和勇敢的挑战,但她却认为自己的一生仍然相当重要,因为她是一个平凡的女人,但在这个时代妇女的日常生活中却清晰地表现出反抗的精神。不过,她怎地都没有想到,威尔·肯尼科特这一生中同样也有一段辛酸史,而卡萝尔在其中饰演的角色如同肯尼科特在她的生活中所扮演的一样,都是不太重要的角色;他也会感到困惑不解和难言之隐,简直就像她自己的一样错综复杂;何况他也同样渴望得到温暖和同情。

她凝睇远望着变幻无穷的大海,同时又握住了他的一只手,就这样陷入沉思默想之中。

八

眼下卡萝尔还住在华盛顿,肯尼科特早已回到了戈镇老家。他的来信还是像从前一样干巴巴,不外乎是什么修自来水管呀,什么打野鸭子呀,还有什么费奇罗斯太太得了乳突炎,等等。

有一回,她在吃午饭的时候,跟一位妇女参政运动领袖谈到了她应不应该回老家去的问题。

这位妇女领袖极不耐烦地说:

"肯尼科特太太,我这个人是极端自私的。我怎地也想象不出你就偏偏离不开你丈夫的道理。我觉得,你的孩子在这里上小学,跟在你们老家矮棚屋里上学反正都是一个样。"

"那你的意思是说我最好不要回去,是不是?"卡萝尔不免有点儿失望地说。

"这事可就更棘手呢。我说我自私,意思是说,我看待妇女们的唯一根据,就是从她们能不能为妇女建立真正的政治力量作出有益贡献出发的。而你呢?要不要我开门见山地说一说呢?请记住,当我提到'你'的时候,并不是仅仅指你一个人。在这里,我指的是每年来到华盛顿、纽约、芝加哥的成千上万的妇女,她们对家庭不满,想到大城市来寻找奇迹,她们当中各式各样的人都有,从胆小如鼠、戴着棉手套、年过半百的老妈妈,一直到刚从瓦萨女子学院毕业,就在她们父亲厂里组织罢工的年轻姑娘们!尽管你们对我多少有一点儿帮助,但只有两三个人方才有资格接替我的位置,因为我身上就有这么一个优点(也是唯一的优点吧):我为了爱上帝,就能抛开父母儿女全都不管。

"这对你来说,就是一种严重的考验:你是像人们所说的来'征服东部'呢,还是让东部来征服你自己?

"这个问题比你们任何人想象的更要复杂得多——也比我初出茅庐来改造这个世界时所想象的复杂得多。要'征服华盛顿'或是要'征服纽约',最难的就是千万不能以征服者自居!在从前那些美好日子里,事情还比较简单,当作家的,唯一梦想自己的书能卖掉十万册,雕塑家巴不得在大户人家受到盛情款待,哪怕像我这样的社会活动家,竟然也想得非常天真可笑,希望有朝一日能被选任重要公职,应邀前往各地演说。但我们这些爱管闲事的人,却把事情都给弄得七颠八倒了。最可耻的就是,大家都想要旗开得胜,马到成功。有的社会活动家受到有钱的赞助人欢迎,认为自己的观点务必温和些,方可博得后者的欢心;有的作家也捞了许许多多的钱——真是一些可怜虫,我听说他们还为此向那些衣衫褴褛的坚持到底的人赔礼道歉;我也看到过他们把版权卖给电影制片公司,得了一大笔钱,他们自己都觉得很难为情。

"你愿意在这么一个乱七八糟的世界上作出自己的牺牲吗?要知道在这个世界上,你一旦出了名,就不会受到你所喜爱的人们的欢迎;反正唯一的失败就是廉价的成功;唯一具有个性的人,就是那种彻底放弃个人利益,去为完全忘恩负义的无产阶级服务的人,但他们反过来却会朝他瞪白眼。"

卡萝尔为了讨好她,就微微一笑,表示自己确实很愿意作出自己的牺牲,可是又叹了口气说:"我也不知道;我担心自己还不够英雄气概呢。当然咯,我还没有完全离开家,为什么我还没有作出那么惊人的了不起的——"

"这可不是什么英雄气概的问题。归根到底是有没有忍耐力的问题。你们中西部思想特别保守,真可以说是双料的清教徒——草原上的清教徒再加上新英格兰的清教徒;你们从外表看来坦率粗鲁,很像当年开发西部的拓荒者,但心灵深处至今还像挺立在暴风雪中的普利茅斯港口的岩石那样坚定。你要是想获得成功的话,那只有一个办法,也许这还是一个非常切实可行的办法:你不妨仔细考察一下在你的家庭、教会和银行里接二连三发生的事件,问明白它的前因后果,闹清楚这一成不变的法律究竟是谁最先定下来的。如果说我们妇女十之八九都能这样老实不客气地追查下去,那么,我们大概要不了两万年,就会变成文明之邦了,自然不会像我的那些愤世嫉俗的研究人类学的朋友所断言说的,还要等到二十万年以后方才会实现……到了那个时候,在太太们看来不啻一种轻松愉快而又有钱可赚的在家里做的工作,并且要求人们认清她们的工作性质。这就是我所知道的最危险的一种旁门左道了!"

此刻卡萝尔正在沉思默想:"我就是要回去!赶明儿我要提出许许多多的问题来。从前我常常提问题,总是碰钉子,这次回去我一定要尽力而为,问个明白。我要问问埃兹拉·斯托博迪,为什么他要反对铁路国有化;我也要问问戴夫·戴尔,为什么一个药剂师老是喜欢别人管他叫'医生';说不定我还要去问问博加特太太,为什么她脸上老是挂着一块好像死老鸹似的寡妇面纱。"

这位妇女运动的领袖挺直了腰板说道:"你还有一点也是叫人羡慕的。你有一个孩子,可以常常搂搂抱抱。那对我来说就是一种很大的诱惑。我睡着了,梦里好像梦见过孩子呢——平时我偷偷地溜到公园里去看孩子们玩耍。在杜邦圆形广场小公园里玩耍的孩子们,简直就像一座红艳艳的罂粟园。那些政敌们都说我压根儿不像个女人!"

卡萝尔不由得一怔,暗自寻思道:"当然咯,休应该呼吸一点乡下的新鲜空气!但我说什么也不会让他变成一个乡巴佬。我可不让他在大街上东荡西逛……我想,我说到一定做到。"

她在回去的路上是这样想的:"既然我已然开了一个先例,加入了联合会,参加过一次罢工,知道了团结起来究竟是怎么一回事,所以说我再也不像从前那样感到害怕了。如果说我想要走的话,现在威尔也不会硬是留住我了。有这么一天,我真的会跟他一起到欧洲去的……他要是不去,那我就独个儿去。

"我曾经跟不怕坐牢的人在一起住过。现下我也不妨请迈尔斯·伯恩斯塔姆那种人来吃饭,当然不怕海多克两口子说闲话了……我想这个准定可以做到。

"赶明儿我要把伊弗特·吉尔贝①的歌声和埃尔曼的小提琴曲一起带回去,不用说,那总比秋天麦田里蟋蟀的声音好听得多。

"现下我既能放声大笑,又能镇静自若……我想我一定可以做到这样。"

她虽然觉得自己应该回去,但并不认为自己完全失败了。她对自己的逆反精神感到十分欣慰。那个大草原再也不是烈日下荒芜不堪的土地;它是一头活的黄褐色野兽——从前她跟它搏斗过,并在搏斗中使它变得越发美丽;就在小镇的街道上,可以看到她的希望的影子,听到她迈开大步行进的声音,而且还埋下了伟大而又神秘的种子。

九

从前卡萝尔对戈镇恨之入骨的那种情绪,现在早已冰释了。在她眼里,戈镇已成为一个日夜忙碌的新市镇。她无限同情地想起了肯尼科特过去曾为戈镇市民辩护时所说的"他们都是老实巴交的大好人,一天到晚辛辛苦苦地干活,总是想尽办法要把自己的儿女培养成栋梁之材"。她无限深情地回

---

① 伊弗特·吉尔贝(1867—1944),法国女歌唱家,以演唱反映拉丁区和巴黎生活的歌曲著称。

想起了大街草创时期的那种寒碜劲儿和那些只是临时避避风雨的褐色小棚屋;那些简陋无比、与世隔绝的小棚屋。她觉得实在怪可怜的;他们在妇女读书会上宣读研究论文时附庸风雅,他们在鼓吹"热情支持繁荣戈镇运动"时佯装伟大——这一切不由得使她深表同情。此刻她仿佛看见了大草原上尘雾弥漫、夕阳西斜时的大街景色:在一长溜早年开边拓殖的移民栖居过的小棚屋里,人们正鹄首盼望着她倦游归来——他们脸上露出那么凄苦落寞的神情,就像一位老人眼看着至亲好友纷纷谢世,心中很不是滋味。她又想起了,肯尼科特和萨姆·克拉克很喜欢听她唱歌,此刻她真恨不能马上奔回去唱给他们听听呢。

"最后我终于能用一种比较公允的态度来对待戈镇了。现在我可以说是喜欢它了。"她满怀喜悦地说。

她发觉自己竟然会这么宽宏大量,不免感到自己有点儿了不起。

凌晨三点钟,她突然醒来了,原来是梦见自己被埃拉·斯托博迪和博加特寡妇百般折磨得简直连气都透不过来。

"我一直要想把戈镇变成一个神话世界。人们至今还用这样的古老传说来赞美自己的家乡好,缅怀幸福的童年,珍惜大学时代的友谊。可我们却把这一切通通都给忘了。我也忘了,大街压根儿不觉得自己孤单可怜。它自以为还是上帝佑护下的人间乐土。现在它并没有在盼望着我回去。它觉得有我无我反正都是一个样。"

可是,到了第二天傍晚时分,她又一次把戈镇看成是自己真正的家——它正在炫目的夕照之下等待着她回去。

十

卡萝尔在华盛顿又住了五个月,这才回戈镇去;就在这五个月里,她拼命收集好听的音乐和好看的画,准备一起带回去,以便在今后漫长而又寂静的日子里解闷。

她在华盛顿总共住了将近两年光景。

六月间,卡萝尔动身返回戈镇,这时候,她的第二个孩子已经在胎动了。

第三十九章

一

卡萝尔一路上都在想象着,一回到家里,她会有什么样的观感。哪知道她一到了家,她的每一种观感都跟自己事前想象的完全不谋而合。她一看到每一个熟悉的门廊,一听到亲切地向她寒暄问候的声音,简直使她大喜过望了;而且,这一天她也就成为轰动全镇的新闻人物,不消说,这更加使她觉得受宠若惊。接下来她就忙着到各处去拜客访友。久恩尼塔·海多克絮絮叨叨地谈到他们那次在华盛顿的邂逅,早已把卡萝尔拉到上层社交人物的核心中去了。久恩尼塔从前是她的冤家对头,现在看来很可能成为她最知心的朋友,因为维达·舍温虽然一向很亲热,这会儿却老是站得远远的,深恐她发表一大套从华盛顿贩来的异端邪说。

当天晚上,卡萝尔就到面粉厂去了。面粉厂后面有个电灯厂,发电机发出的那种令人神秘的嗡嗡声,在黑夜里听起来特别响。守夜的钱普·佩里正坐在面粉厂大门口。他伸出两只青筋暴起的手,用一种急促而又发尖的声音说:"我们大伙儿心里都怪惦着你哩。"

这时,有谁在华盛顿还惦着她呢?

有谁在华盛顿能像盖伊·波洛克那么忠实可靠呢?她在街上看到他的时候,他如同往日一样脸上总是笑嘻嘻,她觉得他好像永远不变样,始终是她的一部分似的。

过了一个星期以后,卡萝尔方才认定自己这次回来既说不上高兴,也谈不上后悔。她每天的生活就是这么平平淡淡,庸庸碌碌,好像是在华盛顿机关里上班一样。这就是她的职责所在;放在她面前的是做不完的机械刻板的琐事,听不尽的毫无意义的絮叨,那又有什么办法呢?

卡萝尔心中唯一耿耿于怀的问题,结果却显得那么微不足道。原先她一登上返回戈镇的列车,心情无比激奋,以至甘愿作出自我牺牲:一到家就准备放弃自己那个房间,要一辈子跟肯尼科特同甘共苦了。

殊不知她进了家门才十分钟,肯尼科特就嗫嚅着说:"你听我说,你的那个房间我一直为你看管得好好的,至今一切都保持原状。现在我方才开始用你的观点来看待这个问题了。可我不明白,人们——仅仅是因为两人相亲相爱——干吗要一天到晚吵得大家心里惶惶不安。现下我要是向你说假话,就不得好死的,老实说,我自己也很喜欢单住一个小房间,好让我独自一个人沉思默想。"

二

卡萝尔不久前离开的是这么一座大城市,在那里,人们常常坐到深夜,议论当今世界上的巨大变化,欧洲的革命,基尔特①社会主义,以及自由体诗歌问题。那时她觉得很奇怪,以为整个世界都在不断变化中。

现下她发现实际上并不是那么一回事。

在戈镇,唯一的引人入胜的最新的话题是禁酒令,都说在明尼阿波利斯的某个地方,花上十三块美元就可以买到一夸脱威士忌,还有家里酿造啤酒的配方、"生活费用昂贵"、总统大选、克拉克的新车子以及赛伊·博加特身上那些并不算十分新奇的怪毛病。他们议论纷纷的问题,跟两年前乃至二十年前完全一样,甚至于在二十年以后也还是完全一样。眼前这个世界也许就像一座喷薄欲出的火山,但庄稼人依然还得在山脚下耕地。有时候,火山偶尔喷出的熔岩,就像一条波涛滚滚的大河似的,甚至把他们最好的庄稼地都给毁了,使他们在惊恐万状之余深受其害,可是他们的亲属照例会把这些庄稼地接过来,过了一两年后又回到那里去耕种。

不久以前,镇上新盖了七幢平房和两家汽车行,但卡萝尔并没有像肯尼科特那样大惊小怪,好像有说不出的欣喜似的。她只不过淡然一笑,说:"哦,是呀,那些房子看来也很不错呢。"她特别留意到今日里面目一新的是,最近新落成的那所学校,那令人悦目的砖墙,宽敞的窗子,还有健身房,以及专供学习农艺和烹饪用的各种教室。不言而喻,这是维达的一大胜利,使她心中不由得为之雀跃起来,恨不得也去干一点儿工作——反正干什么工作都行。于是,她就去找维达,兴冲冲地对她说:"我想跟你在一起工作。我一开头要从最基层

---

① 基尔特,即中世纪的行会,同业公会。

做起。"

她果然开始工作了。她每天到农妇休息室去值一小时的班。她在那里唯一的革新创造,就是把那张松木圆桌子漆成黑色和橘红色,使妇女读书会的会友们见了大吃一惊。她一面跟那些农妇们闲扯,一面哄着她们的婴儿,心里觉得很愉快。

她正急匆匆在大街上走去,想要跟芳华俱乐部里的那些会友谈谈心;她一面走,一面惦着她们,所以也就根本无心浏览其丑无比的大街景色。

现在她上街的时候也喜欢戴上夹鼻眼镜了。她开始问肯尼科特和久恩尼塔,她的样子看上去是不是还很年轻,也许不到她的实际年龄三十三岁吧。那副夹鼻眼镜掐得她的鼻子又酸又痛,所以她就考虑改换普通眼镜。可是一戴上普通眼镜,不消说,又会显得更老相了,今后怎么也都变不了。不!她暂时还不打算戴普通眼镜。但她在肯尼科特的诊所里试戴过一次,的确要比夹鼻眼镜舒服得多。

三

韦斯特莱克大夫,萨姆·克拉克,纳特·希克斯,还有德尔·斯纳弗林,正在德尔的理发店里闲聊天。

"嗯,现在我常常看见肯尼科特大夫的太太在农妇休息室里乱忙活。"韦斯特莱克大夫说话里,特别强调"现在"这两个字眼儿。

德尔正在给萨姆刮脸,这时也停了下来。肥皂泡沫正顺着他手里那把刮胡须用的刷子不断往下滴。他开玩笑似的说：

"等着瞧下面她还有啥鬼玩意儿？听说从前她常常嫌弃这个小镇不够漂亮，像她那样的城里小姐住不惯，要我们再缴一些什么特别附加税，硬是想把小镇搞得漂亮一点儿，比方说，要消防队给水栓上套一个布罩子，草坪上竖一些雕塑像——"

萨姆气呼呼地噗的一声把留在嘴边的肥皂泡沫吹掉，立刻旁逸出许多星星点点乳白色的小气泡。他一个劲儿喷着鼻息说："这会儿有一个聪明的娘儿来指点俺们大老粗去建设这个小镇，敢情是俺们的好造化呀。就算她净爱找碴儿，发牢骚，那也比吉姆·布劳塞强，要知道吉姆他夸口说要在这里开多少多少工厂，最后还不是一溜烟跑了吗？！我敢打赌说，肯尼科特太太身上尽管有点儿轻浮不踏实的毛病，但是个聪明人。看到她回来，俺真高兴。"

善于鉴貌辨色的韦斯特莱克大夫连忙改口说："看到她回来，我可也很高兴呀！看到她回来，我可也很高兴呀！她的举止言谈，很有风度，而且学识渊博，看过不少书——也许都是些小说书。当然咯，她跟其他所有的女人一个样，都是根基不够扎实，没有学者派头，对政治经济学简直是一窍不通——只要一听吹牛大王嘴里的什么新的花样儿，她常常就信以为真了。但是话又得说回来，她是个很惹人喜爱的女人。说不定她会把农妇休息室拾掇得干干净净的，要知道这个农妇休息室好比是块金字招牌，会给咱们小镇招徕许许多多生意呢。现在既然肯尼科特太太在外面混了好长一阵才回来，也许她脑袋里的那些馊主意可能甩掉了一些吧。也许现在她心里明白了，如果她还是死劲儿来关照咱们应该如何如何处世为人，那人们难免要笑话她的。"

"可不是,那她准定要栽筋斗的,"纳特·希克斯咂着嘴唇,摆出一副不偏不倚的姿态说道,"依我看来,我说她呀算得上是咱们镇上首屈一指的漂亮娘儿们。唉,真是我的天哪!"他喟然长叹了一声,不由得语惊四座了,"我说这会儿她心里一定在惦着从前我手下的那个瑞典小伙子瓦尔博格吧!他们俩真是天生匹配的一对!老是在一起谈诗呀,还有什么月光呀等等!他们俩要是再这样卿卿我我待下去的话,包管要达到难舍难分的——"

萨姆·克拉克马上把纳特的话给打断了:"胡扯淡!他们俩一向正经得很,什么谈情说爱的事儿,他们脑子里从来还没有想过呢。他们不外乎是在一起谈谈书呀,还有什么一文不值的问题。老实告诉你,卡丽·肯尼科特是个非常聪明的女人,而这些受过教育的聪明女人,照例会有许许多多怪可笑的念头,可是一等到她们有了三个或四个小娃娃以后,不消说,早就忘得一干二净了。你们等着瞧吧,过了一两天,她心情马上会安定下来,就会去主日学校教书,而且乐于跟乡亲们应酬交际,热心帮忙,规规矩矩,安分守己地做人,不会再去瞎管闲事,或是侈谈什么政治问题了。我说准是这样的!"

稍后,他们又花了十五分钟谈到她的长筒丝袜,她的儿子,她跟肯尼科特分开住的那个房间,她所喜爱的音乐,她跟盖伊·波洛克之间的老交情,她在华盛顿大概挣多少薪水,以及她回来以后曾经说过的每一句话。在这家理发店里举行的"最高议会"最后作出决定,他们一致同意让卡萝尔·肯尼科特继续活下去,接着他们又津津有味地倾听纳特·希克斯讲一个旅行推销员和一位老小姐之间的风流韵事。

四

　　由于某种卡萝尔完全难以探索的理由，莫德·戴尔似乎对她回来很反感。在芳华俱乐部聚会的时候，莫德好像有点儿神经质似的哧哧笑着说："嗯，我想你一定觉得战时服务工作是一个很好的遁词，可以趁机往外面跑，随心所欲地玩个痛快吧。久恩尼塔！你说该不该让卡丽给我们谈谈她在华盛顿认识的那些军官？"

　　她们的衣裙发出一阵窸窣声，两眼瞪得大大的。卡萝尔仔细地端详着她们，觉得她们这种好奇心很自然，但又像是无关痛痒似的。

　　"是呀，的确值得一谈，不过，依我看还是改天再讲吧。"她打了一个呵欠说。

　　现在卡萝尔再也不像从前那样，把贝西·斯梅尔舅妈看得需要严加防范，以免自己不慎会被后者缚住手脚。她明白，贝西舅妈并不是存心要事事干扰她，说穿了，只不过想给外甥肯尼科特一家子做一点儿好事罢了。卡萝尔从这里不由得联想到老年人的悲哀：要知道一个老年人的最大悲哀，并不在于他的气力大大不如年轻人，而是在于年轻人认为根本不需要他，在于他的那种拳拳慈爱之心以及循循善诱的处世之道，遭到年轻人的讥笑。卡萝尔开始猜到贝西老舅妈的心里去了。如今她懂得，当贝西舅妈跌跌撞撞走来，送上一瓶野葡萄果酱的时候，心里其实很巴望她这个外甥媳妇急于向自己请教一番做果酱的配方呢。贝西老舅妈再提出一阵阵令人窒息的、沙漠热风似的问题时，她说不定会觉得有点儿恼火，但她心里再也不会老是郁郁不乐了。

现在她哪怕听到博加特太太在说话,也不会感到心情沮丧了。比方说,有一回,她听见博加特寡妇说:"现下禁酒令我们已然争取到了,因此我觉得下一步头等重要的大事,与其说是禁止抽卷烟,还不如说是要督促大家过好安息日。凡是在主日①去打棒球或是去看电影的,都算是犯了法,应该通通给抓起来才对。"

只有一件事大大地伤了卡萝尔的虚荣心:很少有人向她打听有关华盛顿的情况。想当年珀西·布雷斯纳汉回乡的时候,乡亲们都怀着无比羡慕的心情,洗耳恭听他的高谈阔论。现如今卡萝尔所说的尽管言之凿凿的事实,可乡亲们就是压根儿不感兴趣。她发觉自己既想做勇敢的叛逆又想当衣锦荣归的英雄,实在可笑得很!她在暗自琢磨这件事的时候,尽管心安理得,而且还自嘲了一番,但她毕竟从来没像现下那么伤心透顶过。

五

八月里,卡萝尔生了一个女孩子。她怔地也拿不定主意,今后是让这个女孩做一个妇女运动领袖呢,还是做一位科学家的妻子,还是这两种身份兼而有之。但这一点她心里是肯定的:将来务必让她女儿上纽约瓦萨女子学院,刚进大学的时候还要给她做一套漂亮的衣服和一顶黑色小圆帽。

----

① 按基督教教俗,即指礼拜日(星期日)。

六

休在吃早饭的时候特别爱说话。他很想谈谈他对猫头鹰和在F街上玩耍的印象。

"别出声。你这个孩子太爱嚼舌根。"肯尼科特冲着休大声吆喝道。

卡萝尔动火了,说:"跟他说话可不要那样,好吗?你干吗就不能听他讲讲?他要讲的是一些非常有趣的事情呢。"

"你这话是什么意思?难道说你要我一天到晚听他瞎叨咕吗?"

"为什么不可以?"

"别的先撇开不谈,这个孩子也得学一点儿规矩了。从现在开始,他应该受正规教育了。"

"其实,无论是规矩也好,教育也好,我从他那里学到的,比他从我身上学到的还要多得多呢。"

"这是怎么一回事?难道说你的这套抚育孩子的时新理论,就是从华盛顿引进的吗?"

"也许是吧。你有没有想到过,孩子——毕竟也是个人呀?"

"那还用说嘛。可我总不能让他在餐桌上一人独占,说个没完没了呀。"

"当然不能老是听他一个人说。我们也有说话的权利。可是话又得说回来,我想要把他培养成为一个真正的人。就像你我一样,他也会有许许多多思想观点,我还要让他自己来加以发展,千万不要相信戈镇的那一套思想观点。你我眼前最重要的工作——就是不要再那样'教育'他。"

"得了,这个事儿我们不用再吵嘴了。可我压根儿不想把他给宠坏了。"

过了十分钟以后,这件事肯尼科特就给忘了。这一回,不知怎的卡萝尔同样也给忘了。

七

这是深秋时节的一个晴朗的日子,一碧如洗的天空和金光灿烂的大地相互辉映,煞是好看。就在此刻,肯尼科特夫妇和萨姆·克拉克夫妇开了车,前往北边两湖之间的狭长地带打野鸭子去。

肯尼科特交给她一支轻便的小口径猎枪。她破题儿头一遭学射击,全神贯注地瞄准目标,开枪时连眼睛眨巴一下都不行。到现在她才懂得枪头上那个小小的准星和瞄准目标很有关系。这时候,她简直喜形于色;她和萨姆同时开枪打一只野鸭子,萨姆硬说那只野鸭子就是她一枪打中的,她几乎也信以为真了。

她坐在芦苇丛生的湖岸上一面歇息,一面心不在焉地听克拉克太太絮絮叨叨地谈些无关紧要的话。正是灰蒙蒙的薄暮时分,四下里寂静无声。他们背后是一片片黑魆魆的沼泽地。刚犁过的地里散发出一股股清香的味儿。湖面上泛着石榴红和银白色,闪烁不定。那两个男人正等着最后一批野鸭子掠过湖面,他们说话的声音在习习的凉风中分外清晰。

"留神左边!"肯尼科特拖长声调大叫大嚷起来。

三只野鸭子排成一行,一瞬间凌空俯冲下来。砰砰砰,枪声大作,有一只野鸭子在空中不断往下翻筋斗。那两个男人划着小船贴着晶光锃亮的湖面向前驶去,一下子隐没在芦苇丛里。他们的愉快谈话声,不紧不慢的溅水声和咿呀咿呀的划桨声,从茫茫的暮色中传到了卡萝尔耳里。这时,天上有一大片火红的落日余晖,倾泻在静谧的港汊里,顷刻之间便化为乌有;波平如镜的湖面看上去就像是一块白色的大理石;肯尼科特大声叫嚷着:"喂,我的老太婆,咱们一块儿回家吧。今儿这顿晚饭,一定是别有风味的。"

"我要和埃塞尔一起坐在后面。"卡萝尔上车时说。

她生平头一次叫克拉克太太的名字;卡萝尔——她如今已成为大街上一个老成持重的女人——也是生平头一次自愿坐在车子的后座。

"我肚子饿了。肚子饿一下,倒也不错呢。"一路上,她就这样暗自忖度道。

她越过静悄悄的田野,往西陲远眺着。她仿佛看到,一片片绵亘不断的土地,一直透迤到落基山和阿拉斯加;她仿佛看到,当其他一些帝国已趋于老朽衰颓的时候,将有一个伟大的国家崛起,称雄全球。她知道,在那个伟大的时刻还没有来到之前,将有好几百代人像卡萝尔那样为了远大的抱负,不可避免地成天要跟因循守旧的习惯势力进行搏斗,最后却赍志而殁,竟然落到既没有柩衣,更没有人来给他们唱一首庄严的赞美诗的悲惨结局。

"明天晚上我们一起看电影去吧。这部片子,真是怪有劲儿的。"埃塞尔·克拉克提议说。

"嗯,我原来打算看一本新书的。可是……得了,那我们就一块去看电影吧。"卡萝尔回答说。

743

八

"他们这些人真讨厌,"卡萝尔叹了一口气对肯尼科特说,"我心里一直在琢磨着,想要搞一个一年一度的全镇居民人人参加的盛大节日,到了那一天,整个镇上的人都要不念宿怨世仇,和衷共济,一起出来参加运动会、野餐会和交际舞会。可是哪知道伯特·泰比——你们为什么偏偏非推选他当镇长不可呢?——他却把我的这个点子给偷走了。不知怎的他也想搞那么一个全镇居民人人参加的盛大节日,但他还打算邀请一位政客来'作一次演说'。像他要搞的那种装腔作势、搔首弄姿的玩意儿,正好是我竭力回避、坚决不搞的东西。事前他还征求过维达的意见,不用说,她早已表示赞成了。"

他们慢条斯理地上楼的时候,肯尼科特一面在给闹钟上弦,一面还在琢磨这个问题。

"是的,伯特既然已经插了一手,当然你一定很不高兴的,"他和颜悦色地说,"你真的打算要为这个节日摆噱头大干一场吗?你老是那么来回折腾,自寻烦恼,要搞什么社会试验,难道说到现在你还不感到厌倦吗?"

"你问我厌倦吗?嘿,我的工作还没有开始哩。你瞧!"她领着他来到了婴儿室门口,指着她女儿那一头宛如绒毛似的褐色短发说,"你看到枕头上的那个东西吗?你知道那是一个什么样的东西吗?现在我就告诉你,那是一枚炸弹呀——以后它要把那些自鸣得意的人通通炸死。你们那些保守派要是放聪明一点,恐怕就不会去逮捕无政府主义者;依我看,你们还不如趁这些小娃娃在小床上睡着的时候,通通把他们抓起来就得了。你不妨想一想:那个小女孩在公元二〇〇〇年去世以前,她的所见所闻和所作所为又会是什么样的情景呢?说不定她会看到全世界工人联合起来,人类的飞船正在驶向火星!"

"哦,是的,到了那时候,说不定会有很大的变化呢。"肯尼科特打着呵欠说。

她坐在他的床沿,肯尼科特正在五斗柜里东找西寻,找的是他的一条领子,自以为就在柜里,可是不知怎的却遍找不见。

"我要一如既往干下去。现在我觉得很快乐。但从全镇人人参加的盛大节日这一个例子中,充分说明我失败得该有多惨呀。"

"那条该死的领子,真他妈的找不着了。"肯尼科特先是咕哝着,接下去又大声嚷道,"是的,我说你——亲爱的,你刚才说的是什么呀,怪我走了神,没有听清楚。"

她一面拍拍他的枕头,把他的床单整理了一下,一面大声说道:

"可是话儿又得说回来,我也有成功的地方,尽管我一生中屡遭失败,但我从来没有对自己的理想嘲笑过,也没有假装自己好像走得太远了。我始终不承认大街是个尽善尽美的地方!我始终不承认戈镇比欧洲还要伟大、还要高贵!我始终不承认像洗碗碟那样的工作,就会叫天底下的所有妇女都心满意足!也许我这一仗打得不够漂亮,但我至今仍然忠于自己的信仰。"

"当然咯。那是明摆着的事儿。"肯尼科特说道,"哦,得了,祝你晚安。这会儿我觉得好像明天也许会下雪呢。恐怕还得赶快给窗子安装好防风板。喂,你有没有看见女用人把旋凿放在哪儿呀?"

附　录

授　奖　辞

瑞典皇家科学院常务秘书　埃里克·阿克塞尔·卡尔费尔德

今年诺贝尔文学奖的获得者,是一个土生土长在长期以来同瑞典有着联系的美国人。他生在明尼苏达盛产玉米的大平原上,拥有两三千人口的索克镇。他的小说《大街》(出版于一九二〇年),描写过这个小镇,虽然它的名字叫作戈弗·普雷赖①。

这是一个大草原,那里岗峦起伏,湖泊纵横,橡树繁茂,形成了那个小镇和许许多多极其相似的其他小镇。拓荒者要有地方去出售他们的谷物,商店要去采购他们的供应品,银行要发放他们的抵押贷款,医生要替人祛病除痛,牧师则要拯救人们的灵魂。乡村和城镇之间虽然相互合作,但同时也有矛盾冲突。是城镇为了乡村才存在呢,还是乡村为了城镇才存在?

---

① 意谓"地鼠草原"。戈弗即北美产的金花鼠(亦名地鼠),而金花鼠州则为明尼苏达州的别名。

这个大草原让人们感到了它那巨大的威力。严冬季节像我们瑞典一样漫长寒冷,骇人的风暴刮来的大雪,堆积在低矮寒碜的房屋和宽敞的街道上。盛夏时节,烈日炙烤,不仅酷热异常,而且全镇臭气冲天,因为这里既不打扫街道,又没有排污沟渠。不过,小镇自然也有它的优越性;它是大草原上的一朵鲜花。它已把经济脉络掌握在自己手中,它又是文明的中心——处在这些依附于土地的外国籍奴隶——德国人和斯堪的纳维亚人中间一个浓缩了的、值得夸耀的美国。

因此,这个小镇怡然自得地充满了自信心,相信有真正的民主(但不排除人们分属各自合适的阶层),笃信一种健全的商业道德,以及实现汽车化带来的幸福;因为大街上有着许许多多"福特"牌汽车。

这个小镇上来了一位充满逆反思想的年轻的女人。她要把这个小镇里里外外改造一番,但是遭到完全失败,她的尝试几乎都化成泡影。

就描写一个小镇生活来说,《大街》当然是最优秀的艺术作品中的一部。毫无疑问,这个小镇首先是美国特有的,但是,作为一种精神生活的背景来说,它也可能恰好坐落在欧洲。如同路易斯先生一样,我们许多人都吃过它的丑陋和偏执的苦头。强烈的讽刺曾经引起了当地人们的抗议,但是,谁都用不着急于看到路易斯在勾勒他的家乡小镇和乡亲们时那种宽容的笔调。

可是,在戈镇趾高气扬的自满情绪背后,隐藏着嫉妒心。临近大平原的边缘,即是圣保罗和明尼阿波利斯等城市,它们多少已成为大都会中心,不论是在阳光照耀下,或在夜间电灯大放光明时,摩天大楼的窗子总是闪闪发亮。戈镇一心希望也要像它们一样,并且认为时机已经成熟;基于战时小麦价格上涨,要掀起一场进步的运动。

于是,戈镇引进了一个树桩演说家①、一个真正干劲冲天的煽动者,他声嘶力竭地、口若悬河地扬言说:戈镇不费吹灰之力,就可以带头成为拥有二十万人口的城市。

巴比特先生——乔治·福兰斯比·巴比特——就是这么一个城市里的幸福市民(《巴比特》出版于一九二二年)。这个城市名叫泽尼斯,但是地图上也许不可能找到那个地名。这个城市及其扩大了的界限,后来就成为路易斯先生抨击美国方式这个领域的出发点。这个城市规模比戈镇大一百倍,所以,百分之一百的美国方式要比戈镇多上一百倍,自我满足的情绪也要比戈镇多上一百倍,它那乐观主义和进步精神的魅力,则体现在乔治·福·巴比特这个人物形象中。

事实上,巴比特也许接近理想中的美国中产阶级里深孚众望的英雄。在他看来,商业道德同个人行为守则相互依存,是一种公认的信仰产物。他毫不犹疑地认为:人就应当工作,增加他的收入,享受现代化的最新成果,完全符合上帝的旨意。他觉得他恪守了这些圣训,所以跟他自己和社会都相处得完全和谐一致。

他的职业是地产生意,得到了最高级的生活享受,他的寓所靠近城市,还有树木和草坪,里里外外都是够水平的。他的轿车款式符合他的身份地位,他开着车子在大街上横冲直撞,得意扬扬地好像一个处在行车危险之中的年轻英雄。他的家庭生活也符合中产阶级平均水平。他的妻子对丈夫在家里发

---

① 美国竞选时有人以树桩作为讲台,发表演说。

牢骚早已习惯了,他的子女不太讲礼貌,但那都是人们意想得到的事。

他身体非常健壮,营养极好,精力旺盛,警觉性高,脾气温和。他每天在俱乐部进午餐时大饱耳福的,是深有启发的生意经和够刺激的笑话逸闻;他与众人都合得来,而且惹人喜爱。此外,巴比特还是一个有着雄辩天才的人。他深知所有全国性的标语口号,在俱乐部和群众集会上演说时,他滔滔不绝地讲得几乎令人头晕目眩。甚至对最崇高的牧师,他都不乏同情心。他从知名诗人考尔蒙迪雷·弗林克的友情之中得到乐趣,弗林克将自己的天才全用来为形形色色的厂商撰写引人注目的、朗朗上口的广告,因而每年赚到的进项十分可观。

巴比特就这样过着意识到自己有社会地位的一个无可指责的公民的生活。可是,嫉妒的上天诸神始终俯瞰着幸福增长得太多的凡夫俗子。像巴比特那样的灵魂,当然,不可能有所长进;它一开头就是一件按照标准模式打造成的东西。于是,巴比特发现自己有趋于恶习的倾向,对于这种恶习他虽然不是全然弃置不顾。他快到五十岁的时候,就急急巴巴地进行弥补。他搭上了一种很不合乎道德的关系,同一拨轻浮的年轻人在一起厮混,他充当了一个肯在少女身上乱花钱的老色迷。可是,他终于因为自己的行为不端而受罚了。他在俱乐部进午餐时,由于朋友们缄口不言和疏远冷淡,越发感到痛苦难受。他们暗示说,他正在把自己在这个进步委员会里未来一员的机会断送掉。这里指的自然就是隐隐呈现在他眼前的纽约和芝加哥。他终于恢复了自己的良知,看到他下跪在他的牧师书房里接受赦罪,颇有诲人的味道。随后,巴比特更加专心致志,献身于主日学校和其他有益的社会活动。他的故事刚开始就告结束了。

路易斯先生自己曾经表示过,他想要用自己的讽刺去抨击的,正是代表错误思想的那些规章制度,而不是某些个别的人物。巴比特相信宿命论,一生囿于一种世俗的、但同时又是浮华的功利主义的界域里,是一个几乎惹人喜爱的人物。因此,路易斯先生能够塑造出巴比特这个人物典型来,就是他在艺术上的一个胜利,也是文学上几乎罕见的一个胜利。

巴比特是天真的,而且还是一个大胆表达自己信仰的信徒。这个人从本质上说并没有什么错,他总是那么乐呵呵地使人精神为之一爽,以致他几乎被誉称为美国精力和活力的一种象征。世界上哪儿都有粗鲁汉子和市侩庸人,但从逗人喜爱这一点来说,恐怕他们半数人才不过只有巴比特的一半哩。

除了这个光彩夺目的人物典型,以及书中其他一些呼之欲出的人物以外,路易斯先生还展现了他那无与伦比的遣词用语的天才。请听一下,比方说,坐在纽约快车包厢里一小群商人旅客的一段交谈吧。一个未曾预料到的光环悬照着推销这个行业。"在他们看来,充满传奇色彩的英雄人物——已不再是骑士、行吟诗人、骑马牧人〔亦即西部牛仔〕、飞行员,也不是年轻勇敢的地方检查官,而是——了不起的主管经销的经理,在他的玻璃台面的办公桌上有一份商品推销问题分析,他的高贵的头衔是'富于积极进取精神的能人',他自己和他的所有年轻的忠实的伙计们,都献身于销售这个无比伟大的目标——并不是推销某一种特定的商品,也不是专为某一个特定的人或专向某一个特定的人推销,而是纯粹的推销。"

《阿罗史密斯》(出版于一九二五年)是一部具有更为严肃性质的作品。路易斯在作品中试图用各种表现形式来描述医学科学和医师职业。众所周知,美国在自然科学中物理学、化学和医学研究领域里,同我们这个时代的最优秀国家并列,曾经多次公开获得过这样的赞扬。巨大的资源供它支配。许多研究机构,捐赠基金丰厚,为自己的不断发展而工作。

有一些投机取巧分子即使在这里,都想利用这样大好的机会,那也可以被看成是不可避免的事。一些私人企业密切注意科学上的发现,很想在它们经过试验、最后获得成功之前即能牟利。比方说,那个细菌学家无比谨慎小心地在找寻痘苗,以便治理到处蔓延的疫病,而制药厂老板恨不得马上从细菌学家手里抢过来,以便进行大规模生产。

马丁·阿罗史密斯在一位有才华和正直的老师指导下,已成为一个科学理想主义者。他一生从事研究的悲剧在于,他在作出一项重要的发现之后,迟迟没有把不断更新的试验公开宣布,后来巴斯德研究所里一个法国人就抢在他之前发表了。

这部书里有如收藏丰富的画廊似的,展现出医学界各种不同类型的人物。我们看到一些医学院里的嘈杂声,以及他们爱争吵和耍诡计的教授们。小说里有一个不露锋芒的乡村医生(令人想起《大街》里的那个乡村医生),他以自己能跟他的病人打成一片,成为他们的后援和安慰而引为光荣。我们还看到从事公共保健和社会福利的那个精明的组织者,他已得到广大群众欢迎和政治威望。接下来我们看到一些规模巨大的研究所以及他们看来独立不羁的调查研究人员,但是经理部门在某种程度上说必须考虑到捐献者的商业利益,驱使全体研究人员不得不为了研究所的荣誉而工作。

在所有这些医学界人物形象中间最突出的,是阿罗史密斯的老师、流亡的德国籍犹太人戈特利布,作者在描绘他时充满了热烈赞美之情,仿佛让人想到一个栩栩如生的典型人物。他是一个纯洁无瑕的、忠于科学的奴仆,但同时又是一个愠怒的无政府主义者和有点冷淡的厌世者;作为仁慈的施主,他怀疑这种仁慈是不是就像他做试验时杀害动物一模一样。此外,我们在书中还遇到那个瑞典医生古斯塔夫·桑德利厄斯,一个光芒四射的泰坦,他鼓起勇气,唱着歌儿,走遍全世界,搜寻洞穴里的害虫,消灭毒鼠,焚毁疫病蔓延的村庄,大力传播他的福音,说卫生学注定要把医学消灭。

与所有这一切并行发展的,是马丁·阿罗史密斯的个人历史。路易斯写得实在太巧妙,使他笔下的人物不会没有缺点;马丁常常因为一些错误而感到痛苦,这些错误有时看来已经阻碍了他作为一个人和一个科学家的发展。他在一所医院里遇到的是一个无足轻重的护士,他这个不爱安宁、优柔寡断的年轻人,就从这个小妇人那里得到过很大帮助。当他这个郁郁不得志的医科大学生开始在国内漂泊流浪的时候,他到遥远的西部一个小村子去看望她,就在那里她成为他的妻子。她是一个忠诚纯朴的人,一点儿要求都没有,耐心地、孤独地期待着,哪知道她的丈夫被科学这个妖仙所诱惑,已完全沉醉在自己工作的迷宫之中。

后来,她陪同他和桑德利厄斯一起到那个疫病蔓延的岛上去,阿罗史密斯想要在那里试验他的血清。当他心烦意乱地倾听另一个比科学更富有诱惑的尘间美女的叹息声,这时她已死在一间弃置不用的茅屋里,仿佛就成了这位浑朴纯真、牺牲自己的妇女一生中富有诗意的、至高无上的最后一幕。

这部作品里有着丰富的学问,不仅令人赞叹,而且还被专家们证实为精确无误。路易斯虽然是一位善于轻巧灵活地运用词语的大师,但就他的艺术基础来说,他从来不是浅尝辄止。他对细节描写的研究,始终是像诸如阿罗史密斯或戈特利布科学家的研究工作那样仔细缜密,详尽周到。在这部作品中,路易斯为他自己的父亲的职业、也是为医生(当然不是庸医或骗子)这个职业树立了一座丰碑。

他的长篇巨著《埃尔默·甘特利》(出版于一九二七年),就像给这个社会机体上最最碰不起的一个部位来了一次外科手术。现在也许大可不必到世界上什么地方去搜寻古老清教徒的嘉言懿德,但是,在美国某个最古老的角落里,人们大概可以找到这一教派中一些残余分子,他们认为续娶再嫁就是有罪的,因为上帝喜欢人们变成寡妇或鳏夫,痛恨人们放债取息。可是另一方面美国毫无疑问必须缓和它在宗教上僵硬不变的态度。至于像埃尔默·甘特利这样的传教士在美国声名狼藉到什么样程度,我们瑞典人就一点儿都不可能会有印象的。既不是他在布道时有如趾高气扬的拳击家那样粗莽草率的派头(《哈啰,魔鬼先生!》),也不是他在教堂大门里面成功地募集捐款和招徕听众,就能掩盖得了这一可悲的事实:原来他是一个异常讨厌的家伙。路易斯先生既不愿意,也不可能给予这个人物以任何诱人的特征。可是,这部小说的一大功绩,就是在描写艺术上却做到了刚健、有力、真实;它那味道十足、色调灰暗的讽刺具有一种毁灭性的力量。我们也用不着指出,既然伪善行为到哪儿都有一点儿,要是谁敢在这么近的射程内攻击它,对自己来说,就无异于祸从天降。

辛克莱·路易斯的最新作品,叫作《多兹沃兹》(出版于一九二九年)。在他的一些作品中,我们早就瞥见过泽尼斯最贵族化的、甚至连巴比特之流都没法跻身其间的一个家庭。也许所谓"最贵族化",在美国就是常常指"最富有的",不过,萨姆·多兹沃兹既是贵族化的,又是富有的。即使在三百年之后,他还谈到自己脉管里流的是英国血液,急欲了解自己祖祖辈辈的土地。他是一个美国人,但不是一个沙文主义者。跟他结伴同行的是他的妻子弗兰。她已经四十出头,而他则年过半百。她是一位冷冰冰的美人儿,虽然生过几个子女,依旧娟秀有如处子。在欧洲的氛围里,她灿然盛放,有如一朵光艳夺目的奢华之花,沉迷于虚荣、享乐和自私之中。她走得太远了,爱她的那个秉性安静的男人不得不离开她,听其自然了。

有一回,他独自思考《欧洲——美国》这个问题,而作为一个真正的生意人,他要弄清楚自己跟两者的利益。他想到了很多东西,说真的,毫无偏见。他的观察结果之一,就是:欧洲这块土地上还多少保留旧时代的安静气氛,但被到处都是无休止地追求犯罪记录的美国所奚落。不过话又说回来,美国毕竟是一个富有青春活力和大胆进行试验的国家。当他回到美国的时候,我们可以想见辛克莱·路易斯的心也跟随着他。

是的,辛克莱·路易斯是一个美国人。他写的是一种新的语言——美国语言——作为代表一亿两千万美国人的一种语言。他要求我们注意到:这个国家至今还不算完善或者熔化殆尽;它依然处在青春期这个狂烈的年代。

  伟大的美国新文学是和民族自我批评一起开始的。它是一种健康的标志。辛克莱·路易斯具有不仅用他的坚实的手,而且还用他嘴边的微笑和他心中的青春活力来推动自己开垦土地的耕犁的天才。他开辟了新的耕地,他具有一个新的开拓者的风度。他是一个拓荒者。

  辛克莱·路易斯先生,我在这个会上是用一种你所不懂的语言来谈论你的。本来也许我可以滥用这个机会来说你的坏话。可我并没有这样做。我是把你当作伟大的美国新文学中坚强、年轻的领袖之一来谈论你的。此外,你在瑞典人心坎里有着特殊的亲切感。你就是在我们旅美的瑞典同胞中间出生的,你在自己的著名作品里用友好的语言提到了他们。今天,我们很高兴看到你在这里,同时我国还要将它自己的荣誉授予你。现在,我请求你跟我一起走下来,从我们国王陛下手里接受它。

美国人对文学的恐惧

——受奖演说

如果我要把我在接受诺贝尔文学奖时所感到的荣幸和欣喜的心情表达出来,本来可能言不由衷,也许还会冗长乏味,所以现在我就简单地说一声"谢谢",聊表微忱。

我想在这篇讲演里谈一谈当前美国文学的某些倾向,某些危险和某些非常令人兴奋的前景。为了完全坦率地、毫不遮遮掩掩地来讨论这个问题——我只好这样完全坦率地,甚至轻率地来跟你们一起讨论,因为我可不乐意采用别的讨论方式,深恐有扰尊听——所以,我在谈到我最亲爱的祖国的某些研究机构和某些人物时,就不得不有一点儿失之不恭了。

可是,请你们相信,我这绝不是在发泄私愤。命运对待我简直太好了。我几乎不太知道斗争和穷困,可我却见过许多宽宏大量的事情。有时,我因为我的作品或本人的缘故受到相当强烈的指责——加利福尼亚有一个好心的牧师,他读了我的《埃尔默·甘特利》以后,恨不得带领一伙暴民向我动私刑;另一个缅因州的神职人员很想知道,究竟有没有一种既体面而又合法的方式,可以让我锒铛入狱。还有比这类暴怒的判罪更要厉害的是:我在新闻记者中有一些老相识,正如美国有一句流行的俚语所说:"我只是在俱乐部里跟他见过面。"

他们竟然乱写一通,说他们了解我这个人,所以嘛,我必定是个下流坯,当然算不上什么作家啦。不过,要是我不时接到过这么令人愉快的砖头,我自己就得把更多的砖头给扔出去,居然还胡思乱想大概不会得到好报吧。

不,就个人来说,我是毫无怨言的,不过,就整个美国文学及其在国内的地位来说,我是颇为不满的,因为,在工业、金融和科学兴旺发达的美国,只有建筑和电影两门艺术方才是必不可缺和受人尊敬的。

我可以举出一件事来加以说明,这件事恰巧牵连到瑞典皇家科学院和我本人,发生在好几天以前,正好我在纽约搭乘轮船前来瑞典之前。在美国,有一位博学的、非常和蔼的老绅士,曾经当过牧师、大学教授和外交官。他是美国文学艺术科学院的一个成员,好几个大学授予他名誉学位。作为一个作家,他主要写了论述钓鱼乐趣的一些令人愉快的小品文才出名的。我不认为以捕捉鳕鱼和鲱鱼为生的渔夫会把钓鱼看成娱乐消遣,但是,我还是个孩子的时候就从那些小品文里知道:捕鱼确是一种非常重要和高雅的事情,只要你不是靠捕鱼为生的话。

这位学者公然声称:诺贝尔评奖委员会和瑞典皇家科学院把诺贝尔奖金授予一个像我那样尽情嘲弄美国规章制度的人,就是对美国的侮辱。我可不知道,他会不会像从前当外交官时那样,企图借此机会制造国际事端,也许还会要求美国政府派遣海军陆战队,开进斯德哥尔摩,来保卫美国文学的权利,我说,但愿不是那样。

我不妨这样假设:一个如此博学以致获得神学博士、文学博士,以及我所不知道的、令人艳羡的冠冕堂皇的称号的人,对这个事情似乎会有不同的看法;我还可以这样假设:他认为,"虽然我个人不喜欢这个人的作品,可是瑞典皇家科学院选中了他,那就是尊敬美国,说明美国人不再是一个幼稚、粗野的、如此低等以至于还害怕批评的部族了,美国是一个业已成年的民族,能平静而老练地考虑对他们国家所作的、哪怕是带着嘲弄性质的任何分析。"

我甚至还可以这样假设:一个享有如此国际声誉的学者会相信,一个持有极端无政府主义观点,认为美国即使拥有她的全部财富和威力,至今还没有创造出一种卓越的文明,以便满足人类最紧迫的需求的作家,大概不会使熟悉斯特林堡①、易卜生②和彭托皮丹③的斯堪的纳维亚感到特别震惊吧。

我相信斯特林堡很少唱《星条旗》歌④或者到扶轮社去演讲的,但是在他之后,瑞典好像还是继续存在下去。

我花了那么长的篇幅去谈论这个博学的渔夫的批评意见,倒不是因为它本身有多么重要,而是因为它可以说明下面这个事实:在美国,我们——不仅是读者,而且甚至是作家——我们绝大多数至今仍然害怕既不赞扬所有的美国东西、也不赞扬我们的错误和我们的优点的文学。一个小说家要想在美国做到不仅作品畅销,而且真正受人爱戴,就必须断言说:所有的美国人都是高大的、漂亮的、富裕的、诚实的,打起高尔夫球来也很出色;所有的城镇居民,都是朝夕相见、和

---

① 斯特林堡(1849—1921),瑞典著名作家。
② 易卜生(1828—1906),挪威著名诗人及剧作家。
③ 彭托皮丹(1857—1943),丹麦著名小说家,1917年度诺贝尔文学奖获得者。
④ 美国国歌。

睦友爱;虽然美国姑娘可能狂放不羁,她们总是可以变成贤妻良母;从地理上来说,美国就是由全被百万富翁居住的纽约、至今依然保存着一八七〇年狂热的英雄主义的西部,以及人人都靠永远是月光皎洁、木兰花香的种植园生活的南方所组成的。

我们有一些作家,比如,像你们在瑞典早已熟知的德莱塞①和薇拉·凯瑟②那样的小说家,今天确实跟二十年前一模一样,在美国不大受人欢迎,影响也不大。正如我刚才援引的那位令人可敬的捕鱼院士所泄露的,为通俗杂志写作的作家至今仍然受到最大的尊敬,他们都语重心长地重复说,今天拥有一亿两千万人口的美国,仍然是纯朴的、富于田园风味的,如同从前仅有四千万人口时一模一样;在一家拥有上万名职工的工厂里,工人和经理之间的关系,仍然是和睦友好,毫不复杂,如同一八四〇年只有五名雇工时一模一样;今天住在三十层楼大厦一套豪华公寓里、家门口停着三辆汽车、书架上摆着五本书;下星期家里有人即将离婚的父与子、夫与妻之间的关系,正好如同一八八〇年攀满玫瑰花的五间房的小小院子里的关系一模一样;最后,美国虽然已经从乡里乡气的居留地一变而为世界帝国,但是山姆大叔牧歌式的、清教徒式的简朴情调却丝毫没有改变。

说真的,我非常感谢那位捕鱼院士对我从轻发落。因为,既然他是美国文学艺术科学院的重要成员,他已然给我松绑了,给了我像他谈论我时那样坦率地谈论美国文学艺术科学

---

① 西奥多·德莱塞(1881—1945),美国著名作家。
② 薇拉·凯瑟(1873—1947),美国著名女作家。

院的权利。要想认真研究今日美国知识界,就不能不考虑到这个奇怪的研究机构。

不过,在我谈到这个文学艺术科学院之前,让我扼要地谈谈我在横越波涛汹涌的大西洋时出现的怪念头,它使我在旅途中必然无事可做的几天里感到愉快。我相信,现在你们早已知道,授予我诺贝尔奖金在美国并没有完全受到欢迎。毫无疑问,你们对这种事情不会觉得新奇的。我想,当你们把奖金授予托马斯·曼①(我觉得他的《魔山》概括了整个欧洲知识界)甚至当你们把奖金授予吉卜林②(他在社会上产生了那么深远的意义,所以就有人以相当权威的口吻说是他缔造了不列颠帝国)甚至当你们把奖金授予萧伯纳③的时候,那些作家的同胞中也有人认为你们没有另选他人而大发牢骚。

我曾经想要声明一下,你们不妨选另一个美国人,而不要选我。比方说,你们就选西奥多·德莱塞。

我和许多其他美国作家一样认为:德莱塞常常得不到人们的赏识,有时还遭人忌恨,但跟任何别的美国作家相比,他总是独辟蹊径,勇往直前,在美国小说领域里,为了从维多利亚时期和豪厄尔斯式的胆怯与斯文风格转向忠实、大胆和生活的激情而扫清了道路。没有他披荆斩棘地开拓的功绩,我怀疑我们中间有哪一位——除非他心甘情愿去坐牢——敢于描写生活、描写美、描写恐怖。

---

① 托马斯·曼(1875—1955),德国小说家,1929年度诺贝尔文学奖获得者。
② 吉卜林(1865—1936),英国诗人、作家,1907年度诺贝尔文学奖获得者。
③ 萧伯纳(1856—1950),英国作家、剧作家和幽默大师,1925年度诺贝尔文学奖获得者。

我的了不起的同行舍伍德·安德森①公开推举德莱塞为我们的首领。他的意见我欣然赞同。德莱塞敢于在三十年前出版、而我在二十五年前就读过的他的头一部伟大小说《嘉莉妹妹》，像一股强劲的自由的西风，席卷了株守家园、密不通风的美国，自从马克·吐温②和惠特曼③以来，头一次给我们闷热的千家万户吹进了新鲜的空气。

不过，要是你们把奖金授予德莱塞先生，你们就会听到来自美国的一片嘘声：你们就会听人说他的风格——这个神秘莫测的"风格"包括些什么东西，我确实说不上来，反正在一些不见经传的批评家的文章里，我时常看到这个字眼，所以我想它一定是存在的——你也许会听人说过德莱塞的风格是笨拙滞重的，德莱塞选择的词语不够敏感，德莱塞的作品篇幅冗长。当然，那些可敬的学者会抱怨说，在德莱塞先生笔下的男男女女，往往是有罪的、悲惨的、绝望的，而不是永远乐观的、快活的、德行高超的，就像真正的美国人那样。

要是你们选中了尤金·奥尼尔④先生——他对美国戏剧的最大功绩，就是在十年或二十年时间内使我国戏剧的面貌完全改观，从干净利落地巧弄诡计的虚假世界转向壮丽的、可怕的、宏伟的世界——有人就会提醒你们，说他所做的比嘲弄更要坏得多，在他心目中的生活可不像一个学

---

① 安德森(1876—1941)，美国诗人兼小说家。
② 马克·吐温(1835—1910)，美国小说家、幽默大师。
③ 惠特曼(1819—1892)，美国著名诗人。
④ 奥尼尔(1888—1953)，美国著名剧作家，1936年度诺贝尔文学奖获得者。

者书房里摆设得那样高雅整洁,而是像某种骇人的、雄伟的、往往类似龙卷风、地震、吞噬一切的大火那样恐怖的东西。

你们要是把奖金授予詹姆斯·布兰奇·卡贝尔①先生,人们就会告诉你们,他这个人简直是心眼儿坏透了。人们还会告诉你们,薇拉·凯瑟小姐,纵然在她描写内布拉斯加州农民的那些小说里有着历数家珍那样亲切的优点,而在她的小说《迷惘的女人》里,却跟美国独特的、固有的和可能令人厌烦的美德大相径庭,她描写了一个仪态端庄、姿色依然楚楚动人的弃妇,因此,这篇故事也就根本谈不上道德不道德了;至于亨利·门肯②先生,在所有的嘲弄者中间,就数他最坏;舍伍德·安德森先生十恶不赦地胡诌说,性生活如同钓鱼一样,是生活中一种重要力量;厄普顿·辛克莱③是一个社会主义者,他因反对美国资本主义大规模生产而罪孽深重;约瑟夫·赫格希默尔④先生不是真正的美国人,他认为文雅的风度和优美的仪表只会成为日常生活中的累赘;欧内斯特·海明威⑤先生不仅年纪太轻,而且,更糟糕的是他采用了绅士们不应该知道的那些语言;他承认酗酒是人通往幸福的不朽途径之一,并且还断言说,一个士兵可以认为爱情要比战场上大肆屠杀生灵更为重要。

是的,我的那些同行,他们心眼儿都坏透了;你们要是选

---

① 卡贝尔(1879—1958),美国作家。
② 亨利·门肯(1880—1956),美国作家兼评论家。
③ 厄普顿·辛克莱(1878—1968),美国作家、社会主义者。
④ 赫格希默尔(1880—1954),美国小说家。
⑤ 海明威(1898—1961),美国著名小说家,1954年度诺贝尔文学奖状得者。

中了他们,几乎如同选中了我一样不愉快;我呢,作为一个爱国狂的美国人——请注意,只是作为一九三〇年的美国人,而不是一八八〇年的美国人——我深感庆幸的是:他们都是我的男女同胞,甚至在托马斯·曼、H.G.威尔斯、高尔斯华绥、克努特·哈姆生、安诺德·贝内特、孚希特万格、塞尔玛·拉格洛夫、西格利特·温塞特、魏尔纳·封·海顿斯坦、邓南遮和罗曼·罗兰①的欧洲,我可以满怀自豪地念到他们的名字。

我的命运就是经常在乐观和悲观之间来回地改变态度;反正不拘是谁,只要写到或讲到美国——当前世界上这个最矛盾的、最不景气的、最动荡不安的国家——也都会得到同样的命运。

就这么着,我以无法掩饰的自豪感提出了一长溜儿我认为是当代美国文学生活中伟大的男女作家的名字,我确实也来不及再举出十几个我想要加以赞扬的名字,我还得回过头来,再次强调一下:是的,固然我们在商业上和科学上都建立

---

① 威尔斯(1866—1946),英国著名作家、政论家、科幻小说家。
高尔斯华绥(1867—1933),英国小说家,1932年度诺贝尔文学奖获得者。
哈姆生(1859—1952),挪威作家,1920年度诺贝尔文学奖获得者。贝内特(1867—1931),英国作家。
孚希特万格(1884—1958),德国作家。
塞尔玛·拉格洛夫(1858—1940),瑞典女作家,1909年度诺贝尔文学奖获得者。
温塞特(1882—1949),挪威女小说家,1928年度诺贝尔文学奖获得者。
海顿斯坦(1859—1940),瑞典诗人、小说家,1916年度诺贝尔文学奖获得者。
邓南遮(1863—1938),意大利作家。
罗曼·罗兰(1866—1944),法国著名作家,1915年度诺贝尔文学奖获得者。

了那么卓有成果和充满活力的基础,但是,不论是我们当代美国文学也好,还是除了建筑和电影两门以外的其他美国艺术也好,我们还都没有稳固的基础,没有健全的联系,没有可资仿效的英雄和应予诅咒的恶棍,没有必须遵循的康庄大道,也没有应该回避的危险歧途。

美国小说家、诗人、戏剧家、雕塑家或画家,除了凭借个人品德力量以外,必须单枪匹马、漫无目标、孤立无援地进行工作。

当然,艺术家的命运历来也是如此。流浪汉和罪人弗朗索瓦·维雍①,肯定不会有什么整洁、舒适的庇护所,在那里风姿绰约的太太小姐握住他的手,抚慰他那饥饿的心灵和饿得发慌的躯体。他这个真正了不起的人物,命中注定啃干硬的面包皮,踯躅在臭水沟旁,可他也是命中注定要比所有的公爵和有权有势的红衣主教更叫后世人们怀念,尽管当时连摸一摸他们的衣袍,他都不配啊!

那样穷困潦倒不是对美国艺术家说的。我们得到的报酬,的确太优厚了;哪个作家要是没有管家,没有小轿车,棕榈滩②上又没有别墅(在那里他可以跟银行业巨头几乎平起平坐),这才算是失意潦倒了。可是作家受到的压力却比贫穷更要不得:——他觉得他写了一些不太紧要的事情,读者一心指望他仅仅是个陪衬摆设或者小丑角色,要不然还善意地把他看作一个嘲笑者,也许他嘴巴恶毒,心地善良,也许他就是一个好心眼儿的家伙,但在一个能盖八十层楼大厦、生产几百

---

① 弗朗索瓦·维雍(1431—?),法国诗人。
② 美国佛罗里达州东南部市镇,避寒胜地。

万辆轿车和几十亿蒲式耳①小麦的国家里,当然他怎么也起不了什么作用。没有那样的机构,也没有那样的团体,他可以向它们汲取灵感,他可以接受它们的批评,而且,在他看来,它们的赞扬更是弥足珍贵。

那么,我们有的是什么样的机构呢?

美国文学艺术科学院里,跟好几位卓越的画家、建筑师和政治家在一起的,还有像尼古拉斯·默里·巴特勒那样真正杰出的大学校长,还有像威尔伯·克罗斯②那样令人钦佩的英勇果敢的学者,以及好几位第一流的作家:诗人埃德温·阿林顿·罗宾逊③和罗伯特·弗罗斯特④,无忧无虑的政治家詹姆斯·特拉斯洛·亚当斯⑤,以及小说家埃迪丝·沃顿⑥、哈姆林·加兰⑦、欧文·威斯特⑧、布兰德·惠特洛克、布思·塔金顿⑨。

可是,美国文学艺术科学院的成员里却没有西奥多·德莱塞,没有我国最富有生气的批评家亨利·门肯,没有乔治·琼·内森⑩(尽管他年纪还轻,在我国戏剧评论界无疑执牛耳),没有我国独步文坛的最优秀的戏剧家尤金·奥尼尔,没有真正富有独创性的重要诗人,比如,埃德纳·圣·文森特·

---

① 谷物量器,约合 35.238 升。
② 克罗斯(1862—1948),美国文艺学家、教育理论家。
③ 罗宾逊(1869—1935),美国诗人。
④ 弗罗斯特(1875—1963),美国诗人。
⑤ 詹姆斯·特拉斯洛·亚当斯(1878—1949),美国历史学家。
⑥ 埃迪丝·沃顿(1862—1937),美国女作家。
⑦ 哈姆林·加兰(1860—1940),美国作家。
⑧ 欧文·威斯特(1860—1938),美国作家、政论家。
⑨ 布思·塔金顿(1869—1946),美国作家。
⑩ 乔治·琼·内森(1882—1958),美国批评家、散文家。

米莱、卡尔·桑德堡、罗宾逊·杰弗斯①、凡切尔·林赛②,以及埃德加·李·马斯特尔斯③,他的《斯庞河诗集》跟以前任何别的诗歌作品迥然不同,它是那么清新,那么可信,那么不拘一格、独出心裁,创立了美国乡土诗歌的新流派。这个科学院里也没有下面那些小说家和短篇小说家,比如,薇拉·凯瑟、约瑟夫·赫格希默尔、舍伍德·安德森、林·拉德纳④、欧内斯特·海明威、路易斯·布罗姆菲尔德⑤、威尔伯·丹尼尔·斯梯尔⑥、范尼·赫斯特⑦、玛丽·奥斯丁⑧、詹姆斯·布兰奇·卡贝尔、埃德纳·费伯⑨,也没有厄普顿·辛克莱,关于他,你们一定会说,不管你们赞扬还是憎恶他那咄咄逼人的社会主义思想观点,他在国际上的声誉却超过了任何一位别的美国艺术家,不论后者是小说家、诗人、画家、雕塑家、音乐家、建筑师。

我可并不指望科学院有幸将所有这些作家都吸收进来,但是一个研究机构,要是连他们中间一位都不吸收,因而让自己同美国文学中那么多的生气勃勃、充满活力、富有独创性的事物断绝来往,那么,这样的研究机构同我们的生

----

① 埃德纳·圣·文森特·米莱(1892—1950),美国女诗人。
卡尔·桑德堡(1878—1967),美国诗人。
罗宾逊·杰弗斯(1887—1962),美国诗人。
② 凡切尔·林赛(1879—1931),美国诗人。
③ 埃德加·李·马斯特尔斯(1869—1950),美国诗人、小说家。
④ 林·拉德纳(1885—1933),美国作家。
⑤ 路易斯·布罗姆菲尔德(1896—1956),美国作家。
⑥ 威尔伯·丹尼尔·斯梯尔(1886—1970),美国小说家。
⑦ 范尼·赫斯特(1889—1968?),美国女小说家。
⑧ 玛丽·奥斯丁(1868—1934),美国女作家、批评家。
⑨ 埃德纳·费伯(1887—1968),美国女作家。

活和愿望就不可能有任何联系。这样的文学艺术科学院代表不了当代美国文学——它仅仅代表亨利·华兹华斯·朗费罗①一人。

有人也许可以这样回答说，美国文学艺术科学院毕竟只有五十个名额，自然不能把每一个有功之人通通都包括进来。但是，事实上，我们屈指可数的几位巨擘都被摈于门外，这个科学院里居然还能容纳三个特别糟糕的诗人，两个简直天晓得的剧作家，两位只是因为当了大学校长才出名的绅士，一个三十年前作为相当灵巧幽默的画家而出名的人，以及好几位——恕我无知——我从未听说过的绅士。

让我再一次强调这一事实——因为这是千真万确的——我可不是在攻击美国文学艺术科学院。它是一个殷勤好客、慷慨大方、毫无疑问地高贵的研究机构。我们文学界许多重要人物没有进入科学院，可也不能全怪科学院。有时还得怪那些作家自己。我不能想象，头发灰白的、笨拙的西奥多·德莱塞在科学院高贵的宴会上会感到舒服的，因为门肯要是应邀参加的话，就要大声喧闹、尽情挖苦，准叫他们大为光火。不，我这不是在攻击——我实在出于万般无奈才这样议论科学院的，因为它是美国知识分子生活脱离一切真正重要的现实准则的一个绝好的例证。

这种脱离现象，不幸在我国绝大多数大学、学院或者大学预科里也有。我认为其中有四所大学，即佛罗里达州的罗林斯学院、佛蒙特州的米德尔伯利学院、密歇根大学和芝加哥大学——在芝加哥大学任教的，曾经有过像罗伯特·

---

① 亨利·华·朗费罗(1807—1882)，美国著名诗人。

赫里克那么优秀的小说家,像罗伯特·莫斯·洛维特那么勇敢的批评家——这四所大学对当代富有创造性的文学表现出真正的兴趣。总共才只有四所大学。可是在美国,大学、学院、音乐学院,以及教授神学、修理管道和绘制广告招牌的专门学校,就跟马路上的汽车一样多。你只要看到一幢筑有哥特式的窗户、矗立在坚实的印第安纳混凝土宅基上的公共建筑物,就可以肯定说:它又是一所大学,那里的学生从二百名到两万名人数不等,但是,为了避免学究气这一不利影响,谋取一个文学士之后所享有的社会特权,他们都表现出同样的热忱来。

哦,我们的大学在社会上是同我国广大群众息息相关的,比方说,在体育运动方面就是这样。一场大型大学橄榄球赛就有八万名热情的观众,他们每人买门票花了五块钱,从十英里到一千英里以外的地方专程开了汽车赶来,为的是如痴似醉地观看二十二名球员在界限鲜明得出奇的场地上互相追赶。每当橄榄球联赛季节,一位杰出的球星的身份地位,简直就像我们最伟大和最受人爱戴的英雄——甚至犹如亨利·福特①、胡佛总统②和林德伯格上校③一模一样。

而统治我们的商业巨头,只乐于崇拜知识领域之一——科学上的热心之士。我们商界贵族中间有人可能对诗歌或一个画家的想象表示极端不满,但是对待米利肯、迈克尔森、班

---

① 亨利·福特(1863—1947),美国汽车制造业巨头。
② 胡佛总统(1874—1964),美国第三十一任总统。
③ 林德伯格(1902—1972),美国飞行员,于1927年首次横渡大西洋不着陆飞行成功。

廷、西奥博尔德·史密斯①那样的人物,却很宽宏大量。

可是怪就怪在这里:在艺术领域里,我们的大学同现实和生气勃勃的创作竟是如此远离隔绝,就和它们在社会上、科学上、体育运动上同我们密不可分一样。对一个真正的美国大学文学教授来说,文学可不是今日任何一个普通人煞费苦心地打造出来的。不,它是某种僵死了的,由一些超人变戏法似的打造出来的东西,而这些超人,如果说他们都被看作艺术家的话,想必在那个魔鬼发明的打字机出现以前至少一百年就已经死掉了。在大街上行走、穿着平淡无奇的衣裤、外貌跟汽车夫或农场主差不离的任何一个普通人,就可以把文学打造了出来,这种想法叫哪一个真正的大学教授都要产生相当的反感。我们美国的教授们喜欢他们的文学干净、冷淡、纯洁和死气沉沉。

我不认为这种现象唯独美国大学里才有。我知道,牛津和剑桥的教授们认为,要是让那些不应该还活着的威尔斯、贝内特、高尔斯华绥和乔治·摩尔②同那个永眠于九泉之下的萨缪尔·约翰生③进行比较,看来是相当失敬的。我想,在瑞典、法国和德国的大学里,宁愿剖析、不肯深思的教授也是大有人在。不过,人们会期望在美国这么一个新颖的、充满活力、勤于探索的国家里,文学教师比处在古老欧洲传统的阴影

---

① 米利肯(1868—1953),美国物理学家,诺贝尔奖金获得者。
迈克尔森(1852—1931),美国物理学家,诺贝尔奖金获得者。
班廷(1891—1941),加拿大著名医生,首先发现以胰岛素治疗糖尿病,诺贝尔奖金获得者。
西·史密斯(1859—1934),美国细菌学家。
② 乔治·摩尔(1852—1933),爱尔兰小说家、批评家、剧作家。
③ 约翰生(1709—1784),英国作家、著名英文词典编纂家。

之下的那些文学教师,要少一点遁世色彩,多一点人情味。

殊不知他们并不是如此这般。

最近在美国,从大学里出现一个令人惊骇的小团体,名叫"新人文主义"。当然咯,现在"人文主义"一词包含了那么多的东西,所以也就失去了任何意义。这个词儿可以随便指哪个东西,从主张古希腊文和拉丁文比当代农民所说的方言更要神气活现,到主张任何一个活着的农民都比死了的古希腊人有趣得多。不过,这个莫名其妙的时髦流派给自己贴标签时选用了这个莫名其妙的词儿,倒是很有一点儿意思了。

就我目前对他们的理解来说——自然,在今天这么一个令人振奋、充满希望的世界上,生活异彩纷呈,出现了齐伯林式飞船①、中国革命、布尔什维克的农业工业化、汽艇、大峡谷、小孩儿、可怕的饥馑和科学家们独自探索上帝的学说,——可是,哪一个富有创造力的作家都没有时间去探讨那些新人文主义者的全部令人可怕的狂热思想——这个最新派别重申了人性的二元论。在他们看来,文学就至多只能描写人的灵魂同上帝之间的斗争,或者描写人的灵魂同邪恶之间的斗争了。

可是,说来也怪,不论是上帝,还是魔鬼都不能穿现代服装,他们还得照旧穿上希腊人的祭袍。新人文主义者认为,俄狄浦斯②是一个悲剧人物;但在处于强者如林的威胁之下和拼命推销的世界上,一个人力图使自己依然保留浑

---

① 齐伯林(1838—1917),原为德国一将军,他首创飞船。
② 根据希腊传说,俄狄浦斯是底比斯王子,因受命运播弄而弑父娶母。

朴纯真的天性,就不是悲剧人物了。他们聊以自慰地说,生活的目的就在于自我节制——而不管人们有了这种自我节制之后能不能得以实现。说到底,新人文主义者并不特别新奇的学说无非是:艺术和生活都必须是消极的、否定的。这就是传入我们这个动荡不安的、大举革新的世界的一种最反动的学说。

真是怪得很,这种僵死了的学说,就这样逃避错综复杂、险象环生的生活而遁入无忧无虑的修道院式的虚无缥缈的境界,却在我们的教授们中间流传很广(本来人们寄希望于我们的,只是大胆探索的精神),结果使富有创造性的作家们同想象之中来自大学的任何有益影响更加隔绝了。

但这种情况历来就是如此。美国至今还没有出现过勃兰兑斯①、泰纳②、歌德③、克鲁齐④那样的人物。

尽管美国拥有如此众多的创作人才,我们的批评界由于按照嫉妒的老处女、从前采访棒球的记者和尖酸刻薄的教授意图进行活动,多半是冷冷清清,微不足道的。我们的埃拉斯慕斯⑤曾经当过乡村女教师。既然从来没有人能把艺术准则制定出来,我们怎么还会有什么艺术准则呢?

十九世纪中叶伟大的剑桥—康科德派——爱默生⑥、朗

---

① 勃兰兑斯(1842—1927),丹麦著名批评家,以《十九世纪文学主流》一书著称于世。
② 泰纳(1828—1893),法国文艺理论家,著有《艺术哲学》。
③ 歌德(1749—1832),德国著名文学家、诗人。
④ 克鲁齐(1866—1952),意大利美学家。
⑤ 德西德利乌斯·埃拉斯慕斯(1466—1536),著名语言学家,生于荷兰鹿特丹,后寓居英、法等国,是文艺复兴运动领导者之一。
⑥ 爱默生(1803—1882),美国诗人、散文家、哲学家。

费罗、洛厄尔①、霍姆斯②、奥尔科特父女③——是欧洲感伤文学的反映,他们没有留下任何学派、任何影响。惠特曼、梭罗④和坡⑤,在某种程度上说,还有霍桑⑥,都是叛逆者,孤独者,遭到他们那一代的新人文主义者鄙视、痛骂。直至威廉·迪安·豪厄尔斯⑦在文学界的崛起,我们才头一次有了某种类似准则的东西,尽管这个准则是那么糟糕透顶。

豪厄尔斯先生是最文雅、最可爱和最诚实的人中的一个,但他皈依虔诚的老处女的礼教习俗,这种老处女常常以有幸在教区牧师寓所喝午茶为无上乐趣。他不仅憎恶亵渎神明和淫秽言行,而且还憎恶 H.G. 威尔斯称之为"生活中的委琐粗俗"。他对生活曾经有过不切实际的幻想,他天真地认为那是现实主义的,农场主、海员和工人可能实有其人,但是农场主身上绝不会沾上粪肥,海员从来不会大声高唱淫秽的小曲,工人一定对好心肠的雇主感激涕零,想必他们个个都巴望有机会去佛罗伦萨一游,见到奇形怪状的乞丐便微微一笑。

豪厄尔斯如此强烈地感受到新人文主义这种体面的哲学,才能对他的同时代人产生巨大影响,甚至一直延续到一九一四年和世界大战的动荡岁月。

他居然真的能使也许是我国作家中最伟大的一位——马

---

① 洛厄尔(1819—1891),美国评论家、诗人,主编《大西洋月刊》。
② 霍姆斯(1809—1894),美国哈佛大学教授,也写过小说。
③ 勃朗森·奥尔科特(1799—1888),美国教育家、哲学家。其女路易莎·奥尔科特(1832—1888),美国女作家,著有小说《小妇人》。
④ 梭罗(1817—1862),美国诗人,信仰先验论,爱默生的信徒。
⑤ 爱伦·坡(1809—1849),美国诗人、小说家。
⑥ 霍桑(1804—1864),美国著名小说家。
⑦ 豪厄尔斯(1837—1920),美国小说家。

克·吐温驯服,叫那个暴躁的大老粗身穿文绉绉的燕尾服,头戴大礼帽。他的影响直至今日还没有完全消失。哈姆林·加兰至今还崇拜他,其实,应该说加兰是在各方面都要比豪厄尔斯伟大的一个作家,但在豪厄尔斯的影响下,他却从一个严厉的、伟大的现实主义者变成一个和蔼可亲的、微不足道的训诫者。加兰先生是当代美国文学界的首领(我们至今也才有这么一位首领);而作为我们的首领,他对那些缺乏鉴赏力的年轻的作家感到焦虑不安,因为他们认为:男人和女人并不总是根据祈祷书相爱的,普通人有时使用的语言在大街①妇女文学俱乐部里会看成是不登大雅之堂。然而,就是这个哈姆林·加兰,还是个年轻人的时候,在他前往波士顿、成为有文化的人和豪厄尔斯化以前,曾经写过两部最勇敢的、揭露性的现实主义作品——《大路》和《荷兰坳里的玫瑰花》。

这两部书我还是孩子的时候就读过,当时我住在明尼苏达州大草原上的一个村子里——加兰先生小说里描写的正是这样的环境。那两部书使我受到了巨大鼓舞。我在阅读巴尔扎克和狄更斯的作品的时候,已经懂得确实可以把法国和英国的普通人描写得真的如见其人一样。可是,我从来没有想过,描写明尼苏达州索克镇上的居民时,既要顾全体面,又能逼真得如闻其声。你们知道,我国的小说传统是:我们中西部乡镇上人人都是高尚和幸福的;我们中间没有一个人乐意把住在大街上友爱和睦的福祉,去换取纽约、巴黎或者斯德哥尔摩的那种笃信邪教的俗丽。但是,我在加兰先生的《大路》里发现确有这样的人,他相信中西部的农民有时也张皇失措、挨

----

① 路易斯在答词中所说的"大街",恐是当时美国所谓文明社会的同义词。

饿、卑鄙——同时又很英勇。洞察了这一点以后,我思想上得到解放了;我就可以把生活写得活脱儿像生活本身一样。

我害怕加兰先生要是知道正是他使我根据我所看到的美国,而不是像威廉·迪安·豪厄尔斯那么乐观地看到的美国去描写美国,他不仅会不高兴,而且还会痛心疾首。而这就是他的悲剧,一个彻底暴露了的美国悲剧:在我们这个自由国家里,像加兰那些人,首先炸毁了通往自由的道路,自己也都变得最受束缚了。

不过现在,像豪厄尔斯那样的人如此溢于言表地想要导致美国变成英国的小城镇那样暗淡无光,有一些乖戾的、真正的人——惠特曼和梅尔维尔①,随后是德莱塞和詹姆斯·亨尼克尔②和门肯——却一个劲儿说,我们的国家除了雍容典雅以外还有更多的东西。

所以,即使没有准则,我们照样也过来了。我们过去没有准则,看来对坚强的年轻人也许更好些。因为,在我仿佛用悲观的口吻谈论我深深地热爱着的祖国之后,我想用非常轻快乐观的语调来结束这支挽歌。

我对美国文学的未来充满了热切的希望和信心。我相信,我们正在从安稳、健全和难以置信的愚笨的乡土观念那种令人窒息的氛围里走出来。今天,年轻的美国作家正在写那么热情洋溢和真实可信的作品,处在他们中间,我不免怅然感到自己年纪太老了。

我们有欧内斯特·海明威,一个历尽辛酸的年轻人,经过

---

① 梅尔维尔(1819—1891),美国小说家。
② 亨尼克尔(1860—1921),美国文学评论家。

最严峻的生活考验,他对自己要求极高,是个真正的艺术家,他以整个生活作为自己的根据地;我们有托马斯·沃尔夫①,我说,他还是个小伙子,大概三十岁不到,他的唯一的一部小说《望家乡,天使》,堪与我国优秀的文学作品相媲美,他是个对生活充满了极大乐趣的高康大②式的人物;我们有桑顿·怀尔德③,他在现实主义时代幻想着古老的、美妙的、永远是罗曼蒂克的梦境;我们有约翰·多斯·帕索斯④,他仇恨巴比特的那些安稳、健全的标准,他充满了光彩夺目的革命热忱;我们有斯蒂芬·贝尼特⑤,他缅怀了老约翰·布朗的光荣业绩⑥,给美国单调的文学恢复了史诗这种鸿篇巨制的体裁;我们有迈克尔·高尔德,他揭露了犹太人聚居的东区⑦这个迄今未曾开拓过的领域;还有威廉·福克纳⑧,在他笔下的南方早已不穿箍着圆环张开的裙子;还有约莫十来个年轻的诗人和小说家,现在他们大多数寓居巴黎,热衷于詹姆斯·乔伊斯⑨的传统几乎有点儿发狂,尽管他们有多么发狂,但是对文雅的、传统的和单调的东西,他们还是绝对容忍不了的。

我满怀喜悦之情向他们致敬,因为,我毕竟离开他们并不

---

① 托马斯·沃尔夫(1900—1938),美国小说家。
② 文艺复兴时期法国作家拉伯雷名著《巨人传》中的主人公。
③ 桑顿·怀尔德(1897—1975),美国作家。
④ 约翰·多斯·帕索斯(1896—1970),美国小说家。
⑤ 斯蒂芬·贝尼特(1898—1943),美国诗人、戏剧家。
⑥ 指他的著名长诗《约翰·布朗的躯体》(1928年),被誉为美国诗歌中的典范。
⑦ 泛指贫民区。
⑧ 威廉·福克纳(1897—1962),美国作家,1949年度诺贝尔文学奖获得者。
⑨ 詹姆斯·乔伊斯(1882—1941),爱尔兰作家,意识流小说的开拓者。

太远，他们决心要把无愧于美国的伟大气派的文学，献给美国——这么一个有着崇山峻岭和一望无际的大草原，许多巨大的城市和落后的圆木小屋，亿万的财富和庄重的信念，既像俄国那样陌生，又像中国那样复杂的国家。

辛克莱·路易斯
1930年12月12日

辛克莱·路易斯小传

辛克莱·路易斯一八八五年二月出生在美国中西部明尼苏达州索克镇(Sauk Center)乡村医生的家庭里。自幼身体虚弱,养成了孤僻的性格,酷爱英国名家司各特、狄更斯等文学作品,细心观察社会生活,实际上已为日后文学创作做了准备。十七岁中学毕业,先在奥伯林学院补习半年,后考入耶鲁大学,开始写作,显示了他的文学才华。一九〇八年大学毕业以后,主要在美国各地从事新闻工作,丰富的阅历为他后来小说创作积累了大量素材。一九一二年发表了头一部作品,即儿童历险小说《步行与飞机》(Hike and the Aeroplane)。一九一四年,他的头一部长篇小说《我们的雷恩先生》(Our Mr. Wren)在文学界受到好评。次年,长篇小说《猎鹰记》(The Trail of the Hawk)出版。一九一五年末,他携妻驾车漫游美洲大陆,写下了《费力的事》(The Job)和《无辜的人》(The Innocents)。一九一九年举家迁往明尼苏达州圣保罗,同年出版了长篇小说《自由的空气》(Free Air)。以上这些作品在当时文坛上都没有产生什么影响。

一九二〇年秋,路易斯的主题新颖、风格别致的长篇小说《大街》(Main street)出版,由于它讽刺了各地小城镇新兴的骄塞自满的中产阶级,揭示了美国公众关心的社会问题,具有鲜明的时代色彩,立即风靡整个美国,一年内连续再版竟达二十八次之多,被称为"二十世纪美国出版史上最轰动的事件"(哪怕时至今日,仍然未被哪一位美国作家所超越)。随后,路易斯仍以揭露美国社会现实为题材,陆续出版了《巴比特》(Babbitt)、《阿罗史密斯》(Arrowsmith)、《埃尔默·甘特利》(Elmer Gantry)、《多兹沃兹》(Dods worth)等长篇巨著。这时,他的小说创作可以说已达到了顶峰。上述五部长篇小说,被认为现代美国现实主义文学杰作。据最近美国学者撰文认为,路易斯揭露社会现实的长篇小说,实际上已成为当代美国"政治小说"的先声,在文学史上占有重要地位。一九三〇年,路易斯荣获诺贝尔文学奖,蜚声国际文坛;二十世纪三十年代以后,创作日见衰竭。其他较为重要的作品,还有:《了解柯立芝的人》(The Man Who Knew Coolidge)、《安·维克斯》(Ann Vickers)、《不能在我们这里发生》(It Can't Happen Here)、《吉迪恩·普莱尼什》(Gideon Plandish)、《卡斯·廷伯兰》(Cass Tinber lane)、《王孙梦》(Kingsblood Royal)等。

路易斯晚年寓居意大利,一九五一年一月十日病逝于罗马,后来他的遗骸移葬于故乡索克镇,墓碑上刻着"《大街》的作者"供后人瞻仰。

辛克莱·路易斯

为路易斯杰作《大街》点赞

——拙译《大街》屡屡再版感言

说真格的,美国不外乎是域外各族群移殖聚居地,立国历史短浅,文化底蕴欠缺,早先一直不被欧洲看作列强之一。殊不知迨至1930年,仿佛晴天霹雳似的,美国打破零纪录,作家辛克莱·路易斯(1885—1951)捷足先登,获得诺贝尔文学奖,使美国文学走向世界,端的功不可没。

没错,赶上今年(2020)是路易斯成名作《大街》问世100周年,路易斯跃升 Nobelist 90 周年,明年(2021)则是路易斯逝世70周年,可谓"三喜临门"。无奈两年之交,适值美国总统大选换届,举世罕见几乎"好戏连台"的多事之秋。

幸好近年来,多承出版社高瞻远瞩,热心关注,现如今由人民文学出版社郑重刊印本人建国后率先芹献、博得一代又一代读者方家青睐的路易斯成名作《大街》全译本,不言而喻,具有深远的现实意义。我深信,新一代我国读者在悦读赏析《大街》这一巨幅展示美国百年前世态风情的工笔讽刺画卷之余,超越时空,视野豁亮,更加深刻地意识到作为超级大国的美国当下贫富极化,愈演愈烈,族群冲突,暴乱频仍,市侩政客,丑闻迭出……已然陷入内外交困,国际地位骤降,难以逆转的泥沼,不消说,原是一个多世纪前《大街》中早就抨击过社会制度痼疾(亦即病毒)穷年累月造成的必然结果——得了,就凭这一招,也足见路易斯具有何等高明而又精准的洞察力,乃至被誉称当代美国政治小说的滥觞,怎地不令人绝倒。

余外,作为美国文学经典传世之作,《大街》之所以历久弥新、令人爱不忍释,说到底,真乃富有不朽艺术魅力。遥想当初,《大街》一年内再版28次,被誉称"20世纪美国出版史上最轰动的事件",哪怕悠悠百年荏苒至今,在美国作家中或恐也是无出其右。是的,年逾九秩的译翁不由得为拙译《大街》屡屡重印,以飨新老读者,爰志感言,聊表欣慰。末了儿,我一瞬间想起了德国大文豪歌德曾经说过:翻译家好比是有一副热心肠的"红娘",赞不绝口地历数那个半遮半掩的美人儿姿色,令人顿生不可抑止的一睹芳容的思慕。不消说,歌德言近旨远,盛赞翻译家在经典名著与译入语受众之间,仿佛下笔如有神,乃至或恐成全"天作之合"似的,——言外之意,但凡精益求精的翻译家在移译全过程同样功莫大焉。那当然咯,我问学求道,心织笔耕,已逾70春,特别是建国后不畏艰辛地率先译介路易斯两大名著,怎地不满怀豪情,为路易斯杰作《大街》点赞!

潘 庆 舲

二〇二〇年十一月二十八日匆草于

上海中山公园圣约翰名邸

"外国文学名著丛书"书目

第 一 辑

书 名	作 者	译 者
伊索寓言	〔古希腊〕伊索	周作人
源氏物语	〔日〕紫式部	丰子恺
堂吉诃德	〔西班牙〕塞万提斯	杨绛
泰戈尔诗选	〔印度〕泰戈尔	冰心 石真
坎特伯雷故事	〔英〕杰弗雷·乔叟	方重
失乐园	〔英〕约翰·弥尔顿	朱维之
格列佛游记	〔英〕斯威夫特	张健
傲慢与偏见	〔英〕简·奥斯丁	王科一
雪莱抒情诗选	〔英〕雪莱	查良铮
瓦尔登湖	〔美〕亨利·戴维·梭罗	徐迟
欧·亨利短篇小说选	〔美〕欧·亨利	王永年
特利斯当与伊瑟	〔法〕贝迪耶	罗新璋
巨人传	〔法〕拉伯雷	鲍文蔚
忏悔录	〔法〕卢梭	范希衡 等
欧也妮·葛朗台 高老头	〔法〕巴尔扎克	傅雷
雨果诗选	〔法〕雨果	程曾厚
巴黎圣母院	〔法〕雨果	陈敬容
包法利夫人	〔法〕福楼拜	李健吾
叶甫盖尼·奥涅金	〔俄〕普希金	智量
死魂灵	〔俄〕果戈理	满涛 许庆道

书 名	作 者	译 者
当代英雄	〔俄〕莱蒙托夫	草 婴
猎人笔记	〔俄〕屠格涅夫	丰子恺
白痴	〔俄〕陀思妥耶夫斯基	南 江
列夫·托尔斯泰中短篇小说选	〔俄〕列夫·托尔斯泰	草 婴
怎么办？	〔俄〕车尔尼雪夫斯基	蒋 路
高尔基短篇小说选	〔苏联〕高尔基	巴 金 等
浮士德	〔德〕歌德	绿 原
易卜生戏剧四种	〔挪〕易卜生	潘家洵
鲵鱼之乱	〔捷〕卡·恰佩克	贝 京
金人	〔匈〕约卡伊·莫尔	柯 青

第 二 辑

荷马史诗·伊利亚特	〔古希腊〕荷马	罗念生 王焕生
荷马史诗·奥德赛	〔古希腊〕荷马	王焕生
十日谈	〔意大利〕薄伽丘	王永年
莎士比亚悲剧五种	〔英〕威廉·莎士比亚	朱生豪
多情客游记	〔英〕劳伦斯·斯特恩	石永礼
唐璜	〔英〕拜伦	查良铮
大卫·科波菲尔	〔英〕查尔斯·狄更斯	庄绎传
简·爱	〔英〕夏洛蒂·勃朗特	吴钧燮
呼啸山庄	〔英〕爱米丽·勃朗特	张 玲 张 扬
德伯家的苔丝	〔英〕托马斯·哈代	张谷若
海浪 达洛维太太	〔英〕弗吉尼亚·吴尔夫	吴钧燮 谷启楠
哈克贝利·费恩历险记	〔美〕马克·吐温	张友松
一位女士的画像	〔美〕亨利·詹姆斯	项星耀
喧哗与骚动	〔美〕威廉·福克纳	李文俊
永别了武器	〔美〕欧内斯特·海明威	于晓红

书　名	作　者	译　者
波斯人信札	〔法〕孟德斯鸠	罗大冈
伏尔泰小说选	〔法〕伏尔泰	傅　雷
红与黑	〔法〕司汤达	张冠尧
幻灭	〔法〕巴尔扎克	傅　雷
莫泊桑中短篇小说选	〔法〕莫泊桑	张英伦
文字生涯	〔法〕让-保尔·萨特	沈志明
局外人　鼠疫	〔法〕加缪	徐和瑾
契诃夫小说选	〔俄〕契诃夫	汝　龙
布宁中短篇小说选	〔俄〕布宁	陈　馥
一个人的遭遇	〔苏联〕肖洛霍夫	草　婴
少年维特的烦恼	〔德〕歌德	杨武能
德国，一个冬天的童话	〔德〕海涅	冯　至
绿衣亨利	〔瑞士〕戈特弗里德·凯勒	田德望
斯特林堡小说戏剧选	〔瑞典〕斯特林堡	李之义
城堡	〔奥地利〕卡夫卡	高年生

第　三　辑

埃斯库罗斯悲剧二种	〔古希腊〕埃斯库罗斯	罗念生
索福克勒斯悲剧二种	〔古希腊〕索福克勒斯	罗念生
欧里庇得斯悲剧二种	〔古希腊〕欧里庇得斯	罗念生
神曲	〔意大利〕但丁	田德望
西班牙流浪汉小说选	〔西班牙〕克维多 等	杨　绛 等
阿拉伯古代诗选	〔阿拉伯〕乌姆鲁勒·盖斯 等	仲跻昆
列王纪选	〔波斯〕菲尔多西	张鸿年
蕾莉与马杰农	〔波斯〕内扎米	卢　永
莎士比亚喜剧五种	〔英〕威廉·莎士比亚	方　平
鲁滨孙飘流记	〔英〕笛福	徐霞村

书　名	作　者	译　者
彭斯诗选	〔英〕彭斯	王佐良
艾凡赫	〔英〕沃尔特·司各特	项星耀
名利场	〔英〕萨克雷	杨　必
人性的枷锁	〔英〕威廉·萨默塞特·毛姆	叶　尊
儿子与情人	〔英〕D.H.劳伦斯	陈良廷　刘文澜
杰克·伦敦小说选	〔美〕杰克·伦敦	万　紫　等
了不起的盖茨比	〔美〕菲茨杰拉德	姚乃强
木工小史	〔法〕乔治·桑	齐　香
恶之花　巴黎的忧郁	〔法〕波德莱尔	钱春绮
萌芽	〔法〕左拉	黎　柯
前夜　父与子	〔俄〕屠格涅夫	丽　尼　巴　金
卡拉马佐夫兄弟	〔俄〕陀思妥耶夫斯基	耿济之
安娜·卡列宁娜	〔俄〕列夫·托尔斯泰	周　扬　谢素台
茨维塔耶娃诗选	〔俄〕茨维塔耶娃	刘文飞
德国诗选	〔德〕歌德　等	钱春绮
安徒生童话选	〔丹麦〕安徒生	叶君健
外祖母	〔捷〕鲍·聂姆佐娃	吴　琦
好兵帅克历险记	〔捷〕雅·哈谢克	星　灿
我是猫	〔日〕夏目漱石	阎小妹
罗生门	〔日〕芥川龙之介	文洁若

第 四 辑

一千零一夜		纳　训
培根随笔集	〔英〕培根	曹明伦
拜伦诗选	〔英〕拜伦	查良铮
黑暗的心　吉姆爷	〔英〕约瑟夫·康拉德	黄雨石　熊　蕾
福尔赛世家	〔英〕高尔斯华绥	周煦良

书　名	作　者	译　者
月亮与六便士	〔英〕威廉·萨默塞特·毛姆	谷启楠
萧伯纳戏剧三种	〔爱尔兰〕萧伯纳	潘家洵 等
红字　七个尖角顶的宅第	〔美〕纳撒尼尔·霍桑	胡允桓
汤姆叔叔的小屋	〔美〕斯陀夫人	王家湘
白鲸	〔美〕赫尔曼·梅尔维尔	成　时
马克·吐温中短篇小说选	〔美〕马克·吐温	叶冬心
老人与海	〔美〕欧内斯特·海明威	陈良廷 等
愤怒的葡萄	〔美〕斯坦贝克	胡仲持
蒙田随笔集	〔法〕蒙田	梁宗岱　黄建华
悲惨世界	〔法〕雨果	李　丹　方　于
九三年	〔法〕雨果	郑永慧
梅里美中短篇小说选	〔法〕梅里美	张冠尧
情感教育	〔法〕福楼拜	王文融
茶花女	〔法〕小仲马	王振孙
都德小说选	〔法〕都德	刘　方　陆秉慧
一生	〔法〕莫泊桑	盛澄华
普希金诗选	〔俄〕普希金	高　莽 等
莱蒙托夫诗选	〔俄〕莱蒙托夫	余　振　顾蕴璞
罗亭　贵族之家	〔俄〕屠格涅夫	陆　蠡　丽　尼
日瓦戈医生	〔苏联〕帕斯捷尔纳克	张秉衡
大师和玛格丽特	〔苏联〕布尔加科夫	钱　诚
茨威格中短篇小说选	〔奥地利〕斯·茨威格	张玉书 等
玩偶	〔波兰〕普鲁斯	张振辉
万叶集精选	〔日〕大伴家持	钱稻孙
人间失格	〔日〕太宰治	魏大海

第 五 辑

书 名	作 者	译 者
泪与笑　先知	〔黎巴嫩〕纪伯伦	冰　心　等
华兹华斯 柯尔律治 诗选	〔英〕华兹华斯　柯尔律治	杨德豫
济慈诗选	〔英〕约翰·济慈	屠　岸
汤姆·索亚历险记	〔美〕马克·吐温	张友松
大街	〔美〕辛克莱·路易斯	潘庆舲
田园三部曲	〔法〕乔治·桑	罗　旭　等
金钱	〔法〕左拉	金满成
果戈理小说戏剧选	〔俄〕果戈理	满　涛
奥勃洛莫夫	〔俄〕冈察洛夫	陈　馥
谁在俄罗斯能过好日子	〔俄〕涅克拉索夫	飞　白
亚·奥斯特洛夫斯基戏剧六种	〔俄〕亚·奥斯特洛夫斯基	姜椿芳　等
复活	〔俄〕列夫·托尔斯泰	草　婴
静静的顿河	〔苏联〕肖洛霍夫	金　人
谢甫琴科诗选	〔乌克兰〕谢甫琴科	戈宝权　任溶溶
维廉·麦斯特的学习时代	〔德〕歌德	冯　至　姚可崑
叔本华随笔集	〔德〕叔本华	绿　原
艾菲·布里斯特	〔德〕台奥多尔·冯塔纳	韩世钟
豪普特曼戏剧三种	〔德〕豪普特曼	章鹏高　等
铁皮鼓	〔德〕君特·格拉斯	胡其鼎
加西亚·洛尔卡诗选	〔西班牙〕加西亚·洛尔卡	赵振江
你往何处去	〔波兰〕亨利克·显克维奇	张振辉
显克维奇中短篇小说选	〔波兰〕亨利克·显克维奇	林洪亮
裴多菲诗选	〔匈〕裴多菲	孙　用
轭下	〔保〕伐佐夫	施蛰存

书 名	作 者	译 者
卡勒瓦拉(上下)	〔芬兰〕埃利亚斯·隆洛德	孙 用
破戒	〔日〕岛崎藤村	陈德文
戈拉	〔印度〕泰戈尔	刘寿康

外国文学名著丛书

〔美〕辛克莱·路易斯/著

大　街 上

潘庆舲/译

"外国文学名著丛书"编委会

人民文学出版社

Sinclair Lewis
MAIN STREET

图书在版编目(CIP)数据

大街:上下/(美)辛克莱·路易斯著;潘庆舲译.—北京:人民文学出版社,2022
(外国文学名著丛书)
ISBN 978-7-02-016829-3

Ⅰ.①大… Ⅱ.①辛…②潘… Ⅲ.①长篇小说—美国—现代 Ⅳ.①I712.45

中国版本图书馆 CIP 数据核字(2021)第 253504 号

责任编辑	马 博 冯 娅
装帧设计	刘 静
责任印制	王重艺

出版发行	人民文学出版社
社 址	北京市朝内大街 166 号
邮政编码	100705

| 印 刷 | 北京盛通印刷股份有限公司 |
| 经 销 | 全国新华书店等 |

字 数	544 千字
开 本	850 毫米×1168 毫米 1/32
印 张	25.75 插页 4
印 数	1—4000
版 次	2022 年 2 月北京第 1 版
印 次	2022 年 2 月第 1 次印刷

| 书 号 | 978-7-02-016829-3 |
| 定 价 | 125.00 元(全二册) |

如有印装质量问题,请与本社图书销售中心调换。电话:010-65233595

辛克莱·路易斯

出 版 说 明

人民文学出版社自一九五一年成立起,就承担起向中国读者介绍优秀外国文学作品的重任。一九五八年,中宣部指示中国科学院文学研究所筹组编委会,组织朱光潜、冯至、戈宝权、叶水夫等三十余位外国文学权威专家,编选三套丛书——"马克思主义文艺理论丛书""外国古典文艺理论丛书""外国古典文学名著丛书"。

人民文学出版社与中国科学院文学研究所,根据"一流的原著、一流的译本、一流的译者"的原则进行翻译和出版工作。一九六四年,中国社会科学院外国文学研究所成立,是中国外国文学的最高研究机构。一九七八年,"外国古典文学名著丛书"更名为"外国文学名著丛书",至二〇〇〇年完成。这是新中国第一套系统介绍外国文学作品的大型丛书,是外国文学名著翻译的奠基性工程,其作品之多、质量之精、跨度之大,至今仍是中国外国文学出版史上之最,体现了中国外国文学研究界、翻译界和出版界的最高水平。

历经半个多世纪,"外国文学名著丛书"在中国读者中依然以系统性、权威性与普及性著称,但由于时代久远,许多图书在市场上已难见踪影,甚至成为收藏对象,稀缺品种更是一书难求。在中国读者阅读力持续增强的二十一世纪,在世界文明交流互鉴空前频繁的新时代,为满足人民日益增长的美

1

好生活的需要,人民文学出版社决定再度与中国社会科学院外国文学研究所合作,以"网罗经典,格高意远,本色传承"为出发点,优中选优,推陈出新,出版新版"外国文学名著丛书"。

值此新版"外国文学名著丛书"面世之际,人民文学出版社与中国社会科学院外国文学研究所谨向为本丛书做出卓越贡献的翻译家们和热爱外国文学名著的广大读者致以崇高敬意!

"外国文学名著丛书"编委会
二〇一九年三月

编委会名单
（以姓氏笔画为序）

1958—1966

卞之琳	戈宝权	叶水夫	包文棣	冯　至	田德望
朱光潜	孙家晋	孙绳武	陈占元	杨季康	杨周翰
杨宪益	李健吾	罗大冈	金克木	郑效洵	季羡林
闻家驷	钱学熙	钱锺书	楼适夷	蒯斯曛	蔡　仪

1978—2001

卞之琳	巴　金	戈宝权	叶水夫	包文棣	卢永福
冯　至	田德望	叶麟鎏	朱光潜	朱　虹	孙家晋
孙绳武	陈占元	张　羽	陈冰夷	杨季康	杨周翰
杨宪益	李健吾	陈　燊	罗大冈	金克木	郑效洵
季羡林	姚　见	骆兆添	闻家驷	赵家璧	秦顺新
钱锺书	绿　原	蒋　路	董衡巽	楼适夷	蒯斯曛
蔡　仪

2019—

王焕生	刘文飞	任吉生	刘　建	许金龙	李永平
陈众议	肖丽媛	吴岳添	陆建德	赵白生	高　兴
秦顺新	聂震宁	臧永清

目　次

从"乡村病毒"到"大街"
　　——美国世态风情的工笔讽刺画卷（译本序） ………… 1

主要人物表 …………………………………… 1

第 一 章 …………………………………… 3
第 二 章 …………………………………… 21
第 三 章 …………………………………… 33
第 四 章 …………………………………… 51
第 五 章 …………………………………… 89
第 六 章 …………………………………… 113
第 七 章 …………………………………… 135
第 八 章 …………………………………… 155
第 九 章 …………………………………… 165
第 十 章 …………………………………… 181
第十一章 …………………………………… 205
第十二章 …………………………………… 240
第十三章 …………………………………… 254
第十四章 …………………………………… 266

第十五章 ……………………………………	*290*
第十六章 ……………………………………	*321*
第十七章 ……………………………………	*338*
第十八章 ……………………………………	*358*
第十九章 ……………………………………	*381*
第二十章 ……………………………………	*397*
第二十一章 …………………………………	*412*
第二十二章 …………………………………	*430*
第二十三章 …………………………………	*448*
第二十四章 …………………………………	*469*
第二十五章 …………………………………	*500*
第二十六章 …………………………………	*515*
第二十七章 …………………………………	*527*
第二十八章 …………………………………	*533*
第二十九章 …………………………………	*558*
第三十章 ……………………………………	*583*
第三十一章 …………………………………	*604*
第三十二章 …………………………………	*619*
第三十三章 …………………………………	*642*
第三十四章 …………………………………	*665*
第三十五章 …………………………………	*678*
第三十六章 …………………………………	*690*
第三十七章 …………………………………	*702*
第三十八章 …………………………………	*712*
第三十九章 …………………………………	*733*

附　录 ·· 747
　授奖辞 ·· 747
　美国人对文学的恐惧
　　——受奖演说 ·································· 757
　辛克莱·路易斯小传 ······························ 778

为路易斯杰作《大街》点赞
　——拙译《大街》屡屡再版感言 ·············· 780

从"乡村病毒"到"大街"

——美国世态风情的工笔讽刺画卷(译本序)

《大街》是美国第一位获得诺贝尔文学奖的作家辛克莱·路易斯的成名作,问世后风靡欧美,一年内再版二十八次,乃是"二十世纪美国出版史上最轰动的事件。"路易斯精确地记录了一个民族和一个阶级的个性,描绘了二三十年代美国的社会风采。没有他的作品,简直不能想象现代美国文学。看来还是纽约《民族周刊》说得最中肯:"没有任何其他美国作家像辛克莱·路易斯那么笔酣墨饱地写下了美国精神。"那敢情好,美国精神已被路易斯写透了,成了绝响。

路易斯:美国作家中第一位诺贝尔奖得主

一九三〇年,瑞典皇家科学院诺贝尔奖金评审委员会将文学奖首次颁发给一位美国作家,授奖的理由是"由于他的描述刚健有力、栩栩如生和以机智幽默创造新型人物的才能"。

这个美国第一位荣获诺贝尔文学奖、享有国际声誉的作家就是辛克莱·路易斯(Sinclair Lewis,1885—1951)。瑞典皇家科学院诺贝尔授奖委员会学术秘书埃·阿·卡尔费尔德借此机会,欢迎美国进入世界文学的重要论坛,并庄严地宣告说:"是的,辛克莱·路易斯是一个美国人,他写的是一种新的语言——美国语言——作为代表一亿两千万美国人的一种语言……伟大的美国新文学是和民族自我批评一起开始的。它是一种健康的标志。"路易斯在致答词时也同样自信地说:"我对美国文学的未来充满了热切的希望和信心。"诚然,正如研究路易斯的权威马克·肖勒教授所说:"路易斯以美国代言人的态度接受了诺贝尔奖金,不过是这历史性事件的标志……它在历史上的意义,不仅仅是将美国文艺提高到世界最高标准,同时也使全世界承认美国为世界强国之一,而在二十年前,欧洲是绝不肯承认美国为列强之一的。"美国评论家威拉德·索普则认为:这是美国文学继十九世纪四五十年代取得辉煌成就之后,又出现的第二次繁荣,并且达到了登峰造极的程度,路易斯成为荣膺诺贝尔文学奖的头一个美国作家,确实具有象征意义。从此以后,相继获得诺贝尔文学奖的美国作家截至七十年代末就有奥尼尔(1936)、福克纳(1949)、海明威(1954)等达七位之多。美国文学在世界上赢得越来越多的人的喜爱,从而成为世界文学宝库中的一个重要组成部分。

《大街》一年内连印 28 次轰动整个美国

辛克莱·路易斯自己曾经这样说过:"我的文学创作生涯,就是从《大街》开始的。"事实上,《大街》一问世,立即轰动了整个美国,各州地方报纸都撰文加以评论,这位默默无闻的年轻作家,就此一跃成为蜚声文坛的赫赫有名的小说家。当时著名文学批评家海伍德·布朗(Heywood Brown)、路德维格·路易索恩(Ludwig Lewisohn)、卡尔·范·多伦(Carl van Doren)、亨利·门肯(Henry L. Menchen),都热情称赞这部尖锐泼辣而又忠实地反映现实生活的小说。许多同辈作家如弗兰克(Waldo Frank)、菲茨杰拉德(F. Scott Fitzgerald)和林赛(N. Vachel Lindsay)则相继向他发来了贺电。威廉·艾伦·怀特(William Allen White)还要求把《大街》作为堪萨斯州各级学校学生的必读教材。许多平时不爱读书的美国人,竟相传诵《大街》。在欧洲,《大街》也产生了十分强烈的反响。从英国著名作家高尔斯华绥(John Galsworthy)、威尔斯(H. G. Wells)和麦肯齐(Compton Mckenzie)写给路易斯的书信中,就可以窥见一斑。

路易斯小说已成为当代美国"政治小说"的滥觞

路易斯在此之前虽然写过六部小说,但《大街》的创作过程历时最长,竟达十五年之久。据作者回忆,远在一九○五年以前,美国人们几乎一致公认,尽管各大城市罪恶成灾——就是农村里偶尔也有人满怀愤怒——但是美国一些小城镇却俨然人间乐园一般。在这些小城镇上,通常都可见到绿荫深处的白色小房子,根本不存在贫困现象;每到星期天,性情温柔、声若银铃的牧师照例传播福音和知识;就是开设银行的人,也未必都是精于理财的行家,以致最终不可避免地竟被诚实的自耕农挤垮。但是尽管这样,小城镇常常将自己的一种友爱和睦的古老传统引以为莫大光荣。在大城市,人们都是"各扫门前雪",老死不相往来的,但一回到老家,见到众乡亲,简直有如置身于大家庭似的。那时候,人们二话不说,就借钱给你,送你的孩子上大学;你生了病,往往好几十个人一天二十四个钟头一刻不离地守候在你身旁,精心照料你;万一你不幸去世了,他们也会陪着你的遗孀一起守灵。他们总是竭力鼓励青年人要继承前辈开创的伟大而崇高的事业。所有这些古老淳朴的传统,在年轻的路易斯心灵里都留下了极其美好的印象。然而,就是在一九〇五年,他只有二十岁、还在耶鲁大学念书的时候,有一回学校放假,路易斯回到自己的老家——美国中西部明尼苏达州大草原上的索克镇(Sauk Center)住了两个月,忽然听到有人风言风语地说:"路易斯大夫(即作者的父亲)为什么不给哈里(即作者)在农场找一个工作呢?让他这么一天到晚净读那么多愚蠢的历史书,还有天知道的那些玩意儿,究竟有什么用?"这时,路易斯方才恍然大悟,深信从前那种友爱和睦的传统多半是虚假的,小城镇上的许多人就专爱打听别人的事,搬嘴弄舌,惹是生非,作者后来在《大街》里所说的昔日中西部"粗犷的骑士精神"和"朴实无华的德行"当时早已丧失殆尽,于是路易斯心里就酝酿要写一部小说,来反映当时乡镇生活庸俗、沉闷的气氛。当时他给小说定名为:《乡村病毒》(*Village Virus*),主人公不是卡萝尔·肯尼科特,而是盖伊·波洛克,后者是一位律师,被作者描写成一个学识渊博、和蔼可亲,并且有着远大抱负的年轻人,可是他来到一个草原乡镇上开业以后,思想上便逐渐消沉颓唐,染上了"乡村病毒",以至于麻木不仁。但路易斯只写了两万字左右就搁笔了。

睽离了十九年以后,即一九一九年的前两三年,路易斯又回到了索克镇,准备重新握起笔来写,这时这部长篇小说已定名为《大街》。不消说,他在重访故乡时耳闻目睹的,几乎跟他孩提时代起就非常熟悉的那种沉闷、单调、乏味、缓慢的生活毫无二致。这时,他在纽约、旧金山和华盛顿等地从事报纸杂志工作已有多年,发表过好几部小说,早就成为一位职业作家了。可是在乡亲们眼里,路易斯选择的"职业"并不十分可靠,他们因而对他持怀疑态度。当地杂货铺掌柜和面粉厂老板把他看成是离了群的迷途羔羊,说不定还为他深感惋惜呢!他们正拭目以待路易斯正在酝酿中的小说究竟会写成什么样子。当然,后来他们谁都不会料到,只不过几年以后,正是他们自己让路易斯描绘成戈镇大街上的典型人物,栩栩如生地展现在美国读者眼前。随后,路易斯离开了纽约报刊编辑工作岗位,在四年时间里到美国各地(即从纽约出发,到佛罗里达—明尼苏达—西雅图—加利福尼亚—新奥尔良,最后又回到纽约),一面深入生活,一面给《星期六晚邮报》等杂志写一些短篇小说。但他绝大部分时间待在中西部的各小乡镇,实地体验生活,搜集创作素材,由此越发感到小乡镇上死气沉沉的严重性。

一九一九年秋天,路易斯自己认为《大街》构思完全成熟,所以第三次握笔来写,并以惊人的速度一气呵成。翌年(1920)秋天,《大街》正式出版,由于它讽刺了各地小城镇新兴的骄傲自满的中产阶级,亦即"沉默的大多数",揭示了美国公众关心的社会问题,具有鲜明的时代色彩,因而深深地吸引了读者,并在一年内连续再版二十八次之多,影响可谓深广,被称为"二十世纪美国出版史上最轰动的事件",哪怕时至今日,仍然未被哪一位美国作家所超越。

直到现在,美国评论界还认为,不读路易斯的作品,就无从了解美国真正的社会生活。路易斯在小说《大街》中讽刺了二十年代初美国社会的某些弊病,描写了中产阶级的庸俗生活,成功地刻画了一系列典型的市侩形象。紧接着《大街》之后,他又塑造了巴比特这个人物形象,巴比特不仅仅是文学中的典型,而且后来成为社会典型,在美国人的生活中产生了深远影响。最近,有一些美国学者撰文认为,路易斯所写的揭露社会现实的长篇小说,实际上已成为当代美国"政治小说"的滥觞。路易斯的现实主义以许多新颖独特的成就,丰富了现代美国小说创作,并对后起之秀的詹姆斯·法雷尔(James Farrell)、理查·赖特(Richard Wright)等作家产生了积极影响。

路易斯善于选择使大众着魔的主题

有人说,《大街》在路易斯所写的小说中,也许是最富于自传性的。他们认为:这部小说的基础,就是构筑在作者对自己的家乡索克镇的回忆上的。这个长着一头红发、笨手笨脚的少年哈里·辛克莱·路易斯,就是在这个边远僻静的小乡镇上度过了他的童年时代。据说,就是为了纪念住在索克镇附近他父亲的朋友——一个牙科医生,他才被命名为辛克莱的。进了大学后,他给各文艺刊物写文章时把自己头一个名字哈里去掉,于是就成为辛克莱·路易斯了。朋友们都管他叫"海尔"(Heil),或者干脆喊他"雷德"(Red),不言而喻,这是指他的一头红发而言。这位未来的小说家所处的生活环境,可谓平淡无奇,看来根本激发不了他要当作家的欲望。他父亲是一个不苟言笑,同时墨守成规的医生,态度极其严肃,一心只管替人治病,除了阑尾炎和放血以外,路易斯很少听到父亲议论过其他的事情;镇上居民成天忙着制造奶酪、收购小麦,或者修造谷仓。要知道索克镇跟中西部大草原上成千上万个兄弟乡镇有着惊人的相似之处。一条数十年来老是不变样的大街,横贯全镇,大街两旁照例是挂着褪了色招牌的小五金店和小商铺,显得十分寒碜,和《大街》中女主人公卡萝尔逡巡戈镇大街时所见的完全一样。据说卡萝尔的模特儿,就是路易斯的头一任妻子格雷斯(Grace Hegger Lewis),她在一九五五年所写的回忆录中已作过详细阐述。至于小说的男主人公威尔·肯尼科特,毫无疑问,跟作者的父亲——部分和作者那位也是医生的哥哥克洛德(Clode)——有着密不可分的联系。尽管好心的人们对《大街》里的人物作出了种种臆测的努力,但是,忠于现实主义的作家路易斯自己讲得十分明白。他说:"实际上,《大街》里所有一切的人物和场景,是我在美国各地许许多多城镇中所注意到的事件和人物的综合,或者是完全想象出来的。"真正的艺术家总是以自己独特的思想方式和艺术禀赋,去分析、观察、感受和认识现实世界,运用独具特色的艺术手法和艺术语言去表现自己对于现实生活的理解,因此绝不会去单纯书写真人真事,或者沿袭前人所创造的人物艺术形象。我觉得,也许还是来我所讲学的美国评论家、哈佛大学丹尼尔·亚伦教授说得最透彻——路易斯具有一种不可思议的才能:他善于选择使大众着魔的主题或题材。正是这样,路易斯在《大街》中大显身手地就自己所熟悉的美国乡镇生活和新兴的中产阶级,为读者描绘了富有特色的中西部大草原,刻画了具有鲜明个性的小镇居民的群像。

《大街》描写美国日常生活的一大成功

一提到美国中西部,人们不难想象,在那里,沃野千里,麦浪滔滔,农庄富饶,星罗棋布,它那莽莽大草原上粗犷磅礴的气势,始终是那样富于迷人的魅力。不仅如此,中西部也是个诗人作家辈出的地方,它为美国文坛孕育了现实主义艺术大师西奥多·德莱塞(Theodore Dreiser)和赫姆林·加兰(Hamlin Garland),杰出的诗人和歌手马斯特尔斯(Edgar Lee Masters)和桑德伯格(Carl Sandburg),同样,中西部也已成为路易斯许多长篇小说中人物自由驰骋的活动舞台。从《大街》开始的浓郁的"明尼苏达州""中西部"的山川景物与地方色彩,永远渗透在路易斯的所有文学作品之中。如果说现在人们普遍认为加利福尼亚州是"斯坦贝克的故乡",新英格兰是"弗洛斯特的故乡",密西西比州是"福克纳的故乡",那么,明尼苏达州就是名副其实的"路易斯的故乡"。大量的创作可以佐证,路易斯不愧是惟妙惟肖、传色绘彩地描写本土本乡生活风貌的作家与歌手。千百万美国人从他对戈镇的描写中清晰地看到了他们的生活,甚至还发现有他们自己的影子。比方说,梅尔·密勒(Mail Miller)在一九六一年写了一部名叫《欢乐和忧伤的声音》的小说,里面的女主人公(她生于一九二一年,即《大街》问世后第一年),曾经这样说:她母亲认为卡萝尔这个形象就是拿自己作为原形的。密勒在小说中写道,"实际上,她从来没有跟路易斯见过面,可是她偏偏说:'他对我的事情全都知道,也许他是从旁边仔细观察过我的。'"上面这个事例雄辩地说明,路易斯在《大街》中所塑造的各种人物性格之所以逼肖生活,传神入化,原因是作者非常熟稔当时的现实生活,善于高度集中和概括美国中产阶级特有的心理状态、脾性癖好和思想方式,因而具有十分广泛的群众性。难怪亨利·门肯对《大街》推崇备至,盛赞卡萝尔和肯尼科特这两个人物形象,是描写美国日常生活的一大成功。

讽刺重点对象:新兴"愚民"(booboisie)

然而,美国中西部若跟新英格兰相比,开发毕竟很晚,直到十九世纪中叶以后,在美国政府的鼓励下,移民方才大批西徙,开边拓殖,中西部仿佛在一夜之间骤然富裕繁荣起来,许多人简直就成了暴发户,亦即当时亨利·门肯所谓的"愚民"(booboisie)(依译者看,酷肖我们当下的土豪)。他们俨然以本地城镇乡绅自居,骄傲矜持,愚昧保守,妄以为文明已经到达了顶峰。正如路易斯在《大街》的题词中所说的,凡是他们"所不知道的和不认可的事情",都是"大可不必去了解、思索的异端邪说"。他们安于现状,思想狭隘,愚昧无知,认为戈镇早已尽善尽美,独冠全州,因此就竭力抵制一切变革。一句话,他们完全沉醉于平庸鄙俗的、浑浑噩噩的市侩生活之中。因此,镇上一片死气沉沉,人们的思想感情都变得单调刻板,麻木不仁,令人难以忍受。路易斯针对这种情况杜撰了一个名词,叫作"乡村病毒",而这种"比癌症更危险的乡村病毒",却在这个小镇的大街上得到了集中表现。

《大街》丰富了美国乡土文学优秀传统

其实,当时描写美国乡村小镇生活的题材,也是屡见不鲜的。著名作家舍伍德·安德森(Sherwood Anderson)在一九一九年写过一部短篇小说集,名叫《小城畸人》(*Winesburg, Ohio*);诗人马斯特尔斯于一九一四年写过一部作品名叫《斯庞河诗集》(*Spoon River Anthology*,一译《匙河诗集》);当然更早一些,还可以回溯到赫姆林·加兰描写中西部农村的小说,以及马克·吐温的小说《汤姆·索亚历险记》。安德森以新现实主义笔法,在小说里描摹了温士堡小镇上一些"小人物"的孤独、绝望、徘徊、幻想和困惑的思想情绪,令人读后感到,温士堡仿佛把这些小市民容纳在一起,就像斯庞河畔墓园把死人容纳在一起,因此《小城畸人》写得还是相当成功的。路易斯创作《大街》,是和上述美国文学中现实主义优秀传统一脉相承的,也许在某种程度上还有所发展,因为,正如一滴水可以见到整个世界,他写的虽然也是乡村小镇生活,但实际上泛指整个美国,反映社会生活的背景十分广阔,似乎要比安德森、马斯特尔斯的作品更加寓意深长。这一点作者在《大街》题词中写得十分明确:

这是一个坐落在盛产麦黍的原野上、掩映在牛奶房和小树丛中、拥有几千人口的小镇——这就是美国。

我们故事里讲到的这个小镇,名叫"明尼苏达州戈弗草原镇"。但它的大街却是各地大街的延长。

《大街》触及整个美国社会痼弊

换句话说，路易斯讽刺的笔触描写的对象，就是整个美国社会，他在小说里淋漓尽致地刻画的戈镇小市民的种种丑态，也就是美国各地城镇都有的大街的陋风恶习。正如作者在《大街》中所写："小镇周围的一切事物，都是呆板划一，缺乏灵感的；人们的举止言谈，无不呆滞迟钝……这是一种满足的情绪……就是垂危之际的死者蔑视自强不息的生者那种满足的情绪。他们却把这种消极态度推崇为唯一美德……要人们心甘情愿受奴役，就像笃信上帝一般崇拜这种死气沉沉的生活。""这些呆板乏味的人们……脑子里则是空空如也，耳朵里听着机械刻板的音乐，嘴巴里赞美着'福特'牌汽车的机械性能，把自己看成是世界上最最伟大的民族。"

显而易见，路易斯写的《大街》富有十分明确的思想性，是讽刺文学的杰作，不仅在二十年代初能起到针砭时弊的作用，就是在今天，对于那些精神空虚、灵魂鄙俗、一味醉心于物质享受的人来说，也是同样值得深思的。

《大街》男女主人公

幻想家与实干家路易斯特别擅长刻画人物性格，文笔清新细腻、生动逼真，富于强烈的现实感和浓厚的人情味，这些艺术特色在《大街》中都得到了充分表现。在作者的笔下，主人公卡萝尔是一个美丽活泼而又富于罗曼蒂克情调的城市姑娘，出身法官家庭，大学毕业后嫁给了乡村医生肯尼科特，来到生活富裕、但气氛沉闷的戈镇。她不甘心在闲适中虚掷青春，立志要改造大草原上的小乡镇。她只是主张读些诗歌作品，上演萧伯纳的剧本，办好公共图书馆，另建市政厅大会堂来改善戈镇文化生活，但是连这些最起码的要求也被戈镇以愚民市侩为代表的保守势力所不容，视之为"异端者"，他们不惜采用暗中监视、造谣中伤等种种卑劣手段，使她感到惊恐万状。虽然她参加了戈镇上流社会妇女们的芳华俱乐部、妇女读书会，跟这些附庸风雅的女人们应酬交际，尽量搞好关系，还在志同道合的人们中间寻求同情、支持，甚至对幻想当"艺术家"的瑞典小裁缝埃里克寄予厚望，彼此谈得比较情投意合，因而产生了爱慕之情，但在保守势力重重包围下依然感到孤单、迷惘、苦闷、绝望，以至愤然出走，到华盛顿去独自谋生。她在那里眼界大为开阔，找到了症结所在，认识到"真正的敌人并不是个别的几个人，而是那些陈规旧俗"，即利用那些冠冕堂皇，实则虚伪透顶的"上流社会""教会""政党""优越的白种人"等名义，使其"专制统治暗中得以实现"。大约两年以后，她还是回到了自己的丈夫身边，矢志不渝，豪情满怀，瞩望公元二〇〇〇年伟大的未来：全世界的工人将要联合起来，人类的飞船正在飞向月球。虽然故事到此结束，但卡萝尔深切同情的那些深受戈镇之害的无辜者人物形象，以及卡萝尔眼中所见的往来于大街的形形色色的愚民市侩群像，却如走马灯似的在读者脑际萦绕不去。

如果说卡萝尔是一个满脑子罗曼蒂克的幻想家，那么，她的丈夫肯尼科特作为她的对立面，却是以一个脚踏实地、热爱工作的实干家的形象出现的。他半工半读念完大学医科，回乡做了开业医生，他医术相当精湛，热爱本乡本土，跟镇上其他医生作风截然不同,他对待病家不分贫富,一视同仁,而且不管刮风下雪、深更半夜,他都能任劳任怨,下乡出诊,因而深受当地庄稼人欢迎。路易斯通过百万富翁布雷斯纳汉之口说:美国人对乡下开业医生所起的作用"从来没有充分肯定过"。美国的那些"第一流的医学专家""整天在实验室里搞研究,早把病人忘得一干二净了","真正保障人民大众身心健康的,还是像肯尼科特那样的乡下医生"。这些话是千真万确的。好几次他为了积极抢救病人,因陋就简在农家灶披间给病人做阑尾炎切除手术,这些精彩的描写,确实感人至深。作者显然倾注了满腔热情,用了不少笔墨,写了他的酷爱打猎、开汽车等个人癖好,生活气息非常浓厚,其中写到他热衷于做地产生意,举止言谈相当粗俗,等等,也许这些都是他沾染上"乡村病毒"亦即市侩习气的一种反映。但作者用更多的篇幅写了肯尼科特的淳朴敦厚,宽宏大量,写了他始终热爱自己的妻子,充分展示出他那颗纯洁善良的心灵,给读者留下了深刻印象。

鲜活出彩 呼之欲出的人物群像

路易斯还善于选择最富有典型性概括性的情节、动作、对话,用极其明快洗练的语言,勾画出特定环境中的人物性格。有一些人物形象,作者实际上并没有用多少笔墨,就画龙点睛,传神入妙,使之跃然纸上。比如,萨姆·克拉克是戈镇新兴的中产阶级代表,五金店老板,有名的好猎手,与肯尼科特可谓推心置腹,无所不谈。他性格豪爽开朗,但举止谈吐极其粗俗,是作者心目中那种胸无点墨的市侩典型。卡萝尔历来讲究文雅风度，见面时萨姆一谈到天气好不好，她就大谈特谈歌德与诗歌艺术，故意刁难他，吓得他不敢再登门了，难怪肯尼科特抱怨妻子把他所有的朋友"全给赶跑了"。路易斯只用寥寥几笔，就把萨姆的怪癖勾勒出来，在读者眼前活灵活现地展示出一个"大老粗"的人物形象："平日里他最喜欢把他的两条腿高高搁在另一张椅子上，解开坎肩的扣子，敞着胸脯，给我讲一段叫人发笑的逸闻，要不就逗着我开玩笑；可现在呢，在你面前，他样样都不敢啦，他只是坐在椅子的边儿上，别的事都不敢提了，就拼命谈政治长、政治短，甚至连咒骂几句也不敢了。你知道，平日里萨姆要是不咒骂一阵子，好像浑身就不舒服似的！"

又如，维达·舍温小姐是戈镇中学女教师，她的性格热情坦率，说起话来就像机关枪似的，确实令人可感。一开头，路易斯就写她的"两只碧蓝的眼睛虽然忽闪忽闪，显得很有神，但如果你再仔细端详一番，你就会发觉她的脸上已有一些细细的皱纹，不像当年那样光彩照人……她的手指因为一年到头拿针、拿粉笔、拿钢笔而变粗了……可是你怎么也没法定神仔细打量她……她那闪电一般的快动作，简直叫人看不清她的真面目。她好像一只金花鼠那样鲜蹦活跳的，仿佛有着使不完的精力。……她向人们表示同情的话儿，就像泉水似的一股股喷出来；她急于要挨近听她说话的人，就常常坐到椅子边沿上，真是恨不得把她的热情和乐观想法一股脑儿都给送过去"。读者一看到这样生动的描写，简直如见其人，如闻其声。接着，路易斯选择桥牌会上卡萝尔为了女用人工钱问题与众人争执不休的事件，就让维达·舍温小姐突然出场，大声吼道："住嘴！住嘴！嘿！哪儿来的这么大的脾气，讨论这么个傻问题！你们大家都太过分认真了。不要再吵下去啦！卡萝尔，你说的也许是很对的，但是，你未免太冒进，走在时代的最前列了。久恩尼塔，你也犯不着摆出那么一副好斗的架势来。今天我们妇女上这儿来——究竟是打桥牌呢？还是母鸡斗架？……嗨！要是哪一只母鸡再乱啄一气，我只好亲自动手来管这窝子母鸡啦！"路易斯通过舍温小姐用嘘嘘嘘赶母鸡的方式，不仅把妇女界这一场风暴平息下去，而且把她的那种善于折中、替人解围的处世本领也写透了。

又如，路易斯对戈镇居民在社交场合的表现，也有过非常出色的描写，说他们自己思考和娱乐的能力早已丧失殆尽，所以"连说说笑笑也都不会"了。"这些铁打的毛猪"把访友拜客当成全体委员开会，或是"礼拜堂里庄严肃穆的祈祷会"，或是"鸦雀无声的法庭"。哪怕在欢迎新娘卡萝尔的会上，有最时髦的少男少女，有喜欢狩猎的乡绅，有令人敬重的知识分子，还有殷实的金融界人士——可以说戈镇重要的人物全都光临了，但"他们就是在开心之时还得正襟危坐，仿佛围着一具死尸在守灵一样"。然而，更妙的是这些泥塑木雕，就像牵线傀儡似的，任凭戈镇头面人物随意摆布。不信，请看下面这一段描写：当卡萝尔大胆征求锯木厂老板对利润分成有何看法时，埃尔德先生吼声如雷地作了回答，这时候"所有在座的人都正儿八经地、节奏一致地点头赞成，如同橱窗里面陈列着的活动玩具：有逗人发笑的中国清代官吏、有法官、有鸭子、有小丑等，门一开，一阵风吹过来，这些玩具浑身上下就左摇右摆起来"。看，他们如此这般唯唯诺诺、吠影吠声的姿态，该是一幅多么生动而又形象化的讽刺漫画！

上文提到亨利·门肯称赞路易斯善于描写日常生活，不过,这些极其细小的生活琐事如果处置不当,是很容易使读者感到腻味的,但路易斯却十分擅长剪裁,巧于编排,好像是在娓娓动听地讲故事,叙家常,使读者倍觉亲切,饶有兴味。比如,夫妻之间为了家用开支而反目,是家家户户日常生活中几乎难免的事,但路易斯在《大街》中却信手拈来,写得很不一般。作者先写了戴夫太太为了要替娃娃们更换破内衣,赶到店里去找自己的丈夫,却不料当场受辱,作者用这一情节作铺垫,接着写了肯尼科特批评妻子不会精打细算过日子,这是他们夫妇俩结婚以后头一次口角龃龉。因为婚后肯尼科特一心忙于出诊看病,忘了留下家用钱,卡萝尔大有"巧妇难为无米之炊"之苦,但考虑到新婚不久,自己又是受过高等教育的妇女,有自尊心,更怕丈夫说她是"浪吃浪用的小兔子",所以不便明说,直到最后出于万般无奈找到门诊所去,他才答应今后要留下家用开支,但因为他不时要忘记,于是,卡萝尔提出要规定好固定数目的月钱,或按医生每月的进项提成给钱。他一听很反感,认为卡萝尔觉得他"不讲道理","很不可靠","又是吝啬得要命",非要他"签字画押"来"缚住他的手脚"。他自以为给钱一向"很大方"的,没想到现在她"好像把它看成一笔离婚后的赡养费",心里很生气。卡萝尔却一点儿不含糊地说,"当然,你给我钱的时候一向很爽快,很亲昵,看起来好像我就是——你的情妇!""不过,我恨——我恨——这些卖笑得来的钱——我甚至连一个情妇的权利都没有,我拿到了钱不能随便添置珠宝首饰,只能为你置备双屉蒸锅和短袜子!……以后,我还得等你高兴才肯给我钱。既然这样,请问你叫我怎么个张罗法,才算是不浪费、不浪用呢?"路易斯通过这么几段辛酸的对话,淋漓尽致地写出了当时美国社会里知识妇女依附丈夫、经济上毫不独立的处境。

连类不穷　涉笔成趣的讽刺譬喻

在《大街》中,辛辣的嘲弄、机智的讽刺,简直可以说俯拾即是。无论是写人物的外貌特征,还是他们的内心世界,路易斯常常在夹叙夹议之中,运用一些妙趣横生的譬喻,不仅显得幽默诙谐,而且又是那样自然妥帖,一点儿不露斧凿痕迹。下面列举一些例子试加说明。

卡萝尔初到戈镇,觉得镇上文化气氛很差,就想先从自己丈夫身上着手做起,不妨教他念一些诗歌作品。殊不知肯尼科特一听到她念诗,呵欠连着来了,虽然过去上学时背过一些诗,但现如今早已忘得精光,竟把华兹华斯的诗误说是丁尼生所作,闹出颠三倒四、张冠李戴的笑话来,这是卡萝尔始料不及的,怨不得要对肯尼科特这样说道:"噢哟哟,原来你是个大萝卜头,我真不该硬是让你冒充晚香玉。"

妇女读书会是久恩尼塔之流年轻少奶奶自炫学问渊博、附庸风雅而组织起来的所谓文化团体,是戈镇上流社会这座"高楼大厦"上的一道"彩绘飞檐",无疑是一种点缀品。有一回,妇女读书会讨论英国诗歌问题,上自莎翁、拜伦,下至丁尼生、吉卜林,不到半天工夫,都算"研究"过了,可以一劳永逸标榜有"诗意"了,这些精通家务的年轻少奶奶"认为自己对于文化嘛,好像已经撒上了一把盐,腌过了,就像火腿一样可以挂起来啦"。

在路易斯的笔下,肯尼科特的舅舅、舅妈,既是假惺惺地装作笃信上帝的圣徒,又是地地道道的市民典型。惠蒂尔舅舅嘴里"老是淌着口涎水",令人见了作呕;贝西舅妈的"嘴唇一张开来,简直就像橡皮圈那样富于弹性"。你听,他们老两口有时候说起话来,"贝西舅妈嘀嘀咕咕的声音,如同一把扫帚窸窸窣窣地在扫,惠蒂尔舅舅嘟嘟囔囔的声音,就像一把拖把咯噔咯噔地在拖"。他们俩凭自己特有的嗅觉,早就从外甥媳妇身上闻出了她的那些离经叛道的气味。有时候,他们索性坐了下来,津津有味地想尽办法,要把她的那些令人可笑的思想都套出来,存心拿她来开心解闷。他们这种幸灾乐祸的丑态,路易斯在小说里写成"活像星期六下午逛动物园观赏猢狲的游客,当那些相当高贵的兽类忍不住瞋目而视的时候,他们却指手画脚,挤眉弄眼扮鬼脸,痴痴地傻笑不止"。

初来乍到戈镇开设女服店的斯威夫特韦特太太,是个妖艳怪状、招蜂引蝶的女人。她穿的那条方格子裙子色彩刺眼,腮帮子上的胭脂粉抹得也太厚,两片嘴唇涂得鲜红耀眼。她自以为这样梳妆打扮就能装作城里阔太太,结果显得反而土里土气,不堪入目。"她看起来活像是个地地道道的离婚女人,明明是年过四十,目不识丁的婆娘,偏要打扮成三十岁上下、聪明伶俐、楚楚动人的模样儿。"用路易斯的评语来说,斯威夫特韦特太太此人"简直虚假透顶,明明是一块玻璃,硬要冒充一颗钻石"。

博加特太太原是戈镇教会牧师遗孀,本人自命为虔诚的浸礼会教友,口口声声念叨《圣经》上的"十诫",实则是惹不起的泼妇恶婆子,在《大街》中作者用了许多篇幅对她的德行作了精彩的描写。这里只说一点,即作者在形容她身躯长得特别肥胖的外貌特征时,把她譬喻为一只平时"怒咻咻、气呼呼",但到了礼拜天却又是"肥嫩诱人"的"老母鸡"了。但当博加特太太整日削尖脑袋,四处打听人家的"秘闻"时,作者又这样写道:"第二天,博加特太太急匆匆跑来串门了,瞧她那副神气,活像是一头老母鸡正在四处细心啄寻面包屑似的。她满脸堆笑,叫人一看就知道是虚情假意。二话没说,她就像老母鸡寻食一样开始乱啄起来"。先是"细心啄寻面包屑",接着"开始乱啄起来",单单这么两句话,就画龙点睛地把博加特寡妇专爱打听人家隐私而又乐此不疲的德行全都勾勒出来了。不过在戈镇这个弹丸之地,类似博加特遗孀那样的"老母鸡"多得很,见了她们认为看不顺眼、有违她们市侩哲学的人,她们照例会疯狂地乱啄一气,致人以死命的。卡萝尔一看到最初自命不凡、颇有抱负,但后来深染"乡村病毒",以至消极颓唐的律师盖伊·波洛克的那种可怜相,就觉得"好比是眼睁睁看到一只蜂鸟的翅膀在流血一样",可是盖伊·波洛克却意味深长地喟然叹道:"我可不是一只蜂鸟,我是——一头鹰,一头用皮条拴起来的小鹰,被这些胖乎乎、懒洋洋的白色大母鸡乱啄得几乎快要死了。"

像上面这样连类不穷、涉笔成趣的讽刺譬喻,在《大街》中简直太多了,恕难在这里一一列举。一句话,除了曲折动人的情节,刚健有力、栩栩如生的描述以外,《大街》之所以深深吸引着读者,使他们有时禁不住要开怀大笑,原因恐怕就在这里。

二十世纪二十年代美国浮世绘

由于《大街》揭示了美国现实生活中的种种丑态,路易斯不断遭到非难和指责,这是可想而知的。当时美国评论界有人甚至说,《大街》就是仿照福楼拜《包法利夫人》创作的。诚然,这两部小说在题材方面确实有巧合之处,但关键还是在于它们各自反映的社会现实生活毕竟有所不同。爱玛·包法利和卡萝尔·肯尼科特两人虽然都热切地渴望着幸福,但她们两人无论从时代背景、生活环境、思想素养和个人理想来说,都是截然不同的。有的美国评论家也撰文指出,路易斯在《大街》中触及了现实主义与自然主义作家最为关注的问题,即个人(特别是女性)与环境冲突这一重要主题,致使卡萝尔·肯尼科特在福楼拜的《包法利夫人》、乔治·爱略特的《米德尔马奇》和契诃夫的《三姐妹》的女主人公们身旁叨陪末座了。不过,在这里还得提醒读者别忘了路易斯小说中的一些微疵。尽管作家笔下描绘的戈镇可谓精确卓绝,但对卡萝尔感情世界的刻画,相对来说却缺乏力度。路易斯竭力痛斥戈镇人(此处泛指美国中产阶级)缺乏文化素养,可他所要求的是什么样的文化,什么样的精神境界,却始终没有作出极其清晰乃至于令人信服的描述,其结果不得不使他在不爽分毫的基础上对戈镇所进行的抨击威力大挫,同时也使他的讽刺不免显得太平易、太花哨。这一缺憾,对在现代美国小说史上厥功甚伟的路易斯来说,当然是瑕不掩瑜的。正如美国评论家所说,路易斯毕竟精确地记录了一个民族与一个阶级的个性,描绘了二三十年代美国的社会风采,堪称二十年代美国浮世绘。没有他的作品,简直不能想象现代美国文学。没有他的作品,现在的美国人甚至也不能想象自己是什么样子了。

潘 庆 舲

识于上海社会科学院文学研究所

一九七八年二月至二〇〇七年十月

主要人物表

卡萝尔——全书的主要人物之一。一个受过高等教育、充满浪漫理想的城市姑娘，嫁给乡村医生肯尼科特后来到戈镇，对当地建设落后、精神生活贫乏而心生不满，立志改革。在戈镇推动了几项文艺活动，试图鼓励人们对戏剧、文学、艺术的兴趣，然而均遭失败。其后认识了新来的裁缝、爱好文艺的埃里克，由于兴趣相投，有过短暂的恋情，引来流言蜚语。于是离开戈镇，在华盛顿独自谋生，两年后，她依然回到戈镇，回到丈夫身边。

肯尼科特——全书的主要人物之一。戈镇的乡村医生，卡萝尔的丈夫。他缺乏想象力，也不浪漫，是个和善、厚道、务实、沉着的人。他医术精湛，热爱本乡本土，对病人不分贫富，一视同仁，深为小镇人们所尊敬。声称平生有五大爱好：行医、置地产、爱卡萝尔、开汽车和去野外打猎。作者对肯尼科特夫妇俩的精彩描绘，几乎不分轩轾。

维达·舍温——戈镇女教师。性格热情坦率、处事圆滑、善于折中，较有见识，是镇上的一些妇女活动的指挥者。初始爱慕过肯尼科特，后嫁给雷蒙德·伍瑟斯庞。

埃里克·瓦尔博格——戈镇新来的小裁缝，年轻英俊，爱好文艺，不满于现状，遭小镇人的非议。一度狂热地爱上了卡萝尔，后离开戈镇，去了大城市，当上了演员。

萨姆·克拉克——戈镇新兴的中产阶级代表,五金店的老板,喜爱打猎,与肯尼科特是推心置腹、无话不谈的朋友。因其性格豪爽、谈吐粗俗,常遭到卡萝尔的刁难、厌恶。

伯恩斯塔姆——人称"红胡子瑞典佬"。长年打短工。手很巧,会做许多事,脾气固执。

碧雅·索伦森——卡萝尔的女佣,嫁给伯恩斯塔姆,生有一子,后因感染上伤寒而去世。

博加特太太——戈镇教会牧师遗孀,自命为虔诚的浸礼会教友,是个典型的泼妇恶婆子。成天打探人家的私事,背后说三道四,侮辱并赶走了新来的年轻女教师。

盖伊·波洛克——外地来的律师,长年住在戈镇,深受"乡村病毒"影响。原先自命不凡、颇有抱负,后来在戈镇庸俗无聊的环境中逐渐颓唐下去。

久恩尼塔·海多克——戈镇庸俗妇女的代表人物,其夫哈里·海多克是时装公司大股东之子,属于戈镇富有的阶层。参加妇女读书会,自炫学问渊博,附庸风雅。

这是一个坐落在盛产麦黍的原野上、掩映在牛奶房和小树丛中、拥有几千人口的小镇——这就是美国。

我们故事里讲到的这个小镇,名叫"明尼苏达州戈弗草原镇"①,但它的大街却是各地大街的延长。在俄亥俄州或蒙大拿州,在堪萨斯州或肯塔基州或伊利诺伊州,恐怕都会碰上同样的故事,就是在纽约州或卡罗来纳山区,说不定也会听到跟它的内容大同小异的故事。

大街是文明的顶峰。多亏当年汉尼拔②入侵罗马,埃拉斯慕斯③隐居在牛津著书立说,今日里这辆福特牌汽车才能停靠在时装公司门前。杂货食品铺掌柜奥利·詹森④对银行老板埃兹拉·斯托博迪⑤所说的都是一些至理名言——对于

---

① 中译本一律简称为"戈镇"。戈弗(Gopher):美国中西部特产,黄鼠、囊鼠、金黄鼠,亦即美国明尼苏达州人的别称。旧时通译金鼠,曾记得,上海英美烟草公司生产金鼠牌卷烟,退迩闻名。(全书注释均为译者所加。)
② 汉尼拔(公元前247—前183),公元前北非奴隶制国家迦太基的军事统帅,一生与罗马共和国为争夺势力范围作战。
③ 即德西德利乌斯·埃拉斯慕斯(1466—1536),荷兰著名人文主义学者和古典文学研究家,生于荷兰的鹿特丹,后寓居英、法等国,是文艺复兴运动领导者之一,以文学讽刺作品《愚人颂》著称。
④⑤ 均为书中的人物。

伦敦、布拉格,以至于一文不值的海上小岛来说,同样是金科玉律;凡是埃兹拉不知道的和不认可的事情,那人们大可不必去了解、思索,因为它们肯定是异端邪说。

我们的火车站是建筑史上不可超越的最高成就。萨姆·克拉克①五金店的全年营业额,是本乡四郊人们艳羡不已的对象。玫瑰宫电影院②里上映的是一些寓意深刻、连幽默都得合乎道德标准的影片。

我们健全的传统基础和坚定的信仰象征,原来就是如此。如果有人不是照着这个样子去描绘大街,而是妄以为还可能会有别的一些叫公民们感到无所适从的信仰象征,那么,这不正暴露出他自己是跟美国精神格格不入的玩世不恭的人吗?

---

①② 均为书中的人物或公共活动场所。

第 一 章

一

一位少女正伫立在密西西比河畔——六十年以前奥杰布华族印第安人栖居过的小山冈上。在北方蓝天的映衬下,她的身段显得分外清晰。此刻,印第安人早已看不到了;呈现在她眼前的是明尼阿波利斯和圣保罗的那一幢幢的面粉厂,还有摩天大楼闪闪发亮的窗子。她心里正在想的,既不是印第安女人,也不是水路或陆路的货运,更不是在她脑海里若隐若现的当年常来这里收购皮货的北方佬。不,此刻她脑海里默默想着的是:胡桃奶糖、布里厄①的剧本、残液溢出的原因,还有那位化学讲师目不转睛地瞅着她那掩住耳朵的新颖发型的情景。

微风掠过千里麦田,把她的塔夫绸裙子吹得鼓了起来,裙子飘拂的样子显得那么优美、活泼,那么富于魅力,使山脚下偶然路过的行人一见到她那轻盈秀逸的神采,都不由得为之倾倒。她举起两臂,身体背着风微微后倾,低垂着的裙子被风

---

① 布里厄(1858—1932),旧译白里欧,法国戏剧家。

吹得上下飘飞,满头秀发也在狂飞乱舞着。这个小山冈上的少女不谙世故,天真无邪,又是那么年轻;她陶醉在微风中的神情,仿佛渴望着未来的生活乐趣。哪知道满怀期望的青春,就是一出永远叫人苦恼的喜剧。

这个少女名叫卡萝尔·米尔福德,一个钟头前,她刚从布洛杰特学院里溜出来。

披荆斩棘垦荒的日子,少女头戴宽边遮阳帽的日子,还有在开辟杉木林时用斧头把熊砍死的日子,都已成为遥远遥远的过去了。现如今,附丽在一位逆反少女身上的,正是被称之为富有美国中西部特征的迷惘精神。

二

布洛杰特学院坐落在明尼阿波利斯的近郊。它是正统宗教的堡垒,迄至今日仍在反对伏尔泰①、达尔文②和罗伯特·英格索尔③诸家最新的"异端邪说"。在明尼苏达、艾奥瓦、威斯康星和南达科他、北达科他等州,笃信宗教的家庭都把他们的子女送到那里上学。布洛杰特学院总是以保护莘莘学子为己任,不让他们受到时下一般大学歪风邪气的影响。可是在这个学院里,也有的是热情奔放的少女和爱唱歌的小伙子,还

---

① 伏尔泰(1694—1778),法国著名作家。
② 查尔斯·罗伯特·达尔文(1809—1882),英国著名科学家,进化论之创立者。
③ 罗伯特·格林·英格索尔(1833—1899),美国著名政治家、演说家和不可知论者。

有一位酷爱弥尔顿①和卡莱尔②的女讲师。因此,卡萝尔在布洛杰特的四年岁月也不算是完全浪掷。既然学校小,劲敌少,她那种富于进取性的、兴趣多方面的天性就得到了充分的发展。她打网球,主办火锅聚餐会,参加研究生的戏剧讨论会,也常常跟一些小伙子出去溜达溜达,并且还加入了五六个社团,为的是把所谓"大众文化"的各种技艺都实践一番。

她的班上,有两三个女孩子比她漂亮,可谁都没有她那么惹人注目。无论在课堂里还是在舞会上,她同样都表现得很出色,虽然在布洛杰特学院的三百名学生中,有许多人回答课文时要比她强,跳起波士顿舞③来也要比她洒脱。但她浑身上下每一个细胞都充满着活力——细柔的手腕,粉嫩的肌肤,乌黑的鬈发以及稚真的少女的眸子。

同宿舍的女孩子,看到她穿着女式透明长睡衣,或者看到她沐浴后湿漉漉地从浴室冲出来,都对她苗条的身材感到惊奇。她的身材看起来比她们原先想象的要小一半;一个弱不禁风的孩子,多么需要得到爱抚和关怀啊。"举世罕见的小精灵。"她们低声耳语道。可她却是如此果断有力,如此富于敢想敢干的精神,如此不顾一切地深信自己那还相当模糊的美好憧憬,因而她始终是那样的精力旺盛,难怪那些身高体壮的布洛杰特学院女子篮球队队员,也都要自叹不如,尽管她们经常身穿蓝哔叽短灯笼裤,套着粗螺纹羊毛袜,小腿肚还往外凸起,在健身房球场上来回驰骋。

---

① 约翰·弥尔顿(1608—1674),英国伟大诗人。
② 托马斯·卡莱尔(1795—1881),苏格兰散文作家、历史学家。
③ 一种类似华尔兹的舞步。

哪怕在疲倦的时候,她那双乌溜溜的眼睛还是在细心地观察着周围的一切。她还不知道世界有时在无意中有多么残忍,在自鸣得意中又多么迟钝;但是,纵然她遇到了那些令人泄气的势力,她的目光也绝不会变得阴郁、滞重,或者黯然泪下。

尽管卡萝尔热情奔放,惹人怜爱,往往是人们"迷恋"的对象,认识她的人还是不敢跟她接近。无论唱赞美诗也好,或者编派什么鬼花招也好,就数她最热心,但她的那副神气却依然显得有点儿目空一切,并且十分挑剔。她也许很轻信,天生是一个崇拜英雄的人;可她喜欢提问题,追根究底,总是没完没了。不管她将来会变成什么样的人,她永远不会悠闲自在的。

她的多方面兴趣反而害苦了她。最初她巴不得自己能有一副令人惊奇的好嗓子,继而又希望有演奏钢琴的才能,末了,则渴望有演戏、写作和领导社团的组织能力,尽管每次她都失望了,但她照例都会重新振奋起来,去参加立志于传教事业的学生志愿队,给剧社画画布景,或者替学院学报拉广告,四处奔忙。

那个星期天下午她在小教堂的演出,可以说是登峰造极。在苍茫暮色中,她的小提琴和着大风琴的旋律,奏出悦耳的乐曲,在烛光的辉映下,隐约可见她穿着一身笔挺的金色礼服,正弯着手臂,在来回拉动琴弓,嘴唇紧闭着,显得非常严肃。此时此刻,在座的每一个男人都爱上了宗教,爱上了卡萝尔。

在大学最后一年,她就迫不及待地对自己所有的实验和局部的成功作了认真总结,以便决定自己未来的事业。每天,在图书馆的台阶上,或者在学院主楼走廊里,女学生们都在议论着"毕业后叫咱们去干什么呢"这个话题。有些女学生明知道自己快要结婚,偏偏还要装腔作势,好像对一些重要的职位正在考虑似的;有些女学生虽然知道自己不得不马上就业,却在暗示:她们有不少神话般的求婚者。至于卡萝尔,她是一个孤儿,她唯一的亲人是一个甜言蜜语的姐姐,已嫁给了圣保罗的一个眼镜商人。父亲的遗产,十之八九都被卡萝尔花掉了。目前她并没有在谈恋爱——就是说,她不是常常谈恋爱的,偶尔谈谈,时间也不长。她得独自谋生。

可是,怎么谋生?怎么去征服世界?——几乎完全是为了世界本身的利益——她一点儿都不知道。凡是没有订过婚的女学生,绝大多数都打算去当教师。她们大致可以分为两类:一类是无忧无虑的年轻小姐,她们承认,只要有机会,一结婚就离开那些"令人厌恶的教室和邋里邋遢的孩子";另一类便是勤奋学习的姑娘——其中有些人前额鼓出、眼球凸起——她们在班级祷告会上,曾经祈求过上帝"引导她们沿着造福人类的大道一步一步地前进"。卡萝尔对这两类人都不感兴趣。前一种人似乎态度"不诚恳"。(在这个阶段,上述三个字是卡萝尔最爱用的词儿。)至于那些真心诚意的少女,一味笃信拉丁语法的价值,依她的看法,说不定有利也有弊呢。

临到毕业这一年,卡萝尔曾经先后作出过种种不同的抉择:攻读法律,写电影剧本,干护士职业,要不干脆嫁给一位身份不明的英雄人物。

后来,她对社会学发生了浓厚兴趣。

社会学教师是新来的。他已然结过婚,属于不宜接近的人物。但他来自波士顿,曾经在纽约的大学区跟诗人、社会学家、犹太人以及百万富翁中的社会活动家生活在一起,而且,他还有一个漂亮白皙的、有劲的脖子。他带领一班嘻嘻哈哈的学生,到明尼阿波利斯和圣保罗去参观监狱、慈善机构和职业介绍所。卡萝尔慢腾腾地跟在队伍的末尾,看到别人表现出很不得体的好奇心,瞪大眼睛望着那些穷人,就像在动物园观看猴子似的,她不由得感到义愤填膺。这时她俨然以救星自居,把手按住自己的嘴,用食指和拇指使劲地掐自己的下唇,紧蹙眉头,颇有孤芳自赏的样子。

有一个同班同学,名叫斯图尔特·斯奈德,他是个身材高大、很能干的小伙子,身上穿着一件灰色法兰绒衬衫,系着一个褪色的黑蝴蝶结领结,头上戴着一顶绿紫相间的班级学生帽,和她一起落在众人后面,踩着南圣保罗的牲畜围栏附近的脏物,他正跟她嘟嘟囔囔地说:"这些蠢货——大学生,可叫我讨厌透了。他们真不知道天高地厚。嘿,他们应该去农场干活,就像我那样。那些工人准会给他们颜色看看的。"

"我就是喜欢普通的工人。"卡萝尔兴高采烈地说。

"你可千万别忘了,普通的工人并不认为自己是普通的呀!"

"你说得对!原谅我刚才失言了!"卡萝尔扬起了眉毛,以惊异而又谦逊的神情瞅了他一眼。这时,她眼睛里闪耀着热爱人生的光芒。斯图尔特·斯奈德也凝视着她。他把他的两个又大又红的拳头藏在口袋里,不一会儿又急促地伸了出来,松开,然后放在背后紧紧地攥着。他结结巴巴地说:

"我知道,你是了解人的。咱们这些该死的同学绝大多数——喂,卡萝尔,你可以为人们做很多事情。"

"怎样做呢?"

"哦——哦——你知道——对他们要有同情心,就得了——如果你是——比方说,你就是一位律师的太太吧,他的诉讼委托人,你大概会了解的。将来我打算成为一个律师。我得承认有时候我对人们缺乏同情。我对人们总是感到非常不耐烦,可以说简直受不了。你要是碰到一个生来讲究极端认真的人,该有多好!使他更加——更加——你知道——富有同情心!"

他那微微噘着的嘴唇,还有他那双猛犬一般的大眼睛,都在乞求她让他继续讲下去。眼看着他的感情有如潮涌而至,她赶紧回避了。她大声嚷道:"哦,你看那些可怜的绵羊——好几百万的绵羊呀。"说完,她径自朝前奔去。

她对斯奈德不感兴趣。他既没有漂亮的、白皙的脖子,也从来没有跟一些著名的改革家一起生活过。目前,她所希望的是,在贫民区那些社会福利机构中独享一个小房间,就像一位不用穿黑袍的修女一样,慈悲为怀,阅读萧伯纳①的作品,竭尽全力去启迪一大群满怀感激之情的穷人。

在有关社会学的补充读物中,她读到一本讨论改善乡镇面貌的书,里面讲到植树绿化、乡镇业余文艺演出和少女俱乐部等问题。书中还有许许多多插图,都是介绍法国、新英格兰②和宾夕法尼亚的草坪和花园篱栅的。这本书是她随手捡起来的,当时她悄没声儿地打了个呵欠,像猫似的用手指尖轻轻地按住嘴。

此时她全神贯注地看着这本书,悠闲地倚在临窗的座椅

---

① 萧伯纳(1856—1950),英国著名剧作家。
② 美国东北部六个州的总称,即缅因州、佛蒙特州、新罕布什尔州、马萨诸塞州、罗得岛和康涅狄格州。

上,交叉着两条穿着长袜的细腿,下巴颏儿几乎碰到膝盖上。她一面看书,一面用手抚摸着一个缎子枕头。在她的四周,布洛杰特学院每间宿舍所特有的东西比比皆是:罩着印花布套的临窗座椅,姑娘们的各式照片,一张复制的古罗马圆形大马戏剧场的全景图,一只火锅,还有十几个枕头,有绣花的、缀着珠子的和用烫画装饰的。其中有一样东西跟这里的气氛非常不协调——那是一帧巴肯特婆娑起舞的袖珍肖像画①。整个房间里,唯有这帧画才是卡萝尔的。至于其他的东西,卡萝尔都是从好几代女学生那里接过来的。

在她看来,这部讨论乡镇改革的著作,好像就是她周围平淡无奇的生活中的一部分。但她突然遏制了烦躁情绪,开始聚精会神地读着这本书。三点整,在英国史上课钟响以前,这本书她几乎已经看完了一半。

她叹了一口气说:"这可就是我大学毕业后要做的事情!我要到草原上的乡镇去工作,以便使它们变得美丽起来。我要去做一个启迪人们心灵的人。我想最好就当一名教师吧,可是——我偏偏不要做像他们那样的教师。我压根儿不想那样浑浑噩噩下去。为什么大家都到长岛②去兴建那么多的花园住宅区?可就是没有人想到咱们西北部这些寒碜的乡镇,他们只知道举办什么福音布道会,建立什么收藏埃尔西③儿童读物的图书馆。我可要使每一个乡镇都有街心花园和草坪、小巧玲珑的房子,以及一条漂漂亮亮的大街!"

~~~~~~~~~~

① 巴肯特,希腊神话里酒神巴克斯的女祭司。
② 位于美国东北部沿海地区,靠近纽约。
③ 全名为埃尔西·丁斯莫尔,是美国作家马莎·芬利为女孩子写的儿童读物中的女主人公。

卡萝尔在上那堂历史课的时候,心里一直在琢磨着这些事情,说真的,越琢磨越得意扬扬呢。那样的历史课,可以说是布洛杰特学院里一位无聊透顶的教师和一批二十岁上下不乐意听讲的学生之间展开的一种典型争论,占上风的总是教师。因为不论他提出什么问题来,他的对手们都得回答,而对手们所提出的那些刁钻古怪的问题,他都可以反过来将你一军:"难道你还没有上图书馆查过吗?得了吧,劳你驾去查一查吧!"

那位历史教师是个退休的牧师。今天他说的话里似乎有点儿挖苦的味道。他跟喜好活动的查利·霍姆伯格说:"查利,要是我请你告诉我你是否知道英王约翰的事,而你却在一个劲儿追逐那只可恶的苍蝇,那我会不会算是打扰了你呢?"说完,他津津有味地花了大约三分钟光景才了解清楚:事实上,全班没有一个人还记得英国《大宪章》制定的确切日期。

这时老师仍在讲话,卡萝尔却充耳不闻。她的心儿简直沉浸在愉快的遐想之中。她正在完成一幢砖木结构的市政厅大会堂的屋顶设计蓝图。仿佛在一个草原乡镇里,她发现,有一个人对她所提出的迂回曲折的大街和两旁有拱顶的人行道的设想表示不太欣赏,但是,她已经在市议会召开的会议上,富于戏剧性地把那个家伙击败了。

三

卡萝尔虽然出生在明尼苏达州,但对大草原上乡村的情况并不十分了解。她父亲原籍马萨诸塞州,整日笑吟吟,不修边幅,博学多闻,和蔼可亲,有时也开开玩笑。在她整个童年时代,父亲一直担任曼卡托法官职务。曼卡托虽然不是一个草原市镇,可它的那些花木扶疏的街道和两行榆树间的通幽小径,仿佛跟白绿相映、景色如画的新英格兰一模一样。曼卡托位于壁立万仞的悬崖和明尼苏达河之间,临近特拉弗斯①。最早到达的移民曾经在这里和印第安人签订过协议书,偷窃牲口的盗贼一度也在本州民团的拼命缉捕之下策马飞驰而来。

那时节,卡萝尔经常爬上那条黑黝黝的大河的堤岸,如饥似渴地听着关于它的种种传说,有的是讲大河以西辽阔的大地上黄水滔滔和水牛白骨的故事,有的是讲大河以南关于两岸大堤、爱唱歌的黑人和棕榈树的逸闻,而那条大河却永远神秘莫测地朝着南方流去。她仿佛隐隐约约听到,六十年以前,触礁沉没的高烟囱的内河火轮发出的令人惊恐的钟声和哼哧哼哧的沉重的喷气声。她仿佛看到在甲板上密集着传教士,头戴大圆顶礼帽的赌徒,以及披着猩红色毛毯的达科他酋长……入夜以后,远远地从河面拐弯处传来了汽笛声,松树林里不断发出桨声的回响,黑黝黝的激滟的河面上泛起一片橙红色的反光。

卡萝尔一家对于自己别出心裁的生活方式很自得其乐。比方欢度圣诞节时,他们照例会使人大吃一惊,同时又令人倍感温情脉脉;至于"化装晚会"上,既有真情的自然流露,又令人感到荒唐可笑。当卡萝尔一家人在炉边讲述神话故事时,里面出现的兽类,不是深更半夜从壁橱里跳出来吃小女孩的叫人毛骨悚然的怪物,而是一些眉清目秀、和蔼可亲的生

---

① 特拉弗斯原是北美苏族印第安人聚居之地。

灵——有一种驯顺的小东西,浑身毛茸茸的,蓝颜色,住在浴室里,会一溜烟地跑过来给孩子们烘暖小脚;再有是一个生锈了的煤油炉子,它会发出呜呜呜的响声,还会讲各式各样的故事;此外还有一种小动物,每当早上父亲一面刮胡子,一面哼着小曲,孩子们要是能在父亲刚哼上第一句的时候从床上跳下来,把窗子关上,那么,早饭以前这种小动物就会和孩子们在一起玩了。

米尔福德法官教导子女的原则,就是让孩子们爱看什么书就看什么书。卡萝尔在父亲那间糊上棕色花墙纸的图书室里,潜心研读了巴尔扎克、拉伯雷①、梭罗②和马克斯·穆勒③的作品。父亲一板一眼地指着《大百科全书》书脊教子女们认英文字。当彬彬有礼的客人们问起"小家伙"们智力发展的情况时,一听到他们一本正经地反复背诵标明百科全书每一个分册起讫的字母部首:A—And,And—Aus,Aus—Bis,Bis—Cal,Cal—Cha 时,都不由得大吃一惊。

卡萝尔九岁那一年,她的母亲去世了。十一岁上,她父亲退休离开了司法界,于是举家迁往明尼阿波利斯。两年以后,他在那里溘然长逝。她的姐姐比实际年龄要老练得多,整天忙忙碌碌,喜欢给人出主意,后来她们姐妹关系变得同路人一般,即使在她们俩分手以前也是如此。

由于早年一直过着这种时而欢乐、时而忧伤的生活,并且历来不靠亲戚接济,卡萝尔至今仍然抱着一种心愿,就是务必要使自己卓尔不群,以示与那些生气勃勃、精明能干,但是不

---

① 拉伯雷(1483—1553),法国著名作家,著有长篇小说《巨人传》。
② 梭罗(1817—1862),美国作家,代表作有《瓦尔登湖》。
③ 马克斯·穆勒(1823—1900),德国哲学家、语言学家。

肯看书的人迥然不同。所以当他们忙得不可开交的时候,她却故意冷眼旁观,即使她自己也参与一份,她的态度也不例外。可是话又说回来,当她决定献身乡镇建设事业的时候,她却无比欣慰地感到心情十分激动,仿佛自己也变得生气勃勃,精明能干起来了。

四

　　不出一个月,卡萝尔纵然有雄心壮志,却也不免开始消沉起来了。她是不是值得去当教师——她又一次感到踌躇不决。她担心自己的身子骨不够结实,如此繁杂的日常教学工作,恐怕难以胜任,何况想到自己站在一群笑嘻嘻的孩子们跟前,故意摆出一副明智而又果断的姿态来,就她来说,委实不敢想象。但她有志于兴建一个美丽的小镇,至今仍不改初衷。有时候,她无意中看到一条有关小镇妇女俱乐部的消息,或者是一幅不规则伸展开去的大街的照片,就感到无限怅惘,好像有人要把她的工作抢走似的。
　　听从了一位英文教授的忠告,卡萝尔来到了芝加哥某学校,攻读图书馆学。她凭自己的想象力给未来的新计划增添了绚丽多彩的气氛。她仿佛看到自己如何辅导孩子们去阅读美妙动人的童话故事,帮助年轻小伙子寻找有关机械学方面的书籍,在那些翻查报纸的老年人面前,她也总是表现得谦恭有礼——如今她俨然是图书馆里的一位显赫人物,精通图书馆学的权威,经常应邀出席宴会,同诗人和探险家晤面,并在著名学者云集的学术会议上宣读自己的论文。

五

这是毕业典礼之前的最后一次全院性的联欢会,再过五天,师生们就要旋风般地卷进紧张的期终考试了。

院长的寓所几乎被大批棕榈树挤满了,乍一看,疑似来到了气氛肃穆的殡仪馆大厅。在图书室,一个大约十英尺见方的房间里有一台地球仪,还有惠蒂埃①和玛莎·华盛顿②的画像,学生管弦乐队正在这里演奏《卡门》和《蝴蝶夫人》的选曲。悠扬的乐曲声和依依别情,使卡萝尔立刻感到一阵晕眩。她恍惚之间看到那些棕榈树变成了一座丛林,粉红色灯罩下的电灯光融化成一片乳白色的薄雾,而戴眼镜的教授们好像都成了奥林匹斯山上的众天神。望着那些多年来"一直意欲与她结识的"索然无味的少女和五六个想要跟她谈情说爱的年轻小伙子,卡萝尔怎能不黯然神伤。

但是,受到她一个劲儿鼓励的,仅仅是斯图尔特·斯奈德一个人。跟其他男同学相比,斯奈德的确更加富有男子汉气概,他皮肤黝黑,和他新近买来的那套带垫肩的衣服的颜色一模一样。卡萝尔正和他一起坐在楼梯下的衣帽间里,手里拿着两杯咖啡和一块鸡肉馅儿饼,脚底下是院长先生的一大堆套鞋。这时琴声如怨如诉,隐约可闻,斯奈德对她低声耳语道:

"咱们同窗四载,弦歌不绝,这可是一生中最最幸福的岁

---

① 惠蒂埃(1807—1892),美国作家和废奴主义者。
② 玛莎·华盛顿(1731—1802),美国第一任总统乔治·华盛顿的妻子。

月！可惜眼看着就要分手了,我真有点儿受不了呀。"

卡萝尔对此也有同感。"哦,我了解你此刻的心情。唉,只有几天啦,大家就要各奔前程,有些人也许一辈子都见不到了,一想到这些,怎么不难过呢。"

"卡萝尔,你可要听我说呀!过去我很想一本正经地跟你谈一谈,谁知道你总是躲躲闪闪的,这会儿你可得好好地听我说。不久我就要去当一名大律师——说不定当法官呢,现在我需要你,我会保护你的——"

他的胳膊从她肩膀后面围了过来。令人心荡神移的乐曲声,不知不觉地使她不能克制自己了。她忧心忡忡地说:"你真的会照顾我吗?"随后,她抚摸了一下他的手——那只很暖和,很坚实的手。

"我管保照顾你!不久我就要在扬克顿定居,我的老天哪,咱们俩可以在那儿过上好日子——"

"可是我还要想干一番事业呢。"

"建立一个温暖的小家庭,带好几个乖孩子,交上三五个亲逾手足的好朋友——难道说还不是最美好的事业?"

自古以来,男人们总是一成不变地用这些话儿来答复闲不住的女人。卖瓜的人对年轻的女诗人萨福[①]所说的,是这些话。当年军事将领们对赞诺碧亚女王[②]所说的,也是这些话。甚至在阴湿的洞穴里,一大堆啃得精光的白骨中间,那个浑身毛茸茸的求婚者,对维护母权制的女人所提出的抗议,也

[①] 萨福(公元前610—约前580),希腊著名抒情女诗人。柏拉图称她为"第十位文艺女神"。
[②] 赞诺碧亚(?—272?),古代东方巴利米拉(叙利亚的历史名城)女王,曾经跟罗马帝国打过仗。

还是这些话。现在卡萝尔就用布洛杰特学院的流行话,带着萨福的口吻回答说:

"当然咯,我知道。我想错不了,准是这样的。说实话,我很喜欢孩子。要知道有许多女人家务做得就是好,而我偏偏是——哦,一个人要是受了大学教育,就应该学以致用,造福社会。"

"我也知道这个,但你在家里照样可以学以致用嘛。喂,卡萝尔,你想想看,赶上一个暖洋洋的春天傍晚,咱们一家子开了车子到郊外去野餐,可有多美!"

"是的。"

"到了冬天乘雪橇去,而且还可以去钓鱼——"

听,嘟嘟嘟号角声响起来了!乐队突然奏起了《士兵大合唱》。这时卡萝尔正提出抗议说:"不!不!你这个人很好,可我就是想要做出一番事情来。虽然这个连我自己也不太了解,可我就是想到了——世界上一切的一切!也许我没有才能,不会唱歌,也不会写东西,但我相信,在图书馆工作,说不定我可以发挥一定作用。我可以鼓励一个男孩子好好读书,赶明儿他成了一个伟大的艺术家,该有多好!我就是要这么做!我一定要做得有声有色!亲爱的斯图尔特,叫我整天价做饭洗碟子,我才不干呢!"

约莫过了两分钟——那是令人难堪的两分钟——以后,又有一对扭捏作态的年轻伴侣,也转悠到这个套鞋成堆的密室里来寻求世外桃源,这时才把他们惊扰了。

毕业以后,她再也没有见过斯图尔特·斯奈德一面。卡萝尔每周给他写一封信——总共也只有一个月光景。

六

　　一晃,卡萝尔已在芝加哥住了一年。她搞的是图书分类编目、登录,以及查找参考书籍的业务工作,这些事情不消说很容易,绝不会叫人打瞌睡的。这时候,她突然对艺术学院,对交响乐、小提琴、室内乐的演出活动,以及剧场艺术和古典舞蹈着了迷。她几乎已经放弃了图书馆工作,为的是让自己也能加入那些披着轻纱在朦胧月光下翩翩起舞的少女的行列。经人介绍,她参加过一个名不虚传的艺术观摩会,在那里有的是啤酒、卷烟、短发女郎,还有一个高唱《国际歌》的俄国籍犹太女人。当然咯,卡萝尔此次莅临,并不说明她就成了生活豪放不羁的艺术家。她同他们待在一起怪别扭的,觉得自己幼稚无知。尽管多少年来,她孜孜以求的就是这种无拘无束的自由作风,如今从别人身上看到的这种表现,却不由得深感震惊。不过,当时她听到的,并且还记得他们讨论过的问题,是有关弗洛伊德①、罗曼·罗兰②、工团主义、法国总工会、争取女权运动与主张蓄妾的学说、中国抒情诗、矿业国有化、基督教科学派③,以及在安大略湖钓鱼,等等。

　　于是,她径自回到了家里。那一天就算是她所谓豪放不羁的艺术家生活的开端和结束。

　　卡萝尔的姐夫有一个远房表兄弟,住在温奈特卡,正好赶

---

① 弗洛伊德(1856—1939),奥地利医生,首创心理分析学派,对现代西方文学创作颇有影响。
② 罗曼·罗兰(1866—1944),法国著名作家。
③ 基督教内主张信仰疗法的一个派别。

上某个星期天也请她一起去吃晚饭。回家路上,卡萝尔经过威尔梅特和埃万斯顿,发现郊区不少建筑物的形式相当新颖,这才又想起了自己当年要改造乡村的夙愿来。她下了决心,将来一定要放弃图书馆工作,也许会出现某种连她自己也会感到莫名其妙的奇迹,她可以使一个草原上的小镇上鳞次栉比地都是乔治三世①时代的古色古香的住宅建筑和富于东方情调的、带有游廊的日本小平房。

第二天上图书馆学这门课时,她宣读一篇有关《累积索引》用法的论文,随后她又非常认真地参加了讨论,把乡镇建设事业置之脑后了。到了秋天,她进入圣保罗公共图书馆工作。

七

卡萝尔在圣保罗图书馆,既说不上有什么不愉快,但也并不感到特别亢奋。久而久之,她承认自己并不能给予别人以显著的影响。最初,她在同经常光临的读者接触时,确实表现出一种精诚所至、金石为开的热忱来。可是,世上冥顽不灵的人属绝大多数,这些人对她的热忱,都无动于衷。在她分管期刊阅览室时,读者们并不向她请教有关高深莫测的论文方面的问题。他们只是咕哝着说:"请问有没有二月号的《皮革制品杂志》呀?"她在值班出借书籍时,读者一个劲儿提出的,不外乎是像下面这样的问题:"劳驾给我介绍一本轻松而有刺激性的爱情小说,行吗?——我的丈夫要出门一个礼拜呢。"

---

① 乔治三世(1738—1820),英国国王。

卡萝尔对其他馆员很有好感,常常为他们有远大抱负而感到自豪。由于近水楼台,她阅读了许许多多跟她的乐观天性格格不入的书籍。比方说,里面密密麻麻印着一行行最小号铅字的脚注的多卷本人类学巨著,巴黎意象派①文集,印度咖喱烹饪法入门,所罗门群岛②游记,现代美国进步与神智学③,以及有关如何经营地产而发大财的若干论文。她时常外出散步,因而对于鞋子和饮食也就相当留意。不管怎么说,反正她觉得自己过着一种毫无意义的生活。

卡萝尔时常到在大学里认识的一些朋友家里去跳舞和吃晚饭。有时候,她假正经地也跳跳狐步舞;有时候,她害怕年华似水,一去不复返,也以希腊神话中酒神巴克斯的信徒自许,尽情地狂欢一番,当她在房间里滑行时,喉部虽然十分紧张,温柔的眼睛里却闪耀着兴奋的光芒。

她在图书馆工作了三年光景,当时有好几个男人不断地向她献殷勤——一个是皮货行里的会计,一个是教师,一个是新闻记者,还有一个是铁路局的小职员。她对上面那些人一概不予考虑。好几个月里,那么多的男人她简直一个也看不上。后来,卡萝尔在马伯里家里才遇到了威尔·肯尼科特大夫。

---

① 指一些英美诗人(他们都是意象派的代表人物)于第一次世界大战期间在巴黎成立的一个派别。
② 所罗门群岛,位于西太平洋新几内亚以东一群岛屿。
③ 一种神秘主义的宗教学说,从十九世纪七十年代起在美国开始传播。

第 二 章

一

一个星期日晚上,娇弱、忧郁而又孤单的卡萝尔独自前往约翰逊·马伯里的公寓大楼去吃晚饭。马伯里太太是卡萝尔的姐姐的邻居和女友。马伯里先生是一家保险公司在外地的巡回代表。他们家里做的晚餐,通常包括三明治、色拉和淡咖啡,是相当地道的。同时,他们还认为卡萝尔可以作为他们文学艺术问题的发言人。唯独卡萝尔才有水平欣赏卡鲁索①的唱片和马伯里先生从旧金山带回来的中国宫灯。卡萝尔看到马伯里夫妇很喜爱她,因而也觉得他们挺惹人喜爱的。

这是九月间的一个星期日傍晚,卡萝尔穿着一身配上粉红色衬里的网眼长袍。午后,她小睡片刻,眼角边因疲惫而引起的细细皱纹早已消失了。她是那么年轻、稚真,九月之夜的凉爽,使她心情格外振奋。她把外衣扔在门厅的椅子里,兴冲冲走进那个挂着绿色长毛绒帷幔的客厅。宾主们正在兴高采

---

① 卡鲁索(1873—1921),著名意大利歌剧男高音歌唱家,系当时纽约大都会歌剧院重要演员之一。

烈地聊天。在座的有：马伯里先生，一位在中学教体育的女教师，一位来自北方铁路局的科长，以及一位年纪轻轻的律师。可是还有一个人她不认识——此人身材又高又大，约莫有三十六七岁光景，长着一头暗淡无光的褐色头发，两片嘴唇似乎惯于发号施令，一双眼睛总是善意地打量着周围每一件东西，身上穿的衣服，一点儿都不显眼。

马伯里先生瓮声瓮气地说："卡萝尔，过来，见见肯尼科特大夫。他是戈镇①的威尔·肯尼科特大夫。就在林区新村落那一带，谁要去投人寿保险，都得请他做健康检查。大伙儿都说他这个大夫了不起。"

卡萝尔慢条斯理地朝着那位陌生人走过去，仿佛喃喃自语地说了一两句寒暄的话，这时她才想起来了：原来戈镇就是明尼苏达州盛产小麦的大草原上拥有三千多人口的一个市镇。

"见到你很高兴。"肯尼科特大夫开始说话了。他的手坚强有力，手心很柔软，但手背却饱经风吹日晒，结实发红的皮肤上面露出一些金黄色的汗毛。

他一个劲儿瞅着卡萝尔，仿佛他一发现了她就很中意似的。一等到她那被他紧握着的手挣脱出来，她好像浑身上下都在颤动着。"我得上厨房去，给马伯里太太帮帮手。"于是她再也没有同他说话，一直等到她烤好面包卷、把纸餐巾一一递给大家以后，马伯里先生才把她一下抓住，大声嚷道："不要张罗这个张罗那个。上这儿来，给我们讲讲笑话吧。"他把

---

① 原文为 Gopher praire，意谓"地鼠草原"，戈弗（Gopher）是北美产的金花鼠，而"金花鼠州"则为明尼苏达州的别名。为了适应我国读者习惯，简译为"戈镇"，以下均同。

她赶到一张长沙发上,让她同肯尼科特大夫坐在一起。肯尼科特两眼茫然若失,宽阔的肩膀也耷拉下来,仿佛他心里正在纳闷,不知道下一步自己该怎么着。主人走开以后,肯尼科特才从迷梦中醒悟过来开口道:

"听马伯里说,你在公共图书馆是一个大人物呢。我听了大吃一惊。我心里认为你年纪不大,是个女孩子嘛,也许大学还没毕业吧。"

"哦,我年纪可大啦。不久我就得靠搽口红过日子了,说不准在哪一天早上起来发现自己满头白发呢。"

"哈哈哈!那你的年纪果真是够大的了——也许已经太大了,没法做我的孙女啦。"

从前,林泉女仙和森林之神①,在阿凯狄山谷②里,就是用这样的对话来消磨时光的;在枝叶交错的林荫小径上,美女艾兰和年迈力衰的兰斯洛特骑士③,也正是用这样的语句,而不是用甜蜜的五音步诗韵,来互诉衷肠的。

"你喜欢你的工作吗?"肯尼科特大夫问。

"我的工作可有趣得很,不过,有时候我感到自己和外界隔绝了——整天跟钢制书架和盖满橡皮图章的卡片打交道。"

"你对这个城市感到厌烦没有?"

"你说的是圣保罗吗?怎么,你不喜欢这个城市吗?你要是站在萨密特大街,视野越过下城区,举目远眺密西西比河

---

① 希腊神话中性好欢愉及耽于淫欲的森林之神。
② 阿凯狄山谷,系古希腊一山区,后为世外桃源之别称。
③ 关于美女艾兰与兰斯洛特骑士的爱情故事,详见英国亚瑟王传奇小说中的《湖上的兰斯洛特》。

两岸壁立的悬崖和远处山坡上错落有致的农庄,说实话,那才是人世间少有的一大美景。"

"这我知道,不过——当然咯,我曾经在圣保罗和明尼阿波利斯这两个城市①度过整整九个年头——在那边的大学里先后得到学士和硕士学位,并且在明尼阿波利斯的一所医院做过实习医生,可是,我在那个大城市里总觉得格格不入,哪能像在我老家那样跟乡亲们处得亲亲热热呢?我觉得如果要治理戈镇的话,也许我还有一些办法,可是,在这么一个二三十万人口的大城市里,我只不过是狗背上的一只虱子罢了。我喜欢在乡下开汽车,入秋以后也喜欢去打猎。至于戈镇的情况,你是不是知道一些?"

"我不知道,不过,我听说那是一个很出色的市镇。"

"很出色?老实说——当然咯,也许我未免有些偏爱吧,可是话又说回来,我见过的城镇简直太多了——为了参加美国医学会的大会,我到过大西洋城,而且我还在纽约住过一个星期左右!在我所见过的大大小小城市中间,我敢说唯有戈镇人最富有进取精神。布雷斯纳汉——你知道吗?——鼎鼎大名的汽车大王——他就是戈镇人。他就是在那里土生土长的!再说戈镇也是个怪漂亮的市镇。有许许多多美丽的枫树和北美复叶枫林,还有两个美极了的大湖,就在市镇附近!而且现在我们已经修建了七英里长的混凝土人行道,并且每天都在建设中!许多小市镇人行道上还铺着木板呢,可我们戈镇早已变了样儿,一点儿都不假!"

---

① 原文为双城(Twin Cities),即指圣保罗与明尼阿波利斯(明尼苏达州首府)隔着密西西比河遥遥相对。狄更斯访美时到过此地,印象颇深,后来就把他描写法国大革命期间巴黎、伦敦的小说命名为《双城记》。

24

"是真的吗?"

(这时,她不知怎的忽然想到了斯图尔特·斯奈德。)

"展望未来,戈镇可以说是前程远大。附近有明尼苏达州数一数二的牛奶场和麦田——现在那一带的地价可真贱,一英亩只卖一块半钱,我敢打赌,用不了十年,准会涨到两块两毛五的!"

"你说——你喜欢你的职业吗?"

"再妙不过啦。这种职业经常叫你往外面跑,可是赶上在家门诊,你就舒舒服服了。"

"我说的可不是那个意思。我想说的是——一个做大夫的,可是很有机会向人们表示同情呢。"

肯尼科特大夫败兴地说:"哦,那些德国乡巴佬,不需要人们的同情。他们只要——浴缸和适量的泻盐。"

卡萝尔听了一愣,肯尼科特马上改口说:"我的意思是说——你千万不要认为我就是专门兜售泻盐、奎宁的庸医,可是,你要知道,许许多多来找我看病的人,都是铁打的庄稼汉,所以不知不觉地我的心肠好像也变硬了。"

"我觉得,一个医生可以改变整个社会——只要他心里确实有那样的志向。一般说来,他在当地总是唯一受过科学训练的人,是不是?"

"是啊,你这话说得可不错,可是,我看大多数乡下医生好像业务都荒疏了。我们整天是在接生、伤寒和缺胳膊断腿的病号身上穷忙活。我们正需要像你这样的女人来鞭策我们。我看你才是改变整个市镇面貌的能人呢。"

"不,我可没有那么大的能耐。你说得简直太轻飘飘了。说来也真怪,从前我确实有过这种想法,可现在我似乎再也不敢作此非分之想了。瞧你说的,我怎么敢来教训你们!"

"别这么说!你确实是再合适不过的人。你有许多好主意,而且又没有失去女性的魅力。你说,你是不是认为有不少妇女为了这样那样的运动东奔西走,到头来却牺牲——"

肯尼科特就选举权问题发了一通高论以后,突然向卡萝尔问起她的事来。此刻他显得那么和蔼可亲,那么坚定有力,使她感到如沐春风,她不由得认为唯独他有权利去了解她心里在想些什么,她喜欢穿些什么,吃些什么,以及看些什么书籍。她觉得在他身上可以寄予厚望。他从一个萍水相逢的陌生人,一下子变成了她的朋友,他嘴里随便说说的一些闲话,在她看来几乎都成了天字第一号新闻。她注意到他那结实有力的胸脯。他的鼻子乍一看,似乎有些大而无当,这时却突然显得孔武有力了。

她正全神贯注地沉浸在温馨的谈话之中,忽然听到了一阵刺耳声,原来是马伯里急乎乎地跑过来,冲着他们大喊大叫说:"喂,你们在干什么呀?——在算命呢,还是在谈情说爱?卡萝尔,我得警告你,这位医生还是个——鲜蹦活跳的单身汉。大伙儿都过来,让胳膊腿儿活动活动。咱们做做游戏,要不就跳跳舞吧。"

随后她再也没有跟他说上一句话,直到临别时肯尼科特大夫对他这样说:

"米尔福德小姐,今天在这里跟你见面,真是无上荣幸。下次我到圣保罗的时候,可以去拜访你吗?我常常要到这里来的——送病人进医院做大手术,或者办一些别的事情。"

"那还用说。"

"你住在哪儿?"

"下次你来的时候,不妨问一声马伯里先生——要是你心里真的想知道!"

"真的吗?那你等着吧!"

二

卡萝尔和肯尼科特之间的恋爱,除了跟一般年轻的情侣一样,在凉风习习的夏日夜晚,在树荫下絮絮细语以外,也没有什么特别值得大书特书的地方。

他们俩之间的关系,是生物学规律和神秘意识的混合;在他们的谈吐中,既有俚语,也有美妙的诗句;他们沉默时,表示心满意足,或则表明心儿在颤动,那时他的胳膊总是搂着她的肩膀。青春正在逝去,它的全部的美也第一次被发现了;与此同时,一个富有的未婚男子——他正与一位秀丽的少女邂逅相识——的平庸,也显露出来了。当时,那个少女已经对自己的职业略有厌倦,深感自己没有什么光明的前途,也没有遇到自愿许以终身的男人。

他们俩真诚地彼此爱慕着——他们都是诚实的人。她对他热衷于赚钱不免感到失望,但她确信他对病人不说假话,经常阅读各种最新出版的医学杂志,在医术上不至于会落伍。卡萝尔本来对他有好感。后来,在一起漫游时,他无意中表现出来的稚气,竟使她心中更加激动不已。

他们边走边谈,沿着河岸从圣保罗走到了孟多达。肯尼科特头上戴着一顶运动帽,身穿一件轻柔的绉呢衬衫,显得更加神清气爽。卡萝尔戴着一顶鼹鼠绒特制小圆帽,穿着一件蓝哔叽外套,白色大翻领宽得出奇,但并不难看,脚上是一双运动鞋，踝节部很轻佻地露在外面，一句话，浑身上下散发着青春的气息。横跨在密西西比河上的大桥，从堤岸上逐渐升高，延伸到对岸的悬崖峭壁。圣保罗那边桥下附近的浅滩上，有一片破烂不堪的村落，可以看到雏鸡成群的菜园子，还有利用商店旧招牌、瓦楞铁皮以及从河里捞上来的木板搭起来的矮棚屋。卡萝尔倚着桥上的铁栏杆，俯视着下面那个跟扬子江两岸的乡村一样穷困的小村子；她正在浮想联翩，突然惊恐万状地发出了一声尖叫，她说她这时居高临下，身子晃晃悠悠，不免感到有些头晕。于是，一只坚强有力的男人的手，把她拽到后面安全的地方，她感到非常满意。要是换上别人，比方说，一位喜欢推理的女教师，或是一位图书馆女馆员，她们就会煞有介事地说："你既然害怕，干吗不赶紧离开铁栏杆呢？"

卡萝尔和肯尼科特从对岸的悬崖峭壁上，回首眺望群山环抱之中的圣保罗——从大教堂的圆屋顶一直到州议会大厦的圆屋顶，那是一片何等壮丽宏伟的景象。

有一条大道顺着河边爬过乱石嶙峋的斜坡，飞下深山幽谷，穿过九月里色彩斑斓的树林子直通孟多达——它掩映在小山冈和绿树丛中，隐隐约约呈现出白色墙垣和一座塔尖，这里静谧闲适的景象使人想起过去遥远的年代，对年轻的美国来说，这个地方显得多么古色古香啊。原来那座惹人注目的石头房子，就是皮货大王西布利将军在一八三五年建造的，当时用河泥充当灰浆，草绳代替了板条，从外观上看似有数百年之久了。在那些坚固的房间里，卡萝尔和肯尼科特发现了当年的一些图片，上面依稀可见蓝色燕尾服，满驮着豪华皮货的、土里土气的红河马车，以及一些头上歪戴军帽、腰里挂着马刀、满脸络腮胡子的英国兵。

　　眼前这一切,使他们想起了过去的年代——这段历史对美国人来说,原是人人皆知的,但因为他们两个人一起发现了它,就觉得特别珍贵。他们边走边谈,已经到了推心置腹,亲密无间的程度。他们搭上一只划桨的渡船,渡过了明尼苏达河,登上了小山冈,到达了那座石头砌成的斯内林圆形古堡。他们看到了密西西比河和明尼苏达河的汇合处,回想到八十年以前曾经来过此地的人们——缅因州的伐木工人,约克的商人,以及来自马里兰州山地的士兵们。

　　"这里是个好地方,它使我感到自豪。让咱们把前辈的梦想付诸实现吧。"历来不感情用事的肯尼科特,此时此刻也情不自禁地立下了这样的誓言。

　　"那敢情好!"

　　"咱们一块儿走吧。上戈镇去。你给我们指点指点。把戈镇——嗯——使它美化起来。那是个呱呱叫的好地方,可是,我不得不承认,论艺术才能,恐怕我们还差得远呢。我们那里的木栈说什么也比不上希腊的神殿。快上我们那里去吧!让我们来一个大变样!"

　　"我可乐意去。总有那么一天吧!"

　　"现在就去!你一定会爱上戈镇的。最近几年里,我们开辟了许多草坪、花园,那里够舒服的——还有那些高大的树木和——而且戈镇人也是天底下最好的,个个都是聪明透顶。我可以打赌卢克·道森——"

　　卡萝尔心不在焉地听着那些名字。她并没有意识到那些名字有朝一日会对她产生重要的意义。

　　"我可以打赌卢克·道森赚到的钱,比萨密特大街那些富翁阔佬还要多;在中学教书的舍温小姐,是个奇才——看拉丁文的书像我看英文书一样方便,真了不起;做五金生意的萨姆·克拉克,也是一个出类拔萃的人——他打起猎来简直百发百中,在州里再也找不出第二个人来;你要是了解文化方面的情况,抛开维达·舍温不说,还有公理会的沃伦牧师,担任督学的莫特教授,以及做律师的波洛克——据说他还能写写诗和——此外还有雷米埃·伍瑟斯庞,你一旦跟他熟了以后,就会觉得他绝不是一个大笨蛋,他还善于唱歌。此外——还有许许多多其他的人。比方说,莱姆·卡斯。当然啰,他们谁都没有你那样聪明伶俐,你说是不是?不过,你可千万别认为他们对你赏识不了。来吧!我们就等着你来指挥!"

他们就坐在斜坡上古堡的墙根下,那里很僻静,谁都看不到他们。他用胳臂环抱着她的肩膀。想必是刚才走累了,歇了一会儿,卡萝尔感到有些凉飕飕的,突然体会到肯尼科特的温暖和力量,她怀着感激的心情偎依在他身上。

"你知道我已经爱上你了,卡萝尔!"

卡萝尔倚着桥上的铁栏杆,俯视着下面那个跟扬子江两岸的乡村一样穷困的小村子,浮想联翩。

她没有回答,只是伸出一个指头,轻轻地碰了一下他的手背。

"你说我太注重物质利益了。我这是出于无奈,如果我得到你的激励,情况当然大不一样,是不是?"

她没有回答。像这样的问题,她简直没法思考下去了。

"你说过医生可以用给病人治病一样的方法,来改革一个市镇的弊病。那么,好吧,现在不管这个市镇得了什么毛病,你就像医生一样着手治理,我愿意做你这位外科大夫的助手。"

　　肯尼科特的这番话,她并没有注意去听,不过,她已体会到他的话里所包含的坚定意志。

　　这时,肯尼科特吻了一下她的脸颊,大声说道:"空话说了一大箩,又有什么用呢,还不如用我的胳臂向你——表达我的心意吧。"这使她感到震惊和颤动。

　　"哦,别,别!"她真不知道自己是不是应该发火,这个念头刚在脑海里闪现,她马上发现自己在哭泣了。

　　于是,他们两人往两边坐开,相距大约有半英尺光景,装作两人从来都没有比这个距离挨得更近过。她呢,则竭力表现出一种无动于衷的神情,说:

　　"我倒是很想——很想看一看戈镇。"

　　"相信我吧!喏,这就是戈镇!我拍了一些快照,给你带来了。"

　　她仔细地瞧着那十来张村景照片,她的脸颊几乎挨到他的衣袖上。

　　那些照片似乎有些模糊;她只能看出是一些树木、灌木丛,以及树荫底下隐约可见的一道门廊。湖上的景色使她欣喜若狂,她禁不住大声嚷了起来:黑黝黝的湖面上,有着树木葱茏的悬崖的倒影和掠过湖面的一群群水鸭子,此外还有一个头戴宽檐大草帽、卷起两袖的渔夫,高高地提着一串花鲈鱼。无疑是一幅燕子湖畔的冬日的画面,颇有蚀刻版画的特色:晶莹光润的冰面,镶嵌在岸边罅隙里的白雪,麝鼠穴隆起的土丘,一行行稀稀落落的变黑了的芦苇,以及严霜摧残下的一堆堆枯草,给人以清新活泼、诗意盎然的感觉。

　　"要是在那里溜上一两个钟头的冰,或者搭上带帆雪橇风驰电掣地兜上一圈,然后回到家里去喝一杯咖啡,吃一点儿滚烫的热香肠,你说,该有多美?"肯尼科特这样问道。

"我想,那大概一定是——很有趣的。"

"可是,你再看看这张照片。那才是你应该起作用的地方。"

那照片上是一片砍伐后的森林的景象:树墩残株之间,到处是新近碾过的车辙,显得越发凄凉,此外还有一间简陋的圆木小屋,四周裂缝处都涂上泥巴,屋顶上铺着一些茅草。圆木小屋前站着一个身穿肥大衣服、头发束得很紧的女人,抱着一个邋里邋遢的、长着一对闪闪发亮的大眼睛的婴儿。

"多少年来我行医的对象,多半就是这一类人。纳尔斯·厄尔兹特鲁姆,是个又体面又干净的年轻的瑞典人。不出十年工夫,他准会开设一座呱呱叫的农场,可是现在呢——我在灶披间一张桌子上给他的妻子做手术,我的汽车司机就给她上麻药。你瞧那个受惊的婴儿!多么需要像你这样眼疾手快的女人!他正在等待着你!你看,他的那一双眼睛多么殷切地在乞求着!——"

"别再说下去了!我看了很难过。哦,要是能对他有所帮助,该有多好啊。"

当他的两只胳臂冲着她伸过来的时候,她回答自己心中所有的疑虑只有一句话:"那多好,该有多好啊。"

第 三 章

一

在大草原乱云翻滚的苍穹下,有一头钢铁做的庞然大物,飞也似的向前驰去。除了一阵阵拉得很长的汽笛吼声以外,还不断传来了令人恼火的轰隆轰隆的噪音。浓郁的橘子香气,跟没洗过澡的旅客以及破旧行李包裹散发出来的潮味混杂在一起。

沿途经过的那些小市镇,市容简直可以说是杂乱无章,就像阁楼里乱七八糟堆放着的一些纸板箱。极目望去,庄稼地里都是残留下来的褪了色的金黄色根茬,偶尔可以看到绕着白色农舍和红色谷仓周围的一丛丛小柳树。

第七次旅客列车轰隆隆地穿过明尼苏达州,不知不觉地爬上了那从炎热的密西西比河下游一直伸展到落基山脉、长达一千多英里的气势磅礴的大高原。

这时正是九月间,天气燠热,尘土飞扬。

这列客车没有挂上豪华的高级卧铺车厢。美国东部地区的普通车厢都是随便入座的,每一排座位就有两个罩着厚绒布椅套的活动座椅,头靠部位包着不大干净的亚麻布毛巾。

这节车厢分成两部分，用一些橡木雕成的圆柱子加以隔开，但是过道则是光秃秃、质地粗糙、沾满油污的地板。车厢上没有侍应生，没有枕头，没有卧具。旅客们整天整夜都得待在这个长长的钢制箱子里——他们中间，有种庄稼的乡巴佬，带着终年疲惫不堪的妻子和乍一看似乎年龄都差不多大小的孩子们；有刚找到活计、赶去上班的工人们；还有头戴圆顶窄边礼帽、脚上穿着闪闪发亮皮鞋的推销员。

在这水泄不通的车厢里，他们口干舌燥，闷热难受，连手上的纹路里都沾满了污物。睡觉的时候，他们七歪八斜地蜷缩着身子，脑袋靠在玻璃车窗上，或者枕着卷成一团的外衣，靠在座椅扶手边上，两条大腿不客气地伸到过道中间去。他们不看书报，也不思考什么问题。他们只是一个劲儿在等待。一位未老先衰、满脸皱纹的年轻妈妈，好像关节不灵便似的，没精打采地打开一只手提箱，里面有皱作一团的罩衫，一双鞋头上已经破个洞的拖鞋，一小瓶专卖药，一只洋铁皮杯子，还有一本专门谈梦的平装书，这是报贩好说歹说劝她买下来的。她拿出一块粗面粉饼干喂她那个正躺在座位上号哭的小孩。饼干碎屑大部分都掉在座位的红色厚绒布上，那个女人叹了一口气，竭力想把碎屑掸掉，可是那些碎屑淘气地跳起来，又落回到厚绒布上。

一对满身污垢的夫妇正在嚼三明治，把面包皮扔在地板上。一个皮肤呈砖块颜色、腰圆膀粗的挪威人，干脆把皮鞋脱了下来，轻松地在嘟囔些什么，把他的两只穿着灰色厚袜子的脚丫子搁到前面的座位上去。

还有一位老妇人，她那牙齿全脱落的嘴巴紧闭起来时活像淡水龟，她的头发黄多于白，看上去像是发霉的亚麻布，稀稀朗朗的头发中间露出一小块一小块淡红色头皮。这时,她着急地拎起自己的皮包,把它打开,往里面瞧了一眼,又把它关好,放到座位底下。不一会儿,她又把它拎了起来,打开看看,照例又把皮包收藏起来。那个皮包里装满了宝物和纪念品:一个皮扣子,一张年代久远的音乐会节目单,一些线头线脑之类的小玩意儿,比如缎带、花边和丝绒带子等。在她身旁的过道上,有一只好像在作金刚怒目式的长颈鹦哥,正关在圆笼子里。

在面对面的两排座位上,挤满了来自斯洛文尼亚①的铁矿工的一家人。座位上皮鞋呀,洋娃娃呀,威士忌酒瓶子和用报纸包的小包包以及针线袋什么的全都乱放一气。老大是个男孩子,只见他从上衣口袋里拿出一把口琴,揩掉上面的烟末,使劲地吹着《佐治亚进行曲》,吹得整个车厢里的人头都发疼。

这时,报贩走了过来,向旅客兜售巧克力和柠檬水果糖。有一个小女孩老是在自己的座位和用水冷却器之间走来走去。她把厚纸袋当作杯子使用,每次经过的时候,总是把水滴滴答答地洒在过道上,而且照例绊倒在一个木匠的脚脖子上,惹得那个木匠咕哝着说:"乖乖,你可要小心点!"

积满尘埃的车门一打开,就从吸烟车飘过来一缕缕呛鼻子的蓝色烟雾,同时也传来一阵阵笑语声,原来有一位穿着很显眼的蓝衣服、系淡紫色领带、着浅黄色鞋子的青年,正在给那个穿着修车厂工装的矮胖子讲笑话呢。

烟味越来越浓,车厢里的空气也就越来越坏。

---

① 斯洛文尼亚,原南斯拉夫西北部一共和国。

二

对每一位旅客来说,座位就好比一个临时的家,可惜绝大多数旅客都不是好管家,往往弄得乱七八糟,不堪入目。可是有一排座位却显得很整洁,而且十分凉爽。坐在那排座位上的,是一个显然生活富裕、踌躇满志的人,还有一个肌肤细嫩的黑头发少女,她脚上那双浅口轻舞鞋,正搁在一只干干净净的皮制手提包上。

他们就是威尔·肯尼科特大夫和他的新娘卡萝尔。

经过一年谈心求婚的时间,他们俩终于在年底结婚了。此刻他们刚结束了科罗拉多山区的蜜月旅行,正在前往戈镇的旅途中。

慢车上的这些走南闯北的形形色色的人,对卡萝尔来说,并不是完全陌生的。从前,在圣保罗到芝加哥的旅途上,她就曾经多次见到过这些人。可是既然她要跟这些人打交道,要去启迪他们,激励他们,美化他们的生活,她自然对他们发生了一种强烈的兴趣,尽管她难免有些焦虑不安。那些人还使她感到莫大的苦恼。他们竟然是如此麻木不仁。过去她一向认为美国不存在农民阶级,现在她一个劲儿想在那些年轻的瑞典庄稼汉和那个忙着整理订货单的推销员身上,发现聪明才智和进取精神,借以维护自己的论点。可是上了年纪的人,无论是北方佬,还是挪威人、德国人、芬兰人和加拿大人,全都乐天知命,安于贫困。他们毕竟是农民嘛,卡萝尔终于为此唉声叹气起来。

"有没有什么办法可以使他们觉醒过来?要是他们懂得

了科学种田的方法,又会出现什么样的情况呢?"她一面向肯尼科特求教,一面用手在黑暗中摸索着,想寻找他那坚强有力的手。

卡萝尔在欢度蜜月期间,思想上发生了很大的变化。她发现自己的心田里特别容易激起层层的浪花,不禁大吃一惊。而威尔却显得气派十足,身心健壮,乐乐呵呵,搭帐篷特别在行。当他们俩肩并肩躺在搭在荒凉山岭上那一片苍翠松林里的帐篷中时,肯尼科特对她极其温柔、体贴。

他心中正在琢磨着回去行医的事情,听她那么一说,立时惊醒了,用自己的手紧紧地抓住了她的手。"这些人吗?使他们觉醒过来?那是为什么?他们个个都觉得很幸福。"

"但他们究属村野之辈。不,我可不是这个意思。他们——哦,深陷在污泥里,简直不能自拔。"

"你听我说,卡丽①你要克服你的那种城里人的观念,不要认为人家裤子没有烫平,就是个傻瓜蛋。这些庄稼人都是聪明透顶,可有出息呢。"

"我知道! 正是这一点,叫人感到难过。看来他们的生活不是挺轻松的——你看这些荒凉的农庄和这列肮脏的火车。"

"哦,这些他们可不在乎呢。再说,这些情况正在改变中。什么汽车呀,电话呀,还有农村地区免费邮递,等等,使庄稼人同城市的接触更加密切了。五十年以前,那个地方还是一片荒无人烟的旷野,你知道,要想改变面貌,当然需要时间。不过,现在已然很不错了。比方说,到了星期六晚上,他们跳

---

① 卡丽即卡萝尔的昵称。

上一辆'福特'或'奥弗兰'①去看电影,比我们在圣保罗坐电车去看电影还要快呢。"

"可是,这些庄稼人要摆脱他们枯燥无味的生活,寻求娱乐的去处,难道就是我们刚才经过的那些小市镇吗?——你还不明白?你看看那些小市镇都是个什么样子!"

肯尼科特听了大吃一惊。从童年时代起,他每次搭乘火车,就一直见到那些小市镇,真可以说是司空见惯了。他喃喃自语地说:"怎么啦,那些小市镇到底有什么不好?那里总是一片兴旺繁忙的景象。你要是知道每年有多少小麦、裸麦、玉米和土豆从那儿运出去,才真会大吃一惊呢。"

"可这些市镇的外貌看起来该有多难看。"

"我承认它们比不上戈镇舒服。不过也得给它们些时间呀。"

"除非有这么一个人,他既有这样的宏愿,同时又受过充分的训练,愿为这些小市镇统筹规划一番,否则,给它们时间又管什么用呢?现在有几百家工厂正在千方百计制造漂亮的小汽车,可是这些小市镇却满不在乎,让它去吧。不,听起来简直令人难以置信。唉,把这些小市镇弄成这么可怜巴巴的样子,想必也得要有相当的天才呢!"

"说实话,这些小市镇并不是那么差劲的。"他只不过回敬了这么一句话。他用手紧握着她的手——仿佛在做"猫捉老鼠"的游戏。她破题儿头一遭对他类似戏谑的爱抚动作没有作出反应。这时,她正凭窗凝视着朔恩斯特鲁姆——大概只有一百五十个居民的小村庄——列车正准备进入这个小站

---

① 均系美国小轿车牌子。

停靠。

一个满脸络腮胡子的德国人和他翘嘴唇的老婆,把沉甸甸的人造革手提包从座位底下拖了出来,摇摇摆摆地从车厢里走出去。车站上运货员把两大片牛肉装上了行李车。除此之外,在朔恩斯特鲁姆这个小站上再也看不到什么其他活动了。四周围一片寂静,卡萝尔听到有一匹马正在马厩尥蹶子,还有一个木匠笃笃地在钉着屋顶板。

朔恩斯特鲁姆的商业区,其实就是沿着铁路线的一条街。那是一长溜平房,每家店铺都有马口铁的屋顶,四周围嵌着涂成红色和姜黄色的护墙板。那些建筑物彼此很不协调,好像临时搭成的,跟电影里的矿区一条小街两旁的简陋房屋一模一样。那个火车站是一座只有一个房间的木板屋。火车站的一边是一排满地污泥的牛圈,另一边则是一座深红色的谷仓。谷仓的砖瓦屋脊上,有一个小小的圆形小阁,远远望去,就像一个宽肩膀的巨人长着一个小不点儿的、令人作呕的尖脑袋。从列车上举目所见的唯一可以住人的房子,是大街尽头那座色彩艳丽的、用红砖砌成的天主教堂和教区主教的住宅。

卡萝尔拽了一下肯尼科特的袖子。"谅你不会再说它是一个不算太坏的市镇了吧?"

"这些德国佬聚居的市镇,的确发展得很缓慢。不过,在那个——你看见那个人了吗?他刚从百货商店出来,上了一辆大轿车。从前我跟他见过一次面。抛开这家铺子不算,半个市镇都是他的产业。他的名字——叫劳斯库克尔。他拥有大量的抵押契据,做地产投机生意。这个家伙脑子真精明。听说他的财产已有三四十万美元!他盖了一幢又大又漂亮的黄澄澄的砖头房子,有一条花地砖铺的甬道,还有一个花园,什么玩意儿都有,是在市镇的那一头——咱们在列车上可看不到——我曾经驾车从那幢房子跟前经过。确是名不虚传!"

"就算这一切都归他所有,也不能作为这个地方就可以破破烂烂的理由呀!既然他那三十万块钱是在这儿赚的,要是再返回来,在这儿派了用场,那么,大家就可以把那些小棚屋通通都烧掉,建立一个理想的村庄,一下子成为大草原上的明珠,该有多好!对那位大财主的那么多的家产,庄稼人和居民们干吗连碰都不敢碰一下?"

"卡丽,我承认有时候我真的不理解你。他们对他太客气吗?他们也是无可奈何呀!他是一个很有个性的德国佬,也许他被教士搁在掌心里耍着玩儿,但是,看田识地,他这个老家伙的确有眼力,真了不起!"

"我这才闹明白了。他就是——他们的美的象征。在这个小市镇,像样的房子没建一所,倒是把他给树起来了。"

"说老实话,我真不明白你说的这些话用意何在。看来你经过长途旅行,大概有些困倦了吧。到了家里,好好洗个澡,穿上那件蓝色透明长睡衣,就得了。那件衣服可真是迷人,你这个迷人的姑娘!"

他紧紧地搂着她的胳膊,意味深长地瞅着她。

列车缓缓离开了犹如沙漠一般沉寂的朔恩斯特鲁姆小站,轰隆隆地向远方驶去。这时车厢左右晃动得十分厉害,不断传来吱吱嘎嘎和砰砰的关门声。污浊的空气令人作呕。肯尼科特把她那张贴着车窗远眺的脸转过来,让她把头偎在他肩膀上。他用了许多温言款语来逗引她,叫她宽宽心。可是要她不再去思考问题,她并不怎么高兴。后来,肯尼科特知道她心中的疑团已经冰释,才放心地拿出一本黄色封面的侦探小说来读,她却一本正经地端坐在那里。

她正在沉思默想:这里——地处美国北陲的中西部地区,是世界上最新开辟的一个地区。这里是发展奶牛养殖业的好地方,有幽美恬静的湖泊,也有最新的汽车和油毛毡铺盖的简陋房屋,还有许许多多谷仓,巍颤颤的犹如红塔一般。这里的人虽然说话很粗俗,对前程却充满着无限的希望。这个地区可以供养全世界四分之一的人口——可是这里的工作只不过才刚刚开始。尽管他们个个都有电话,有银行存款,有钢琴和合作社,他们还是在汗流浃背地开拓荒地。这里土地肥沃,物产丰富,可还是像一片尚待开垦的处女地。展望未来,这个地区前途又该是如何呢?——她心里正在琢磨着这个问题。现在这儿一片连一片空荡荡的旷野,难道都会变成未来的城市和工厂吗?那时候,人人都会有漂亮舒适的住宅吗?或是在一些幽静安谧的花园别墅旁,照样还会有许许多多破烂不堪的茅屋呢?年轻人可以完全自由地去寻求知识和欢乐吗?他们对那些冠冕堂皇的谎言是不是愿意详细鉴别一番?还是说,到了那时,这里仍然会有一些肌肤光润的胖娘儿们,脸上抹着油膏和白粉,身上穿着名裘大衣,帽儿上还插着鲜红羽毛,摆出一副豪华气派,用她们涂着红指甲、戴着珠宝的胖乎乎的手指头一个劲儿玩桥牌,玩累了就发一通脾气,丑态百出,和她们自己所豢养的肥胖的巴儿狗一模一样?这里是继续保持那种古老的陈腐的不平等呢,还是去开创历史上新的篇章,有别于国内其他地区那种令人厌烦的妄自尊大的思想?至于这里的未来和希望,究竟又都是什么样儿呢?

为了解开这个谜,卡萝尔感到头痛了。

她凭窗眺望着呈现在眼前的那个大草原,有时看到的是一大片一大片平畴,有时看到的则是一长条一长条隆起的丘陵。一个小时前,这个如此广袤无边的大草原,曾经使她心旷神怡,现在却令她不胜惊愕。它一望无际地伸展到虚无缥缈的天边,她觉得自己一辈子都没法去了解它。肯尼科特还在埋头看他的侦探小说。她虽置身于大庭广众之间,仍不免感到很寂寞,竭力想把刚才想到的各种问题忘掉,以便客观地看待那个大草原。

铁路两旁已经烧过荒,只剩下黑糊糊的一片痕迹,有些地方也还留着烧焦了的残草枯茎。在一排排笔直的、用带刺的铁丝编扎的栅栏那一边,有一丛丛金黄色的秋麒麟草。只有这一道稀稀落落的篱笆,把它们跟广阔的原野隔开。在那茫茫的原野上,可以看到秋后收割过庄稼的麦田,每一块地方都有一百多英亩那么大,近处残枝满地,灰蒙蒙的一片,但遥望远方,朦朦胧胧好像一块黄褐色的天鹅绒铺展在小山冈的斜坡上。一行行麦束堆排得长长的,远远看去就像是穿着破旧黄色短外套、正在行进中的士兵。刚刚犁过的一块块耕地,犹如覆盖在远处斜坡上的一面面黑色大旗。在这一望无垠的原野上,莽莽苍苍,充满了肃杀的气氛,不免使人感到有些荒凉,哪儿还见得到繁花似锦的庭园景色呢?在这茫茫的原野上,偶尔有一丛丛小橡树和一块块野草地点缀其间;每隔一两英里,出现一连串深蓝色的沼泽地,隐隐约约可以看到一群群乌鸦一闪一闪地掠翼飞过水面。

这里一片片田野,在光线的不断变换下,显得杂色纷呈,分外好看。落在耕地残茬上面的阳光,在闪闪发光,使人睁不开眼睛;大片大片的积云投下的一块块阴影,若隐若现地从那些低矮的丘陵地上闪过去。这里的天空,如果跟城市相比,显得更加广阔,更加高远,更加蔚蓝……她情不自禁地作出了这样的结论。

"伟大的祖国啊,你是——伟大人民的故乡。"卡萝尔低声哼唱道。

这时,肯尼科特抿着嘴,轻声笑道说:"你知道再过一个站就是戈镇了?咱们到家了!"这话把她从沉思中惊起。

三

这个字——家——使她悚然。难道说她真的一辈子就得待在这个叫作戈镇的小地方吗?此刻在她身边的这个身材魁梧的男人,居然胆敢决定她一生的前途,原先他还是一个陌生人!她扭过头去,睁大眼睛瞅着他。他到底是谁呀?他干吗和自己并排坐在一起?他的出身教养和她可不是完全一样!他的脖子很粗,说话也粗,论年龄,还比她大了十二三岁。他压根儿没有迷人的魅力,没有丰富的想象力,也不会做出什么惊天动地的事情来。她委实不敢相信自己居然曾经跟这个男人和衾共枕过。真好比做了一场好梦,梦醒以后,却不肯公然承认。

她对自己说,他是多么善良,多么忠实,多么厚道。她轻轻地碰了一下他的耳朵,抚摸了一下他那坚实的下巴颏儿,然后转过身去,全神贯注地去思考在她心目中的戈镇。那个小市镇恐怕不会跟刚才那些荒芜不堪的地区一样吧。绝不会的!当然咯,戈镇有三千居民。这个数目不算小。少说镇上也有六百栋,或者比这还要多的房子。再说,戈镇附近的那些大大小小的湖泊,景色一定是非常幽美的。她曾经在照片上看到过。那些湖泊看起来简直太迷人……可不是吗?

列车从瓦赫基恩扬站一开出,她就显得很紧张,等着观看那些大大小小的湖泊——也许这就是她跨入未来生活的大门。可是,当她在铁轨左侧发现它们的时候,留给她的唯一印象是:那些湖泊和照片上的十分相似。

离戈镇一英里远的地方,路轨爬上了一道弯弯曲曲的小山岭,戈镇的全貌一览无余。她霍地站起来,情不自禁地把车窗推上去,向窗外张望,左手弯着的指头在窗沿上颤抖着,右手则紧按在自己胸前。

她发现,戈镇和他们一路上所看到的无数村庄简直毫无区别,只不过占地面积较大而已。戈镇只有在肯尼科特他们的眼里,才是与众不同的。那些挤在一起的低矮的木头房子,差不多就像一丛丛小榛树一样,只是打破了原野上的单调气氛罢了。农田绕着戈镇边沿逐渐扩大,一直伸展到远方。戈镇没有受到人们保护,所以对任何人也就没法起到保护作用了。在戈镇这里看不出有什么庄严的气派,恐怕也不会有什么前程远大的希望。只有一座高高的红色谷仓和教堂屋顶上闪闪发光的尖塔,鹤立鸡群似的俯瞰着全镇。总而言之,戈镇只能算是昔日开拓边界时的一块营地。

戈镇的居民——跟他们的房子一样单调乏味,跟他们的农田一样平淡无奇。看来她在这里是待不下去的。今后她恐怕不得不从这个男人身边一扭身逃跑。

她乜着眼看他一眼。见到他那种老成持重的样子,不由得感到一筹莫展。他把那本杂志随手丢在过道里,弯下身去拿手提包,脸上涨得红红的直起了腰背,得意扬扬地说:"咱们到了!"

她同情地笑了一笑,然后又把目光移到别处去。这时列车快要进入市区了。近郊的房子,式样除了一些灰暗的、古老的红色建筑物,屋沿四周饰有木头壁缘外,就是一些类似杂货铺那样简陋的木板房子,或是一些新造的浇有混凝土仿石宅基的平房。

列车正从一个谷仓、一个灰不溜丢的石油库、一家乳品厂、一座木栈和一座遍地污泥、奇臭难闻的牲畜栏附近疾驶过去。他们就停靠在一座又矮又小的红色木头房子跟前,这就是火车站。站台上挤满了没有刮过脸的庄稼汉和一些游手好闲的人——他们没精打采,眼神呆滞。卡萝尔目的地已到,再不能往前走了。这好比是尽头——世界的尽头。她闭着眼睛坐在那里,恨不得从肯尼科特身边挤过去,躲在列车上某个角落,逃到遥远的太平洋那边去。

这时,她心里忽然闪过一个念头,这念头仿佛在命令她:"得了吧!别胡思乱想!"她霍地站了起来,对肯尼科特说:"我们终于到了,真是太好了。"

他对她是那么信赖。她一定要让她自己爱上这个地方,而且,她还一定要大显身手呢——

卡萝尔紧紧地跟在肯尼科特后面,肯尼科特手里拿着的那两个手提包在她眼前晃来晃去。下车的旅客很多,排着长队缓缓向前挪动,他们被阻滞在列车里。她提醒自己:这回是新媳妇进门,在这个节骨眼上,应该高高兴兴才对。实际上,除了迟迟不得下车稍微有些恼火以外,她并没有任何其他不愉快的感觉。

肯尼科特弯下身来,往车窗外面看了一眼。他怪不好意

思地大声喊道:

"你看!你看!有那么多的人来接咱们!萨姆·克拉克和他太太,戴夫·戴尔,杰克·埃尔德,还有哈里·海多克和久恩尼塔,还有许许多多的人!我想他们已经看见我们了。错不了,他们看见我们了!你看,他们一个劲儿在摆手!"

她乖乖地俯下身来,从车窗口朝着那一群人看去。她在竭力控制着自己。她准备表示喜欢他们。可是,一见到他们那种由衷欢迎的热情,她发窘了。她从车厢末端的连廊里向他们来回摆手,但她又紧紧地拽住扶她下车的那位列车员的袖子。过了一会儿,她才鼓足勇气往下跳进了有如潮涌一般向她握手的人群之中,这么一来,她委实分辨不出谁是谁了。在她的印象中,所有这些人说话时个个粗声粗气,一双双大手都是湿黏黏的,胡子都跟牙刷一样硬,头顶上都有秃斑,并且都拴着共济会的表链上的小饰物。

她知道这会儿他们正在欢迎她。他们的手,他们的微笑,他们的喊叫声,以及他们的脉脉含情的眼眸都征服了她。她讷讷地说:"哦,谢谢大家,谢谢大家!"

有一个男人正在向肯尼科特大声嚷道:"大夫,我把汽车开来了,送你们回家去。"

"太好了,萨姆!"肯尼科特对萨姆大声回答道,然后又对卡萝尔说,"咱们上车,就是对面那辆大'佩奇'。你知道他还有游艇呢!萨姆开车子可快了,叫明尼阿波利斯来的大大小小车子都得落在后面!"

卡萝尔上了车坐定以后,才把陪送他们回家的那三个人的脸认清楚。这时车主正在驾车,看上去他是一个踌躇满志、派头十足的人,头顶微秃,身材高大,眼睛喜欢平视,脖子周围

46

的皮肤比较粗糙,但脸孔却圆圆胖胖的,显得分外光滑,简直跟大汤碗背部一模一样。他咯咯大笑,对卡萝尔说:"我们这些人你全都记得清楚吗?"

"那还用说!要知道,卡丽聪明得很,一下子全记住啦!不信,你问问她历史上的每一个重要日期,她都能对答如流!"她丈夫很自负地说。

萨姆露出十拿九稳、毫无疑问的神色,看了她一眼,仿佛向她示意说,跟他萨姆尽管开诚布公,哪知道她却不打自招:"说老实话,你们这几位,我都还辨不清呢。"

"当然咯,你哪能这么快就弄清楚呢,孩子。得了吧,我先来个自我介绍。我叫萨姆·克拉克,开了个铺子,卖五金用品,体育运动器材,脱脂器,还有你所能想得到的一些傻大黑粗的玩意儿,可以说,各式五金用品,应有尽有。你就管我叫萨姆——反正,我得叫你卡丽,你嫁给了这位倒霉的医生丈夫,他跟我可是无话不谈的老朋友啦。"卡萝尔粲然一笑,但愿今后称呼旁人也能叫他们的小名,这样更自然些,"坐在你身旁的那位怪脾气的胖太太,假装没听见我刚才这一番胡说八道,她——就是萨姆·克拉克太太。紧挨着我坐的那位饿煞鬼模样的家伙,是戴夫·戴尔,他开了一家药房①,动不动就把你先生开的药方配错——说实在的,你干脆说他是在卖'假药'就得了!哦,这会儿让我们把漂亮的新娘子送回家去吧。喂,大夫,我说我把坎德森那块地卖给你,三千块钱。最好你给卡丽盖一栋新房子。你不信,她才是戈镇最最漂亮的

---

① 美国药房一般还出售糖果、饮料以及其他杂品。

47

Frau①！"

萨姆·克拉克得意扬扬地开着车,在交通繁忙的大街上,遇到迎面开来的三辆"福特"车和明尼玛喜大旅馆的那辆免费接送客人的大轿车。

"我会喜欢克拉克先生的……但我可不能管他叫'萨姆'！他们个个都是那么友好。"她看了一下那些房子,竭力装出好像没有看见一样。可是,她转念一想:"为什么那些传说偏偏都要扯谎？人们干吗把新娘子进门绘声绘色地形容得那么美满无缺,竟然说成是天缔良缘。实际上完全不是那么一回事。现在我这个人没有发生任何变化。可是这个小镇——我的天哪！我怎么也受不了。简直是一个垃圾堆！"

她的丈夫俯身望着她。"看来你好像是在沉思默想。害怕了吗？你以前在圣保罗住过,现在我可不指望你认为戈镇就是天堂。我也并不指望你一开始就对它喜欢得要疯了。可是慢慢地你就会非常喜欢它的——在这里,自由自在的,何况戈镇人又是天底下最最好的人。"

她低声耳语对他说(这时克拉克太太很知趣,把头扭了过去):"我爱你,因为你对我是那么体贴入微。刚才我只不过是——过于神经过敏了,恐怕是书念得太多了。我缺少的是工作能力和实际知识。让我慢慢来吧,亲爱的。"

"别着急,我会耐心等待你的！"

卡萝尔把他的手背贴在她的脸颊上,身子紧偎着他。这时,对这个新的家,她思想上已有了准备了。

不久前肯尼科特告诉她,说他住的是一所旧房子,父亲故

---

① 德语:太太、夫人。

世以后一直由母亲管家。那所房子虽然很旧,"但是很舒适,很宽敞,取暖的设备齐全,那只炉子是我在市面上能买到的最好的一种"。他的母亲已经回到拉克—基—迈特去了,临行前曾经委托儿子转达她给卡萝尔的问候。

她感到非常高兴的是,现在不必寄住在别人的家里,可以去建立她自己的美满家园了。她紧紧地握着他的手,目光朝前凝视着,这时汽车已从一个街角拐了过去,停在一座十分普通的木头房子前面,房子周围有一小块被太阳晒得干裂了的草地。

四

一条混凝土人行道,通过一片间有杂草和烂泥的草坪。一座很整洁的、四四方方的褐色房子出现在眼前,显得有点潮湿。一条窄窄的混凝土小径一直通到大门口。地上积着一大堆被风刮过来的干枯的残枝败叶,里面还夹杂着一些干萎了的黄杨树翼状种子和白杨树的毛茸茸的根株。一道有顶棚、和髹了漆的松木廊柱的门廊,顶端都用托架、旋涡形和齿状木雕装饰着。屋前没有枝叶扶疏的灌木丛遮挡行人的视线。门廊的右侧有一座阴沉沉的凸窗。透过一层浆硬了的廉价的薄纱窗帘,可以看到屋子里有一只粉红色大理石桌子,桌上摆着一只海螺壳和一本家用《圣经》。

"也许你觉得房子太老式吧——不知道你管它叫什么——恐怕还是维多利亚中期的风格吧。我一直让它保持原状,为的是将来可以按照你的需要再加以改变。"肯尼科特到家后,说话时头一次带着这样迟疑不定的口吻。

"这才是一个地地道道的家!"肯尼科特的谦逊态度,使她十分感动。她高高兴兴地向克拉克夫妇挥手告别。他用钥匙打开了大门——家里暂时还没有女仆,肯尼科特留着她今后自己去选用。他刚打开大门,她那轻盈的身体,就一溜烟地飘了进去……直到第二天他们才想起来,在欢度蜜月的帐篷里时,他们就说好了,肯尼科特应该把卡萝尔从窗台里抱进洞房去的。

站在走廊和前厅里,卡萝尔感觉到这座房子昏暗、阴沉,连空气也不畅通,但她竭力安慰自己:"我一定要把它弄得又明亮,又舒适。"她跟在肯尼科特和手提包的后面,一直走到他们的卧室,用颤音哼唱着小小的、胖胖的灶神的歌谣:

> 我终于有了一个自己的家,
> 一切全由我自己来当家,
> 一切全由我自己来当家,
> 这是我和郎君、娃娃的窝,
> 它呀——好歹是我自己的家!

她倒在丈夫的怀里,紧紧地跟他贴在一起;尽管至今她还觉得他陌生难辨、迟钝冷漠、胸襟狭窄,但当她的手伸进他的外套里,抚摸着他那背心后边光滑而又温暖的缎面时,这些感受也就无影无踪了。就在这时,她仿佛已经跟他融成一体,从他身上发现了力量、勇气和柔情,使她在这个令人困惑的世界上找到了世外桃源。

"太好了,太好了。"她低声耳语道。

第 四 章

一

"今天晚上克拉克夫妇邀请了几个知己朋友到他们家里,打算跟我们见见面。"肯尼科特一面打开手提包,一面说道。

"哦,他们真太客气啦!"

"那倒也是。我早就跟你说过你会喜欢他们。他们是天底下最最老实巴交的人。哦,卡丽——这会儿我想上诊所去一个钟头,只是去看一看。你不会介意吧?"

"这么说干吗?我知道你心里很急,恨不得马上开始工作。"

"你真的不会介意吗?"

"一点儿都不会。我说不碍事。让我来整理手提包吧。"

肯尼科特二话没说,就趁机溜出去干男人们正经的事情,动作之敏捷,叫这位提倡婚姻自由的新娘子卡萝尔也不由得大失所望,黯然神伤。她扫视了一遍他们的卧室,一种阴郁沉闷的感觉在她心中油然而生:整个房间怪别扭地呈"L"形,一张乌黑的胡桃木床,床头板上雕刻着苹果和生梨之类的饰物;

一张仿枫木的五斗柜,上面铺着一块大理石板,看起来不伦不类的,好像是一块墓碑,柜子上面放着几只粉红色的香水瓶和一个四周饰有裙状花边的针插;此外还有一个很普通的松木脸盆架,一个两边饰有花环状把手的水罐和钵头。整个房间里充满了马鬃、厚绒布和花露水的气味。

"整天在这些玩意儿中间,叫人怎么生活下去呢?"她不寒而栗。看到那些家具陈设,她仿佛看到那里坐着一圈老态龙钟的法官,已经将她判处死刑了,执刑的方法就是把她活活闷死。那张摇摇欲坠的椅子,也在发出吱嘎吱嘎的声音,似乎在说:"让她闷死——让她闷死——叫她命归西天。"旧亚麻布散发出墓地的气味。她独自待在这个陌生而又沉寂的房间里,犹如置身在死气沉沉的、受着压抑的思绪笼罩着的阴影里。"我讨厌这个地方!我讨厌这个地方!"她喘着粗气说,"为什么我会——"

她记得,这些老古董都是肯尼科特的母亲从拉克—基—迈特的老家带来的。"算了吧!这些家具陈设反正是够舒服的。是啊——它们够舒服的。不过——哦,它们又是多么吓人啊!我们马上就得把它们通通换掉。"

接着,她又想道:"当然,他还得上诊所去看看——"

她假装在忙着整理衣物。她那个有着印花布衬里、配上银锁的手提包,在圣保罗似乎显得非常漂亮,惹人喜爱,在此地却成了毫无意义的奢侈品。她的那件迷人的镶上花边的薄纱紧胸黑色无袖衬衣,也不免显得有点儿轻佻,仿佛那张规规矩矩的床铺,会对它感到恶心似的。她连忙把它扔进五斗柜抽屉里,偷偷地藏在一件比较实用的麻纱罩衫底下。

她再没有心思整理衣物,就信步踱到窗口,想欣赏一下村里的风光——蜀葵、小路和脸颊红润的村民。但她看到的只是基督复临安息日会①的一个侧面——一堵很普通的、涂成暗红色的、装着护墙板的墙壁；教堂后面的一个灰堆；一间没有上过油漆的马厩；还有一条小巷，正赶上一辆"福特"牌送货卡车被堵塞在那里。这就是她从自己的闺房里俯瞰到的阳台底下的花园；这就是她今后朝朝暮暮都能看到的风景！

"我绝不能那样！我绝不能那样！今天下午我心情太激动了。莫非是我得了病吗？……我的天哪，我希望不会有那样的事！但愿现在不会那样！人们偏偏都喜欢扯谎！书上讲的，也信不得呀！他们说新娘一发现那样的事，照例先是感到一阵脸红，继而觉得无比自豪和快活，但是——我憎恨那样的事！我会被吓死的！不管怎样，反正将来总会有这么一天的——但是，亲爱的、看不见摸不着的上帝，我求求你现在可千万不行呀！那些神气活现的老头儿饱食终日，无所事事，认为我们一出嫁就得生儿育女。要是他们自己也有生儿育女的义务，我说，不妨就让他们试试看！……哦，可现在就是不行！不早不晚，一定要等到我不讨厌那边的灰堆时才行！……不，现在我就只好不做声了。好像我的情绪有点儿不正常了。现在我要出去走一走，亲自看看戈镇的真面目。既然它是我不久要去征服的地方，我哪能不先去实地了解了解呢！"

她从家里逃了出去。

她十分认真地察看着每一个混凝土的十字路口，每一根拴套牲畜的杆子，甚至每一把清除落叶的钉齿耙；她聚精会神

---

① 简称"安息日会"。基督教（新教）基督复临派的教会。十九世纪四十年代产生于美国。除宣扬所谓基督即将再次降临人间以外，还主张遵守以"第七日"（指星期六）为安息日的规定，故名。

地细细琢磨着每一所房子。她在想:那些房子将来会有什么用处呢?过了半年以后,它们会变成什么样子?说不定有人邀她到其中某一所房子里去吃饭?此时此刻从她身旁走过的人,现在跟她毫不相干,往后也许会成为她的知心好友,或者成为她所畏惧的劲敌,这些人跟世界上所有其他的人都一样吗?

她来到了那个小小的商业区,经过一家食品杂货店,看到一位宽肩膀、身穿羊驼呢外套的掌柜,正在俯身整理斜面售货台上的苹果和芹菜。她一面仔细观察,一面在想:将来她有机会同他搭话吗?要是现在她突然停住脚步,告诉他说:"我是肯尼科特太太。我希望将来总有那么一天,我会开门见山地对你说:把一大堆大大小小的破南瓜摆在橱窗里,依我看实在不雅观。"那时候,他又会说些什么呢?

那位食品杂货店掌柜,就是弗雷德里克·F.卢德尔梅耶先生,他的铺子设在大街和林肯路交界的犄角上。卡萝尔认为只是她自己在观察别人,实在是大错特错了。她见惯了城里人那种漠然置之的态度;她以为像她这样逛大街,一定是神不知鬼不觉。殊不知她刚从街上走过去,卢德尔梅耶先生就气喘吁吁地跑到店堂里,一迭连声咳嗽着,对他的伙计说:"我看见一位年轻的女人打转弯角上走过去。我用脑袋打赌,一定是肯尼科特大夫的新娘子,长得很标致,大腿也很耐看,不过,她身上却穿了一套糟糕透顶的衣服,一点儿都不范儿。现在我还在纳闷,真不晓得往后她来这儿买东西会不会付现钱,我敢说她会去做成豪兰·古尔德商号的生意的……喂,伙计,你把燕麦粥的广告贴到哪儿去了?"

二

卡萝尔走了二十三分钟光景,已经从镇东到镇西,从镇南到镇北,把戈镇都走遍了。此刻她伫立在大街和华盛顿路交叉的街角上,觉得大失所望。

大街两旁立着一些两层楼高的砖结构商铺,和一层楼半的木头房子。两条混凝土人行道中间,是一大片一大片的烂泥地。大街上横七竖八地停放着一些"福特"牌汽车和运木材货车。像这样的弹丸之地,实在引不起她的兴趣。各条街道上都有一大段一大段豁口,从那里可以窥见莽莽无边的大草原。她深深感到周围世界是那样空旷、那样浩瀚无边。远远望去,大街的北端,她看见几个街区以外的一个农场里,有一架大风车,它的铁骨架,看上去像是一头死牛的肋骨。她想,北方严冬季节来临时,大风暴万马奔腾似的从荒原上疾驰而来,那些没遮没拦的房子一定会被刮得东倒西歪,蜷缩在一起。那些灰不溜丢的小房子,实在太小、太差劲了,给麻雀做窝还凑合,要辟为笑语温馨的家园,那就未免太寒碜了。

卡萝尔安慰自己说,街上落叶满地,看上去美极了。枫叶是橘红色的。橡树叶像一堆堆红艳艳的山莓。而一块块草地,也都是园丁们精心栽培出来的。可实际上她根本无法自圆其说。那些树木充其量不过是一小片稀稀朗朗的林地。戈镇根本没有一个公园可供人们驰目骋怀。何况本县县城是瓦卡明,而不是戈镇,不用说,这里也就没有县法院和它四周的庭园景色。

戈镇有一幢最最了不起的大楼:明尼玛喜大旅馆——一

个供外地来客下榻,并给他们留下戈镇美丽、富饶印象的地方。现在卡萝尔正透过那座大楼的沾满蝇屎的玻璃窗往里面窥视。原来明尼玛喜大旅馆是一座破旧不堪、用黄色木纹板盖成的三层楼房,虽然房子很高,但质量却很单薄,每个墙角里都嵌上灰沙松木板,以替代石头。在那家旅馆的账房里,卡萝尔可以看到光秃秃的、肮里肮脏的地板,一排好像得了佝偻病的椅子,每两把椅子中间摆着一只黄铜痰盂,此外还有一张写字桌,桌上玻璃板里,压着一些用螺钿字母制成的广告。再远一些,就是餐厅,在那里可以看到四处污渍斑斑的桌布和番茄沙司瓶子。

这个明尼玛喜大旅馆,她再也不想多看了。

这时有一个男人正从戴尔的杂货店出来,他身上只穿着衬衫,没有披外套,胳膊上套着一块粉红色臂章,戴着一个亚麻布硬领,没有系领带。他一个劲儿打着呵欠,朝着旅馆走去。他先是靠着墙根拼命搔痒,过了一会儿叹叹气,阴阳怪气地同一个斜靠在安乐椅里的男人聊天。一辆装木材的货车正在街上嘎嘎嘎地开过,它那长长的绿色车厢里装满了大捆大捆围扎篱栅用的带刺铁丝网。一辆"福特"牌汽车正在倒车,发出一阵巨大声音,仿佛车子就要崩裂似的,然后又恢复正常,呜呜呜地开走了。从那家希腊人开设的糖果店里,传来了噼里啪啦油炸花生的声音,散发着油炸花生的香味。

除此以外,再也没有其他的声响,或是生气勃勃的迹象了。

卡萝尔很想逃离这个咄咄逼人的大草原,到大城市找个栖身之地。她原先要创造一个美丽的市镇的梦想,现在看来似乎很荒唐可笑。她仿佛觉得,从每一道阴森森的墙壁中都渗透出一种令人望而生畏的肃杀之气,这是她永远也征服不了的。

她兀自踽踽在这条大街上,从街的这一边走过去,又从街的那一边走回来,连街的两旁一些小巷深处,她都探首张望一番。这是她个人在大街的一次观光旅行。在这短短的十分钟内,她看到的不仅是被称作戈镇的心脏地区,而且还是从奥尔巴尼①一直到圣迭戈②的成千上万个类似的市镇。

戴尔的杂货店是在街的拐角上,这座房子是用整齐划一、但缺少真实感的人造石块建成的。店堂里有一个油腻腻的大理石冷饮柜台,还有一盏电灯,灯罩上镶嵌着红色、绿色和奶油色的拼花图案。一堆堆牙刷、梳子和刮脸用的香皂凌乱地陈列着。售货架上摆着装肥皂的纸板箱、小孩玩的指环、花卉种子和黄盒子包装的各种专卖药品——专治肺病和妇女病的各种成药——还有鸦片和酒精的有毒混合剂,卡萝尔的丈夫给病人开出的药方,就是到这家杂货店来配药的。

在二楼的窗口底下,挂着一块黑底金字招牌:"W.P.肯尼科特医师,主治内外科。"

有一家很小的电影院,木头结构,名字颇有诗意,称作"玫瑰宫影院"。平版广告画告诉人们上演的片子是《胖子恋》。

豪兰·古尔德食品杂货店。橱窗里摆着一大堆发黑的、熟透了的香蕉和莴苣,有一只猫正趴在上面打盹儿。售货架上铺着的红色皱纹纸早已褪了色,上面沾着一圈圈污斑,显得

---

① 美国纽约州首府。
② 美国加利福尼亚州濒临南太平洋的港口城市。

破残不堪。二楼墙上挂着各会社分部的牌子——"派西亚斯骑士团""麦卡比学会""木业商会""共济会"。

达尔·奥利森肉铺——一股股血腥气的味儿。

有一家珠宝店,陈列着一些女式手表,在店门前的人行道边沿,摆着一座巨大的木头钟,不过现在已不走了。

一家苍蝇到处嗡嗡叫的小酒店,门口却挂着一块闪闪发亮的金色珐琅的威士忌招牌。在这个街区,还有好几家小酒店。从那里散发出陈腐的啤酒气味,传出声音嘶哑的洋泾浜德语,和着诲淫歌曲的哼唱声——声音显得有气无力,萎靡颓唐而又十分沉闷——整个气氛很像一个矿区劳工的宿营地,但是远远比不上他们粗犷有力。在许多小酒店门口,农家妇女们歇坐在货车上,等着她们的丈夫喝醉以后一起回家去。

一家卷烟铺,铺号叫作"烟馆",里面挤满了年轻小伙子,正在掷骰子赌烟卷。售货架上摆着许多杂志,还有穿着条纹游泳衣、装腔作势、故作媚态的肥胖妓女的各式照片。

一家服装店,橱窗里陈列着一些"红褐色趾部凸起的浅口便鞋"。还有好几个模特儿,活像是脸颊上涂了红的死尸,本来是刚做好的崭新的衣服,一套在那些模特儿身上,就显得很陈旧而没有光彩。

海多克·西蒙斯时装公司,是戈镇首屈一指的最大商店,底层门面都是镶着铜边的、晶光瓦亮的大块玻璃橱窗;二层楼的正面是彩色花砖。有一个橱窗陈列着做工考究的男式服装,还摆着带花凸纹布的领子,橘黄色的领子上缀有紫红色雏菊图案,整个橱窗给人产生一种新鲜、整洁和舒适的感觉。海多克·西蒙斯时装公司。啊,海多克这个名字听起来好像很熟的。卡萝尔想起来了,到车站接她的那些乡亲们里头就有一位海多克,哦,他叫哈里·海多克,年纪在三十五岁左右,人很活跃。现在,她觉得这个人很了不起,像是一位圣人。他的商店居然是一尘不染!

阿克塞尔·埃格百货商店,是来自斯堪的纳维亚的农夫们常常光顾的地方。在又暗又窄的橱窗里,摆着一堆堆质地稀薄的纬缎,织造粗劣的条纹布,为宽踝骨的妇女特制的帆布鞋,卡在撕破过的硬纸卡上的钢纽扣、红玻璃纽扣和一条棉毯子,此外还有一个花岗石纹的搪瓷煎锅,摆在一件褪了色的绉纱女式罩衫上。

萨姆·克拉克的五金商店,一眼就可以看出专做五金商品的买卖,有猎枪、搅乳器、一桶桶钉子,以及闪闪发光的、款式漂亮的屠刀。

切斯特·达沙韦家具店,摆着一长溜带皮坐垫的笨头笨脑的橡木摇椅,显得阴沉沉的,好像正在那里打瞌睡呢。

比利午餐馆,在那张铺着湿黏黏的油布的柜台上,放着几个没有把手的造型粗笨的杯子。大葱的味儿和油炸肥猪肉的油烟不断飘过来。门口,一个年轻小伙子正在啧啧有味地呡牙签。

还有一间专门收购乳酪和土豆的货栈,弥漫着一股牛奶场的酸味儿。

"福特"汽车行和"别克"汽车行,都是地地道道的砖石和混凝土结构的一层楼房子,两家车行遥遥相对。沾满油污的发黑的混凝土地面上,停放着一些新车和旧车。还有轮胎广告。试验马达时,吼声震耳欲聋,使人觉得神经要崩裂。穿着卡其工装裤的愣小伙子在干活。这里是戈镇生活表现得最最生龙活虎的地方。

一座专营农业生产工具的大货栈,堆满了绿色和金黄色的轮子,车杠,单人座位——这些都是土豆种植机,撒肥器,草料切割机,圆盘耙和各种各样耕犁的附件——卡萝尔对这些机器一窍不通。

一家饲料行,窗玻璃蒙上一层麸皮的粉末,显得半暗半明,屋顶上还涂着一幅专卖药品的广告。

玛丽·埃伦·威尔克斯太太经营的艺术品商店,好像是每天免费开放的基督教科学派图书馆,一种多么动人心弦的美的探索!那是一间不久前刚用灰浆粉刷过的小木板房。房里有一个橱窗,橱窗里陈列着一些稀奇古怪的东西:几个先是模仿树干、后来却成了斑斑点点镀金的花瓶;一个标着"戈镇向您问好"字样的铝制烟灰缸;一本基督教科学派杂志;一个画有一小朵罂粟花,花上系着一条大缎带的印花沙发软垫,上面放着一束束色彩协调的绣花丝线。商店里既有名画也有劣画的复制品,但印得都很差劲;售货架上放着唱片,照相胶卷和木制玩具;一位面带忧色的小妇人,正坐在一张铺有褥垫的摇椅上。

一家理发店,还附设弹子球房。一个没有穿外套的男人,大概就是老板德尔·斯纳弗林,正在给一位长着大喉结的男人刮脸。

纳特·希克斯裁缝铺是一幢平房,设在大街附近的一条小巷里,门前有一幅时装图样,画的是几个长得像草耙一般的人,穿着跟钢板一样硬邦邦的衣服。

在另外一条横巷里,有一座阴森森的红砖砌成的天主教堂,大门涂上了黄色油漆。

邮局设在一个四处发霉的房间里,仅仅用玻璃和铜栏杆跟它的后半间隔开，那里从前想必是个店堂。靠着磨得发黑的墙壁，有一张斜面的高写字台，上面散放着一些邮局通告和征兵的告示。

一座潮湿的黄砖砌成的小学校舍，院子里铺的都是煤渣。

州立银行外面的四周木板，涂上了一层灰泥。

农民银行，一座爱奥尼亚①神庙式的大理石建筑物，纯洁、雅致、幽静。一块铜牌上写着："总经理埃兹拉·斯托博迪"。

类似上面的店铺和机构，戈镇还有十几个。

在这些建筑物的后面，或者同它们混杂在一起，还有许多其他的房屋，其中有简陋的小房子，也有宽敞、舒适、平淡无奇的大房子，它们仅仅是富裕生活的象征罢了。

整个戈镇除了那座爱奥尼亚神庙式的银行以外，哪一座建筑物卡萝尔看了都觉得很不顺眼。同时也未必会有十几所建筑物给她留下这样的一种印象：在戈镇有史以来的五十年里，该镇公民们已觉察到必须把自己的家乡建设得——哪怕是使人稍微赏心悦目一些也好。

卡萝尔看了以后，心里大为不悦，不仅仅是因为镇上那些房子的难以容忍的丑陋和呆板乏味，最主要的还在于建造时毫无计划，临时凑合，以及那种灰不溜丢的非常难看的颜色。大街上到处乱竖电灯灯柱、电话线杆，堆满了汽车油泵和整箱整箱的货物。每个人只管自己盖房，对别人从来不考虑。有一座小平房好像嵌在沿街店铺中间，左边是一大片由两层楼砖房店铺构成的新"街区"，右边是用耐火砖修造的"奥弗兰"

---

① 爱奥尼亚，古希腊工商业和文化中心之一，在小亚细亚西岸。

汽车行,现在这里却开了一家女子帽店。农民银行的洁白无瑕的神庙式建筑,仿佛被一家令人耀眼的黄色砖楼——食品杂货店挤到后边去了。有一家店铺房子的屋檐,好像是用马口铁东拼西凑起来的;而毗邻的那座房子顶上,则是用砖头垒起来的一垛垛雉堞和用红砂岩砌成金字塔形状的屋顶。

卡萝尔从大街逃走,径直跑回家去了。

她不止一次地觉得,只要这个镇上的人并不叫人讨嫌,其他方面她倒也不会介意。可她偏偏看见一个年轻小伙子在一家店铺门前转悠,用一只脏手来回拨弄着遮阳篷的绳索;一个中年男子两眼一个劲儿瞅着女人,仿佛对自己婚后平淡无味的生活深感烦躁似的;一个年老的庄稼汉,身子骨很健壮,但是肮里肮脏的——他的脸儿活像刚从地里刨出来的土豆。这里所有的男人,少说都有三天没有刮过脸。

"如果说他们一时还不能在这个大草原上建起美丽的殿堂,至少刮脸刀片他们总买得到吧!"她愤愤然想着。

她竭力抑制着自己的情绪,暗自思忖:"恐怕是我想得不对吧。人们在这里还不是照样生活得很好。这个地方总不见得会像我心目中所想的那么丑!一定是我想得不对吧。不过,我暂时还看不出来。不管怎样,我可不能就这样妥协下去的。"

她歇斯底里似的回到了家里,心中非常悒郁。她发现肯尼科特正在等候她,他见了她便兴冲冲地说:"出去散步,是吗?怎么样,喜欢戈镇吗?那些大片大片的草地和树木很不赖吧?"这时,她似乎一下子变得老成持重,回敬了一句:"哦,戈镇这个地方,真有意思极了。"

三

跟卡萝尔搭乘同一次列车到达戈镇的,还有一位碧雅·索伦森小姐。

碧雅小姐身体长得很健壮,皮肤晒得黝黑,是一个经常脸上挂笑的年轻女人,她对庄稼活早已感到腻味。她希望享受一下惬意的城市生活,并且认为唯一的出路,就是"到戈镇去当女用人"。走出火车站时,她似乎很得意扬扬地拖着自己的那只硬纸盒行李箱,去找她的表姐蒂娜·玛姆奎斯特。蒂娜是卢克·道森太太府上的女管家。

"好嘛,你终于到城里来了。"蒂娜说。

"是啊,我要找个事做做。"碧雅回答说。

"哦……你现在有男朋友吗?"

"有呀,就是吉姆·雅各布森。"

"哦,我看到你很高兴。干一个星期活儿,你打算要多少工钱?"

"六块钱。"

"唉,谁肯出那么多的工钱呢。你先别着急!我说,肯尼科特大夫刚娶了一个圣保罗城里的小姐。也许她肯出那样的工钱。得了,这会儿你先上外面去溜达溜达,回头再说。"

"好吧。"碧雅说。

巧得很,卡萝尔·肯尼科特和碧雅·索伦森在同一时刻逛了这条大街。

从前碧雅到过的最大市镇,要算是斯堪的亚·克罗辛,不过那个地方总共才有六十七个居民。

碧雅沿着大街往前一边走,一边想,在同一个地方同一时间里竟然会有这么多的人,简直是不可想象的事。我的老天哪!要认识那么多的人,恐怕得花上好几年的时间。瞧他们又都是穿得那么时髦,那么漂亮!一位身材高大的了不起的绅士,穿着一件粉红色新衬衫,领带上还别着一颗钻石,不像乡巴佬那样只穿褪了色的蓝斜纹布工作服。一位长得很标致的小姐,身上穿得真是漂亮极了(不过她的那件衣服洗起来一定够麻烦的)。还有那么多的商店!

斯堪的亚·克罗辛总共才只有三家小铺子,而戈镇这里商店却鳞次栉比,占了整整四个街区!

时装公司——没想到会有四个谷仓那么大——我的老天哪!你一走进去,就有七八个店伙计看着你,简直会把人吓跑哩。各式男装穿在模特儿身上,活脱脱就像真人一般。来到阿克塞尔·埃格商店,就像回老家,许多瑞典人和挪威人都在那里,别在硬纸卡上的纽扣多漂亮,真的赛过红宝石。

有一家杂货店,里面有个冷饮柜台,个儿又大又长,全部是大理石,漂亮极了;柜台上面挂着一盏大灯,瞧它的那个灯罩,恐怕是从没有见过的,真是大得没法形容——几乎把各种各样的彩色玻璃都镶嵌在一起了;那些冷饮龙头,都是纯银的,明晃晃的,从灯座底下通出来;在冷饮柜台的后面,有一些玻璃售货架,以及许许多多瓶装的新型软饮料,都是从前压根儿没有听说过的。要是有人带你上那儿去,该有多美!

还有一家大旅馆,高极了,比奥斯卡·托尔夫森新盖的红色谷仓还要高,一共三层,一层压一层地盖上去,你得仰着脖子往上看,才能看得见楼顶。有一个旅客正神气十足地在旅馆那里——那个阔佬一定是三天两头去芝加哥吧。

啊,这里到处都可以看到绝顶漂亮的人儿!刚才有一位小姐正从旁边走过,论年龄,不见得会比她碧雅大多少,穿着一套全新漂亮的浅灰色衣服,脚上是一双黑色浅口无带便鞋,看来她也是在游览戈镇市容,可是,你无从了解她的观感究竟如何。碧雅真恨不得自己也能和她一样——态度安详,谁都不敢来招惹她。哦,就是要——显出高雅大方来啊!

一座路德教①礼拜堂。这个镇上的讲道,也许很动听,星期天——是啊,每个星期天——就有两次礼拜!

还有一家电影院!

那是一家不折不扣的戏院,专门放映电影。招牌上写着"每晚更换新片"。每天晚上都有电影啊!

在斯堪的亚·克罗辛虽说也有电影,但是每隔两星期才放映一次,而且索伦森一家人要开个把钟头车才能赶到那里——爸爸又是那么个财迷,舍不得买一辆"福特"车。可是在戈镇这里,随便哪一天晚上,她都可以戴上自己的宽边帽子,路上花三分钟,就到了电影院,在那里有看不完的穿着晚礼服的可爱的仕女们,以及什么比尔·哈特,等等。

他们怎么会有这么多的店铺呢?可了不起!有一家铺子专卖卷烟,还有一家(一家怪可爱的店铺——艺术品商店)专售图片、花瓶之类的东西。哦,那一个大花瓶做得真是巧夺天工,简直就跟天生的树干一模一样!

---

① 十六世纪欧洲宗教改革运动时期,由马丁·路德所倡导的基督教新教教义。十八世纪随着德国移民传入美国,后逐渐成为美国基督教(新教)大教派之一。

碧雅伫立在大街和华盛顿路的拐角上。戈镇的喧嚣声,使她开始感到有些害怕。大街上竟然同时并行五辆汽车——其中有一辆汽车特别大,想必值两千块钱吧——有一辆公共汽车这会儿正开往火车站,车上只坐着五位衣冠楚楚的乘客;有一个男人正在张贴大红广告,上面画着洗衣机,真是惹人喜爱;一家珠宝店的老板,正在真丝绒底垫上把手镯、手表等等珍宝陈列出来。

她要是一星期能挣到六块钱,该有多好!就是能赚两块钱也很不赖!只要能住在这里,哪怕给人家白干活,不拿钱,也是值得的。想想看,一到晚上,华灯初上——不是普通的灯,而是电灯,那该是多美的夜景呀!也许还会有一位绅士派头的男朋友带你去看电影,给你买草莓冰激凌汽水呢!

碧雅步履维艰地踱回到了蒂娜的家。

"怎么样?你喜欢这个地方吗?"蒂娜问。

"是啊,这个地方我喜欢。我想我也许就留在这里,不走了。"碧雅回答说。

四

人们都聚集在萨姆·克拉克不久前新盖的房子里欢迎卡萝尔。那里算得上是戈镇的深院大宅之一,是一幢结实的四四方方的房子,周围都有很干净的鱼鳞状护墙板,有一个小塔楼,还有一道有顶棚的大门廊。屋子里铮光明亮,坚硬挺括,叫人见了很愉快,简直像一架崭新的栎木竖式钢琴。

萨姆·克拉克蹒跚着走到大门口,大声嚷道:"欢迎你,年轻的太太！全镇的钥匙都给了你！①"卡萝尔两眼却露出哀求的神情瞅着他。

她看见在他后面的过道里和客厅里，规规矩矩地坐了一大圈客人，好像是特地赶来送殡似的。他们都一本正经地在那里等着！他们等的就是她呀！她原来决定想用华丽的辞藻向他们表示一番热忱谢意，现在一下子却泄气了。她哀求萨姆说："我可不敢见他们！他们对我的期望未免太高啦。他们只要咕嘟一声，就会把我一口给吞了下去！"

"你怎么说这样的话，大姐，他们这是喜爱你——就像我要喜爱你一样，如果我不怕那位医生揍我的话！"

"可我还是——不敢呀！瞧，我的右边也是他们的面孔，前边也是他们的脸孔，他们一齐瞅着我看，简直叫我没处躲藏！"

她觉得自己有些歇斯底里；她猜想萨姆听了她这样的话，大概以为她是疯了。没想到萨姆只是咯咯笑着说："那你就干脆躲在我萨姆胳肢窝底下，有谁老是好奇地伸长脖子盯着看你，我就嘘的一声把他撵出去！咱们进去吧！别害怕，请看我的——娘儿们喜爱的是塞缪尔②，新郎官最怕的也是塞缪尔！"

他伸出一条胳膊来搂着她，领她进去，大声吆喝道："太太们，老爷们，新娘子来了！这会儿我不打算替你们一一介绍啦，反正你们的那些土里土气的名姓，她一下子也都记不住。嘿，你们这个鸦雀无声的法庭，也该散庭啦！"

~~~~~~~~~~~~~~~~~~~~~~~~~~~

① 按西方习俗，向客人送上全城的钥匙，即对客人表示由衷的欢迎与无限的信赖。
② 塞缪尔即萨姆的爱称。

他们很客气地笑着,但是他们照样端坐在那里,简直纹丝不动,目不转睛地直瞅着新娘子。

为了参加今天晚上的盛会,卡萝尔煞费苦心地把自己梳妆打扮了一番。她的发型显得很素雅:发卷往两边分开,让短发低垂在前额,同时后面还盘着一条辫子。现在她不免有些后悔,觉得不该把头发堆叠得高高的。她身上穿着一套扮演天真姑娘时才穿的衣服,那是由细麻纱织成的有背带的女式长衬衣,配着一条金色的宽腰带,方形的领口开得很低,几乎让人看到了脖子窝和线条优美的双肩。当大家都目不斜视地看她的时候,她心里就想,一定是对她的装束打扮有看法了。这时,她真恨不得自己身上穿的是一件老处女的掐脖子高领口衣服。后来,她转念一想,要是干脆围上她在芝加哥买的那条染成紫红砖颜色的围巾,叫他们大吃一惊,岂不是更好!

萨姆领着她在客人面前走了一圈。她说话时声调呆板,措辞格外稳妥:

"哦,我相信这个地方我一定会非常喜欢的",或者是,"对呀,我们俩在科罗拉多山区的那些日子过得可美啦",再不就说,"不错,我在圣保罗住过好几年。尤克里德·P.廷克吗?不,我不记得见过他,不过我想他这个名字我是听见过的"。

肯尼科特把她领到一旁,悄悄地跟她说:"现在我就把他们逐个介绍给你,认识一下,好吗?"

"你就先把他们每个人的情况给我大致讲一讲。"

"好吧,那边的这对漂亮的夫妇,就是哈里·海多克和他的太太久恩尼塔。哈里的父亲虽然是时装公司的大股东,但实际上把这家公司经营得十分出色的,却是哈里。他是一个做事巴结的人。紧挨着他坐的,是药房老板戴夫·戴尔——今天下午你已经跟他照过面了——打野鸭子,他是个好手。在他后边的那个高个子,就是杰克·埃尔德——也就是杰克逊·埃尔德——他是锯木厂和明尼玛喜大旅馆的老板,他在农民银行里也有很多股份。他和他的太太都是爱玩的人——他和萨姆和我经常一块儿去打猎。那边的年老的头面人物是卢克·道森,是本镇的首富。在他旁边的,就是纳特·希克斯,是个裁缝。"

"果真是个裁缝吗?"

"当然是的,一点儿都不假。说起来也许我们有些落后于时代,可我们这儿却是不分贵贱,十分讲究民主的。我跟纳特去打猎,就像我跟杰克·埃尔德去打猎一个样。"

"我听了很高兴。我在上流社会从来没有见过一个裁缝的。我想,跟一个裁缝见面,又用不着想到你还欠他的账,该是多么有意思。那么,想必——你也乐意跟你的剃头师傅一块儿去打猎吗?"

"不,那也不见得。不过——我们也犯不着把民主这个东西给糟蹋得不成个样子。再说,我跟纳特已有多年之交了,而且,他又是一个顶呱呱的好射手——就是这么一回事,你明白吗?在纳特那一边的就是切斯特·达沙韦。他是一个爱嚼舌头的人。他一谈到宗教、政治、书本或者随便什么题目,就唠叨个没完没了,简直叫你听得烦死啦。"

卡萝尔彬彬有礼而又颇感兴趣地看了达沙韦先生一眼,他是个长着阔嘴巴、肤色黝黑的大汉。"哦,我认得!他是家具店老板!"她自个儿觉得很得意。

"可不错呀,他还开殡仪馆哩。你早晚会喜欢他的。来呀,来跟他握握手。"

"不,不!他——他——难道他不是亲自动手,给尸体抹香油、涂药的吗?他整日价跟死人打交道,我可不能跟殡仪馆老板握手!"

"为什么不能?一个鼎鼎大名的外科医生,刚刚给病人开完了肚子,你赶紧过去跟他握手,还不是照样感到很自豪吗?"

现在卡萝尔竭力恢复自己作为一个成熟的女性在今天下午所应具有的那种镇静的态度。她说:"是呀,你说得不错。哎哟哟——我可要你知道,你所喜欢的那些人,我可多么地喜欢呀。看人嘛,我就要看他的本色。"

"哦,你可别忘了:看人,也得要按照别人家的分寸来看才行!他们都是很有本领的。你知道珀西·布雷斯纳汉就是这个地方的人?他——就是在此地土生土长的!"

"布雷斯纳汉吗?"

他们很客气地笑着,但是他们照样端坐在那里,简直纹丝不动,目不转睛地直瞅着新娘子。

"是的——谅你早知道了——他就是马萨诸塞州波士顿的维尔维特汽车公司的总经理——就是制造维尔维特十二型汽车的——那是新英格兰最大的一家汽车制造厂。"

"我似乎听人说起过他。"

"你肯定听说过。他是赫赫有名的百万富翁啊!嗯,几乎每个夏天,珀西差不多都回老家来钓黑鲈鱼,他说只要业务上能脱身,宁愿住在这乡下,也不乐意住在波士顿或纽约那样的大城市。他也不嫌弃殡仪馆老板切斯特。"

"请你住嘴!不管他们是什么样的人,我——我都会喜欢的!将来我跟大伙儿在一起,一定很快活!"

萨姆领她去见道森夫妇。

卢克·道森专收抵押品,放印子钱,又是个大地主。他在戈镇以北拥有许多树木已被砍光的土地。他是一个犹豫不决的人,穿了一身软绵绵、没有熨烫过的灰衣服,两只眼睛从他乳白色的脸上鼓了出来。他的太太两腮苍白,头发变白,声音萎靡,举止迟钝。她穿着一件昂贵的绿袍子,胸前用丝带穿上珠玑,垂下珠缨子,背后的纽扣之间空隙都相当大,仿佛是从估衣铺买来的,现在唯恐被原主看见一样。他们夫妇俩都很羞怯。倒是督学乔治·埃德温·莫特"教授",俨然有如皮肤变成褐色的中国清代官吏,握住卡萝尔的手,向她表示欢迎。

道森夫妇和莫特先生说过他们的"很高兴见到你"之后,似乎已经无话可谈了,但是双方谈话还得像机器似的令人乏味地继续下去。

"你喜欢戈镇吗?"道森太太抽噎似的问道。

"哦,我相信我在这里将会感到很快乐的。"

"这里有那么多的好乡亲呗。"说到这里,道森太太有些词穷了,就向莫特先生使个眼色,求他在交际应酬方面帮帮她的忙。于是,莫特先生就像演说一般大放厥词了:

"这里的戈镇人该有多么出色哪。我可不喜欢那几个退休后到此地来安度晚年的农场主——特别是那几个德国佬。他们拒不缴纳地方教育税。一句话,他们硬是一分钱都不肯花。可是除了他们,其余的都是一些好人。你可知道珀西·布雷斯纳汉就是这里的人吗?从前他就是在老大楼那里上过学呀!"

"是呀,我也听人说过。"

"是呀,他是个实业大王。上次他回来的时候就跟我一道去钓鱼。"

道森夫妇和莫特先生两脚站得累了,身体不免摇来摆去,这种倦意从朝着卡萝尔微笑的脸上分明可以看得出来。可她还是接下去说:

"莫特先生,请你告诉我:过去你对哪一种新的教育制度——比如说,现代幼稚园教育方法,或是葛雷学校制度①——进行过试验吗?"

"哦,就是那些东西。那些自我标榜的改革家,十之八九都是沽名钓誉,想出风头的。我主张要进行手工训练,但是,归根到底,拉丁文和数学这两门课,始终是过得硬的美国学制的基础,不管那些标新立异的人如何提倡——天知道他们究竟要干些什么——我想,大概是要学生们上编织毛线课和练习抖动两只耳朵罢了!"

道森夫妇洗耳恭听这位博学之士的宏论,脸上露出笑容表示赞赏。卡萝尔在那里等着肯尼科特赶快来替她解围。剩下的那些人则在好奇地等着看热闹。

哈里·海多克和久恩尼塔·海多克,还有丽塔·西蒙斯和特里·古尔德大夫——可以说就是戈镇最时髦的少男少女了。这会儿卡萝尔正被人领去跟他们见面。久恩尼塔·海多克扯开嗓子,像放鞭炮似的,但是又很亲切地冲着卡萝尔说:

"敢情好,你到我们戈镇来,我们可高兴啦。赶明儿我们就搞一些有趣的活动——比如说舞会呀等等。你得加入我们

---

① 美国葛雷学校制度,即充分利用设备,以一个学校规模、设施容纳二倍的学生入学,在我国通常称为"二部制"。

的芳华俱乐部①。我们常常打桥牌,每月还有一次晚餐会。打桥牌,不用说,你是会的?"

"不,不,我可不会打。"

"真的吗?在圣保罗大城市还有不会打的?"

"我向来就是一个书呆子。"

"那我们就来教你打。打桥牌可是——人生的一大乐事。"久恩尼塔居然摆出一副盛气凌人的姿态来,卡萝尔的金色腰带她刚才还在暗暗艳羡不已,现在却也着眼看,似乎有点儿瞧不起了。

哈里·海多克很客气地说:"你看你将来会很喜欢我们这个古老的乡镇吗?"

"我相信将来我一定会非常非常地喜欢它。"

"天底下最最好的人就在戈镇。这儿的人,又都是了不起的实干家。当然咯,我从前确实有过许许多多的机会,可以到明尼阿波利斯去住,但是我偏偏喜欢住在这里。说实在的,本镇出人才——出过真正的了不起的人物。你知道吗,珀西·布雷斯纳汉是我们镇上的人?"

卡萝尔觉得刚才无意中泄露了自己不会打桥牌,无异于她在这场生存竞争中的地位大大地削弱了。这时她心情非常激动,想要恢复自己的实力地位,就掉过头来跟特里·古尔德大夫——这个青年人喜欢打弹子球,原是她丈夫的好对手——攀谈起来。她一面用两眼媚他,一面滔滔不绝地说:

"赶明儿我也要学学打桥牌。不过,说实话,我最喜爱的

---

① 原文为"快活的十七岁俱乐部",为适应我国读者习惯,此处意译为芳华俱乐部。

还是到户外去玩。我们能不能组织一次划船活动,去钓钓鱼,或者随便你怎么个玩法,末了,大伙儿聚在一起野餐一番,好吗?"

"那敢情好!"古尔德大夫赞同地说。这时他目不转睛地瞅着卡萝尔的酥白光滑的肩膀。"你喜欢钓鱼吗?我可就是个钓鱼迷。至于你要打桥牌嘛,我管保教会你就得了,你还喜欢打纸牌吗?"

"从前我打过一种别齐克牌戏①,还是个好手哩。"

她记得别齐克是一种纸牌游戏——要不然就是别的什么游戏。说不定还是轮盘赌吧。但她好歹还是自圆其说了。久恩尼塔那张漂亮的泛着红晕的长脸儿露出怀疑的神色。哈里则捋捋自己的鼻子,有点低声下气地说:"别齐克吗?似乎是一种输赢很大的赌博,可不是?"

卡萝尔一见其他客人也一起拥到自己身旁,就趁此机会大发议论。她哈哈大笑,说话态度轻佻,但仍显得相当脆弱的样子。说实话,他们的眼色她还看不懂。他们好像是剧场里面目不清的一群观众,这会儿她仿佛在他们面前演戏,是的,她自己也觉得在主演一出喜剧,剧名是《肯尼科特大夫的巧媳妇》。

"我之所以到此地来,就是因为这里有许多顶呱呱的开阔的空地,可以进行户外活动。赶明儿我看报绝不看别的,就看体育运动专页。不久前我们在科罗拉多旅行时,威尔使我改变观点,深信体育运动太重要了。有许多胆小如鼠的游客,连游览车也都不敢离开一步。而我却立志要做女神枪手安

---

① 一种两人至四人玩的牌戏。

妮·奥克利①一样的人物。所以我买了一条颜色鲜艳的短裙子,让我的两条挺迷人的小腿全给露出来,不顾长老会约韦学校全体女教师的怒目相视,从这个山头跳到那个山头,活像一头机灵敏捷的小羚羊——当然咯,你们可以想见她的肯尼科特大夫就是宁录②了!可是,你们听着,我还叫他脱去衣服,只剩贴身内衣,到山里一条冰冷的小溪里去游泳。"

她知道他们要是细想起来,也许会大吃一惊,但是幸好至少还有久恩尼塔·海多克是称赞她的。于是,卡萝尔继续大放厥词,说道:

"威尔是一位令人尊敬的医生,我想将来我会把他给毁了——古尔德大夫,你说,他果真是一位好医生吗?"

肯尼科特的这位劲敌,一听到这种不利于开业行医的话,吃惊得简直透不过气来。过了半晌,古尔德那种善于交际的态度才算恢复过来。他说:"肯尼科特太太,现在我就告诉你。"他朝着肯尼科特笑了一笑,仿佛示意说:尽管他为了逗人发笑,本来很可以说上几句俏皮话的,但在医务界同人争夺生意方面,他绝不会故意跟肯尼科特过不去的。"镇上有些人说,就诊断病情和开药方来说,肯尼科特大夫还是好的,总算过得去,但是让我贴耳低声跟你说——不过,谢天谢地,你可千万不要告诉他原来是我说的——要是想把左耳朵切掉,或者要使心电图仪器发生歪斜现象③,你不妨就去找他;但是碰上比较严重的病,你可万万不能请教他。"

---

① 安妮·奥克利(1860—1926),美国著名女神枪手。
② 宁录是《圣经·旧约全书》中的人物,号称"世上英雄之首""英勇的猎户"。
③ 这些都是逗人发笑的俏皮话。

除了肯尼科特以外,在座的人都不懂得这句话的真正意思,但是他们照样放声大笑。这时候,萨姆·克拉克的客厅里,花花绿绿的缎子镶板,五光十色的香槟酒,透明的薄纱窗帘,以及枝形水晶吊灯都在熠熠发光,还有一些冒充的寻欢作乐的"公爵夫人",珠围翠绕,交相辉映,整个屋子浸沉在有如柠檬色泽一般的黄澄澄的光影之中。卡萝尔看见只有乔治·埃德温·莫特和脸色苍白的道森夫妇还没有被她弄得神魂颠倒。看他们的神情,好像还在犹豫,不知道是否应该表示不敢苟同的样子来。卡萝尔就把注意力全部集中到他们身上:

"但是在座的有一个人,我可不敢跟他一起去科罗拉多呀!那就是——道森先生!我深信他最最善于琢磨别人的心理!有人给我们介绍见面的时候,他使劲地捏紧我的手,多可怕呀!"

"哈!——哈!——哈!"大伙儿都哄堂大笑,鼓掌喝彩,直乐得道森先生心里美滋滋的。一提到他,人们的议论各种各样:有人说他放高利贷,有人说他小心眼儿,也有人说他是个大财迷,还有人说他是个吝啬鬼——可从来没有人说他善于向娘儿们献殷勤!

"他心眼儿坏透了,是不是,道森太太?你是否不得不把他锁在家里!"

"哦,他可不是那样的,不过,锁起来也许比较保险一些。"道森太太马上回了话,她那苍白的脸上微微透出一丝儿红晕。

卡萝尔兴冲冲地说开了话,约莫有十五分钟光景。她说她要组织演出一部音乐喜剧,她喜欢吃咖啡冻糕,不爱吃牛排,她希望肯尼科特大夫永远不会失去跟漂亮女人献殷勤的本领,末了还说她有一双金色长筒丝袜。大家都张大嘴巴等着她再往下说。可她怎么也说不下去了。她一转身,躲到萨姆·克拉克硕大无比的身躯后面的一张椅子里,坐了下来。这时所有参加欢迎会的人们神情严肃,他们脸上的笑纹早已消失得无影无踪。他们还是站在那里,巴不得有人跟他们乐一乐,解解闷,不过看来希望不大了。

卡萝尔坐在那里细心听着。她这才发现:戈镇的人甚至连谈谈说说都不会。即使在这次欢迎会上,有最最时髦的少男少女,有喜欢打猎的乡绅们,也有令人敬重的知识分子,此外还有殷实的金融界人士,可以说全都光临了;但他们就是在开心之时还都正襟危坐,仿佛围着一具死尸在守灵一样。

久恩尼塔·海多克喋喋不休地说了许多话,说的照例都是众乡亲的生活琐事:有人谣传雷米埃·伍瑟斯庞打算买一双灰面带扣子的漆皮鞋啦,钱普·佩里患有风湿病啦,盖伊·波洛克突然得了流行性感冒啦,以及吉姆·豪兰简直疯了,竟然把他家门口的篱笆都给漆成鲑鱼那样的橙红色啦。

萨姆·克拉克一个劲儿跟卡萝尔淡汽车,可他身为东道主,并没有忘了应尽的职责。他瓮声瓮气地说话的时候,他的两道眉毛总是一忽儿向上扬起,一忽儿又倒垂下来。他突然打断了自己的话说,"应当给大家鼓鼓劲儿呀!"他似乎面有难色地问他的太太,"你认为是不是我最好还是给大家鼓鼓劲儿?"他挤到客厅的中央,大声嚷道:

"乡亲们,咱们当场表演几个精彩节目,好吗?"

"好呀,就来几个吧。"久恩尼塔·海多克尖声叫了起来。

"喂,戴夫,给我们表演一个'挪威人捉母鸡',好吗?"

"好极了,这个节目挺吸引人的,戴夫,快来一个呀。"切斯特·达沙韦也在敲边鼓。

戴夫·戴尔先生果然照办了。

所有的客人都在微微翕动自己的嘴唇,担心自己随时被点名表演节目。

"埃拉,你来呀,给我们朗诵那首《我昔日的情人》①。"萨姆就这样点名提出了要求。

埃拉·斯托博迪小姐是爱奥尼亚神庙式的银行总经理的女儿,还待字闺中。她擦擦自己干瘪瘪的手掌,满脸通红地说:"哦,那个老节目你们再也不要听了。"

"那可不见得!我们就是爱听呀!"萨姆还是坚持着说。

"今儿晚上我的嗓子可不好。"

"别扭扭捏捏啦!你快朗诵吧!"

萨姆大声地向卡萝尔作了解释,说:"论演说嘛,埃拉是我们这里的尖子,她受过专业训练。她在密尔沃基待过整整一年,专门学习唱歌、演说和戏剧艺术,此外还学过速记。"

斯托博迪小姐果然朗诵了《我昔日的情人》。随后,她又应大家的要求,朗诵了一首特别乐观的诗,内容是讲笑的价值。

另外还演出了四个节目:一个是犹太人的故事,一个是爱尔兰人的故事,一个是青少年的故事,最后纳德·希克斯模仿安东尼在恺撒大帝葬礼上的演说②,胡诌了一通。

在这一年冬天,卡萝尔不得不一再看到这些节目的演出,总计戴夫·戴尔捉母鸡七次,《我昔日的情人》九次,犹太人

---

① 此诗系苏格兰著名诗人罗伯特·彭斯(1759—1796)所作。
② 参见莎士比亚剧本《裘力斯·恺撒》。

的故事和葬礼演说各两次;可现在她却表现得很热心,因为她多么想做一个乐乐呵呵而又心地单纯的人。殊不知这些节目一演完,她跟别人一样感到大失所望,大家又陷入不久前那种麻木不仁的状态之中。

他们再也不想寻欢取乐了。他们就开始闲聊天,仿佛在自己的店里和家里一样自然。

那天晚上,本来他们就是打算男女分开的,现在果真照办了。男宾们撇下了卡萝尔,走开了,她只好跟一群娘儿们待在一起,而娘儿们总是絮絮叨叨,谈的话题离不了子女、疾病和厨子——恐怕这就是她们自己治家的行话吧。她听后很生气。她记得从前曾经梦想过自己是一个漂亮的少妇,坐在客厅里跟聪明的男人们展开舌战。这时候,她原是心灰意冷的,但一想到那些男人们躲在钢琴和留声机之间的角落里正讨论什么事儿,她就又高兴起来了。难道说他们就能够越出那些女管家的个人琐事的范围,正在讨论什么大道理和大事情吗?

她向道森太太行过屈膝礼,好像雀儿啾啾唧唧地说:"我的丈夫干吗一下子就撇下我呀!不行,我要到那边去,揪他的耳朵。"她站起身来,像少女一样地向道森太太鞠了一躬。她早已养成易动情感的脾性,所以她一个劲儿只想着自己,而且总是表现出孤芳自赏的样子来。她骄傲地、步态轻盈地走过去,坐在肯尼科特的椅子扶手上,所有在座的人仍然很注意她,称赞她。

这时,肯尼科特正在跟萨姆·克拉克、卢克·道森、锯木厂的杰克逊·埃尔德、切斯特·达沙韦、戴夫·戴尔、哈里·海多克,以及爱奥尼克银行总经理埃兹拉·斯托博迪等人闲聊天。

埃兹拉·斯托博迪好比是一个与世隔绝的人。他是一八六五年来到戈镇的。他的长相与众不同，简直跟一头凶鸟差不多——又尖又细的鹰钩鼻，海龟那样的嘴巴，两道浓密的眉毛，红葡萄酒色的两腮，银丝般的白发，此外还有一对老是瞧不起人的眼睛。在这三十年来的社会变迁中，他并不感到十分得意。遥想三十年以前，韦斯特莱克医生、朱利叶斯·弗利克鲍律师、公理会牧师梅里曼·皮迪和他本人，在当地都是说了算的头面人物。那当然是毋庸赘述的；那年月，医学、法律、宗教和金融这些学科，都是众所公认的贵族化的职业；这四个北方佬似乎不分贵贱，很讲民主，常常跟那些敢于追随他们的俄亥俄人、伊利诺伊人、瑞典人和德国人闲聊，实际上则是对他们进行统治。可是现在，韦斯特莱克已到垂暮之年，差不多很少抛头露面了。弗利克鲍的生意，八成儿被一些更活跃的年轻律师抢去了。皮迪牧师——不是现在的皮迪牧师——则早已命归西天。在这个讨厌的汽车时代，埃兹拉虽然还是乘坐他的那套灰色马拉着飞也似的奔驰的马车，不过谁都不去理会他了。戈镇就像芝加哥一样鱼龙混杂，良莠不齐。开商店的是挪威人和德国人。普普通通的商人，却成了社会领袖。卖钉子的和开银行的，都是一样崇高的职业。这些暴发户——克拉克夫妇，海多克夫妇——简直不知自爱。他们的政见是稳健而又保守，但他们又大谈特谈汽车、猎枪和只有天晓得的一些什么最新的时髦玩意儿。斯托博迪先生觉得自己跟他们格格不入。可是他的那幢带有阁楼的砖头房子，至今仍然是全镇最大的住邸。他保持着他的乡绅地位，偶尔在那些晚一辈的人们中间出现，冷眼看着他们，要他们记住，要是没有开银行的人，他们的那些俗不可耐的生意，恐怕也就做不下去了。

当卡萝尔有违常规,走过来同男人们坐在一起的时候,只听斯托博迪先生大声地跟道森先生说:"喂,卢克,你说,比金斯最初是在什么时候迁到温尼巴戈镇?是不是一八七九年?"

"不对!"道森先生很生气地说,"不,他是在一八六七年——不,我想是一八六八年——离开佛蒙特的。当时他还在离阿诺卡上游很远的鲁姆河边要求得到一块份地呢。"

"完全不是那么一回事!"斯托博迪先生大声吼道,"他最初住在蓝地县,他和他父亲都住在那里!"

("他们在争论什么呢?"卡萝尔低声在肯尼科特耳边问道。)(他回答说:"为了比金斯这个老家伙有一条英国塞特种长毛猎狗,还是有一条卢埃林种猎狗,他们整个晚上都在争论不休!")

戴夫·戴尔忽然插进来报告一个新消息:"你们可知道克拉克·比金斯两天前来过镇上吗?她买了一只热水袋——还是价钱很贵的热水袋——花了两块三毛钱买的!"

"是啊!是啊!"斯托博迪先生咆哮着说,"那还用说嘛。她简直跟她爷爷一模一样,从来也不肯攒积一个子儿的。两块二——还是两块三?——两块三毛买一只热水袋!用法兰绒裙子包上一块热砖头,还不是照样顶用吗!"

"埃拉的扁桃腺怎么样,斯托博迪先生?"切斯特·达沙韦打呵欠问道。

正当斯托博迪先生对埃拉的扁桃腺从生理和心理等方面详加分析的时候,卡萝尔在暗自思忖:"难道说他们对埃拉的扁桃腺,甚至埃拉的食道真的感到那么关注吗?真不知道我能不能叫他们谈别的,而不去谈那些东家长西家短的琐事?让我冒着挨骂的风险,试试看吧。"

"这里没有很多的劳工纠纷,是吗?斯托博迪先生?"她很天真地问。

"是呀,没有,太太,谢谢上帝。要是撇开各家雇用的女仆和农场短工不谈,劳工纠纷嘛,我们这里倒是没有的。我们跟那些干农活的外国佬打交道,麻烦可多着呢;你如果一不注意的话,那些瑞典人一下子就会变成社会党、平民党,或者鬼知道的什么狐群狗党,净跟你捣蛋。当然咯,如果他们得到了你的贷款,也许还会像个人,讲一点儿道理。那时候,我就把他们叫到银行里来,好说歹说对他们开导一番。至于说他们想变成民主党,依我看无所谓,可是我绝不允许此地有社会党。谢谢上帝,像大城市里的那种劳工纠纷,我们这里总算没有。甚至在杰克逊·埃尔德的锯木厂里,也是太平无事,是不是,杰克?"

"是的,一点儿都不错。我的那个厂里用不着那么多技术工人,首先闹事的都是那些脾气乖僻、净争工资、手艺不高的半瓶醋工匠——他们读了许多无政府主义者的著作和工会文件等等。"

"你赞成工会吗?"卡萝尔向埃尔德先生这样问道。

"我吗?我说我可不赞成。问题是这样的:我并不反对同工人们打交道的,如果他们认为自己受了什么冤屈的话——虽然天晓得如今工人还会有什么冤屈——他们对自己有那么好的工作,简直一点儿都不知足呢。可是,他们要是老老实实地来找我,就像人与人之间以理相见,那么,我是愿意同他们商量问题的。但是不管怎样,我就是不愿见到那些外面来的人,那些四处奔走的代表呀,或者标榜着任何其他好听名词的人插进来——他们都是一些骗子、寄生虫,靠无知识的工人过活!我绝不能容忍那样的人硬是把鼻子挤进来,还要来指点我怎样做生意!"

埃尔德先生越说越起劲,显得非常激昂慷慨,富于爱国热忱。"我一向赞成自由和宪法上所规定的公民权利。如果有人不喜欢我的工厂,不管是谁,他都可以拔脚开路嘛。反过来说,我要是不喜欢他,同样也得请他走路。雇主与工人的关系,就是这么一回事。说穿了,工人的问题原是极其简单的,可我就是完全弄不懂为什么要把问题都搞得那么错综复杂,来那么一套阴谋诡计呀,政府报告呀,工资表呀,以及天知道他们把劳工地位搞得乱七八糟的那些办法。其实,他们对于我所付的工资,如果满意就干,不满意干脆就走。反正雇主与工人的关系,就是这么一回事嘛!"

"那么,你对利润分成有何看法?"卡萝尔大胆地又往下问道。

埃尔德先生吼声如雷地作了回答,这时候所有在座的人都正儿八经地、节奏一致地点头赞成,如同橱窗里面陈列着的活动玩具,有逗人发笑的中国清代官吏、有法官、有鸭子、有小丑等,门一开,一阵风吹过来,这些玩具浑身上下就左右摇摆起来。

"嘿,所有这种利润分成、劳保福利,以及保险和养老金等等办法,全是胡扯。到头来还是削弱了工人的独立性,糟蹋了许多正当得来的利润。那些乳臭未干的半吊子思想家、女权论者,以及天知道还有其他好管闲事的家伙,都煞有介事似的,拼命指点厂商如何经办自己的企业;还有一些大学教授,同样也不是好东西！他们这拨人都是搞邪门歪道的、伪装了的社会党！我，身为企业家，负有不容推诿的职责，就是要打退他们对美国工业的整体所发起的每一个攻击。是的——女士阁下。我将一直坚持到底，绝不罢休！"

埃尔德先生用手绢去擦他额角上的汗珠。

戴夫·戴尔凑上去说："说得对呀，一点儿都不错。嘿，应该把那些煽动者都绞死，一个也不剩，这样也就万事大吉啦。大夫，你说是不是？"

"是的！"肯尼科特表示同意。

尽管卡萝尔不时插进来打岔，他们后来终于撇开这话题，又开始说东道西起来了。他们争论的是：这次治安法官究竟给那个酗酒的流浪汉判了十天呢还是十二天的拘役。看来这个问题一时还解决不了呢。随后，戴夫·戴尔讲述他无忧无虑地开汽车到各地旅行的奇闻：

"是呀。我开着那辆便宜的小车子出去，实在太美啦。大约在一星期以前，我开车子到新沃坦堡去。从这儿到新沃坦堡，是四十三——不是的，让我算算看：到贝尔戴尔十七英里，从贝尔戴尔到托根奎斯特是六又四分之三英里，就算是七英里吧，从那里到新沃坦堡足足有十九英里——十七加七再加十九，一共是，哦——让我算算看：十七加七是二十四，再加上十九，就算加二十吧，一共是四十四，不管怎么说，反正从这儿到新沃坦堡，大约是四十三，或四十四英里。我们动身的时间是在七点十五分左右，也许是七点二十分，因为我还得停下来给水箱灌满水，我们就一个劲儿往前开，车速始终相当稳——"

根据大家一致认可的理由，戴尔先生最后果然到达了新沃坦堡。

有一次——也是唯一的一次,他们承认跟他们格格不入的卡萝尔确实是近在他们眼前了。切斯特·达沙韦俯身走过来,气喘吁吁地说,"喂,你有没有读过《趣闻》杂志里面连载的《两人出游记》?简直太棒了!我的天哪,写这篇故事的人,准是精通全球俚语!"

其他的人也都竭力装出熟谙文学的样子来。哈里·海多克开腔说:"久恩尼塔才是内行,专看高级文学作品的,比如说,像这个萨拉·赫特威金·巴茨所写的《木兰花下》,以及《鲁莽的牧场骑士》,这些都是好书呀。可是我呢,"他自高自大地往四下里望望,似乎示意说他深信世界上再也没有别的英雄如同他此刻所陷入的处境那么尴尬,"我就是太忙了,没有多少闲工夫读书呀。"

"凡是写得太玄乎的书,我从来不读。"萨姆·克拉克说。

他们刚才扯到文学的话题,也就到此结束了。杰克逊·埃尔德花了七分钟时间,一一申述他的理由,说明他为什么觉得在明尼玛喜湖西岸钓到的梭鱼比在东岸的好——虽然纳特·希克斯在东岸也确实捉到过一条又大又肥的梭鱼。

他们就这样继续谈下去,而且谈得的确很入港。他们说话时声音单调、混浊而又有劲儿。他们摆出一副神气活现的派头来,就像高级豪华卧车吸烟室里的阔佬一般。见了他们,卡萝尔并不觉得腻味,只不过心里有点儿惶恐不安罢了。她喘着粗气暗自忖度道:"他们对我还算很客气,因为我的丈夫毕竟属于他们那拨人中的一员。请上帝佑助我,别让他们把我当作外人!"

她就像一座象牙雕像默不出声地坐在那里,脸上露着始终不变的笑容。她也懒得再去东想西想了,只是一个劲儿望着客厅和过道,好像觉得一无是处,庸俗的市侩气息简直太浓了。肯尼科特说:"室内装饰很有意思吧?我认为每个住家都应该这样陈设起来,这才算是摩登。"她显出很客气的样子来,仔细观察涂上蜡的地板,硬木楼梯,从未使用过的壁炉,炉面的瓷砖像褐色油毡一样,摆在小垫子上的精雕玻璃花瓶,以及好几个摆得满满的、上了锁的、看上去挺吓人的书柜,里面有许多描写江湖好汉的小说,和显然从未翻过的狄更斯①、吉卜林②、欧·亨利③和埃尔伯特·哈巴德④等人的全集。

她发现即便各谈各的琐事,也没法增添多少谈助了。满屋子都是迟疑不决的气氛,好像笼罩在浓雾里似的。他们一个劲儿在清嗓子,竭力想把呵欠压下去。男人们来回扯着自己的袖口,女人们则把梳子插到脑后头发里,比先前插得更牢了。

不一会儿传来了一阵嘎嘎作响的声音,每个人眼里都闪现出一种大胆的希望的光芒。有人把门推开了,飘过来一阵浓咖啡的香味,戴夫·戴尔用猫咪一般的声音很得意地说:"吃的东西来了!"他们才又开始叽叽喳喳地谈起话来,总算有点儿事做啦。他们终于摆脱了刚才那种百无聊赖的心情,毫不客气地大吃起来——吃的是面包卷夹嫩子鸡肉、槭糖浆馅儿饼,还有杂货食品店里买来的冰激凌。甚至在饱餐一顿之后,他们还是兴高采烈的。到了这个时刻,他们随时都可以

---

① 狄更斯(1812—1870),英国著名小说家。
② 吉卜林(1865—1936),英国作家、诗人。
③ 欧·亨利(1862—1910),美国短篇小说家。
④ 埃尔伯特·哈巴德(1856—1915),美国作家、新闻记者。

拍拍屁股回家,上床睡觉了!

于是,客人们纷纷穿外套,披薄纱围巾,握手告别,然后相继离去。

卡萝尔和肯尼科特步行回家。

"你喜欢他们吗?"肯尼科特问她。

"他们对我可非常和气。"

"哦,卡丽——往后你应该更加检点些,千万不要有伤大雅,谈什么金色长筒丝袜呀,还谈什么把小腿肚故意露出来给老师们看,如此等等!"随后他以更加温和的口吻说道:"不用说,你的一席话,他们听了很开心。不过,假如我是你的话,我就得多提防一些。要知道,久恩尼塔·海多克这个该死的女人心眼儿挺坏的。我可不乐意让她钻空子来编派我。"

"我原来只不过是想提提大伙儿的精神,想不到真是吃力不讨好!我是千方百计想让他们乐一乐,难道说这也做错了吗?"

"没有错!没有错!我的心肝儿呀,我可不是那个意思——在这一拨人里,唯独你一个人是生气勃勃的。我只不过是说——往后不必再谈什么大腿不大腿,以及有碍风化之类的话。这拨人的思想,个个都是很保守的。"

这时她默不作声。一想到那一伙人时刻盯住她,说不定还会品评她,讥笑她,她心里就感到很难过。

"你可千万不要难过!"肯尼科特向她恳求说。

她还是默默无语。

"我的老天爷呀,真糟糕,我怎么会说起这些话来呢。我的原意只不过是说——可是,他们都是非常喜欢你的,简直快要发疯啦。萨姆跟我说过:'你的这位小娘子,是咱们镇上从没有见过的最标致的女人。'当时他就是这样说的。至于道森太太——我实在不太清楚她究竟喜欢不喜欢你,她是个一向守口如瓶的老狐狸,不过她还是说过这样的话:'你的新媳妇既聪明又机灵,我说,听她说话,真叫我开胃呢。'"

卡萝尔本来喜欢受人恭维,并且还喜欢孤芳自赏,可是现在她心里悔恨交加,感到非常难受,听了这番恭维话反而觉得不是滋味。

"你心里千万别想不开呢!得了,你还是开开心吧!"他的两片嘴唇说出了这句话,他那焦急不安的肩膀和搂抱着她的胳臂,仿佛也都同样说出了这句话,这时候他们已站在自己家黑洞洞的门廊里了。

"要是他们认为我举止轻浮,那么,威尔,你会觉得怎么样?"

"我吗?那还用说吗?要是全世界都认为你这样不好那样不好,我才不管呢。反正你是属于我的——哦,你是——我的灵魂!"

这时,肯尼科特在她面前俨然像庞然大物,巨岩一般坚实安稳。她在黑暗中摸到了他的袖子,紧紧地攥住它,大声嚷道:"我很高兴!你需要我,那真是太好了!我要是举止轻浮的话,你一定要多多包涵。我心中只有你一个人,此外什么都没有了。"

肯尼科特把她举了起来,抱到了屋子里;她的两条胳臂搂住他的脖子,把大街全给忘掉了。

第 五 章

一

"让我们溜出去一整天,打猎去吧。我要带你到四处去看看乡下景色,"肯尼科特在吃早饭的时候对她这样说,"我本想开汽车去的,要让你看看,自从我给它装上一个新活塞以后,那辆车子跑起来该有多快。但是这一回,我们不妨坐马车,可以漫山遍野溜达去。现在草原上沙鸡恐怕也所剩无几了,不过有时候碰巧也许还会撞见两三只吧。"

他二话没说,就忙着拾掇狩猎用具,先把皮靴拿出来,抖了一番,再往高勒靴筒里看看有没有漏洞;随后就兴致勃勃地清点猎枪子弹,又向她介绍了无烟火药的特性。接着,他把那支无扳机的新猎枪从深褐色厚皮套子里取出来,让她乜着眼看看双铳枪管里面有多么光亮耀眼,一点儿锈都没有。

卡萝尔对于打猎、露营衣装和钓鱼这一类东西,本来都不太熟悉,但是,她在肯尼科特的兴趣中发现了一些富于独创性并且令人感到愉快的东西。她仔细端详着那个光滑的枪杆子,和它那雕花的硬橡皮枪托。至于那些子弹的铜质弹头、光滑的绿色弹壳和填药塞上的难以辨认的字体,在她手里的感觉是又凉又重,别有一种快感。

肯尼科特上身穿着一件褐色帆布猎装,贴身还有好几个大口袋,下身是一条灯芯绒条纹裤子,鼓鼓地打着褶,脚上穿着一双面子已被磨光的皮鞋,头上则戴着一顶稻草人毡帽。他觉得这样的一身打扮,会使自己显得更有威武气概。他们橐橐橐地迈着大步走到雇来的一辆轻便马车跟前,把猎具箱和午餐盒放在车背后,就登上了马车,他们俩彼此大喊大叫:"今天天气实在太好啦!"

肯尼科特向杰克逊·埃尔德借了一头红白相间的英国塞特种长毛猎狗,那头猎狗自鸣得意地一个劲儿摇摆它的那条在阳光下闪闪发光的银白色尾巴。马车一开动,猎狗大声吠叫起来,冲着那几套马笼头乱蹦乱跳,肯尼科特只好也让它上了马车,它到了车上之后,先是用鼻子嗅了一遍卡萝尔的膝盖,接着伸出头去,好像在嘲笑沿途农家的杂种狗。

那两套灰色马奔跑在硬邦邦的土道上,不断地发出一阵阵"嗒——嗒——嗒——嗒!嗒——嗒——嗒——嗒!"的悦耳马蹄声。这时天色还早,空气清新,耳畔隐隐约约能听到轻微的风啸声,白花花的晨霜正在一簇簇秋麒麟草丛里闪闪发亮。当朝霞给大地上的残茎枯株覆盖上一块金黄色地毯的时候,他们已从大路上拐弯,通过一家农户的栅栏门,来到了田埂上,马车就在坑坑洼洼的地面上缓缓地颠簸行驶。到了绵延起伏的草原的下坡处,他们连乡间的羊肠小道都看不见了。这时天气很暖和,四下里静悄悄的。小虫儿在干枯的麦梗丛里发出颤音,亮闪闪的小蝇子不时在马车上空掠过,一阵阵似乎心满意足的嗡嗡声,也就随风飘去了。还有几只乌鸦,正在空中盘旋飞翔,不时发出哇哇哇的叫声,好像在相互酬对似的。

猎狗已经放出去了。它兴奋得要命,欢蹦乱跳了一阵以后,便固定在一块地里奔来奔去,伸长鼻子贴着地面,东闻闻西嗅嗅,来回搜索着。

"这座农场是彼得·拉斯塔德的,他跟我说过上星期他在他家以西四十英里的地方看到一小群草原沙鸡。大概我们好歹也会逮到一些的。"肯尼科特乐呵呵地说着,禁不住哈哈大笑起来。

卡萝尔几乎屏住呼吸,两眼盯着那头猎狗,每当它好像要站住的时候,她心里就突突地扑腾起来。尽管她心里压根儿不愿杀害飞禽,可是她的确很想让自己也进入肯尼科特的这个小天地。

猎狗突然站住,还高高地举起了它的前爪。

"天哪!它嗅到了气味!一块走!"肯尼科特尖声喊道。他一骨碌跳下车,先把缰绳拴在马鞭插口上,然后猛地一转身,把卡萝尔放到地上,随手抓起猎枪,嘎啦一声两发子弹上了膛,迈开大步朝着那只纹丝不动地僵住的猎狗走去,卡萝尔紧跟在他后面。那只猎狗肚皮紧贴着地上的残茬,一个劲儿晃着尾巴,只顾往前头爬去。卡萝尔心里很紧张。她以为成群成群的大鸟一下子就要飞起来了,所以老是睁大眼睛凝视前方。他们俩跟着猎狗走了约莫有四分之一英里光景,有时曲里拐弯,有时一溜小跑,翻过了两座小山岗后,又从一片野荆丛生的低洼地踢踏而过,末了再从一道带刺铁丝网栅栏爬了过去。路面凹凸不平,到处都是土坷垃,残茬枯株上有很多扎人的刺,还有什么乱草、刺蓟,以及苜蓿的残梗枯茎,也经常要绊脚的。平日里卡萝尔走惯了人行道,这会儿不用说就会感到寸步难行。她拖着沉重的脚步,踉踉跄跄地往前走去。

她忽然听见肯尼科特舒了一口气说:"看!"三只大灰鸟正从残枝上惊飞起来,都是滚圆和胖乎乎的,看上去很像是硕大无比的野蜂。肯尼科特正乜着眼在瞄准,扳着枪机。她很着急,这会儿他为什么还不开枪呢?眼看着大灰鸟就要跑掉了!蓦然间砰的一响,接着又是一响,两只大灰鸟在空中翻个筋斗,一下子掉在地上。

肯尼科特把那两只大灰鸟拿来给她看,她似乎并没有看到有流血的迹象。眼前是两堆羽毛,那么柔软,又没有任何伤痕,简直看不到死亡的影子。她眼看着她的丈夫——那位征服者——把两只大灰鸟塞进贴身的大口袋里。随后,她步履蹒跚地跟着他一起回到了马车上。

那天上午,他们再也没有发现其他的草原沙鸡。

正午时分,他们坐车来到了一座农场,那是卡萝尔破题儿头一遭访问的仅有一户人家的村子。眼前是一座白房子,前面没有门廊,但房子后面却有一道相当肮脏的供人出入的矮门;还有一座深红色谷仓,谷仓四周涂上了白色;一座用上了釉的砖块砌成的、贮藏青饲料的筒仓;一个旧时的马车棚,如今改作一辆"福特"车的停车房;一道没有上过油漆的牛棚;一排养鸡房;一个猪圈;一个玉米仓库;一个粮仓,此外还有一台大风车,顶上竖起一座镀锌铁塔。院子里只是一堆堆黄土,连一草一木都没有,一些生了锈的犁头和一些早已弃置不用的播种机的轮子,也是随地乱放着。猪圈里到处是污泥,好像熔岩一般,经过乱踩乱踏以后,已凝成硬块了。白房子里,每扇门上都沾满污垢,由于风吹雨淋,墙角和屋檐也都添上了一层铁锈色。这时候,有一个蓬头垢面的孩子,正从厨房窗口往外瞅着他们。但是在谷仓的那一边,可以望见一片鲜红的天竺葵;草原上微风吹来,格外暖人心窝;风车架上,亮闪闪的金属叶片在旋转时发出一种快活的嗡嗡声;有一匹马在咴咴嘶鸣,一只雄鸡在引吭高歌,好几只燕子从牛棚里飞进飞出。

这时候,一个满头淡黄色鬈发、长得又小又瘦的女人,从屋子里急匆匆走了出来。她说话时鼻音很重,并且说的是一种瑞典方言,不像英语那么单调,而像朗诵抒情诗一般,如怨如诉:

"彼得倒是说过你马上就要笃[到]①这儿来打猎了,医生。我的天哪,现在你果然就笃[到]了,这就太好了。只[这]位就是新娘子吧?哦!——坐[昨]晚上沃[我]们还念叨过,沃[我]们希望什嘛[么]时候能见上她一面。啊,我的天哪!真是挪[那]么漂亮的小姐呀!"拉斯塔德太太满面笑容表示欢迎说,"哦!哦!沃[我]希望你西[喜]欢这个地方!医生,你们就在我只[这]儿吃饭,好不好?"

"哦,那就不必了。不过,你要是能给我们一杯牛奶喝,就行了。"肯尼科特好像屈尊俯就地说。

"哦,那还用苏[说]!那还用苏[说]!你们在只[这]里灯[等]一会儿,沃[我]上纽[牛]奶房取去!"她三脚两步赶到风车旁边一间小不点儿的红房子,取回来一罐牛奶,卡萝尔就把牛奶倒进热水瓶里。

在他们坐上马车开走的时候,卡萝尔赞不绝口地说:"这个女主人,真是太和气了。而且她是那么喜欢你。你简直成了庄园主啦。"

---

① 此括号系译者所加。

"不敢,不敢!"肯尼科特似乎很得意地说,"不过话又说回来,他们有事总要来找我商量的。这些斯堪的纳维亚庄稼人,都是呱呱叫的人。他们的生活,也是蒸蒸日上。赫尔加·拉斯塔德直至今日在美国也还住不惯,但她的孩子们在这里,说不定将来会当上医生、律师、州长,做他们想要做的任何事情。"

"我心里正在纳闷——"卡萝尔又回想到昨天晚上的那种厌世情绪,说,"我心里一直在想:这些庄稼人说不定比我们更了不起?他们是那样单纯,那样吃苦耐劳。大城市就是靠着他们才得以生存下去。我们这些城里人都是——寄生虫,可我们却自以为比他们优越。昨天晚上,我听见海多克先生在谈什么'乡巴佬'。显然,他瞧不起庄稼人,因为,论社会地位,他们还比不上卖针线纽扣的小商小贩。"

"寄生虫?我们?要是没有大城市,那叫庄稼人该怎么办呢?谁借钱给他们?谁——哦,当然咯,是我们向他们提供所有一切的东西!"

"哦,你有没有发觉,有些庄稼人认为他们为大城市服务付出的代价太大了?"

"哦,当然咯,如同任何其他的阶级一样,庄稼人中间也有一些头脑发热的怪人。如果依了这些乡巴佬的说法,你就会认为:庄稼人应当去治理整个国家,和几乎所有一切的事情——要是他们的主张得到了实现,恐怕他们就会把皮靴上沾满了大粪的乡巴佬通通塞进美国国会里去了——再说,他们还会跑来通知我说,我已是领薪水的雇员,你不得擅自规定诊金!那样就叫你称心如意了,是不是?"

"不过,我认为那又有什么不可以呢?"

"哦,那可怎么行呢?!那一拨人——指点我——哦,谢天谢地,我们不要再争辩下去了。所有这些问题如果在会上大家讨论,倒也未可厚非,可是——这会儿我们正在打猎,别谈这些,好不好?"

"这些我可知道。但是,要想了解一切的愿望——也许比到处漫游的愿望使人受到更大的痛苦。我只不过是想知道——"

她深信,人世间可以想望的一切,现在她自己都有了。而且在每次自我谴责之后,她照例又得结结巴巴地说:"我只不过是想知道——"

他们在草原上一块沼泽地附近吃着夹肉面包卷。眼前是探出水面的长长的草茎,长满了青苔的沼泽,红翅膀的乌鸫,以及看上去好像是金黄色、绿色光斑的一层浮渣。肯尼科特点燃了烟斗抽着,卡萝尔身子微微后倾,靠着车座歇息,一边默默地仰望蓝空。此刻她的心境是那样淡泊宁静,仿佛随着悠悠浮云,魂飞九天。

随后他们又驾车上路了。响午时分,阳光格外温煦,真是催人欲睡,但他们却不时被"嘚嘚嘚"的马蹄声惊醒。半路上,他们停了车,到小树林边沿四处寻觅鹧鸪的踪迹。那个树林子虽然很小,但显得非常明净亮堂并且招人喜爱;那里有一个小湖,湖的四周都是白桦树和白杨树,树干一色碧绿,枝叶一闪一闪好像泛着银光。湖底沉积着沙土,在这个浩瀚无边、燥热不堪的大草原上,它显得格外青翠欲滴,沁人心脾。

后来肯尼科特又打下一只肥胖的红色松鼠。薄暮时分,不知怎的他心情突然激动起来,朝着一群野鸭子开了一枪。那些野鸭子一惊之下,从高空旋风似的俯冲下来,掠过湖面,一眨眼间便消失得无影无踪了。

直到夕阳西下时,他们才动身回家去。路上的麦秆堆得高高的,简直像小山头一般,一堆堆小麦,望过去仿佛蜂窝似的,忽闪忽闪地发出耀眼的玫瑰色和金黄色的光芒。甚至连草皮带绿的残茬地面,也在闪闪发亮。当天边一大抹深红色的落日斜晖渐渐暗下来的时候,收割过的田野里,呈现出一片色彩斑斓的秋日景色。抬头一望,马车前面黑魆魆的道路,已由淡紫色逐渐溶化成一片灰蒙蒙了。牛群排成长长的行列,正在进入农场的栅门。这时候万籁俱寂,苍茫的暮霭已经笼罩着大地。

卡萝尔亲眼看到了她在大街从未见到过的气象万千的景色。

二

肯尼科特夫妇在还没有雇用女仆以前,每天都到格雷太太兼供膳食的公寓去吃午饭和晚饭(时间是晚上六点钟)。

伊莱莎·格雷太太,是专卖干草兼教堂执事的格雷先生的遗孀,尖鼻子,喜欢傻笑,铁灰色的头发紧贴着头皮,好像是一块脏透了的手绢包住她的脑袋一样。可是她这个女人,一天到晚乐呵呵,是人们始料不及的。她的那间餐室,以及铺在长长的松木桌子上的那块薄台布,尽管显得十分简陋,但仍不失素雅大方。

在座进餐的客人们,都是面无笑容的饕餮之徒,瞧他们那副狼吞虎咽的吃相,简直就像在槽边吃草料的驴马一般。卡萝尔忽然注意到其中的一副似曾相识的尊容:雷蒙德·P.伍瑟斯庞先生戴着眼镜的苍白的长脸孔。他那灰沙色头发从额前向后梳拢得又直又高,真是惹人注目。雷蒙德一名"雷米埃",是个单身汉,时装公司皮鞋部经理,此外还兼管一部分推销工作。

"将来你会很喜欢戈镇的,肯尼科特太太。"雷米埃带着祈求般的口吻说。他的眼珠子活脱脱像数九腊月一只野狗的眼珠子正盯着主人,在等待主人准许入屋呢。他热情迸发,把一盘甜杏子羹递给她。"此地有很多既聪明又有文化教养的人。威尔克斯太太是'基督教科学派'的忠实读者,一位非常聪明的女人,我本人虽然不是'基督教科学派'的信徒,事实上我却参加了圣公会唱诗班。至于中学里的舍温小姐——她是一位非常惹人喜爱的、聪明伶俐的姑娘——昨天她还上我们店里来买东西,我拿出一双栗壳色高帮松紧鞋给她试穿,我说,这才真是一大乐事。"

"把黄油递给我,卡丽。"肯尼科特插进来说。她故意不睬他,却一个劲儿鼓励雷米埃说:

"你们这里有没有业余戏剧之类的演出活动?"

"哦,有的!本镇人才济济嘛。'派西亚斯骑士团'去年演出过化装成黑人的滑稽演唱节目,那可精彩极了。"

"你们有这么大的兴趣,真是太好啦。"

"哦,你真的有这样的想法吗?许多人都撺掇我再搞一些演出活动。我经常跟他们说,本镇的艺术天才多得很哪。昨儿我还同哈里·海多克说:他最好还是念一些诗,像朗费罗①诗歌作品之类,或者索性参加管乐队——至于我自己嘛,

---

① 朗费罗(1807—1882),美国著名诗人、教授。

那当然以吹短号为最大乐事。我们的那个管乐队队长德尔·斯纳弗林,是一位非常出色的音乐家,我常常说他应当放下他的理发刀,去当职业音乐家,我敢说,他可以到明尼阿波利斯、纽约,或者任何其他地方去吹单簧管,但是——但是,我就是说服不了哈里——我听说昨天你和丈夫一块儿打猎去了。嘿,咱们这个地方四郊可美了,是不是?再说,你有没有访友拜客过?站柜台的生活,总不能像替人治病的医生那么痛快。做医生的,一看到病人那么信赖你,想必感到非常愉快的。"

"哼!分明是我自个儿信赖他们呀。但愿他们肯付诊金,也就算不赖呢。"肯尼科特发牢骚说,然后又转过身来,对卡萝尔低声耳语,好像是说什么挖苦话,"瞧他那副婆婆妈妈的德行。"

可是雷米埃两眼水汪汪地直瞅着她。她继续给他鼓气说:"那么,你很喜欢念诗?"

"是呀,很喜欢,不过说实话,我可没有时间读书,店里的生意一天到晚都忙不过来,但是尽管如此,去年冬天,在'派西亚斯姐妹会'主办的一次联谊会上,就有一位朗诵过诗歌作品,精彩极了。"

卡萝尔耳畔忽然听到餐桌另一头的那位旅行推销员咕哝着在发牢骚,肯尼科特突然用胳膊肘捅了她一下,似乎也表示了同样的情绪。但卡萝尔依然若无其事地继续问道:

"你常常去看戏吗,伍瑟斯庞先生?"

他像三月里蓝幽幽的月亮对她粲然一笑,接着叹了一口气说:"不常看,但是我可喜欢看电影。我是一个地地道道的电影迷。谈到读书嘛,麻烦的地方是在这里,那些书是完全靠不住的,不像电影那样有聪明的审查员把关,所以来得保险。

你走进图书馆去借一本书的时候,你对那本书的内容一点儿都不知道,简直完全在浪费时间。我所爱看的书,是那种有益健康的、真正使人进步的故事书,有时候——哦,有一次我开始读一部小说,那是一个名叫巴尔扎克的家伙写的,至于这位作家,从前我也是听人说起过的。这部小说描写一个女人不跟她丈夫住在一起,依我看,这样的女人根本不配做他的妻子呢。可是这部小说却把所有细节讲得详尽极了,简直令人恶心!再说那个英译本,文字也实在太差劲。经我向图书馆提出意见以后,他们就把那本书从架子上抽掉了。我这么做绝不是什么心眼太狭隘了,但我首先必须声明:像这样长篇累牍、生拉硬扯地讲伤风败俗的事情,我可看不出有什么多大意义!既然生活本身到处充满了诱惑,文学作品里唯一需要的,就是描写一些非常纯洁的、使人向上的东西。"

"那么,巴尔扎克那部小说的书名叫什么?我上哪儿能找到呢?"那个旅行推销员咯咯地傻笑着问。

雷米埃没有理睬他。"但是电影就不同了,大部分镜头都很干净,而且充满幽默,哦,幽默感嘛,那是每一个人必不可少的,最最重要的气质,不知你对此有何看法?"

"我不知道。说实话,我可没有那么多的幽默感。"卡萝尔说。

雷米埃用手指在她面前点了点说:"得了,得了,你用不着太客气啦。我相信我们大家眼睛都是雪亮的:你身上从头到脚都是幽默感。退一步说,肯尼科特大夫也绝对不会娶一个毫无幽默感的女人做太太的。我们大伙儿都知道他很喜欢说说笑笑的!"

"是呀,一点儿不错。我是一个爱说笑话的人。得了,卡丽,我们走吧。"肯尼科特嘟囔着说。

雷米埃又带着恳求的口气问:"那你最感兴趣的是哪一种艺术,肯尼科特太太?"

"哦——"刚才正好听到那位旅行推销员喃喃自语说什么"牙科医术",卡萝尔便脱口而出:"建筑艺术。"

"建筑嘛,实在是一种了不起的艺术。我常常说,从前,海多克和西蒙斯在修建他们那个时装公司大楼新的门脸的时候,那位老先生(你知道,那就是哈里的父亲,'D. H.')特地跑来征求我的意见,他本来不想装修门脸的,我告诉他说,安装现代化的照明设备和预先留出大型商品陈列展览部位,固然都很好,但是不注意到建筑艺术,那也是要不得的,他满脸笑容地说我的话也许很有道理,于是他就叫他们给门脸加上一道飞檐。"

"那是马口铁的哟!"那位旅行推销员插话说。

雷米埃立刻露出了牙齿,活像一只好斗的老鼠。"嘿,是马口铁的又怎么样呢?那可怨不得我啦。我明明告诉哈里老先生要用磨光了的花岗石的。你这个家伙懂个屁!"

"我们走吧,卡萝尔,我们快走吧!"肯尼科特催着她。

雷米埃在门厅里守候着他们,悄悄地告诉卡萝尔对那个旅行推销员的鲁莽无礼态度千万不要见怪——他这个窝囊废,只会跑江湖。

肯尼科特咯咯地笑着说:"得了,小娘子,你的意思到底怎么样?难道说你是喜欢像雷米埃那样懂得艺术的人,而不喜欢像萨姆·克拉克和我这些笨蛋,是不是?"

"我的老天哪!让我们回家吧,打打纸牌,笑笑闹闹,糊里糊涂,然后爬到床上倒头就睡,连梦也不做,一觉睡到大天亮。做一个名副其实的好女公民,也挺不错啊!"

三

《戈镇无畏周报》刊出了下面的两则消息:

本镇许多最著名的人士于星期二晚,在萨姆·克拉克夫妇富丽堂皇的新居聚会,欢迎名医威尔·肯尼科特大夫的秀丽的新娘,诚为本季度戈镇最佳要闻之一。这位新娘系圣保罗名媛出身,原名卡萝尔·米尔福德小姐,所有与会者无不为她的魅力所倾倒。会上照例举行各种文娱表演,宾主之间开怀畅谈,气氛甚欢。最后并有精美茶点招待,宾主们尽欢而散。另悉此次莅会者中,尚有肯尼科特老夫人、埃尔德夫人等——

威尔·肯尼科特医生,近年来一直为本镇最负盛名、医术高超的主治内外科的医生,本周偕其新婚夫人自科罗拉多州蜜月旅行归来,本镇各界人士均感惊喜交集。今悉新娘原名卡萝尔·米尔福德小姐,按米尔福德氏系圣保罗名门望族,在明尼阿波利斯和曼卡托亦甚有名。肯尼科特太太多才多艺,出类拔萃,不仅有惊人之美貌,而且以优异成绩毕业于东部某校。卡萝尔小姐毕业后曾在圣保罗公共图书馆担任重要职务历时一年,肯尼科特医生即在该城与她邂逅相识。现在戈镇竭诚欢迎并预祝她在这个充满活力的双湖之城①生活快乐幸福,前程似

---

① 此处即指戈镇。

锦。目前肯尼科特夫妇暂住波普拉街旧居,此处向来由肯尼科特之母代为照管,现在老太太已返回拉克—基—迈特老家,因此,许多朋友深为惋惜,异常怀念,至盼她不久重返此间,再与大家聚首叙旧。

四

卡萝尔早就知道,要想实现她自己冥思苦索过的那些"改革",少不了要有一个起点。婚后头三四个月里,她心里似乎有些乱糟糟的,老是踏实不下来,当然,这并不是说她不知道自己应当有一个明确的目标,而是因为她完全陶醉在甜蜜的小家庭生活里了。

她破题儿头一遭当上了主妇,心中异常得意,家中样样东西,她几乎都很喜爱,——从椅子背吱嘎作响的缎面安乐椅起,一直到热水锅炉的铜龙头,因为时常要擦得晶光锃亮,久而久之,卡萝尔对它竟然也产生了好感。

她找到了一个女用人,那就是来自斯堪的亚·克罗辛的脸上经常笑嘻嘻的胖姑娘碧雅·索伦森。碧雅既想当好用人,又想跟主人交知心朋友,不免叫人觉得非常滑稽可笑。她们主仆二人在一起哈哈大笑,有时因为炉子通风不灵,有时却是因为鱼儿一下子从手里滑到了平锅里,如此而已。

卡萝尔如今很像一个小女孩扮成一个身上穿着曳地长裙的老奶奶模样儿,昂首阔步地上街买东西,一路上不断高声跟别的女人们打招呼。不管熟识不熟识,她们每个人都向她点头哈腰,这么一来她自然觉得她们确实需要她。而她们对她也算是"不见外"了。在圣保罗各大商店里,她只不过是一名普通顾客,净找店员的麻烦罢了。在戈镇就不一样了——她是肯尼科特医生的太太。她喜欢吃柚子,她的动人风度等,不仅大家都知道,而且还念念不忘,时常当作谈助……虽然对这些事情,他们从来也不迁就迎合。

逛商店买东西,耳畔听到人家兴致勃勃地在闲聊天,实在也是够舒心的事。有两三次,就在欢迎她的社交场合上,她觉得那些商人说话时瓮声瓮气的样子简直腻味透顶,可这会儿,她却一反常态,只要真的有了话题可谈——柠檬呀、透明薄纱呀,或者地板蜡之类的时候,那些商人也就成了她推心置腹的挚友。不久前她跟那个喜欢插科打诨的杂货店老板戴夫·戴尔煞有介事地吵过一架,简直叫人还真假难分呢。她故意说他在卖杂志和糖果点心时诳了她,多赚了几文钱,戴夫·戴尔则一口咬定,说她是双城①派来的密探。他一直躲在柜台后不露面,等到她气得直跺脚的时候,这才走出来,哭哭啼啼地说:"说句老实话,今天我可没有做过什么缺德的事儿——天晓得,我一辈子都没坑过人呀。"

再说,对大街的最初印象,现如今她再也记不起来了,而且对大街上不堪入目的种种丑态,也不再深感失望了。在她第二次上街买过东西以后,原先的一切仿佛都变了样。既然她从来没有跨过明尼玛喜旅馆大门,她对那所旅馆大楼也就视而不见了。克拉克的五金商店,戴尔的杂货店,奥利·詹森、弗雷德里克·卢德尔梅耶和豪兰·古尔德等人的食品杂货店,还有那些肉铺子,那家专售针线纽扣、缎带的小杂货

---

① 明尼苏达州首府明尼阿波利斯与圣保罗之别称。两大城市遥遥相对,中间隔着密西西比河。此处指圣保罗城。

103

铺——这些店铺在她眼里好像一下子都扩大了,竟使所有其他房子相形见绌。她一走进卢德尔梅耶先生的店铺,那位掌柜就呼哧呼哧地说:"早上好,肯尼科特太太。哦,京[今]天天气可好啊。"这时候,她并没有注意到售货架上沾满尘埃,也没有觉察到女店员如何笨手笨脚;甚至连她头一次逛大街时碰上这位掌柜,两人相对无言的尴尬场面,她都忘得一干二净了。

卡萝尔要买的各种食品连一半都没有买到。尽管这样,她对上街买东西反而更感兴趣了。当她好不容易在达尔·奥利森肉铺买到牛犊腰子的时候,她的高兴劲儿简直没法提了。她喜形于色,叽里咕噜地讲了一大堆话,对那个身强力壮、精明透顶的肉铺子老板达尔先生赞不绝口。

如今她对恬静闲适的乡镇生活十分欣赏。她喜欢那些老人、农夫和退伍军人们,他们有时就像印第安人歇息时一样蹲在人行道边石上闲聊,漫不经心地把唾沫星子吐到大街上。

她还在儿童身上发现了美。

从前她总觉得做爸爸妈妈的说喜欢自己的儿女不免言过其实。但是她在图书馆工作期间,却发现儿童也是有个性的,是具有他们自己的权利和富有幽默感的国家公民。那时候,她在孩子们身上并没有花费很多时间,但是如今人们惊奇地看到她一本正经地问贝西·克拉克她的那个娃娃关节炎好了没有,并且跟奥斯卡·马丁森一样认为诱捕麝香鼠一定是非常好玩的。

有时她心中忽然掠过一个闪念:"要是我自己也有个小孩该有多好。我确实很想有一个。啊,是个小不点儿的——不!不!现在还不行!我有那么多的事情要做。我活儿干得太累了,到现在还没有好好休息过一会儿呢。"

这时她闲坐在家里,耳畔不断传来村子里的喧闹声——在这个世界上,这种喧闹声哪儿都能听得到,无论是在丛林里还是在大草原上;这些声音虽然平淡无奇,然而却充满了魅力——农家看门狗汪汪的吠声;一群小鸡吃饱后发出咯咯的叫声;孩子们的打闹声;一个男人在噗哒噗哒地拍打地毯声;白杨树之间的瑟瑟风声;一只晚蝉吱吱吱的鸣声;人行道上来去匆匆的脚步声;厨房里碧雅和食品店送货员之间的谈笑声;叮叮当当的铁砧声——此外还有隐隐约约从远处传来的钢琴声。

每星期至少有两次,她要跟肯尼科特一起坐车下乡去,有时在落日映照的湖上打野鸭子,有时去探望病人,病人都尊重她,把她看成本地乡绅的夫人一般,并且还感谢她给他们送去了玩具和杂志。晚上,她常常跟丈夫一起去看电影,总是热情地向其他一对对夫妇握手寒暄;要是天气还不太冷,他们就闲坐在门廊里,同乘汽车路过门口的老乡们,或者正在耙掉落叶的隔壁邻居高声说话。在夕阳西照下,空中尘雾变成一片金黄色;街上到处散发着正在燃烧的树叶的清香味儿。

五

可是她模模糊糊地感到,她此时此刻巴不得能有一个知心朋友,以便将她心中的积愫尽情倾吐。

有一天下午,卡萝尔百无聊赖,正在做针线活儿,心中很不耐烦,很想有人打电话来。这时,女仆碧雅进来通报说,维达·舍温小姐来访。

维达·舍温小姐的两只碧蓝眼睛虽然忽闪忽闪,显得很有神,但如果你再仔细端详一番,你就会发觉她的脸上已有一些细细的皱纹,不像当年那样光彩照人,然而,也并不见得面色太黄。你会看到她的胸脯扁平,手指因为一年到头拿针,拿粉笔,拿钢笔变粗了;她的宽大外套和素淡的裙子用的是普通料子,一点儿都不讲究;她的帽子几乎戴到后脑勺去了,使她干巴巴的前额暴露无遗。可是,你怎么也没法定神仔细打量她一会儿。得了吧,你干脆就死了心!她那闪电一般的快动作,简直叫人看不清她的真面目。她好像一只金花鼠①那样鲜蹦活跳的,仿佛有着使不完的精力。她的手指头犹如鸟儿翅膀,来回拍动着;她向人们表示同情的话儿,就像泉水似的一股股喷出来;她急于要挨近听她说话的人,就常常坐到椅子边沿上,真是恨不得把她的热情和乐观想法一股脑儿都给送过去。

她一冲进屋里,就口若悬河:"我们做老师的一直还没有来看望你,好像我们对你怠慢了。实际上,我们觉得在你还没有安顿下来以前,最好不要来惊扰你。我就是维达·舍温,现在中学里教法文、英文和其他几门功课。"

"我一直巴望能和老师们认识认识。你晓得,我过去管理过图书馆——"

"哦,你用不着告诉我啦。关于你的情况,我通通都知道了!这个村子里的人净是喜欢闲扯淡,什么东家长呀,西家短呀,我知道的事情可多着呢。我们这里简直太需要你啦。我们这里是一个可爱的忠于桑梓的市镇。(忠于桑梓,难道不

---

① 北美产的一种小松鼠。

就是天底下最好的东西吗?)可惜,它是一块未经雕琢的钻石,我们要你来把它雕琢磨光,我们可都是力不胜任啊——"她说话太快,上气不接下气,只好歇歇,用微笑结束她的恭维话。

"要是我能够帮助你——要是我贴耳低声对你说,我认为戈镇稍微有点儿丑,那我是不是就算犯了一种不可饶恕的罪愆呢?"

"不用说,它就是丑嘛。真是丑死了!不过你刚才这些话,在戈镇也许就只能对我一个人说。(说不定还可以跟盖伊·波洛克律师说吧,你见过他没有?哦,你一定要见见他!他这个人真是可爱得很,有知识,有修养,人又很随和。)可是,说到戈镇丑这一点,我倒是满不在乎。我想,将来会改变的。正是戈镇居民的这种精神,给了我希望。这是一种健全的、有益的,但又是胆怯的精神,需要像你这样生龙活虎的人物来大喊一声,好让它苏醒过来。今后我就会硬逼着你去干呀!"

"好极了。那么要我干什么?我本来心里一直在纳闷,我们能不能请一位出色的规划设计师到这里来做一次演讲。"

"是呀,不过,我认为还是不妨利用现有的机构,你看好不好?也许你会觉得这样做法太缓慢,但我心里一直在琢磨——我们要是能请你到主日学校①去教教书,那就太好了。"

---

① 主日学校:基督教(新教)仿照学校方式在星期日专为少年儿童开班授课,内容以宣扬教义为主。一七八〇年英国人雷克斯首创,后在英美等国教会逐渐推广。因基督教称"星期日为主日",故名。

卡萝尔脸上立时显出无可奈何的神情,好像刚发现自己是在很亲热地跟一个完全不认识的陌生人点头一样。"哦,是的。不过,我恐怕在这方面也许不能胜任,我的宗教观念是很模糊的。"

"这我也知道。我的宗教观念还不是和你一样嘛。我对说教那一套压根儿不感兴趣。不过,我坚信:上帝是天父,人们都是兄弟,而耶稣则是领袖。你当然也是这样相信的。"

卡萝尔这时脸上露出令人可敬的神色,并且想到要用茶点来招待客人。

"你在主日学校只要教这些就够了。关键在于发挥个人的作用。再说,我们这儿还有图书馆董事会。你在这一方面,真可以说,英雄大有用武之地。当然,我们妇女还有一个读书会——撒纳托普西斯读书会①。"

"她们在那里研究些什么问题呢?还是仅仅宣读从百科全书里东抄西凑起来的论文报告?"

舍温小姐耸耸肩膀:"也许就是那样吧。不过,她们的态度是非常认真的。你在那里要是提出了自己比较新鲜的看法,我想一定会引起她们共鸣的。妇女读书会的确做了不少有益于社会的工作,比方说,她们曾经督促戈镇居民栽上了那么多的树木,并且还开办了一个农妇休息室。此外,她们对于培养高雅风尚和文化教养的确是非常注意的。可以说,像这样的团体确实是独一无二的。"

卡萝尔听了大失所望,显然她还是莫名其妙。她只好很

---

① 原文为"Thanatopsis",系希腊文,大意是"对于死的理解或思考"。为适应我国读者习惯,意译为妇女读书会,以下均同。

客气地说："让我好好考虑一下吧。我得先到各处看一看再说。"

舍温小姐一个箭步冲到她面前，抚摸她的头发，两眼凝视着她："哦，亲爱的，你心里想的，不说我也知道。新婚宴尔的日子，当然是甜甜蜜蜜的，我也是把它看成是神圣不可侵犯的。家庭、孩子，都要你照料，全都靠你过活，瞧他们小小脸蛋儿上向你露出一丝丝多么可爱的笑容呀。此外，还有厨房里炉灶和——"这时舍温小姐侧转身去，背着卡萝尔，心情激动地用手直拍着她的椅子软垫，还是像刚才那样滔滔不绝地说下去：

"我的意思是说，等到你可以帮忙的时候，你可一定要帮助我们呀……我想你大概会认为我很守旧吧。是的，我可守旧得很！因为我们有那么多的东西要加以保护哪。美国人的理想都是无价之宝。还有坚毅不屈的素质、民主制度和进取精神，都得要保住。在棕榈滩①也许不是这样。但是，谢天谢地，我们戈镇是不讲社会等级那一套的。我自个儿身上只有一个优点，那就是，对我们本国、本州和本镇美国人的才智、气魄始终具有坚定的信心。我的这种信心是那么强烈，有时多少还能给予那些傲慢的'小康之家'②一些影响。我一个劲儿激励他们，要他们相信理想，是呀，也要他们相信他们自己。可是我毕竟教书教惯了，难免墨守成规。很需要像你这样血气方刚的年轻人来给我击一猛掌。告诉我，最近你在读什么书？"

---

① 棕榈滩，美国佛罗里达州东南部一市镇，为一避寒胜地。
② 原文指当时有一万块美金收入的人，在戈镇已是相当富裕的阶层。

"我在重读《西伦·威尔造孽记》①，你知道这本书吗？"

"哦，我知道。书写得很巧妙，就是很难读。那个人只想破坏，不要建设。好一个玩世不恭的家伙！哦，但愿我自己不是一个感情容易冲动的人。不过，这些高级艺术品并不能鼓励我们这些靠挣钱过活的人好好干活，我真看不出它究竟有什么用处呢。"

随后她们对世界上亘古以来争论不休的问题，即"艺术是不是永远美的？"辩论了十五分钟。卡萝尔强调观察事物要忠实。舍温小姐则大力主张，艺术既要表现得优美，但在揭示事物的阴暗面时也应该小心审慎。最后，卡萝尔大声地嚷嚷道：

"尽管我们意见很不一致，可我觉得并不要紧。只要有人撇开庄稼收成不谈，而是跟我谈谈别的事情，我也就非常开心啦。让我们触动一下戈镇根深蒂固的生活习俗：赶明儿我们改吃午茶，不喝咖啡，怎么样？"

碧雅兴冲冲地帮着她的女主人把那张上几代人传下来的折叠式缝纫工作台搬出来，又黄又黑的台面上都是裁缝师傅裁衣画式样时留下的画线。她们先在上面铺了一块刺绣台布，然后摆上了卡萝尔从圣保罗带来的那套淡紫色的日本细瓷茶具。舍温小姐给她透露了自己最近的计划——组织富有道德教育意义的电影专场到乡下去放映，所需的电力由"福特"卡车引擎带动的一台轻便发电机供应。碧雅两次被唤来把热水瓶灌满，并去烘烤肉桂吐司面包。

---

① 美国作家哈罗德·弗雷德里克（1856—1898）所写的长篇小说，里面如实地描绘了美国农场生活习俗。

肯尼科特五点钟回到了家里,他尽量显出彬彬有礼的样子。仿佛只有这样,他才配做一位有喝午茶习惯的太太的丈夫。卡萝尔提议留舍温小姐吃晚饭,并且还要肯尼科特把那位颇有诗瘾的单身汉,受人赞夸的律师盖伊·波洛克也请过来。

果然,波洛克应约来了。不错,不久前他正患流行性感冒,所以没法赶去参加萨姆·克拉克家里的欢迎会。

卡萝尔后悔自己一时心血来潮,感情太容易冲动了。看来此人是一个自以为是的政客,对新娘子开起玩笑来可不饶人呢。但是盖伊·波洛克进门,卡萝尔就发现这个人个性可以说别具一格。波洛克约莫三十八岁光景,身材颀长,喜静不爱动,而且还毕恭毕敬。他说起话来声音很低。"承蒙你们盛情邀请,鄙人表示非常感谢。"他说。他既没有讲什么诙谐的话,也没有问她同意不同意"戈镇是本州最最生气蓬勃的市镇"。

她心里在猜想,在他那种始终如一的灰色里,也许还可以显示出成千种淡紫的、蓝的和银白的深浅不同的色彩来。

他在吃晚饭时暗示说他喜欢托马斯·布朗爵士[1]、梭罗[2]、艾格尼丝·雷普利尔[3]、亚瑟·西蒙斯[4]、克劳德·沃什伯恩[5]和查理·弗兰德劳[6]等人的作品。尽管他觉得自己有些羞怯,还是列出了他所崇拜的作者,不过,一看到读书迷卡

---

[1] 托马斯·布朗爵士(1778—1820),英国哲学家、心理学家。
[2] 梭罗(1817—1862),美国作家。
[3] 艾格尼丝·雷普利尔(1858—1950),美国女作家,以擅长特写著称。
[4] 亚瑟·西蒙斯(1865—1945),英国诗人、批评家。
[5] 克劳德·沃什伯恩(1883—1926),美国作家、新闻记者。
[6] 查理·弗兰德劳(1871—1938),美国作家。

萝尔听得津津有味,舍温小姐又对他啧啧称赞,他也就越说越有劲了。至于肯尼科特呢,只要谁能够使他太太开心,一概都是迁就奉承的。

卡萝尔心里一直在纳闷,真不知道为什么像盖伊·波洛克这样的人,一年到头老是替别人打官司却一点儿都不厌烦,为什么他还一直待在戈镇不想走呢。她在这儿没有熟人,也就没法详细打听。至于波洛克之流为什么继续留在戈镇,也许其中必有道理,只是肯尼科特和维达·舍温都不了解罢了。她几乎沉浸在这种莫测深奥的神秘气氛之中。她觉得很得意,自以为懂得一点儿文学,而且现在已开始以文会友了。过不了多久,她就可以向戈镇提供各种扇形气窗和介绍有关高尔斯华绥①的情况了。她哪能袖手旁观呢!她一面把刚做好的甜食——椰子和橘子片端上去,一面大声对波洛克说:"我们应该搞一个戏剧社,你看好不好?"

---

① 约翰·高尔斯华绥(1867—1933),英国著名作家,代表作有长篇三部曲《福尔赛世家》等。

第 六 章

一

到了十一月,头一场大雪仿佛三心二意似的飘落在刚犁过的地里,给光秃秃的大块泥土蒙上了一层白色,戈镇家家户户取暖离不了火炉,因此大家都纷纷点火生起炉子来了。这时候,卡萝尔开始按照自己的意思给家里重新布置一番。她把客厅里的家具——那张装着黄铜球形捏手的金黄色橡木桌子,那些破烂不堪的缎面椅子,还有"这位医生"的照片通通都给撤掉了。她还特地去了一趟明尼阿波利斯,几乎跑遍了各大百货商店和第十条街上专售精美陶器的各个小铺子。她所买到的那些心爱的东西势必要用车子运回去的,但她恨不得自己用双手捧着拿回去。

前厅和后厅之间的隔墙已叫木匠拆掉,成了一个很长的房间,又用了大量黄的和深蓝的颜色装饰得令人炫目。她拿一条日本女人和服上的宽腰带——深蓝色薄绢做底,看上去很挺括,还用金丝绣了许多精美图案——当作镶板,悬挂在淡黄色墙壁上。有一张长沙发椅,上面摆了一些镶着金色饰带的蓝丝绒枕头。至于那些椅子,在戈镇这个地方来说似乎显得太轻佻,不够庄重。肯尼科特家里原有一架奉若神明的留声机,这次卡萝尔干脆把它藏到餐室去,原处另摆上一只小方柜,上面摆上一只蓝色广口瓶,瓶的两边再摆上黄蜡烛。

肯尼科特决定先不砌壁炉。"反正两三年内,我们就盖新房子啦。"

经她装修一新的只有一个房间。从肯尼科特的话里听得出来,其余的那些房间最好等他"发了横财"再说也不迟。

于是,这座四四方方的褐色房子,也就焕然一新了。虽在隆冬时节,这里却是春意盎然!每当她上街买东西回来时,它好像是在迎接她似的;不久前那种刺鼻的霉味,如今早已一扫而光。

肯尼科特终于作出了如下的结论:"老实说,我本来真担心新买的这些玩意儿不怎么舒服的,可现在我得说句良心话,这个长沙发——我真不知道该叫它什么才好——实实在在的,比从前咱们家的那只凹凸不平的旧沙发要舒服得多了。总之,现在我举目所见的——依我看,钱总算没有白扔!"

镇上的人都对他们重新布置后的房间很感兴趣。那些木匠和油漆匠实际上并没有来帮过忙,现在穿过草坪时也要往窗户里张望一番,赞不绝口地说:"好啊!真是太美啦!"药房里的戴夫·戴尔,时装公司的哈里·海多克和雷米埃·伍瑟斯庞几乎每天都要向人打听一下:"喂,布置得很好吧?听说他们家里的摆设确实是呱呱叫,第一流的。"

甚至博加特太太也对肯尼科特的家里陈设发生了兴趣。

博加特太太住在卡萝尔家后面,可以说是隔街相望。她是个寡妇,有名的浸礼会教友,劝人乐善好施真有一套本领。她煞费苦心好歹把三个儿子拉扯大,并且培养他们成为体面的基督徒。一个儿子在奥马哈酒吧间当侍者,另一个儿子当上希腊文教授,小儿子叫赛勒斯·N.博加特,现年十四岁,还待在家里,是镇上一拨最最不要脸的恶少中的一个。

博加特太太在乐善好施的人中间,还不算是那种尖酸刻薄的人。她性格温柔,身躯肥胖,看上去多愁善感,常常唉声叹气,而且难以理喻,固执己见,不过,她尽管心情沉闷,至今胸中仍怀着无限希望。通常在每一个大型养鸡场,都可以看到一些怒咻咻、气呼呼的老母鸡,那副样子就跟博加特太太一模一样。但到了星期日中午,那些老母鸡变成油炸肉丸子鸡丁摆上餐桌,显得那么肥嫩诱人,也还是和她这位胖太太十分相像。

卡萝尔发觉博加特太太老是从屋子边上的那个小窗子里观察她家里的一举一动。肯尼科特夫妇和博加特太太并不是同一个圈子里的人——这就是说:他们在戈镇也隔着一道不可逾越的鸿沟,正如在纽约第五条街[①]和伦敦梅费尔[②]的情形一样,两户人家是老死不相往来。殊不知这位好寡妇却偏偏首先登门拜访来了。

她喘着粗气,一走进来,就叹了一口气,把一只胖乎乎的手伸给卡萝尔,接着又叹了一口气。当卡萝尔跷起两腿坐着,让小腿肚露在外面的时候,她先是严峻地扫了一眼,又叹了一口气,仔细地观看那几把崭新的蓝椅子,仿佛觉得不好意思似的,又叹了一口气,脸上露出微笑开了腔说:

"本来我老早就想过来拜访你,亲爱的,你也知道反正我

---

① 纽约第五条街是最豪华的商业区,以讲究时髦阔绰著称。
② 梅费尔是伦敦西区贵族住宅区。

们都是邻居嘛。但转念一想,觉得等到你安顿好以后,你也一定会过来看看我的,你说是不是?——我说你买的那张大椅子,要花多少钱呢?"

"七十七块!"

"七——我的天哪!哦,依我看,谁有钱买得起这些玩意儿,当然也没有什么不好的,不过,有时候我也想,当然咯,就像不久前我们的牧师在浸礼会礼拜堂所说的一样;在这儿也不妨顺便说一下,直到今天,我还没有看见过你上那里去做礼拜,当然咯,你的丈夫从小就是浸礼会教友,我希望他不会脱离这个教会的。当然咯,我们都知道,世界上任何东西——不论是聪明才智还是金银财宝或者其他东西——都不能跟我们面对上帝时那种举止的谦恭和内心的虔诚相媲美。至于他们对长老会有什么意见,那让他们爱怎么说就怎么说吧,不过,当然咯,哪一个教会都没有像浸礼会那样历史悠久,始终如一地忠于真正的基督精神。我说——你这位教友到底是属于哪一个教会的,肯尼科特太太?"

"嗯,我小时候是在曼卡托公理会教堂里做礼拜的,可我上的那所大学,却是普救会办的。"

"哦——但是,当然咯,正如《圣经》上所说的,我想大概是《圣经》里说的,至少我是在教堂里听到过,而且人人也都承认的,那就是,新媳妇应当随丈夫,她的丈夫信什么,她也应该信什么,所以说,我们都希望能在浸礼会礼拜堂里看到你,而且,正如我所说的,当然咯,我同意齐特雷尔牧师的意见,认为目前我国最大的不幸是在于缺乏思想信仰,到教堂去做礼拜的人简直太少了。一到礼拜天,大家都开汽车出去玩,或者去干天晓得的其他一些什么玩意儿。可是,不管怎么说,我至今仍然认为,浪掷金钱——这可也是一大祸根。大家都觉得自个儿家里非得要有浴缸和电话,哦,我听说你在廉价转让旧家具,是不是?"

"是的!"

"哦,当然咯,你有你的想法,可是,我总有这么一点儿感觉,不久前威尔的老娘还在这儿替他管家的时候,她动不动就跑来看我,真的,她时常来串门的!我看,她并不觉得那些旧家具有什么不好呀。得了,得了,这会儿我后悔,真不该多嘴多舌的,可我只不过是想让你知道,赶明儿你也一定会发觉,许多像海多克夫妇、戴尔夫妇那样一味寻欢作乐的年轻人通通是靠不住的,唉,天知道久恩尼塔·海多克一年内要花去多少钱哪——到了那时候,你才会知道笨头笨脑的博加特大婶所说的话原来一点儿也不错呀,哦,真是天知道哪——"她自命不凡地又叹了一口气。"我希望你和你丈夫两口子整天和和气气的,不生病,不吵嘴,不浪吃浪用,不犯眼前那么多小夫妻常常要犯的其他毛病,够了,够了,这会儿我可得赶回家去了,亲爱的。今天有机会跟你见见面,真太高兴了,赶明儿什么时候你方便,不妨请过来坐坐。我说,威尔身体好吗?依我看,近来不知怎的他好像有点儿蔫上了呢。"

直到二十分钟以后,博加特太太方才慢条斯理地从前门踅了出去。卡萝尔赶快奔回客厅,把所有的窗子都给打开了。"瞧那个长舌妇简直是信口雌黄。"她说。

二

卡萝尔尽管铺张浪费,但她至少从不打算为自己辩白,不会逢人就说:"我知道我钱花得太厉害了,可我自己好像真不知道该怎么办才好呢。"

肯尼科特从来都没有想到过要交给她月钱,月钱嘛,从前连他母亲也还没有呢!卡萝尔在婚前自食其力的时候,曾经跟她在图书馆的同事们说过,将来她结婚之后,自己一定要有一笔月钱,钱财进出清清楚楚,一点儿不含糊,完全合乎现代化的要求。但是,肯尼科特这个人尽管和蔼可亲,脾气却很执拗,若要向他说明她不仅是他的一个会玩儿的良伴,也是管家的一把手,委实太费劲儿了。她买了一本专记家用开支的账簿,把她的量入为出的预算抠得很精确,可以说,大概跟人们在无预算计划时常常做到量入为出那样精确无误。

新婚后头一个月是蜜月,她不好意思就开门见山跟他说:"亲爱的,家里连一个子儿都没有了。"又怕丈夫回答说:"瞧你这个浪吃浪用的小兔子。"在蜜月里,她自然不肯闹这样的笑话。但是,眼前那本家用流水账,却使她看得清清楚楚,自己手头该有多么拮据。她毕竟也有自尊心。有时她感到很生气,她每次向他求情要钱,还不是买东西给他吃吗?有一次,他开玩笑,说过他怎么也不会让她到贫民院去的,这句玩笑话,一度被视为了不起的幽默,过后肯尼科特几乎天天都念叨他的这一句 bon mot①,卡萝尔也就不能不批评他了。她要是在吃早餐时忘了跟他要钱,就得赶紧上街去追他,真是烦死人。

可是,她又转念一想,千万不能叫他"伤心"。他很喜欢当宽宏大量的一家之主呢。

---

① 法语,意为:隽语、警句、妙语。

她打算在各家商铺开个户头记账,把账单汇总送给他,免得她三天两头向他伸手要钱。她发现阿克塞尔·埃格的小铺子里,主食、面粉、糖类等价钱确实最便宜。有一次,她和颜悦色地跟阿克塞尔说:

"我想,我最好能在贵店开一个户头,记记账呢。"

"我这里都是现钱交易,概不记账。"阿克塞尔咕噜咕噜地回答说。

她冒火了:"你知道我——是谁?"

"哦,当然知道。医生赊账是不会不还的。不过,我有我的店规,不好破例呀。何况我已把价码压低了,只做现钱交易。"

她瞪着两眼直瞅着他那张好像铁板一块的涨得通红的脸孔,她真恨不得赏他一个巴掌,但是,她的理智终于同意了他的意见。"你说得非常对。你不应该为了我而破了你的店规。"

可她的怒气未消,只不过迁怒于她丈夫罢了。她急着要买十磅糖,但手头没有钱。她噔噔噔地上了楼,到肯尼科特诊所去找他。谁知道门上挂着一块牌子,上面登着头痛药的广告,还有留言:"医生出诊,××时回所"。空白处自然没有填上时间。她气得直跺脚,转身下了楼,径奔戴夫的药房——那里可以说是医生的俱乐部。

她一踏进药房,就听见戴尔太太苦苦央求的声音:"戴夫,你得给我一些钱嘛。"

卡萝尔看见她的丈夫在那里,还有两个男人,都在欣赏戴夫·戴尔两口子之间的对话。

戴夫·戴尔气呼呼地说:"你要多少?一块钱准够了?"

119

"不够！我得给娃娃们添置一些内衣呢。"

"哎哟哟,我的老天哪,他们的内衣已经够多了,把壁橱都给塞得满满的,弄得我上次找猎靴都找不到了。"

"这个我可不管。娃娃们身上内衣都是破破烂烂的。少说你得给我十块钱——"

卡萝尔发现:戴尔太太对这种当众出丑的事情早已习以为常。她又发现那些爷儿们——特别是戴夫——都把这当作寻开心的最佳笑料。她在外面等着,她知道下一步会怎么样的,不出所料,戴夫大声吼道:"去年我给你的那十块钱哪儿去了?"随后,他转过脸来看看其他的爷儿们会不会发笑。果然,他们咯咯大笑了。

卡萝尔很冷静地走到肯尼科特面前,好像下命令似的说:"你跟我一起上楼去。"

"哦,怎么啦,出了什么事啦?"

"是呀,出了事!"

他拖着沉重的步伐跟在她后面上了楼,走进了他那个空荡荡的诊所。他还没有开口问她,她已抢先说开了:

"昨天我在一家小酒店门口,听见一个德国农妇向她丈夫要两毛五分钱,给孩子买一件玩具,她男人就是不给。刚才我又听到戴尔太太出同样的丑。而我呢,我的处境和她们完全相同!我得求你给钱,每天都是这样!刚才有人关照我,说买糖一律要付现钱,付不出,就不卖给我呀!"

"这话是谁说的?嘿,我非宰了他不可——"

"得了吧。这可不是他的错,原来是你的错,也是我的错。我现在求爷爷告奶奶,要你给我一些钱,还不是拿去给你买吃的。今后你可要记住才行。下一回,我就绝不求你了。

我宁可饿着肚子。你明白吗？我可不能老是当奴隶——"

她的怒而反抗、她的演戏似的声泪俱下所达到的高潮,至此也就逐渐低落下去了。她紧偎在他胸前,抽抽噎噎地说:"你怎么可以叫我大出洋相呀?"而他也有点儿泣不成声地回答她:"真该死,我本来是要给你一些钱的,可不知怎的我忘了。我起誓今后再也忘不了。请老天爷做证!"

他硬是要她收下五十块钱,从那以后总是惦记着按时把钱交给她……

每天她都下了决心:"我怎么也得要记上一笔流水账,做到一清二楚。要有制度。我一定要按着它办事。"可她每天偏偏都不照办。

三

博加特太太半痴半笑对新家具恶狠狠地品评一番以后,倒是真的促使卡萝尔精打细算地过日子了。她关照碧雅说,以后剩饭剩菜都要合理加以利用。她又读了一遍有关烹饪的书籍,像小孩子读图画书一样,仔细研究一头菜牛的解剖图,图上的那头牛还在神气活现地吃草,尽管它的整个身躯已被画成一块一块了。

但是,她在准备婚后头一次请客——即操办新婚暖房酒的时候,却是高高兴兴,故意要破费一些钱的。她把要采购的东西开列了清单,把桌子上所有的信封和洗衣单通通写满了。她写信向明尼阿波利斯好几家"特级鲜果商店"预订好东西。她还自己动手画了图样,缝制各种衣物。有一次,肯尼科特开玩笑说:"这会儿真是弄得家里乱了套。"她听了还很生气。

她认为这次请客就是对戈镇极端缺乏娱乐生活状况的一种打击。"我少说也要让他们变得活泼起来,往后再也不要把访友拜客弄成像全体委员正经八百地开会一样。"

通常肯尼科特总以为自己是一家之主。他认为打猎是人生一大乐事,所以卡萝尔总是随他的心意,陪着他一起到野外去打猎。根据他的旨意,每天早饭她煮的就是麦片粥,它在他的心目中,就好比是德行的象征。但他在办暖房酒那天下午回家的时候,却发现自己是一个奴隶,一个不速之客,一个铸成大错的人。卡萝尔冲着他大声嚷道:"快去给炉子封火,这样晚饭之后你也不必再去管它了。看在老天爷面上,门廊里那块倒霉的破破烂烂的擦鞋垫子快快拿走。穿上你的那件漂亮的衬衫,也就是栗壳色带有白点儿的那一件。你干吗那么晚才回家?你手脚快一点儿,好不好?眼看着快到晚饭的时候了,说不定那些男士们——不等到八点钟——七点整就都到了。劳你驾,快一点儿!"

她像在业余演出晚会上首次登台的女主角一样,心情异常激动,什么话都听不进去,因此,肯尼科特也就只好委屈些了。当她走过来吃晚饭,伫立在门口的时候,他简直激动得透不过气来。看,她身上穿着一袭银光闪闪的紧身长裙,那么淡雅宜人,宛如一朵百合花;她那高高的发髻,看上去就像是熠熠发亮的墨晶一样。她仿佛是一只维也纳高级雕花水晶酒杯,那么玲珑剔透,真是举世罕见的珍品;两眼忽闪忽闪地迸放出热情的光芒。他情不自禁地从餐桌旁站了起来,把椅子给她挪得近一些。那天晚上,他自始至终吃的是不涂黄油的面包,因为他知道,他只要说一声"喂,把黄油给我递过来",卡萝尔准会觉得他太粗俗无礼了。

四

她好不容易使自己的心情逐渐平静下来。她不再暗自思忖今晚是否能博得赴宴的客人们的欢心,也不再老是担心碧雅侍候客人能否应对自如了。站在客厅的凸窗前的肯尼科特高声喊道:"客人已来啦!"话音刚落,卢克·道森夫妇就摇摇晃晃地走进来了,这时离八点只差一刻钟。随后,戈镇上流社会的成员几乎全部出动,络绎不绝地驾到了,他们都是从事专门职业的,或者年收入在两千五百美元以上的,或者祖祖辈辈全是在美国本土出生的世家望族。

他们还在前厅脱套鞋的时候,就探头探脑地乜着眼,直瞅着室内崭新的装饰布置。卡萝尔看到戴夫·戴尔偷偷地把那些金丝绣边的枕头一个个翻过来,查看价码标签。她还听见专门替人打官司的律师朱利叶斯·弗利克鲍先生一看到悬挂在日本女人和服的宽腰带上面的那幅朱红色版画,气喘吁吁地咕哝着说:"噢哟哟,太美了,真叫我看不过来啦!"她听了以后心里乐滋滋的。但是,当她看到穿着盛装的客人坐在客厅里,绕墙根围成一大圈,一气不吭,显得战战兢兢的样子,她刚才那种高兴的劲儿一下子就消沉下去了。她感觉到不久前在萨姆·克拉克家初次做客的情景仿佛今日又重演了。

"难道说我非得要把他们这些铁打的毛猪一个个地叫起来吗?我虽然不知道能不能叫他们乐一乐,但是不管怎么说,我总有办法叫他们热闹一阵。"

她像一道耀眼的银色火焰,绕着那个黑压压的圈子来回转,用满脸的微笑去接近大家,又像唱歌似的拖长声调说:

"我希望今儿晚上热热闹闹,大家都不要太拘束!今天是我们家办暖房酒的大喜日子,我要求大家赏脸,就在这里痛痛快快闹一闹,我说,闹得它天旋地转才好呢。现在,我请各位一起来跳古老的方块舞,好不好?就由戴尔先生来指挥吧。"

她让留声机播放出一支乐曲来;戴夫·戴尔在客厅中央一下子就欢蹦乱跳起来,虽然他的个儿又瘦又小,鼻子尖尖的,头发暗红,但是他四肢灵活,动作显得异常轻快。他一面用手打拍子,一面大声嚷道:"骑士们站右边,太太们站左边!"

连百万富翁道森夫妇、埃兹拉·斯托博迪和乔治·埃德温·莫特"教授"也都跳起舞来了,只不过看起来稍微有点儿傻里傻气罢了。卡萝尔奔来奔去,怪不好意思地对四十五岁以上所有的客人,连哄带劝,好说歹说,把他们拉来跳了一支圆舞曲和一支弗吉尼亚舞。但是一转眼,她让他们悉听尊便的时候,哈里·海多克把一张狐步舞曲的唱片放在留声机上,年轻人都一对一对地婆娑起舞,上了年纪的人则悄没声儿地溜回原座,脸上挂着凝滞不动的微笑,仿佛在说:"至于我自己嘛,才不去跳这种舞,不过,我还是喜欢看小字辈跳。"

客人中间有一半默默无言,另一半则把那天下午商店里没有谈完的事情又重新提起来了。埃兹拉·斯托博迪搜遍枯肠,也想不出一句合适的话来,硬是把自己的呵欠压了下去,这才转过身去,跟面粉厂老板莱曼·卡斯搭讪着说:"喂,你们那里对那种新式炉子觉得满意不满意,莱曼?嗯?你说满意不满意?"

"哦,让他们请便罢。千万不要打扰他们啦。硬是缠住他们不放,他们怎么也乐不起来的。"卡萝尔心里就这样在提醒自己。可是,当她像一只小鸟振翼疾飞似的在他们面前闪过的时候,他们都露出殷殷期待的神色。她不得不又一次说服自己,觉得他们早已放浪形骸之外了,无论个人思考能力,还是个人娱乐能力,他们都丧失殆尽。甚至那些正在跳舞的年轻人,也逐渐被五十个举止可谓极其纯正、思想态度十分消极的人身上那种看不见的力量所压倒了;他们成双成对地沿着墙根坐了下来。不到二十分钟,场面又变得庄严肃穆,如同礼拜堂里祈祷会一般。

"我们就得想一些办法,叫人们感到高高兴兴的。"卡萝尔向她新结识的知心朋友维达·舍温大声嚷道。这时,她才发觉客厅里已是鸦雀无声,不用说,她的这句话谁都听到了。纳特·希克斯、埃拉·斯托博迪和戴夫·戴尔这时出神地在想些什么,手指和嘴唇在微微翕动着。她冷静地想到戴夫是在默默彩排他的那个"挪威人捉母鸡"的绝招,埃拉是在背诵《我昔日的情人》开头的那几行诗句,纳特则在一心琢磨着他那仿照安东尼的颇受听众欢迎的演说词。

"可是我偏偏不准在我的家里使用'绝招'这个词儿。"她低声贴耳对舍温小姐说。

"你说得很对。你听我说:干吗不请雷蒙德·伍瑟斯庞唱一支歌?"

"雷米埃?那敢情好,亲爱的,他才是本镇感情最最丰富的歌唱家呀!"

"你听着,乖孩子!你对室内装饰很有高见,但是,你看人的本领就太差劲啦!当然咯,雷米埃的确爱在众人面前夸耀自己。但是,这个可怜虫——一心渴望陶醉在他所说的'自我表现'之中,除了卖皮鞋,他一窍不通,从来就没有受过专门训练。但是他的嗓子还算不错。将来有朝一日他要是离开了哈里·海多克,不再寄人篱下,饱受嘲笑,我想也许他还可以露一手的。"

卡萝尔这才对自己目空一切的态度,感到内疚。她请雷米埃唱歌,警告那些即兴表演家们少来那一套"绝招",说:"我们大家都要你唱歌,伍瑟斯庞先生。你是今儿晚上由我特请登场表演的唯一著名演员呢。"

雷米埃脸红了,只好当众承认说:"哦,他们都不要听我唱。"可是说着,他已在清嗓子,把他的那一方干净手绢从上衣的胸前口袋里往外抽出来一些,同时把手指插在马甲上的两个纽扣之间。

一是出于雷米埃的后台舍温小姐的盛情举荐,一是她本人也巴不得能"发现艺术天才",卡萝尔当然是乐于欣赏一番的。

雷米埃唱了《像小鸟一样飞呀飞》《你是我的小鸽子》和《乳燕离巢》三支歌曲,都是用礼拜堂里专门为捐款而献唱的那种男高音唱的,唱得相当糟糕。

卡萝尔实在替他感到害臊,不由得浑身发颤。她的这种感觉,犹如敏感的人听到一位滔滔雄辩的"演说家"说了两句俏皮话一样;或者就像看到一个发育过早的孩子品行不端,干了一件孩子们根本不应该干的事一样,叫人心里感到难受。雷米埃半闭着眼睛时那副沾沾自喜、目空一切的神态,简直叫她哑然失笑;他那可怜巴巴的虚荣心,像一轮光圈一般,笼罩着他那苍白的脸孔、下垂的耳朵和蓬松松的、黯然无光的头发——他的那副尊容,真是弄得她啼笑皆非。看在舍温小姐的面上,她尽量装出啧啧称赞的样子来,因为,舍温小姐是一心一意崇拜真善美的,根本不管它是否确实如此。

第三支乳燕曲一唱完,舍温小姐仿佛从心神恍惚的梦幻之中苏醒过来,舒了一口气,跟卡萝尔说:"我的天哪!唱得真棒!当然咯,雷蒙德的那副嗓子还算不上特别好,但他唱的时候放进了那么多的感情,你说是不是?"

卡萝尔只好厚着脸皮撒了一个大谎,然而并无独到之处:"哦,是的,我真的觉得他的感情太丰富了!"

这时她已看到,听众们装出一副斯文的样子,洗耳恭听了这么久之后,个个都是没精打采,再也不指望有什么开心的事儿了。卡萝尔大声喊道:"现在,我们来做一个傻子游戏,那是我在芝加哥学来的。请你们大家先把皮鞋脱掉。我说,脱掉以后,说不定你们会摔一跤,把膝盖骨、肩胛骨都给压碎了。"

大家虽然很注意听着她说话,但都露出不以为然的样子。有几个人皱着眉头,似乎在说:肯尼科特大夫的新娘子根本不懂礼俗,一天到晚净是吵吵闹闹。

"我要挑出几个最顽皮的人——像久恩尼塔·海多克和我本人——来充当牧羊人。剩下来的,就是你们,都算作狼。你们脱下来的皮鞋,就算是羊群。狼都到客厅外面的门廊去。牧羊人把羊群三三两两散放在客厅里,哪儿都有,然后就把所有的电灯都关掉。狼从门廊里爬进来,在黑暗中想方设法从牧羊人手里把羊群抢走。牧羊人除了不准用嘴咬人和用棍子打人以外,想做什么动作都是允许的。最后,狼要把逮住的羊群通通赶到外面门廊去。这个游戏,所有的人都得参加!现在就开始!请把皮鞋脱掉!"

这时大家面面相觑,等着谁头一个脱鞋。

卡萝尔一下子把她的银色便鞋踢掉了,尽管大家睁大眼睛瞅着她的脚丫子,她却满不在乎。维达·舍温虽然面有难色,但是很讲朋友情义,还是把她的高筒黑皮鞋解开了扣子。埃兹拉·斯托博迪咯咯大笑着说:"见了你,老头儿真要吓一跳!你简直就像十九世纪六十年代和我一起骑马的那些野丫头呀!要我光着脚丫子访友拜客去,实在不大习惯,不过,既然现在来了,叫我又有什么办法!"埃兹拉突然呐喊一声,唰的一个很漂亮的姿势,就把他脚上的半筒松紧鞋给脱掉了。

这一下叫其他的那些客人在一片哧哧的笑声中各自把鞋子脱下来了。

"羊群"都被关进圈里去了,那些胆怯的"狼"在黑暗中爬进了客厅,时而发出尖叫声,时而伫立徘徊不前,"它们"虽然不像平时那么冥顽不灵,但还是茫无目标地朝着一个伺机行动的敌人——一个活动范围和威胁性越来越大的神秘的敌人——前进。"它们"东张西望,很想找到一些界标;"它们"到处乱摸,忽然摸到了正在滑动的,但似乎又不跟某一身体连在一起的胳膊;"它们"不由得惊喜交集地瑟瑟发抖起来。真正摸得到的东西一下子不见了,突然传来了一阵喧嚣——又是"狼"的嗥叫,又是人的呼喊。随后,久恩尼塔·海多克禁不住高声大笑,盖伊·波洛克也大吃一惊:"噢哟哟,快走开!你在剥我的头皮!"卢克·道森太太尽管四肢不大灵活,还是飞快地匍匐爬行,来到了安全地带——灯光通明的门廊,呜咽着说:"我敢说,我一辈子都没有像今天这样狼狈过!"她平日里那种端庄稳重的风度早已消失得无影无踪了;她高兴得一个劲儿喊着"我一辈子都没有"。这时候,她看到客厅的门已被看不见的手打开,一双双鞋子从门里扔了过来,又听到黑咕隆咚的门后面传来了呻吟声,碰撞声,有人还在斩钉截铁地说:"这里有的是鞋子。快过来,你们这些狼,哦!快过来啊!"

卡萝尔突然把严阵以待的客厅里的电灯都打开了,发现有一半人正贴着墙根坐着,在双方激战过程中,他们很狡猾,始终作壁上观,而在客厅中央,肯尼科特正在跟哈里·海多克进行搏斗——他们上衣的领子都被扯破,蓬头散发几乎把眼睛也盖住了。在久恩尼塔·海多克的步步进逼下,貌似猫头鹰的朱利叶斯·弗利克鲍先生正在往后退却,他平时不苟言笑,这会儿就竭力克制自己不要笑出声来。盖伊·波洛克胸前的深褐色领带,已经搭在他后背上了。年轻的姑娘丽塔·西蒙斯的网眼上衣,已经掉了两个扣子,竟把她丰满的肩膀往外袒露得太多,简直为戈镇的礼俗所不容。真不知道是由于震惊,厌恶呢,还是由于搏斗时感到的喜悦,或者是由于伸伸腰、踢踢腿活动一番,所有到会的人都从多年来囿于社会礼俗的羁绊中解放出来了。埃德温·莫特哧哧地笑着;卢克·道森在捻自己的胡子;克拉克太太兴高采烈地说:"萨姆,你知道,我也参加了,我抓住了一只鞋,我从来都没想到过,居然我还能打硬仗呢!"

卡萝尔自信是一个了不起的改革家。

她毕竟心肠很软,早就准备好一些梳子、镜子、刷子和针线,让大家照照镜子,补补扣子,以恢复自己的尊容。

这时,咧着嘴笑个不停的碧雅下楼来了。她手里捧着一大包又软又厚的纸样,上面印着莲花、蛟龙和猢狲等形象,颜色蓝的、红的、灰的都有,还画着一群群绛紫色小鸟穿梭般飞翔于深山幽谷郁郁苍苍的树木之间的图案。

"这些东西,"卡萝尔说,"都是地地道道的中国人化装时用的道具。我是从明尼阿波利斯一家专售进口货的商店买来的。你们把它们披在衣服外面,不妨暂时忘了自己是明尼苏达人,变成中国清代官吏、苦力,还有——日本武士(我说的对吗?),以及你们心目中的任何其他的人物。"

大家羞怯怯地把那些化装用的纸样窸窸窣窣打开来,这时候卡萝尔的踪影倏然消失了。约莫过了十分钟光景,她在楼梯上俯视着那些身穿东方人的马褂长袍,却露出滑稽可笑的红脑袋的美国佬,冲着他们大声喊道:"闻吉璞公主谨向全体朝臣问安!"

当大家抬起头来仰望她的时候,她发现他们流露出一种衷心赞赏的神情。他们仿佛看到一位自天而降的仙女,身穿镶金边的碧绿织锦缎长袍,微微仰起的下巴底下,是一道高高的金色领口,乌黑的发髻插着亮闪闪的玉簪,手里轻轻地摇着一把孔雀扇,两眼在仰望着虚无缥缈之中的宝塔仙境。不一会儿,她突然姿态一变,笑逐颜开俯视着。肯尼科特对贤内助的得意杰作表现得惊喜若狂,而脸色苍白的盖伊·波洛克则露出恳求的神情,目不转睛地望着她。在这一刹那间,除了上面那两个男人如饥似渴的神态以外,她只是模模糊糊地看到一大堆脸孔,粉红的,黝黑的,什么都有。

这时,她像仙女下凡似的下楼来了。"现在我们要开一个地地道道的中国气派音乐会。波洛克、肯尼科特,哦,还有斯托博迪等几位先生充当鼓手;剩下来的人,就唱歌吹笛子。"

所谓笛子,就是筐子和化装纸;鼓——就是绣花框和缝纫作台。由《戈镇无畏周报》编辑洛伦·惠勒担任乐队指挥,他手里拿着一支米尺使劲地挥舞着,一点儿都不合拍,完全没有节奏感,使人想起了在十字路口的圆形广场上算命先生的帐篷前,或者在明尼苏达全州博览会上那种单调沉闷的鼓声。不过,大家煞有介事地按着一种单调的节奏敲的敲,吹的吹,呜呜呜地吹着唱着,那种高兴劲儿,简直到了如痴似醉的境界。

当大家还没有筋疲力尽之前,卡萝尔领着他们,列队前进,又唱又跳,一齐拥进餐室,去吃盛在青边碗里的炒面、荔枝蜜馅儿饼和生姜片酱菜。

除了到过各大城市的见多识广的哈里·海多克以外,大家对中国菜一无所知,只晓得有一种叫"炒杂碎"的菜。他们将信将疑,小心翼翼地挑起笋丝浇头和炒得一色金黄的面条,吃得津津有味。戴夫·戴尔还跟纳特·希克斯跳了一个中国舞,内容并不怎么样,没能博得大家一粲,不过吵闹了一阵以后,大家也觉到心满意足。

卡萝尔到了这时才算松了一口气,突然觉得自己浑身疲乏不堪。虽然她不顾自己身体羸弱,力不从心,但还是挑起重担,邀集众人欢聚一堂。此时此刻她实在没有精力再坚持下去了。她恨不得这会儿父亲能来助她一臂之力,在晚会上营造狂热气氛,她父亲真可以说是首屈一指。她很想抽一支卷烟,叫人大吃一惊,但转念一想,女人抽烟不免令人恶心,也就作罢。她不知道自己能不能奉劝大家谈谈别的有趣的事情,哪怕是谈上五分钟也好,不要老是谈什么克努特·斯坦奎斯特的"福特"车上的冬季篷顶呀,还有艾尔·廷格利净是唠叨岳长、岳母短的。她叹了一口气说:"哦,得了吧。他们已把我折腾得够呛啦。"她坐了下来,跷起两腿,尽情品

131

尝她的那小碟蜜汁姜片。她看到波洛克至今依然眉开眼笑,想到那是自己刚才施展的本领使这位脸色苍白的律师红光满面,不由得感到十分得意;然而,世界上除了她丈夫以外也还存在着其他男人的这种越轨思想,又使卡萝尔感到后悔不及了。她欢蹦乱跳地奔过去,找到了肯尼科特,贴着他的耳朵低声说:"满意了吗?我的郎君?……你尽管放心,今天晚上并没有花去很多钱!"

"这是本镇有史以来最美好的一个晚会。不过——你穿了那身衣裳就不要跷起两腿,把膝盖露得太显眼啦。"

她恼火了。他这些不懂分寸的话使她生气了。她又回到盖伊·波洛克那里,跟他大谈特谈中国的宗教问题——这不是由于她对中国宗教有所研究,而是因为波洛克晚上百无聊赖地独自坐在事务所时,碰巧读过一本介绍中国宗教的书。他喜欢博览群书,世界上凡是有关论述哪一个问题的专著,他至少要读一本。现如今,这个瘦骨嶙峋、上了年纪的波洛克,在她的心目中变成了面色红润的年轻小伙子了。他们两人海阔天空地谈得起劲,仿佛漫游于黄海一个小岛上,流连忘返似的。这时候,她听到客人们在发出咳嗽声,那是众所周知的一种无意识的语言,意味着:他们要马上回家睡觉去了。

客人们众口一词地说:今天晚上的暖房酒是他们"有生以来从没有见过的最最有趣的晚宴——哦,我的天哪,简直是安排得巧妙无比,别有风味"。她笑容满面地跟大家一一握手话别。提到孩子们,她也说了许多体己话。她还关照大家要穿得暖些,免得着凉。至于雷米埃的唱歌和久恩尼塔·海多克游戏时的绝招,不用说,她照例又称赞了一遍。等到客人都走尽了,屋子里沉寂无声,满地都是果皮屑之类的东西,还有中国服装纸样的一块块碎片,这时候,她抬起倦眼直勾勾地瞅着肯尼科特。

他咯咯地笑着跟她说:"卡丽,我说,你可真是了不起呀。你老是想要把乡亲们振聋发聩起来,我想确是对头啦。今儿晚上你已经表演给他们看怎样娱乐的方法,往后他们看来再也用不着去搞什么'挪威人捉母鸡'那老一套节目啦。哦,得了吧,你已经够累了,屋子里你就不用操心。快上床睡去吧,不用说,我会拾掇的。"

他的两只外科医生的巧手轻轻地抚摩着她的肩膀。她一意识到他所具有的那种力量,刚才由于他的出言不逊所激起的恼意,也就一下子烟消云散了。

五

援引《无畏周报》消息如下:

> 肯尼科特医生及其夫人于星期三举办的暖房酒,是最近几个月来本镇上流社会盛大活动之一。肯尼科特寓所,坐落在波普拉街,历来以漂亮著称,今按现代化色调要求又重新加以装修,可谓时髦至极。众宾客纷纷前往祝贺,肯尼科特医生及其新婚夫人亲自出面殷勤款待,并有若干新颖娱乐节目助兴,其中包括中国模式音乐会专场演出,系由本报编辑担任乐队指挥,全体人员一律穿上地地道道的东方服装,可谓别开生面。最后备有纯正东方风味的精美点心招待,宾主们尽欢而散。

六

过了一个星期,切斯特·达沙韦家里请客。整整一个夜晚,宾主们就像赶来送殡似的,团团围坐在那里一动也不动。戴夫·戴尔呢,他照例又演出了他的拿手好戏"挪威人捉母鸡"。

第 七 章

一

在戈镇,人们都在忙着准备过冬。从十一月底起,以至整个十二月里,几乎每天都下雪;寒暑表已经降到了零度,还可能下降到零下二十度到三十度。在美国中西部北陲一带,冬天并不是单纯指一个季节而言——它意味着有大量活儿要人们去干呢。家家户户的大门口,都要架设防风棚。不论在哪一个街区都可以看到,那些令人可敬的户主们,包括萨姆·克拉克和首富道森先生在内,都不顾个人安危,摇摇欲坠地爬上了梯子,给二楼门窗侧壁四周钉了防风窗。只有闹气喘病的埃兹拉·斯托博迪爱摆阔气,雇了一个小伙子替他干活。肯尼科特当然也是亲自动手的。他在安装防风窗时,嘴里叼着一颗颗螺丝钉,活像是露在外面的一排古怪的假牙齿,急得卡萝尔在卧室里直跺脚,一迭连声地关照他千万莫让螺丝钉掉到肚子里去。

镇上有一个长年打短工的人,名叫迈尔斯·伯恩斯塔姆——可以这么说,如果人人争先恐后请他帮着干零活,那就说明严冬季节已经来临了。迈尔斯·伯恩斯塔姆身材高大,膀圆腰粗,蓄着红胡子,还是个光棍。他脾气固执,一心信仰无神论,不管走到哪儿,都喜欢跟人抬杠,也可以说,是个玩世不恭的圣诞老人①。孩子们都喜欢他。干活时,他会偷偷地溜走,给孩子们讲什么有关航海、贩马和大熊等荒诞不经的故事。孩子们的家长不是嘲笑他,就是憎恨他。在镇上就数他最讲民主。不管是面粉厂老板莱曼·卡斯也好,还是劳斯特湖边的移民、贫困的芬兰乡巴佬也好,他见到他们都不分贵贱,一概直呼其名。人们都管他叫"红胡子瑞典佬",还认为他的神经有点儿不大正常。

伯恩斯塔姆的一双手,真可以说是万能的,锡焊平锅,熔接汽车弹簧,驯服受惊的小牝马,甚至还会精修各式钟表。他曾经用木头雕刻过一艘格洛斯特②造的三桅帆船模型,居然还巧妙地把它装进一个瓶子里。在眼前这一星期里,他几乎成了戈镇举足轻重的大人物。除了萨姆·克拉克店里的机修工,他是镇上唯一会修水管的人。大家都把他请到家里来,给暖气锅炉和水管装置检查一遍。他疲于奔命,从东家赶到西家,一直要忙活到就寝时刻——十点钟。管道破裂后漏出来的水,已在他褐色狗皮大衣的下摆上结成了冰凌;他的那顶进了屋也不摘掉的长毛绒便帽上,沾着一大堆黏糊糊的冰块和煤屑;他的两只红肿的手冻裂了;他的嘴里嚼着一支雪茄的烟屁股。

但是他对卡萝尔显得格外殷勤。他弯下身子,给她检查

---

① 圣诞老人,西方童话故事人物。据说是一个白须红袍的老人,于每年圣诞节时驾鹿橇自北方来,由烟囱进入各家分送礼物。此处指迈尔斯·伯恩斯塔姆手艺高超,是个能工巧匠。
② 格洛斯特是美国马萨诸塞州东北部城市,为海运和渔业的中心。

锅炉的通风烟道,然后,他又把身体支起来,抬起眼睛直瞅着她,结结巴巴地说:"尽管别处我还有活儿,你的炉子我可一定要抢先修好。"

戈镇比较贫困人家的房子,若想雇用迈尔斯·伯恩斯塔姆来干活,不用说是一种奢望了。迈尔斯·伯恩斯塔姆住的矮棚屋也不例外,都是自己用泥巴和畜肥垒成一道墙,一直齐到窗台边沿。铁道两旁原有的防雪栅栏,入夏以来一直堆在富于罗曼蒂克情调的、男孩子们出没无常的木棚子里,这会儿又都被安装在铁道两侧,以防积雪坍下来,掩没轨道。

庄稼人都坐在自己制造的、铺着棉被和干草的雪橇上,来到了镇上。

皮褂子、皮帽子、皮手套、几乎齐到膝盖的高勒套鞋、长达十英尺的灰色毛绒围巾、厚实的羊毛袜子、里面絮着鸭绒一般松软的黄羊毛的帆布外套、各式鹿皮鞋,还有专供腕部皮肤冻裂的男孩子使用的深红法兰绒腕套,这些带着樟脑味儿的冬令御寒用品,都被翻箱倒柜拿了出来。镇上到处都可以听见小男孩在尖声喊叫:"哦,我戴上了手套啦!"或者是:"看我的防水靴!"在这北部平原上,从酷暑到严冬,季节的变换太显著了,难怪孩子们一得到这种北极探险家的装备时,都会情不自禁地感到惊奇,显得更加神气活现了。

这时候,人们见面时再也不是闲扯家常,冬令服装成了最好的话题。"您穿上了皮衣服吗?"这就是见面时最客气的一句应酬话。人们在冬装方面如同在汽车方面一样也有千差万别。境况差的多半穿黄的和黑的狗皮大褂,但是肯尼科特身上却穿着一件浣熊毛皮长大衣,头上戴着一顶崭新的海豹皮帽子,真可以说派头十足。赶上积雪太深,汽车开不出去时,他要是下乡出诊,就乘坐一辆漂亮的雪橇,全身被皮大衣裹得严严实实的,只看见他的红鼻子和雪茄露在外面。

卡萝尔自己穿着一件海狸鼠毛皮大衣,走在大街上显得很神气。她喜欢用手指尖摸着如同软缎一样光滑的海狸鼠毛皮。

现在既然镇上汽车已陷于瘫痪状态,她感到最有劲儿的事,就是去组织户外体育活动。

汽车和桥牌,不仅使戈镇每个居民在社会地位贵贱上表现得更加明显,而且也使他们原来爱好活动的兴趣大大减少了。坐上汽车出去兜兜风,该有多么阔气,而且一点儿也不费劲。滑雪和溜冰反而被看成是"愚蠢"和"老式"的活动。实际上,乡下人巴不得能像城里人那样消遣娱乐,附庸风雅一番,他们这种心理完全跟城里人渴望着到乡下去换换新鲜的空气一模一样;戈镇这里的人以不乐意到山坡上去滑雪而自鸣得意,就像在圣保罗——或在纽约——人们以爬上山坡滑雪而感到得意扬扬一模一样。十一月中旬,卡萝尔果真搞了一次溜冰活动,结果倒是也很成功。那时候,燕子湖上,一望无边的冰凌在闪闪发光,灰蒙蒙,绿幽幽的。溜冰鞋滑过以后,冰凌上还不断发出回响。湖岸上,叶尖挂着冰花的芦苇,在风中簌簌作响;在乳白色的天空下,橡树枝头上还挂着最后一批枯萎了的叶子,好像不乐意归土似的。哈里·海多克在冰上作"8"字形滑行。卡萝尔也玩得非常痛快。可是天公不作美,下起了鹅毛大雪,溜冰活动也就到此结束了。随后,卡萝尔便竭力主张搞一次在月光下滑雪的活动。那些太太女士们偏偏都舍不得离开自己的暖炉,放下她们仿效城里人整天不离手的桥牌。经过卡萝尔苦口婆心的劝导、敦促以后,她们方才乘着两辆雪橇连在一起的长橇,沿着一长溜斜山坡滑了下去。哪知道雪橇来了个人仰马翻,大家的脖子颈里灌满了雪,她们一个劲儿尖声叫喊,再来一次该有多好!其实,她们再也不会有这种勇气了。

这时候,她还唇焦舌敝地撺掇另一伙人去滑雪呢。她们兴高采烈,大喊大叫,互相投掷雪球,并且跟她说她们玩得真是太开心,还希望不久再搞一次上山滑雪活动。不过,当她们高高兴兴地回到家里后,说什么也不肯再把自己心爱的桥牌指南手册放下。

卡萝尔这会儿好像有些茫然若失。肯尼科特邀她一块儿到树林子里打兔子,她觉得很高兴。她好不容易绕过野火烧剩下来的树桩和悬着冰凌的橡树,越过留下了兔、鼠和飞鸟的爪印的大雪堆,在人迹罕至的树林里匍匐前进。当肯尼科特纵身一跳,站到一小丛矮树上,对准从里面跑出来的一只兔子开了枪时,她禁不住发出一阵尖叫声。他穿着一件双排扣紧身水手外套,还有毛线衣和高筒皮靴,在这树林里显得更加虎虎有生气。那天晚上,她胃口特别好,吃了不少牛排和烤土豆。她用手指尖擦了一下他的护耳罩,不知怎的闪起了一星星火花。她一倒头就睡了足足十二小时,梦醒以后,还在念叨道:戈镇这个地方,是多么富饶美丽!

起床后,她看到阳光照在雪地上,闪亮闪亮的,简直睁不开眼来。她穿着舒适暖和的皮大衣,一溜小跑朝镇上走去。蔚蓝色的天空上,炊烟正从铺满浓霜的木板屋顶上袅袅上升,雪橇上叮当作响的铃铛声隐约可闻,人们见面时相互寒暄的洪亮声音,在稀薄而又明朗的空气里不时回荡着,到处可以听到富有节奏感的锯木声。这一天正好赶上星期六,左邻右舍的孩子们忙着准备过冬的劈柴。后院里,一捆捆木柴堆积成山,他们的锯木架就搭在后面的凹地里,到处都是锯下来的淡黄色木屑。那些锯木架的颜色是樱桃红的,锯条的刃口上闪着蓝钢的光芒,从刚刚锯下来的白杨、枫木、硬木树、白桦木的剖面上还可以清晰地看出一圈圈年轮来。那些男孩们都脚着防水靴,身穿镶有大颗珠母纽扣的蓝色法兰绒衬衫,肩披深红的、淡黄的,或是浅灰的厚格子呢外套。

卡萝尔冲着那些男孩大声喊道:"今天天气真好呀!"她满面红光地走进了豪兰·古尔德食品杂货店,大衣领口上挂着一丝丝哈气后凝成的雪白的霜花;她买了一听西红柿罐头,仿佛它是极为罕见的东方果品一般,然后就回家去了。她打算进晚餐时端上一盆西红柿炒蛋,叫肯尼科特大吃一惊。

户外照在雪地上的阳光,是如此炫目,以至于她走进屋子,看见门上的把手、桌上的报纸,以及每一件表面是白色的东西时,都觉得是蒙上了一层令人眼花缭乱的淡紫色光辉。这时就像是刚放完了焰火,四周突然暗了下来,她的头在发晕。不一会儿,她眼前不再冒金花了,顿觉心旷神怡,浑身充满了活力。她觉得这个世界委实是太美了,她伏在客厅里那张东摇西晃的小桌子上,直抒胸臆写起诗来了。她所写的,无非是下面几行:

　　天空晴朗,

　　阳光暖和,

　　暴风雨再也不会来到。

那天下午,约莫三点钟,肯尼科特下乡出诊去了。又赶上是碧雅休息——她晚上要到路德会跳舞去。从下午三点一直到午夜,只有卡萝尔一个人在家。她翻阅了杂志上一些纯粹爱情的小说,觉得有些困倦了,就坐在暖炉旁边开始沉思起来。

她无意中发现自己原来无所事事。

二

她心里在想,游览市容,访友拜客,她早已不觉得新奇了,溜冰、滑雪和打猎,对她来说也没有多大吸引力了。碧雅这个人很能干,家里的事儿用不着她操劳,卡萝尔只是偶尔干些缝纫织补的活儿。碧雅拾掇房间的时候,卡萝尔常常一面闲聊,一面帮帮她的忙。卡萝尔的烹饪才能,同样也得不到充分发挥的机会。达尔·奥利森肉铺子一概不预先接受订货,你只好愁眉苦脸地去问掌柜的,今天除了牛排、猪肉和火腿以外,还有别的什么东西。他们那里的牛肉,不是用刀切的,而是一斧子砍下来的。羊排简直就像鱼翅一样稀罕。肉铺子老板把最上等的肉都运往大城市去卖好价钱。

在其他商店,买东西同样没有选择的余地。她走遍全镇也没买到一颗玻璃帽头的图画钉。她心里想买的那种面纱,根本不必到处去寻觅,反正有啥买啥;只有在豪兰·古尔德食品店,才买得到像芦笋罐头那样的奢侈品。至于家务嘛,一年到头都是一个样,只要她稍微照管一下就行。只有当博加特寡妇闯进门来烦扰不休时,才把卡萝尔独自寂寞的时间给填满。

她又不能到外面去找事做,因为这对本镇的医生太太来说是最忌讳的。

她是一个满脑子想着工作的女人,但她偏偏没有工作可做。

她能做的,只有三件事:第一生儿育女;第二开始她的改革生涯;第三让自己确确实实跟戈镇打成一片,在礼拜堂、读书会、桥牌会等处活动中发挥自己的力量。

至于孩子嘛,诚然,她是心向往之,可是——现在她根本还没有思想准备。肯尼科特的坦率态度尽管使她感到尴尬,但她还是完全同意他的看法:鉴于目前人类文明已陷入极其愚蠢的状态——这种文明使培育年轻公民时付出的代价要比任何其他蠢事更昂贵,更可怕——因此,在他还没有赚到更多的钱之前就有孩子,实在是不可取的。她觉得很伤心,也许他只知道一味审慎,根本不懂得爱情的全部奥秘,可是,她又半信半疑地认为"将来再说"也好,就不再想它去了。

她的"改革"计划,她要美化那条不堪入目的大街的心愿,尽管模糊不清,但是她一定要付诸实现。而且她的决心很大!她用她的那个柔嫩的拳头敲着暖炉,借以表达了自己的决心。尽管她赌咒发誓过了,但是她的这个革新运动究竟何时开始,又从何处着手,她自己心里连个谱也还没有呢。

她真的能跟戈镇打成一片吗?她心里仔细琢磨着,似乎很难乐观。她想,她根本不了解人们是不是真的喜欢她。不久前她跟镇上的妇女们一起吃过午茶,也到各个店铺找商人聊过天,可惜只是她个人滔滔不绝地大放厥词,他们简直没有机会插嘴,来谈一谈他们对她的看法。男人们对她微笑着,但他们果真喜欢她吗?她在妇女们中间表现很活跃,但她真的已经属于她们圈子里的一员吗?她曾跟她们在一起交头接耳,喊喊喳喳地背后议论别人——这在戈镇就是弥足珍贵的秘闻——现在回想起来,次数并不很多。

她上床后心里还是疑虑重重,久久不能入睡。

转天,她上街买东西时,就冷静地注意观察别人对她的态度。戴夫·戴尔和萨姆·克拉克正如她预料的一样,对她依然非常友好;可是切斯特·达沙韦在阴阳怪气地说"你——好——"的时候,不就是有点儿粗鲁无礼吗?食品店老板豪兰,看起来好像不爱搭理人似的。难道说他平时态度就是这样吗?

"留神注意别人的眼色,真叫人恼火!我在圣保罗完全不管这一套。但是到了这里,我几乎成了别人侦察的对象。他们时时刻刻盯住我不放。我绝不会因此终日惶惶不安。"她自言自语道,一想起自己孤立无援,又受了那么多的气,不免感到非常激动。她认为在采取守势的同时还准备向他们发动攻势。

三

人行道上,积雪已经融化了;入夜,不时听到湖上坚冰坼裂时发出金石撞击般的铮铮声;到了早晨,天空晴朗,一片繁忙景象。卡萝尔头上戴着一顶圆形软帽,身上穿着一条苏格兰粗呢长裙,像是大学里低班女学生,出去打曲棍球。她真想提高嗓门喊几声,让自己两条腿也遛上几圈。在买完东西回家的路上,她对自己的那种跃跃欲试的心情实在控制不住了。她沿着一排房子往前奔去,踩着人行道的边石,从一大堆烂雪泥上跳了过去,还像小孩子一般大声呼喊着。

她发现有三个老妇人挤在一个窗口上,张大嘴巴正看着她。她们目光如炬,使她惊呆了。街对面的另一个窗口里,有人正偷偷地掀开窗帘。她猛地站住,趑趄不前,随后她换上慢条斯理的步伐,继续往前走去。顷刻之间,少女卡萝尔又变成了肯尼科特大夫太太。

她再也不会觉得自己那么年轻,那么大胆,那么自由了,她再也不在大街上乱奔乱跑,大喊大叫了。下星期她要参加芳华俱乐部主办的每周一次的桥牌会,那时卡萝尔就得以一位雍容华贵的年轻夫人身份莅会了。

四

芳华俱乐部的会员人数在十四到二十六人之间,是戈镇上流社会这幢高楼大厦上的一道彩绘飞檐。它具有乡谊会①性质,跟外交使团联谊会、"圣西西里亚会"、"里茨交谊会"、"二十人俱乐部"一样。谁一旦加入了这个俱乐部,也就"跻身"戈镇上流社会了。尽管有一部分会员也加入了妇女读书会,但芳华俱乐部的会员却照样挖苦嘲笑妇女读书会,认为它不仅市侩习气太浓,甚至还要"自炫趣味高雅"。

芳华俱乐部会员,十之八九是已婚的年轻妇女,她们的丈夫也就成为非正式会员了。她们每星期举行一次妇女桥牌午会;每月举行一次她们的丈夫也参加的晚餐会和桥牌晚会;每年在共济会大厅举行两次舞会,全镇为之轰动。舞会上,女士们披着透明的纱巾,大跳特跳探戈舞,还卖弄风骚,暗中争风

---

① 乡间俱乐部,一般设在远离大城市的郊区,富有乡村风味,不仅有舞厅、剧场、餐厅、酒吧、咖啡厅,还有户外娱乐,如网球、骑马、划船等,我国旧译乡谊会。时下通译乡村俱乐部。

吃醋。恐怕只有"救火会"和"东方明星社"一年一度的舞会可以和它相媲美,不过,上述两社团在选择会员时极不严格,参加舞会的有铁路道班工人偕同出钱雇来的姑娘们。有一次,埃拉·斯托博迪坐着马车去参加芳华俱乐部的舞会,那种马车只有大出殡时才坐的。而哈里·海多克和特里·古尔德医生,总是穿着本镇绝无仅有的晚礼服莅会。

就在卡萝尔兀自疑虑后不久,芳华俱乐部的桥牌午会在久恩尼塔·海多克的新落成的混凝土结构、周围有平台的住邸举行了。那幢房子的大门是用橡木雕成的,擦得油光闪亮,窗子上也都镶嵌着明晃晃的、镜子般的大块厚玻璃。前厅里刚抹上灰泥,还摆着好几坛蕨类植物。小客厅里可以看到一只莫里斯式乌黑橡木安乐椅,十六张彩色图片,还有一张上过漆的小方桌,桌上放着用雪茄盒饰带编成的一块小垫子,上面摆着一本带插图的作为赠品的杂志,还有一副套着深褐色皮壳子的纸牌。

卡萝尔一走进去,扑面吹来一阵阵像是来自烤炉的又闷又干的热风。大家已在玩桥牌。尽管她多次下了决心要学,可惜她至今也没有学会打桥牌。她赔着笑脸向久恩尼塔表示歉意,想到自己往后还要向她道歉,感到怪害臊的。

戴夫·戴尔太太,面色蜡黄,一副病容,但好歹还透着一点儿秀气。她这个女人一天到晚不是热衷于宗教迷信,就是哼哼唧唧,无病呻吟,或者胡说八道,搬弄是非。她用手指头指点着卡萝尔的鼻子,尖声说道:"你这个坏东西!我们一点儿都不刁难,让你加入了芳华俱乐部,看来你并不觉得脸上增光呀!"

坐在第二桌的切斯特·达沙韦太太,用胳膊肘捅了一下她的邻座。但卡萝尔还是尽可能保持新嫁娘那种楚楚动人的风度。她咻咻地笑着说:"你说得一点儿都不错哪。我这个人可懒得很。今儿晚上我就叫威尔教我玩桥牌。"她的话儿说得既恳切又委婉,那悦耳动听的声音,像小鸟在窝里嘤鸣,像复活节礼拜堂里的钟声,像盖着一层雪白霜花的圣诞贺卡。可她内心深处却在咆哮着:"刚才这些话还不够甜吗?!"她在一只富有温文尔雅的维多利亚时代风格的、最最小的摇椅里坐了下来。不过,她所看到的,或者她所想象到的是:那些女人在她初到戈镇时曾用咯咯笑声欢迎过她,而现在只不过傲慢无礼地对她点点头罢了。

纸牌刚打完一局间歇时,她向杰克逊·埃尔德太太探口气说:"我们再搞一次长橇滑雪活动,你说好不好?"

"要是掉在雪地里,可叫人冷得够呛哪。"埃尔德太太冷冰冰地回答说。

"大块雪掉进脖子里,我可最讨厌呢,"戴夫·戴尔太太也插一嘴,不怀好意地瞅了卡萝尔一眼,然后转过身去,对丽塔·西蒙斯说,"亲爱的,今儿晚上,你上我家来一趟,好不好?我有最好看的新颖时装范儿,很想给你看看。"

卡萝尔悄悄地又坐到自己的椅子里。人们就桥牌问题你一言我一语地讨论得热热烈烈,谁个都不去理睬她。作壁上观吗?她不太习惯。她竭力抑制自己,不让自己过于敏感。既然她在这儿不受欢迎,就千万不要自讨没趣。但是,她的耐性毕竟很有限度,第二局打完时,埃拉·斯托博迪挖苦地问她:"听说你要向明尼阿波利斯订购新装,准备下次晚宴穿,是吗?"卡萝尔也回敬了她一句:"连我自己还不知道呢。"其实,她大可不必动怒。

年轻的丽塔·西蒙斯小姐露出无比惊奇的神情瞅着她脚上那双浅口软便鞋上的钢扣子,卡萝尔看在眼里,心中不觉舒了一口气。但叫她生气的,是豪兰太太酸溜溜地问她:"你是不是觉得你新买的那张长沙发太宽了,不太实用吧?"她先是点点头,接着又摇摇头。她究竟是什么意思呢,就让豪兰太太自己爱怎么猜测就怎么猜测吧。不过,她马上又想言归于好,亲热地跟豪兰太太说:"我觉得您先生店里卖的牛肉汤味儿可真好。"说完,连她自己也傻笑了。

"哦,当然咯,戈镇也不见得就那么太落后吧。"豪兰太太嘲笑着说。这时不知哪一位在哧哧地笑。

她们的挖苦话,使她变得目空一切,而她的目空一切又激怒了她们,使她们说出了更为露骨的挖苦话来,双方相持不下,早已做好准备,要为正义大战一场,这时,主人端来了点心,给她们解了围。

尽管久恩尼塔·海多克对专供餐后洗手指的小盆、桌上的小垫子、浴室里的擦脚垫子等用品非常讲究,可是她的"点心"毫无特色,跟戈镇家家户户的午茶一模一样。久恩尼塔的知己朋友——戴尔太太和达沙韦太太把盛点心的大盘子分发给大家,每一个盘子里,放着一把匙,一把叉,一只不带小碟的咖啡杯。她们穿过密密匝匝的人丛,一面喊着劳驾劳驾,一面还在议论午后桥牌的输赢。随后,她们又给大家分发热烘烘的黄油面包、夹心齐墩果、土豆色拉和蛋糕,并从搪瓷壶里给每个人斟满一杯咖啡。对于点心,即使在戈镇最守旧的人们那里,也还是可以选择的。齐墩果根本用不着夹心加馅。有些人认为油炸圈饼可以代替热烘烘的黄油面包。但是,整个戈镇除了卡萝尔以外,还没有一个人敢离经叛道,把蛋糕也

147

给省掉。

大家都放开肚子吃。卡萝尔猜想,有些精打细算的主妇说不定在午茶时饱吃一顿,回家后就不用吃晚饭了。

她想方设法跟大家聊聊天。她从人们身边擦过去,挤到了麦加农太太跟前。麦加农太太是个矮胖的年轻女人,长相挺和气,有着挤牛奶女工的胸脯和胳臂,脸上布满严肃的神情,有时会不合时宜地放声大笑。她是韦斯特莱克医生的女儿,也就是韦斯特莱克的伙伴麦加农医生的太太。肯尼科特认为,韦斯特莱克和麦加农这两家人个个都是诡计多端,狡猾透顶,但在卡萝尔眼里,他们却惹人喜爱。她为了套交情,大声问麦加农太太:"你的小孩的喉咙怎么样了?"麦加农太太坐在摇椅里一面来回摆动着,一面织毛衣,从容不迫地叙述发病经过,卡萝尔全神贯注地听着。

维达·舍温和本镇图书馆里的埃塞尔·维利茨小姐,都是等到学校散了课才来的。舍温小姐是个乐观派,她一到就壮了卡萝尔的胆。接着,她就大发议论。她对在座的各位说道:"前天,我同威尔一起开车出门,几乎快要到了瓦赫基恩扬。那个地方实在是可爱!我真佩服那些斯堪的纳维亚乡巴佬:你瞧,他们的红色大谷仓,饲料库,还有什么挤奶机器等等,都了不起!你们都晓得小山冈上的那座孤零零的路德会教堂吗?教堂的尖顶是包着一层马口铁的。是的,那座教堂,乍一看,是很荒凉,但又好像颇有顶天立地的气势。我个人认为,斯堪的纳维亚人是世界上最能吃苦耐劳的优秀民族——"

"哦,你真的是这样想吗?"杰克逊·埃尔德太太马上反驳说,"我的先生说,在锯木厂干活的瑞典佬,简直要不得,他们是不吭声的,脾气很乖僻,又是那么自私自利,他们一个劲儿要求涨工钱。如果他们得逞了,就要把锯木厂给毁了。"

"是呀,你们看,那些女用人真是鬼东西呀!"戴夫·戴尔太太唉声叹气说,"我敢发誓,那些丫头雇来以后,为了要让她们高高兴兴,我自己也手脚不停地忙活,弄得皮包骨头!样样事情我都替她们做了。不管什么时候,她们都可以叫她们的男朋友到厨房跟她们谈心。反正我们有吃剩的东西,她们就跟我们吃得完全一样,说实话,我从来都没有责怪过她们呢。"

久恩尼塔·海多克像放连珠炮似的说:"她们这号人,通通都是不识抬举的。没有一个例外。我认为雇用仆人这个问题确实越来越严重了。那些斯堪的纳维亚乡巴佬,既愚昧无知又粗鲁无礼,巴不得你把攒节下来的每一分钱都给她们。嘿。你们看,她们还提出要求,要我们把浴缸呀等等通通让给她们,我真不知道我们这个国家会变成什么样儿。其实,她们在自己家里,能弄到一个小木盆洗洗澡,也就算是福气不小了。"

她们说着说着,越说越起劲。卡萝尔想到碧雅,就半路杀了出来,说道:

"如果说女佣人不识抬举,难道说女主人就连一点儿过错都没有吗?我们祖祖辈辈都是把吃剩的东西给她们吃,把窑洞一般的小房间给她们住。我在这儿并不是自吹自擂,但我还得说明一下,我跟碧雅两人之间倒是什么麻烦都没有的。她待人非常和气。再说,那些斯堪的纳维亚人长得都很健壮,而且又诚实可靠——"

戴夫·戴尔太太马上怒冲冲插进来,反驳说:"诚实可靠吗？她们只管从我们身上拼命榨,能多榨到一分工钱,就多拿一分工钱,你说,这还算是诚实可靠吗？我不敢说她们偷过我的东西(虽然,她们肚子大,吃得多,一大块牛排,吃不到三天就没了,和偷没什么两样),不管怎样,我总是想方设法,叫她们休想在我身上占到一点儿便宜！我总是叫她们在楼下当着我的面,把她们的箱子打开来看看,那时我才算放心了,我也就知道她们不敢因为我自己的一时疏忽而去做什么缺德的事情！"

"你们那里给女用人多少工钱？"卡萝尔放胆问道。

B.J.高杰林太太——她的丈夫是银行家——愤然作色地回答说:"每星期三块半到五块半,给的都不一样！我确实知道,克拉克太太曾经发誓过,她对她们的无理要求绝不会让步的,不料言犹在耳,她却给她们一星期五块半的工钱——你说不怪吗？一个没有技术的工人,一天才挣一块钱。而她们还要吃我们的,住我们的,洗衣服的时候,还捎带着把自个儿的衣服也给洗了。——你给用人多少工钱,肯尼科特太太？"

"快说呀！你给多少？"这时有五六个人异口同声地追问道。

"哦,我吗？我每星期给她六块钱。"她有气无力地如实相告。

她们都张大嘴巴直喘气。久恩尼塔抗议说:"你给这么多的工钱,难道说你不明白,你这是跟我们过不去吗？"为了声援久恩尼塔,大家都对卡萝尔怒目而视。

卡萝尔发火了:"我才不管呢！女用人干的是世界上最辛苦的活儿。她每天要工作十到十八个钟头。她要洗油腻腻的碟子和肮脏的衣服,还要照顾孩子。有时候,门铃一响,她还要赶紧跑过去,用她湿漉漉的、早已皲裂了的粗手给客人开门,而且——"

戴夫·戴尔太太还没有等她说完,就气呼呼地插嘴说:"你说的也许都不错,可我还要告诉你,我没有雇女仆的时候,这些事情还不是我自己动手做的吗,谁不肯让步,谁不肯出过高的工钱,谁就得花那么多的时间!"

卡萝尔反驳说:"但是,女用人毕竟是替别人干活呀,她得到的仅仅是工钱——"

她们眼睛里都露出敌意。有四个人抢着发言。维达·舍温说话时带有强制性,调门又很高,盖过了大家的声音,总算把这场争吵给解决了:

"住嘴!住嘴!嘿!哪儿来的这么大的脾气——讨论这么个傻问题!你们大家都太过分认真了。不要再吵下去啦!卡萝尔·肯尼科特,你说的也许是很对的,但是,你未免太冒进,走在时代的最前列了。久恩尼塔,你也犯不着摆出那么一副好斗的架势来。今天我们妇女上这儿来,究竟是打桥牌呢,还是母鸡斗架?卡萝尔,你也不要孤芳自赏,居然以女用人的'圣女贞德①'自居!你再不听话,我就要打你的屁股。你上这儿来,跟埃塞尔·维利茨谈谈图书馆吧。嗨!要是哪一只母鸡再乱啄一气,我就只好亲自动手来管这窝子母鸡啦!"

她们都很不自然地笑了起来。卡萝尔很听话,果然谈起"图书馆"来了。

一个乡镇医生的太太,一个乡镇小铺老板的太太和一个乡镇学校里的老师,在一个小镇的一所住邸,无意中谈到每星

---

① 圣女贞德(1412—1431),著名法国民族女英雄。

期多付了女用人一块工钱,就面红耳赤地争吵起来。这虽是区区小事,但从中却可听到在波斯、普鲁士、罗马和波士顿等地的密室策谋,内阁会议和劳工大会的回响,而那些自命为国际领袖的演说家,充其量不过是十亿个久恩尼塔的高嗓门,在向一百万个卡萝尔大声叱责,同时还有十万个维达·舍温,用嘘嘘嘘赶母鸡的方式,竭力把一场风暴平息下去。

卡萝尔不觉有一点儿自怨自艾起来。她只好对维利茨这位老小姐竭力恭维一番,不料,她又犯了不懂礼俗的过错。

"你还没有来过我们图书馆呢。"维利茨小姐责问她说。

"我心里一直很想去呢,不过,我家里的事还没有安排停当,赶明儿我一定会去的,三天两头去,到时候你也许会讨厌我啦! 我听说你们的图书馆好得很。"

"很多人都喜欢我们这个图书馆。我们馆里的藏书,比瓦卡图书馆还多两千册呢。"

"那敢情好呀。我相信这全都是你的功劳。我在圣保罗多少也跟图书馆打过交道。"

"是呀,我也听说过。不过,我对那些大城市里的图书馆管理方式,并不完全赞成。他们的工作太马虎了,竟然让流浪汉和所有邋里邋遢的人都在阅览室里睡觉。"

"是的,我知道,但是那些可怜虫,哦,我相信,你一定会同意我的看法:一个图书馆馆员的主要职责,就是要鼓励人们来看书。"

"你是这样想的吗? 至于我的想法,肯尼科特太太,我只援引某个规模很大的大学图书馆馆长的话:一个问心无愧的图书馆馆员的首要任务,就是要把书籍保管得井井有条。"

"哦!"卡萝尔"哦"的一声刚脱口,就后悔了。维利茨小

姐严峻地挺直腰板,立即给予回击,说道:

"是呀,我可不知道,也许大城市里的图书馆有的是没有限额的经费,开馆也就可以随随便便,让淘气的孩子损坏图书,故意撕毁书本,让粗鲁无礼的年轻人把超过规定数额的书籍携出馆外;而在我们的图书馆里,我是绝对不准这么办的!"

"即使有些孩子污损书籍,又算得上什么呢?他们才开始学看书。书本毕竟比知识要便宜吧!"

"有些孩子到图书馆来整日价找麻烦,完全是因为他们的母亲不乐意把他们关在家里,这些孩子的知识还不是最便宜不过的吗。有些图书馆馆员一味迁就孩子,结果把图书馆变成了托儿所和幼儿园;但是,只要我还在这里主管图书馆,我绝不会让孩子们来瞎胡闹的。我一定要让戈镇图书馆安安静静的,像个清高风雅的地方,所有的图书都要保管得有条不紊!"

卡萝尔看见别人都在那里留心听,等待着她作出引起众怒的事情来。可她不敢招惹她们。她赶紧赔着笑脸,表示赞成维利茨小姐的意见。她当着众人的面看看手表,用小鸟啼啭般的声音说:"天色这么晚啦——我得赶快回家去——丈夫也许在等着——今天的会简直太好了——关于女用人的问题,你们的意见也许是对的——因为我们家的碧雅是那么好,我个人不免有些偏见,像这样别有风味的蛋糕,海多克太太可要把诀窍告诉我,再见啦,今天的会真叫人痛快呀——"

她走回家去,心里在暗自思忖:"都怨我自己不好,就这么一点儿小事就发火了,把她们顶撞得真够呛。只不过——我说什么也不能那样的!嘿,要我破口大骂那些在厨房里不嫌脏，不叫苦干活的女用人，还有那些穿着破衣烂衫、饿着肚子的孩子，我才不干呢，我宁可跟她们那些太太小姐不相往来！看来那些婆婆妈妈们要监督我一辈子啦！"

碧雅在厨房里喊她，她没有搭理。她急匆匆上了楼，走进了那个空荡荡的客房。她惊恐万状，抽抽噎噎地哭了。在这个黑咕隆咚的、关上百叶窗的密不通风的房间里，她跪在一张沉甸甸的乌黑胡桃木床边，松软的床垫上铺着一床红被子，她跪伏着的身姿，像一道昏惨惨的弧光。

第 八 章

一

"我一直埋怨自己无事可做,对威尔是不是显得漠不关心呢?我对他的工作是不是根本没有给予充分注意呢?赶明儿我应当特别注意。哦,那是不成问题!要是我和镇上的那些人真的格格不入,说不定我就会被摈于门外了——"

肯尼科特一回到家里,她就抢先说:"亲爱的,你应当把你出诊的情况给我讲讲,越多越好。我很想知道。我很想了解呢。"

"好极了。一定一定。"说完,他就下楼生火炉去了。

她吃晚饭时又问他:"比方说,你今天的情况怎么样?"

"今天的情况?你说这话是什么意思?"

"我说你出诊的情况嘛。我很想了解——"

"是谈今天的?哦,今天没有碰到什么特殊的病号:有两个家伙肚子痛,有一个人扭伤手腕,还有一个女人心里想不开,打算自寻短见,原因是她的丈夫不喜欢她,此外还有嘛——都是一些常见病罢了。"

"难道说那个不幸的女人,闹的也是常见病吗?"

"那个女人?还不是神经病呗。两口子之间的事儿,谁都管不了的。"

"不过,亲爱的,请你把下一次出诊时所碰到的有趣事儿讲给我听听。"

"那还用说嘛。一定可以,一定可以。什么都讲给你听,哦,今天鲑鱼烧得的确不错,是在豪兰铺子里买的吗?"

二

卡萝尔在芳华俱乐部的会上败阵下来以后,约莫过了四天光景,维达·舍温过来看望她,差点儿把卡萝尔脆弱的心灵碾成齑粉了。

"我可以进来聊一会儿吗?"维达·舍温谈话非常坦率,而且天真无邪,卡萝尔反而觉得很不自在。维达跳了跳,她的皮大衣就脱下来了。她坐下来的姿势,活像是在做体操。然后,她像开机关枪似的说:

"我觉得这样的天气真是非常好!雷蒙德·伍瑟斯庞说,他要是有我那么多的精力,早就在大剧院当上了有名的歌手。我常常想,这里的气候是世界上最好的气候,我的朋友们是世界上最可爱的朋友,我的工作则是世界上最重要的工作。也许是我自己骗自己。不过,有一件事情我确实不想再瞒着你不说了:原来你是世界上最最大胆的小傻瓜!"

"因此今天你要剥我的皮。"卡萝尔乐呵呵地回答说。

"你说我吗?也许差不离呢。我心里一直在纳闷——我知道,两个人在吵嘴,第三个人卷进去,往往最容易得罪人:他在甲乙两人之间来回奔走,他有机会搬来搬去,把对方所说的话分别告诉他们。但是,我要你大大地发挥作用,以便使戈镇人的思想面貌为之一新,这是一个极其难得的大好机会,我说话有些太傻了吧?"

"我懂得你的意思。那一天,我在芳华俱乐部话说得太唐突了。"

"倒也不见得。其实,我很高兴你把有关女用人的一些极为中肯的道理讲给她们听,虽然你的话说得也许不够策略。但前面那个是更重要的问题。我不晓得你明白不明白,在我们这样的一个偏僻的社会里,凡是新来的人,都是要受考验的。尽管人们对她很客气,但是他们无时无刻不在留心观察她。我还记得,曾经有一个教拉丁文的教师,刚从韦斯理①到这里时,她们都很反感,说她说话口音带着土腔,一口咬定是她装腔作势。当然咯,她们也议论过你——"

"她们常常议论我吗?"

"那还稀奇吗?!"

"我总觉得自己像在云雾里走路,我看得见别人,别人却看不见我。我觉得自己是那么不显眼,而且一切又都很正常,没有什么东西好让她们背后议论的。我真闹不明白海多克夫妇干吗非要说我的闲话不可。"说到这里,卡萝尔有些生气了,"我是不喜欢那样的。我一想到她们竟然胆敢对我的一言一行妄加评论,就感到芒刺在背,她们简直是伸出爪子往我身上乱抓一气!这怎么能叫我不冒火呢。我憎恨——"

"别着急,孩子!我说,也许你身上就有引起她们不满的东西。现在我要你尽量冷静下来,不要个人意气用事。不论

---

① 此处指美国著名的韦斯理女子文理学院。

是谁,只要是新来的人,她们好像都要伸出爪子,乱抓一气的。我说,你在大学里对新来的同学不也就是那样吗?"

"是的。"

"那就好了!你干吗还要意气用事?我现在是恭维你,我想你那样通情达理,一定不会再闹别扭的。我诚心希望你要宽宏大量,帮助我一块儿使这个乡镇走向进步。"

"我就不闹别扭,像刚煮热的土豆已经冷下来一样。(不过,我怎么也帮助不了你'使这个乡镇走向进步'。)她们说我一些什么呢?说真的,我很想知道呢。"

"那些孤陋寡闻的人,当然不乐意你提到明尼阿波利斯以外的任何其他事情。她们疑神疑鬼,是的,疑神疑鬼呀。也有些人认为你穿得太好看。"

"哦,让她们爱怎么讲就怎么讲吧!难道说我非要穿麻袋片,去凑合她们不可?"

"得了吧,难道你又要要小孩子脾气吗?"

"那我就乖乖的,不要脾气好了。"她怪不高兴地说。

"那敢情好,要不然我连一句话都不告诉你。你要记住:我并不是劝你要改变你自己,我只不过是让你了解一下她们的想法罢了。如果说你想要对付她们的话,那么,不管她们的偏见有多么荒谬可笑,你也要了解她们究竟想些什么。你是立志要来改造这个乡镇还是不?"

"连我自己也不知道呀!"

"得了——得了——你不用说啦,你自然有志于此!我呢,对你寄予厚望。你天生就是一个改革家。"

"我可不是——现在早已不敢奢望了!"

"你当然是。"

"哦,如果我真的能帮上一点儿忙的话,那她们会说我是装出来的?"

"我的乖孩子,你猜得可准呀! 先不要说她们脸皮厚。说到底,用戈镇人的标准来看戈镇,样样都是很顺眼的,正如芝加哥人看湖滨林荫大道一样。不过,像戈镇这样的地方,要比像芝加哥,或者伦敦那样的地方多得多。我干脆就向你和盘托出吧:你说'亚美利加'这个词儿,只要不是按本地口音读成'亚木立加',她们就认为你是太过分炫耀自己了。她们就认为你太轻浮。在她们看来,人生是非常严肃的。她们只知道久恩尼塔那种喷着鼻息的笑声,除此以外再也想象不出世界上还有什么其他样式的笑了。埃塞尔·维利茨认定你就是在她面前摆出一副倚老卖老的派头来,当你——"

"哦,我可没有那样!"

"你谈到要鼓励人们去看书;当你说埃尔德太太'有那么一辆漂亮的小汽车'时,她就觉得你说话太瞧不起人了。她自以为她的车还很大呀! 有好几个商人说你在店里跟他们胡说八道,太轻薄,此外还有——"

"真冤枉,其实,我只是想跟他们套近乎罢了!"

"你同你的碧雅是那么亲近,镇上每一个家庭主妇都觉得未必很妥当。待人和气固然是对的,可她们说你好像把她当成亲表妹一样。(别忙! 我要告诉你的话可多着呢。)她们认为你把那个房间布置得太古怪了,她们觉得这张宽大的长沙发和那个日本的什么玩意儿,实在太荒唐可笑。你别着急! 我知道她们是很傻的。我想,我听到过十几个人批评你,因为你到礼拜堂去的次数不够多,还有——"

"我可再也受不了了,我简直闹不明白,为什么当我高高兴兴地访友拜客,一个劲儿跟她们套交情的时候,她们却在背后这样议论我,叫我怎么受得了!我很怀疑你是否应该把这些话告诉我?这会使我觉得不好意思。"

"我自己也在这么怀疑呢。现在我只好用'知识就是力量'那句古老的谚语来回答你。将来有一天你就会明白,有了力量该是多么惬意的事情,即使在我们这样小的地方也是这样;那就是说,把这个小镇控制起来,哦,我想我这个人脾气挺古怪的。但是,我喜欢看到这里一切事情都有所进步。"

"可她们这样使我很伤心。本来我跟她们是以诚相见,非常自然,她们却反过来议论我,使我觉得她们是那么狠心,那么奸诈。请你干脆把一切都兜底说出来吧。那天我办中国风味的暖房酒,他们又说些什么来着?"

"哦!这个嘛……"

"你放心,只管讲吧。你如果不讲,我自己就会胡乱猜想,也许比她们所说的更要可怕呢。"

"那天你请客,他们是很高兴的。不过,依我看,她们有些人觉得你是在摆场面,出风头,是装作你的丈夫很有钱,远远地超过他的实际财力。"

"我可不能——她们的这种卑鄙心理,是我怎么也想象不出来的。难道说她们真的以为我——既然现在要引起轰动是那么不费劲,你干吗还要去'改造'像她们那样的人?谁敢说这样的话?富人?还是穷人?"

"哦,穷人、富人都有。"

"即使我想装出来让大家看看我有多么斯文,恐怕我至少还不至于做出那种庸俗的事情来——难道她们连这一点都不明白吗?如果说她们真的要了解的话,那就劳你大驾告诉她们,威尔一年大约赚四千块,而我那次请客所花的钱,还不到她们所想象的数目的一半。中国货并不是很贵的,我的衣服就是自己动手做的——"

"你就不用再说了!反正跟我毫不相干。何况这些情况我都晓得。她们的意思是:她们觉得,像你这样摆阔气大请客,本镇大多数人都是请不起的,她们怕的是你要跟大家比阔气,这该有多危险哪。在这个小镇上,四千块钱是个很大的进项了。"

"比阔气——我可从来都没有想到过。我尽我的力量请客,让大家热热闹闹欢聚一堂,纯粹是因为我喜爱她们,要跟她们交朋友,这你一定会相信吧?一句话,那次请客,我是很傻的,也太幼稚了,搞得太热闹了。但是,我的用心是好的。"

"我当然知道啦。她们讥笑你请她们吃中国风味的炒面,她们还讥笑你穿那样好看的裤子,这些当然都是不公道的——"

卡萝尔急得跳起来,呜咽着说:"哦,她们实在不应该这样啊!我是那么煞费苦心地给她们准备精美的点心,她们不该讥笑呀!还有我自己高高兴兴缝制的那一套中式长袍——那是我偷偷做的,为的是穿出来让她们大吃一惊。她们却一直叽叽喳喳在笑话我呀!"

她一气之下倒在长沙发上,身子缩成一团。

维达抚摸着她的头发,喃喃自语说:"我真不该——"

卡萝尔被羞愧气昏了,连维达什么时候滑脚溜走都不知道。直到五点半钟响,她才惊醒过来。"在威尔回家以前,我的心情一定要平静下来。但愿他永远不知道他的太太是个大傻瓜……唉,那些女人一味讥笑人,她们的心肠是多么冷酷,

161

多么可怕!"

她像一个孤苦伶仃的小女孩,一步一步慢慢地上楼去。她扶着栏杆,迈不开脚步,好像后面被人拖住似的。她恨不得立即投向庇护人——不是她的丈夫,而是她的父亲,她那时常含着微笑、富于同情心的父亲,可惜她的父亲早在十二年前就去世了。

三

肯尼科特四肢摊开直挺挺地靠在暖炉和煤油炉之间的那张最大的椅子里,正在打呵欠。

卡萝尔小心翼翼地说:"亲爱的威尔,不知道戈镇这里的人有时候是不是会说我坏话?我想这是在所难免的。我的意思是说:你要是听到他们说我坏话,可不要恼火。"

"说你坏话吗?我的天哪,我想总不至于会这样吧。他们常常对我说你是最迷人的姑娘,他们一辈子都没见过呀。"

"哦,可是我觉得好像——那些铺子里的掌柜也许认为我买东西太会挑剔了。恐怕达沙韦、豪兰和卢德尔梅耶那几位现在讨厌我吧。"

"那我就不妨告诉你究竟是怎么一回事。本来我不想跟你说的,现在既然你提了出来,索性都告诉你:切斯特·达沙韦大概因为你到各大城市去选购新家具,而不是就地采购,所以冒火了。当时我也不愿表示反对,不过我的钱毕竟是在这里赚来的,他们自然希望我把钱花在这里。"

"如果达沙韦先生能热心指出一个有文化素养的人在布置房间时该怎样利用他称之为殡仪馆的那些东西的话,"她突然记起了什么,就言归于好地说,"不过,我还是了解他的。"

"还有豪兰和卢德尔梅耶——哦,因为他们铺子里货色太蹩脚,你说了他们几句挖苦话,当时在你看来,只不过是开开玩笑。不过这样的事我们管它干什么呢?戈镇是一个独立的市镇,不像在美国东部那些穷乡僻壤的小地方,平日里你走一步路都得小心留神,时时想到社会上那些荒诞不经的习俗,还有那么一大拨嚼舌根的老太婆喋喋不休地评头品足。在我们这里,谁想干什么就干什么,多松心哪。"他说得眉飞色舞,卡萝尔看得出来他说的句句都是心里话。她气呼呼地透了一口气,打起呵欠来了。

"卡丽,我们既然谈到了这个问题,不妨就在这里提一下:当然咯,我是愿意保持不偏不倚的态度,我也不赞成你上街买东西,总是磨不开情面,一味照顾跟你一向有来往的商铺,除非你真心成全它,不过,依我看,你最好尽量多多光顾詹森或卢德尔梅耶,少去豪兰·古尔德那里,因为豪兰·古尔德他们一闹病,总是找古尔德医生,他们那一拨人都是上他那儿去求医的。我当然不乐意把我辛辛苦苦挣来的钱花在他们食品杂货铺里,从他们的手上再转到特里·古尔德的腰包里去!"

"我到豪兰·古尔德那儿去买东西,是因为他们铺子货色比较好,也比较干净些。"

"这我也知道。我的意思也不是说跟他们完全断绝往来。当然咯,詹森他这个人也鬼得很,卖给你的东西,常常是短斤缺两的——而卢德尔梅耶这个荷兰佬呢,是个又懒又馋的猪猡坯! 不过,归根到底,我的意思是,只要方便的话,我们尽量到自己人那里去买东西,你明白吗?"

"我明白啦。"

"得了,现在恐怕是上床的时候啦。"

他打了个呵欠,出去看看寒暑表,砰的一声把门关上,轻轻地摸了一下她的脑袋,解开自己的马甲,又打了个呵欠,给座钟上了弦,下楼去看看火炉,又打了个呵欠,拖着沉重的脚步上楼睡觉去了。上楼时,他还不时搔搔自己胸口那件厚毛线衣。

不一会儿,他大声吆喝道:"你怎么还不打算上床呀?"她仍然坐在那里纹丝不动。

第 九 章

一

卡萝尔心里很想踩着轻快的脚步,跑到草坪上去教那些小羊羔跳一种富有教育意义的舞蹈,但她发现在那里的并不是小羊羔,而是一群狼。它们从四面八方越逼越近,叫她无路可走。她的四周都是凶相毕露的狼牙和带着嘲笑的眼睛。

她已成为被人暗地里讥笑的对象,她再也忍受不下去了。她恨不得从这儿逃走,躲到大城市里各扫门前雪的习俗中去。她不断对肯尼科特说:"不妨让我到圣保罗去住几天吧。"但是现在,连她自己都没敢说这句话,她怕她的丈夫一个劲儿盘问。

还想改造这个乡镇吗?现在她但求能够得到人们的宽容!

她不敢正面看人家。一个星期以前她觉得镇上居民的举止态度还挺有意思,但现在一见到他们,她就红着脸躲开了。从他们的"早上好"的语调里,她听到了一种残酷的窃笑声。

有一天,她在奥利·詹森的食品杂货店跟久恩尼塔·海多克邂逅。她用巴结的口吻说:"哦,你好!噢哟哟,这里芹菜太好啦!"

"是呀,看上去挺新鲜。哈里要求礼拜天一定要吃芹菜,这个家伙真讨厌!"

卡萝尔飞也似的从店里溜出来,心中好不欢喜:"她没有当面嘲笑我!……是呀,没有……"

不到一个星期,她的心情总算恢复平静了,她不再感到心境不安,羞愧难言,别人仿佛也不再背地里喊喊喳喳说她坏话了。但是,她见人就躲的习惯仍然改不了。她在大街上走路的时候,脑袋总是耷拉着。有一次,她发现麦加农太太——要不然就是戴尔太太吧——正在前头走,她马上转过身,走到街对面,假装在全神贯注地看一块广告牌。她像在台上做戏一样,时时刻刻都要想到她已看到的每一个人,也还要想到她看不到的暗中投来的轻蔑的眼光。

她这才相信维达·舍温所说的句句都是实话。不论她走进一家铺子,还是打扫屋背后的门廊,或者是伫立在小客厅的凸窗跟前,总有人在窥视着她。从前,她总是大摇大摆、得意扬扬地走在大街上径直回家去的。如今她也斜着眼睛走过沿街的每一幢房子,平安抵达家门后,觉得自己仿佛是从冷嘲热讽的敌人的营垒里突围出来似的。尽管她自己也知道像她这样神经过敏确实荒唐可笑,但她还是感到惶惶不可终日。她看到,有人偷偷看她以后,又把窗帘轻轻地拉回原处。有些老娘儿们两脚已跨进自己家门,又溜出来,侧转脑袋瞪着两眼瞅她,在十冬腊月寂静无声的静谧中,她还可以听见她们踮起脚尖窸窸窣窣在门廊里走路。有时候,她趁着寒冷的暮霭匆匆走过大街,把人们那些探照灯般的目光暂时忘却,松了一口气,伫立在朦胧夜色掩映下的淡黄色窗口的时候,蓦然发现一簇白雪覆盖着的灌木丛里唰的一声探出一个围着头巾的脑袋,一个劲儿监视着她,吓得她大惊失色。

她觉得自己未免过于认真了,乡下人见到人,都要愣头愣脑瞧上一会儿。想到这一层,她心平气和了,并且对自己推断问题的态度还觉得很满意哩。可是转天早上,她走进卢德尔梅耶的铺子,就碰了一鼻子灰。卢德尔梅耶,店伙计,还有那位神经质的戴夫·戴尔太太正在闲扯淡,咯咯地大笑着,一看见她进来,马上敛起笑容,显得非常尴尬,开始前言不搭后语地谈小葱、鲜姜和大蒜。卡萝尔心想恐怕是她使他们如此狼狈不堪。那天晚上,肯尼科特带她去拜访古里古怪的莱曼·卡斯夫妇,主人一看见他们突然光临就慌了神。肯尼科特又像开玩笑、又像生气地说:"你们干什么这样鬼头鬼脑的,卡斯?"卡斯两口子只是贼眉鼠眼地傻笑着。

除了戴夫·戴尔、萨姆·克拉克和雷米埃·伍瑟斯庞以外,其他的商人是不是欢迎她,卡萝尔心里毫无把握。她知道自己老是怀疑人家寒暄时带着刺儿,但这个疑心病她就是改不了,所以也无法从萎靡不振的心理状态中感奋起来。对于那些商人的优越感,她时而愤愤不平,时而退缩不前。那些商人并不意识到他们对她的举止太粗鲁无礼,他们的用意就是要她明白:他们虽然是开铺子的,但是生意亨通,什么"某某医生的太太",根本不放在他们眼里。他们动不动就说:"人都是圆颅方趾嘛,谁也不见得比别人差,说不定还比别人强一点儿。"可是,碰到那些收成不好的乡巴佬来赊东西的时候,他们就不讲这种话了。那些开铺子的掌柜——北方佬,他们的脾气都特别乖戾;奥利·詹森、卢德尔梅耶和格斯·达尔,明明是来自"欧洲",却乐意被人看作北方佬。出生在新罕布什尔的詹姆斯·麦迪逊·豪兰,还有出生在瑞典的奥利·詹森,两人都常常咕噜咕噜地对顾客说:"我可不知道你问的东西还有没有呢。"或者说:"哦,请你别指望我在中午以前送到府上。"借以证明:他们是自由的美国公民。

顾客们为了保全自己面子,免不了也要回敬几句。久恩尼塔·海多克就很风趣地说:"你一定要在十二点以前送到,要不然我就揪你那个新来的送货员的头发。"但是开这种熟不拘礼的玩笑,卡萝尔过去就没有胆量,现在她心里更明白,她一辈子也不会开这样的玩笑了。这种胆怯的心理,久而久之使她养成了到阿克塞尔·埃格的铺子买东西的习惯。

阿克塞尔在镇上既不受人敬重,但也不粗野无礼。他至今还是一个外来人,而他也甘之如饴。他这个人做事既不灵活,遇事也不好奇。他的店堂比十字路口任何一家商店都要乱七八糟。店里的商品,除了阿克塞尔本人以外,谁都无法找到。就拿童袜这一类货品来说,有一部分放在售货架上用一块单子盖着,一部分放在一个装松脆姜饼的洋铁筒里,剩下来的就通通堆在一只面粉桶上,好像是一窝子黑头蛇似的,而面粉桶的周围,则摆着一些扫帚、挪威文版《圣经》、鲈鱼干、几箱杏子,还有一双半伐木工人穿的橡胶底的皮靴。店堂里挤满了斯堪的纳维亚农妇,她们头上包着围巾,身上穿着老式的淡黄略带褐色的羊腿肚皮做的短外套,兀自站在那里,正等着她们的丈夫回来。她们说的是挪威语或者是瑞典语,茫然不知所措地直瞅着卡萝尔。卡萝尔看见她们,心里舒坦一些,至少她们并没有在低声贴耳说她是一个喜欢装腔作势的娘儿们。

可是,她却认为阿克塞尔·埃格的铺子"很美,而且富于罗曼蒂克情调"。

现下她感到最最坐立不安的,还是自己的穿着。

有一回,她上街买东西,居然放胆穿上了那套崭新的黄黑两色绣花领口的方格子花样的衣服,这一下子无异于邀请戈镇上男女老少(他们别的什么都不感兴趣,只知道一味打听新衣服和新衣服的价钱),一块儿来对她评头品足了。不错,她的这套衣服的确很漂亮,线条花纹特别优美动人,戈镇人所穿的那种橙黄色的和粉红色的长袍子简直没法望其项背。博加特寡妇从她的门廊里瞪大眼睛直瞅着,仿佛在说:"哦,像她那样的衣服我活了一辈子都没见过!"在专售纽扣针线的杂货铺里,麦加农太太突然拦住卡萝尔说:"我的天哪,你这身衣服真帅,价钱一定贵得吓人吧?"有一群男孩子正在药房门前瞎转悠,一看见她走过来,就说:"嘿,胖娘儿们,让我们在你后背上下盘棋,好不好?"卡萝尔听了实在受不了,在顽童的窃笑声中,她拉起皮大衣罩住新衣服,把大衣扣子也给扣起来。

二

现在是谁使她最感到恼怒呢?不是别人,正是那一伙瞪着大眼睛看她的花花公子,浮浪子弟。

她一直以为,乡下自然景色优美,空气新鲜,又有可供垂钓和游泳的湖泊,比人工修造的大城市更加有益于健康。但是,只要她一瞥那群年纪在十四到二十岁之间的男孩子闲荡在戴尔药房门前的情景,她就感到恶心,那些男孩子抽着烟卷,展示着花里胡哨的时式皮鞋、紫色领带和镶着钻石般纽扣的短外套,嘴里吹着口哨,吹的是黑人黄色小调。赶上有少女路过那里,他们总是像猫一样咪咪地叫:"噢哟哟,你这个迷人的小姑娘!"

她看到他们在德尔·斯纳弗林理发馆后面的一个臭气冲天的房间里聚赌打弹子球,在"鱼肉熏制工场"里吆五喝六地掷骰子,要不就团团围住明尼玛喜旅馆酒吧间的侍者伯特·泰比,听他讲"有味儿"的故事。每当玫瑰宫电影院银幕上出现一个爱情镜头,她常常听到他们一个劲儿咂嘴唇的声音。在希腊糖果店的柜台跟前,他们一面吃烂香蕉、酸樱桃、掼奶油和果子冻冰激凌,一面彼此尖声喊叫:"嘿,不药[要]打搅我!""去你的,瞧,你差点儿把杯子给打翻了。""老子玩命去了。""嘿,要是你那臭烘烘的烟卷再沾一下我的冰交[激]凌,我就扒[剥]你的皮!""哦,巴蒂,昨儿晚上泥[你]和蒂丽·麦圭尔跳舞惬意吗?紧紧地搂着她,伙计,是吗?"

卡萝尔对美国小说钻研了一番以后,才发觉这些正是美国青少年唯一所能表现出来的有趣的赳赳武夫的作风;远离贫民窟和矿工宿营区的青少年,都是娇生惯养,没有幸福的。过去她认为这是理所当然的事。如今她心怀恻隐而又不夹杂个人感情仔细地观察了那些青少年。她从来都没有想到,他们居然还会惹她生气呢。

现在她才恍然大悟,他们对她的情况早已了如指掌;他们一直在等着看她出洋相,以便捧腹大笑一番。哪一个女学生在经过他们的那些观察所时,都不像肯尼科特医生太太那样满脸羞红。她一知道他们在啧啧称赞地瞅着她那刚刚踩过雪地的套鞋的同时,必定是在仔细琢磨她的小腿时,简直叫她害羞死了。他们的眼睛里没有一点儿青春的闪光,整个戈镇也一点儿都没有青春的气息,她想到这里简直伤心透了。他们生来就老于世故,冷若冰霜,喜欢吹毛求疵,专揭别人的隐私。

有一天,她无意中听到赛伊·博加特和厄尔·海多克的谈话,更加使她深深感到:这些青年人都是未老先衰、冷酷无情的。

赛勒斯·N.博加特,是隔街相望的那位笃信上帝的寡妇的儿子,今年十四五岁光景。赛伊·博加特的德行,卡萝尔早已领教过了。她刚到戈镇的第一天晚上,赛伊就呼朋引类,带领一批顽童特地找上门来搞"恶作剧"。他乒乒乓乓地拼命敲着一块废弃不用的汽车挡泥板,他的那一拨同伙,模仿小狼崽呜呜呜地嗥叫着。肯尼科特感到受宠若惊,连忙跑出去,赏给他们一块大洋。赛伊见钱眼开,恶作剧越搞越得劲儿。过了一会儿,他换了全班人马,又来到了医生家门口。这一回,他们乒乒乓乓地玩命敲着三块汽车挡泥板,敲的敲,喊的喊,闹得震耳欲聋。肯尼科特正在刮胡子,只好搁一搁,走出来敷衍他们。赛伊用尖里尖气的调门说:"嘿,这一回你非得给我们两块钱哪。"两块钱他又到手了。一星期后,赛伊竟然把打更用的梆子安装在卡萝尔家小客厅的窗子上,在伸手不见五指的黑夜里发出一阵阵笃笃笃的声响来,吓得卡萝尔魂不附体,尖声大叫。在随后的四个月里,她还亲眼看见赛伊一手勒死过一只猫,偷摘人家的瓜果,向肯尼科特院子里扔烂西红柿,在绿油油的草坪上开了几股滑雪跑道,并且还听见他大讲特讲生孩子的奥秘,真是令人惊骇。实际上,赛伊·博加特好比是博物馆里的一个标本,体现了一个小乡镇、一所校风严明的公学、一种富于真挚的幽默感的国民传统,还体现了一位虔诚的母亲,如何把一块勇敢而又聪明的好料子捏成这么一个十恶不赦的孩儿王。

卡萝尔心里很怕他。有一回,赛伊唆使他的那头杂种狗向她家的小猫猛扑过去,她装作没有看见,更不用说出来拦阻了。

肯尼科特家的汽车房,是一个小棚屋,里面乱七八糟地放着一些油漆罐、修理工具、剪草机和几把老掉牙的用干草扎成的小扫帚。屋顶上有一个阁楼,已被赛伊·博加特和哈里的弟弟厄尔·海多克占用,成为他们的老窝。赶上家长要给他们吃鞭子,他们就逃到那里,聚在一块儿抽烟卷,并且筹划秘密结社。他们只要从棚屋的边墙登上梯子,就爬进那个阁楼了。

一月下旬某天早晨,就是在维达向卡萝尔透露真情以后的两三个星期,卡萝尔上那个阁楼去找一把锤子。她踩着地上的雪,没让人听出脚步声。可她却听到阁楼上有人在说话:

"喂,俺们——俺们到湖边去,从别人的捕捉机里偷几只麝香鼠,明白吗?"赛伊·博加特打着呵欠说。

"好吗?要俺们的耳朵给人揪掉不成!"厄尔·海多克咕哝着说,"他妈的,这些烟卷儿真棒!俺们还拖着鼻涕的时候常常抽玉米须和干草籽,你说还记得不记得?"

"哼,想它干什么?!"

有人在吐痰。接着是一阵沉默。

"你说说,厄尔,俺娘告我说,抽烟要得肺病呢。"

"胡扯淡!你老娘可真怪。"

"那可也是。"停了一会儿,"不过她说,她认识的一个抽烟的小伙子果真得了肺病。"

"胡说八道,肯尼科特大夫没有跟这位城里小姐结婚之前,还不是一直在嚼烟叶吗?他也常常随地吐痰,嘿!吐得可真不赖!能从十英尺远的地方不偏左、不偏右,正好吐在树干上。"

对这位来自圣保罗的城里小姐来说,这可是刚听到的一条最新的新闻。

"你说,她这个人怎么样?"厄尔继续问道。

"啊?说的是谁呀?"

"你这个机灵鬼,当然知道俺在说谁呢。"

接着是一阵拳打脚踢,沉重地撞击木板的声音,随后是一阵沉默,末了才传来赛伊的令人发腻的说话声音:

"你说肯尼科特太太吗?哦,依俺看,她很好。"伫立在阁楼下面的卡萝尔这才松了一口气,"有一次,她给俺一大块蛋糕。可是妈偏要说她眼睛长到额角上去了。真是活见鬼!妈动不动就谈她,一天到晚不离口。妈说肯尼科特太太要是能像关心自己穿着一样关心她的男人,那位医生的脸儿也就不至于那么削尖了。"

又有人在吐痰。又冷场了一阵。

"哼,久恩尼塔也老在议论她,"厄尔开了腔,"她说肯尼科特太太自以为天底下样样事情都懂得。久恩尼塔说她每次看到肯尼科特太太昂首阔步地从大街上走过,露出'快看快看,我是一个多么漂亮的女人'的神气,她禁不住要大笑起来,几乎肚皮都要笑破了。不过,他妈的,俺可不听久恩尼塔的那一套,她这个人净爱挑剔人,真是卑鄙透顶。"

"妈逢人就说,她听肯尼科特太太亲口说从前在圣保罗做事时,每周赚四十块钱;可是妈说她知道她每周只不过赚十八块钱,妈说等她在这儿待了一阵子之后,就不会那样东跑西走,到处转悠,净出洋相,她是那样自高自大,总以为大家远远不如她,其实,人家知道得比她要多得多。人家暗地里都在笑话她。"

"喂,你们看见过肯尼科特太太在家里穷忙活的那副样儿吗?那天晚上,俺打从她家门口走过,她忘了把窗帘放下来,俺就看她忙这忙那足足有十分钟光景。嗨,简直要把你笑死了。她独个儿在家,要把挂在墙上的一个镜框摆得正正的,准有五分钟之久。她伸出十指尖尖的小手来,把镜框扶扶正,她那样子,叫人见了酸溜溜的,仿佛在说,瞧我这纤巧的小指头,哎哟哟,我还不是很俏吗?他妈的,简直叫你笑掉了牙!"

"不过,俺还是要说,厄尔,不管怎么样,她人长得的确很漂亮。她的那些漂亮的衣着一定是结婚时买的。你们大概众[从]来没见过她的那些低领口袒胸露脖子的衣服,还有她的贴身内衣吧?有一次,她的衣服就晾在绳子上,俺上下左右看了个够。嘿,她连脚踝也长得实在好看哪。"

听到这里,卡萝尔扭头逃走了。

镇上男女老少都在议论她,甚至对她的衣着穿戴,她的模样儿都不肯放过,而她自己却一直蒙在鼓里。她仿佛觉得自己就像赤条条地被人拖着过大街一样。

天刚刚黑下来,她把窗帘拉下来,和窗台接平,一条缝儿都不留,尽管这样,她仍然感觉到人们从窗帘外投来的冷嘲热讽的目光。

三

她的丈夫按照当地的古老风俗曾经嚼过烟叶,这在她看来俗不可耐,并且耿耿于怀,她越是想把它忘掉,越是忘不了。虽然同样都是恶习陋俗,但她宁愿丈夫耽于赌博或犬马声色。因为这样,她的恢宏胸襟也许还会包涵他。她怎么都想不起来:哪一部小说里,有嚼过烟叶的令人倾倒的主人公?她可以肯定说,他的这种表现说明他充其量不过是一个胆大包天、放浪形骸的西部人罢了。她竭力把他跟电影银幕上那些胸脯长毛的英雄好汉相提并论。在朦朦胧胧的暮色苍茫中,她躺在长沙发里,身子好像缩成一团的苍白柔软的东西;她心中在激烈地斗争,最后,她完全屈居下风。她暗自思忖:他吐痰的技术,也根本不能跟那些奔驰在丛山之间的森林骑手相提并论!只不过说明他毕竟跟戈镇人是同气相求,同声相应——他和裁缝师傅纳特·希克斯与酒吧间侍者伯特·泰比都是一路货。

"但是,那种恶习,他为了我的缘故早就改掉了,还有什么了不起呢?我们大家都一样,从某些地方来说就是不洁之物嘛。我把自己想象得太崇高,太伟大了,但是,我每天跟大家一样,也免不了吃、喝、拉、撒、睡。我并不是圆柱纪念碑上冷静的、苗条的女神。像那样的女神世界上从来都没有过!至于他的那个恶习,他为了我早就改掉了。现在他支持我,相信镇上每个人都喜欢我。他一直稳如磐石,毫不动摇——在戈镇这场逼我发疯的卑鄙透顶的风暴中,他也是如此……这场风暴必然要逼得我发疯!"

整个晚上,她唱苏格兰民间歌谣给肯尼科特听。当她发现他正在嚼一支还没有点燃的雪茄烟的时候,她想起他的秘密,脸上露出慈母般的微笑。

她不禁反躬自问:"我嫁给了他,是不是我犯了一个可怕的错误呢？"（她在这里援引的字句和在心中念念有词的语调，是跟千百万女人——不管是挤牛奶的女工，还是恶作剧的皇后——以前所使用过的毫无二致，而且，今后亿万女人也仍然还要使用。）她把心中的疑虑搁下，没有给予解答。

四

肯尼科特带着她往北走，来到了林海之中的拉克—基—迈特。拉克—基—迈特是奥杰布华族印第安人保留地的门户；它是一个位于白雪皑皑的大湖畔、四周环绕着挪威松树的沙窝小村子。如果说结婚时匆匆一瞥不算的话，卡萝尔现在是头一次跟她的婆婆见面。肯尼科特老太太文静端庄，自幼受到良好的家教。她住的是一所小木板房子，房间里收拾得窗明几净，虽然只有几张摆着又破又硬靠垫的笨头笨脑的摇椅，但是如同主人的风度一样，依然令人感到素雅大方。她老人家直至今日还像孩子那样怀着强烈的好奇心，向卡萝尔打听了不少有关书籍和城市等问题。她喃喃自语地说：

"威尔是一个好小子，干起活来不怕苦，不叫累，但是，他似乎太严肃了，你可要好好开导开导他，好歹让他活泼一些。昨天晚上，我听见你们两口子在笑那个挽着篮子沿村兜卖的印第安老头儿。我正躺在床上，听到你们哈哈大笑，连我心里也乐开了花呢。"

卡萝尔置身于这个和睦友爱的家庭生活气氛中，便把不久前接二连三遇到的倒霉事儿忘得一干二净。她觉得，肯尼科特娘儿俩完全可以依赖；现在她可不是孤军奋战了。看到肯尼科特老太太在厨房里忙活的情景，她对自己的丈夫也开始有了更深一层的了解。他这个人实事求是,是的,做事特别稳健,简直没话好说。他根本不会跟人开玩笑,不过,他却乐意让卡萝尔一个劲儿逗着他玩儿。他继承了他母亲的许多好品德:相信人,鄙视包打听,而且心灵纯洁,为人刚正不阿。

在拉克—基—迈特住了两整天,卡萝尔增强了自信心。回到戈镇,她心情十分平静,但也还有余悸,正如一个重病人,刚服了一帖灵药,剧痛立时消失,为大病初愈而感到欢天喜地一般。

数九寒天的一个晴朗的日子,北风呜呜地呼号着,一大块一大块乌黑的和银白的云从空中疾驰而去。在这瞬息即逝的明朗时刻里,大地上万物仿佛都在慌慌张张地活动着。肯尼科特夫妇两人,一路上冒着砭人肌骨的寒风,踩着深雪一步一步挣扎着往前走去。肯尼科特心里还是很高兴。他大声跟洛伦·惠勒打招呼说:"我不在家的这几天,想来你很好吧?"那位编辑也冲着肯尼科特大声嚷着:"哦,你一出门就这么久,现在你的病人个个都没事啦!"然后煞有介事地进行采访,打算把他们这次远行经过刊登在《无畏周报》上。杰克逊·埃尔德大声喊道:"喂,伙计!你说说北边情况怎么样?"麦加农太太也从自己家的门廊里向他们频频招手。

"他们一看见我们都很高兴,这里的人们还算看得起我们。这些人对生活都感到很满足。为什么我偏偏不能感到满足呢?但是,难道说我就一辈子饱食终日,无所事事,听别人说一声'喂,伙计',就心满意足了吗?他们可以随心所欲在大街上大喊大叫,而我呢,只想在嵌着镶板的客厅里听小提琴曲子。这究竟是为什么?"

五

维达·舍温往往是在放学后过来串串门,至今已有十几次了。她很懂分寸,但又滔滔不绝地讲了许多有趣的事儿。她走遍镇上各个角落,捡来了许多恭维话来巴结讨好卡萝尔,比方说:韦斯特莱克医生太太说卡萝尔是一个"很可爱,聪明伶俐而又有文化修养的年轻女人"啦,克拉克五金店的焊白铁活儿的师傅布雷德·比米斯,斩钉截铁地说她"一点儿都不挑剔,看上去怪和蔼可亲的"等。

但是,卡萝尔还是不能将她视为知己。她觉得难过的是,这个局外人对她受委屈的事儿了如指掌。这会儿维达按捺不住,暗示说:"你老是东想西想的,想得太多了,乖乖。现在要振作起来。镇上的乡亲们几乎都不再议论你了。跟我一块儿去妇女读书会吧。她们那儿有最好的报告,还有那么有趣的时事讨论会。"

维达的一再要求,虽然使卡萝尔觉得盛情难却,但她还是对此兴趣不大,没有欣然应允。

现在,碧雅·索伦森才真正是她的知心朋友。

不管卡萝尔认为自己对下层阶级心肠是多么软,她的出身教养却使她相信用人总是下贱的,低人一等的。可是她发现碧雅跟她在大学里所喜爱的那些少女非常相像;作为一个女友来说,碧雅比芳华俱乐部里那些少奶奶不知道要高明多少呢。久而久之,她们俩亲密得就像两个小娃娃在一起游戏似的学做家务活。碧雅天真地认为卡萝尔是戈镇最美丽、最文雅的一位太太;她常常尖声大叫:"我的天呀,你的帽子真漂亮!"要不然,就说:"沃[我]相[想]纳[那]些太太们一看见你的头发梳得这么好看,正[准]会眼红得要死!"渗透在这些话里的,并不是一个仆人的卑微心理,或是一个家奴的虚情假意,恰恰相反,是一个刚进大学的新生对高班同学的无限赞美之情。

她们两人在一起拟订菜单。开头两人都保持各自不同的身份,卡萝尔端坐在厨房里桌子的上座,碧雅站在洗涤槽旁边,或者在揩擦炉灶。后来,两个人一块儿坐到桌子跟前,碧雅一面咯咯大笑,一面还在讲述那个送冰的伙计死乞白赖地要跟她亲嘴;卡萝尔呢,也在暗自思忖:"谁都知道,论医术,我的肯尼科特先生可比麦加农大夫高明得多。"卡萝尔上街买东西回来,碧雅三脚两步,连忙赶到门厅,帮她脱去外套,一个劲儿捂着她冻僵了的手,并且还问她:"今天镇上逛商场的人杜[多]不杜[多]?"

卡萝尔每次外出回来,碧雅必定赶来向她嘘寒问暖一番。

六

她就这样深居简出,落落寡合地度过了好几个星期,从表面上看,生活一点儿都没有变样。除了维达以外,谁也不晓得她内心的苦闷。即使在最最心灰意懒的日子里,她还是照旧跟在大街上和店铺里碰见的女人闲聊天。但是芳华俱乐部那里,如果没有肯尼科特陪伴,她是不会去的。只有在上街买东西,或者在午后进行礼节性访问时,她才不得不抛头露面,让镇上的人品评一番。那时,莱曼·卡斯太太,或是乔治·埃德温·莫特太太,手上总戴着干净的手套,拿着一块小手绢和海豹皮面的名片盒,脸上挂着一丝虽然满意、可又冷冰冰的笑容,坐在椅子边沿上,开口问她:"你觉得戈镇很有意思吗?"每当晚上他们到海多克家或戴尔家做客的时候,她总是躲在肯尼科特背后,活像是一个新进门的小媳妇。

现下她过的是无依无靠的生活。肯尼科特陪着一个病人到罗彻斯特动手术去了,恐怕要离家两三天。本来她也并不感到有什么不快的地方,她想不妨让自己婚后紧张的心理松弛一下,暂时变成一个满脑子罗曼蒂克的少女。可是,肯尼科特走了以后,家里空虚得叫人害怕。今天下午,碧雅也出去了,大概是找她表姐蒂娜喝咖啡,谈"男朋友"去了。今天又是芳华俱乐部举行每月一次的聚餐和桥牌晚会的日子,但卡萝尔就是没有胆量去参加。

她孤身只影待在家里。

第 十 章

一

天色还没有黑下来,屋子里就闹起鬼来了。黑影儿一个个地从墙上爬下来,悄没声儿躲到每一把椅子背后去。

门儿好像也在吱嘎作响?

不,芳华俱乐部的聚会,她可不能去!她打不起精神,在她们面前蹦来蹦去,还要对出言不逊的久恩尼塔分外殷勤,赔笑脸。今天断断乎不能去。但是,她的确想去访友拜客啊。是呀!要是今天下午有什么客人来,特别是跟她谈得来的那些人——维达,萨姆·克拉克太太,老态龙钟的钱普·佩里太太,或者是和蔼可亲的韦斯特莱克太太,以至于盖伊·波洛克本人,能来看看她该有多好!她真想打电话——

不。这可不行。他们应当登门拜访。

也许,他们会来的。

干吗不会来呢?

不妨先把茶准备好。万一他们来,那敢情好,即便不来,又有什么不好呢?她不会一味迁就镇上的人们,放弃自己的主张;她还是要保持喝午茶这种规矩,她历来认为喝午茶是一种优雅闲适生活的象征。她独自一人喝午茶,假装是在招待谈笑风生的满堂宾客,这不免有些孩子气,同样也有无穷的乐趣!真的太有意思啦!

想到这个好主意,她马上动手干起来了。她在厨房里来回穿梭,忙这忙那,先是把炉灶的火点起来,一面烧开水,一面唱着一支舒曼①的曲子,随后把葡萄干小甜饼铺在衬纸上,放到烘箱的架子上去烤熟。她又一溜小跑上楼去,把一条薄如蝉翼的茶巾拿到楼下来,再把银茶盘里杯碟摆得齐齐整整,然后得意扬扬地端着那个茶盘走进了小客厅,放在一个樱木长桌子上,顺手把一个刺绣绷子,从图书馆借来的一本康拉德②的小说,还有《星期六晚邮报》《文摘》和肯尼科特正在看的《地理杂志》都给挪到边上去了。

她把银茶盘一会儿放在这儿,一会儿放在那儿,看看哪个位置最理想。可她总是摇摇头。然后,她忙着把那张专供缝纫用的工作台打开,放在凸窗跟前,把茶巾铺得平平整整,再把茶盘挪动了一下。"赶明儿我要买一张桃花心木茶几。"她乐呵呵地说。

她拿出来的是两套茶杯、茶碟。一把直背长椅子留给自己坐,另一把大型高背安乐椅则留给客人坐,她气喘吁吁地把它拉到桌子跟前。

凡是她能够想到的事情,都已准备好了。然后,她就坐等客人来。她屏息倾听门铃和电影的响声。她那热切的劲儿没有了。两只手也耷拉了下来。

---

① 舒曼(1810—1856),德国著名作曲家。
② 康拉德(1857—1924),在波兰出生的英国小说家。

维达·舍温可能会听到她的召唤吧。

她透过凸窗往外看去,大雪纷纷扬扬地从豪兰家的屋脊上飘落,好像是水龙带里喷溅出来的一股股白花花的泡沫。街道对面邻家的大院里,漫天大雪被狂风刮得急剧地来回旋转着,灰蒙蒙的一片。黑魆魆的树木在颤抖着。路面上划出来一道道车辙的冰槽。

她看着那一套给客人准备的杯碟,再看看那把大型高背安乐椅,一切显得空荡荡的。

壶里的茶水凉了。她不耐烦地把手指尖伸进去,试了试,是的,已经冰凉了。她可用不着再等下去了。

摆在她对面的那只杯子冰凉而洁净,闪闪发亮却又空空如也。

再等下去未免太荒唐可笑了。她给自己的杯里斟了茶,坐在那里,两眼直勾勾地看着那杯茶。现在她想要做些什么呢?是啊,真是一片痴心。还是给自己杯里加一块方糖吧。

这一杯气人的茶,她可不乐意喝。

她一跃而起,倒在长沙发里,抽抽噎噎地哭了。

二

她又在冥思苦索,而且要比最近几个星期里所思考的更加严肃认真。

她又回想到自己曾经立志要改变这个小镇——要唤醒它,激励它,"改造"它。如果说站在她眼前的不是绵羊,而是豺狼,那又该怎么办呢?她要是逆来顺受的话,也许他们就会更快地把她一口吃掉。现在只有战斗下去,不然就要被吃掉。

彻底改变这个小镇的面貌,看来比迁就讨好它更要容易些!他们的观点她是怎么也接受不了的;他们的观点完全是消极的,智力上极其贫乏,满脑子是偏见和恐惧。她应当想方设法让他们来接受自己的观点。她不会像圣味增爵·德保罗①那样去治理和教育人民,那又有什么关系呢?要是能够改变一下他们不相信美的心理,哪怕是极其微小,也是良好的开端;播下一颗种子,让它发芽、生根,有朝一日它的根子变得粗壮有力,就会把他们平庸无能的那堵墙推倒。她要是不能像自己所希望的那样,得意扬扬地去完成这一项了不起的工作,那么,她就得安于这个微不足道的乡镇现状。她要在这堵空白的墙根里播下一颗种子。

她的这种想法是正确的吗?这个小镇,在三千多名居民的心目中,乃是整个宇宙的中心,难道你能说它仅仅是一堵空白的墙吗?她从拉克—基—迈特回来的时候,不是曾经感到过他们竭诚欢迎自己的热忱吗?不,不是的。成千上万个像戈镇那样的地方,人们何尝不是向她竭诚欢迎,并伸出友谊之手。萨姆·克拉克的友谊,并不见得比她在圣保罗所认识的那些女图书馆馆员,以及她在芝加哥所遇到过的那些人更为忠实可靠。那些地方有那么多的东西,正是自鸣得意的戈镇所没有的,在他们的那个世界里,充满了欢乐和冒险,音乐和完整的青铜艺术品,令人难忘的云雾弥漫的热带岛屿、巴黎的夜晚和巴格达城墙,以及社会正义,此外还有一个不靠赞美诗的噱头来说话的上帝。

---

① 圣味增爵·德保罗(1581—1660),法国宗教领袖,被认为是天主教圣者。

一颗种子。至于那是一颗什么样的种子,没有多大关系。所有的知识和自由都是一样的。但是那颗种子,她花了那么长的时间才算找到了。她能从妇女读书会这个社团着手做起吗?或者她应该把自己的家搞得非常引人入胜,让它来发挥榜样的力量吗?她就是要教会肯尼科特喜欢诗。好吧,就从这里入手,开始做丈夫的工作!她浮想联翩,好像看到他们俩在壁炉(那台壁炉实际上并不存在)旁边,俯身朗读优美动人的诗篇。情景是如此历历在目,连她心中最惧怕的幽灵也都悄然而逝。门儿也不再吱嘎作响了,窗帘上也不再有黑影儿爬动了,取而代之的是暮色投下的一圈圈瞬息万变的阴影,煞是好看。等到碧雅回来的时候,卡萝尔正自得其乐,一面弹钢琴,一面唱歌。那架钢琴,她已有很多日子没有摸过了。

她看着那一套给客人准备的杯碟,再看看那把大型高背安乐椅,一切显得空荡荡的。

随后,这两位姑娘就高高兴兴地共进晚餐。卡萝尔穿着一件镶金边的黑缎子长袍,在餐室里用膳;碧雅身上穿一件蓝条纹布罩衫,腰间系着围裙,在厨房里吃饭。中间的那道门开着。卡萝尔问:"你看见达尔的铺子橱窗里有鸭子没有?"碧雅像哼着小调似的回答说:"没有呢,太太。沃[我]们京[今]天下午过得真同[痛]快。蒂娜她预备了咖啡和克内干勃洛特①,她的砰[朋]友也在纳[那]里。沃[我]们说说笑笑,她的砰[朋]友说他私[是]个总统,要封我为芬兰的皇后。沃[我]把一根雨[羽]毛插在沃[我]头发上,说沃[我]要去打长[仗]——哦,你看,沃[我]们有多傻,可是笑得倒是挺同

---

① 原文为 Knackebrod,是瑞典一种类似甜饼干的点心。

[痛]快!"

卡萝尔又坐到钢琴跟前的时候,心里想的不是自己的丈夫,而是那个深居简出的读书迷盖伊·波洛克。她巴不得波洛克能来看看她。

"如果真的有一个姑娘吻了他一下,说不定他就会从他的窝里爬出来,当然也就不会再那么不近人情啦。威尔要是能像盖伊那样爱好读书,或者说,盖伊要是能像威尔那样办事能干的话,我想,即使还住在戈镇,也许我还能过得去罢。

"要精心照料威尔,可真不容易。但是对待盖伊,说不定我还可以像慈母一般给予关注。真正我想照顾的,究竟是一个男人,一个小孩儿,还是一个市镇?我是想要一个小孩的。那是在将来。但是,我能眼看着小孩在这个与世隔绝的小镇上度过他的最最富有接受能力的岁月吗?

"那就上床睡去吧。

"难道说我平日跟碧雅相处,在厨房里闲聊天,就是得其所哉吗?"哦,我可真是惦念你,威尔。不过,这会儿我在床上能随意翻身,用不着担心把你惊醒,毕竟也是够松心的事儿。

"难道说我真的命中注定,已是一个'已婚女子'了吗?今儿晚上,我可觉得自己好像还没有出嫁过,是这么自由自在。只要想一想,从前竟有一位肯尼科特太太,她仅仅为了一个名叫戈镇的小镇而终日感到烦恼,哪知道除了戈镇以外,还有整个世界呢!

"威尔当然是会喜欢诗的。"

三

二月里，一个天色阴暗的日子。大块大块乌云，像刚砍倒的一段段圆木，几乎低垂到地面上来。大雪有如絮棉一般，三心二意地落在被人践踏过的旷野里。眼前虽是一片昏暗，但掩盖不了有棱有角的四周景物。屋顶和人行道的线条，显得很清晰，一点儿都不走样。

这是肯尼科特离家以后的第二天。

她憋在家里闷得发慌，就跑出去溜达一会儿。那天气温是零下三十度，实在太冷了，叫她感到怪不舒畅的。寒风从两幢房子之间的空旷处冲着她吹来，刺扎着她的肌肤，啮噬着她的鼻子、耳朵和脸颊。她赶紧飞快地奔跑，这儿躲躲，那儿藏藏。在谷仓的遮挡下喘口气，然后躲避到一块广告牌后，感到满心喜悦。那块广告牌上面横七竖八地贴满了红红绿绿的各式招贴，一层盖着一层，被糨糊弄得斑斑驳驳，简直不堪入目。

街道尽头，有一片橡树林，这不禁使她联想到印第安人、打猎和滑雪鞋。她沿着土埂上的小房子步履艰难地进入旷野，来到了一座农庄和一座覆盖着冰雪的小山冈。她身上穿着一件海狸鼠皮大衣，头上戴着一顶海豹皮帽，她那少女一般娇嫩的两颊上，完全看不到嫉妒成性的乡下人所常有的一道道皱纹。她伫立在满目荒凉的山坡上，显得非常不协调，正如一只红羽翠翎的北美红雀掉落在一块浮冰上一样。她居高临下，俯瞰着戈镇的景色。鹅毛大雪正从大街小巷毫无拦阻地一直飘落到莽莽大草原上，看来整个戈镇再也找不到一块地方可避风雪了。鳞次栉比的房屋，只不过是白茫茫的大地上

187

的点点黑斑罢了。她的身体由于刺骨的寒风而颤抖着,她的心儿则因为那种沉寂落寞之感而颤抖着。

她急匆匆往回跑,来到了乱糟糟的市街上,直到此刻,她心所向往的,正是大城市商店橱窗和餐厅里令人炫目的黄色灯光;或是一片原始森林,狩猎人穿着带兜帽的皮夹克,手里拿着一支来复枪;或是谷仓前一块场地,从那里总是送来一股股热气腾腾的暖流,还不时听到老母鸡和牛羊的喧闹声;当然,绝不是那些灰不溜丢的房子,那些积满了冬天烤火后扔掉的炉灰的院子,那些堆满了脏雪、污泥和冰块的道路。冬天的魅力早已消逝得无影无踪了。在最近的三个月里,天气还要继续冷下去,直到明年五月为止。积雪将要越来越脏,人们御寒的能力也将越来越差了。她心里在纳闷,为什么那些可敬的公民们在严寒的天气以外,硬是还要加上冷冰冰的偏见,为什么他们不能像斯德哥尔摩和莫斯科的人们那样,善于娓娓而谈,使自己的心灵感到更加温暖舒畅呢。

她绕着戈镇的四郊走了一圈,还看了一下"瑞典洼地"的贫民窟,只要有三户人家连在一起,其中至少有一户是属于贫民窟的。萨姆·克拉克曾经夸口说过,在戈镇,"你根本找不到像大城市里常有的贫困现象,这儿有的是就业机会,根本用不着救济,谁要是日子过得不太好,那肯定是因为他太偷懒,得过且过"。但是现在,夏日里草木葱绿的面具早已给揭掉了,卡萝尔发现了困苦和绝望。在一间顶上铺着焦油纸,用薄木板搭成的小房子里,她看见洗衣婆斯坦霍夫太太正在灰蒙蒙的蒸汽里干活。她的儿子才六岁,正在屋外劈木柴。那个孩子身上穿着一件破破烂烂的外套,系着一条有如脱脂乳一般的蓝色围脖。他手上戴着一副红手套,皲裂了的指骨节从手套的破洞里露了出来。他不时搁下活儿,往指骨节上呵呵热气,无缘无故地哭叫起来。

新搬来的一户人家是芬兰人,把一间废置不用的马厩当作自己的家。一个年过八旬的老汉,这会儿正沿着铁路在捡煤渣。

她真不知道该怎么办才好。她觉得,她要是这时慷慨解囊的话,那些自诩为民主国家的独立不羁的公民们,就一定会勃然大怒。

卡萝尔看到了镇上百业兴旺的景象,她的那种寂寞感觉也就随之烟消云散了:铁路调车场上,有一长列货车正在调头;谷仓、贮油罐、屠宰场在雪地上留下了斑斑血迹;奶酪制造厂里,停放着庄稼汉的运货雪橇和一堆堆牛奶罐头;一间令人奇怪的石头房子,门前贴着一张纸条,上面写着:"注意危险——此处存放炸药"。在充满欢乐气氛的墓碑刻制工场里,有一个一味注重实利的雕刻匠,身上穿着一件红色的小牛皮外套,一面在凿打一块晶光瓦亮的花岗石墓碑,一面在嘘嘘嘘地吹口哨。杰克逊·埃尔德的小锯木厂,散发着松木刨花的清香味儿和圆锯锯木时吱嘎吱嘎的响声。这里首屈一指的企业,是由莱曼·卡斯担任总经理的戈镇面粉公司。尽管这家公司大大小小的窗子上都覆盖着一层面粉,但这里仍然是全镇最热闹的地方。工人们正在把一圆桶一圆桶面粉推到一辆货车车厢里去;有一个庄稼人坐在两辆雪橇连在一起的长橇上的一包包小麦上,跟一个买小麦的客户争吵不休;面粉厂里,机器轰隆隆地响着,推动水车的水流还没有结冰,正在汩汩地流着。

卡萝尔在静谧闲适的家里待了好几个月,现在听到工厂

189

里机器隆隆响,真是耳目为之一新。她恨不得自己也能到这家工厂来上班,真不乐意当什么自由职业者的太太了。

她走回家去,路上经过一个很小的贫民窟。在一间铺着焦油纸的小房子的没有门扉的门口,站着一个身穿毛糙的褐色狗皮外套,头戴护耳黑绒帽的男人,一个劲儿在瞅着她。那个男人的脸膛方方正正,看上去很自信;他那狐狸般的褐斑胡子,使人想起了走南闯北的江湖好汉。他直挺挺地站在那里,两手插在旁边的口袋里,嘴里衔着一只烟斗,不慌不忙地往外喷烟圈。看他的年纪,大概是在四十五岁上下。

"你好,肯尼科特太太。"他拖长调子说。

她想起来了——这人经常在镇上打短工,入冬以来还找他修过火炉呢。

"哦,你好。"她似乎有点儿心绪不安地说。

"我的名字叫伯恩斯塔姆。大家都管我叫'红胡子瑞典佬',你还记得吗?我一直盼望有机会再跟你见见面呢。"

"是——是的,我刚才到四郊去看了一下。"

"别谈啦。真是乱七八糟。没有下水道,也没有人打扫街道。而那些路德会的牧师和天主教的神父,净是代表什么艺术和科学。可是,俺们瑞典洼地里的这些穷哥儿们,他妈的,日子过得并不见得比你们的弟兄们差劲。谢天谢地,俺们用不着到芳华俱乐部去,像猫儿一样围着久恩尼塔·海多克呜呜呜地叫。"

卡萝尔自以为是最能适应环境的,听这个满身烟臭的短工称兄道弟地说了一通话,却觉得很不自在。说不定她丈夫给他看过病。但是不管怎么说,她还得要保持自己的尊严。

"是的,芳华俱乐部也并不见得总是那么有趣。今天天气又是很冷,可不是吗。哦——"

伯恩斯塔姆说话,当然不会像致告别词那样讲究客气了。他压根儿也不想把额前的头发往后捋一下。他的眉毛上下跳动着,仿佛它们富有强大的生命力似的。他咧开嘴微微一笑,继续说道:

"也许我不应该用这么尖刻的话儿来谈论海多克太太和她的那个'庄严'的芳华俱乐部。我说,我要是被请过去跟那一拨太太小姐坐在一块儿,准要叫我笑破肚皮了。我想,在她们的眼里,我是一个贱民。肯尼科特太太,我在镇上被人看成是坏蛋:戈镇的无神论者,而且依我看,我一定还是个无政府主义者。反正不喜欢银行家和老牌共和党的人,都是无政府主义者嘛。"

卡萝尔本想马上离开这里,但不知怎的反而留下来听他的高见了。她转过脸来朝着他,连她的皮手筒也放下来了。她咕哝着说:

"是的,依我看,你的想法不错。"她自己肚里的怨气也一下子涌上来了,"你要是想批评一下芳华俱乐部,我看不出有什么不可以。她们并不是神圣不可侵犯的。"

"哦,她们可不是!……金元的标记早已把十字架从人们面前赶跑了。但是,这么一来,我也就没得劲儿了。我喜欢干啥就干啥,我想她们也应该这样。"

"那么,你自称是贱民,到底是什么意思呢?"

"我穷是穷,但我见了富人并不眼红。我是个老光棍。我挣到的钱已然够我吃的喝的,所以,我就独个儿坐下来,自己握着自己的手,抽抽烟,读读历史书,我可不乐意帮着埃尔德老兄和卡斯老爹去发大财啦。"

"你——我想,你说不定读过很多书。"

"是的。我只不过是漫无目的地翻翻罢了。我干脆告诉你吧:我是一头孤独的狼。我贩卖过马,给人家锯木头,还在林场里干过活,排干沼泽地的水,我可算得上是第一流的行家。我一直巴望自己能上大学。不过,我心里也在嘀咕,也许我会觉得真的学起来是够慢的,弄得不好,他们说不定就会把我赶出大门。"

"你可真是一个怪人,先生。"

"我姓伯恩斯塔姆。全名迈尔斯·伯恩斯塔姆。半拉子美国血统,半拉子瑞典血统。通常人们管我叫'爱说大话,爱发牢骚的倒霉鬼,对我们这里什么事总是摇头不满意'。不,不对,我这个人一点儿都不怪,不管你是指哪一方面说的!我只不过是个书呆子。也许书我读得太多,反而消化不了。也许是懂一点皮毛,是半瓶醋吧。不过,首先我就得懂'一点儿皮毛',你要知道,人家都说当一个穿斜纹布工装裤的激进派,这就是最起码的条件。"

他们两人都咧着嘴笑了起来。接着她问:

"你说芳华俱乐部里的人都很傻,你为什么会有这样的看法呢?""哦,你要相信,我们这些刨根究底的人,当然了解你们那个有闲阶级咯。肯尼科特太太,按我的眼光来看,在这个崇拜大男子主义的镇上,实际上真正有头脑的人,我这里不是指会记账的头脑,会打野鸭子的头脑,或者是喜欢打孩子屁股的头脑,而是指真正富有想象力的人,那就只有你、我、盖伊·波洛克,还有面粉厂那个领班。尽管他是个领班,但他还是个社会主义者。(千万不要告诉莱曼·卡斯!莱曼开除一个社会主义者,比开除一个盗马贼还要快！）"

"尽管放心，我不会告诉他的。"

"这个领班跟我老是抬杠。他是个地地道道的老派党员，相信那一套教条，真是吓人啊。他希望只要说说'剩余价值'之类的辞藻，就可以用来改造一切，比方说，从开伐森林一直到鼻子出血。他喜欢读祈祷书，但是话又说回来，如果跟埃兹拉·斯托博迪、莫特教授，或是朱利叶斯·弗利克鲍相比，他简直可以说是柏拉图和亚里士多德的化身了。"

"听你这样谈论他，倒也是别开生面呢。"

他像小学里一个男孩子一样，把鞋子尖一下子扎进了雪堆。"胡说八道。你以为我多嘴爱唠叨，是不是？不错，我承认，碰到像你这样的人，我心里确实很想谈一个痛快。你也许急着要赶路，免得鼻子给冻坏了。"

"你说得真不错，我想这会儿我该走了。可是，请告诉我：在中学里教书的舍温小姐，你为什么没有把她列入本镇知识分子名单里呢？"

"我想，她也许应该包括在名单里面。就我听到的，凡是跟革新沾上边的事情，她都是有份的，这一点许多人还不了解呢。她让沃伦牧师太太担任妇女读书会会长。这位牧师太太以为是自己在管理读书会，其实后台老板却是舍温小姐。她唇焦舌敝地从中游说，促使镇上所有生活悠闲的太太们好歹也做了一点儿事情。不过，顺便提一下，你知不知道，我对那些不痛不痒的改革压根儿不感兴趣。我说，戈镇好比是一艘船，船底上爬满了藤壶①，舍温小姐要修补船底那些漏洞，一

---

① 附在岩石、船底上的甲壳动物。

直是在两手不停地忙着把船里的水舀出去,而波洛克也要修补那些漏洞,但他却在声嘶力竭把诗念给水手们听!至于我呢,就是要把那艘船拉到岸上来,把那些蹩脚的修船工匠通通赶走。于是,我就从龙骨开始往上修,一定要把船重新修造好。"

"是呀——我想那——那一定会好得多呢。不过,这会儿我得马上赶回家去。你看,我那倒霉的鼻子快要冰冻了。"

"我说,你不妨进屋来暖一暖,看看老光棍的窝儿是个啥样子。"

她迟疑不定地看看他,看看那间矮棚屋,又看看那个院子。院子里乱糟糟的,堆着不少劈柴和薄木板,还有一只没有铁箍的洗衣盆。她显得有点儿局促不安,可是伯恩斯塔姆简直没给她考虑的时间。他马上伸出手来,作出一种欢迎她的姿态,仿佛在说,她完全可以自己拿定主意嘛,这会儿她不再是一个"可敬的已婚女子",而完全是一个有血有肉的人。她用颤抖着的声音说:"好吧,就待一会儿,让我的鼻子暖一暖。"她又往街上扫了一眼,确实没有人在监视,才一溜烟飘进小屋去。

她在那里停留了一个钟头光景。她从来没有遇到过比这个"红胡子瑞典佬"更加殷勤待客的主人。

他总共只有一个房间:松木地板上光秃秃的,自然铺不起毡毯之类的东西,工作台也很小,贴着墙壁有一张被褥惊人整洁的吊床,一只大肚子火炉,看上去好像一颗炮弹,火炉后面有一个架子,架子上摆着一只煎锅和一只带有灰色斑点的咖啡壶;两张土里土气的椅子——一张是用半只圆桶做的,另一张是七歪八斜的木板拼成的——此外还有一排五花八门的书籍,其中有拜伦①、丁尼生②和斯蒂文生③的作品,一本内燃机手册,一部索尔斯坦·维布伦④的著作,一本字里行间点得密密麻麻的论文专著,题名:《家禽和牲畜的管理、饲养、疾病与良种繁殖》。

房间里只有一张图画——是杂志上的一张彩色插页,画的是哈茨山⑤上乡间尖屋顶茅舍的景色,使人想到了德国民间传说中调皮的小精灵和金发女郎。

伯恩斯塔姆并没有特别巴结她。他只说:"你不妨把大衣敞开,两脚搁在火炉前面的那只箱子上。"他把自己的狗皮外套扔到吊床上,就坐在那张圆桶做成的椅子上,瓮声瓮气地说:

"是呀,也许我是个粗汉子,可是,我替人打短工,不靠天,不靠地,照样能自立,这一点恐怕像银行职员那样的上等人都办不到吧。有时候,我要是得罪了哪一个傻瓜蛋,也许部分是因为我想不出高招来(老实说,对于上等人的那套规矩,我还不算是完全外行,我晓得出门拜客穿礼服大衣时应该配上什么样的裤子),但主要还是因为我别有一番用意。《独立宣言》里有那么一句模棱两可的话,说每一个美国人都享有'生命、自由和追求幸福'的权利,直到今天,整个约翰逊县里还记得这句话的,恐怕就只剩我一个人啦。

"有一次,我在街上碰到了埃兹拉·斯托博迪。他一个

---

① 拜伦(1788—1824),英国著名诗人。
② 丁尼生(1809—1892),英国桂冠诗人。
③ 斯蒂文生(1850—1894),英国小说家。
④ 索尔斯坦·维布伦(1857—1929),美国经济学家、社会学家,抨击过资本主义,主张企业应交给技术专家领导。
⑤ 哈茨山脉,位于德国中部的游览地。

劲儿看着我,瞧他的那副神气,活像是要我牢牢记住,他是个高不可攀的大人物,大概价值二十万块钱吧。他说:'嗯,伯恩奎斯特——'

"'我的名字叫伯恩斯塔姆,埃兹拉。'我回答说。其实,我姓啥叫啥,明明他都知道的。

"'哦,不管你叫啥名字,'他接着说,'我知道你有一把机器圆锯。我要你上我家来锯四大堆枫木。'

"'这么说,承蒙你看得起我,是吗,嗯?'我故意显得天真地说。

"'那又有什么关系呢?我要你在礼拜六以前来锯木头',他说这话,实在够精明的。一个普通工人,竟敢跟一位身穿破旧皮大衣、腰缠二十万大洋、到处转悠的阔佬儿顶起嘴来了!

"'当然有关系咯,'我这样说,是存心气气他,'你怎么知道我见了你就不腻味呢?'他听了好像也没有恼火!'就是不行,'我说,'我还得再考虑考虑,我压根儿不想给你贷款。到别的银行去申请吧,此处概不贷款。'说完,我扭头就走,连一眼都没有看他。

"当然咯,也许是我脾气太坏——而且又很傻。不过,我觉得镇上总得要有一个人,能够超然独立,敢于顶撞这位银行家!"

他离座去热咖啡,给卡萝尔斟满了一杯,继续说下去,时而富于挑衅性,时而又深表歉意。他渴望获得友情,同时发现她对他的无产阶级哲学表示惊讶,感到很有意思。

她在门口告别时暗示说:

"伯恩斯塔姆先生,如果你是我的话,你会担心别人说你太会装腔作势吗?"

"嘿!就揍他们的嘴巴呗!比方说,我是一只浑身银白色的海鸥,有那么一小撮可怜巴巴的海豹冲我嘎嘎嘎叫,我管它干什么?"

驱使她飞也似的穿过市镇的,不是她背后的风,而是来自伯恩斯塔姆的嬉笑怒骂的那一股子巨大冲力。她劈面看了久恩尼塔·海多克一眼;莫德·戴尔无意中对她点点头,她却昂首阔步在他面前走过去了;她回到家里,满面春风出现在碧雅跟前。她打电话给维达·舍温,要她"今儿晚上来一趟"。她兴致勃勃地弹奏柴可夫斯基的作品——那些雄壮的乐曲旋律,仿佛就是铺着焦油纸的矮棚屋里那位有说有笑的红色哲学家的回声。

(她悄悄地向维达暗示说:"此地是不是有一个人,喜欢挖苦镇上的那些大菩萨——这个人的名字,好像是叫作什么伯恩斯塔姆的?"这位从事改革的领袖回答说:"伯恩斯塔姆吗?哦,不错,是有这么一个修理工。这个人一点儿都不懂礼貌,简直是天下少见的。")

四

肯尼科特是在午夜时分回来的。第二天吃早餐的时候,他说他这两天无时无刻不在惦念她,这话他说了四遍。

在她去市场的路上,萨姆·克拉克大声招呼她:"早上好!上我们家来坐坐,跟塞缪尔聊聊天,好吗?今天天气比较暖一些,嗯?你的那位大夫的寒暑表上是多少度呀?我说,这几天晚上你们二位最好上我们那儿串串门。别那么瞧不起人,老是躲在自己窝里。"

钱普·佩里是谷仓的小麦收购员,本地老乡亲,他在邮局里拦住卡萝尔,用干瘪的长满老茧的手抓住她的嫩手,两眼没精打采地直瞅着她,咯咯大笑说:"我的天哪,你是那么水灵灵的,赛过一朵鲜花呢!前天,我的老伴还在念叨说:看上你一眼,不用吃灵药!"

她在时装公司碰到盖伊·波洛克,他正在买一条灰色素围巾。"我们好久没见面了,"她说,"赶明儿你晚上去我们家打打牌,好吗?"波洛克还故意问她:"你说话真的算数吗?"

她正在买两码长花边,这时候,爱唱歌的雷米埃·伍瑟斯庞踮起脚尖走了过来,他那又长又黄的脸儿上下抖动着,一个劲儿说:"劳驾上我的柜台那边去,看看我特地给你留出的那双漆皮凉鞋。"

他毕恭毕敬地先给她脱下靴子,把她的裙裾撩过脚脖子,然后再给她穿上那双凉鞋。于是,她就把那双凉鞋买了下来。

"你呀真会做买卖!"她说。

"我可压根儿不会做买卖!本人最喜欢的,就是高雅的艺术品。这儿柜台上,简直谈不上什么美。"他无可奈何地挥挥手,一一指给卡萝尔看:堆满鞋盒的售货架,雕着镂空蔷薇花的薄板椅子,橱窗里陈列的楦头和黑色鞋油,还有一张石印广告画,上面画着一个樱桃红脸蛋儿的年轻女郎,正在似笑非笑地哼上几句打油诗,仿佛大喊大叫拉生意,"穿上这双豪华型克利奥佩特拉①女王式皮鞋,我的一双脚才特别小巧

---

① 克利奥佩特拉(公元前69—前30),古埃及的最后一位女王。

玲珑。"

"不过,"雷米埃叹了一口气,说,"有时候到货,碰巧也会有一双像这种式样的漂亮鞋子,我就把它单独放开,特意留给识货的人。当我看见它时,马上脱口说,'要是肯尼科特太太合脚的话,该有多好啊。'我心里打算一有机会就通知你。是啊,那天我们俩在格雷太太公寓里谈得多愉快,我至今还没有忘记!"

当天晚上,盖伊·波洛克果然来串门了,虽然肯尼科特一下子就把他抓去打纸牌,卡萝尔还是觉得很高兴。

五

卡萝尔心里虽然又像从前那样兴致勃勃,但她并没有忘记自己立志改造戈镇的心愿。她想还不如先轻松愉快地做一点儿宣传工作。她从肯尼科特身上着手做起,打算在灯下教他如何欣赏诗歌的美。可惜这件事一再延宕,始终实现不了。有两次他提出要去邻舍串门,一次是他下乡出诊去了。到了第四天晚上,他美滋滋地打过呵欠,伸伸懒腰,开口问道:"哦,今儿晚上我们干啥呀?去看电影,好不好?"

"今晚我自有安排。你先别打岔!过来,坐到桌子跟前。好,你坐得规矩一些,暂时放下医生架子,听我念。"

也许她是受了好发号施令的维达·舍温的影响吧;听她那种说话的口吻,好像是把文化当成商品,正在兜售似的。但是,等她坐到长沙发上,就判若两人了。她两手托着下巴,膝上放着一本叶芝①的诗集,朗朗上口地念起来。

顷刻之间,她好像从一个草原小镇上那种舒舒服服的家庭走出来,进入一个充满孤独的世界——黄昏时红雀正在扑啦啦地拍翅膀;黑沉沉的海面上,浪花拍打着海岸,海鸥在不断哀鸣;安加斯岛和远古时代诸神,他们举世罕见的光荣业绩将与日月争辉;气宇轩昂的国王和围着金腰带的贵妇人;远处的歌声,如怨如诉,不绝如缕——

肯尼科特"喀——喀——喀"地一连咳了几声。她突然顿住了。她想起了他不久前还在嚼烟叶,气呼呼地瞪了他一眼,他怪不好意思地说:"好诗!好诗!你还是在大学里学的吗?好诗嘛,我也喜欢——像瑞莉②的作品,朗费罗的那部长诗《海华沙之歌》。我的天哪,我真巴不得能欣赏你刚才念的那种高水平的艺术作品,可惜我现在年纪一大把,这些新玩意儿就是学不了。"

看他那狼狈样子,她实在于心不忍,不过想了一想,又差点笑了出来。她安慰他说:"得了吧,我们来谈谈丁尼生的作品吧。他的诗你念过吗?"

"丁尼生?当然念过啦。我还是在中学里念的。不妨就念一首给你听:

　　当我出海的时候,
　　千万不要流下别离的……(下面是什么?③)

---

① 叶芝(1865—1939),爱尔兰诗人、剧作家,曾获一九二三年诺贝尔文学奖。
② 瑞莉(1849—1916),美国诗人、新闻记者,在美国东部及中部各州享有盛名。
③ 此处是指"泪水"。

但是让……

"下面的诗句我就不记得了。哦！他还有一首诗,开头是:'我遇见一个乡下男孩子——'后面写的是什么,我不记得了,不过这首诗的最后一句是:'我们一共七个人。'①"

"大概是的,哦,我们一块儿来念念《亚瑟王的田园诗》②,这首诗写得非常有色彩。"

"好,就念吧。"他连忙点燃一支雪茄烟,好让自己躲在一圈圈烟雾后面。

她并没有安全沉醉在诗情画意里。她一面念,一面也看着他,看到他那种难受的劲儿,就跑过去亲了一下他的前额,大声说道:"噢哟哟,原来你是大萝卜头,我真不该硬是让你冒充晚香玉呀。"

"听着,那可不是——"

"得了吧,反正我再也不会叫你受罪了。"

这时她诗兴勃发,欲罢不能,就特别有劲地念了一首吉卜林的诗:

这会儿有一支连队

正从大道上赶来。

他用脚打拍子,他的样子看上去安详而又坚定。可是,当他恭维她说"你念得真太好啦！我的天哪,简直一点儿都不比埃拉·斯托博迪差"时,她啪的一声把书合上,说也许还赶得上九点钟的那场电影呢。

---

① 《我们一共七个人》,系英国诗人威廉·华兹华斯(1770—1850)所作的歌谣,不是丁尼生的诗,肯尼科特在这里显然是搞错了。
② 此诗系丁尼生根据英国民间传说中的亚瑟王的事迹而创作的。

201

那真可以说是她作出的最后一番努力,如同梦想捕获四月里的风,函授天神的哀怨,或者到奥利·詹森食品店去,从食品罐头里买到阿瓦隆①的百合花和科开恩②的夕照景色一样。

但是在电影院里,当银幕上出现一个演员把细条实心面硬是塞进了一位贵妇人的晚礼服的镜头时,她禁不住跟着肯尼科特一块儿捧腹大笑了。不一会儿,她又后悔自己实在不该笑,她想起了从前跟姑娘们在密西西比河畔小山冈城垛上散步的情景,不禁黯然神伤。可是,一看到那个名噪一时的影坛小丑把几只癞蛤蟆一股脑儿扔进一盆汤里,她又忍俊不禁,咻咻地笑了起来。而乐了一阵之后,在她记忆中的姑娘们的芳影,也就随着黑暗倏然不见了。

六

现在卡萝尔常常去芳华俱乐部,参加午后打桥牌的活动。她是向萨姆·克拉克一家人学打桥牌并且入了门的。她打牌时很文静,但技术还是相当差劲。不管什么问题,除了毛线连裤衫那样不易引起争论的琐事外,她都一概不发表意见,而豪兰太太对此却津津乐道,足足扯上了五分钟光景。卡萝尔脸上常常挂着笑容;她向东道主戴夫·戴尔太太道谢的样子,活脱脱就像一只金丝雀。

只是在大家你一言,我一语议论家里丈夫的时候,她觉得

---

① 凯尔特族传说中的西方乐土。
② 意即想象中的乐土。

如坐针毡。

那些少奶奶们,竟然坦率而又巨细不捐地把房帷琐事,都给抖搂了出来,叫卡萝尔吓了一大跳。久恩尼塔·海多克描述哈里刮胡子时的一招一式,说他平日里对猎鹿特别感兴趣。高杰灵太太好像有点儿生气似的,说她先生不喜欢吃猪肝和咸肉。莫德·戴尔说了一通戴夫肠胃有毛病,总是消化不良;不久前,她还在床上跟他争论过有关"基督教科学派"、短袜子和在内衣上怎样钉扣子的事情,她絮絮叨叨说:他不管见了哪一个年轻姑娘,总是不肯撒手,简直使她难以忍受,但他自己呢,只要看到别的男人和她跳舞,他又会大吃其醋了;最后,她居然还淋漓尽致地把戴夫各种不同的亲嘴方式当众表演了一番。

开头,卡萝尔只是俯首帖耳地听着,听着听着,心里却有点儿雀跃,恨不得自己也插进去谈谈。至于她们呢,似乎也脉脉含情地看着她,撺掇她详细讲讲欢度蜜月时的一些最有趣的花絮之类的事儿。她听后并没有生气,只是感到自己实在说不出口。她故意假装没有听出她们的意思来,前言不搭后语地谈到肯尼科特的那些套鞋和他个人行医的理想,简直叫她们听得烦腻死了。如今她们认为她虽然待人很随和,但是很稚嫩,还缺乏经验。

她们没完没了地提出一连串好奇的问题,叫卡萝尔实在难以招架。随后,她就向芳华俱乐部会长久恩尼塔表示,赶明儿她要请客招待她们。她说:"怕只怕我做的点心,比不上戴尔太太做的色拉,或者比不上不久前在府上吃过的那种精美可口的蛋糕,我亲爱的太太。"

"那敢情好!三月十七日的那个桥牌会,我们正要找一位东道主。你要是把它安排在圣帕特里克①日,那就一定更加别开生面!反正我乐意尽心尽力帮你张罗。我很高兴你总算把桥牌学会了。乍见面,我还担心你也许一点儿都不喜欢戈镇。如今你好歹在这里落了户,实在是可喜可贺啊!论文化修养,我们也许没有双城人那么高,但我们的日子却过得美滋滋的,我们夏天去游泳,跳舞,哦,好玩的事儿可多着呢。只要别人一了解到我们的实际情况,我想,必定会觉得我们这一帮人心眼儿挺不错!"

"是啊,一点儿不错,真要谢谢你出了个好主意,定在圣帕特里克日搞一次桥牌会。"

"哦,这只是小事一桩罢了。我总觉得芳华俱乐部里人人都会出主意,高招有的是啊。你要是到过别的市镇,比方说,瓦卡明、乔雷莱蒙等,你就会深深觉得,走遍整个明尼苏达州,唯独戈镇是最最富有朝气,同时也最最漂亮的市镇。你知道,鼎鼎大名的汽车制造商珀西·布雷斯纳汉也是此地人吗?是的,我想,圣帕特里克日的桥牌会,必定是独出心裁,别有风味,但也绝不会是异想天开,荒诞不经,或是其他什么——"

---

① 圣帕特里克,是爱尔兰的守护圣徒。

第十一章

一

妇女读书会虽然常常邀请卡萝尔参加它的每周例会,可她总是懒得去,一拖再拖。维达·舍温向她担保说:"在妇女读书会这个团体里,人人都亲如手足,它可以使你经常接触到目下普遍流行的各种思潮。"

三月初,老医生韦斯特莱克的太太,活像一只惹人喜爱的小猫,闯进了卡萝尔的小客厅,很委婉地说:"我亲爱的太太,今天下午你可一定要来读书会。这次轮到道森太太主持开会,可怜的她呀早已被吓得要死,特地指定我来府上,请你务必到会,给她壮壮胆。她深信,由于你博览群书,学问高深,一定会使这次会生色不少。(我们今天要讨论的,是关于英国诗歌问题。)哦,得了! 快穿上外套,跟我走!"

"英国诗歌? 真的吗? 我倒是乐意叨陪末座呢。真想不到你们也在念诗呀。"

"哦,我们还算不上太落后吧!"

韦斯特莱克太太偕同卡萝尔莅会时,卢克·道森太太两眼呆滞地直瞅着她们,看她的样子真是可怜极了。这位太太的丈夫道森先生是镇上的首富,她的那件昂贵的海狸呢缎子长袍,挂着各式各样黑褐色珠子镶成的饰物,袍子又宽又大,就是有两个像她那么大的身材一块穿也不嫌小。她伫立在十九张折叠椅跟前,一个劲儿来回搓手;在她的前厅里挂着一张摄于一八九〇年、早已褪了色的明尼哈哈大瀑布的照片,一张道森先生的放大的彩色照片,还有一盏球形台灯,安放在一个类似停尸所的大理石柱子上,台灯罩子上是一幅泼墨的山间放牧图。

她大声嚷道:"噢哟哟,肯尼科特太太呀,这会儿我真傻眼了。她们就是要我来主持这次讨论会,我说,请你快一点儿帮帮我的忙,好吗?"

卡萝尔开口问道:"你们今天要讨论的,是哪一位诗人呀?"听她的口气,就像她在图书馆问读者:"你们打算借什么书呀?"

"当然咯,都是英国诗人嘛。"

"恐怕不可能是自古至今的所有英国诗人吧?"

"这怎——怎么不可能呢。今年我们要读的是所有的欧洲各国文学。读书会订了一本很好的杂志,叫作《文化须知》,我们也就照葫芦画瓢了。去年,我们的题目是:《〈圣经〉里的男男女女》,明年我们也许会讨论有关装潢和瓷器的问题。我的天哪,要讨论所有这些新文化的课题,真叫人忙得不亦乐乎,不过获益匪浅。这么说来,你今天想必乐意帮帮我们的忙?"

在路上,卡萝尔下决心要利用妇女读书会作为改造戈镇的工具。她心里立刻充满了巨大的热忱,喃喃自语道:"这些家庭妇女可真了不起,不管家里活儿累得要命,居然还对诗发生了那么大的兴趣,太不简单啦。赶明儿我要跟她们在一起共事,我乐意为她们效劳,不管是什么事儿都行!"

可是到了那里,卡萝尔的满腔热忱顿时凉了半截,眼看着这十三位女士一到,二话不说,先把套鞋脱下,个个都是膘肥腰粗,各自就座。有人嘴里在嚼着薄荷糖,有人在揩擦自己的手指头,有人则叠手坐着,仿佛想刹住胡思乱想,正在定下心来,恭请这位肉眼看得到的诗神来作有助于她们文雅的演讲。她们和蔼可亲地频频向卡萝尔含笑点头。卡萝尔也尽量以晚辈的身份侍候她们。但她自己还是感到信心不足。她的椅子在众目睽睽之下孤零零地搁在最前面。这是一张教堂祈祷室里的座椅,硬石板的椅面很滑溜,而且一直在吱吱嘎嘎发响,随时都会坍下来的。要不是她两只手臂交叠环抱着洗耳恭听,恐怕早就坐不稳了。

这时,她心里真恨不得把椅子一脚踢翻,开溜跑了。如果真的这样的话,肯定会举座哗然的。

她看见维达·舍温正目不转睛地瞅着她,她拧了一下自己的手腕,好像是一个进了教堂还在吵闹不休的顽童似的,一直等到变得比较老实一点以后,才又开始听主人讲话。

道森太太叹了一口气,煞有介事地致开幕词说:"今天承蒙诸位光临,实在叫人高兴。我知道列位女士都已准备好许许多多非常有趣的论文。我说,今天我们要讨论的题目'诗人',的的确确是满有味儿的题目。大家知道,诗人能够激发人们高尚的思想情操。其实嘛,本利克牧师不是也这样说过:有些诗人给予人们的灵感,就跟许多牧师所给予人们的灵感一样多。现在,我们将会很高兴地听到——"

说完,可怜的道森太太苦笑了一下,因为紧张而直喘粗气,慌手慌脚地在那张橡木小桌子上找她的眼镜,然后继续说道:"那我们就先请詹森太太讲:'莎士比亚与弥尔顿'。"

詹森太太说,莎士比亚生于公元一五六四年,死于公元一六一六年。他在英国伦敦,艾冯河畔的斯特拉福镇①都住过。斯特拉福镇是个可爱的小市镇,那儿有许许多多值得一看的古董宝贝和古色古香的房子,很多美国客人都喜欢到那里去观光一番。许多人都认为莎士比亚是有史以来最最伟大的剧作家,同时也是一位卓越的诗人。对于他的身世生平,人们知之甚少,但是这一点并没有什么关系,反正人们就是喜欢读他的大量剧本,其中有几部最有名的作品,现在她就要开始评论一番了。

在莎士比亚所有的剧本当中,《威尼斯商人》也许可以说是他最最著名的一个。它写的是一个优美动人的爱情故事,对一个女人的聪明智慧作出了很高的评价。单是这一点,不管是一个妇女团体也好,还是那些对妇女参政运动不敢苟同的人也好,都应该予以特别重视才对。(全场大笑)至于詹森太太本人呢,她当然也巴不得自己成为剧中女主角鲍细霞。这个剧本的剧情,就是写一个名叫夏洛克的犹太人,不愿把他的女儿嫁给威尼斯的一位绅士安东尼奥……

伦纳德·沃伦太太身材瘦小,脸色苍白,有一点儿神经质,身为妇女读书会会长,同时也是基督教公理会牧师的夫人。她先是报了一遍拜伦、司各特②、穆尔③、彭斯④诸诗人的

---

① 艾冯河位于英格兰中部,流经莎士比亚的出生地斯特拉福镇。
② 司各特(1771—1832),苏格兰诗人、小说家。
③ 穆尔(1779—1852),爱尔兰诗人。
④ 彭斯(1759—1796),苏格兰诗人。

生卒年月以后,接下去说:

"彭斯小时候是个穷孩子,根本享受不到我们现在这种优裕的环境。他只能跑到古老的苏格兰乡村教堂去听牧师很有胆识的讲道,如今在所谓先进的各大城市的气势宏伟的红砖教堂里,恐怕再也听不到那么有劲的讲道了。彭斯也得不到像我们现在所受过的良好教育,得不到学习拉丁文以及接触其他思想知识宝藏的机会,而现在我们每一个年轻的美国小伙子,不论贫富贵贱,却都享有这么多的好机会,可惜,我的老天哪,他们就是熟视无睹,根本不善于加以利用。那时候,彭斯不得不刻苦用功,虽然一度也上了坏朋友的当,沾上了一些不良习惯。可是从道德观点来看,我们认为彭斯是个好学生,肯上进,自学成才,恰好跟拜伦那种落拓不羁的所谓贵族生活方式形成鲜明对照。至于拜伦的那些情况,我刚才已经给大家介绍过,这会儿就不多讲了。尽管当时的什么子爵、伯爵等等贵族都认为彭斯出身低贱,压根儿瞧不起他,但我们这儿许多人倒很喜欢他的诗,特别是他写到耗子和其他乡村题材的诗,我认为具有一种朴素无华的美,哦,非常抱歉,由于时间有限,他的诗,我恐怕就来不及向大家一一介绍了。"

乔治·埃特温·莫特太太花了十分钟光景,介绍丁尼生和勃朗宁①。

纳特·希克斯太太,尽管脸孔长得有点儿歪,但还是一个温柔得出奇的女人,对前几位精彩的读书报告简直诚惶诚恐,当时卡萝尔心里真想跟她亲吻一下。希克斯太太以《论其他

---

① 勃朗宁(1812—1889),英国维多利亚时代与丁尼生齐名的诗人。

英国诗人》为题胡诌了一通,好歹也算应付了这一天苦差使。所谓其他值得一读的诗人,就是柯勒律治①、华兹华斯、雪莱②、葛雷③、海曼斯④夫人和吉卜林。

埃拉·斯托博迪小姐应邀朗诵了一首退场时唱的《赞美诗》⑤和《拉拉·鲁克》⑥片断。在全场喝彩叫好以后,她又给大家加唱了《我昔日的情人》。

戈镇讨论诗人问题已经告一段落。下个星期准备讨论的题目,是《英国小说和散文》。

道森太太对大家说:"现在我们就对刚才宣读过的那些论文进行讨论。我相信大家都乐于听到我们未来的新会员肯尼科特太太的高见,肯尼科特太太对文学有很高的造诣,一定能给我们提出许许多多意见,是的,许许多多宝贵的意见。"

卡萝尔反复嘱咐自己不要"过于傲气"。她一直坚信,这些太太们尽管家里活儿很重,但仍然能抓紧时间来研究英诗,她们这种精神,本该要使她感动得掉眼泪。"但是,她们却是非常自满,认为她们已经帮了彭斯一个大忙。她们并不觉得现在来作研究'为时已晚'了。她们认为自己对于文化嘛,好像已经撒上了一把盐,腌过了,就像火腿一样可以挂起来

---

① 柯勒律治(1772—1834),与华兹华斯同时代的英国诗人。
② 雪莱(1792—1822),英国著名诗人。
③ 葛雷(1716—1771),英国诗人。
④ 海曼斯夫人(1793—1835),英国女诗人。
⑤ 此诗系吉卜林所写的《引退颂》,据说是在庆贺维多利亚女王临政十五周年大典时有感而作,因此成为他的"杰作"之一。
⑥ 《拉拉·鲁克》是托马斯·穆尔仿拜伦东方诗而创作的内容丰富的东方题材的长诗。

啦。"道森太太的这一番敦促,终于使她从恍恍惚惚的疑窦中猛醒过来。这时,她简直惊慌失措,不知道该怎么样说,才不至于伤她们的面子?

钱普·佩里太太俯过身子来,抚摸了一下她的手,低声贴耳说:"亲爱的,看起来你好像很累。你要是不想讲,索性不讲就得了。"

一股热乎乎的暖流,仿佛从卡萝尔的心窝里流过了。她站了起来,字斟句酌,彬彬有礼地说:

"我在这儿只想提一个建议,就是——我虽然知道你们各位已定好了具体的讨论计划,不过,我还是向大家进一言,我觉得今天讨论会就是一个良好的开端,与其等到明年再去讨论别的题目,我看还不如回过头来,把上面那些诗人详详细细研究一番。特别是要多多引证诗人们自己的诗句——虽然他们的身世生平,不消说,是很有趣的,而且,如同沃伦太太所说,从道德方面来看,也是有很大教益。依我看,也许还有好几位诗人今天并没有提到,比方说,济慈①、马修·安诺德②、罗塞蒂③和史文朋④等人,似乎都值得介绍一下。史文朋作品里所写的——和我们在美丽的中西部所过的欢乐生活,真可以说是一个对照呢——"

她发现纳伦德·沃伦太太并不表示赞同。为了要引起这位太太的注意,卡萝尔就故意装作不知道,继续说下去:

"恐怕你也许没有发现,史文朋好像倾向于坦率,一点儿

---

① 济慈(1795—1821),英国著名浪漫主义诗人。
② 安诺德(1822—1888),英国诗人、文艺批评家。
③ 罗塞蒂(1828—1882),流亡在英国的意大利诗人、文学教授。
④ 史文朋(1837—1909),英国诗人、批评家。

211

都不含蓄,所以,不论是你,还是我们,都觉得不太喜欢了。你说是这样的吗,沃伦太太?"

这位牧师太太回答说:"是啊,肯尼科特太太,你可真说出了我的心里话呀。当然咯,史文朋的作品,我从来没有读过,不过,几年前,他正在出风头的时候,我记得沃伦先生说起过那位史文朋(说不定,他说的也许是奥斯卡·王尔德①?到底是怎么一回事,反正我记不真了),当时他说,尽管有许许多多所谓的知识分子拿腔作势,假装在史文朋的作品里找到了美,但如果没有出自心灵深处的启示,那么,对这种作品绝对谈不上感受到真正的美。尽管这样,我们还是觉得你的意见非常非常之好,虽然我们来年讨论的题目可能早已定为《装潢和瓷器》,但我认为,制订研究规划委员会不妨另外安排一天时间,全部用来讨论英国诗!说实话,尊敬的主席太太,这——是我的临时动议。"

她们一道吃过道森太太准备好的咖啡和蛋糕,便兴高采烈,再也不会因为想到莎士比亚的死心里觉得郁郁不乐了。她们对卡萝尔说,今天看到她亲自莅会,都感到非常高兴。会员资格审查委员会全体委员躲到小客厅去,开了三分钟会,就把卡萝尔吸收为正式会员了。

于是,她再也不摆出屈尊俯就的样子了。

她可要一心一意和她们打成一片。她们的心眼儿是那么好。有了她们的帮助,她的宏愿也许会得到实现。她要消除乡间懒怠习俗的运动,好歹真的开始了!那么,她究竟是要在哪一项的改革中才能初显身手呢?会后闲谈时,乔治·埃特

---

① 王尔德(1854—1900),英国著名作家。

温·莫特太太说,目前市政厅大楼似乎跟繁荣的戈镇已经极不相配。纳特·希克斯太太则怯生生地说,希望能让年轻的小伙子们去那里开舞会,因为目前各社团所组织的舞会都不对外开放,很不方便。改建市政厅大楼!那可真是个好主意呀!卡萝尔急急忙忙赶回家去了。

她还没意识到戈镇早已成为一个地方自治的城市了。她从肯尼科特那里了解到它是由市长、市议会和警卫部门来管理的。这么一来,她就成了城里人,不用说,她很高兴。

整个晚上,她是一个无比自豪、热爱乡土的戈镇市民。

二

第二天上午,她去市政厅大楼那里实地考察了一番。她记得市政厅外观寒碜,一点儿都不显眼。那是一座有着猪肝一样暗红色的木头房子,离大街只有半个街区的距离,正面有一道用楔形鱼鳞板搭成的护墙,窗子也很肮脏。从那里,可以一览无余地看到一大片空地和毗邻的纳特·希克斯的成衣铺。市政厅房子虽然比隔壁的木匠铺要大,可是建筑结构远没有后者坚固美观。

这时周围一个人也没有。她径自走进了门廊。一边是市法院,看上去很像一所乡村小学,另一边则是志愿者救火会,里面停放着一辆"福特"牌救火车,还有一些游行检阅时佩戴的亮闪闪的漂亮盔帽。长廊的尽头是一座邋里邋遢的监狱,拢共只有两间牢房,这会儿虽然空关着,却照样散发出阿摩尼亚和混浊的臭味。整个二层楼,是一个大房间,一点儿装饰都没有,乱七八糟地堆放着许多折叠椅和沾满石灰的灰浆搅拌箱,还有庆祝七月四日①独立纪念日的彩车架子,上面堆满烂掉了的石膏支架和褪了色的红白蓝三色旗;尽头是一个空荡荡的蹩脚舞台。这个房间的确相当宽敞,在这儿举行纳特·希克斯太太所说的那种交际舞会,不消说,是绰绰有余。不过,卡萝尔心向往之的东西,远比舞会重要得多呢。

午后,她匆匆赶到公共图书馆去。

图书馆每星期只开放三个下午和四个晚上。它设在一所旧房子里,地方还算够用,但是一点儿都不惹人注目。在卡萝尔心目中,应该要有一些比现在更加舒适的阅览室,一些专供儿童坐用的椅子,一整套馆藏的艺术复制品,还有一位年轻而又勇于革新的图书馆馆员。

她斥责自己说:"刹住那股总想改革一切的狂热劲儿!就这个图书馆来说,我应该心满意足啦!完全可以从市政厅大楼入手做起。这个图书馆的确还不错,至少说不算太差劲……我所碰到的每一个人,难道我都能看出他们既刁猾、又愚蠢吗?难道我净是给学校、商店和政府等等找毛病吗?难道永远都不会有满足和安宁的一天吗?"

她摇摇头,仿佛正在把身上的水珠抖掉似的,然后急匆匆走进图书馆。这时候,她显得分外年轻、秀逸而又和蔼可亲,她的皮大衣已敞开,身上穿着一套蓝衣服,围着一条鲜艳的、薄如蝉翼的透明纱巾,看上去也很素净大方,脚上穿的是一双红皮靴,由于踩过雪地,皮面已有些毛糙了。维利茨小姐两眼直瞅着她,卡萝尔却笑盈盈地迎上前去说:"真是太遗憾,昨天在妇女读书会上没看到你呢。维达还说你也许会来的。"

---

① 七月四日为美国国庆日。

214

"哦,你也去妇女读书会了。你觉得有劲吗?"

"那还用说嘛!谈到诗人的那几篇报告,真是好极了。"卡萝尔毫不迟疑地撒了一个大谎,"不过,我又觉得她们应该请你也提出一篇有关诗的报告来才好!"

"哦,当然咯,我跟她们那拨人可不一样,哪来的闲工夫去参加妇女读书会的活动?她们既然乐意请毫无文学修养的太太们作文学报告,那么,我干吗还要发什么牢骚呢?我算老几,才不过是镇上一个小小的雇员罢了!"

"不,你说到哪儿去了!你是唯一的一个——一个——哦,你做了那么多的事情。告诉我,嗯,控制读书会的,到底是哪些人呀?"

这时正有一个淡黄色头发的男孩子来借书,维利茨小姐在《密西西比河下游的弗兰克》那本书的封里使劲儿盖上一个日戳,恶狠狠地瞪了他一眼,好像她在他脑门上盖了一个警告的戳子似的,然后叹了一口气,说:

"我这个人嘛,既不喜欢抛头露面,也不喜欢见了人就评头品足。维达是我最好的一个朋友,又是那么出色的一位教师。整个戈镇,没有一个人的头脑比她更开明、更进步了。可是,我觉得,不论是谁当会长或是当委员,维达·舍温少不了总要躲在幕后出点子。虽然她老是吹捧我,常常夸我图书馆工作做得有声有色,但我发现她们并不怎么要我去做读书报告,尽管有一次莱曼·卡斯太太主动告诉我,说她认为我所写的那篇论《英国各大教堂》的报告是所有报告中最饶有趣味的一篇。在那一年,我们讨论的题目是:英法两国之行及其建筑艺术。可是,莫特太太和沃伦太太,她们二位,当然是读书会的重要台柱,一个是督学的太太,一个是公理会牧师的太太,她们理应如此,实际上,她们俩也都有文化教养,不过——不,你就不妨把我看作不屑一顾的小人物吧。我自己也知道人微言轻呀!"

"你真是太谦虚了。我将要把这件事说给维达听。哦,我可不知道能不能再打扰你一下,指给我看所有杂志都陈列在哪儿?"

卡萝尔如愿以偿了。她兴冲冲跟着来到了一个跟老奶奶的阁楼差不多的房间,她在那里找到了有关室内装饰和城市建设的各种期刊,此外还有六年内各期《地理杂志》。维利茨小姐请她独个儿浏览欣赏,然后就走开了。卡萝尔盘着两腿,坐在地板上,埋在杂志堆里,一面哼哼唱唱,一面嚓嚓嚓地一页页翻阅着,她心里该有多么高兴!

她找到了新英格兰各地街道的一些图片:壮丽的法尔默思,迷人的康科德、斯托克布里奇、法明顿和希尔豪斯林荫大道。长岛林岗郊外宛如神话世界一般的瑰丽风光。英国德文郡风味的农舍,埃塞克斯式庄园,还有约克郡乡间山路和阳光和煦的港口。在吉达①的一个阿拉伯村庄——看上去,就像一个五光十色的珠宝盒。加利福尼亚州有一个市镇,它的那一条大街两侧,原先都是一排排光秃秃的砖头房子和乱糟糟的小棚屋,如今一眼望去,已是拱廊环绕的林荫大道了。

她暗自思忖,她那执着的信念并不见得就是头脑发热:一个偏僻的美国小镇,不仅可以成为惹人喜爱的市镇,同时也将有利于人们买小麦和卖犁头。她坐在那里沉思默想,用纤细

---

① 吉达,沙特阿拉伯的一城市。

的手指轻轻地敲着脸颊。她眼前仿佛看到戈镇有一幢乔治风格的市政厅大会堂:红砖墙,白百叶窗,扇形气窗,宽敞的门厅和弯曲的楼梯。在她的心目中,它不仅是整个戈镇,而且也是周围乡村人人心驰神往的大家庭。市政厅大会堂应该包括法庭大厅(她还没有决定是否把监狱也列入在内),收藏各种最优秀的版画的公共图书馆,专供农妇们使用的休息室和标准厨房,剧场,讲演室,免费入场的舞厅,农政科,以及健身房。正如中世纪许多村庄簇拥在古堡周围一样,她仿佛看到了,以市政厅大会堂为中心,形成了一个崭新的乔治风格的市镇,若论优美雅致的景色,并不见得比安纳波利斯①,或是华盛顿策马驰骋过的花木掩映的亚历山德里亚②逊色。

妇女读书会要使上面这些理想变成现实,想必不会碰到多大困难的,因为读书会里有好几位会员,她们的丈夫手里就掌握着戈镇政治经济的命脉。她觉得她这个设想是切实可行的,不由得沾沾自喜起来。

仅仅是半个钟头工夫,她就把一个围着铁丝网的种土豆的菜园子变成了一个筑有围篱的蔷薇园。她急急忙忙奔去,把刚才发现的这个奇迹告诉了妇女读书会会长沃伦太太。

三

卡萝尔是在那天下午两点三刻走出家门的,四点半的时候,她正沉醉在一个乔治风格的市镇的憧憬之中。五点差一

---

① 安纳波利斯,美国一港口城市,马里兰州州府。
② 亚历山德里亚,美京华盛顿濒临波托马克河畔一城市。

刻,她已来到了一身清贫的公理会牧师住邸。热情可嘉的卡萝尔向伦纳德·沃伦太太说话时滔滔不绝,就像夏天一场大雨浇在年深月久的灰屋顶上,令人有点儿招架不住;到了五点差两分的时候,一个新市镇,即要求家家户户都有小院子和屋顶窗的方案已经提出来了;可是五点才过两分钟,整个市镇一下子就像巴比伦似的夷为平地了。

沃伦太太身子直挺挺地坐在一张威廉—玛丽式的安乐椅里;椅子后面是一长排松木书架,上面摆着多卷本讲道集、《圣经》诠释和巴勒斯坦地方志等,这些书的灰色封皮上布满了棕色斑点。她穿着一双很干净的黑鞋子,搁在一块碎布条编成的小地毯上,她本人的神态如同她身后面的背景一样端庄沉着,只是洗耳恭听,一概不加评论,一直等到卡萝尔说完,沃伦太太才八面玲珑地回答说:

"是啊,我认为,您的设想很好,有朝一日总会得到实现的。我说,毫无疑问——像您所说的这样的村子,有朝一日总会在大草原上出现。不过,要是您允许我提一点儿小小的意见的话,我倒是觉得,您出的主意很不对头,因为道理很简单,市政厅大会堂并不是一个适当的起点,妇女读书会也不是合适的工具。归根到底,只有教会才是社会真正的心脏。大概您也知道,我的丈夫是主张各派教会应该联合起来,他在明尼苏达州公理会范围内有相当影响。他希望看到福音派新教会内各分支通通联合起来,成为一个强有力的团体,来对抗天主教和基督教科学派,并对各种提倡道德和禁酒的运动适当加以引导。到了那时候,也许联合教会可以提供一座漂亮的房子,作为各社团的活动场所,说不定还可以拨出一幢灰泥和半砖木结构的房子,那里到处都是奇形怪状的雕像和各种令人悦目的装饰品,我觉得一般老百姓就是喜欢这样的房子,至于你刚才所说的那种拓殖时期的旧式普通建筑,他们压根儿不感兴趣。我说,这么一来,那里就成为各种寓有教育意义的娱乐活动的一个理想中心,也不至于让一般老百姓通通落到政客们的手心里去了。"

"我说恐怕要花上三四十年的时间,那些教会才能联合起来吧。"卡萝尔天真地说。

"要不了那么久的;如今,事态发展是很快的。所以说,另作别的打算,也许将是一大错误呢。"

过了两天以后,卡萝尔遇到了乔治·埃德温·莫特督学的太太,这时她的那股子热忱又死灰复燃了。

莫特太太说:"就个人来说,我光是家务都忙不过来,我在家里还得忙着做衣服,真是够呛,但是,如果妇女读书会的其他会员关心一下我提出的这个问题,那简直是太好了。其实,我要说的就只不过是这么一件事情:千重要,万重要,造一幢新校舍最重要。莫特先生说,目前的校舍太小,挤得要命。"

卡萝尔立刻跑去看旧校舍。原来小学和中学已经合二为一,挤在一间潮湿的黄砖头房子里,窗子又窄又小,很像古时候监狱的气窗——这个校舍就是一条充满了憎恨和强迫训练的囚船。卡萝尔打心眼里深深同情莫特太太的这个要求,有两天时间把自己的工作都给让路了。后来,她决定要同时兴建校舍和市政厅大会堂,作为新生的戈镇的中心。

她硬着头皮来到了戴夫·戴尔太太家里。那是一座铅灰色房子,四周爬满了藤萝,如今已入冬,叶子全掉完了,还有一道宽大的门廊,离地只有一英尺高,这房子一点儿特色都没

219

有,卡萝尔几乎完全不认识了。至于屋子里的陈设,她更记不清了。只是戴尔太太的一举一动,一言一语,还是那个老样子。戴尔太太和卡萝尔、豪兰太太、麦加农太太、维达·舍温一样,她们都是沟通芳华俱乐部和那个严肃的妇女读书会之间的桥梁。(她跟久恩尼塔·海多克截然不同,久恩尼塔实在犯不着常常自称"胸无点墨",并且扬言说"自己宁可坐班房,死也不给读书会写什么馊报告"。)戴尔太太出来接见卡萝尔时,身上穿着一套日本女人和服,显得更加富于女性美。她的肌肤白嫩柔细,难免叫人顿生非分之想。过去好几次在午后喝咖啡时,她常常表现得很粗鲁无礼,而现在却一迭声地把卡萝尔叫作"亲爱的",并且还死乞白赖地要卡萝尔叫她的小名"莫德"。卡萝尔简直闹不明白,为什么她在这种充满了爽身粉的气氛下反而觉得很不舒服。但她赶紧把话题转到她的新计划。

莫德·戴尔太太也承认目前市政厅房子不够"那么漂亮",可是,正如她的先生戴夫所说,在州政府还没有拨出专款以前,即使有什么好主意也是白搭,戴夫说,在建造新的市政厅大会堂同时,还要造一个民防训练所。根据戴夫的看法:"那些整天价在弹子房鬼混的年轻小伙子,都是乳臭未干的黄口小儿。他们当务之急,就是要接受全面军事训练。要把他们培养成为堂堂正正的男子汉。"

至于应该和市政厅大会堂同时兴建的新校舍一事,没想到戴尔太太却完全表示反对:

"哦,原来是莫特太太要你替她的那个建筑痴梦疲于奔命!为了这件小事,她老是在人们面前唠唠叨叨,让大伙儿听得都烦死了。说穿了,她心里一直在反复琢磨的,实际上就是要有一大间办公室,好让她的那位心肝儿秃头宝贝乔治先生坐在里面,摆臭架子呗。当然咯,莫特太太,我一直很钦佩,也很喜欢她。她呀头脑特别灵,尽管她有时候总是爱管闲事,竭力想要左右妇女读书会,不过,我还是要说清楚,我们大家对她的没完没了的唠唠叨叨,简直是讨厌透了。你看,我们做小娃娃的时候那栋老校舍不是好得很吗?我恨透了这些自封的女政客,你说呢?"

四

三月里头一个星期,露出了春天的信息,也在卡萝尔心田里激起了千层浪花——她渴望着到湖畔、旷野和田间陌路上去徘徊徜徉。这时,积雪都已融化了,只是在树根周围偶尔还剩下少许破絮般的残雪。一日之间温差极大,时而寒风刺骨,时而暖人肌肤。卡萝尔刚要相信这个冰天雪地的北陲照样会有温暖如春的天气时,天上却纷纷扬扬飘起雪来了,如同在舞台上用碎纸吹刮起的暴风雪一样突然。这一场风雪还算不上很大,但强劲的西北风却把她的信念一股脑儿都刮走了。她心中曾经憧憬着一个美丽的市镇,到了夏天,家家户户门前还要有绿幽幽的草地,如今,她的这两个希望都已化为乌有。

可是,过了一星期以后,虽然到处还可以见到一堆堆半融化的残雪,春汛无疑已来临了。她根据世世代代流传下来的经验,从空气、天色和大地的极其细微的暗示中,意识到春天快要来到。天气不会像一个星期以前那样,突然变得灼热难受,尘土飞扬,而是使人产生一种懒洋洋的感觉,乳白色阳光也显得格外柔和。小河里的水从每一条深巷后街边沿汩汩地流去;豪兰家院子里的酸苹果树上,像变魔术似的,出现了一只叫春的知更鸟。人们都笑逐颜开地说:"看样子冬天真的快要过去了。""冰化了,路面可要干了,马上可以坐汽车兜风去了,真不知道今年夏天我们会钓到多少鲈鱼,今年的庄稼该不错吧。"

每到晚上,肯尼科特总是翻来覆去地说:"我们最好不要过早地把厚绒内衣脱掉,或者把防风窗板去得太早,说不定过两天还会冷一阵子,小心着凉,千万千万,不知道存煤还够不够用呢?"

卡萝尔身上那种旺盛的生命力,终于把她渴望改革的意图给压了下去。她急忙走去,跟碧雅一起商量有关春季大扫除的事儿。她参加妇女读书会第二次例会时,对改造戈镇的事只字不提。她毕恭毕敬地听着有关狄更斯、萨克雷[①]、简·奥斯丁[②]、乔治·爱略特[③]、司各特、哈代[④]、兰姆[⑤]、德·昆西[⑥]和汉弗莱·华德夫人[⑦]等人的统计数字,看来就是这些人组成了英国小说家和散文家的阵容。

只是在她实地考察了农妇休息室以后,卡萝尔心中的那股狂热劲儿才又重新燃烧起来。平日里她也不时看见过这间由仓库改成的休息室,那些庄稼汉在谈买卖的时候,他们的娘儿们就在这里歇歇脚。她曾经听维达·舍温和沃伦太太得意

[①] 萨克雷(1811—1863),英国著名小说家。
[②] 奥斯丁(1775—1817),英国女作家。
[③] 乔治·爱略特(1819—1880),英国女作家。
[④] 哈代(1840—1928),英国小说家。
[⑤] 兰姆(1775—1834),英国散文家、批评家。
[⑥] 德·昆西(1785—1859),英国作家。
[⑦] 汉弗莱·华德夫人(1851—1920),英国女小说家。

扬扬地说,这间农妇休息室之所以能够建立,并且还得到市议会的经费,全是妇女读书会的功德。可是,直到今年三月里这一天,她才头一遭走进了这间农妇休息室。

她是突然心血来潮才闯了进去的。她先向那里的女管理员点点头。那个女人叫诺德尔奎斯特太太,长得胖乎乎,是一个令人尊敬的寡妇。卡萝尔也朝着坐在摇椅里轻轻地晃动着的两个农妇点点头。那间休息室像是一家旧货铺,专售破旧家具,里面摆的是摇摇欲坠的摇椅,七歪八斜的麦秸秆扎成的椅子,一张桌面上抓痕累累的松木桌子;一块沾满沙砾的草垫子,陈旧不堪的钢版印刷画上,依稀可见挤牛奶的姑娘们正在柳荫底下谈情说爱;彩色石印画上,红艳艳的玫瑰和鱼儿早已褪了色,此外还有一只专供农妇们热午饭用的煤油炉。临街的那个窗子,已被破破烂烂的网眼窗帘,还有一丛丛天竺葵和橡皮树挡住,光线显得很暗。

她听诺德尔奎斯特太太说,每年有成千上万的农妇使用了这个休息室,她们"都是感激涕零,多谢镇上太太们心眼儿好,给她们提供了这么一个好地方,而且这儿一切的一切又不用花钱",她心里暗自琢磨:"呸!什么好心眼儿!还不是那些太太们一心为自己的丈夫着想。要跟庄稼人多做生意呗。说到底,是便于做买卖,赚大钱罢了。这儿乱七八糟,该有多么惊人!这个休息室,应该是镇上最富于吸引力的地方,要让那些大草原上整天价围着灶台转的农妇们心里得到一点儿安慰。不用说,这儿应该窗明几净,好让她们一览无余,看看城市里的繁忙景象。有朝一日我一定要建立一个比较像样的休息室——一个地地道道的俱乐部!是啊!我不是早已把它列入乔治风格的市政厅大会堂的一部分吗?"

于是,卡萝尔在参加妇女读书会第三次例会时,把会上的平静气氛给破坏了。(那天主要讨论斯堪的纳维亚、俄国和波兰的文学,沃伦太太就俄国所谓教会崇拜偶像的这种邪说发了言。)甚至还没有等到端上咖啡和热面包卷,卡萝尔就抓住钱普·佩里太太做文章了。佩里太太是拓荒时代的那一辈人,心肠好,气量大,她给妇女读书会里的那些摩登的年轻的少奶奶们增添了一点儿古色古香的令人肃然起敬的光彩。卡萝尔滔滔不绝地把她的计划一股脑儿都谈出来了。佩里太太点点头,摸摸卡萝尔的手,但是到最后,她却叹了一口气说:

"亲爱的,我巴不得同意你的计划呢。我想,你一定是个虔诚的基督徒吧,虽然我们很少看见你到浸礼会来!不过,我觉得你的心儿太软啦。想当年钱普和我从索克镇①赶着牛车,跟随一长溜车队,来到了戈弗·普雷赖②时,这里什么东西都没有呀,拢共只有一道栅栏,一两个士兵,几间圆木小屋罢了。那时候,我们要一点儿咸肉和火药,就得派一个人骑着马儿到外面张罗。真不知道此人究竟能不能回来,说不定就在回家路上被土著印第安人一枪打死了。那时节,我们,这些娘儿们——当然咯,起初我们都是种庄稼的——从来没有指望过要有什么休息室来着。我的天哪,那时我们要是有一间像她们这样的休息室,简直就是进天堂呢!当时我们家的房子,顶上铺的是茅草,一下雨像漏斗,漏得一塌糊涂,只有架子底下才算是干的。

"后来我们这个镇慢慢发展起来了。那时新建的市政

---

① 索克镇位于美国明尼苏达州中部,是本书作者辛克莱·路易斯的出生地。
② 即戈镇。

厅会堂,我们觉得也挺漂亮,够神气啦。至于兴建舞厅嘛,我认为根本毫无必要。我说现在跳的舞,怎地跟过去相提并论呢。从前,我们跳的舞都是很文雅的,照样也玩得很痛快,不像时下的年轻人,紧紧搂在一块儿,大跳'火鸡摇摆舞',真是吓死人!但是,我说,如果他们一定要充耳不闻基督所说的小姑娘宜端庄的圣训,那么,他们还不如到'派西亚斯骑士团'和'共济会'那儿去,反正也可以凑合着玩玩,虽然那儿有些会员是不大欢迎外人和雇工去参加他们的舞会。至于你刚才所说的什么农政科和家政示范活动,当然我更看不出有什么举办的必要了。在我做闺女的时候,男孩子就得凭力气流大汗学会种庄稼,每一个小闺女都要会烧饭、炒菜,要不然,老娘就会骂她,罚她跪在地上呢!再说,现在瓦卡明不是有一位县里的专员吗?他也许两个星期来这里一趟。传授科学的耕种方法,可以说很够了,我的老伴钱普说,人人都有这样的看法。

"至于演讲厅嘛,我们不是有很多教堂吗?听一次好的老式布道,远比听一大堆谁都不想知道的什么天文地理,还有什么书本本上的大道理等等要实惠得多,这个妇女读书会所讨论的异端邪说,也可以说是数典忘祖,够多的啦。你说要把整个市镇改成拓殖时期的建筑风格,是啊,漂亮的东西我可也很喜欢呢。一直到今天,我仍然给自己的衬裙下摆镶上缎带,尽管钱普·佩里那个老家伙见了总是耻笑我!可我一直在心里嘀咕,我们这些老八辈儿恐怕压根儿不愿意看到自己辛辛苦苦造起来的市镇通通被拆掉,再去造一个我们一点儿都不喜欢的德国佬故事书里的那种玩意儿。难道你不觉得我们这个戈镇很美吗?有这么多的树木和草坪?这么多的舒舒服服的房子,暖气,电灯,电话,还有混凝土人行道,其他一切的一切?连双城来的人,都说我们这里是个美丽的市镇呢!"

卡萝尔假惺惺地说,戈镇的确富有阿尔及尔①的色彩和巴黎狂欢节最后一天②那种欢乐气氛。

可是第二天下午,卡萝尔又跟面粉厂老板娘鹰钩鼻莱曼·卡斯太太干起仗来了。

卡斯太太家的那个客厅,属于主张把家具摆设塞得满满的维多利亚派,而道森太太家的那个客厅却属于崇尚简朴的维多利亚派。卡斯家客厅的陈设布置,有两大原则:第一,每一件东西一定要跟某种实物大致相似,比方说,一张摇椅,它的靠背就要像里拉③,仿皮面椅座看上去要和绒布差不多,两个扶手上要雕刻着苏格兰长老会的狮徽,而且在摇椅的想不到的部位还要有球形的旋涡,以及盾牌和长矛形状的各种装饰。第二,室内每一英寸的地方,都要摆满东西,即使是毫无用处的东西也行。

卡斯家的客厅墙壁上,贴着一些不太高明的图画,画的是白桦树、卖报的小孩、小狗崽,以及圣诞节前夕的礼拜堂尖塔;还有一只瓷碟子,上面绘着明尼阿波利斯博览会全景;有几个烧焦了的不知是哪一个部族的印第安酋长的木雕头像;一条以三色紫罗兰为衬饰的颇有诗情画意的格言,一个开满玫瑰

---

① 阿尔及利亚首都。
② 原文为 Mardi Gras,即"狂欢节",亦称"谢肉节"。欧洲各国民间的一个节期。在封斋节之前举行,一般为封斋开始前三天。因封斋期间禁止肉食,故人们在此节期举行各种宴饮跳舞,称为"谢肉"。
③ 古希腊的一种七弦竖琴。

的庭园画,还有两面校旗,那是代表卡斯家的两个儿子就读的学校的,一个是奇科皮—福尔斯商学院,另一个是麦吉利卡迪大学。一张小方桌上,摆着一只镀着金边的彩绘细瓷小盒,专门存放名片;一本家用《圣经》;一部吉恩·斯特拉顿-波特夫人①新近完成的小说《格兰特回忆录》;一个雕成瑞士农舍形状的木头储钱盒;一个磨光了的石决明外壳,里面放着一枚黑色大头针、一个空线轴;一只镀上金色的拖鞋,鞋尖上面盖着"纽约州特洛伊城游览留念"字样,里面有一小块天鹅绒针插;此外还有一个不知道叫什么名字的红色玻璃缸,它的表面上有许许多多突出来的小疵点。

卡斯太太劈头提出的第一句话,就是"我所有的名贵的艺术品,一定要让你看看"。

卡萝尔说明来意以后,她尖声地说道:

"我明白。你认为新英格兰的乡镇和拓殖时期风格的房子,比我们这里中西部市镇的房子要好看得多。你有这种看法,我很高兴。你一定乐于知道,我就是在佛蒙特州出生呢。"

"难道你不觉得我们应该把戈镇改造成——"

"哦,不必啦,上帝保佑!我们压根儿花不起这么多的钱。目前税捐已经提高了。我们应该尽量撙节开支,别让市议会多花一个子儿。哦,你不觉得韦斯特莱克太太宣读她写的托尔斯泰②的论文很出色吗?她指出他的荒诞的社会主义思想垮台了,我可真高兴呀。"

---

① 吉恩·斯特拉顿-波特夫人(1868—1924),美国女作家。
② 即列夫·托尔斯泰,俄国伟大小说家。

卡斯太太所说的话,跟肯尼科特当天晚上所说的完全如出一辙。在今后二十年以内,无论市议会也好,还是戈镇也好,都不会同意拨款兴建新的市政厅大会堂。

五

卡萝尔本来根本不想向维达·舍温透露自己的计划的。她的那种老大姐的说话口吻,使卡萝尔感到有点儿害怕;维达也许会耻笑她,甚至还可能把她的计划改头换面,当作自己的。可是卡萝尔偏偏又没有别的办法可想。维达来喝茶的时候,卡萝尔就情不自禁把她的乌托邦扼要说了一下。

维达很会安慰人,但又当机立断地说:

"亲爱的,你几乎完全想错了。我真巴不得看到你的计划如期实现:一个地地道道的花园市镇,再也不怕强劲的北风袭击,怕只怕是行不通吧。读书会里的那些少奶奶能成得了什么大事呢?"

"可是她们的丈夫都是镇上最最有势力的人物。戈镇的命运都是操在他们手里呀。"

"不过,整个戈镇可不是都得听读书会的姑爷们的使唤。你可知道,当初我们请求市议会拨款在抽水站四周围种上藤蔓篱栅,曾经遇到过多少麻烦!不管你对戈镇的妇女看法如何,她们思想的进步,毕竟要比那些男人高出一倍呢。"

"难道说镇上那么丑陋的面貌,戈镇男人们就视而不见吗?"

"他们可并不觉得它丑。你又有什么办法来证明它丑呢?这是各人爱好不同的问题。一位波士顿建筑师所喜欢的东西,他们干吗也一定要喜欢呢?"

"他们就是喜欢做些无关紧要的买卖!"

"哦,那又有什么不可以呢?不管怎么样,最最要紧的是,你就得根据我们现有的情况,先从内部入手,而不是把人家的思想从外面引进来。千万不要硬给内心套上一层外壳。那是要不得的!美丽的外壳必须从内心深处慢慢生长出来,只有这样,后者才能得到充分表现。那就是说——需要等待。要是我们一个劲儿缠住市议会,再过上十年时间,也许他们会拨出专款来建造新校舍。"

"我才不相信镇上那些大人物真的会吝啬到不肯拿出几块钱来造一所房子,想一想!无论跳舞、演讲、演戏,一切的一切都可以在集体化的形式下进行!"

"你要是敢在本镇商人面前提一提'集体化'这个名词,他们准会动私刑,宰了你!本来他们怕的就是邮购商店,更怕天底下有人发起什么庄稼人集体化运动。"

"才这么一点儿风,就叫他们的钱包瑟瑟发抖!天底下哪儿都一样呀!我可不像小说里所描写的那样神通广大,会搞什么侦听录音器,或者擎着火炬游行演讲。我这里纯粹是庸人挡道。哦,我知道我真是太傻了。我心里想的是威尼斯,人却住在阿尔汉格尔斯克①,责怪北冰洋上海水的色彩不够柔美。可是尽管这样,谁都无法叫我心里不向往威尼斯,有朝一日我总会从这儿逃走的,得了,我不想再说什么啦。"

她伸开两手,摆了一摆,仿佛再也不敢想入非非了。

---

① 阿尔汉格尔斯克,俄罗斯北陲一城市,濒临白海德维纳湾。

六

五月初,小麦长出了绿草一般的新苗;玉米和土豆也开始下种了,原野里嗡嗡地发响,好像在低声哼着农忙小调。一连下了两天雨,镇上大街小巷,几乎遍地泥泞,难看先不说,实在是叫人不好走路。大街上到处都是一片连一片的黑黝黝的水洼,家家户户门前人行道旁,停车坪上,也都渗出黑乎乎的臭水来。天气闷热得真是够呛,但在阴惨惨的天色衬托下,整个戈镇显得光秃秃的。既没有白雪覆盖,也没有摇曳的枝柯掩映,大大小小房子愁眉苦脸地匍匐在地上,它们丑陋无比的真面目,纤毫毕现了。

卡萝尔拖着脚步走回家去,看着雨鞋上的污泥,裙摆上的脏点,不禁恶心起来。她走过莱曼·卡斯家门口,那座尖顶的深红色大房子显得格外难看。她蹚过一个坑坑洼洼的黄水塘!不,她不相信这一大片烂泥地就是她自己的家。她的家,和她的美丽的市镇,已在她心里萌生,可谓大功告成。只要找一个人来跟她共享其成就行了。可维达偏偏不愿意,肯尼科特也就更不用提了。

她心目中的这一世外桃源,怎么也得有人来跟她分享一下才好!

她突然想起了盖伊·波洛克。

她一转念,觉得不行。他这个人过于小心谨慎。眼前她需要的是一个像她一样年轻而又冒冒失失的精灵,可惜她永远都找不到。欢乐的青春的岁月,再也不会回来了。她只好认输了。

当天晚上,她想到了一个好主意,重建戈镇的问题也许就迎刃而解了。

不到十分钟,她已到了道森家门口拉那个老式门铃了。道森太太把门儿打开一条缝儿,探出脑袋往外张望着。卡萝尔亲了一下她的脸腮,欢蹦乱跳地走进了那个阴森森的小客厅。

"噢哟哟,我这个老花眼看到了你真高兴!"道森先生笑嘻嘻地说,放下手里的报纸,又把他的眼镜架子往额角上一推。

"你看来很激动呢。"道森太太叹了一口气说。

"是呀,我的确很激动!道森先生,你不是个百万富翁吗?"

道森先生像大公鸡一样昂起头来,叽里咕噜地说:"是啊,我想,我要是好好利用一下我所有的证券,抵押进来的农庄,以及我在梅萨贝的铁矿、北部木材和林地开垦方面的投资,拢共加在一起,差不多将近二百万。我的每一个子儿,都是辛辛苦苦赚来的,我压根儿都没想到外面去乱花乱扔呢——"

"可我想把你的产业拿走大半!"

道森夫妇彼此交换眼色,好像觉得她开的这个玩笑很有意思。接着,道森先生就像鸟儿似的喊喊喳喳地说:"你可要比本利克牧师还差劲!他每次向我敲竹杠,从来都没有超过十块钱呀!"

"我并不是在开玩笑。我是说真格的!你的子女都在双城,早已长大成人,过着相当富裕的日子。难道说你们不想在百年之后留个好名声,甘心默默无闻吗?你们干吗不独出心裁,做一点儿有意义的事呢?为什么不想把整个戈镇改建一番呢?找一个有名的建筑师来设计一个适合大草原的理想市镇。说不定他还会创造出一种崭新的建筑风格。到时候就把这些东摇西晃的房子一股脑儿都拆掉——"

道森先生这才闹明白,她刚才确实不是在开玩笑,于是就哭丧着脸说:"哎呀呀,乖乖,那少说也得要花上个三四百万块!"

"可光你一个人,不就可以拿出来二百万吗?!"

"我?要我把辛辛苦苦挣来的钱,拿出来给那些懒惰透顶,一辈子都不晓得节省的穷光蛋造房子吗?这并不是说我这个人太小气。反正只要找得到女用人,我的老伴本来总要雇一个来帮忙干活儿的。但是眼下,无论什么事儿,我们都自己动手,你看,累得我们十根手指只剩下一把骨头了,可现在却要把钱通通浪掷在那些穷光蛋身上?"

"哦!请你先别生气!我的意见——只不过是——哦,当然咯,不会要你把钱全部拿出来,不过,我想,只要你领头签个名,别人自然都会跟上来了。要是他们能听到你在谈一个更加漂亮的市镇——"

"哦,你这个孩子,馊主意倒是不少呢。说实话,戈镇到底有什么不好呢?我觉得它很不错嘛。我常常听到那些走南闯北的人说,戈镇是美国中西部最最美的地方。那么好的市镇,迎合任何人的口味,当然咯,也能迎合我们老两口。再说嘛,还有——老伴和我正在合计着,打算到帕萨迪纳①去置一幢平房,干脆迁到那里去住就得了。"

---

① 帕萨迪纳,加利福尼亚州洛杉矶北一游览胜地。

七

卡萝尔在街上碰到了迈尔斯·伯恩斯塔姆。再次不期而遇，两人都很高兴。伯恩斯塔姆嘴上留着一撮强盗胡子，工装裤上下全是污泥，看起来他比任何一个年轻小伙子都要忠实可靠，是她正在物色中可以跟她并肩作战的伙伴。卡萝尔便把刚才自己在道森家的事情经过给他说了一些，仿佛是在说一件趣闻。

伯恩斯塔姆却大发牢骚说："俺说，俺跟道森那个老家伙一辈子也都说不到一块儿。他呀，这个爱财如命的吸血鬼，什么侵吞地皮，什么行贿收买，样样都在行。不过，你出的点子也很不对头。嘿，说到底，你还不好算是他们那一拨人。你一心要为戈镇做一点儿事，可俺——并不是那么想的！俺心里想的，就是要戈镇为自己做一点儿事。俺们并不想要道森老头的钱——哪怕是他捐赠的也不要，他拿出钱来，总是有附带条件的。俺们要从他那里把钱夺回来，因为他的那些钱都是属于俺们的。你可要更坚定、更顽强才行。快到俺们这些乐乐呵呵的无业游民这里来吧。有朝一日，俺们总会自己教育自己，不再做游民，到时候一切的一切全都掌握在俺们手里，俺们一定会把事情搞得好好的。"

他从她的战友变成了一个愤世嫉俗的工人。她压根儿不喜欢"乐乐呵呵的游民"的独裁统治。

她走到市郊时，就把伯恩斯塔姆忘得一干二净了。

她把市政厅大会堂的问题暂时搁在一边。她忽然想起了一个非常令人激动的新问题：对于这些傻里傻气的穷人，工作确实做得太少了。

八

大草原上的春天,并不像一个处女那么迟疑不决,恰恰相反,它竟是那么没羞没臊,一晃眼就过去了。几天以前,路上还是一片泥泞,这会儿却是尘土飞扬,简直叫人迷眼,路旁的水坑已经干涸,变成乌油油的黑土,闪闪发亮,看上去好像是一块块龟裂了的漆皮。

妇女读书会研究计划委员会开会,要决定秋冬两季的讨论题目,卡萝尔急急匆匆赶去,喘得上气不接下气。

主持会议的那位女士(埃拉·斯托博迪小姐穿了一身银灰色长袍),开口问在座各位有没有新问题要提出来讨论。

卡萝尔站了起来,建议妇女读书会应当好好帮助镇上的穷人。她是那么正确,总是会提出时髦的主张。她说,她并不想单纯周济那些穷人,而是要给他们一种自助的机会,成立一个就业辅导处,指导妇女如何替婴儿洗澡,如何烹调可口的菜肴,可能的话,再设法用公款兴建一个收容所。"你觉得我提出的这个计划如何,沃伦太太?"卡萝尔最后这样说。

沃伦太太身为牧师的妻子,说话公道,从不含糊。这时,她开口回答说:

"我深信,在座各位听了肯尼科特太太刚才发表的那些感想,一定会从心底里表示赞同。大家都知道,救贫扶困,不但是一种高尚的义务,而且也是人生一大乐事。不过,我还得加以说明一下,我们要是不把它看作是一种布施,一种周济,那简直一点儿意思都没有了。乐善好施——本来也是真正的基督徒和教会的最主要的点缀品!而且还写进了《圣经》里去,作为我们处世为人的指南。《圣经》上就是这样说:'信心、希望、布施。'又说,'你们要永远帮助穷人。'这就说得很透彻了,绝不是那些所谓科学计划一下子就可以把'布施'这个名词废除掉的,嘿,永远办不到!难道说这样岂不是更好吗?我真不敢想象,要是我们连助人为乐的权利都被剥夺殆尽,那么,活在这个世界上究竟还有什么意思?再说,这些懒鬼如果知道他们正在接受的是人家施舍,而不是他们有权理应得到的东西,他们也就会更加感激涕零了。"

"这些先不去谈它啦,"埃拉·斯托博迪小姐用好像是从鼻孔里发出来的声音,哼哧哼哧地说,"肯尼科特太太,他们是在诓骗你!真正的贫困,此地根本不存在。就拿你刚才提到的斯坦霍夫太太来说,凡是我们家女用人洗不了的衣服,我通通都送给她洗——光是去年一年,我管保交给了她不少于十块钱的活儿!我可以十拿九稳地说,老爸绝对不会同意拨款修建收容所的。老爸说这些人都是骗子高手。特别是那些佃农装腔作势地说他们手头拮据得很,买不起种子和机器。老爸说,他们明明借了人家的钱,就是赖着,不想还债罢了。他说,他实在于心不忍,所以也没有取消抵押人的赎回权,要知道这也是使他们遵守法律的唯一办法。"

"不妨再想想看,我们还给了那些人多少衣服呢!"杰克逊·埃尔德太太也发话了。

卡萝尔连忙插嘴说:"是呀,不错。我正想要谈谈送衣服的问题。要是发给贫民的是旧衣服,我们应该不应该先把那些旧衣服补好,尽可能像模像样一点,拿得出手?不知在座各位意见如何?我建议下次圣诞节捐赠衣物时,我们还是最好聚在一块儿缝补衣服,修整帽子,使他——"

"我的天哪,他们跟我们相比,有的是时间呀。他们只要东西能到手,不管是好是坏,就应该心满意足,朝天叩头了。我手边的事儿可多着呢,哪来的闲工夫坐下来,一针一针地给那个懒婆娘沃普尼太太缝补衣服!"埃拉·斯托博迪小姐怒气冲冲地说。

她们个个都瞪着眼儿看卡萝尔。可卡萝尔心里想的是,沃普尼太太的丈夫不久前被火车轧死了,还撇下了十个孩子呢。

但是这会儿玛丽·埃伦·威尔克斯太太正在不觉莞尔。威尔克斯太太开了一家古玩铺,还有一家兼售杂志的书店,而且又担任了"基督教科学派"那个小小教会里的读经师。她的话儿可讲得最明白了:

"这一拨人只要能领悟'基督教科学派'的宗旨,懂得我们大家都是上帝的子女,任何事情都伤害不了我们的话,那么,他们就不会误入歧途,更不会穷愁潦倒了。"

杰克逊·埃尔德太太也来帮腔说:"我也觉得,这个读书会所做的事情够多了,比如说,植树呀,灭蝇呀,还有创办什么农妇休息室等等,不用说,还有我们已经谈到的,就是要建议铁路局在车站附近开辟一个停车场!"

"是呀,我也有同感!"那位主持会议的女士说。她忐忑不安地看了舍温小姐一眼。"维达,你有什么高见吗?"

维达很乖觉地向所有会员逐个儿点头微笑,然后打开了话匣子说:"哦,我觉得目前我们最好还是不要再搞什么新的玩意儿。不过,今天能听到卡萝尔的宝贵意见,我们都感到非常荣幸。哦,我说有一件事儿我们还马上要作出决定来。我认为,明尼阿波利斯各俱乐部想从双城再选出一位州联合会会长,这件事儿我们就要联合起来表示反对。她们提名的是那位埃德加·波特伯里太太,我知道,有人认为她是个聪明而又有趣的演说家,不过,我个人却觉得她很肤浅,简直是个空谈家。我想写信给'莱克·奥吉巴瓦沙俱乐部',表示她们那里要是支持沃伦太太做第二副会长,我们就支持她们的哈格尔顿太太(哈格尔顿太太也是那么一个可爱而又有教养的女人)做会长,不知道大家对我这种做法有什么意见?"

"对,对!我们就是应该给明尼阿波利斯那一拨人一点颜色看看!"埃拉·斯托博迪小姐尖酸刻薄地说,"哦,再说,我们还要反对由波特伯里太太出面呼吁的全州妇女都要明确支持妇女参政的这个运动。本来妇女在政治上就是没有地位的。那些骇人听闻的阴谋和互相吹嘘,政界所有吓人的丑闻,还有什么人身攻击,流言蜚语等等,妇女要是卷进去,肯定会失去她们原有的那种优雅而又可爱的魅力。"

所有在座的人——只有一位例外——都连连点头表示赞同。她们撇开规定的议程,议论纷纷地谈埃德加·波特伯里太太的丈夫,谈波特伯里太太的收入,谈波特伯里太太的小轿车,谈波特伯里太太的公馆,谈波特伯里太太的演讲派头,谈波特伯里太太的晚礼服——中国旗袍,谈波特伯里太太的各式发型,还谈波特伯里太太在州妇女俱乐部联合会动辄训人的那种绝对优势。

读书会研究计划委员会在散会前,总共只花了三分钟时间,从《文化须知》杂志上所建议的两个题目,即《装潢和瓷器》和《〈圣经〉的文学性》中选择一个,作为明年讨论的题目。

这时却又发生了一件不愉快的事情。肯尼科特大夫太太又出来打岔,卖弄聪明了。她说:"我们在礼拜堂和主日学校老是念《圣经》,你们不觉得有点儿太多了吗?"

伦纳德·沃伦太太一听这话,觉得有点儿不是味道,禁不住气呼呼地说:"哎哟哟! 我怎么都没想到,有人觉得我们对《圣经》念得太多呢! 我想,既然这部了不起的古书两千多年来都经得住异教徒的攻击,那还不值得我们'走马看花'浏览一下吗?!"

"哦,我说的并不是这个意思——"卡萝尔赶紧回避说。但正由于她确有这个意思,就很难把话儿说得太清楚。"可是我希望,与其把我们自己仅仅局限于《圣经》,或者是有关亚当兄弟①风格的逸事——《文化须知》似乎还把它看成家具陈设中的重要特征,还不如研究一些如雨后春笋般产生的,真正激动人心的思想观念,无论是化学,人类学,或是劳工问题,都可以嘛——这些问题都将包含着非常重大的意义。"

所有在座的人都在彬彬有礼地清自己的嗓子。

那位主持开会的女士问道:"诸位还有什么问题要提出讨论吗? 有没有人赞同维达·舍温的提议,把《装潢和瓷器》列为下次讨论的议程?"

这个提议终于得到一致同意而通过了。

"输掉,已是定局了!"卡萝尔在举手表决时喃喃自语道。

难道说她真的相信,她能在这堵平庸无能的、空空如也的

---

① 此处指亚当四兄弟,即约翰、罗伯特、詹姆斯与威廉,他们都是十八世纪英国建筑、室内装潢与家具陈设方面的艺术家,其中罗伯特最负盛名,世人称之为"亚当风格"。

墙下播下自由主义的种子吗？她怎么会头脑发涨到这个程度，竟然异想天开，要在一道如此平滑、光亮，同时让人们在里面美滋滋地睡大觉的墙下播种什么东西呢？

第十二章

一

正是五月初春时节,这是一个温煦宜人、整年少有的星期,一个叫人在寒风凛冽的隆冬和炎热难熬的酷暑之间暂时喘息一下的星期。卡萝尔每天从镇上走向繁花似锦的大自然,由于充满了新的生命力,大自然仿佛显得如痴如醉一般。

那是一个令人心荡神移的时刻,好像她又回到了自己的青年时代,相信世界上确实存在——美。

有一天,她朝北向遥远的燕子湖畔走去。她常常喜欢沿着铁路轨道走,这是因为那里路线笔直,路面也很干燥,已成为大草原上行人的一条康庄大道。她迈着大步,跨过一根根枕木向前走去。每到十字路口,她不得不爬过拦阻牲口通行的尖木桩。她踩在铁轨上走,伸开左右两臂,以便保持平衡,并且小心翼翼地让脚跟站稳。当她失去平衡,身子就往前倾,两臂在空中拼命乱划。有时她摔倒在地,就哈哈大笑起来。

铁路两旁,野草丛生,杂乱不堪,烧荒后剩下的残茎枯茬还会扎人。草丛里露出黄灿灿的金凤花,还有紫红的花瓣、毛茸茸的灰绿叶子的铁线海棠。有一丛熊果树,它的枝柯却红得闪闪发亮,看上去很像涂在日本酒杯上面的彩釉。

她顺着碎石堤跑下去,向提着小篮子采花的孩子们频频微笑,又把一束鲜艳的海棠花插在她洁白罩衫的前胸口袋里。绿油油的麦田诱使她离开笔直的铁路线,爬过了锈斑累累的铁丝网。她沿着小麦低畦和裸麦田之间的小沟往前走去,眼望着一大片裸麦被微风吹拂,闪现出点点碎银一般的光影。她在燕子湖畔发现一块草地,到处都是五颜六色的野花,而印第安人种的烟草上,则开着洁白如雪的绒花,一眼望去,就像是一块举世罕见的古代波斯地毯,奶油色、玫瑰色、淡绿色相映成趣,煞是好看。野棘在她脚跟边发出悦耳的喧闹声。洒满阳光的燕子湖上,和风轻拂;绿草如茵的湖边,浪花四溅。她纵身一跃,跳过了一道落满了柳絮的小溪,来到一个嬉闹的小树林,那里有许许多多白桦树、白杨树和野李子树。

白杨树上的叶子,如同柯罗①风景画上一样,都有一层灰色绒毛,碧绿银白的树干,看上去很像白桦树,同时也像舞台上小丑的胳膊腿,细长而富有光泽。野李子树上云朵般的白花,好像让小树林笼罩在春天的轻雾里,朦朦胧胧一直透迤到远方。

她一溜小跑来到了小树林那边,隆冬蛰居以后,一旦重新投入大自然怀抱,她禁不住高兴得大声嚷了出来。野樱树上开满了小花朵,使她情不自禁从暖洋洋的林间空地,信步走进了绿荫如盖、寂静无声的树林深处,在那里阳光穿过嫩叶的间隙,投下了闪烁不定的光点,她仿佛置身于万顷碧波海底之

---

① 柯罗(1796—1875),法国画家,是使法国风景画从传统的历史风景画过渡到现实主义风景画的代表人物。

中。她沿着人迹罕至的小路沉思默想地往前走去。在长满地衣的圆木旁边发现了一朵杓兰花。她走到小路的尽头,看到了一望无际的原野——一片片波浪起伏的碧绿碧绿的麦田。"我相信!森林之神至今依然存在!那边的大地该有多美!它和巍峨的群山一样壮丽!妇女读书会,对我来说,又算得了什么呢?"

她走出小树林,踏上了大草原。在诡谲奇突的云层密布的苍穹下,大草原显得格外广袤无垠。一个个小池塘,都在闪闪发光。一群红翅膀鸫鸟正在一片沼泽地上空追逐一只乌鸦,仿佛在空中演出了一出瞬息即逝的闹剧。隐隐约约可以看到,小山冈上,有一个男人扶着犁耙正在耕地。他的那匹马弯着脖子,沉重而又缓慢地使劲儿往前赶。

她沿着小道走到了通往戈镇的大路。路旁野草丛生,一簇簇蒲公英分外鲜艳夺目。有一道小涧水正在大路底下混凝土筑成的涵洞里汩汩地流动着。她拖着沉重疲乏的脚步往前走去,心里感到十分愉快。

一个男人驾着一辆乱蹦乱跳的"福特"车,呜呜呜地开到她身边,招呼她说:"肯尼科特太太,你要搭车吗?"

"谢谢你。你的好意我心领了,不过,我还是喜欢自个儿慢慢走。"

"今天天气真好。我看到有些地里的小麦长势好,少说也有五英寸高。哦,再见再见。"

那个人到底是谁,她压根儿记不得了,可是他的这一声招呼,使她感到十分温暖。这个乡巴佬对她说的几句充满友情的话,在戈镇的太太小姐和大老板那里,她还从来都没有——也许是她的过错,也许是他们的过错,也许双方谁个都没有错——听到过呢。

离戈镇约莫有半英里路,在榛子林和小溪之间一大片洼地上,她发现一个吉卜赛人露宿的营地:一辆带篷的马车,一顶帐篷,以及拴在帐篷外面木桩上的几匹马。有一个宽肩膀的男人蹲在篝火前,手里拿着煎锅正在炸着什么。他看了她一眼。他是迈尔斯·伯恩斯塔姆。

"啊,你上这儿来干什么呀?"他大声嚷道,"快来这儿,吃块咸肉吧。彼得!嘿,彼得!"

有一个蓬头乱发的人从带篷的马车里走了出来。

"彼得,这一位就是俺这个缺德的镇上独一无二的好心肠的太太。快爬上来,坐上几分钟,肯尼科特太太。整整一个夏天我要出远门去。"

红胡子瑞典佬摇摇晃晃地站了起来,来回捋着痉挛了的膝盖,蹒跚着走到铁丝网栅栏跟前,拉开了一个缺口让她进来。她在穿过铁丝网的时候,无意识地冲他笑了一笑。她的裙子被铁丝网挂住了,他小心翼翼地替她解开。

眼前这个大汉,身上穿着蓝法兰绒衬衣,肥大的卡其裤,裤子上两条背带,一边高一边低,头上戴着一顶破旧不堪的毡帽;而站在他旁边的卡萝尔,显得越发小巧玲珑。

愁眉苦脸的彼得,把一只圆木桶倒了过来,示意让她坐。她坐在上面,胳膊肘支在膝盖上。"你打算上哪儿去?"她开口问道。

"我只去一个夏天,贩马呗。"伯恩斯塔姆咪咪地笑着说。阳光落在他的红胡子上,闪闪发亮,"俺们是地地道道的无业游民,平时靠救济过日子。说实话,出远门真是难得碰上这么一次呢。贩马嘛,俺们都很在行。从庄稼人那里收进来,再把马卖给别人。俺们是凭良心做买卖——一向如此。说起来，也真好玩的。沿着路旁搭帐篷露宿。俺本来想在动身前会有机会向你告别的，可是——依俺看，你干脆跟俺们一块儿走，就得了。"

"我真也想去呢。"

"当你和莱曼·卡斯太太在一起没完没了嚼舌根的时候，彼得跟俺恐怕已在横越达科他，穿过无数荒原，进入了深山野岭。转眼秋天一到，俺们也许正在越过比格·霍恩山口，说不定赶上大风雪，还会在比湖面高出四分之一英里的地方扎营。到了第二天早上，俺们一觉醒来，还裹在温暖的毯子里，透过松树林，仰望在空中盘旋的老鹰。像这样的风光，你觉得怎么样？嘿，老鹰成天价在空中不停地飞——就在那一望无边的辽阔的天空——"

"快住嘴！要不然我真的就得跟你们一块儿走了。我怕只怕有人说闲话呢。也许有朝一日我也会出远门的。再见吧。"

她的手在他那只黑得出奇的、仿佛戴着黑色皮手套的大手里消失了。她在拐弯的路口向他挥手。她一个劲儿往前走去，这时头脑更加清醒了，感到自己格外孤单。

夕阳西斜时，小麦和青草看上去好像一块块柔软光滑的天鹅绒。这时，云端里迸射出金黄色光芒，笼罩着大草原。她心情愉快地走到了大街上。

二

六月初，她坐着车跟肯尼科特一起出诊去。她觉得他像美国中西部的大地一样,充满了活力;看到庄稼人都是毕恭毕敬地听他说话,她对他越发敬佩。她急匆匆喝了一杯咖啡,冒着清晨的寒气出发,径直来到了一望无际的旷野,这时候朝霞已从这个无比纯洁的世界上升起来了。从草地飞来的百灵鸟,在稍微裂开的栅篱木桩上歌唱。野玫瑰正在散发出一阵阵清香。

傍晚,当他们回来的时候,落日放射出庄严肃穆的光束,像是天神用金箔制成的一把团扇;四周庄稼地,有如一片浩渺无边的、雾气缭绕的绿色海洋,栽在那里防风的柳树,远远望去就像一个个枝繁叶茂的棕榈岛屿。

七月还没有来临,大草原上已闷热不堪。在烈日暴晒下,地面都龟裂了。庄稼人下地干活,跟在播种机和浑身流汗的马匹后面,累得上气不接下气。她坐在汽车里等肯尼科特,汽车正好停在一户农家门前,车里皮坐垫热得够呛,几乎烫了她的手指头;射在挡泥板和引擎盖上的炽烈的阳光使她头晕目眩。

在一阵黑沉沉的大雷雨之后,大风突起,尘土四扬,刹那间天昏地暗,预示着龙卷风即将来临。窗子虽然都关得严严的,但里面窗槛上照样落满了一层摸不到的、从遥远的达科他刮来的黑色尘埃。

七月里,天气依然闷热得叫人透不过气来。他们白日里上大街,就像匍匐着行走一般;到了夜晚,又热得睡不着觉。他们索性把床垫搬到楼下客厅窗子跟前,并且把所有的窗子通通敞开,即使这样,他们在上面翻来覆去还是睡不着。整整一个晚上,他们说了十遍要到户外去用橡皮水管给自己冲冲凉,或到露水里去遛弯儿,但他们实在太累了,压根儿不想动弹。赶上凉爽的夜晚,他们也出去散散步,蚊子却成群飞来,好像给他们劈头盖脸撒上一把胡椒粉,而且,还一个劲儿往他们的喉咙里钻。

她想念北陲松林,东部海滨,可是肯尼科特说:"现在这个时候,实在脱身不开。"妇女读书会保健促进委员会要求她参加灭蝇运动,她就整日价在镇上东奔西走,劝说镇上居民使用读书会所提供的灭蝇器,或是把钱发给积极灭蝇的孩子,以示奖励。她对灭蝇这件事很尽职,但并不感兴趣,后来,到了炎热的天气几乎使她体力消耗殆尽的时候,她方才开始对这工作有点儿不经心在意了。

肯尼科特和她一起驾车到北部去,在他的母亲那里住了一个星期,实际上是卡萝尔和她的婆婆住了一个星期,因为肯尼科特天天都忙着钓鲈鱼。

他们在明尼玛喜湖畔买下了一幢避暑别墅,这是一件了不起的大事。

戈镇生活里最使人感到快乐的也许就是消夏别墅了。其实,它们都是只有两开间的小房子,房间里摆上一些破破烂烂的椅子和胶合板已剥落的桌子;四周木头板壁上,糊着一些石印彩色图片,还有一只蹩脚的煤油炉子。这些小房子都是紧挨在一起,加上木头板壁非常薄,连相隔五间的房子里打小孩屁股的声音都能听得清清楚楚。不过,那些小房子都坐落在悬崖上郁郁苍苍的榆树和菩提树丛中,从那里可以眺望明尼玛喜湖那边黄熟了的麦田——它傍着山坡一直绵延到一片绿树边缘。

在这里,戈镇的太太们忘掉了过去交际应酬时的嫉妒心理,身上只是穿着方格花布的普通衣服,常常坐下来闲聊,或者穿上旧游泳衣,在哭哭闹闹的孩子们的簇拥下,到湖边互相泼水,玩上好几个钟头。卡萝尔也跟她们一起去;有时她把尖声叫嚷着的男孩子按到水里去,有时她帮着小孩们给那些可怜的小鱼垒筑沙盆。每天晚上有人从镇上开了车到这儿来,她就帮助久恩尼塔·海多克和莫德·戴尔替来客准备晚餐,这时她是喜欢他们的。跟她们在一起,她觉得比较自在,也比较自然。不过在争论要不要油炸小牛肉丸子,或者肉丝炒蛋时,她就没有机会表现自己走极端或是自己太过敏感了。

晚上,他们有时也跳舞;他们有时还开化装黑人滑稽演唱会,由肯尼科特担任领唱兼报幕,演得真是棒极了。他们常常被孩子们团团包围起来,一谈到山鼠、金鼠、木筏和柳木哨子,这些孩子个个头头是道呢。

如果说他们还能够继续过这种标准的原始人生活,卡萝尔恐怕就会成为戈镇最热心的市民了。她心情愉快地相信她根本用不着再发表那种书呆子的迂腐透顶的谈话,她也不必再指望戈镇变成像酷爱自由的艺术家那样放荡不羁。现在她已经心满意足,对一切再也不评头品足了。

九月,本是一年之中大自然的色彩最丰富的时节,可是按照本地习俗,他们不得不都回到戈镇去,孩子们也不能再浪掷韶光,去学习什么跟大地有关的东西,而是应该回教室去学算术,比如说,(在那个用不着担心代销佣金或在运货车上短斤缺两的小天地)算一算威廉卖给约翰多少斤土豆这类功课。整个夏天那些太太们常常去游泳,玩得很开心,可现在一听到卡萝尔说"今年冬天让我们到户外去换换空气,滑滑雪,溜溜冰",却露出怀疑的眼色。在明年开春以前,她们的心儿又得闭合起来长达九个月之久的,围着暖炉吃精美点心的小圈子生活又要开始了。

三

现在卡萝尔已开办了一个沙龙。

既然她最喜欢肯尼科特、维达·舍温和盖伊·波洛克,既然肯尼科特只喜欢萨姆·克拉克,而对全世界的诗人和激进分子一点儿都不欣赏,那么,在庆贺她结婚一周年的晚宴上,就她这个可以进行自卫的个人小圈子来说,只剩下维达和盖伊两人了。席间,各人也仅仅对雷米埃·伍瑟斯庞的雄心壮志,表示了不同看法。

她发现在戈镇就数盖伊·波洛克举止言谈最文雅。他在谈论她新买的亮闪闪的镶嵌宝石的奶油色衣服时,显得非常自然,毫无戏谑之意;入席时,他还特别殷勤地把椅子给她挪过来。盖伊·波洛克可不像肯尼科特那样老是大声嚷嚷,用"噢哟哟,你说那件事嘛,我今天可听得够多啦"来打断她的话儿。可是,盖伊却是一个地地道道的独来独往的隐士式人物。他一直闲坐着,谈锋很健,到很晚才离开,但从此以后也就没有再来了。

后来,她在邮局里遇到钱普·佩里,她才认识到从拓荒者的历史里就可以找到拯救戈镇乃至于整个美国的万应灵药。她自言自语地说,像他们过去那种坚忍不拔的精神,如今在我们身上早已荡然无存。我们必须使这些至今还健在的前辈恢复当年的精气神,我们要跟在他们后面走,好好学习林肯的大公无私的人格和当年移民在锯木厂里载歌载舞的那种乐观情绪。

她在有关《明尼苏达拓荒者》的文字记载中读到,距今仅仅六十年以前,就在她父亲刚出世的时候,戈镇总共只有四间小木头房子。钱普·佩里太太当年赶着牛车迁来此地时发现一道木栅栏,是士兵们为防御印第安人构筑的。住在那四间小木头房子里的是从缅因州来的一些北方佬,他们沿着密西西比河逆流而上,先到圣保罗,然后再往北,越过原始大草原,进入了从未开发过的大森林。他们自己磨谷子,出外打野鸭、鸽子和松鸡。在那新开垦的土地里长出了像萝卜一样的芜菁甘蓝,他们把它拿来生吃,煮着吃,烤着吃,最后又生吃。他们常常用野李子、酸苹果和小小的野草莓来招待客人。

黑压压的蝗虫像一块块乌云似的飞来,只要一个钟头就把农妇的菜园子和农夫的外套通通都给吃掉了。好不容易从伊利诺伊州带来的珍贵马匹,不是在沼泽地里淹死,就是因为惧怕暴风雪而往四处惊逃。大雪从新盖的小房子的缝隙里钻进来,在美国东部出生的孩子,身上只穿着印花平纹细布单薄衣服,冬天冻得浑身瑟瑟发抖,而到了夏天,又被蚊子咬得紫一块青一块。这里到处都可以见到印第安人;他们露宿在人家院子里,蹑手蹑脚地走进厨房要油炸圈饼,他们有时背上还斜背着来复枪,闯进了学校教室,要求给他们看看地理书里的插图。在成群结队的大灰狼紧追下,孩子们赶紧爬到树顶上去。移民们发现了一窝窝响尾蛇,一天以内杀死的,就达到五十到一百条的数字。

尽管如此,他们的生活里照样充满了快乐。卡萝尔在题名为《昔日边陲逸闻》的著名明尼苏达州编年史里,不胜羡慕地读到了一八四八年迁往斯蒂尔沃特的马伦·布莱克太太的一段回忆录:

在那些岁月里,我们没有什么东西值得向人夸耀。我们到哪儿都是随遇而安,日子过得倒也挺愉快……我们常常聚在一起,用不了两分钟时间就开始痛快地玩儿,玩纸牌或者是跳舞……平时我们喜欢跳华尔兹和乡间舞①。像目前那些新型快步舞,当时还没有呢,漂亮的衣服那就更不用提了!那时节,我们把整个身子都给罩起来,根本没有像现在那样的紧贴在身上的裙子。我们可以在裙子里踩上三四步,而不会踩着裙子边。一个年轻小伙子拉了一会儿小提琴,就由另一个小伙子接替他,好让他去跳舞。有时候,他们会一面拉小提琴,一面跳舞。

她暗自思忖,要是她没有福气到浅灰色、玫瑰色和水晶玻璃的大舞厅去,她就巴望和一位又跳舞、又拉琴的小伙子在用圆木桶板铺砌的地板上婆娑起舞。这个自鸣得意的市镇,已把古色古香的歌曲换成了播放拉格泰姆②音乐的唱片——它既不属于一个富有英雄主义色彩的旧时代,也不属于高度先进发达的新世纪。她能不能想方设法,使它重新回到从前那种朴实无华的风格呢?

她自己倒也认识了两位拓荒者:佩里夫妇。钱普·佩里是谷仓里专门收购谷类的商人。入秋以后,钱普就在又粗又大的台秤上给一车一车的小麦过秤,掉在台秤缝隙里的麦粒来年春天还都会发芽呢。他闲着无事,便在那间沾满尘土,但很安静的公事房里打盹儿。

她登门拜访了佩里夫妇,他们俩住在豪兰·古尔德杂货

---

① 英国十七至十八世纪的一种民间舞蹈,后来通行于欧美各国。
② 一种源于美国黑人乐队的早期爵士音乐。

店楼上。

他们俩上了年纪以后,把开设谷仓的本钱都给亏掉了。他们只好把自己那幢心爱的黄砖房出让,搬到杂货店楼上来住,这一层楼面是戈镇的公寓房子。有一道宽阔的楼梯,从大街一直通到楼上走廊,沿着走廊是一排房间,依次是一位律师的事务所,一位牙医师的诊疗所,一位摄影师的"摄影室",斯巴达协会分会会所,最后才是佩里夫妇的寓所。

卡萝尔是他们这个月里的头一位访客,老两口感到特别高兴,亲切地招待她。佩里太太悄悄地咬耳朵对她说:"我的天哪,我们在这么一个旮旮旯旯里招待你,实在太寒碜啦。除了外面走廊里那个破铁皮洗涤槽以外,一滴儿水也都没有呀。不过,正如我对钱普所说的,要饭的叫花子可不要再挑挑剔剔了。从前自己那幢砖房子也实在太大了,叫我一个人打扫起来真够费劲的,地段又很偏僻,如今在这里跟大伙儿都住在一起,倒也挺热闹嘛。是的,说实话,我们也很高兴住在这里。但是也许有朝一日,我们还会有一幢属于自己的房子。我们正一个子儿、一个子儿地在攒钱——哦,我的老天哪,要是自个儿有房子该有多好!不过,我们现在这几间房子也挺不错,你说对不对?"

正如天底下其他老人眷恋旧家什一样,他们俩尽可能把自己熟悉的家具都搬到这个弹丸之地来。不久前,对莱曼·卡斯太太住邸那个豪华的大客厅卡萝尔曾经产生过一种优越感,但到了这里却连一丁点儿感觉都没有。她觉得在这儿很自在,毫无拘束。她满怀深情地看着所有的临时凑合的代用品:精心修补过的椅子扶手,铺着薄薄的印花布的摇椅,还有用纸糊在外面的桦木皮束餐巾圆环,上面标着"爸爸"和"妈妈"的字样。

她给老人家讲了她心中深受鼓舞的一些新想法。佩里老两口发觉这位"年轻人"对他们如此看重,心窝里热乎乎的。她不难从他们的一席谈中归纳出戈镇应该如何复兴——又如何成为居家好地方的一些方针大计来。

下面就是佩里夫妇他们俩在这个产生飞机和工团主义的时代,依然持有的一整套哲学……

首先是浸礼会(其次才是卫理公会、公理会和长老会),无论在音乐、讲演艺术、慈善事业和伦理方面,都给我们指出了尽善尽美的、由上帝所制定的标准。"我们根本不需要所有这些时新的什么科学玩意儿,也不需要那一套吓人的竟敢批评《圣经》的东西,因为它正在败坏我们上大学的莘莘学子。我们现在所需要的,就是要听从上帝的至理名言,打心眼儿里相信确实是有地狱的,就像我们从前在听牧师布道时所说的一样。"

共和党,是个伟大的老党,布莱恩①和麦金莱②都是上帝和浸礼会派往下界,授权处理世俗事务的。

所有的社会主义者都应该通通绞死。

哈罗德·贝尔·赖特③,是个呱呱叫的作家,他在自己的小说里宣扬了那么高尚的道德观念。据说他写了那些小说,已赚了将近一百万美元。

年收入超过一万的,或低于八百元的人,都是坏家伙。

欧洲人不用说更是坏透啦。

---

① 布莱恩(1830—1893),美国著名政治家、共和党人。
② 麦金莱(1843—1901),美国共和党人,1897至1901年任美国总统。
③ 赖特(1872—1944),美国第二流小说家。

赶上大热天,喝一杯啤酒,算不了什么,可是,谁嘴边沾了一点儿酒,管保下地狱。

现在的女孩子,可没有从前那么贞洁了。

人们根本用不着到食品店去吃冰激凌,因为馅儿饼谁看了都觉得味儿够好了。

庄稼人那里的小麦要价简直太高了。

谷仓公司的老板们对雇员的要求实在太多啦。

要是人人都像我老伴钱普大爷当年开垦头一个农庄那样拼命干活,世界上就再也不会有什么痛苦和烦恼了。

四

卡萝尔刚才那种英雄崇拜的热忱,一下子烟消云散了。她彬彬有礼地点着头,恨不得马上拔脚就逃。她回到了家里,头痛得够呛。

转天,她在街上看到了迈尔斯·伯恩斯塔姆。

"刚从蒙大拿回来。这个夏天过得真棒。俺五脏六腑里装满了落基山的空气。现在可又得要顶撞戈镇的那些大老板啦。"她只是对他笑笑,佩里夫妇和拓荒者的形象,开始逐渐苍白、暗淡,以至消退了,最后仿佛成了收藏在黑胡桃木五斗柜里的古老银版照片。

第 十 三 章

十一月间,有一个晚上,肯尼科特正好有事出去了,卡萝尔实在迫于礼节,拜访了佩里夫妇,他们俩这时都不在家。

她像一个找不到同伴玩的孩子,在黑咕隆咚的走廊里来回转悠。她忽然看见一间公事房门底下透出一线灯光来,就走过去敲敲门。她对那个开门的人低声说道:"你可知道佩里夫妇上哪儿去了?"她抬头一看,开门的人正是盖伊·波洛克。

"非常抱歉,肯尼科特太太,我也说不上来。请进屋等他们,好吗?"

"哦——哦——"她一面说,一面心里想到,在戈镇这个地方,一个女人单独拜访一个男人是要不得的,她决定不进去,但不知怎的她还是走了进去。

"真没想到你的公事房也在这楼上呢。"

"是啊,这儿就是我的公事房、公馆,同时也是我坐落在皮卡迪的别墅,跟萨瑟兰公爵城堡不算太远,可您就是看不到我的公馆和别墅,因为它们还在那道门后面,拢共只有一张小床,一个洗脸盆,还有我出门时穿的那一套衣服,此外还有您说过很喜欢的那一条蓝绉纱领带。"

"你还记得我曾经说过那样的话?"

"当然记得咯。我可一辈子都忘不了。请,请在这张椅子上坐吧。"

她抬眼扫视了一下这间灰沉沉的公事房:一只瘦长的火炉,好几排书架上摆着栗壳色皮面法律书籍,高背椅子上堆满了报纸,好久以来一直坐在上面,报纸早就变成了灰色,上面全是窟窿。只有两种东西最能代表盖伊·波洛克的癖好。一是在铺着绿绒毯的办公桌上、在有关承办法律业务的空白表格和凝结成许多小疙瘩的墨水池之间的一只景泰蓝细瓷花瓶。二是在一只来回旋转的书架上的一排戈镇极其罕见的书:一套莫希尔版的各家诗歌集,黑色和红色封皮的德国小说,还有一本用摩洛哥山羊皮装帧,但早已揉皱了的查尔斯·兰姆[1]选集。

盖伊自己并没有坐下来。他像一头东嗅嗅、西闻闻的猎犬在房间里窜来窜去,活脱脱的一头猎犬,又细又长的鼻梁上架着一副眼镜,嘴边留着一小撮亮晃晃、软绵绵的棕色胡子。他身上穿着一件高尔夫球衫,胳膊肘的地方早已磨破了。她注意到,他并没有为自己这身穿着打扮表示道歉,要是肯尼科特遇到这种场合,必定会这样做的。

他开腔道:"我可没想到您还是佩里老两口的知己朋友哩。钱普可以说是我们的社会中坚,可是,我怎么也很难想象,他这个老头儿会跟您如此情投意合,一块儿谈什么象征派芭蕾舞,或是搞什么柴油机引擎的革新玩意儿。"

"不,他才不干呢。他是一个非常好的人,愿上帝保佑他,可他毕竟是属于国家博物馆的,恐怕要跟格兰特将军的那把指挥刀陈列在一起,而我呢却是——哦,我想,我这会儿正是在寻找一种可以向戈镇传道的福音。"

---

[1] 查尔斯·兰姆(1775—1834),英国散文作家。

"是真的吗？打算传的什么道呢？"

"不管内容是什么，只要目标明确就得了。正儿八经的也好，轻松一点儿的也好，或是两者兼而有之也好。管它是实验室还是狂欢节，反正我都不在乎。只不过一定要稳妥就行。波洛克先生，请你说说戈镇到底出了什么毛病？"

"哦，戈镇出了毛病了吗？或许，您我是不是也都出了毛病来着？（怎么我也得了像您那样的贵恙，岂不是太荣幸吗？）"

"（是的，不必客气啦。）不过，我想还是戈镇出了毛病呢。"

"就是因为他们喜欢溜冰，比钻研生物学还来劲儿吗？"

"得了吧，我不但比芳华俱乐部里的人更喜欢生物学，而且同样也很喜欢溜冰！我可乐意跟她们在一起溜冰、滑雪、扔雪球，就像我这会儿跟你闲聊天一样兴高采烈。"

"哦，那可不见得！"

"（是啊！我可不是开玩笑呢！）不过，她们还是喜欢待在家里绣花。"

"也许是差不离。我可不是替镇上的人辩护。只不过是——我这个人没有主心骨，历来疑神疑鬼。（也许我就是因为不认为自视过高，结果反而是自命不凡！）不管怎么说，戈镇总算还没有坏到不可救药的地步。像这样的小乡镇，哪一个国家都有嘛。绝大多数地方早已失去了泥土的清香味儿，但还没有来得及散发出广藿香的味儿——或是工厂里的烟味儿——这些地方同样都是令人可疑，而又难以容忍。我心里纳闷，我们这个小镇，除了一些无伤大雅的缺点以外，是不是还有什么大毛病来着？有朝一日，这些沉闷无味的小集镇很可能就会像修道院一样颓废。我可以想象得到,庄稼人和本镇商号经理在傍晚时分一块儿坐单轨火车进城去的情景——那个城市可要比威廉·莫里斯①笔下描绘的乌托邦更吸引人——那里有音乐,有大学,还有像我这样的浪荡子弟也可以参加的俱乐部。(老天爷呀,我多么想加入一个像模像样的俱乐部啊!)"

她突然冲口而出问他。"那你干吗还不离开这儿呢?"

"我可得了'乡村病毒'。"

"那可是太危险啦。"

"是呀,它比我不戒烟五十岁准要得的癌症还要危险呢。这种'乡村病毒'简直就跟书蛀虫一模一样,凡是有抱负的人,只要在乡下住的日子长了,个个都会被传染上的。您会发现这种病毒正在律师、医生、牧师以及受过大学教育的商人中间蔓延。他们这些人都是心明眼亮,见过世面的,可是到头来还得回到自己的水洼地。我就是一个最好不过的例子。但是,我绝不会用自己的伤心事儿来惹您生气。"

"你不会惹我生气的。这会儿还是请你坐下来,好让我看看你。"他一坐在嘎吱嘎吱响的椅子上,两眼就直勾勾地瞅着她。她仔细端详着他的眼珠,她这时方才懂得,他毕竟是个男人,而且很孤单。他们俩在相视之下都觉得很窘,就让自己的目光移到别处去。等到他继续说下去的时候,他们两人全都舒了一口气。

"要诊断一下我得的乡村病毒,可以说是最容易不过了。我

---

① 威廉·莫里斯(1834—1896),英国作家、诗人,信仰社会主义,宣扬乌托邦学说,著有《梦见约翰·保尔》等书。

257

出生在俄亥俄州的一个小镇。那个镇大小跟戈镇差不多,但是不像这儿人人都一团和气。那个镇上由于世代相传,就形成了一个大人物的寡头统治集团。在戈镇这里,一个异乡人只要循规蹈矩,喜欢打猎,开汽车,拥护上帝和参议员,就会受到大家欢迎。可是在我老家那个镇上,甚至对我们这些土生土长的本地人,他们都瞧不起,简直挑剔得太厉害了。那是一个到处都是红砖房的俄亥俄小镇,因为树木多,所以地气很潮湿,到处散发着烂苹果的气味。小镇四郊不像戈镇这里既有湖泊,又有大草原。那里只有挤在一起的小块玉米地,一些砖窑,还有肮脏的油井。

"我进了一所教派学院方才懂得,自从听人口授《圣经》和雇上一大批心灵纯洁的牧师来讲解《圣经》以后,上帝用不着多操心,只要蹑手蹑脚地走过来,看谁不听话,一把抓住就得了。后来我离开教派学院到了纽约,进了哥伦比亚大学法学院,在那里足足住了四个年头。哦,我压根儿不愿替纽约吹牛。那个地方呀,又脏又闹,挤得你透不过气来,而且样样东西都贵得吓人。但跟那个几乎叫我窒息的教会学校相比,可要好得多了!我每星期要去听两次交响乐演奏会。我从戏院顶屋楼厢后座看过欧文①、戴蕾②、杜茜③和伯恩哈特④的演出。我还去格拉默西公园散过步。那时候我什么书都看。

"我从一位表兄那里知道,朱利叶斯·弗利克鲍得了病,需要找个伙伴。于是,我就上这儿来了。后来,朱利叶斯病好

------

① 欧文(1838—1905),英国著名演员,曾创造了莎剧哈姆雷特、夏洛克等一系列光辉形象,经常在美国各地巡回演出。
② 戴蕾(1847—1928),英国卓越的女演员,经常与欧文一起演出莎士比亚剧目,享有盛名。
③ 杜茜(1858—1924),意大利女演员,曾去美国各地巡回演出。
④ 伯恩哈特(生卒年月不详),法国女演员。

了。他看不惯我的作风,因为平日里我总是两手闲着,过了五个钟头才工作一个钟头,尽管工作我做得并不算太坏。我们俩也就散伙了。

"我一到此地,就发过誓,绝不让'我的兴趣低落下去'。简直崇高极了!我读过勃朗宁的诗,到明尼阿波利斯去看过戏。我一心以为自己'兴趣不会低落下去'的。不过,我猜想我大概早已沾染了乡村病毒。我每看四本廉价小说杂志才去念一首诗。明尼阿波利斯那里,我老是懒得去,临了碰上一大堆法律业务,才不得不去一趟呢。

"一两年前,我跟来自芝加哥的一位律师交谈,方才发觉——自己往往在朱利叶斯·弗利克鲍这号人面前表示出优越感来,其实嘛,我跟朱利叶斯一样土里土气,一样落在了时代后面。(甚至比他更差劲!朱利叶斯正儿八百地在《文摘》和《展望》里寻找参考资料,而我还是在翻阅查理·弗兰德劳那本我早已背得滚瓜烂熟的书。)

"那时,我决定要离开此地,意志非常坚决。我心里想的是要紧紧跟上时代。可是,我发觉自己遍身得了乡村病毒。我害怕见到新街道和年轻人,我害怕激烈的竞争。开具转让证书,处理筑沟的讼争,对我来说实在是太容易了。所以说——一个行尸走肉的自传,简直空洞无物,只有最后一章,还算比较有趣,这一章胡说我是'法学界的柱石和先知',说不定有一天,一位牧师将对着我的那具干瘪的尸体随口胡诌了这么一个弥天大谎呢。"

她两眼望着他的办公桌,用手指头摸了一下那个闪闪发亮的景泰蓝细瓷花瓶。

她真不知道该说些什么才好。这时在她心里好像已经跑过去,轻轻地在抚摩他的头发一样。她看到他的嘴唇在又淡又软的胡子下面紧闭着。她默默地坐在那里,咕哝着说:"我知道。乡村病毒——说不定我也会传染上的。总有那么一天,我会——哦,反正我不在乎。至少,我已经使你说出了这么一些话!平日里,你总是乖乖听我瞎唠叨,可是现在,我却坐在你脚跟前听你乱弹琴了。"

"您要是真的靠近炉边,坐在我的脚跟前,一定更美呢!"

"那你乐意给我生炉火吗?"

"当然乐意!请不要给我泼凉水,且听我老汉乱说一通。您有多大了,卡萝尔?"

"二十六,盖伊。"

"二十六!我正是二十六岁那年离开纽约的。我二十六岁听过帕蒂①的独唱音乐会。现下我已经四十有七了②。我自个儿觉得好像还是一个小孩子,可是,不瞒您说,准可以做您老爸啦。所以说,想象之中让您偎在我的脚跟前,好歹这也算是蛮不错的父爱……当然咯,我希望这根本不可能是真的这样,只怕公然一声张出去,我们就要好好考虑戈镇的道德标准!而这些标准,无论是您,还是我,人人都得恪守!不知怎的戈镇好像总是有一点儿毛病,至少对那个统治阶级来说是如此。(此地确实有这么一个统治阶级,尽管我们诈称民主政治。)我们这些部落式统治者所造的孽——那就是时时刻刻都在监视着我们老百姓,连随便喝一点儿酒,或者是稍微轻松一下都不行。我们必须中规中矩对待两性道德,穿着朴素,

---

① 帕蒂(1843—1919),西班牙著名女歌唱家。
② 前文说盖伊三十八岁,此处大约系作者笔误。

毫不惹人注目,甚至做生意,也得按老一套来坑蒙拐骗,可惜我们大家都不把它当作一回事,所以,人人都变得虚伪透顶。这是不可避免的。记得小说里教堂执事要骗取寡妇的钱财时,还不得不摆出一副伪君子的面目来。说寡妇们自己好像也乐意嘛!她们给他那种甜言蜜语的假殷勤迷了心窍。再来看看我吧,假定说我真放胆去——跟一位举止风雅的太太谈情说爱,我承认这样的事儿,我自己压根儿不会去染指。从前我在芝加哥蹑摸到一本名叫 *La Vie Parienne*① 的杂志,看到里面那种令人作呕的黄色东西不由得咯咯大笑起来,但此时此刻我甚至连您的手也不敢去抓呢。我可算是心灰意懒了。这就是盎格鲁—撒克逊人的传统方式,让人一辈子都给毁了……哦,我的天哪,多少年来我可从来都没有跟人谈论自己和谈别人的事儿了。"

"盖伊!难道说我们真的不能给这个小镇做一点儿什么事儿吗?"

"不,我们就是办不到!"对她提出的这个问题,他很像法官驳回一个毫无道理的反对意见似的,然后重新回到一些比较不太叫人感到紧张的问题上,说道:"说来也真怪,那些乱象丛生本来八成儿都是多余的,不应该有的。我们征服了大自然。我们可以让她长出小麦来。即使她刮起了大风雪,我们在家里还是照样温暖如春。但是,我们却大吵大闹净是为了逗乐——擦枪走火啦、政见分歧啦、种族仇恨啦、劳资纠纷啦等等。在戈镇,本来我们早就把荒地开垦出来,变成了一片沃土,可是,我们偏偏出于人为因素,付出很大的代价和努力,

---

① 法语,即《巴黎生活》杂志。

反而使我们之间极不愉快:卫理公会教友憎恨圣公会教友,拥有'赫德森'牌汽车的人嘲笑开老式'福特'牌小汽车的人。最糟糕的还是商人之间的那种同业仇恨的情绪,杂货铺老板觉得,谁不去作成他的生意,就是大家抢了他的钱。特别使我痛心的是,律师和医生(当然咯,还连同他们的太太在内)的见识,居然也会跟杂货铺老板如出一辙。医生之间的情况——你是知道的——您的丈夫、韦斯特莱克和古尔德之间,也都是同行嫉妒呀。"

"不!我可不承认呀!"

他咧着嘴笑了起来。

"哦,也许有过一两回,威尔知道某某医生出诊去看望病人的次数超过了实际需要时,他就禁不住哈哈大笑,可是——"

这时,他仍然咧着嘴在咻咻地笑。

"不,他可实在不是那个意思!你还说医生的太太们,也跟着他们相互嫉妒——麦加农太太和我之间本来就不是特别有交情的;她这个人城府太深了。但她的母亲——韦斯特莱克老太太倒是为人很厚道——眼下真是少见。"

"没错,她这个人当然很温和。可是,亲爱的,我要是您的话,就绝不会把自个儿心里的秘密都说给她听的。鄙人不止一次说过,在我们这个小镇上,只有一位自由职业者的太太才不会在暗地里捣鬼的,这个人就是——您,一个令人愉快而又忠实可靠的局外人!"

"用不着再恭维我啦!我才不相信神圣的、替人祛病除痛的医疗工作竟会变成一门捞钱的行业。"

"您想一想看:肯尼科特平时有没有向您暗示过,您最好对老太太特别客气一点儿,因为她们会介绍朋友熟人都去看病呢?哦,我真后悔不该——"

她忽然想起了肯尼科特不久前提到过博加特寡妇的话儿来。她怔住了,两眼殷切地直瞅着盖伊。

他霍地站了起来,异常激动地朝着她大步走了过去,轻轻地抚摩她的一只手。她心里暗自琢磨,也许应该对他的抚摩表示生气吧。可她转念一想,说不定他是喜欢她头上的那顶帽子——一顶崭新的玫瑰红银丝缎子的东方小圆帽吧。

他把她的手放下来,他的胳膊肘打她的肩膀擦过。他急匆匆跑到办公桌那边落了座,他那瘦削的后背微微地弯着。他拿起了那只景泰蓝细瓷花瓶,用无限寂寞的眼神窥视着她,使她感到惊恐万状。可是,他谈到戈镇人嫉妒成性的时候,他的眼神却变得暗淡无光,茫然不知所措了。这时,他突然冲口而出说:"我的天哪,卡萝尔,您又不是什么陪审员。我刚才概括起来的那些话,您完全有权可以驳回。唉,我真是个老糊涂,叫人讨厌呢。我净是爱分析一些有目共睹的事,而您这个人又是富于逆反精神。得了,快谈谈您究竟有什么高见。您觉得戈镇到底怎么样?"

"真是叫人讨厌透顶!"

"我能帮得上忙吗?"

"怎么个帮法呢?"

"连我也不知道呢。也许不妨听听您的吧。今儿晚上还没有听到您的高见呢。不过,通常——您能让我像古老的法国剧本里的知心丫鬟那样,手里拿着一面镜子,洗耳恭听您小姐倾吐衷曲吗?"

"哦,有什么衷曲好倾吐呢?这里的人都是乏味透顶,可他们反而以此沾沾自喜。即使我跟你很合得来,我也不能老是来找你聊天呀,要不然准有二十个老巫婆来听壁脚,喊喊喳喳地说我们的坏话。"

"那您就偶尔来找我聊聊天,不是很好吗?"

"我实在说不上来行不行。我正在拼命克制自己,尽管能忍受沉闷气氛,使自己心满意足。我不久前所作出的一切努力,哪怕出发点很好,现在都已失败了。我只好像他们所说的那样,'随遇而安',心满意足地过日子——如今我已是别无所求了。"

"别再自我嘲弄了。听到您说这样的话儿,真叫我痛心呀。这就好比是眼睁睁看到一只蜂鸟的翅膀在流血一样。"

"我可不是一只蜂鸟呢。我是——一头鹰,一头用皮条拴起来的小鹰,被这些胖乎乎、懒洋洋的白色大母鸡啄得几乎快要死了。但是你却给了我信心,我心里很感激。现在我该回家去了!"

"请您再坐一会儿,跟我一起喝喝咖啡吧。"

"我是很乐意多待一会儿,可是他们早就叫我吓破了胆。我只怕别人背地里说闲话。"

"这个我倒是不怕。我怕只怕您会说些什么来着!"他蹑手蹑脚地走到了她身旁,抓住她的那只反应迟钝的手,"卡萝尔!您今晚在这里觉得愉快吗?(是的,这会儿我正在恳求您呢!)"

她立刻紧紧地握了一下他的手,马上又缩了回去。她对于这种调情并不觉得好奇,同时一点儿都不感到有什么淫妇偷汉子的那种乐趣。如果说她是个天真烂漫的小姑娘,波洛克就是个笨头笨脑的小伙子。他攥紧拳头塞在口袋里,一个劲儿在那间公事房里跑来跑去。后来,他结结巴巴地说:"我——我——我——哦,真该死!我干吗会如此冲动,到现在还不清醒过来吗?这会儿我要——我要跑到走廊那头去,把狄龙夫妇请过来,我们大家在一块儿喝咖啡多好。"

"狄龙夫妇?"

"是的。他们俩是非常正派的年轻夫妻——哈维·狄龙和他的太太。他是一个牙科医生,刚来镇上不久。他们就住在诊所后面的一个房间里。在镇上,他们认识的人不多——"

"我可听说过他们,但是还没有想去拜访他们,实在很惭愧。快去请他们过来吧——"

她没有再说下去。为什么呢?连她自己也都不知道。但是,从他的表情和她迟疑的神色可以看得出来,他们都希望刚才根本没有提到过狄龙夫妇。他假装很热心地说:"太好了!这会儿我就去。"他在房门口乜了她一眼,见她正蜷缩在那张破皮椅子里。他一转身溜了出去,不一会儿就带着狄龙夫妇一起回来了。

他们四个人喝的咖啡,是波洛克在煤油炉上烧的,简直没有味儿。他们哈哈大笑,谈论明尼阿波利斯,个个谈得都很得体。随后,卡萝尔冒着十一月里的寒风,走回家去了。

第十四章

她正在回家的路上。

"不,我怎么也不能爱上他呀。尽管我很喜欢他,但他这个人太像一个闭门不出的隐士。试问我能吻他吗?不行!不行!如果说盖伊·波洛克只有二十六岁——恐怕我很可能会吻他的,即使我已经结过婚,也许还可以自圆其说:'这样做也并不见得有什么不对头呢。'

"令人惊讶的是,我对于自己这种想法却并不觉得惊讶。我,这个贞洁的年轻太太,究竟有没有自信心呢?要是真的有一位风流王子——

"一个戈镇的家庭主妇,出嫁才一年,怎么会就像二八年华的小姑娘朝思暮想'风流王子'来着!人们都说:闺女出了嫁,立即变了样,可我现下为什么一点儿都没有变呢。不过——

"不!我再也不会动情的,哪怕是这位'风流王子'真的来到我跟前。我不愿意叫威尔伤心。我喜欢威尔。我真的打心窝儿里喜欢他!尽管他再也激动不了我,可我还是要依靠他。他——就是我的家和孩子。

"我真不知道什么时候我们家才会有孩子,现在我很想要孩子。

"我有没有忘了关照碧雅,明天早上吃玉米粥,不吃麦片粥?现在她大概早已睡了。也许我还得早一点起来呢——

"我非常喜欢威尔。即使我不得不忍痛回绝那种疯狂的爱情,我也不愿意叫他伤心。要是眼前真的出现那位'风流王子',我至多也只不过白他一眼就跑开了。一溜烟跑开了!哦,卡萝尔,你呀既不崇高,又不风雅。你是一个俗不可耐的年轻女人罢了。

"但我并不是一个水性杨花的妻子,私底下津津乐道地说是被人所'误解'了。哦,我不是,我可不是那样的女人!

"难道非说我是那样的女人不可吗?

"至少我并没有低声贴耳向波洛克数落威尔的过错,说他对我的这颗卓尔不群的心灵熟视无睹。我从来没有这样说过!事实上,威尔也许对我是完全了解的!只要——只要他能支持我去唤醒镇上的人。

"一见面就被波洛克这种男人的笑颜弄得心旌飘摇的年轻少奶奶,一定是大有人在吧。她们是一群渴求脉脉温情的小羊羔!那些娇羞、贞洁的新娘子。不!我可不愿成为她们当中的一员!不过,要是那位'风流王子'长得年轻潇洒,而又敢于面对现实,那么就很难说了——

"我可以说真是远远不如狄龙太太乖觉聪明。她就是崇拜她的那位牙科医生大夫,一点儿都不含糊!把波洛克只看作一个莫名其妙的老顽固罢了。

"狄龙太太脚上穿的长筒袜,还不是丝的,而是用莱尔线①织

---

① 莱尔线,一种光滑坚韧的棉线。

成的。她的两条腿是长长的,很好看,可是还没有我的腿漂亮。我最讨厌的是丝袜上的棉线袜头……我的脚踝是不是越来越大了?我说什么也不要有一双大脚踝!

"不,我非常喜欢威尔。我喜欢他的工作——他救活了一个患有白喉的庄稼人,就远远胜过我大叫大嚷要求建立的一座西班牙城堡①。一座有浴室的城堡。

"这顶帽子太紧了。应该把它放大一些。波洛克还喜欢它呢。

"一转眼就到家了。我可冻得直打哆嗦,该是把皮大衣拿出来的时候了。我不是有过一件河狸②皮大衣吗?海狸鼠毛衣跟它可不是一样的东西!河狸皮光滑发亮,摸上去手感柔软。波洛克的胡子倒是很像河狸皮毛。实在荒唐透顶!

"说真的,我可喜欢威尔,难道说除了'喜欢'一词以外,我就揣摸不到别的字眼儿吗?

"这会儿谅他早已回家了。恐怕他一定会说我到家迟了。

"他为什么老是忘了把百叶窗放下来?赛伊·博加特那一拨野孩子喜欢扒窗台往里偷看呢。不过,像这样不值一提的小事,可怜的威尔始终是不放在心上的。他想的是工作,真够他操心的,而我呢,什么活儿也不干,只管跟碧雅摆龙门阵。

"得了,我千万不要把玉米粥都给忘了——"

她像一缕轻烟飞进前厅。肯尼科特放下《美国医学会杂志》,把头抬了起来。

---

① 在此处寓有"白日梦,空中楼阁"之意。
② 原文为 beaver,即河狸,一种水陆两栖的毛皮动物,有坚齿,可以啃倒树木,横渡河流筑堤;旧译作海狸。

"哈啰!你是什么时候回来的?"她大声嚷道。

"大约九点钟。你上哪儿逛荡去了。现在已经过了十一点!"他说话时口吻虽然和和气气,但可以听得出他并不十分赞成。

"难道说什么地方怠慢了吗?"

"哦,你忘了把炉子底下的通风管道关起来。"

"哦,实在对不起。但是,像这样的事儿我并不是常常忘记的,你说对不对?"

她冷不防坐在他的膝上了。(他生怕碰着眼镜,猛地把头往后一仰,然后摘去眼镜,再叫她挪动一下,坐得舒服一些,于是随便清了一下喉咙。)他很亲热地吻吻她,说:

"不,说实话,像这样的事儿你做得蛮不错呢。我一点儿意见都没有。我只怕是暖气往外跑了。只要那个通风管道一敞开,炉火就越烧越旺,一股脑儿全跑掉了。可是,到了夜晚,就又开始冷起来了。我一路上开车回来,就觉得很冷。我把旁边的车窗帘子拉下来,今天天气实在太冷。好歹我们家里暖气炉子现在很管用。"

"是啊,的确很冷。可我出去散过步以后倒觉得很舒服。"

"你出去散步了?"

"我刚才到佩里家串门去了。"接下去又该怎么说呢——她毅然决然说实话了,"他们俩不在家。我碰到了盖伊·波洛克,顺便到他公事房坐了一会儿。"

"怎么啦,难道说你就是跟他坐在一块儿穷聊天,聊到十一点钟吗?"

"当然还有别人也在那儿啦。对了,威尔!你觉得韦斯特莱克大夫怎么样?"

"韦斯特莱克?你干吗要问他呀?"

"今天我在街上看到了他。"

"他走路是不是一瘸一瘸的?这个可怜虫要是让他的牙齿照 X 光,我敢打赌,他一定会发现牙齿脓肿了。韦斯特莱克管它叫'风湿',什么风湿,去他妈的!他的医术太落后了。真不知道他有没有给自己放放血!哦——哦——哦——"他意味深长地打了一个呵欠,"我压根儿不愿败坏我们同行的声誉,何况时间已经很晚了,做医生的即使在深更半夜,只要有人上门来找,都得从被窝里爬出来呀。"(她记得,在这一年里,像上面这样的话,他已经说过不下三十次啦。)"我说我们俩最好还是上床去吧。我已经给闹钟上过弦,暖气炉子也检查过了。你进门的时候有没有给大门上锁呀?"

他们把灯都关了,又试了两回,看看大门有没有锁牢以后,就拖着沉重的脚步上楼去了。他们一面说话,一面准备宽衣解带。卡萝尔至今还不免感到有点儿羞羞答答,照例躲在壁橱的门背后换衣服。可肯尼科特却一点儿也不在乎。如同往常一样,今天晚上她还得气呼呼地把那张旧丝绒椅挪开,方能打开壁橱门。每回开壁橱门,她都要把椅子挪到边上去。一个钟头里挪了有十回之多。但是,肯尼科特喜欢把那张椅子放在房间里,偏偏只有壁橱前面有空地方。

她顺手推开那把椅子,心里直冒火,好歹给遏制下去了。肯尼科特接二连三打呵欠,似乎困倦不堪。房间里空气不流通,令人发闷。她耸耸肩,开始唠叨起来:

"你不久前提到过韦斯特莱克大夫,但从来没有给他下过评语,你说说他到底是不是一个好大夫?"

"哦,没错。他是个老滑头。"

("噢！你看,医务界并没有什么竞争嘛。至少我们家里就没有!"她刚才就这样得意扬扬地对盖伊·波洛克说的。)

她把绸衬裙挂在壁橱钩子上,又继续说下去:"韦斯特莱克大夫是那么彬彬有礼,又博学多才——"

"嘿,我可不知道他到底是不是一个了不起的学者。我一直怀疑他,善于自吹自擂,净吓唬人。他喜欢人家知道他还精通什么法文、希腊文,以及天知道什么别的玩意儿。他的小客厅里,经常摆着一本老掉牙的意大利文的书,但我总觉得,他也跟我们大家一样,都是在看侦探小说。反正我也不晓得他从哪儿学来那么多的狗屁不通的外国语！他似乎要人人都相信他从前进过哈佛大学、柏林大学、牛津大学,或者是别的什么大学。可是,我一查医师人名录,原来他只不过是一八六一年宾夕法尼亚州一所蹩脚大学的毕业生！"

"不过,依我看,最要紧的是:他是不是一个诚实的医生？"

"那就看你对'诚实'两个字作什么样的解释了。"

"比方说,你得了病,愿意找他来看病吗？你会同意让我去请他来这儿一趟吗？"

"不行,只要我还有一口气,怎么也不去找他！对不起！先生！我说什么也不让那个老骗子踩一下我们家的门槛。他的那些溜须拍马的奉承话,简直是没完没了,叫我听了厌烦。他只会治治普通的肚子痛,或是抓住一个傻大娘的手号号脉,但是重病我绝对不会找他看的！绝对不会的！先生！你是知道的,我历来不会在背后挖苦人,可是——我也还得要告诉你,卡丽:我一直不能原谅韦斯特莱克替琼德奎斯特太太看病的那种德行。那位太太并没有什么大病,实际上只要休息一下就行了,可是,韦斯特莱克却不断上门去看她,一连好几个星期,几乎每天都去,当然咯,也给她送去了厚厚一大沓记账单!这种事情我一辈子都不能原谅他!像琼德奎斯特家里那样老实巴交而又刻苦耐劳的人,他都不肯放过啊!"

她身上穿着细纱透明睡衣,站在五斗柜前面,她心里照例在暗自琢磨着:她巴不得能有一只名副其实的镶着三面镜子的梳妆台,只要她头朝着靠边的那面镜子,一抬起下巴颏儿,就可以看到脖子底下那颗小黑痣,最后,她方才开始梳自己的头发。这时,她仿佛按着梳子的节奏,继续说道:

"可是,威尔,你跟韦斯特莱克和麦加农等人之间,到底有没有同行竞争呢?"

好一个倒翻的筋斗,肯尼科特干净利索地上了床,接着又让脚后跟滑稽地踢了一下,两腿唰地伸进了被窝。他哼着鼻子说:"上帝保佑,这可千万要不得!如果说,有人想要抢我的生意,我想,只要他——光明正大,我从来都不会因此而起妒心。"

"那么,韦斯特莱克这个人光明正大吗?狡猾不狡猾?"

"狡猾——你算是说到点子上了。那家伙简直就是——老狐狸!"

这会儿她仿佛看到镜子里盖伊·波洛克在咧着嘴笑。她一瞬间脸红了。

肯尼科特两手托着脑袋,一个劲儿打呵欠说:

"可不是,这个人很滑,简直就像泥鳅一样滑。可是,我敢打赌,我现在赚的钱,差不多跟韦斯特莱克和麦加农两人加起来一样多,虽然我只不过收一些合法的诊金,从来也不想多赚一文钱。至于病家想到他们那里去,而不上我这儿来,更是完全听便咯。不过,我还得说清楚,韦斯特莱克一个劲儿拉拢道森那一家人,这可叫我很恼火。从前,卢克·道森不论碰到什么脚趾痛,什么头痛脑热等等小毛病,一向是跑来找我的,确实叫我耗费了不少时间;后来,有一次,他的一个小孙子在去年夏天到镇上来,我想大概是闹腹泻,或者是得了什么夏季肠胃病,你知道,那时候你和我正好开着车子到拉克—基—迈特去了。于是,韦斯特莱克就趁机糊弄道森大娘,几乎把她吓得半死,说什么那个孩子得了阑尾炎。我的天哪,他和麦加农居然真的给孩子开起刀来,大叫大嚷,嘿,他们发现了可怕的粘连,瞧他们那副架势,简直好像世界上只有他们才是什么有名的外科大夫似的。他们事后还放出风声说,要是过了两小时动手术,那个小孩八成儿要转化成为腹膜炎或者天知道什么病的。随后,他们大捞油水,一下子收进了一百五十块钱诊金。他们要不是防我一手的话,很可能漫天要价——三百块!我这个人并不贪心,不过,我给老卢克看病,应收十元的诊金,就照收不误,我当然也不愿只收他一块半的,眼看着那一百五十块钱进了别人的腰包。要是我做的阑尾切除手术不比韦斯特莱克或是麦加农高明,他妈的我老子就——不姓威尔!"

她爬上床的时候,波洛克的那种龇牙咧嘴的嬉笑,使她感到十分窘困。但她还是继续在探他的口气,说:

"可是,你不觉得韦斯特莱克比他的女婿聪明吧?"

"是啊,我说韦斯特莱克也许老一套,全过时了,但他毕竟还有一定的直觉知识,而麦加农呢,各方面都很固执,像一个该死的笨蛋,乱来一气,拼命想办法让病家相信他看病时所作出的诊断管保不会有半点儿差错!你知道麦加农最棒的一手绝招,就是接生,至于内科简直一窍不通。他的两下子不一定就比正骨科女医生马蒂·古奇太太强多少呢!"

"韦斯特莱克太太和麦加农太太——她们俩好像倒还不错。她们对我可特别热情呢。"

"哼,她们没有理由对你不热情,你说对不对?哦,她们的确也蛮不错的,不过,你可以押下最后一块钱打赌,她们俩一天到晚东奔西走,一个劲儿在替自己的丈夫拉生意。我心里纳闷,不知道麦加农太太是不是真他妈的很热情,我在街上冲着她大声打招呼的时候,瞧她向我点头的那个样子,活像是她的脖子肿了,不得动弹一样。其实,她这个人,总算还不赖。最糟糕的是韦斯特莱克大娘成天价跑来跑去,老是跟人捣蛋!唉,闲话少说,韦斯特莱克一家人,不论是哪一个人,我一概都不相信。尽管麦加农太太看起来老实巴交,可是你别忘了,她终究是韦斯特莱克家的闺女呀。这一点准是不会有错的!"

"那么,古尔德大夫怎么样?你说他是不是比韦斯特莱克或麦加农更坏呢?看来他非常俗气,喝酒,打弹子球,抽起雪茄来净摆什么臭架子。"

"那些就不用提啦!特里·古尔德这个家伙净是爱吹牛,不过,他还是精通医学的,这一点——千万别忘了!"

肯尼科特又像盖伊那样咧嘴大笑,卡萝尔瞪着两眼直瞅他,叫他不好意思再对视下去了。卡萝尔显得更加安详地问道:"他这个人也算是老实吗?"

"哦,哦,哦……真他妈的困死了!"话音刚落,他怪舒服地伸了一伸身子,钻进被窝儿里去了。不一会儿,他像一名潜水员似的又钻了出来,摇摇头,大发牢骚说:"怎么啦?你是在说谁呀?你说特里·古尔德老实吗?别跟我开玩笑了,这会儿我真舒服,几乎快要睡着了!我并没有说过他老实呀。我只不过是说他有一点儿小聪明,会查看《格雷氏解剖学》这本书后面的索引,要是换上麦加农,连查索引都还不会呢!可是,我压根儿没有说过他老实这句话。呸,说他老实,才寒碜哩。一句话,此人极不老实,歪主意可多啦。他暗地里说我的坏话也不止一次了。他居然告诉离戈镇有十七英里远的格洛巴赫太太,说我的助产技术早已过时了。可他从中并没有捞到什么油水!格洛巴赫太太马上赶来,一一汇报给我听!何况特里还是个大懒鬼。他宁可让一个得了肺炎的病人胸口闷得透不过气来,也不肯暂时放一下自己手里的扑克牌。"

"哦,真要不得。我简直不能相信——"

"得了,现在我既然告诉了你,你就该相信了吧!"

"他真的常常打扑克牌吗?狄龙大夫跟我说过,古尔德大夫要他去打纸牌——"

"狄龙跟你说些什么来着?你是在哪儿碰到狄龙的?他来戈镇还没多久呢。"

"今儿晚上他和太太也都在波洛克先生那里。"

"那么说,你觉得他们怎么样?你有没有发现狄龙好像有点儿学识浅薄?"

"哪儿的话!我看他好像是很有学识的。我敢说,他比我们的那位牙科医生头脑要清楚得多了。"

"你要知道,给我们治牙的那个老头儿是一个好的牙科医生。他倒是精通业务的。至于狄龙呢,我要是你的话,就绝不会死乞白赖跟狄龙一家子套近乎的。波洛克跟他们往来热络,与我们就毫不相干,可是我们呢——我想,对狄龙夫妇还是拉拉手,扭头就走为好。"

"那为什么呢?他又不是你的冤家对头!"

"嘿,那还用说吗?"这时,肯尼科特如同大梦初醒,一下子露出了咄咄逼人的神态来。"他——要不了多久,就会跟韦斯特莱克和麦加农串通一气。事实上,狄龙到此地来行医,我怀疑多半是他们两个人捣鼓出来的。往后他们俩就给狄龙介绍病人,而狄龙呢,回过头来也会把听他话的病人通通都介绍给他们。所以说,凡是跟韦斯特莱克穿一条裤子的人,我都一概不相信。不妨给你再举一个例子吧。比如说,有个人不久前在这儿买了一个农场,到戈镇来看牙齿,要是你让狄龙钻了空子,等狄龙给他看过牙齿之后,你会看到那个病人前脚刚走,后脚就到了韦斯特莱克和麦加农那里,哪一回都是这样的!"

卡萝尔伸手去取挂在床边椅子上的短衫,把它披在肩头上,两手托住下巴颏儿,坐了起来仔细端详肯尼科特。在过道里的那盏小电灯射进来的灰蒙蒙的光影里,卡萝尔看见了他这会儿正皱着眉头哩。

"威尔,下面这句话——我琢磨了好久,还得给你说说清楚才好。前天,有人对我说,就是为了钱的问题,在这么一个小镇上,医生们都互相怀恨在心,闹腾得比大城市还厉害。"

"这是谁说的?"

"这可并不重要呀。"

"我敢用自己的脑袋来打赌,这一定是你的那个维达·舍温说的。她是个很聪明的娘儿们,不过,她要是把自己的嘴巴闭起来,少动脑子瞎管闲事,她就更聪明啦。"

"威尔!哦,威尔!你这话简直太可怕!先不谈这话说得太俗气,至少你也得看在我面上,维达毕竟是我最好的朋友。退一步说,即使就是她说的,那又怎么样呢?何况事实上,她根本没有说过这样的话。"

他身上穿着令人发笑的红里带绿的薄法兰绒睡衣,这时耸起来的两个肩膀似乎显得更厚实了。他腰背笔直坐在床上,气得直弹自己的手指头,咆哮着说:

"得了,得了,她要是没有说,那就让我们忘了她。反正不管是谁说的,都没有关系。问题是你居然会信以为真。我的天哪!没想到连你都不了解我!竟说我是为了捞钱!"

("我们俩结婚后从没有吵过嘴,这还真的是头一回呢。"她心里觉得很痛苦。)

他伸出自己的长长的胳膊,抓起了搭在椅子上的那件皱巴巴的背心。他抽出了一支雪茄烟和一根火柴棍儿,又把背心扔在地板上。他点着了雪茄烟,没命地抽着。他又把火柴棍掐断,扔在床前踏脚板上。

她忽然看见:床前的那块踏脚板,好像就是埋葬爱情的墓石。

他们的那间卧室,灰不溜丢,通风也不大好,肯尼科特就是"不让窗子都敞开,把屋里的热气通通放跑了",混浊难闻的空气,好像从来都没有换过似的。过道里射进来半明半暗的灯光,他们俩舒展在温暖的被窝里,并肩同枕紧偎在一起。

她哀求着说:"宝贝,我可不是故意把你叫醒呀。我求求你不要再抽烟了。你烟抽得实在太多了。快点儿睡吧。实在对不起!"

"既然你说对不起,那也就罢了;不过,我觉得还是要告诉你一两句话。刚才你告诉我有人胡说镇上的医生同行嫉妒,相互竞争,你就信以为真,这只不过是说明你主观片面罢了。你平常总是喜欢把我们戈镇的人都看成笨蛋,简直一钱不值。像你这样的女人身上都有个毛病,总是喜欢跟别人抬杠。你看问题往往不太现实,所以就非跟人抬杠不可。关于这个问题,这会儿我不打算再和你争辩下去。你最大的毛病是,你压根儿不想好好了解我们。你呀老是趾高气扬,觉得自己高人一等,认为大城市是比这里强得多的好地方,一个劲儿要我们都照你的意思去做——"

"我说的不是事实?我可以说是一直全力以赴的。可他们——包括你在内——却站在后面一个劲儿评头品足。看来我只好让步,迁就镇上乡亲们的意见;我应当为他们的利益贡献出自己的一切。至于我心中关注的问题,他们根本体会不到,更不用说照着我的意见办了。一看到他们那个古老的明尼玛喜湖和那些乡间别墅,我不由得感到满心高兴,但是,我一说起还想去看看塔欧米那①,他们就会捧腹大笑起来(恐怕这就是你大肆宣扬的那种感人至深的友谊吧)。"

"当然咯,塔欧米那,不管它是什么玩意儿,我想八成儿是个好地方,恐怕要花很多的钱,只有百万富翁方才住得起的豪华别墅住宅区。是呀,就是这么一回事,一个人只有够喝啤酒的进项,却偏要尝尝香槟酒的味道。要记住现在我们的进项,还只不过刚够喝啤酒呢!"

"照你这么说,岂不是我不会精打细算过日子吗?"

"哦,这个我本来不打算说,既然现在你自己提起来,我不妨就在这儿谈谈,从日用杂货的账单来看,不该用的几乎超过一倍以上。"

---

① 塔欧米那是位于意大利西西里岛的一游览胜地。

"是的,大概是超支了。我可不会精打细算。我说什么也不会呀。真是罪过罪过!"

"你打哪儿学来,'真是罪过罪过'这句话?"

"请你不要说这样的大白话——要是说得不好听,我就管它叫'粗话'。"

"反正说惯了大白话,我爱怎么说就怎么说。我说,你又是从哪儿学来'真是罪过罪过'这句话?大约在一年以前,你找碴儿,说我忘了给你钱。不过,我是很讲道理的。我并没有责怪你,我甚至还说过是我的不对。可是,打从那个时候起,我哪怕是一次也都没有忘记过——"

"没有哟。从那时起,你确实没有忘记过——!可是问题不在这里呀。我应该有一笔月钱。我非要不可!那你就应该规定好每月给我数目固定的一笔钱。"

"好主意!当然咯,做医生的每月是有一定的进项!那还错得了吗!这个月说不定进一千块钱——下个月只赚一百块,就算碰运气啦。"

"既然这样,那就照百分比提成,还是再想别的办法。不管你赚多少,你不妨就给定出一个大概的平均数——"

"可是,你要定这个玩意儿有什么意思呢?你到底要想干什么?难道你认为我不讲道理吗?难道你觉得我是很不可靠的,又吝啬得要命,你就一定要我签字画押来缚住我的手脚吗?我的天哪,真是叫人伤心!我以为我一向都是很大方的,也很体面的;我常常感到很高兴,我心里在想,交给她二十块钱,或是五十块钱,或是不管多少数目的钱,她一定很开心吧。而现在,你好像把它看作一笔离婚后的赡养费。唉,我这个可怜巴巴的傻瓜蛋,一向以为自己是很大方的,哪知道你——"

"够了,够了,不要再可怜可怜自己啦!你这会儿虽然很生气,但好像还挺得意似的。你刚才所说的话,我都同意。当然,你给我钱的时候一向很爽快,很亲昵,看起来好像我就是——你的情妇!"

"卡丽!"

"我说你把我看成情妇,一点儿都不含糊!就你来说,那是一种慷慨大方的壮举,对我来说,却是一种奇耻大辱。你给我钱——就好比你把钱给你的情妇,只要她百依百顺就行,到了那时候,你就——"

"卡丽!"

"你不要打岔!那时候,你就会觉得你已经完全尽到了责任啦。好吧,从今以后,我拒不接受你的赏钱。我们可以合伙做买卖,我算是你的股东,也是你的同事,分管家务这个部门,可是,我要有一笔固定的预算,要不然,我什么名义都没有啦。不过,要是你把我看作一个情妇,我可要好好给自己选择一下情人哩。哦,我恨——我恨——这些卖笑得来的钱——我甚至连一个情妇的权利都没有。我拿到了钱不能随便添置珠宝首饰,只能为你置备双屉蒸锅和短袜子!是的,事实上就是这样!看起来你很慷慨大方!你给了我一块钱,怪痛快的,快,拿去!唯一的条件是我还得拿了这钱去给你买一条领带!以后,我还得等你什么时候高兴什么时候才肯给我钱。既然这样,请问你叫我怎么个张罗法,方才算是不浪费、不乱用呢?"

"当然咯,你要是那么个看法——"

"我又不能随便上哪家铺子去买东西,买的数量也不能很多,一定要到肯赊账的店铺去买,这就要花去许许多多的时间,而且我在事前又不能好好合计合计,实在因为我不晓得究竟有多少钱是可以属于我支配的。那些就是我对你刚才满怀深情说的慷慨解囊所付出的代价。你使我——"

"且慢!且慢!你自个儿都知道你简直是越说越离谱了。你是刚才这一分钟里才想起什么情妇的名堂来!实际上,天晓得,你从来就没有'卖笑乞讨'过。可是,不管怎么说,你刚才说的也许是对的。是的,你应当像做买卖一样来治理家务。明天我就拟出一个详尽的计划方案来,从今以后你就会有数目固定的款子,或是按一定的百分比提成,你还可以在银行里开个户头。"

"哦,你心眼儿真是太好了!"她转过脸去看他,很想跟他亲热一番。可是,他划了一根火柴,把他的那支刚熄灭的、带有臭味的雪茄点着了,从火柴发出的亮光里,可以看到他的眼睛熬红了,显得很难看。他耷拉着脑袋,下巴颏儿下面还鼓出一堆肉,上面长着几根灰白色的小硬毛。

她纹丝不动地坐在那里,过了半晌,他才用嘶哑的声音说道:

"不。这可算不上是特别好,只能说是讲公道罢了。老天爷知道,我是主张讲公道。不过,我指望别人也要讲公道。然而你对人家太傲气,自以为了不起。就拿萨姆·克拉克来说,他心眼儿好,为人老实、忠诚,是个好人——"

"是呀,别忘了他还是个打野鸭子的好手!"

"(怎么的,他打猎时还是个神枪手呢!)萨姆常常在傍黑的时候上我们家串门,坐下来聊聊天,我的天哪,就是因为他抽烟习惯很特别,喜欢把雪茄烟塞在嘴里来回大声咀嚼,也许有时候还随地吐上几口痰,你瞪着两眼直瞅他,就好像他是一头笨猪似的。哦,你当然不会知道我已看透了你的心思,但愿萨姆还没有注意到你的神色;可是,你的一举一动却逃不过我的眼睛呀。"

"没错,我的确有那种嫌恶的感觉。吐痰——啊!可是,我心里很难受,让你看出了我的嫌恶神情。可我对他尽量客气,千万不要露出自己嫌恶的情绪来。"

"也许我观察到的,要比你所想象到的还多呢!"

"没错,也许真是这样。"

"你知道萨姆到我们这儿,为什么不敢点他的雪茄烟吗?"

"那是为什么?"

"他最怕的就是,他一抽烟恐怕惹你生气。你简直把他吓破了胆。只要他一谈到天气,你就刁难他,因为你大谈特谈什么诗呀,什么格德——歌德①?——还有别的什么自以为了不起的大学问——这些玩意儿萨姆当然都扯不上来。这么一来,你就叫他很机警,简直不敢再登门了。"

"哦,我真后悔啦。(不过,我相信你说得也不免有点儿太过头了。)"

"依我看,我可没有说过头呢!现在我可以告诉你一件事:你要是这样继续下去,准保把我所有的朋友全给赶跑了。"

"要是真的这样,那就是我的不对了。你知道我可并不是故意的,威尔,我到底有多大能耐把萨姆吓跑了?如果你说我真的把他吓跑了。"

---

① 歌德(1749—1832),德国著名作家。

"哦,你可真的把他吓坏了,一点儿都不错!平日里他最喜欢把他的两条腿高高搁在另一张椅子上,解开坎肩的扣子,敞着胸脯,给我讲一段叫人发笑的逸闻,要不就逗着我开玩笑;可现在呢,在你面前,他样样都不敢啦,他只是坐在椅子的边儿上,别的事儿全不敢提了,就拼命谈政治长、政治短,甚至连咒骂几句也不敢了。你知道,平日里萨姆要是不咒骂一阵子,好像浑身就不舒服似的!"

"换句话说,他要是不能像泥棚子里的乡巴佬一样乱说乱动,他就觉得心里怪不舒畅!"

"够了,够了,别再扯这些啦!你想不想知道你是怎样把他吓坏了胆的?一开头,你明知道他是一问三不知的,却偏偏还要问他一些问题——连傻瓜蛋也都看得出来,你这是存心在试试他——接下去,你就像刚才那样大谈特谈什么情妇呀等问题,简直把他吓了一大跳——"

"当然咯,心地纯洁的萨姆在私底下从来不谈这种误入歧途的女人的!"

"不管怎么说,在太太小姐跟前,他肯定不会谈的!我可以用自己的脑袋来打赌!"

"这么说,不会装腔作势,反而成了不道德——"

"得了,我们现在不谈这些——优生学,或是不论你管它叫什么该死的新玩意儿。正如我刚才所说的,一开头是你把他吓坏了,接着又想出一个又一个什么鬼花招来,简直叫大家赤着脚跑也跟不上你啦。你一会儿心血来潮就跳起舞了,一会儿又砰砰砰地弹起钢琴来了,过了一会儿你就像撞着了魔鬼似的满脸愁容,整天价硬是一言不语。如果说你一定要发脾气的话,你干吗不躲在自个儿房里去发呢?"

"我的亲人呀,我巴不得能够常常独个儿闭目深思呢!有一个属于我自己的房间! 你以为我高兴坐在这儿胡思乱想,任自己喜怒无常'发脾气',而你却突然从浴室闯了进来,满脸儿肥皂泡沫,大声嚷嚷说:'你看到我的褐色短裤衩吗?'"

"哼!"他没有回答,只是哼的一声,好像满不在乎似的。随后,他从床上爬下来,两脚砰的一声踩在地板上,大踏步走出了卧室,身上穿着鼓鼓囊囊的混纺睡衣,他的背影显得越发令人可笑。她听见他对着浴室里的水龙头喝过一口水。卡萝尔看着他那么大大咧咧地从房里走出去,不由得很生气。她舒展了一下身子,仰卧在床上。等他回房的时候,她故意扭头不看他。他也不理她,猛地跳上床,一迭连声打呵欠,嘴里含糊不清地说:

"得了吧,赶明儿我们盖了新房子,就够你清静啦。"

"什么时候盖好呀!"

"哦,我早说要盖的,你别着急! 不过,我当然不想借人家的钱来盖房子。"

这一回是她"哼!"了一声,没有搭理他。蓦然间,她仿佛觉得自己再也不是寄人篱下,就径自下了床,身子背着他,从五斗柜右上角的抽屉放手套的盒子里拣出仅有的一块硬邦邦的巧克力糖,咬了一口,发现里面是椰子馅儿,随口说了一声"该死!"话刚脱口,她就后悔了,要不然她就可以在满嘴粗话的丈夫面前显出自己的优越感来了。她使劲把巧克力糖扔到废纸篓里,它仿佛在一堆破衣领和牙膏盒等废物之间发出一阵恶意的嘲笑。随后,她好像演完了一出悲剧,神气活现地又回到床上去了。

卡萝尔离了床,他一直在喃喃自语,说他主意早已打定,"不想借人家的钱来盖房子"的。她心里却在暗自思忖:她的丈夫真是一个土佬儿,她憎恨他,想当初她必定是疯了才肯嫁给他,她之所以嫁给他,只不过是因为她对工作厌倦了,现在她应当把自己的长手套洗干净,赶明儿再也不给他做什么事儿,可她又怎么也忘不了他在早餐时要喝玉米粥。这时候,她耳畔忽然听到他气呼呼地说:

"我是个傻瓜,想要盖一幢新房子。等我盖好房子的时候,也许你大功告成,使我把所有的朋友和病家通通都给得罪了。"

她猛地纵身一跳,又坐了下来,冷冷地说道:"这会儿你坦白地说出了你对我真正的看法——我非常感谢你。如果说你真的有那种感觉,如果说我确实是你的绊脚石,那么,我在这个屋子里再待一分钟都受不了。我完全可以靠自己挣钱来养活自己。我马上就走,你要是乐意的话,不妨就离婚吧!现在你需要的,是一个就像母牛那样驯顺听话的女人,任凭你的那些贵朋友来串门谈天气,往地板上吐痰,她绝不会摇头皱眉头的。"

"快住嘴!别犯傻了!"

"你马上就会发现我是不是犯傻了!我说话是算数的!难道在我明白你一直在吃我的苦头后,我还会在这里待下去?哪怕只待一秒钟?至少我还有一点儿正义感——"

"请你不要扯得太远了,卡丽。这——"

"扯得太远吗?扯得太远!让我告诉你——"

"——这可不是在演戏,还是让我们正经八百地先从大处着眼谈一谈。刚才我们俩都是因为脾气太急躁,才说了一大堆不该说的气话。当然咯,我希望我们两口子是一对地地道道的诗人,开口闭口都离不开月亮和玫瑰花——可是,说到底,我们毕竟还都是一些凡夫俗子呀。得了,就说到这儿吧。我们不要再你一枪、我一刀地斗得两败俱伤了。让我们俩都承认自己是在做蠢事。不妨想一想:你很明白,你总觉得比别人高出一头。实际上,我认为你不见得就像我所说的那么坏,自然也不见得像你自己所说的那么好,——嘿,还差得远呢!我真闹不明白,你干吗会有这么大的优越感?你干吗不能稍微迁就一下别人呢?"

她还来不及从这个玩偶之家①出走,就怀念起遥远的过去:

"我说我这种个性恐怕是从童年时起就养成的。"她说到这里顿住了。再往下说的时候,她的声音显得不大自然,话儿里带着小说书里常有的富于幻想的情调。"我父亲是世界上最温和善良的人,但在一般人面前,他总感到自己有优越感。事实上,他的确可以自命不凡啊!再说明尼苏达河谷——我是常去的,坐在悬崖上,居高临下,俯瞰曼卡托全景,每次都是长达几个钟头之久。我托着下巴颏儿,远眺河谷四周景色,幻想自己能即席写诗!山底下是一片片闪闪发亮的陡斜屋顶,还有一条大河,大河那边是平展展的田野,远处云雾迷茫,崖壁绵亘不断——使我沉浸于遐思之中。我好似置身于风景如画的河谷里。可是现在,我已来到了大草原上——它任我胸中起伏不平的思绪海阔天空地飞翔遨游。你看是不是就是这

---

① 剧本《玩偶之家》,是挪威著名戏剧家亨利·易卜生的代表作,写的是女主人公娜拉终于看清了丈夫自私虚伪的面目,毅然离开丈夫出走。

么一回事？"

"嗯,也许差不离呢,不过,卡丽,你不是三天两头唠叨说,你活着可要好好享受一番,千万不要让岁月白白地过去;而你自个儿却拼命往外跑,失去了那么多妙不可言的家庭乐趣,就是因为这儿的人们平日里不喜欢穿上大礼服的,你就不乐意——"

"还有晨礼服吧,哦,对不起,恕我插嘴了。"

"——去赶一连串的茶会。就拿杰克·埃尔德来说吧,你以为他什么都不懂,只晓得采伐木头和市场行情。可是你知不知道杰克还是个音乐迷？他把一张歌剧唱片放在唱机上,坐下来就闭着眼睛听呀听的,简直听不完,此外,还有莱曼·卡斯,你没有觉察到他这个人见闻很广吗？"

"你说他真是这样吗？我知道,凡是去本州议会大厦听过格莱斯顿①演说的人,戈镇这儿的人都会说他见闻广博。"

"得了,我干脆详详细细跟你讲吧！莱曼读过不少历史书——书的内容着实过得硬呢。还有那个汽车行里的马特·马奥尼。他的公事房里挂着许许多多名画的复制品。还有那个宾厄姆·普莱费尔老大爷,住在离镇七英里的乡下,约莫在一年以前过世了。据说他在南北战争时期当过大尉,认识谢尔曼将军。有的人还说他跟马克·吐温②一块儿在内华达州开过矿。只要你肯下功夫深挖细找的话,你在这些小镇上照样可以发现许许多多类似的典型人物,而且他们每一个人的肚子里都有不少精彩的东西。"

---

① 格莱斯顿(1809—1898),英国政治家,于一八六八至一八九四年间四度出任英国首相。
② 马克·吐温(1835—1910),美国著名幽默小说家。

"我知道。我也很喜欢他们。特别是像钱普·佩里那样的人。不过,对杰克·埃尔德这样沾沾自喜的小市民,我可一点儿兴趣都没有呢。"

"要是这么说,我大概也可以列入沾沾自喜的小市民吧,尽管我自个儿还闹不明白这究竟是个啥玩意儿。"

"不对,你是搞科学的人嘛。哦,赶明儿我就是要试试看,叫埃尔德先生谈谈音乐。他为什么那么害臊,老是躲躲闪闪,不肯谈音乐,谈来谈去就离不开猎狗呢?是呀,我一定要去试试看。现在你总可以满意了吧?"

"当然满意啦。不过,还有一点儿小事。可你好歹也应该多关心关心我呀!"

"你这话说得不公正!我的一切都属于你啦!"

"不,不是这么一回事。你以为你自己很尊敬我,你到哪儿都夸我'精明能干'。可是你从来都没有想到,我也有我自己的抱负,也可以说就像你那么大的抱负!"

"也许你的抱负没有我的大吧。我以为你对现状是完全满意了。"

"呸,我一点儿都不满意呢!我可不愿像韦斯特莱克那样,一辈子当个蹩脚的开业医生,给那么枯燥无味的工作全拴住了,一直到闭上眼完事。我压根儿不愿别人在我死后说:'他这个人好是很好,就是没有攒下一个铜子儿'。当然咯,我也不在乎他们怎么说,反正我已去见上帝了,说好说坏也什么都听不见啦。可是我想多积存一点儿钱,有朝一日你和我就可以完全不求人了,要是工作不对劲,干脆洗手不干。我想自己总要有一幢房子——我的天哪,全镇首屈一指的好房子!要是我们想出门旅行去,到你的那个塔欧米那或是别的什么好地方去观光游览,还不是照样可以去,只要我们口袋里有钱。有了钱,既不要向人家伸手乞讨,更不必替自己的风烛残年犯愁了。从今以后,你也不必担心平日里没有把钱存起来,万一我们两口子都病倒了,真不知道该怎么办,是吗?"

"我想大概不至于会这样吧。"

"好吧,那我今后就得替你多多着想了。你要是真的以为我乐意一辈子守着这个乡村小镇,不想出门去看看天下的名山大川,那你就是不了解我啦。我心里想的跟你完全一样,巴不得也到各地去走走。只不过我看待这个问题,比较讲究实际。首先,我得拼命积攒下钱来——赶明儿用来购置土质良好、准有收益的地皮。现在你明白我说的这个道理吗?"

"明白了。"

"那么,你是不是还会把我看成是唯利是图的斗筲小人呢?"

"哦,我的天哪,我可冤枉你啦!我个性是太执拗了。从今以后,我再也不上狄龙家串门去!只要狄龙先生还在一个劲儿为韦斯特莱克和麦加农招徕顾客,我就不能不憎恨他!"

第 十 五 章

一

那一年十二月里,卡萝尔又深深地爱上了她的丈夫。

她心里不再像过去那样充满罗曼蒂克情调,把自己设想成一个伟大的改革家,而是恰恰相反,她要踏踏实实地做一位乡村医生的妻子了。她为自己的丈夫感到自豪,这种自豪感给医生家里增添了欢乐的气氛。

有一天,已是夜深人静的时分,她睡意蒙眬,听到前廊木头地板上有脚步走动的声音。有人已把防风门打开,正往门里儿东找西寻什么东西,接着一阵电铃声响了。肯尼科特一面咕哝着说"该死",一面还是耐心地从床上爬下来,随手给她盖好被子,免得妻子着凉。随后,他摸到了拖鞋和睡衣,迈着沉重的脚步下楼去了。

她昏昏欲睡,隐隐约约听到楼下有人正在用庄稼人讲的那种夹杂德语的大白话交谈。那些庄稼人显然把本国话早给忘光了,可又没有学会当地的语言:

"哈啰,巴尼,Wass willst du?①"

"医生,Morgen②。Die Frau ist ja③病得很厉害,整整一个晚上肚子痛得够呛。"

"她痛了有多长时间了? Wie lang④,嗯?"

"我也捞[闹]不清楚,说不定已有两天了。"

"为什么你昨天不来找我,现在我睡得正香,你偏偏要把我吵醒?已经两点钟了! So spät-warum⑤,嗯?"

"Nun aber⑥,我明白,但她从昨晚起痛得更早高[糟糕]了。我义[以]为她的病也许会慢慢豪[好]了,哪知越来越也[严]肿[重]了。"

"有没有发烧?"

"Ja⑦,我相[想]她好像发过烧。"

"是在哪一边痛呀?"

"什么?"

"Das Schmertz—die Weh⑧——是在哪儿痛呀?是不是在这里?"

"没错。就是在这儿。"

"有没有硬块呀?"

"什么?"

~~~~~~~~~~~~~~~~

① 德语:你有什么事吗?
② 德语:你好。
③ 德语:我的老婆。
④ 德语:有多久了?
⑤ 德语:干吗这么晚才来呢?
⑥ 德语:嗯。
⑦ 德语:是呀。
⑧ 德语:是在哪儿痛呀?

"我是说——是不是很硬,好像有个块,用手指头摸起肚子来是不是觉得很硬?"

"我也捞[闹]不清楚。她可木[没]有说呀。"

"她吃过些什么东西?"

"嗯,让我相相[想想]看,沃[我]们同[通]常都吃些希[什]么东西,说不定是咸牛肉、卷心菜、香肠,und so weiter①。大夫,Sie wein-timmer②,简直像魔鬼一样号叫。大夫,老[劳]驾走一趟吧。"

"好吧,我就去。你下次可要早一点儿来找我。喂,巴尼,你最好还是给自己安装个电话——分期付款的电话。要不然,你们这些德国佬,总有人会在医生还没有请来以前死掉的。"

门砰的一声关上了。巴尼的带篷大车开走了,听不到轮子在雪地上滚动的声响,可车身咯咯地响声却隐约可闻。肯尼科特开始拨电话,叫醒夜班接线员,说出了对方号码,开始等着电话,接着轻声骂了自己一回,又继续等待,到最后才大声吼道:"哈啰,格斯,我是医生呀。喂,喂,快给我派一辆马车来。雪下得太深,汽车开不出去了。我现在出诊去,往南要走八英里路。好,没有什么问题吧?他妈的半夜两点多我还得出诊呀。留神点,你可别打瞌睡啊!嗯,得了,你可不要叫我等得时间太久啦!得了,格斯,快派马车来吧。再见!"

他又到楼上去,走进那个冷飕飕的房间,换上了衣服,茫然若失地咳了几声。她伴装睡着了;其实,她只是觉得太困,

---

① 德语:等等。
② 德语:她一直在大哭大叫。

不想说话罢了。他在五斗柜上的一张纸条上,留下了出诊的地点。她可以清晰地听见铅笔在大理石柜面上嚓嚓嚓的声音。他又冷又饿,可任劳任怨地出诊去了。可她呢,睡眼惺忪,看到他那股硬汉子劲儿,越发喜爱他。自然,她可以想象到,她的丈夫深更半夜赶着马车直奔那个路途遥远的农场,朝那个惊恐万状的病人家走去的情景,想象到孩子们望眼欲穿地站在窗口等候他的情景。在她心目中,肯尼科特突然变得英勇非凡,很像一艘触礁了的大船上抱着无线电继续发报的报务员;又像是一名患着热病的探险家,已被抬担架的人所遗弃,但仍然独个儿继续在茫茫无边的丛林中往前行进。

转天清晨约莫六点钟,在微弱的晨光里,灰蒙蒙的椅子轮廓依稀可辨。这时候,她听到他已经走上前廊,来到了取暖火炉跟前,咔嗒咔嗒地在扳弄炉箅,费劲地清除灰渣,又一铲一铲往炉膛里添煤,那些煤块在炉膛里鲜蹦活跳,发出一阵阵噼噼声,通风管道里也在呜呜呜地发响,这些都是戈镇千家万户日常生活里极其普通的声音,可是,现在她仿佛头一遭听见;她甚至觉得它们就是勇敢、坚忍、瑰丽和自由的象征。她心中想象着炉膛里的动人情景:撒上煤末时,火焰变成了一片柠檬黄和金灿灿的颜色,一些星星点点的紫色火苗儿,像鬼火似的忽闪忽闪,一个劲儿在乌黑的煤堆之间往上蹿跳。

躺在被窝里真惬意,她心里在想,等她起床的时候,屋子里早就温暖如春了。唉,好一个没用的女人呀!如果说跟他的聪明能干相比,她的远大抱负又算得上什么呢?

他上床的时候,她又醒了。

"好像你是在几分钟前刚出门!"

"我已经出去了四个钟头呢。在一个德国佬的灶披间里给一个女人开阑尾炎。她差点儿断气了,但我忙了一阵,好歹又把她拉了回来,哈,哈,真是好险啊。哦,巴尼还说,上星期天他打了十只野兔子呢。"

他一合上眼就睡着了,只歇了一个钟头,他又得起床,准备给那些来得特别早的庄稼人看病。她惊愕地想到,刚才她只不过是迷迷糊糊地睡了一会儿,而他竟然出了远门,给一个陌生的女人做了手术,救了她一命。

难怪他一向憎恨懒怠成性的韦斯特莱克和麦加农!像他这样精湛的医术和刻苦耐劳的品质,那个整日价优哉游哉的盖伊·波洛克,又怎地了解呢?

这时,肯尼科特突然发牢骚说:"七点过一刻啦!你还想不想起来吃早饭?"顷刻之间,他从一个可尊敬的英雄人物、献身科学的专家,变成了一个脾气相当急躁的普通男子汉,他那胡子拉碴的脸儿似乎还需要好好刮一下呢。他们俩在一起喝咖啡,吃烙饼和香肠,谈着麦加农太太的那条吓人的鳄鱼皮腰带。到了白天,她忙这忙那,把昨天晚上的幻觉和今天早上的醒悟都给忘得一干二净。

二

一个星期日的下午,有个腿上受了重伤的男人,从乡下送到医生家里,卡萝尔一见病人觉得很面熟。这个病人坐在运木材的马车后部的一张摇椅里,一路上车子颠簸,使他叫苦不迭,脸色显得越发苍白了。他那一条腿,直挺挺地搁在一只盛淀粉的木箱上,腿上盖着一条皮马披。赶着马车的是他那位相貌难看、但是很有魄力的妻子。她和肯尼科特一块儿扶着自己的丈夫一瘸一瘸地上了台阶,走进屋里去了。

"这个人一斧头把自个儿的腿给砍了,砍得够深的,他的名字叫霍尔沃·纳尔逊,住在离镇九英里远的地方。"肯尼科特说。

卡萝尔马上奔到房间另一头,按照丈夫的嘱咐把几条毛巾和一盆水端过来,她脸上的神情兴奋得像小孩儿一样。肯尼科特让那个庄稼人坐到一张椅子上,笑着说:"好了,霍尔沃!不出一个月,你又好出去修篱笆,喝 aquavit① 啦。"那个农妇无动于衷地坐在长沙发上。她身上穿着一件男式狗皮外套,里面还露出尺寸太大的女短袄,显得更加臃肿不堪。她的那块花花绿绿的包头丝巾,此刻围在她那皱纹密布的脖子上。她的一副白羊毛手套则放在膝上。

肯尼科特先把那只又红又厚的"德国短袜",还有裹着伤腿的一层又一层灰的白的羊毛绒脱下来,接着再把绷带一一解开。那条腿简直毫无血色,像死人一般煞白,腿上黑茸茸的汗毛又软又细,已被压平,还留下一道深红色伤痕,卡萝尔自然吓得浑身直哆嗦,这可不是歌颂爱情的诗人笔下那种白里透红的肌肤,那么晶莹可爱啊。

肯尼科特检查了一下伤疤,笑着对霍尔沃和他的妻子说:"谢天谢地,看来还不算太厉害!"

纳尔逊夫妇脸上露出乞求的神情。那个庄稼人朝他的妻子眨眨眼,于是,她哭丧着脸说:"大夫,请问沃[我]们该付你多少钱呀?"

"哦,我想是——让我算算看:一次是出诊,两次是门诊,

---

① 德语:烧酒,烈酒。

总共加起来,大概是十一块钱,莉娜。"

"不知搜[道]沃[我]们能不能在四[日]内付给你,大夫。"

肯尼科特走过去,拍拍她的肩膀,大声说:"哦,你尽管放心好了,大嫂子,不要紧,我也不会马上登门去要呀!秋后收了庄稼以后,还给我也不迟……卡丽!麻烦你,还是劳驾碧雅给纳尔逊夫妇俩倒杯咖啡,拿一些冻羊羹出来给他们吃,好吗?天真冷啊,一会儿他们俩还要赶远路呢。"

三

肯尼科特一清早就出门了。卡萝尔一直在看书,眼睛觉得很累;维达·舍温没有来喝茶。她独个儿在屋里走来走去,屋子里空荡荡的,跟窗外的那条光秃秃的小街一模一样。"等威尔赶回来吃晚饭呢,还是不等他先吃?"这个问题在这个家里看得极其重要。平日里他们一向在六点钟准时吃晚饭,可是今天过了六点半,他还没有回来。她跟碧雅在一起瞎琢磨:是不是这次接产的时间比他预料的要长呢?他会不会又上别处出诊去呢?是不是乡下雪下得太大,他开不了汽车,改乘轻便马车,或者只好坐单马雪橇?镇上的积雪尽管已经融化了很多,可还是——

蓦然间听到一阵汽车喇叭声,一阵叫喊声,这声音还在耳边嗡嗡响着,汽车早已停在家门口了。

她赶紧走到窗口。那辆汽车历险归来之后,仿佛累得直喘气,看上去像一头怪物。前灯把路面上的冰凌照得雪亮,甚至连小不点儿的冰凌子背后都拖着一道道巨大的阴影;尾灯也在车后面的雪地上投下了一大圈红宝石似的阴影。肯尼科特打开车门,大声嚷道:"哦,总算到家啦,我的宝贝!车子两次陷在雪堆里,谢天谢地,我们好歹平安到家啦!快把饭菜端上来,我要吃呀!"

她马上跑过去,用手掸掉落在他皮外套上的雪花,皮面上的雪花很柔滑,但冰得她的手指头都麻木了。她喜出望外地跟碧雅说:"好极了!他回来了!快开饭吧!"

四

关于肯尼科特大夫行医以来取得的种种出色的成就,他的妻子既没有看到众人为他鼓掌喝彩,也没有在书报上看到热情的评论文章,更没有看到他接受过什么荣誉学位,所以她自然知道得不太多。可是这儿却有一封德国庄稼人的来信可以佐证;那个德国佬不久前已从明尼苏达州迁往萨斯卡切旺[①]。他在信上是这么说的:

亲爱的先生:

今年夏天您一连好几个星期替我治病,而且还诊断出我得的是什么病,所以我一定要好好谢谢您。这儿的医生认为我是有病的,给我开了一些药,可是功效不大,远没有您开给我的药灵。现在他说我根本用不着吃什么药了,不知道您的意见怎么样?

我大约有一个半月时间没有吃药了,但我的病还是不见好,所以我想听听您对于这种病状有什么看法。我

---

① 萨斯卡切旺,地处加拿大境内。

觉得每次吃过东西以后肚子就不舒服,心口痛,胳臂也痛。吃了东西过了大约三个钟头到三个半钟头时间,我就觉得浑身无力,头晕目眩。现在请您来信指点我到底应该怎么着,我就照您的嘱咐办。①

五

卡萝尔在药房里遇到了盖伊·波洛克。他目不转睛地瞅着她,好像理所当然似的。他细声细气地说:"这几天,我怎么见不到您呢?"

"可我也没看见你呀。我跟威尔一块儿下乡出诊,已去过好几次了。他是非常——像他那样的人,要知道,你和我根本无法了解他的。你和我两个人都是饱食终日,无所事事,一个劲儿吹毛求疵,挑剔别人,而他呢,却一声不吭地忙着干活儿。"

她点点头,笑了一笑,就急急忙忙买硼酸去了。他瞅了一眼她的背影,就悄悄地溜走了。

等她发现他不告而别时,她却开始觉得有点儿不自在了。

六

她——有时——也同意肯尼科特下面这些看法:夫妇俩结了婚以后,要是丈夫当着妻子的面刮胡子,或是妻子穿着紧

---

① 此信系这位德国农民用蹩脚的英语书写,连篇白字,甚至标点也没有,无法按原状译出。

身胸衣在丈夫跟前走来走去,很难说得上是有伤大雅,恰恰相反,倒是一种十分健康的、毫不矫揉造作的感情的自然流露;如果说一味故作羞涩之态,恐怕反而令人作呕。如今他穿着普通短袜子在小客厅里一坐就是几个钟头,卡萝尔也都司空见惯了。但是,她可不乐意再听他的那套大道理:"所有这种罗曼蒂克的玩意儿,全是胡扯淡,你向女人献殷勤或求爱时,当然力求温文尔雅,其实嘛,你用不着一辈子都来那一套。"

她想利用一些惊人之举或是游戏的方式让日常生活尽量丰富多彩些。她织了一条叫人大吃一惊的紫围巾,偷偷地藏在他晚餐时用的盘子底下。(他发现了那份礼物,感到有点儿窘,几乎急得透不过气,说:"难道说今天就是咱们俩结婚周年,嗯?老天哪,我早就给忘了!")

有一回,她带着满满一暖壶热咖啡,还有一盒子碧雅刚烤好的甜点心,在下午三点钟的时候,匆匆跑到她丈夫的诊所去。她把这些东西放在过道里,探着脑袋往房间里先张望一番。

那个诊所简陋不堪,是肯尼科特从一位老一辈医生手里接过来,稍加改装,只增加了一张白色搪瓷手术台,一台消毒器,一套X光透视器械,一只很小的手提打字机。那是两室一套的房间:一间是候诊室,里面摆着好几张直背椅子,一张东摇西晃的松木桌子,还有一些丢了封面,不知刊名,而且只有在诊所里才找得到的杂志。候诊室对过,临着大街的那个房间,就是肯尼科特的办公室兼诊疗室和手术室,里面有一个凹进去的斗室,还被作为检查细菌的化验室。两个房间里木头地板都已磨损;各种设备表面颜色已发黑,不少地方像鳞片似的剥落了。

299

这时,两个妇女在候诊,她们默默无声,就像是四肢瘫痪似的;另外还有一个穿着铁路司闸员制服的男人,用晒得漆黑的左手托住他的那只缠上绷带的右手。他们两眼直盯着卡萝尔。她羞怯怯地坐在一张硬邦邦的椅子上,觉得自己太随随便便了,这儿根本不是她来的地方。

肯尼科特在里面的那道门里出现了,他正送一个面色苍白、嘴边长着几根稀稀拉拉胡子的男人走出来,还安慰他说:"哦,没事儿,老大爷。要小心,尽量少吃糖,我开给你的规定饮食,你要严格注意。你凭药方把药配好,下个星期再来复诊。唉,今后你最好还是尽量少喝啤酒。好了,再见吧,老大爷。"

他说话的声音,是故意装得热乎乎的。他茫然若失地看着卡萝尔。他在这儿是医生,不是她的丈夫。"有什么事,卡丽?"他瓮声瓮气地说。

"没有什么急事。只不过是顺便来看看你。"

"嗯——"

由于他没能猜到这次晤面是故意叫他大吃一惊,她开始自怜起来。她感到伤心,又觉得很有意思,她就像殉道者似的感到心满意足,放胆地跟他说:"没有什么特别的事儿。你如果还要忙一阵子的话,那我就先回家去了。"

她在等候肯尼科特的时候,已不再怜悯自己,而是开始嘲笑自己了。她还是头一遭目睹着这候诊室的情景。是的,医生自然应当有日本和服宽绸腰带形状的镶板、宽大的长沙发,以及电气通风器,但对病魔缠身而又疲惫不堪的老百姓来说,哪怕是一个邋里邋遢的小房间,也就觉得够好了,其实,这些老百姓却是医生赖以活命的唯一来源和唯一台柱!不,她可不能责怪肯尼科特。他根本不嫌弃这些破椅子,而且如同病人那样,一点儿都没有受不了的感觉。这个地方分明是她自己视而不见——亏她直到如今还一直在各处游说,要重建这个市镇!

等到所有的病人都走了以后,她才把那些东西拿进来。

"那些是什么东西?"肯尼科特问。

"快转过脸去!往窗外看!"

他顺从地把脸儿转了过去,并不十分生气。当她大声嚷着"好了,转过身来吧"的时候,里面房间那张台面可以折叠起来的写字台上,已摆满了点心、硬糖和热咖啡。

他的那张宽脸上突然露出笑容。"真没想到你又跟我开了这么一个玩笑!我一辈子都没有这样吃惊过!说老实话,我想肚子是很饿了。哦,真是雪中送炭呀。"

当她不再像刚才那样惊喜交集的时候,她又提出了要求:"威尔,我要把你这个候诊室重新装修一下!"

"有什么不对头的地方吗?我看,现在这个样子还不错嘛。"

"实在太差劲!叫人见了恶心呢。我们要让你的病人一进候诊室就感到舒服。那样对你的生意也就会更好呢。"她觉得自己这一看法非常富有远见。

"别扯淡!我才不愁自己的生意呢。你看,我不是早就告诉你了,我只不过是想积攒几块钱罢了,如果你还瞧不起我,说我是满身铜臭的人,那我就该——"

"够了,够了,快住嘴!我压根儿不想叫你伤心!我在这儿当然也不是吹毛求疵吧!可我也不是你深宫后院里百依百顺的女奴!我的意思是说——"

两天以后,她在候诊室里挂上好几幅画,摆上好几张藤椅,还铺上一块地毯,简直焕然一新。连肯尼科特也不得不承认:"的确好看得多了。这种事情我脑子里可从来都没有想到过呢。看来我少不了要有人督促督促。"

她深信自己的确能尽到医生的妻子的职责,感到说不出的高兴。

七

卡萝尔竭力想把自己从受尽折磨的胡思乱想中解脱出来,抛弃叛逆时期的所有一切的偏颇看法。不论对那个牛犊脸上长着硬毛胡子的莱曼·卡斯也好,还是对迈尔斯·伯恩斯塔姆和盖伊·波洛克也好,卡萝尔都要做到一视同仁,和蔼可亲。她不久前请过妇女读书会全体会友一次客。但是,在这儿值得记上一笔的,还是她登门拜访博加特太太这件事,因为有一回博加特太太在闲谈中发表了一些对开业医生来说极其宝贵的高见。

博加特太太住宅虽然近在咫尺,但卡萝尔总共只去过三回。现下她头上戴着一顶崭新的鼹鼠毛皮帽子,脸蛋儿显得很小,而且还透着几分稚气。她擦去了留在唇边的口红痕迹,飞也似的穿过小巷,免得她的好主意又化为乌有了。

房子的年龄,就跟人的年龄一样,往往和它的实际岁数并没有太大关系。博加特寡妇那幢灰暗的绿房子才造了二十年,看上去却有埃及金字塔那么古老,而且好像还散发出木乃伊的气味呢。不过,它的整洁干净,使这条街上别人家的房子相形见绌。甬道旁两块大石头漆着黄色,搭在正房旁边的那个披屋的四周围,被一些枝叶扶疏的藤萝架虚掩着;屋前草坪上,矗立在白海螺贝壳石膏底座上的,是戈镇硕果仅存的一座铁狗雕像。过道里打扫得惊人地干净;厨房里,样样东西摆得齐齐整整,椅子和椅子之间的距离就像几何线图一样完全相等。

那间客厅是专门用来招待宾客的。卡萝尔先说话了:"我们上厨房去坐好了。请您不用在客厅里生火炉啦,挺费事!"

"一点儿也不费事!我的天哪,你难得来一次,厨房里乱七八糟的,我想要让它保持清洁,可是赛伊一进来,就踩得满地都是泥巴,我已经说过他几百次,但他偏偏不听。不,不碍事的,亲爱的太太,请到这边来坐坐,我马上就生火,一点儿都不费事,说真的,一点儿也不费事。"

博加特太太生火炉时,一个劲儿哼着,一会儿摸摸膝关节,一会儿又来回搓着手,卡萝尔好几回要帮忙,她老人家却唉声叹气地说:"哦,多谢您的好意啦。我想,反正别的事我都不中用了,只好一天到晚乱忙活儿。看起来不少人都有这样的想法呀。"

客厅里铺着很大的一块用碎布头拼成的地毯,特别惹人注目。她们刚进去,博加特太太眼疾手快,就从地毯上拾起了一只干瘪了的死苍蝇。那块地毯正中有一小方线毯,上面画着一头火红色纽芬兰猎狗,躺在黄绿相间开满雏菊的田野里,上面标题是:"我们的朋友"。一架细长的簧风琴上,镶嵌着一面圆不圆、方不方,又有点像菱形的镜子,座架上还放着一盆天竺葵,一把口琴和一本《古代圣歌集》。客厅正中的那张桌子上,摆着一本西尔斯—罗巴克百货公司邮购商品目录,一只银边镜框,里面夹着许多浸礼会礼拜堂的照片和一位年老的牧师相片,一只铝制托盘里,盛放着一种能发出响尾蛇声音的玩具和一些眼镜碎片。

博加特太太毛举细故地扯了一大阵,什么齐特雷尔牧师的流利口才,入冬以来的寒汛,白杨木的价钱,戴夫·戴尔的新颖发型,以及自己的儿子赛伊·博加特生来特别孝顺。"正如我跟他的主日学校老师说过的,赛伊也许有点儿喜欢撒野,可正是这一点,说明他要比所有其他男孩子聪明得多。有一个乡巴佬,硬说赛伊偷了他的瓜,当场被他扭住了,我说,他完全是乱说一气,撒谎呗,赶明儿我还得跟他打官司去。"

博加特太太又津津有味地谈到有关比利午餐馆那个女招待的流言,说话颠三倒四,一会儿说她根本不可能那样的,可一会儿又说看起来她很可能就是那么一回事。

"我的老天爷呀,你说这个又算是什么天大的奇闻呢?反正戈镇这儿人人都知道她的老娘是个啥货色。那些旅行推销员要是不去缠住她,她好好的,怎地会出问题呢。当然,我也不信,任她花言巧语就能骗得了我们的。不管怎么样,最好赶快把她送到索克镇的感化院去,越快越好,那不就一劳永逸了吗?亲爱的卡萝尔呀,请您喝一杯咖啡,好吗?我相信,我这个博加特大婶直呼其名叫你卡萝尔,你不会见怪吧?你只要想一想,我认识威尔已然很久很久了,他的那位可爱的老太太住在此地的时候,我跟她很要好,简直无话不谈呀。哦,你的那顶毛皮帽子,想来一定很贵吧?可是,你不觉得我们镇上有些人一说起风言风语来很可怕吗?"

博加特太太挪了一下她的椅子,跟卡萝尔挨得更近些。她的那张大脸盘上,长着好几颗黑痣和稀稀拉拉的黑汗毛,叫人见了挺难受的,特别是她——皱起眉头来,简直就是一副奸相。赶上她不以为然,扑哧一笑的时候,满口蛀牙齿全给露了出来。她像一个削尖脑袋打听别人的房闱秘闻的人那样,跟卡萝尔咬着耳朵说:

"我真闹不明白,人们说话,做事,哪能这样乱来一气呢?他们在背地里干的一些事情,你可能就不知道啦。这个镇就是这个样子,多亏我让赛伊受到宗教熏陶,这方才使他心灵始终保持纯洁,没有沾染上这些乌七八糟的东西。就在头两天,说到外面的流言蜚语,我从来都不留意的,可是,我听得清清楚楚,说哈里·海多克跟明尼阿波利斯一家商号里的女店员勾勾搭搭的,可怜巴巴的久恩尼塔至今还蒙在鼓里,说起来,也许是上帝给她的惩罚吧,因为她自个儿和哈里结婚以前也跟不止一个男人有过什么名堂的,嗯,这样的事儿我委实不乐意再提了,也许正如赛伊所说的,我这个老婆子早就落在时代的后面了。不过,不管怎么说,反正我总觉得,出身名门的女人,就不该知道那些骇人的下流勾当。但我还是知道,久恩尼塔至少有一回跟一个年轻小伙子在一起。噢哟哟,他们干的实在是糟糕透顶。此外还有,还有那个杂货铺老板奥利·詹森自以为他很聪明,干的事儿准不会露马脚,可我照样知道他跟一个庄稼汉的老婆吊膀子——还有那个吊儿郎当的打短工的伯恩斯塔姆和纳特·希克斯——"

看来除了博加特太太本人以外,偌大的镇上就没有一个人不是过着可耻的生活,难怪她打心眼儿里感到气愤呢。

这些事儿她全知道,几乎还都是亲眼目睹的。她低声贴耳说,有一回她路过一个地方,看见有一扇百叶窗拉上去了,离窗台约莫有两三英寸光景。再有一回,她亲眼看到一男一女竟然手拉着手,还是在卫理公会主办的联欢会上呢!

"还有一件事——天知道,我本来是不想自讨没趣的,可我实在是恁地也按捺不住,要把在我屋后台阶上的所见所闻说出来,我看到你家碧雅常常跟杂货铺里的那些年轻小伙子拉拉扯扯——"

"博加特太太!碧雅——我可信得过,就像我信得过自己一样!"

"哦,亲爱的宝贝,你可误会了!我相信她是一个好姑娘。刚才我的意思是说她还是个毛头姑娘,毕竟没有经验,但愿镇上那些可恶的浮浪子弟千万不要去找她麻烦!这可都是做父母的过错,让孩子们变得这么撒野,这么放荡,净爱听那些龌龊的事儿。要是照我的规矩去办的话,不管是男孩也好,还是闺女也好,绝不让他们听到结婚以前不应该知道的事儿。有些人说话就是太放肆,一点儿都不忌讳的,实在是太可怕了。这正好说明他们头脑里的思想有多么肮脏,简直到了不可救药的地步,赶明儿只好走到上帝面前,就像我每星期三在晚祷会上那样,跪了下来,说:'上帝啊,要不是您仁慈为怀,我就会成为一个可怜巴巴的有罪之人。'

"我可要让所有这些孩子通通都去上主日学校,叫他们改邪归正,从善如流,不是老是惦着什么抽抽烟卷,还有什么乌七八糟的事儿。特别是他们聚在一起,动不动开舞会,对本镇来说简直就是有伤风化呀,你看,许许多多年轻小伙子紧紧搂住女孩子,恨不得——哦,这真太可怕啦。我告诉过镇长,要他出面加以阻止,镇上有一个男孩子——我可不想疑神疑鬼,也不是要诽谤中伤——"

半个钟头已过去了,卡萝尔实在坐不住了,逃了出来。

她伫立在自己家门口的走廊里,越想越气愤:

"如果说博加特太太是在天使那一边,那我就毫无选择余地,得站在魔鬼那一边了。可是,她还不是跟我完全一模一样吗?她也是在想'改造这个市镇'呀!她也是要对镇上每一个人评头品足呀!她也是一样认为男人都是俗不可耐,鼠目寸光!难道说我真的就像她那样的女流之辈吗?实在叫人不寒而栗!"

那天晚上,她不但乐意跟肯尼科特一块儿打纸牌,而且还撺掇他玩个痛快呢;同时,她对地产生意和萨姆·克拉克也都特别感兴趣了。

八

结婚以前,肯尼科特曾给卡萝尔看过一张照片,上面是纳尔斯·厄尔兹特鲁姆的一个小孩和一间圆木小屋,可她从来没有见过厄尔兹特鲁姆一家人。他们只是"医生的病家"。十二月中旬的一个下午,肯尼科特打电话通知她:"乐意不乐意披上外套,跟我一块儿坐车去厄尔兹特鲁姆家?天气很暖和。纳尔斯得了黄疸病。"

"哦,我乐意去!"她连忙穿上长毛线袜、长靴、毛衣,系上围巾,戴好帽子和手套。

路上积雪太深,冰凌又硬又滑,汽车没法开出去。他们俩只好坐怪难看的高大的马车去。他们身上盖着一条蓝毛毯,毯子表面很粗糙,扎痛了她的手腕,毛毯外面还罩着一块脱了毛、又被虫蛀过的野牛皮车毯,自从成群的北美骏犇在几英里以西的大草原上来回奔驰的时候起,那块破车毯就一直用到现在了。

他们穿过市区的时候，看见两旁七零八落的房子，跟白雪皑皑的巨大庭院和宽阔街道相比，显得分外矮小，满目荒凉。他们穿过铁道岔口，不一会儿就进入乡间。两匹身上都有花斑的高头大马，从鼻孔里喷出一团团云雾似的热气，开始奔跑了起来。马车很有节奏地吱嘎吱嘎作响。肯尼科特一面赶着车，一面吆喝着："喂，马儿呀马儿，你别拼命跑！"他若有所思，没有理会卡萝尔。但后来他还是开了口，说："你看，那边多好啊！"这时候，他们快要到达一座橡树林，冬天里闪烁不定的阳光，在两个雪堆之间的洼地里瑟瑟发抖。

他们从莽莽大草原来到了一个垦区，远在二十年以前，那儿还是茂密的森林，迄今为止，景色仍是非常单调，毫无变化地一直伸展到北陲：那边有一座小山冈，斜坡上密密匝匝都是灌木丛，小溪两旁长满了蒿草，到处有麝香鼠构筑的土堆，冻成了冰块的褐色土坷垃从雪地里冒了出来。

她的耳朵和鼻子几乎冷得要收缩起来。她从嘴里吐出来的热气，在领口的地方结成了冰花，手指头也冻僵了。

"天越来越冷了。"她说。

"是呀。"

赶了三英里路，他们俩方才交换了这么一句话。可她还是很快活。

到达纳尔斯·厄尔兹特鲁姆家时已经是四点钟了。她心中无比激动，一眼认出了当初诱使她到戈镇安家的那种前辈英勇创业的遗迹：砍伐森林后开辟成的耕地，树墩子之间一道道深沟，一间隙缝里抹上泥巴、顶上铺着干草的圆木小屋。不过,现如今纳尔斯日子已经过得很不错,那间圆木小屋已改作仓库,另外盖了一幢新房子。那是一幢自命不凡,奇形怪状,地地道道的戈镇派头的房子,墙的四周油上白漆,还添上许多粉红色的花边,这样一来反而显得俗气了。周围所有的树木全被砍掉,那幢房子孤零零地坐落在刚开垦的耕地里,一无遮挡,任凭朔风吹刮,显得越发寒气袭人,使卡萝尔看了不由得打了个冷战。可是肯尼科特夫妇俩却在厨房里受到了热情招待,那间厨房不久前粉饰一新,显得很清爽,黑色炉灶两边都有镀镍的把手,此外靠墙角落那里,还放着一只奶油分离器。

厄尔兹特鲁姆太太请卡萝尔到客厅去坐坐,那儿有一架留声机,还有一套坐卧两用的皮面橡木长沙发,这两件东西证明大草原上庄稼人的生活已然大有改善。但卡萝尔坐在厨房里炉灶跟前,一迭连声说:"谢谢您,不必客气啦。"厄尔兹特鲁姆太太跟着医生走出去了以后,卡萝尔顺便看了一下厨房里那个油漆过的松木碗橱,嵌在镜框里路德教会所颁发的坚信礼证书,靠墙的餐桌上有一些没有吃完的煎蛋和香肠,月份牌上面,不仅有一张樱桃小口的妙龄女郎的石印画,和阿克塞尔·埃格杂货铺所做的瑞典文广告,还有一个寒暑表,一只放火柴的托座,怪有意思的。

卡萝尔发现过道那边有一个四五岁光景的小男孩,两眼正一个劲儿盯着她,他穿着方格子布衬衣和褪了色的灯芯绒裤,长着一双大眼睛,额角宽宽的,嘴巴紧紧地合拢着,一转眼就看不到他了。不一会儿,孩子又在里面偷偷往外张望,咬着手指头,羞怯地侧转身子瞅着女客人。

难道她一点儿印象都记不得——那究竟是怎么一回事

呀?——遥想当年漫游斯内林堡时①,肯尼科特偎在她身旁,曾经循循善诱地说:"瞧那个孩子长成了那么个怪样子。他多么需要得到像你那样的女人的照料呀。"

有一种不可思议的魔力,使她如坐针毡,也许是残阳如血的余晖,沁人心脾的凉气,情动于衷的好奇心,使她为之心醉,她一想到这一段神圣的往事,就情不自禁地将双手向那个孩子伸去。

那个孩子迟疑不决地吮着大拇指,贴着墙根走进屋里来。

"喂,"卡萝尔问,"你叫什么名字,嗯?"

"嘘!嘘!嘘!"

"瞧你真不赖。你跟我想到一块去了。像我这么傻的人,就是喜欢问小孩名字。"

"嘘!嘘!嘘!"

"上这儿来,让我给你讲一个故事吧,哦,我真不知道该讲什么样的故事呢,不过,那个故事里讲的是,从前有过一个身材苗条的女英雄和一个风流王子。"

她正在胡诌一通的时候,那个孩子纹丝不动地站在那里,再也不嘘嘘嘘地傻笑了。卡萝尔好不容易把他争取过来了。就在这个时刻,电话响了——两声长,一声短。

厄尔兹特鲁姆太太奔了进来,冲着话筒尖声嚷道:"维[喂],找谁呀?是的,是的,折[这]就是厄尔兹特鲁姆家!哦,原来你是约[要]找大夫听电话啊!"

肯尼科特走了出来,对着话筒大声吼道:

"喂,你有什么事呀?哦,戴夫,这会儿你到底有什么事?

---

① 见本书第二章末尾。

是哪一个摩根罗思？还是阿道夫？好吧,是不是要截肢呀？哦,我知道了。喂,戴夫,通知格斯赶快准备好马车,把我的外科器械都给捎去,关照他氯仿①一定要带足。我就打这儿直接去了。今儿晚上也许就回不了家了。你可以在阿道夫家跟我碰头。啊,不必了,我想卡丽她会上麻醉药的。再见吧。嗯,还有什么？不,明天再跟我说就得了,他妈的这条电话线上总有那么多人在偷听呢。"

他转过身来对卡萝尔说:"你知道,有一个名叫阿道夫·摩根罗思的庄稼汉,住在戈镇西南约莫十英里的地方,他在修理牛棚的时候,一根柱子压在他身上,把他的胳膊给砸伤了,伤势很严重。戴夫·戴尔说,看样子他的那条胳臂非给截去不可。恐怕我们俩就得从这儿直接去。实在对不起,这会儿可又要把你一块儿拖到那么远的地方去——"

"那算不了什么,用不着替我担心。"

"我想你也会上麻醉药,是不是？通常就是由我的汽车司机代劳了。"

"只要你点拨点拨我怎么上就得了。"

"那就好极了。你刚才听到我破口大骂那些老是偷听电话的家伙吧。我巴不得让他们都听见,这才好呢！哦……得了,贝西,你用不着替纳尔斯犯愁了。他会一天天好起来的。明天你自个儿或是托一位邻居开车到镇上去,拿着这张药方到戴尔药房里去配药水。每隔四小时给他喝一匙。再见吧。喂——瞧这个小家伙！我的天哪,贝西,哪能猜得到,他就是从前三天两头头痛脑热的那个病娃娃呢,哎哟哟,如今已长成

---

① 一种医用麻醉剂。

了一个身体壮硕的瑞典人啦,赶明儿比孩子他爸还要高大!"

肯尼科特就这么三言两语夸了一番,叫那个孩子高兴得有点儿坐立不安,肯尼科特这点本领,是卡萝尔望尘莫及的。现下她只好作为一个低声下气的妻子,乖乖地跟在那位忙得不可开交的医生后面,朝着马车走去。此时此刻她心中暗自寻思的,不再是如何把拉赫玛尼诺夫①的曲子弹得更好,也不是什么兴建市政厅大会堂,只是一心希望朝着小孩儿咯咯大笑。

银灰色的天穹上,落日只剩下最后一抹玫瑰色的余晖,掩映着橡树枝柯和瘦削的白杨树的枝条。远处地平线上的一座谷仓,由红色渐渐地变成了紫色,最后笼罩在灰蒙蒙的暮霭里。紫色的路面倏然消失了,黑灯瞎火,他们的马车仿佛在一片混沌的昏暗世界中,摇摇晃晃地进入了虚无缥缈的幻境。

正是天寒地冻,去摩根罗思的农场的道路崎岖不平,车子颠簸得很厉害,等他们赶到时,卡萝尔几乎睡着了。

这里可不是一所光艳夺目、拥有足以自我炫耀的留声机的新房子,只是一个刚刷过白粉的又低又小的灶披间,到处散发着奶油和卷心菜的味儿。阿道夫·摩根罗思正躺在平时很少使用的那个餐室里的长沙发上。他的妻子块头很大,被活儿累得疲惫不堪,正焦急地来回摆弄着双手。

卡萝尔预料到肯尼科特马上就会作出一番惊人的精彩表演,哪知道他却故意漫不经心地跟那个病人搭讪说:"喂,阿道夫,这会儿怎么啦,是不是也得把你修理一下,嗯?"他又低声贴耳对阿道夫的妻子说:"Hat die drug store my schwartze

---

① 拉赫玛尼诺夫(1873—1943),俄国钢琴家、作曲家及指挥家。

bag hier geschickt? Soschön. Wie Viel Uhr ist's? Sieben? Nun, Lassen uns ein wening supper zuerst haben.①再说,还有什么好的啤酒没有?——Giebt's noch Bier②?"

肯尼科特只花了四分钟就吃完了饭,外套一脱,捋起袖子,拿着一块厨房里用的肥皂,在洗漆槽里马口铁盆中洗手。

卡萝尔在灶披间的小桌上勉勉强强喝了一点儿啤酒,吃了一些黑面包、咸牛肉和卷心菜;她压根儿不敢往房间里看。那个病人正在那里痛苦地呻吟着。她瞅了一眼,只见他敞着蓝法兰绒衬衣,露出他那烟色脖子,脖子窝里长着黑里透灰的细汗毛。他身上盖着一条被单,就像是一具尸体似的。他的右胳臂伸在被单外面,已用血迹斑斑的毛巾裹住。

可是,肯尼科特却高高兴兴地迈着大步,走进了那个房间,她也跟了进去。他的手指粗大,却惊人地灵巧,干净利索地把毛巾揭开,让那只胳臂全部露出来,可以看到自胳膊肘以下,已血肉模糊,很难辨认了。病人这会儿痛得拼命直叫喊。卡萝尔觉得房间里空气很闷,一瞬间仿佛天旋地转似的。她连忙跑到灶披间里去,倒在一张椅子里。一阵恶心过去以后,她听到肯尼科特在嘟囔着说:"看来非得把它截掉不可。阿道夫,你到底怎么搞的?是不是你摔倒在收割机的刀口上?现在让我们把一切准备工作都做好。卡丽!卡萝尔!"

她说什么也站不起来。过了半晌,她勉强立起,两腿发软,肚子里一个劲儿翻腾,眼前一片昏黑,耳朵里嗡嗡发响。

━━━━━━━━

① 以上是夹杂几个英语单词的德语,大意是:药房把我的那只黑手提包送来了吗?得,好极了。现在是几点钟啦?七点钟吗?先给我们吃一点儿晚饭吧。

② 德语:还有啤酒吗?

313

恐怕她怎么也走不到餐室,眼看着就要昏倒过去。隔了一会儿,她总算走进了餐室,靠在墙上,强颜欢笑,胸部和两腰之间感到忽冷忽热,这时候,肯尼科特咕哝着说:"喂,快来帮帮忙,让摩根罗思太太和我一块儿把他抬到灶披间的桌子上去。哦,不,你还是先把那两张桌子并靠在一起,再铺上一床毯子和一条干净被单,就得了。"

卡萝尔好像得救了似的,就去把那两张沉甸甸的桌子搬到一起,揩洗干净以后,再铺上被单,拾掇得齐齐整整。这时,她的头脑已经清醒得多了,居然可以安下心来看着她丈夫和那个农妇给那个痛得不断呻吟着的男人脱去衣服,给他换上干净的睡衣,接着就去洗他的胳膊了。肯尼科特开始把有关手术器械一件件地摆好。她心里突然想到,这儿当然不会有医院里的全套设备,可你也不用发愁,她丈夫——是呀,她的那位了不起的丈夫——马上就要做一台外科手术,只有在小说里写到的那些著名的外科医生方才具备如此惊人的艺高胆大的精神。

她帮着他们把阿道夫抬到灶披间去。那个可怜虫害怕得要命,硬是不愿挪动自己的两条腿。他身子非常沉重,满身散发出汗臭,还带着马厩的味儿。可她照样抱住他的腰,她那光洁漂亮的脑袋贴住他胸口,使劲儿拽着他。她还仿效肯尼科特乐呵呵的嚷叫声,也让自己的舌头发出啧啧啧的音响来。

阿道夫终于被抬到了桌子上,肯尼科特给他脸部罩上一个由钢丝圈、棉衬里做成的半球形面具,又转过身来对卡萝尔说:"现在你就坐在他的头跟前,让乙醚一滴一滴不停地滴,就保持这样的速度,明白吗?我会随时注意他的呼吸情况。喂,你瞧,是谁在这儿呀!名副其实的麻醉师!那么棒的麻醉师,连奥克斯纳医生那里也没有!实在高级,嗯?……得了,阿道夫,尽管放心,一点儿也不会痛的。这会儿你就安安心心地睡吧,连一丁点儿痛都没有!Schweig'mal! Bald schlaft man grat wie ein Kind. So! So! Bald geht's besser!①"

卡萝尔两眼看着乙醚,尽量按照肯尼科特所说的速度,让它一滴又一滴地往下滴,但心情不免还是有点儿紧张。她同时还目不转睛地看着她丈夫在精心操作,把他当成一位英雄人物,简直佩服得五体投地。

他摇摇头:"光线太差——光线实在太差。喂,摩根罗思太太,你就站在这儿拿着这盏灯。Hier, und dieses-dieses lamp halten-So!②"他就在摇曳不定的昏暗灯光下,眼明手疾而又从容不迫地进行截肢手术。小屋里鸦雀无声。卡萝尔一个劲儿看着他,这样就尽量不去看突突地冒出来的鲜血,深红色的伤口,还有那把可怕的解剖刀。乙醚的气味虽然很香,可也会叫人憋得难受。时间一长,她觉得自己好像魂不附体,手臂软弱无力。

最后叫她突然晕倒的,不是病人伤口里冒出来的血,而是外科大夫的锯子在活人骨头上发出来的一阵阵吱嘎吱嘎的声音。她刚才感到过一阵恶心,好歹给她熬过来了。可是这会儿她又感到头晕目眩了。她恍恍惚惚听到肯尼科特说话的声音:

"是心里难过吗?到户外去走几分钟就得了。这会儿阿道夫已经睡过去了。"

---

① 德语,大意是:别出声!乖孩子,快快睡吧!就这么着,你的病很快就好啦。
② 德语,大意是:上这儿来,拿着这——盏灯,就像这样拿着!

315

她好不容易总算摸着了门上的把手,那个门把手一刻不停地转动着,好像是在故意捉弄她似的。她走到了门廊里,透了一口气,使劲儿让清凉的空气吸进胸脯里去,她的神志开始清醒过来了。她回屋时目睹着整个动人的情景:那个灶披间很狭小,就像一眼窑洞,有两只盛牛奶的铁桶,墙角里有一堆铅灰色污渍,横梁上挂着几块火腿,灶门里闪现着一道道火光——灶披间正中央,有一个吓得面无人色的胖墩墩的女人,手里拿着一盏小小的玻璃灯,就在这盏小灯的微弱的光线下,肯尼科特大夫弯着腰背,正在给罩着一张被单的病人做手术,——这位外科大夫的胳膊上沾满了污血,手上带着淡黄色橡皮手套,正在解开止血带。他的脸上一丝儿表情都没有,只见他抬起头来,冲着那个农妇咕哝着说:"把灯拿好,再过一会儿就得了——noch bios ein wenig①。"

"他呀能用一口粗浅通俗,半通不通的德语来交谈有关生、死、接生和土地等等问题。从前我也念过法语和德语,只不过那是情人们说的,是圣诞诗文集里那种文绉绉的语言,还自以为唯有我才有文化修养呢!"她回到刚才那个位置上以后,对他更加肃然起敬了。

不一会儿,他突然喝了一声,说:"够了,不要再滴乙醚了。"他正在全神贯注地把一根动脉的血管结扎好。他的暴躁脾气,她觉得,也是孔武有力。

等他把手术后的伤口缝好以后,她喃喃低语道:"哦,你真是了不起!"

他听了反而感到很吃惊。"哼,这可算不了什么!要是

---

① 德语,大意是:只要一会儿。

像上星期那样——喂,再给我一点儿水吧。我说上个星期,我碰到一个病人,原是腹膜腔里出水,我的天哪,一剖腹,没想到竟然是胃溃疡——哦,我实在太困了。让我们就在这儿过一夜吧。开车回家,现在已经太晚了。而且我知道一会儿又要刮起大风雪来了。"

九

他们俩身上盖着皮大衣,躺在铺着鸭绒垫子的床上,过了一夜。转天早上,他们把水罐里面的冰砸碎——那是一个饰有彩釉花纹,而且还镀着金边的大水罐。

肯尼科特昨晚预料的大风雪,这时还没有来临。他们动身时,只见四下里薄雾弥漫,气温也开始暖和起来。走了约莫一英里路以后,她看到他仰着脑袋来回瞪摸北边天上的一块乌云。他一个劲儿赶着马儿,让它们飞也似的奔跑起来。可是四周围这种阴沉沉的景色,却使她不由得深感惊异,以至于连她丈夫那种罕见的行色匆匆的神情都给忘掉了。灰不溜丢的积雪,去年庄稼收割后留下来的残梗枯茬,还有一簇簇乱蓬蓬的灌木丛,已渐渐隐没在一片灰蒙蒙的烟雾之中。一些小山冈在它们的山脚下投下了寒气逼人的阴影。这时,风越来越大,有一农户房子周围的柳树被刮得东摇西倒,树皮已经剥落殆尽,露出一块块秃斑,简直就像麻风病人的肌肤一样惨白。一些沼泽地里积了雪,显得格外凄凉。整个大地呈露出一片肃杀之气,北边的那块乌云周围,仿佛镶着一道蓝灰色边饰,这会儿正在爬上来,渐渐地把天空都给遮蔽了。

"恐怕我们就要碰上大风雪了,"肯尼科特心中暗自忖

317

度,"不管怎么说,我们总可以赶到本·麦戈内盖尔那里吧。"

"你说大风雪?真的吗?啊,我们在小时候常常觉得大风雪是很好玩的。我爸爸不去法院上班了,待在家里,我们就站在窗口欣赏雪景。"

"大草原上的下雪天,可不是好玩的。人们在那里往往会迷路,冻得半死不活,依我看,还是不要冒险。"他冲着马儿吆喝了一阵。那两匹马儿开始往前飞奔而去,车身就在坚硬的车辙里东摇西摆起来。

漫天大雪蓦然间下起来,马儿背脊上和野牛皮车披上都落满了絮棉似的湿黏黏的雪花。她脸上也觉得湿漉漉的,细长的马鞭子的把手上也积了一条白茫茫的雪脊。四下里空气越来越冷。大片雪花越变越硬,劈头盖脸地朝她扑过来。

她至多只能看得见前面大约一百英尺以内的东西。

肯尼科特脸上露出严峻的神色。他身子微微往前倾着,两手戴着浣熊皮长手套,紧紧抓住缰绳。她深信无疑他方寸不乱,一定会渡过难关。无论碰上什么样的困难,他每次都是稳操胜券的。

除了肯尼科特还在眼前以外,整个世界和人们的正常生活,都已倏然不见了。它们早已消失在狂飞乱舞的大雪旋涡之中。肯尼科特转过身来对她大声嚷道:"我已经松开了缰绳。那两套马儿自己会把我们拉回家去的。"

马车突然颠簸了一阵,骇人地从大路上蹿了出去,有两个轮子陷进了深沟,多亏那两套马猛地一蹬,马车又重新拉回到大路上来了。卡萝尔吓得几乎透不过气来。她虽然竭力想要表现自己一点儿都不害怕,可是做不到,只好把毛线披肩拉过来,赶紧遮住自己的下巴颏儿。

他们的马车从右边好像有一道黑墙的地方经过。"我知道那是个谷仓!"他大声叫了起来,他紧紧地拉了一下缰绳。卡萝尔从披肩底下窥见他使劲咬住下唇,皱紧眉头,一会儿松开缰绳,一会儿拉紧缰绳,手脚十分麻利地来回控制着飞也似的马儿。

马儿终于站住不跑了。

"前面是个农场。快快围上披肩,跟我一块儿走。"他大声嚷道。

下了马车,就像扎进了冰水里一样。她一着地,就冲他笑了笑。她的脸蛋儿从披在她肩上那件水牛皮外套上面露了出来,显得格外红润,小巧玲珑,而且还带着几分稚气。一阵旋转着的雪花冲着他们的眼睛猛扑过来,眼前立刻天昏地暗起来。他把马儿从车辕上卸下来。他转过身来走回去,一个浑身上下都是毛皮的巨大身影,手里牵着套马的缰绳,而卡萝尔则一个劲儿拉住他的袖子跟着向前走去。

他们在令人迷眼的大风雪中,来到了一个好像被云雾遮住的大谷仓跟前,它的外墙正好紧靠着马路。肯尼科特沿着墙根一路摸索过去,终于踅摸到了一道门,他们俩就从这里走进了院子,稍后再进入谷仓。谷仓里面比较暖和,而且特别寂静,使他们很吃惊。

肯尼科特小心翼翼地把马儿赶到马厩里去。

卡萝尔的脚指头这时已冻得发痛。"我们快去找房子吧。"她忍不住说话了。

"不行,还不是时候。也许还找不到呢。说不定在离它只有十英尺的地方迷路了呢。就坐在马厩里,紧挨着那两匹马吧。等大风雪过去了,再去找房子。"

319

"我可冻僵了!我走不动了!"

他抱着她来到了马厩,又给她脱掉套鞋和长筒靴,一面乱摸她的鞋带,一面不断哈出热气来烘暖她冻得发紫的手指头。同时,他给她两只脚丫子来回搓擦,把那条水牛皮披肩和搁在饲料箱上的马披都盖在她身上。她已被大风雪困住,几乎昏昏欲睡。她叹了一口气说:

"你是那么强壮有力,又精明能干,不论见到了血也好,还是碰到了大风雪,你一点儿都不怕——"

"家常便饭啦。昨儿晚上,我最担心的是,乙醚万一来了个爆炸,真不知道该怎么办呢。"

"我可不懂你的意思。"

"原来是戴夫那个窝囊废,没照我跟他说的要把氯仿送来,而是给我送来了乙醚。你知道,乙醚这个东西很容易着火,特别是昨儿晚上那盏灯正好就在桌子跟前。可是尽管这样,这当然还得照样做手术,病人的伤口里塞满了谷仓里的脏东西。"

"那时候你始终都知道——你和我俩说不定就被炸死了吗?"

"当然知道。难道说你自己不知道吗?怎么啦,这跟你又有什么相干呢?"

第十六章

一

肯尼科特见到妻子送的圣诞节礼物觉得非常高兴,于是,他也回送了她一枚钻石胸针。可是,对于那天早上的节日仪式和由她一手装好的圣诞树、挂起来的三只长筒袜子、彩带、镀金小图章以及藏在礼物里的祝愿信等,肯尼科特是不是很感兴趣,卡萝尔心里觉得没有什么把握。当时他只是说了这么两句话:

"你张罗得很不错嘛。今天下午,我们上杰克·埃尔德家打五百分牌戏,你说好不好?"

她回想到从前她父亲在过圣诞节时精心设计出来的惊人杰作:圣诞树顶上那个神圣的老式布娃娃,一大堆价钱便宜的礼物,喝的是潘趣酒①,唱的是圣诞颂歌,大家还围在火炉边烤栗子吃。她至今仍然清清楚楚记得,"法官"得意扬扬地揭开孩子们乱写在小纸条上的秘密,当场宣布谁可以去乘雪橇,

---

① 潘趣酒,欧美各国习俗,用果汁、香料、茶、酒等掺和在一起的混合甜饮料。

谁可以谈谈究竟有没有圣诞老人的问题。她还记得父亲宣读过一篇冗长的起诉书，控告自己这个人太容易感情用事，因而有损于明尼苏达州的尊严和安宁。当然，她也还记得父亲那两条细腿在雪橇前面一闪一闪的——

想到这些，她声音颤抖着说："我得上楼换鞋去，穿拖鞋太冷。"她独个儿反锁在那个一点儿都没有罗曼蒂克情调的浴室里，坐在光溜溜的浴缸边沿上失声痛哭了。

二

肯尼科特平生就有五大癖好：行医、置地产、爱卡萝尔、开汽车和去野外打猎。至于他的这些癖好，究竟孰重孰轻，孰先孰后，似乎并没有定规。论医学，虽然他一向孜孜以求，热心钻研——他敬佩圣保罗城里某位外科医生，也指责过那里另一位外科医生，不该净出坏主意，撺掇乡下开业医生把需要做手术的病人通通推给他。他对诊金均分的办法深感愤愤不平，他为新型 X 光透视医疗器械觉得骄傲——可是他认为上面这些事情中哪一件都比不上开汽车叫他更开心了。

哪怕是在冬天，肯尼科特还是要把买了两年的"别克"车保养得好好的，平时那辆车就停放在屋背后的马厩里，这也算是他的汽车房吧。他把注油器灌满，又在挡泥板上涂一遍漆，最后从汽车后座底下清除了一大堆废物，什么破手套呀，铜垫圈呀，皱成一团的地图呀，还有一层层厚厚的尘土，以及沾满油污的烂纱头破布条。在冬天的晌午时分，他兴冲冲从屋里走出去，正儿八经地把那辆车子来回琢磨半天工夫。想到"明年夏天我们可能会做一次妙不可言的旅行"时，就眉飞色舞起来。他一溜小跑奔到火车站，要了一些铁路行车地图，回到家里就在图上标出可以通行汽车的路线的各站站名，从戈镇到温尼佩格，或是得梅因，或是格兰德·马雷，一面自个儿在嘀嘀咕咕着什么，一面又巴望从妻子那里听到对类似"我们要是从拉·克罗斯出发去芝加哥，不知道中途能不能在巴拉布停一下"这样迂腐透顶的问题发表高见。

开汽车对他来说，是一种毋庸置疑的信仰，也是一种神圣的祭礼。通电后迸射出来的火花，已代替了昔日摇曳不定的烛光，活塞环就像祭坛酒器一样圣洁了。他的礼拜仪式只不过是拖长调子，好像带着节拍的这么一句话："据说从都庐斯到国际瀑布有一大段路，你就只好安步当车了。"

他同样也醉心于打猎活动，满脑子都是卡萝尔难以理解的抽象概念。整整一个冬天，他埋头攻读狩猎必览这一类的书，回忆过去一年里惊人的狩猎记录："记得那一天太阳偏西时，我站得远远的，一枪就打中了两只野鸭子那事吗？"他的那支心爱的转轮鸟枪，也就是他说的"气泵枪"，一个月里至少要从沾满油渍的厚绒枪套里拿出来检查一次，给扳机上上油，还要悄悄地举起枪来瞄准天花板，比试一番过过瘾。每逢星期天早上，卡萝尔照例听到他在阁楼上走动的沉重的脚步声。过了个把钟头以后，她发现他在那里翻箱倒柜找什么长筒靴，鸭囮子①，午餐盒，要不就若有所思地盯着眼看一些旧子弹，一会儿用袖子把它们的黄铜雷管擦擦亮，一会儿又摇摇头，好像觉得子弹早已失效了。

甚至小时候装填弹药的一些工具，他也一直珍藏到了今

---

① 囮子，捕鸟时用来引诱鸟的鸟。

天:一个子弹压盖器,一个制造铅弹头的模子。有一次,卡萝尔七手八脚忙着清理家中杂物时,气呼呼问:"为什么你还舍不得把这些破玩意儿扔掉?"他居然振振有词地说:"得了吧,你要知道,说不定有一天还用得着呢。"

她的脸儿涨红了。她心里纳闷,莫不是他盼望有一个孩子吧。记得他说过,孩子嘛,"到了合适的时候,当然肯定就会有的"。

想到这里,她黯然神伤,悄悄地走开了。可她心里还是半信半疑地认为,她把这种慈母深情放在次要地位,这种为了她的固执己见以及他的兢兢业业,发家致富的愿望而作出的牺牲,实在是令人可怕,也是极其反常的。

"不过,他要是像萨姆·克拉克那样喜欢孩子,硬是要多多益善,那就更糟了,"她心里暗自寻思,可是,接着她又喃喃自语道,"如果说威尔就是我梦寐以求的那个'风流王子',难道我自己不能问他要不要孩子吗?"

肯尼科特之所以从事地产生意,一是有利于他的生财之道,二是他个人喜爱的一种消遣。他开车下乡,早已注意到哪些个农场收成比较好;有时他也会听到消息,说某个闲不住的庄稼人"想要把土地卖掉后,迁居到艾伯塔去"。有时他向某位兽医请教繁殖哪一种牲畜最合算,他还向莱曼·卡斯打听过艾纳·吉塞尔德逊的地里每英亩的小麦产量是不是真有四十蒲式耳那么多。他经常找那位不务正业、热衷于地产生意的律师朱利叶斯·弗利克鲍商量。肯尼科特仔细研究区乡地域示意图,并认真阅读拍卖产业的告示。

他就这样按照每英亩一百五十元的价格买进一块地产,总面积约有一百六十英亩。他先在谷仓里铺砌混凝土地坪,又在屋子里安装好自来水,过了一年半载以后,就以一百八十元,甚至二百元的价格脱手卖掉了。

所有这些事情,甚至连细枝末节的地方,他时常唠唠叨叨地讲给萨姆·克拉克听……在卡萝尔看来,讲的次数未免太多了。

原先他以为他自己喜欢汽车、猎枪和地产,想必卡萝尔对这些东西也会产生兴趣的。可是,他从来没有给她好好举出一些实例来,这些实例或许能唤起她的兴趣。他所谈的,不外乎是一些显而易见的、枯燥无味的东西;至于他在理财方面的宏图大略,以及汽车的机械原理,他从来都是闭口不谈。

卡萝尔跟丈夫柔情缱绻的这个月里,急切地想了解他的种种癖好。她站在汽车房里冻得浑身直哆嗦,眼看着他足足花了半个多小时,掂来掂去老是拿不定主意,究竟是给汽车水箱加酒精呢,还是加不易凝冻剂,或者索性把水箱里面的水全抽干。

"哦,不行,水还是不要全抽干,万一天气突然变暖了,当然咯,我还得把水箱再灌满,依我看,时间要不了太久了,稍微加几桶水就得了。不过,要是水还没有抽空,天气忽然又变冷了,怎么办呢?当然咯,有人会把煤油灌进去的,不过也有人说,煤油会叫连在一起的软管烂掉,还有——我的扳钳撂在哪儿啦?"

直到此时,她才打消了原先想开汽车的念头,独自回屋去了。

他们俩重新相亲相爱的这段日子里,他常常喜欢跟她闲谈,谈得最多的是他给人看病的事情。不久前他告诉她,并且一再关照她千万不要告诉别人,说森德奎斯特太太又要生孩子了,又说"豪兰家的那个女用人还没结婚就有孕了"。但她一问到一些专用名词时,他简直就不知道如何回答才好呢。她问:"你说说扁桃腺到底用什么方法摘去的?"肯尼科特听了以后就打了个呵欠,回答说:"扁桃腺切除术吗?这可再简单不过啦,只要看到有脓,你用手术刀把它切掉,就得了。哦,你看到报纸吗?碧雅把报纸放到哪儿去了?"

她也就不想再问下去了。

三

有一天,他们俩一起看"电影"去了。对肯尼科特和戈镇其他的殷实富户来说,电影这个玩意儿几乎跟地产生意、猎枪和汽车一样须臾不可离。

头一部是故事片,描写一个勇敢年轻的美国佬征服南美洲某个共和国的事迹。那个美国佬已然使当地土著改掉了他们平时又唱又跳又笑又闹的野蛮习惯,叫他们好好学习北边的强大健全的美国文明。他教他们进工厂做工,穿上相当漂亮的制服,逢人就大声嚷嚷:"喂,你这个小鬼呀,瞧我可就要赚钱啦。"那个年轻的美国佬甚至使大自然的面貌也改变了。从前有一座大山,山顶上只有野百合、雪松和缭绕不去的浮云,后来被他的不知疲倦的干劲所感化,出现了一排排长长的木头房子,一堆堆铁矿石变成了大轮船,大轮船把铁矿石运走,而被运走的铁矿石又变成装运铁矿石的大轮船……

这部精彩影片在人们思想上引起的紧张状态,被一部更加生动、更加富于抒情而较少哲理性的影片冲淡了。这部影片名叫《椰子树下》,是一出喜剧,由麦克·施纳肯主演,还有许许多多身上只穿游泳衣的美人儿协助演出。施纳肯先生先后以厨师、保镖、滑稽演员和雕塑家等角色,在剧情最扣人心弦的时刻出现。有一个镜头是好几个警察冲进一家旅馆的门厅,没想到竟被数不清的从房门里扔出来的半身石膏胸像砸得昏倒在地。尽管有些地方剧情交代得不够清楚,但是突出女人大腿和奶油蛋糕这一双重主题思想,倒是很明确,一点儿也不含糊。当然咯,在海滨浴场游泳和在画室中充当模特儿的镜头,同样都是展露女人大腿的好机会。婚礼那一场景,只不过是喜剧达到最后高潮的前奏,正在掌声雷鸣的时刻,施纳肯先生却把一块奶油蛋糕偷偷塞进了那个牧师后面的口袋里。

"玫瑰宫影院"里,全场观众爆发出一片尖叫声,接下来就各自揩干脸上的笑泪。散场前,他们还争先恐后钻到座椅底下去乱找一通套鞋、大手套和围巾。这时,银幕上预告说,下星期施纳肯先生可能在一部新颖的、嬉闹的、别开生面的由克林喜剧公司摄制、片名《在莫莉的床底下》的超级喜剧片中跟广大观众见面。

他们俩冒着猛烈的西北风,耷拉着脑袋走过光秃秃的街道时,卡萝尔对肯尼科特说:"我很高兴,因为我们的国家毕竟很讲究道德。不管是哪一部免费邮寄的小说,我们认为都是要不得的。"

"那可不是!这些东西在反恶习协会和邮政局那里也通不过呀。美国人不喜欢猥亵的东西。"

"是啊,这简直好极了。看了像《椰子树下》这样精彩的艳情片,叫我们可开心呀。"

"你说这话算是什么意思呀?存心取笑我吗?"

327

接着他默不出声。此刻她正在等他发脾气呢。她想到他嘴里常讲的那种肮脏的土话,也就是戈镇所特有的愚不可及的方言。他却莫名其妙地笑了一笑。等他们一走进灯火通明的屋子里,他又大笑了起来,接着纡尊降贵地说:

"人要说句老实话,直到今天,你还是始终如一,没有变卦。原先我以为你了解到这么多规规矩矩的庄稼人之后,会把那些高不可攀的艺术玩意儿都给忘记了,哪知道你直到现在还是没有放下呢。"

"哦,原来如此——"她自言自语道,"我一心想做个好人,却被他钻了空子。"

"卡丽,老实告诉你:今天世界上,有三种人:头一种是脑子里什么思想都没有的人,第二种是不论见到什么事儿都要挑剔一番的怪人,最后一种人,方才是真正了不起,好样的,他们都是一些坚忍不拔的人,说话从来不夸口,一心一意给大家做好事情。"

"那我大概就是净爱挑剔的怪人吧。"她忍不住笑着说。

"不,这我可不承认。尽管你平时很喜欢找人聊聊天,但到最后节骨眼上,你宁可找萨姆·克拉克去,而不找那些该死的长头发艺术家。"

"哦——嗯——"

"哦,嗯!"他嘲笑着说,"我的天哪,我们现在打算叫所有一切东西都来一个底儿朝天,可不是吗!想去指点那些拍了十多年电影的导演如何如何拍片子;想去指手画脚叫建筑师们如何如何建设市镇;此外还要关照那些杂志编辑部别的文章一律不发,只准大量刊登精心编造的有关老小姐和那些连自己都不知道需要什么的少奶奶的琐事。哦,我们这些做法该有多可怕!……真是要不得,卡丽,别再迟疑了,赶快觉醒过来吧!你的脑子很聪明,即便是那部电影里露了一两回女人大腿,依我看,你也犯不着就跳起来挑剔呢!平时你不是常常赞不绝口谈论那些希腊舞星——我也不知道这个该叫什么玩意儿——实在太美吗,其实她们身上连一件衬衣都不穿呢!"

"可是话又说回来,亲爱的宝贝,那部电影的毛病——并不是在于它拍下了那么多的女人大腿,而是它羞羞答答地傻笑着说,管保有更多的女人大腿的镜头,尽管保证说得挺响亮,但到头来并没有兑现。完全是利用有人想入非非,急于偷看一下的这种心理罢了。"

"我可不明白你在嘀咕什么来着。喂,这会儿——"

这一夜她久久不能入睡,他却睡得熟熟的,嘴里还在叽里咕噜说话呢。

"我可一定要寸步不让才行。我'脑子里的想法多古怪',就让他这么说去吧。我想,我崇拜他,我看过他替病人开了刀,也就够了。可是看来还远远不够,因为是头一次看到,心里觉得特别激动,以后就不见得这样了。

我既不让他伤心,但我也绝不往后退让。

"我站在一旁只一会儿,看他给汽车水箱加水,听他讲一点儿小知识,那是不行的。

"要是我久久地站在一旁,对他钦佩得五体投地,那我就会心满意足了。这么一来,我也就成了一个'迷人的小媳妇'啦。乡村病毒!我已经好久没看书了。有一个星期没有摸过钢琴了。眼看着日子一天天过去,我不外乎赞赏他'又是一笔好买卖,每英亩地净赚了十块钱'。可我不会安于现状!

是的,我绝不会屈服!

"可是怎么办呢?现在我已全盘输掉了:参加妇女读书会,设宴请客,访问当年开边拓荒的老人,筹建市政厅大会堂,以及跟盖伊和维达交朋友,等等。不过——没有关系!现在我压根儿不想'改造戈镇'了。我也不想组织什么勃朗宁诗歌俱乐部,幻想自己戴着洁白的羚羊羔皮手套,坐下来眼睁睁望着那些饰着丝带的夹鼻眼镜的人演讲。我一定要想尽办法来拯救我自己的灵魂。

"威尔·肯尼科特早已安睡了,他深信无疑——我已完全归他所有了。可我现在要离开他了。在他耻笑我的时候,我的灵魂似乎完全离开了他。我仅仅是崇拜他,也许还是不够的;我应当彻底改造自己,变成完全跟他一模一样的人。显然,他已经沾了光。够了,够了。就算完蛋了。可我也绝不会往后退让。"

四

她的小提琴摆在钢琴上,卡萝尔随手拿了起来。自从上次她拉过以后,琴弦已经断了,琴板上还放着一条雪茄烟的深红色烫金饰带。

五

卡萝尔很想去跟盖伊·波洛克见见面,以便使她坚定信心毫不动摇。可是肯尼科特对她控制得很紧。她之所以不敢去,是因为她自己心中恐惧呢,还是因为害怕自己的丈夫,或是因为克服不了自己的惰性，也许是因为不喜欢夫妻之间来个"大吵一场"，最后不得不以闹独立、离了家来收场，连她自己都说不上来。她很像是年过半百的革命家，虽然已将生死置之度外，但还是受不了炸煳了的牛排的那种难闻气味，担心彻夜通宵守着街垒路障要着了凉。

看过电影之后的第二天晚上，她突然心血来潮，把维达·舍温和盖伊·波洛克都请到家里，一块儿吃爆玉米花，喝苹果酒。维达在小客厅里跟肯尼科特一起辩论"在八年级以下的学生中间进行手工劳动教育的好处"，卡萝尔却和盖伊围坐在餐桌前，正在给爆玉米花涂上黄油。这时，盖伊若有所思地两眼直瞅着她，她也心领神会了。于是，她就低声耳语说：

"盖伊，你愿意帮助我吗？"

"亲爱的！我还能帮助你什么呢？"

"连我自己也都不知道！"

他在等待着。

"我想请你帮我一块儿琢磨琢磨，我觉得现下妇女们总是被黑暗团团包围住，这到底是怎么搞的。黑咕隆咚的，就像到了浓荫蔽日的大森林一样。我们所有的妇女，都是在黑暗之中，是的，有千千万万的妇女，不管是当了红运亨通的丈夫的少妇，还是白领的女职员，还是逛到外面去喝茶的老妇人，还是欠发工资的矿工的妻子，还是一辈子只是炼制黄油和上教堂做做礼拜的农妇，通通都在内。请问我们究竟希望得到的是什么，到底需要的是什么呢？那边的威尔·肯尼科特恐怕就会说，我们需要一大堆孩子，我们需要克勤克俭地工作。其实，并不是这么回事。某一个女人，早已生过八个孩子，眼看着马上又要生一个孩子，你说，什么时候会没有孩子呢，她同样也会觉得不满！你在速记员和女清洁工中间也会发现这种不满情绪，就是在大学刚毕业的少女中间，你同样会发现，她们真不知道怎样方能从她们慈祥的父母监督之下挣脱出来。那我们妇女到底需要的是什么呢？"

"卡萝尔，老实说，你和我想的是完全一个样。你希望能回到一个淡泊宁静而又讲究礼仪的时代。你心中想的恐怕是风雅大方高于一切吧。"

"仅仅是风雅大方？净爱挑剔、吹毛求疵的人？哦，不！我相信我们大家所需要的，都是一样的东西，人人都没有例外，不管是工人、妇女、农民、黑人，还有亚洲的各殖民地的人，甚至包括一两个上流社会人士。反正各阶层的人都需要起来反抗，这样的劝告他们早就听说过，而且翘首企盼也有很长时间了。我觉得，也许我们需要的是一种更为理智的生活。我们对单调乏味的工作、睡觉和死亡一样感到厌烦。我们也讨厌经常目睹仅仅有少数人方能成为个性鲜明的人。我们讨厌老是要把希望往后推迟到下一代身上。我们还听腻了政客、牧师和谨小慎微的改革家（还有自己的丈夫）一个劲儿哄着我们说：'静一静！要忍耐！等等看！现在我们拟好了一个乌托邦计划方案，再给我们一点儿时间，我们就可以让它变成现实。要相信我们这些人毕竟比你们经验丰富呀。'这一套话，已经说上了一万年啦。现在我们要的，就是我们的乌托邦，我们就是要让它在我们自己的手里变成现实。我们妇女需要得到的，也就是我们大家都需要得到的一切！对每一个家庭主妇，每一个码头搬运工人，每一个印度民族主义者，每一个教师来说，都没有例外。我们想得到一切，我们却永远得不到，因此我们永远不会满足。"

她心里纳闷,不知道为什么他眉头皱紧。不一会儿,他开腔了:

"亲爱的,你听着,我当然希望你不要把自己划入那些制造麻烦的劳工领袖那一类!从理论上来说,民主这个东西确实是好得很,而且我承认,社会上是有许许多多不公道的事情,但我宁可让它继续存在,也不愿眼看着这个世界日益沉沦下去,变得那么死气沉沉,平庸鄙俗。我绝对不相信你跟那些劳工会有什么共同之处,他们吵着闹着要增加工资,为的是买得起便宜的旧汽车和可怕的自动钢琴——"

就在这个时刻,布宜诺斯艾利斯某报编辑放下日常乱糟糟的手头工作,大声嚷道:"宁愿容忍不公道的事情,也比眼看着这个世界被科学组织得越发单调乏味要好得多。"就在这个时刻,纽约某家酒吧间有一个职员,尽管平日里受够了经理的气,却不顾心中恐惧,站在柜台旁边,向一个汽车司机大声吼道:"噢哟哟,你们——这些社会主义者——真叫人恶心!我是个人主义者。我既不乐意让哪个政府机构不断来找我的茬子,也不乐意服从劳工领袖的命令。难道你认为乡巴佬也跟你和我一样好吗?"

就在这个时刻,卡萝尔方才了解到,尽管盖伊这个老古董至今依然附庸风雅,但他那胆小如鼠的性格,和萨姆·克拉克的大而无当的作风同样使她大失所望。她又了解到,在他身上并没有像她过去想象的那种神秘的东西,他也不是来自巨大的外部世界的、富于罗曼蒂克情调的使者,可以作为她逃避现实的救星。他是百分之百地属于戈镇的。她从遥远的国家的幻想之中,又被迫回到了现实生活里。她发觉自己仍然置身于戈镇大街上。

他干脆驳斥说:"所有这些不满都是胡说八道,你可不会跟着一块儿掺和进去吧?"

她安慰他说:"不,我哪儿会掺和进去呢。我可不会逗英雄。世界上所有正在进行中的斗争,已把我吓坏了。我虽然心里很希望人人心灵纯洁,活得更有意义些,但是,也许我更想跟自己心爱的人一起围坐在炉边呢。"

"那恐怕你要——"

他没有把话说下去,却随手抓了一把爆玉米花,一面让它们从手指缝里漏掉,一面忧伤地望着她。

卡萝尔就像一个拒绝了还算过得去的爱情的人那样,无限惆怅地认为自己跟他完全是陌路人了。她觉得,他只不过是一个框架,卡萝尔给它挂上一些漂亮衣服罢了。如果说她有时容许他怯生生地向她献殷勤,那并不是因为她对他很有情意,而是恰好因为她对他根本没有情意。尽管他竭力向她献殷勤,在她看来还是一文不值。

她就像一个拒绝了男人调情的少妇一样,虽然无可奈何,但还是很得体地对他笑了一笑,这一笑仿佛是在他胳膊上轻轻地拍了一下。她叹了一口气说:"你真是那么可爱,就让我跟你一块儿谈谈我想象中的苦恼吧。"随后,她突然跳了起来,尖声嚷道,"我们把爆玉米花给他们客厅里送去,你说好吗?"

盖伊茫然若失地望着她的背影。

整个晚上,她在揶揄维达和肯尼科特的时候,心里不断喃喃自语道:"我绝不会往后退让一步的。"

六

"红胡子瑞典佬"、贱民迈尔斯·伯恩斯塔姆,带着自己的圆锯和手提汽油发动机到肯尼科特家里来为他们的厨房炉灶锯白杨木。这是肯尼科特特地叫他来的。卡萝尔事前一点儿都不知道,等她听到锯子声往外张望时,方才看到伯恩斯塔姆身上穿着黑皮夹克,手上戴着又破又大的紫手套,正紧紧按住一块板材,用力推向一闪一闪旋转着的圆盘形刀口,随手又把锯好了的劈柴扔在一边。那台恼人的红色马达,一个劲儿发出恼人的"的普——的普——的普——的普——"的声音。锯子的呜咽声越来越高,听起来像是深更半夜火警鸣笛的尖叫声,但总以一阵清脆的铿锵声结束。正是四下里寂静无声时分,她听得见锯好了的木柴砰的一声扔在一大堆木头上。

她披了一条汽车上用的毛毯,从屋里跑了出去。伯恩斯塔姆欢迎她说:"哎哟哟,说来也奇怪!老迈尔斯又来了,还是像从前那样大胆放肆。得了,得了,我对什么事儿都不发牢骚了;无论对哪一位,我也都不会熟不拘礼了。到了明年夏天去贩马的时候,我就把你一块儿捎到爱达荷去。"

"那敢情好,说不定我真会去的!"

"近来你怎么样?对镇上的事儿还是那么热心吗?"

"还说不上呢,不过,也许有一天我会很热心起来的。"

"别给他们吓唬住了。你要给他们一点儿颜色看看!"

他一面干活,一面扯着大嗓门冲她说话。锯好了的劈柴,越堆越高了。灰溜溜的白杨树皮上,长满了苔藓,有的是灰绿色,有的是土灰色;刚锯断的末梢色彩特别鲜艳,表面上毛毛茸茸的,看起来就像羊毛围巾一样叫人感到舒服。在数九寒天一碧如洗的空气里,白杨木散发出了阳春三月里万木抽芽的清香。

肯尼科特打来了电话,说是要下乡出诊去。伯恩斯塔姆到晌午活儿还没有干完,卡萝尔就请他到厨房去跟碧雅一起吃饭。她希望自己也能自由自在地陪同她的这两位客人进餐。她珍视同他们的友谊,她嘲笑"社会等级壁垒分明",她对自己所忌讳的戒律感到气愤,可她继续认为他们就是仆人,而她自己却是高贵的太太。她独个儿坐在餐厅里,听得到对门伯恩斯塔姆声若洪钟的说话声,碧雅则在咯咯咯地傻笑。她觉得自己十分荒唐可笑,因为她这位女主人只有按照规矩单独进餐之后,方可走到厨房去,紧挨在洗涤槽旁边跟他们闲聊天。

他们俩一扯谈起来,居然情投意合,就像是原籍瑞典的奥赛罗和苔丝德梦娜①,而且比莎翁剧本里的那两个主人公还要亲切动人。伯恩斯塔姆如数家珍地畅谈他的种种遭遇:有一次,他在蒙大拿州某矿区贩卖马匹,把一道木栅栏给挤塌了,即便这样,他对那个"膀圆腰粗"的百万富翁、木业巨商照样还是横眉立目的。碧雅听后咯咯咯地笑着说"我的老天哪!"同时不停地给他杯里斟咖啡。

他花了很长时间方才把劈柴锯好。他不时走进厨房去取暖。卡萝尔听到他对碧雅说了这样的私房话:"你真是一个惹人喜爱的瑞典姑娘。我说,我要是能有像你这样的一个娘儿们,赶明儿再也不会老是发脾气了。我的天哪,你把厨房拾

---

① 莎士比亚著名剧本《奥赛罗》中的男、女主人公。

拨得好干净呀,一对比,真叫我这个老光棍儿看起来更加邋遢啦。唉,瞧你的头发,又是那么好看!哼?你以为我就是那么冒失,那么放肆吗?哦,姑娘,如果说我从前大胆放肆——自然你一定会知道的。怎么啦,我用一个手指头,就可以把你高高举起来,让你从头到尾读完罗伯特·J.英格索尔的书。你知道英格索尔吗?哦,他是个笃信宗教的作家。当然咯,我敢说你准会喜欢他的。"

他赶车走了的时候,向碧雅频频挥手告别。卡萝尔孤零零地伫立在楼上窗跟前,不由得暗自艳羡他们俩这种牧歌般的罗曼蒂克情调。

"可是我——反正我今后还是寸步不让呀。"

第十七章

一

一月里一个月色溶溶的夜晚,他们一行二十个人,坐着长长的雪橇从湖面上一直开到别墅去。一路上,他们唱着《小人国》和《送乃丽回家》的歌儿。有时他们从低矮的雪橇后座跳下来,在容易滑跤的冰雪车辙上面奔跑,跑得累了,再爬到雪橇上去歇息。马儿炝蹶子抛起来的一朵朵在月光下闪闪发亮的冰花,不时掉在这些寻欢作乐的人们身上,落到他们的脖子里去。可是,他们仍然大笑大叫,用戴着皮手套的手拍打自己的胸脯。马具嗒啦嗒啦作响,雪橇上的小铃铛发出的声音更是清脆嘹亮,杰克·埃尔德的那头塞特种猎狗紧挨在马跟前蹦蹦跳跳,一刻儿也不停地吠叫着。

卡萝尔跟在他们后面跑了一会儿。寒气凛冽,反而给她增添了无限的力量。她觉得自己可以整夜不停地奔跑,猛地一个箭步,准能跨过二十英尺远。也许是用力过度,她觉得有些累了,就兴冲冲爬上雪橇,钻进盖着干草的羊毛毯里去了。

她在人多嘴杂的一片喧闹之中,领略到了静得出奇的情趣。

大路两旁橡树枝丫的阴影,倒映在雪地上,就像是乐谱上稀稀朗朗的小节线。不一会儿,雪橇已经驶到明尼玛喜湖面上。庄稼人喜欢抄近路,就是常常从结得很厚实的冰层上穿过去的。这时,月光宛如高山瀑布一般,倾泻在这一望无际的令人耀眼的湖面上,倾泻在一堆堆坚硬的冰层上,倾泻在一条条泛着绿光的冰丘上,倾泻在有如海滩上波涛连涌的雪堆上。月光如炬,映照着皑皑白雪的大地,甚至把湖畔的树木都变成了火红色的水晶似的。这简直是富于热带情调、令人心荡神移的夜晚。在这个令人沉醉的奇境里,严寒和酷暑之间似乎并无多大差别。

卡萝尔如入梦境——四周的喧闹声,甚至连坐在她身旁的那个语言含蓄的盖伊·波洛克说话的声音,她都充耳不闻了。她独自反复吟诵着下面的诗句:

梵宫鸳瓦影凄凉,
雪月争辉未肯降。

优美的诗句和皎洁的月光,使她朦朦胧胧地感到一种无限欢欣的幸福。她相信有什么了不起的事情眼看着就要来到。她好像根本没听到四周的喧闹似的。她心里只是在膜拜人们难以理解的神灵。黑夜弥漫着大地,她仿佛意识到宇宙万物和亘古以来的所有一切奥秘。

那辆长长的雪橇,东摇西晃着爬上了陡坡,来到了一块小屋林立的高地,卡萝尔从心醉神迷的狂想中惊醒了。

他们都在杰克·埃尔德的木头房子前面下了雪橇。

那座房子四周的木头板壁都没有上过油漆,八月里看起来还算不错,但在冬天,难免有些寒气逼人。他们身上穿着皮外套,帽子上还缠着长围巾,活像是一大群怪物——会说话的狗熊和海象。杰克·埃尔德把预先放在炉子里的刨花点起火来,那个炉子的炉膛很大,像煮黄豆的大铁锅。他们把外套围巾等一股脑儿堆在一张摇椅上,因为堆得太高了,那张摇椅就正经八百地往后栽了一个筋斗,乐得大伙儿哈哈大笑起来。

埃尔德太太和萨姆·克拉克太太用一个乌黑的大洋铁罐煮起咖啡来。维达·舍温和麦加农太太从手提包里把油炸饼和姜饼都拿出来。戴夫·戴尔太太正在热"热狗"——牛肉香肠面包卷。特里·古尔德医生大声喝道:"女士们,先生们,报告大家一个惊人的好消息:哪一个要喝酒的,赶快站到我右边来。"话音刚落,随手举起一瓶烈性威士忌酒来。

有人跳起舞来,他们冻僵了的脚,一碰着松木地板,都不满地发出一声声"哎哟哟!"卡萝尔大梦初醒。哈里·海多克把她拦腰抱了起来,连着转了好几圈,乐得她哈哈大笑。有些人站在一旁闲聊天,卡萝尔看到他们脸上煞有介事的神色,心里更加按捺不住,觉得非得狂欢一番不可。

肯尼科特、萨姆·克拉克、杰克·埃尔德、年轻的麦加农医生,以及詹姆斯·麦迪逊·豪兰,都围在炉边来回跺脚,谈话时摆出一副四平八稳的商人派头来。从他们的外貌来看,这些个男人是各有不同,但他们议论的却是同样的题目,甚至他们说话的声调也都是同样单调到了极点。你得仔细端详一番,方才看清楚是谁在说话。

"哦,一路上玩得真痛快呀。"他们中间有人这么说。

"是呀,不错,一直到了湖面上,路方才好走呢。"

"开汽车开惯了,坐雪橇就显得特别慢了。"

"是呀,这可怎么也比不上哟!喂,你的'斯芬克斯'牌轮胎好不好?"

"好像还不赖。不过,我还是比较喜欢'罗迪特'牌轮胎。"

"对啦,哪一个牌子都比不上'罗迪特',特别是它的凸纹,简直平滑极了。"

"是的,你说得很对——'罗迪特'的确是名不虚传的好轮胎。"

"喂,你说说彼得·加希姆借的钱,付款怎么样啦?"

"他按时来付款的。他买的那块地真不赖。"

"是呀,那是一个呱呱叫的农场。"

"是呀,彼得对那块地可满意啦。"

他们从这些正经八百的话题,悄悄地转过来,不是插科打诨,就是肆意挖苦人,住在大街的人确实就有这么一点儿小聪明。萨姆·克拉克特别会来这一手。"你干吗疯了,净想拼命兜售那些避暑用的帽子?"他冲着哈里·海多克大声嚷道,"难道你是偷来的?还打算像往常一样向我们要高价吗?……哦,顺便说一下帽子吧,我有没有告诉你们,从前我给威尔买过一顶很不错的帽子?肯尼科特大夫自以为汽车开得相当好,事实上,他还认为自己很聪明,至少并不比别人差——哪知道有一次,他开车出去,就碰上了大雨,他这个笨蛋又没有给轮胎缚上铁链子,他想——"

这一段逸事卡萝尔已经不止一次听他讲过了。她就飞也似的又跑去找舞伴了。她看到戴夫·戴尔神不知鬼不觉地把一根冰箸儿沿着麦加农太太的脖子根溜了下去,就歇斯底里地喝彩鼓掌起来。

他们都坐在地板上吃东西,狼吞虎咽。男人们正在互相传着那瓶烈性威士忌酒,哧哧地笑个不停。他们看到久恩尼塔·海多克也呷了一口威士忌酒,放声大笑说:"好样的!好样的!"卡萝尔也想试一下,她想至多喝醉了,发一回酒疯罢了,哪知道她一下子就被烈性威士忌酒呛住了。她看见肯尼科特正对着她皱眉头,赶紧把酒瓶继续往下传,样子很后悔。不一会儿,她又想:在这种场合她大可不必像家里那样百依百顺,可是悔之已晚了。

"我们来玩字谜游戏,好吗?"雷米埃·伍瑟斯庞说。

"那敢情好。"埃拉·斯托博迪说。

"好,就乐一乐吧。"哈里·海多克也点头同意了。

他们开始做字谜游戏,把"making"这个词拆成为"may"和"king"①,萨姆·克拉克运气好,当上了"国王"。一条大红法兰绒长围巾就当作王冠,七歪八斜地缠在萨姆·克拉克那个透着粉红色泽、光秃秃的大脑门上。他们把自己的身份地位都给忘掉了。也许他们是假装的,这也难说了。卡萝尔心情特别兴奋,禁不住大声嚷道:

"让我们成立一个戏剧社,演一出戏,大家说好吗?今晚玩得真够痛快呀!"

看来她的这个建议已博得了他们的欢心。

"当然可以。"萨姆·克拉克首先表示支持她。

"好啊,让我们试试看!演一出《罗密欧与朱丽叶》,我想一定很好玩!"埃拉·斯托博迪怀着雀跃的心情说。

"那可是一定非常带劲。"特里·古尔德大夫也附和

---

① king 即"国王"之意。

着说。

"不过，要是真的办起来，"卡萝尔提醒大家说，"我们可就不能像往常业余演出那样傻里傻气。我们应当自己来画布景和搞其他舞台设计，真的要有一点儿艺术美。我想肯定会碰到许多困难的。你们各位——赶明儿在排戏的时候，我想你们大家都会准时到场吧？"

"当然！""一定做到。""好极了！""排戏就应该守时嘛。"他们一致表示同意了。

"那好，下个星期我们就开会，成立戈镇戏剧社！"卡萝尔兴高采烈地嚷了起来。

在回家路上，她心里觉得这些朋友实在都很可爱，他们在月光底下的雪地上健步如飞地奔跑着，他们三五成群，无拘无束地在一起溜达溜达，不久以后还要登上剧场舞台去创造美的艺术形象。所有的问题仿佛一下子都给解决了。如今，卡萝尔——她当然要成为戈镇名副其实的一员了——也就不会再得什么"乡村病毒"所引起的昏迷症！她又可以不知不觉地摆脱肯尼科特的羁绊，也不至于会伤他的感情。

她流露出得意扬扬的神情来。

月亮已经变得很小，升得很高，不经意地俯瞰着大地。

二

虽然他们大家都巴望能够有幸莅临会议、参加排戏活动，但是，这个戏剧社只包括肯尼科特、卡萝尔、盖伊·波洛克、维达·舍温、埃拉·斯托博迪、哈里·海多克夫妇、戴夫·戴尔夫妇、雷米埃·伍瑟斯庞、特里·古尔德大夫，此外还有四位新社员:丽塔·西蒙斯,一个喜欢卖弄风情的女人;哈维·狄龙医生夫妇;默特尔·卡斯,一个面貌长得很难看,但为人很热情、年仅十九岁的姑娘。在这十五名社员当中,参加第一次会议的只有七人。缺席的社员,纷纷打来电话,有的说自己感到莫大遗憾,有的说因有其他约会,也有的说身体不太舒服。他们都郑重声明:从今以后,不论有什么会议,永远也不会漏掉一次。

卡萝尔在会上当选为社长兼导演。

她让狄龙夫妇也加入了戏剧社。尽管肯尼科特曾经有过种种揣测,狄龙这位牙医生和他太太至今没有被韦斯特莱克一家人拉拢过去,他们跟斯托博迪银行里的那位出纳员、簿记员兼管理员威利斯·伍德福特一样,依然没法跻身当地上流社会。记得有一次,卡萝尔亲眼看见狄龙夫人慢腾腾地从芳华俱乐部会员正在打牌的那幢房子前面走过,还可怜巴巴地抿着嘴往里瞅了一眼,好像觉得入了会很光彩似的,脸上竟露出不胜羡慕的神情。卡萝尔一时感情冲动,就邀请狄龙夫妇参加戏剧社的会议。肯尼科特待他们很不客气,但卡萝尔对他们却格外热情关注,还觉得自己很能秉公办事。

这个戏剧社是她创办的,她自然觉得很满意,所以,尽管头一次开会,莅会人数不太多,也并没有使她大失所望。即使是雷米埃·伍瑟斯庞一再说明"戏剧应该提高人们的道德水平"以及"我认为某些剧本要有重大的教育意义"的时候,卡萝尔也并不觉得很窘。

埃拉·斯托博迪以专家身份自居,她曾经在威斯康星州密尔沃基市学过演说艺术。卡萝尔热衷于现代剧,斯托博迪小姐不敢与之苟同。斯托博迪小姐阐明了美国戏剧应采取的基本原则:要表现高尚艺术的唯一途径,就是上演莎士比亚剧本。因为她说的话根本没有人在听,她就坐在一个角落里,那副样子活像麦克白夫人①。

三

当时美国的"小剧场"运动②还只是在酝酿阶段,要过三四年以后方才给美国剧坛带来生动活泼的局面。可是,对于这一场即将来临的重大改革,卡萝尔早已预感到了。她从一些旧杂志的文章里了解到,都柏林有一些被称为"爱尔兰剧艺社"的戏剧改革家。她也模模糊糊地知道,有一位名叫戈登·克雷格③的人画过舞台布景,也许还写过剧本呢。她觉得,她在汹涌澎湃的戏剧创作里发现的这个史实,远比那些迂腐透顶的新闻记事重要得多,因为那些新闻记事无非是报道各位参议员以及他们那些辞藻华丽、但内容极为幼稚的谈话罢了。她对那个史实倍感亲切。她恍惚之间觉得好像自己坐在布鲁塞尔的一家咖啡馆里,然后就向大教堂墙根下一个场地虽小,但气氛轻松的剧场走去。

明尼阿波利斯报上的一则广告蓦然间映入她的眼帘:

---

① 莎士比亚著名悲剧《麦克白》中主人公麦克白的妻子,以心毒手辣著称。她参与阴谋,暗杀苏格兰国王邓肯,唆使麦克白夺王位。
② 大约自一九一〇年以来,小剧场(也叫"实验剧场")运动在美国有了广泛发展,它的方向跟百老汇旨在商业营利的戏剧基本上针锋相对。于是,小剧场运动和各大学里业余戏剧活动一样,在全国迅速得到了发展。这些小剧场演出的基本上都是现实主义戏剧,同时,黑人演员也首次登台表演。后来由于经济困难,小剧场运动也就销声匿迹了,其中有些剧团逐渐走上了形式主义道路。
③ 戈登·克雷格(1872—1966),英国导演、戏剧艺术家与戏剧理论家。

宇宙音乐、演讲、戏剧艺术学校即将演出施尼茨勒①、萧伯纳、叶芝和邓赛尼爵士②的四个独幕剧。

她非要去看看不可！她要求肯尼科特陪着她"到双城去一趟"。

"说实话,我也不知道呢。看戏嘛,当然很好玩,可是,你干吗急乎乎要去看业余演出的那些该死的外国戏呢？为什么你不肯等着看以后正儿八经的本国戏呢？听说有一些特别精彩的戏就要上演了,比方说《双枪牧场上的洛蒂》和《警察与盗贼》真是地地道道的百老汇③风格,演员阵容强大,全是纽约的第一流名角。现在你要去看的是什么破烂货呀？哼,大概就是《他怎样向她的丈夫撒谎》④之类的蹩脚戏吧。那个剧名听起来蛮不错嘛,似乎很生动泼辣。唉,我说,我还不如干脆去看汽车展览会。看看崭新型号的敞篷汽车,这才带劲呢。"

她真不知道：是哪一种吸引力使他作出这个决定的。

足足有四天光景,她虽然忙着给自己缝缝补补,可心里却是愉快的：她的一条漂亮衬裙上有一个破洞,她的那件栗壳色天鹅绒绣花外套上掉了一串珠子,她在一件最鲜艳的乔其纱绸短衫上又发现了西红柿酱渍。她唉声叹气地说："我简直连一件像样儿的做客穿的衣服也没有呢。"其实,她心里还是乐滋滋的。

---

① 施尼茨勒(1862—1931),奥地利剧作家。
② 邓赛尼(1878—1957),爱尔兰剧作家、小说家、诗人。
③ 百老汇,是美国纽约的主要街道之一,因剧院、剧场、音乐厅、夜总会等多集中在那里,故常常以该街名代表"美国戏剧界"。
④ 《他怎样向她的丈夫撒谎》,系英国著名戏剧家萧伯纳写的剧本。

肯尼科特不论走到哪儿,见了熟人就放出风声,说他"不久就要到双城看戏去了"。

列车沉重缓慢地在灰蒙蒙的大草原上爬行。那一天正好没有刮风,火车头里冒出来的一股股黑色烟柱,笼罩着一大片一大片的棉花田,宛如一道缓缓蠕动着的矮墙,把仍有积雪的田野截然隔开了。这时,她并没有往车窗外眺望。她只是闭上眼睛,情不自禁地哼起歌儿来。

她仿佛觉得自己就像是一位年轻的诗人,对沽名钓誉和巴黎的生活早已深恶痛绝。

在明尼阿波利斯火车站,到处是一群群伐木工、庄稼人以及带着一家老小和许多大小纸包的瑞典人,他们都挤在一块儿,你推我搡,大喊大叫,使她晕头转向。在戈镇待了一年零六个月之后,又来到了这个一度熟稔过的城市里,她觉得自己确实变成一个乡巴佬了。她深信肯尼科特肯定搭错了电车。这时已近黄昏,沿着下亨尼平大道两旁那些存放酒类的仓库,犹太人开设的成衣铺和许多寄宿舍,都变得烟雾沉沉,特别阴森可怕。正是下班高峰时间,行人车辆穿梭不绝,甚嚣尘上,几乎使她震耳欲聋。有一个穿着窄腰大衣的职员两眼死劲儿盯着她看,她拼命攀住肯尼科特胳臂,紧紧地偎在一起。那个职员举止轻浮,市侩习气很浓。他自以为高人一等,对这种乱糟糟的市面早已习惯。难道说这会儿他是在耻笑她吗?

刹那间她觉得安稳而静谧的戈镇弥足珍贵了。

她在旅馆的大堂觉得很不自在;对旅馆里的一切,她全都看不惯。她一想起久恩尼塔·海多克嘴里老是谈到芝加哥各大著名旅馆,心里不觉有些酸溜溜的。现在那些旅行推销员大模大样坐在大型皮面安乐椅里,看上去俨然男爵似的,卡萝尔连一眼都不去瞧他们。她心里恨不得让大家都知道,她丈夫和她对这种豪华和令人不快的风雅生活早就习以为常了。当她丈夫在旅客登记簿上填写"威尔·P.肯尼科特医生及太太"之后,冲着那位职员大声喝道:"伙计,给俺俩找一个有浴室的漂亮房间,好吗?"她就觉得他说话粗俗,感到有点儿生气。她用傲慢的目光环视四周,发现幸好并没有被旁人听到,这才觉得自己未免太傻,刚才实在不应该随便怄气。

她说"这个大堂简直太花里胡哨了",同时,她又承认自己对它也很欣赏:柱顶鎏金的缟玛瑙圆柱,餐厅门口挂着绣有王冠的丝绒门帘,用绢丝屏风隔开的雅座里,有一些漂亮女郎正在等待神秘的男人,书报摊上摆满了两磅装的糖果盒和各种期刊。悠扬的弦乐声不绝于耳。她看见有一个男人,很像是来自欧洲的一名外交官,穿着一件肥大的轻便大衣,头上戴着一顶汉堡呢礼帽。一个身穿时髦的羔皮长大衣、戴着花边大面纱、珍珠耳环和黑色小圆帽的女人走进了餐厅。"老天哪!这一年多来,我还没有见过这么漂亮的女人!"卡萝尔喜不自胜地说。这时,她方才觉得自己置身于豪华的大城市之中。

可是,当她跟着肯尼科特一起走到电梯口时,她看见衣帽间里有个狂妄自大的年轻女人,两个腮帮上白粉涂得厚厚的,好像抹了一层石灰,身上穿着一件领口很低的深红色透明薄短衫,用傲慢的眼光上下打量着卡萝尔,使她又一次感到很别扭。她下意识地站在电梯口,等着侍者先进去,当侍者哼的一声说"进去吧"的时候,她简直感到当面受辱。哦,大概是把她当成一个乡下娘儿们,想到这里,她心里就有点儿着急了。

她走进他们的房间,侍者也早已走了,卡萝尔把肯尼科特仔细端详一番。好几个月以来,她还是头一回真的把他看个够。

他身上穿的衣服似乎太笨重、太土气。戈镇的纳特·希克斯给他特制的那套灰色大礼服,看起来很像是黑铁皮敲打出来的,根本谈不到有什么腰身线条,当然还不如外交官身上的那件柏帛里风雨衣来得飘逸雅致。肯尼科特脚上的那双黑皮鞋也是笨头笨脑,擦得也不够亮。他脖子上的围巾是深褐色的,跟灰色大礼服很不相配。他满脸胡子拉碴,需要刮一刮才行。

她一看到房间里精致巧妙的种种陈设,就把心中疑虑全给忘得一干二净了。她在房间里跑来跑去,一忽儿拧开浴缸上的水龙头,水龙头马上哗啦啦流出水来,不像自己家里的那个水龙头慢慢悠悠往下滴水;一忽儿把新浴巾使劲从油纸封套里拉出来看看;一忽儿摁了一下两张对床中间那盏玫瑰红灯罩的台灯,看它亮不亮;一忽儿打开腰子形的胡桃木写字台的抽屉,看看旅馆的特制信纸,打算给她认识的每一个人写信;一忽儿对紫红色丝绒安乐椅和蓝色小地毯啧啧称赞;一忽儿又打开冰水开关,一见到冰水真的流了出来,她就高兴得尖声叫了起来。她举起双臂搂住肯尼科特,一个劲儿吻他。

"喜欢这个吗,我的太太?"

"真美呀。我觉得真好玩。我可真要谢谢你陪着我出来见见世面。你真是一个好、好、好丈夫!"

他听了以后显然很得意。过了半晌,他打了个呵欠,屈尊俯就地说:

"暖气设备上装的那个玩意儿真灵巧!你要什么样的温度,旋一下就得了。要不然,这么大的房间,烤火炉子该有多大呢!哦,谢天谢地,今儿晚上碧雅千万别忘了把炉门关上!"

梳妆台玻璃板下面,是一份订菜单,上面开列了许许多多非常诱人的名菜,其中有:嫩鸡脯,俄式炸土豆,蛋白酥皮卷,布鲁塞尔小蛋糕。

"哦,我们该——我打算要洗个热水澡,戴上那顶饰有花朵的新帽子,然后一块儿下楼去吃饭——花上它几个钟头喝鸡尾酒!"她兴高采烈地说。

肯尼科特点菜时掂斤播两,煞费苦心;看到他竟然在侍者面前甘心受气,叫卡萝尔实在感到恼火。不过,她喝了鸡尾酒觉得有些飘飘然,仿佛它给她铺设了一架天桥,把她径直送往群星灿烂的九霄云外似的。随后端上来的是一盆牡蛎——不是戈镇人常吃的那种罐头牡蛎,而是贝壳掰开一半的新鲜牡蛎,她大声嚷道:"通常准备一顿饭菜,事前就忙得够呛,要先跑肉铺子去买肉,拿回家里又发愁,不知怎么个弄法,直到把菜谱想好以后,还要看着碧雅掌灶烹调,不需做这些恼人的事儿该有多舒心啊,只要你心里明白就好!今儿个我方才觉得一身轻松,吃的是新奇的珍馐美味,用的是跟家里完全不同的盘子和餐巾,而且,我还用不着老是担心布丁会不会做坏了!啊,这会儿才是我最惬意、最痛快的时刻!"

四

现下他们俩在明尼阿波利斯的活动经历,就跟所有乡下人进大城市完全一模一样。卡萝尔吃过早餐以后,急匆匆跑女子理发馆,又去买了一副手套和一件短外套,然后煞有介事地在一家眼镜商店前面跟肯尼科特碰头。所有这一切的活动,都是根据他们事先拟好,后经补充修订过的日程进行的。他们俩尽情欣赏陈列在商店橱窗里琳琅满目的商品:钻石、皮货、寒光闪烁的银质器皿、桃花心木安乐椅和精美的摩洛哥山羊皮针线小盒。他们置身在各大百货商店摩肩接踵的人群里,茫然不知所措。他们在一个店员的哄骗下,给肯尼科特买了过多的男式衬衫。他们一看到"刚从纽约运到的最新出品的香水"的字样,就被吓得目瞪口呆了。卡萝尔买了三本有关戏剧的书,又足足花了个把钟头,一再提醒自己说这件印度绸短衫因为价钱太贵买不起,可她心里一想到买后至少也好让久恩尼塔·海多克眼红一番,又闭上眼睛琢磨了一会儿,最后把它买了下来。肯尼科特从这一家店跑到那一家店乱转悠,简直急得要命,就是没法为自己汽车上的挡风玻璃配置一把雨刷。

晚上,他们在旅馆里大肆挥霍,饱吃一餐,转天早上就溜到拐角上一家便宜小吃店去进餐,省些钱。到了下午三点钟,他们实在累极了,就在电影院里打瞌睡。他们还说要是已经回到了戈镇该有多好啊,当晚十一点钟,他们俩又是神采奕奕,来到了一家中国餐馆,那儿是职员们在领工资的那天带着情人们光临的地方。他们夫妇俩坐在一张柚木大理石圆桌子旁,一面吃芙蓉蛋,一面听着自动钢琴丁零当啷弹奏的乐曲,觉得自己就是名副其实的世界公民。

他们在街上碰到了从戈镇来的麦加农夫妇。他们聚在一起哈哈大笑,相互之间简直有握不完的手,而且大声嚷道:"嗨,咱们真是太巧了!"他们问麦加农夫妇什么时候来双城的,他们走了以后才两天,镇上又有什么好消息可以谈谈。尽管麦加农夫妇在戈镇的社会地位并不怎么样,可他们在这些千人一面、行色匆匆的陌路人中间却显得鹤立鸡群,甚至连肯尼科特夫妇也都离不开他们了。麦加农夫妇跟他们告别时的样子,就像是马上动身去西藏,而不是上火车站去搭乘第七次北上列车。

他们在明尼阿波利斯各处游览观光。在参观世界上最大的面粉厂里巨大的灰色石头建筑和新型混凝土谷物仓库的时候,肯尼科特谈锋很健,好像对什么麸质、选粮机,还有什么一号磨粉机等具体技术细节都很感兴趣。他们居高临下,越过眼底洛林公园和帕拉德广场,遥望圣·马克大教堂和主教教区教堂的许多尖塔,以及傍着肯伍德山坡蜿蜒而上的一幢幢楼房的红色屋顶。他们驱车饱览花园环绕的湖滨景色,尽情欣赏面粉厂老板、木业巨商和地产大王的富丽堂皇的府邸,就是他们这些人主宰着这个日益发展中的城市。肯尼科特夫妇又仔细观看蔓藤花棚下通幽曲径的古里古怪的小平房,筑有玻璃屋顶、可供日光浴的游廊、用饰有卵石花纹和色彩斑斓的方砖砌成的楼房,还有一座巨大无比的花园别墅,跟湖上小岛遥遥相望。他们俩款步走过一大片崭新的公寓房子,它们并不是东部各城市那些颤巍巍、阴沉沉的公寓大楼,而是一些令人悦目的黄砖低层楼房,每户人家都有一道装着玻璃窗的走廊,走廊里还有款式时髦的长沙发椅、红靠垫和俄国黄铜碗。在弯弯曲曲的火车轨道和经过开垦的小山冈之间,有一大块荒地,还有一些东歪西倒的小窝棚,就在这里,肯尼科特夫妇看到了贫困。

他们在方圆好几英里的明尼阿波利斯城内城外到处溜达。过去在大学时代,他们因为埋头读书,从来都没有到过那些地方。他们自以为是地地道道的探险家。他们都深有同感地说:"我敢打赌,哈里·海多克肯定没有像咱们这样逛过这个城市!嘿,他的那个脑瓜儿怎么也闹不清面粉厂里那些机器,更不会想到城外四郊去逛逛。恐怕戈镇的人不会像咱们这样甩开两条腿到处逛去!"

他们俩跟卡萝尔的姐姐在一起吃过两顿饭,觉得很别扭,因此他们俩变得更加亲热起来,人们在结婚以后,只要突然发觉两人都不喜欢各自的某一个亲戚时,通常就会产生这种倍觉亲密的感情。

卡萝尔晚上还要去戏剧学校看戏;他们互换眼色时虽然满怀深情,可是都疲惫不堪了。肯尼科特建议不要去。"走了这么多路,真是累得够呛,咱们干吗还不趁早上床休息呢。"卡萝尔只是出于自己的责任感,硬是拉上他一块儿步出温暖如春的旅馆,登上一辆挺腻味的电车,踏上了开设在一幢住宅里的戏剧学校的褐色沙石台阶。

五

他们走进一个长长的四壁刚刷过白粉的大厅,大厅前方挂着一道很不像样的幕布。折叠椅上坐满了观众,他们身上穿的衣服好像都是刚洗过,而且烫得笔挺。这些观众包括学生家长、女学生,以及一些热心负责的教师。

"我说,看样子一定好不了。要是头一出戏不好看,我们滑脚就溜。"肯尼科特做好最坏的打算。

"好吧。"她打着呵欠说,睡眼惺忪地使劲察看穿插在专售钢琴、乐器商行、餐厅酒楼和糖果铺死气沉沉的广告中间的演员名单。

她认为施尼茨勒的这个剧本没有多大意思。演员的动作和对白都很生硬呆板。卡萝尔身上那种乡下人的愚顽轻薄的作风,刚被剧中人的挖苦话刺痛,帷幕就落下来了。

"那个戏一点儿都不精彩。咱们就滑脚走吧?"肯尼科特提议说。

"哦,不妨再看看下一个戏:《他怎样向她的丈夫撒谎》。"

萧伯纳精心虚构出来的剧情,卡萝尔觉得很有味儿,可肯尼科特却感到困惑不解:

"这个戏我说倒是新得出奇!我早就料到这不过是个叫人捧腹大笑的喜剧罢了。这个戏里说,那个做丈夫的居然巴不得有别的男人去跟自己的老婆调情,叫谁相信呢?我说天底下从来都没有那种瘟生的丈夫!得了吧,咱们可以走了吗?"

"我想看看叶芝的《心驰神往的地方》。这个剧本我在念大学的时候就很喜欢。"现在她的倦意好像早已驱散,说话自信而又执着,"我知道,我即使大声给你念叶芝的作品,你也不会特别感兴趣,但现在你就不妨看看他的舞台剧,你是不是喜欢。"

论演技,绝大多数演员都不灵巧,动作很难看,简直就像高背橡木椅子在来回移动,台上布景只不过是几块狭长的爪哇蜡防印花台布和几张大桌子别出心裁地拼凑在一起;但是,扮演梅蕾·布鲁因的那个女孩子,跟卡萝尔一样身材苗条,大眼睛,声音赛过清脆嘹亮的晨钟。卡萝尔看得几乎出了神,随着她那悠扬悦耳的声音,她仿佛从这个昏昏欲睡的来自小镇的丈夫和那些彬彬有礼的学生家长身边,去到遥远的地方,坐在一座乡间茅屋的寂静无声的阁楼上,在半明半暗的绿荫里,在菩提树影婆娑起舞的窗子跟前,正低头在读一本叙述洪荒时代的女人与古代诸天神的书。

"哦,我的天哪,扮演女孩子的那个小丫头真不赖,长得可好看,"肯尼科特说,"还想看最后的那个戏吗?"

她只是抖索了一下,没有回答他。

幕又拉开了。舞台上没有什么别的东西,只有一些长长的绿色窗帘和一张皮椅子。有两个年轻小伙子,身上穿的褐色长袍简直就像罩在家具上的布套子,他们正在莫名其妙地打手势,嘴里油腔滑调地说着一些含糊不清,老是来回重复的句子。

邓赛尼的戏,卡萝尔还是头一回看到。这时,卡萝尔见到肯尼科特如坐针毡,刚从口袋里摸出来一支雪茄烟,但又无可奈何地把它放回去了,她心里也怪可怜他。

舞台上那些跟木偶一样的演员,台词念得呆板乏味,始终就是一个声调,剧情发展的时间和地点交代得不清楚,卡萝尔竟然一时看不明白,想了一想之后,方才闹清楚原来剧情指的是另一个时刻和另一个地点。

有一位雍容华贵,身穿长袍,袍裾窸窸窣窣掠过大理石地坪的女王,在一群虚荣心很重的宫女的前呼后拥之下,自命不凡地款步走过一座年久衰颓的宫殿的回廊。庭院里,大象在大声吼叫,仿佛在吹号子。肤色黝黑、染着红胡子的士兵,两手血迹斑斑握住剑柄,伫立在那里,守护着来自艾尔·沙尔纳克的驮着泰尔出产的黄玉石和朱砂的骆驼商队。外面宫墙的塔楼那一边,是一大片丛林,那里树影摇曳不定,禽鸟啁啾哀鸣。一丛丛湿漉漉的兰花,正被当空烈日炙烤着。有一个年轻人,昂首阔步穿过一重重铁门,这些铁门比彪形大汉还要高出十倍,而且是刀剑不入的。这个年轻人身上披着一套锁子甲,头上戴着亮闪闪的高顶盔帽,潇洒的鬈发从帽檐底下旁逸出来。这时,肯尼科特的手正向她伸了过来;她还没有碰到他的手,就已觉到了它的温暖——

"天哪,真是胡说八道!卡丽,你说说这到底是怎么一回事呀?"

她可不是什么叙利亚女王呀。她只不过是肯尼科特大夫的妻子罢了。她心里猛地一惊,仿佛又重新坐在那个四壁刚刷过白粉的大厅里,眼看着台上的那两个吓得慌了神的女孩子和一个穿着皱皮疙瘩的紧身衣裤的年轻小伙子。

他们离开大厅时,肯尼科特怪天真地胡诌一通:

"那最后一段台词,到底是什么意思呀?简直是叫人一点儿都摸不透呢。如果说那就是给高雅人士欣赏的戏剧艺术,那干脆让我去看一场西部牛仔电影就得了。谢天谢地,戏总算完了,咱们俩可以回去睡觉了。哦,我可不知道是不是还来得及赶到尼科莱特去搭电车?那个鬼地方倒是有一件事值得提一提:那就是他们这个大厅里可暖和得很。我说,非得要有个很大的烧暖气的锅炉才行。真不知道整整一个冬天要烧掉多少煤。"

在电车上,他怪亲热地捋着她的膝盖,刹那间他好像变成了刚才舞台上那个昂首阔步、身穿盔袍的年轻小伙子;一转眼,他又变成了戈镇的肯尼科特大夫,卡萝尔好像又重新被大街所俘获。从此以后,她一辈子再也看不到那些丛林和国王的陵墓了。世界上有的是稀奇百怪的事情,真的不论到哪儿都有,但对她来说,却永远都看不到了。

赶明儿她要在戏剧舞台上把它们再创造出来。

她要让戏剧社同人了解到她的这种苦衷。也许他们会了解的,他们当然一定会——

她露出怀疑的神情,直瞅着眼前难以理解的现实:打着呵欠的电车售票员,昏昏欲睡的乘客,以及挂在车厢里推销肥皂和内衣的广告牌。

第十八章

一

卡萝尔急匆匆赶去参加剧目审查委员会的第一次会议。她对叙利亚女王在丛林相会这样题材的罗曼蒂克想法,早已烟消云散了,但她心里多少还怀着一种犹如皈依宗教似的热忱,一心一意想要创造出美的境界来。

要排演邓赛尼的剧本,对戈镇这些戏剧迷来说,的确难以胜任。她心里想不如来个折中办法,就是让他们试演一下萧伯纳不久前刚出版的剧本:《安德罗克里斯与狮子》。

剧目审查委员会由卡萝尔、维达·舍温、盖伊·波洛克、雷米埃·伍瑟斯庞和久恩尼塔·海多克组成。他们想到自己居然一身两役,既能处理实务,又能精通艺术,真是大喜过望。这一回轮到维达主持会议,她暂借伊莱莎·格雷太太兼供膳食的寄宿舍里那个客厅作为开会场所。客厅里挂着一帧格兰特将军在阿波马托克斯①战场的钢板雕刻画,还有一只能窥

---

① 阿波马托克斯位于美国弗吉尼亚州,格兰特将军于一八六五年四月九日在此地击败了南方联军统帅李将军麾下的一支多达二万八千名战士的部队,由于这一显赫战功,美国内战终告结束。格兰特,美国共和党人,一八六八至一八七七年间任美国总统。

见立体图像的百宝箱。地毯像沙砾那么粗糙,沾满了污渍。

维达主张要博采众长,讲究实效。她暗示,他们应该像妇女读书会召开会议一样有"一定的议事日程"和"宣读会议记录"项目,但因没有会议记录可读,也没有人知道讨论文学问题的议事日程到底是个啥样子,所以,他们对维达提出讲究实效的建议也就忍痛割爱了。

卡萝尔以社长身份彬彬有礼地说:"我说,我们头一次应该演什么戏,不知诸位有什么高见?"她要等大家都茫然不知所措冷场以后,再趁机提议演《安德罗克里斯》这个戏。

盖伊·波洛克急不可待地回答说:"我就老实告诉诸位:既然我们要演真正的纯艺术的作品,而不是想蹦蹦跳跳,闹着玩儿,那么,我认为,我们就应该演第一流的名著。比方说,演《造谣学校》①,不知在座诸位尊意如何?"

"哦,你不觉得那个剧本在舞台上已经演得够多了吗?"

"是的,也许已经演得太多了。"

卡萝尔正想接下去问"演萧伯纳的剧本怎么样"时,他又很佻巧地说下去:"那就干脆演一出古希腊悲剧,比方说,《暴君俄狄浦斯》?"

"哦,我认为不——"

维达·舍温突然插进来说:"我想演那个东西,对我们来说,一定太难啦。我手头带来一个本子,倒是非常好玩的。"

她随手就把本子递了过去。卡萝尔迟疑不决地接住了它,这是一个薄薄的灰色封面的小册子,书名叫《麦金纳蒂的

---

① 《造谣学校》(旧译《造谣学堂》)是英国十八世纪著名戏剧家谢立丹(1751—1861)的最优秀剧本之一。

丈母娘》,是个闹剧,在学校简讯的娱乐栏里刊登着有关它的一则广告:

最佳闹剧

诸君看后保证笑破肚皮　男(五名)女(三名)演员同台演出时间共两小时　室内布景　教会各俱乐部及各校高班学生演出尤为适宜

卡萝尔把那个似嫌猥亵的小本子看了一眼,回头又看看维达,觉得她并不是存心在开她的玩笑。

"可是,这个——这个——哦,这个东西只不过是——哦,维达,本来我还以为你很会欣赏——哦——欣赏艺术的。"

维达哼着鼻子说:"哦,你说欣赏艺术嘛!哦,是的,我的确喜欢艺术。艺术这个东西,简直是太好了。不过,我们这个剧社一开头演什么戏,我个人觉得反正什么戏都可以演。我认为最最要紧的事,就是你们诸位发言时都没有谈到的:要是我们的演出赚了钱,应该如何处理呢?依我看,我们最好还是给本镇中学赠送一套斯托尔德①的《旅行演说全集》!"

卡萝尔几乎呜咽着说:"亲爱的维达啊,请你原谅,还是不要演这种闹剧吧。我说,我们就是要演一些名剧,比方说,萧伯纳的《安德罗克里斯》。在座诸位有谁读过这个剧本?"

"我读过。那是个好剧本呢。"盖伊·波洛克说。

---

① 斯托达德(1825—1903),美国诗人及批评家。

接着,雷米埃·伍瑟斯庞讲了一通,简直语惊四座。

"这个剧本我也读过。为了准备参加今天这个会议,我到公共图书馆里把所有的剧本通通都看过了。再说——不过,肯尼科特太太,我觉得你并没有把《安德罗克里斯》里包含的反宗教的主题思想抓住。我想,毕竟是女人们的头脑太天真了,因此对所有这些伤风败俗的作者一点儿都不了解。当然,现在我不想批评萧伯纳;我知道,在明尼阿波利斯的知识分子很喜欢他的作品;可是,不管怎么说,就按我个人的意见来判断,他的作品简直是不堪入目!亏他说得出这些话来,唉,要是让我们那些年轻人看这个剧本,真是不堪设想,后患无穷。我觉得,一个剧本要是经不起人们的咀嚼回味,也不能给人以警世箴言,而它只不过是——只不过是——哦,不管它可能以怎么样的面目出现,反正它绝不是——艺术。这一点,保证错不了。——不过,我碰巧发现有一个剧本,写得很干净,里面有好几幕也叫人感到非常滑稽,我一读到那里,就忍不住扑哧一声笑了出来。这个剧本叫作《他母亲的心》,写一个青年大学生不求上进,甘心跟许多主张自由思想的人以及酒鬼、赌徒这类的人厮混在一起,但后来终于受到他母亲的感化——"

久恩尼塔·海多克突然插进嘴来,把雷米埃嘲弄一番:"呸,你胡说八道,雷米埃!谁会相信是他母亲感化的影响!我说呀,让我们演第一流的剧本吧!我敢打赌,我们不难取得《来自坎卡基的姑娘》的上演权,那才是一出名不虚传的好戏。它在纽约一连上演了十一个月!"

"要是花钱不太多的话,那一定会很好玩。"维达也这样在暗自忖度着。

最后表决的时候,只有卡萝尔一个人反对《来自坎卡基的姑娘》。

二

卡萝尔看了《来自坎卡基的姑娘》以后,觉得比她原先想象的还要腻味。那个剧本写的是一个俊俏的乡下姑娘,要替她被指控伪造文件的哥哥洗刷罪名,因此就跑到纽约去,充当一位百万富翁的秘书,同时也成为他太太的亲信心腹。她曾经振振有词地就有钱人也有烦恼一事发表过一番演说,可是没有多久,她自己却嫁给了那位百万富翁的儿子。

这出戏里还有一个滑稽透顶的茶房。

卡萝尔一眼就看出来,久恩尼塔·海多克和埃拉·斯托博迪心里都想争当女主角,她就指定让久恩尼塔来担任。久恩尼塔感激涕零地吻了她一下,并以剧坛新星自居,过于自负地向常务委员会发表了她的一大套理论:"我们要求戏演得幽默,泼辣,有劲儿。美国剧作家这一特色,已使所有欧洲老顽固的剧作家望尘莫及。"

由卡萝尔挑选,并经委员会认可的演员阵容如下:

约翰·格里姆,百万富翁…………盖伊·波洛克
约翰·格里姆的妻子……………维达·舍温小姐
约翰·格里姆的儿子……………哈维·狄龙医生
约翰·格里姆的同业劲敌………雷蒙德·P.伍瑟斯庞
格里姆太太的朋友………………埃拉·斯托博迪小姐
来自坎卡基的姑娘………………哈罗德·C.海多克太太
来自坎卡基的姑娘的哥哥………特里·古尔德医生

来自坎卡基的姑娘的母亲············戴夫·戴尔太太
速记员····················丽塔·西蒙斯小姐
茶房·····················默特尔·卡斯小姐
格里姆府上的女用人············肯尼科特太太
导　演：肯尼科特太太

莫德·戴尔太太对自己演的角色似乎有些不满，说："真怪，我看起来大概很老相，准可以做久恩尼塔的娘，其实，久恩尼塔还比我大八个月呢，所以，我在这儿特别要提醒诸位，希望大家都能注意到这一点——"

卡萝尔竭力劝慰她说："哦，亲爱的！是的，你们两个人看起来年纪差不多。我之所以挑选你，是因为考虑到你的容貌与众不同，长得特别惹人喜爱。你知道，不论是谁，只要给脸上一抹粉，戴上白头发套子，叫人一看，都要比她的实际年龄大一倍。总而言之，我只要求戏里母亲这个角色一定要甜得迷人，不管谁来扮演都成。"

埃拉·斯托博迪小姐几乎以专业演员自居，认为之所以会给自己安排这么一个小角色，完全是由于对方嫉妒。她的态度一直反复无常，一会儿嬉笑怒骂，冷嘲热讽，一会儿又保持基督徒的宽容忍让精神。

卡萝尔一个劲儿暗示说，这个戏经过删节以后就会更加精彩，可是，除了维达、盖伊和她本人以外，所有其他的演员一见到删掉一行台词，就马上大发牢骚。卡萝尔这一招只好认输了。她聊以自慰说，不管怎么样，反正许多地方还得借重导演和布景。

萨姆·克拉克写信给他从前小学里的同学，波士顿维尔维特汽车公司总经理珀西·布雷斯纳汉，对戏剧社大肆吹捧一番。布雷斯纳汉寄来一张款额一百元的支票;萨姆再从自己腰包里添上二十五元,把这一笔基金送给卡萝尔。他乐乐呵呵地冲着她大声嚷道:"拿去!有了这点儿钱,你就像像样样来一台开锣戏!"

卡萝尔租用市政厅大会堂的二楼,为期两个月。整整一个春天,戏剧社的社员们经常聚在那个阴森森的房间里,他们为能发挥自己的才华而感到无比亢奋。他们把房间里乱七八糟的旗杆旗布、选举票箱、传单和没有腿的椅子通通搬走了。然后开始搭戏台。那个戏台的搭法很简单,是从地板上垫高起来的,挂上一道上下可以活动的幕布,幕布上还印着已在十多年前去世的某某药商的广告——反正没有这些玩意儿,也就不称其为一个戏台了。戏台左右两侧,各有一个化妆室,一个供男演员用,另一个供女演员用。这两个化妆室的门,同时作为戏台的入口,径直向观众敞开,对许多戈镇公民来说,确实可以借此机会饱餐秀色一番了,因为他们一眼就能瞧见化妆室里一晃而过的女主角的完全袒露着的肩膀。

台上总共有三套不同的布景:一套是在树林子里,一套是穷人家的一间小屋,一套则是豪门巨富府邸的室内陈设;最后这一道布景,也可以作为火车站、公事房和来自芝加哥的瑞典四重奏小乐队演出时的背景。舞台灯光有三种等级变化;强光、半光、全暗。

这在戈镇是独一无二的一家戏园子了。乡亲们都管它叫"歌剧院"。一些巡回剧团曾经在这里演出过《两个孤儿》《美国的模特儿奈莉》和《奥赛罗》,休息之间还穿插一些余兴之类的特别节目,不过,现在五光十色的电影早已把这些走闯江湖的剧团拒之于门外了。

在制作公事房、格里姆的客厅和坎卡基附近寒碜的小棚屋等布景时,卡萝尔总是力图体现出摩登时代的特征。过去舞台两侧都有好几道边幕,演员可以随便出入,现在她就大胆革新,索性把它们连接起来,围成三大块布景——这对戈镇来说还是破天荒头一遭。后台也利用布景两侧翼作为边墙,给导演省去了不少麻烦,因为散场时流氓阿飞只好沿着墙根走出去,始终不会跟主要演员照面了。

那间寒碜的小棚屋里的居民,按剧作者意图,必须是善良聪明的。卡萝尔使用暖色,给他们设计了一道简单朴素的布景。这个戏一开始,她就可以清清楚楚地看到:整个舞台上是一片黑暗,只有两把高背椅子和摆在它们中间那张结实的桌子,被来自舞台以外的一道灯光所照亮。在这个光圈里,显得最最光艳夺目的,却是那个晶光锃亮、插着樱草花的紫铜花瓶。至于格里姆的客厅,在卡萝尔脑海里,只是朦朦胧胧觉得好像有一排排颤巍巍的、冷冰冰的高大白色圆拱罢了。

至于怎样使这些布景设计产生效果,她心里还一点儿都没有谱呢。

她发觉,尽管热心的年轻作家大有人在,戏剧这门艺术仍然远远不如汽车和电话那样使美国人感到自然亲切。她发觉,即使是极简单的艺术,人们也得经过高深精良的专门培养才行。她发觉,要制作一道十全十美的布景,简直就像把整个戈镇改造成一座具有乔治风格的大花园一样难。

有关演戏的书刊,她只要能找到,通通都读过了。她买了不少油漆和胶合板。她硬是厚着脸皮去向人家借家具和帘子。她还要肯尼科特临时兼做些木工活儿。后来,她又碰到了舞台灯光这个棘手问题。她不顾肯尼科特和维达的反对,索性把戏剧社抵押出去,向明尼阿波利斯订购了一套舞台灯光设备,其中包括一台小型聚光灯、一排长条状灯、一台减光器,还有一些蓝色和琥珀色供舞台照明用的灯泡。她像一个天生的画家头一次纵情于丹青妙笔之间,简直喜不自胜。每天晚上,她都聚精会神地在灯光下画布景,调试舞台灯光效果。

只有肯尼科特、盖伊和维达肯帮她的忙。他们一直在琢磨,怎样才能把那些平面布景片加固起来,连成一道板墙。他们把橘黄色帘子挂在窗子上。他们还把铁皮炉灶涂成黑色。他们腰里一束上围裙,就去打扫舞台。至于戏剧社里的其他一些社员,虽然每天晚上也到那个剧场去,但他们好像个个都精通文学,高人一等似的。他们甚至还把卡萝尔的导演笔记本借走,而且还装腔作势,表示自己似乎对演剧专用名词也懂得不少哩。

久恩尼塔·海多克、丽塔·西蒙斯和雷米埃·伍瑟斯庞挤在一块儿,坐到锯木架上,眼睁睁看着卡萝尔想方设法把第一场布景的画片钉在墙上。

"我可不想自吹自擂,但我敢说,我在第一幕里准能博得全场热烈的喝彩,"久恩尼塔悄悄地说,"我希望卡萝尔不要老是这样发号施令,瞎指挥人。穿着打扮方面,她压根儿不懂。我心里很想穿一件非常帅的衣服,全是红的。我对她说:'我出场的时候,要是穿上这套红艳艳的衣服在门口一站,会不会把观众们吓得目瞪口呆呢?'可是她偏偏不让我那样干。"

年轻的姑娘丽塔·西蒙斯也附和着说:"她只是死劲儿抓那些细枝末节,像木工等等琐屑事儿,这出戏的整个格局,她就看不清楚了。我说,我们戏里的公事房布景——要是能像《小东西,哦,老天哪!》里面的那个布景,该有多美呀!因为我在都庐斯市亲自看过那个戏。可是她根本连一句话都听不进去呀。"

久恩尼塔叹了一口气说:"我就要像埃塞尔·巴里莫尔①那样在舞台上作一次独白,演得活灵活现,就像她真的也在这儿参加演出一样。有一回,哈里和我在明尼阿波利斯看过她的精彩表演,我们就坐在正厅的前排,紧挨着乐池,我相信我模仿她一定像极了。可是我的建议卡萝尔连睬都不睬。说实话,我根本不想批评卡萝尔,不过,我想埃塞尔在演戏方面可要比她懂得多!"

"喂,依你们看,卡萝尔在第二幕壁炉后面打上一道长条状灯光合适吗?我告诉她这时最好还是集中打上一束光得了。"雷米埃接过话来,说,"我还向她建议,如果第一幕里我们从窗外使用一下半圆形透视背景,一定是很美的,你们猜,她说什么来着?'是呀,要是让艾利阿诺拉·杜茜②来演主角才好呢,'她回答说,'要知道第一幕的情节是发生在夜晚,撇开这一点不谈,你可真是个了不起的舞台技术专家呀!'我觉得她分明是在挖苦人呀。这会儿我正在读有关的参考书籍,只要她不想一切都由自己包办的话,我想做一块半圆形透视背景总是不成问题的。"

"是啊,还有一件事,我认为,第一幕演员应该从左面头一个门,而不是第三个门里出来的。"久恩尼塔也插话说道。

---

① 巴里莫尔(1879—1959),当时美国著名女演员。
② 艾利阿诺拉·杜茜(1858—1924),意大利著名女演员。

"她干吗只用舞台两翼普通的白色固定幕布呢?"

"什么叫作固定幕布呀?"丽塔·西蒙斯马上就问。

他们这些行家里手死劲儿盯着她,觉得她未免太幼稚无知了。

三

卡萝尔听了他们提出的批评并没有生气,甚至对她们当场匆匆讲到的演剧知识也没有产生反感,只要他们还让她搞场面设计就行了。可是到了彩排的时候,他们果然开始争吵起来。谁都没有预料到,彩排居然就像打桥牌或圣公会主办的联欢晚会一样,绝对含糊不得。反正他们这些演员,即使迟到半个钟头,还是嬉皮笑脸的,要是早到十分钟,他们也会吵闹起哄。卡萝尔一提出抗议,他们就觉得受不了,叽叽喳喳咬耳朵说是自己要退出,不想排戏了。他们纷纷打来电话说,"对不起,我觉得今天最好还是不要出门,恐怕天气潮湿又会引起我的牙痛",或是说,"我担心今儿晚上大概去不了,因为戴夫要我去打扑克牌"。

经过一个月的辛勤努力,演员十之八九都经常来参加排戏。绝大多数演员对自己扮演的角色好歹能胜任,念的台词也都能符合人物的性格。这时,卡萝尔又是大吃一惊,发现原来盖伊·波洛克和她自己才是最蹩脚的演员,而雷米埃·伍瑟斯庞却是一个具有惊人才华的演员。她自己尽管想象力非常丰富,却怎么也控制不了自己的声音;女用人的那几行台词,她已经背过五十遍了,简直腻烦透顶。盖伊一个劲儿揪自己软绵绵的胡子,看上去很不自在,竟把格里姆先生扮成一个死样活气的木头人。再看一下雷米埃吧,他扮演坏家伙这个角色,却演得洒脱得很,一点儿都没有拘束。瞧他抬头时的那副神气,真是很有性格,一听他慢吞吞说话的那种腔调,不用问就知道是个泼皮无赖了。

有一天晚上,卡萝尔方才觉得这次彩排有获得成功的希望,因为这天晚上排练时盖伊好歹不再害羞了。

可就是从那天晚上起,这个戏不知怎的却开始每况愈下了。

大家对彩排都觉得厌倦了。他们发牢骚说:"既然我们对自己扮演的角色都了解得熟透了,干吗非要等到大家对它们觉得讨厌不可呢?"他们开始胡闹起来,见了那些珍贵的舞台灯光装置,也照样毛手毛脚,乱开乱关了。卡萝尔在开导多愁善感的默特尔·卡斯要扮成一个富于幽默味的茶房时,他们都咯咯大笑。现下他们别的什么戏都肯演,就是不乐意演《来自坎卡基的姑娘》了。特里·古尔德大夫把他的那个角色好歹敷衍一下之后,居然插科打诨,表演《哈姆雷特》里的那一段独白,赢得全场喝彩叫好。这时,甚至连雷米埃那股子纯真的信心,也动摇起来,心里很想迈开两只脚丫子,踢踢踏踏地来一段曳步舞显显身手呢。

卡萝尔转过身来,冲着全体演员说:"喂,请各位不要再胡闹下去了。我说,我们应当言归正传了。"

久恩尼塔带头起哄说:"喂,卡萝尔,你别这样发号施令,好吗?老实说,我们就是为了闹着玩儿才来排这个戏的。那么,我们开开玩笑,让大家乐一乐,又有什么——"

"好——好——"好几个人有气无力地帮腔说。

"记得有一次你自己说过,我们生活在戈镇一丁点儿乐趣都没有。可我们这会儿正玩得带劲的时候,你却出来吆喝我们!"

卡萝尔慢条斯理地回答说:"这个问题嘛,我可不知道能不能给你们说说清楚。我们看连环图画和看莫奈①的名画,确实大不相同。当然,我也想从这里面得到一些乐趣。只不过是——我认为,我们尽可能要演一出好戏,乐趣管保不会少,我说反而更多呢。"说到这里,她太兴奋了,说话的声调也有点儿不自然。她两眼并没有去看自己面前的人群,却是凝视着不知哪一位在侧面布景板后面乱画的一些荒诞不经的图像。"我可不知道,各位在创造一件最美好的作品时,是不是都能领会到那种'乐趣',因而感到无比骄傲、满意,意识到这是一种神圣的事业!"

人们无不露出怀疑的神色,面面相觑。在戈镇,只有星期日上半天十点半到十二点钟在教堂里做礼拜时才允许提到"神圣"这类词儿,要是在别的场合乱说一气,自然都是有失体统了。

"可是话又说回来,我们要是想把戏演好,那就得好好工作。我们还必须自动遵守纪律才行。"

听她这么一说,他们哭笑不得。他们也不乐意再跟这个疯女人拌嘴,只好忍让一下,继续参加排戏。这时,坐在前面的久恩尼塔气愤愤地对莫德·戴尔说:"瞧她要排她的那出倒霉的戏,够她捏一把汗的,还叫它什么有趣、神圣的事业,呸,我才不同意!"可惜卡萝尔并没有听到。

---

① 莫奈(1832—1883),法国著名画家。

四

那年春天，有一个职业剧团到戈镇来演出，卡萝尔也去看了一场。这个剧团在"帆布帐篷里演出一些生动活泼的新剧目"。那些演员工作很辛苦，往往都是身兼两职，吹铜号的还要管收门票；每个节目一演完，就唱《六月里来月儿明》的歌曲，推销温特格林医生专治心脏病、肺病、肾病和肠胃病的特效药。他们演出了《戴着阔边太阳帽的内尔，奥扎克斯山区一喜剧》。剧中人J. 威瑟比·布思贝，用他洪亮的声音说道："城里来的先生，你对不起俺家的小姑娘，可你要留神俺们这儿山背后还有好人和神枪手！"——真是扣人心弦。

观众们都坐在纳满补丁的帐篷底下的长木板上，见到布思贝先生的络腮胡子和长枪无不啧啧称赞，被他的那种英雄气概所感动，情不自禁地都在地板上跺起脚来了。有一个小丑把圈儿饼插在叉子上，一个劲儿模仿城里的太太们用长柄眼镜式望远镜观看歌剧的样子，乐得他们大喊大叫起来。不过，他们也为了布思贝的小女儿内尔（由演布思贝结发妻子的珀尔同时饰演）的命运洒下了同情的眼泪！幕落之后，他们又洗耳恭听布思贝先生讲解温特格林医生的特效药还可以治绦虫，举例时拿出一只只药水瓶，人们看到发黄了的酒精里浸泡着一圈圈白色绦虫，挺吓人。

卡萝尔摇摇头："久恩尼塔说得对。我是个傻瓜，说什么戏剧是神圣的事业！还有什么萧伯纳不萧伯纳的！《来自坎卡基的姑娘》这出戏，唯一的不足之处就是，对戈镇的人来说，内容太深奥、太微妙了！"

她从书中大量的陈词滥调里揣摸信念,什么"普通人就有崇高天性","只要一有机会,他们照样会欣赏高尚的艺术",以及"民主政治的有力后盾"等。可是,这些充满乐观主义的字句,远不如观众听到滑稽演员这么一句台词"没错,糟透啦,我才不过是个——小不点儿的角色呗"时所引起的哄堂大笑来得响亮。她想干脆撒手不管这个戏,这个戏剧社,这个市镇。她一出了帐篷,跟肯尼科特一起沿着那条入春以来尘土飞扬的街道走去。她凝视着这个乱七八糟都是木头房子的小乡镇,心里觉得这样的一个地方,她连一天也都待不下去了。

还是迈尔斯·伯恩斯塔姆,给了她新的力量——他,以及《来自坎卡基的姑娘》的坐票全部售完这一铁的事实。

现如今伯恩斯塔姆经常来"陪伴"碧雅。每天晚上,他都久久地坐在后面走廊的台阶上。有一次,他看到了卡萝尔,就咕哝着说:"希望你给俺们镇上演一出好戏。你不搞的话,俺敢说就一辈子没有人去搞啦。"

五

这个戏正式开演的夜晚——是一个非同小可的夜晚。演员们在两间化妆室里吓得心慌意乱,上气不接下气,甚至肌肉抽搐,脸色发白。理发师德尔·斯纳弗林跟埃拉一样,好歹都上过舞台,有一点儿演出经验,有一次他在明尼阿波利斯一个小剧团演出的群众场面里跑过龙套,现下由他负责给他们化妆。他压根儿不把这些业余演员放在眼里:"站好,老实点!我的老天哪!你要是一直扭来扭去,扭个不停,叫我怎地给你的眼睑涂黑呢?"有的演员恳求着说:"喂,德尔,快给我鼻孔里擦一点儿胭脂吧,你就是不惜工本给丽塔死劲儿擦,可你在我脸儿上简直什么都没有涂抹呢。"

看起来他们倒是很有演戏的派头。他们查看了一下德尔的化妆箱,闻闻化妆油的味道,几乎每隔一分钟就跑到幕布跟前,从隙缝里往外张望一眼,稍后又跑回来检查他们自己的假发和戏装。两间化妆室刚刷过白粉的墙壁上,都有用铅笔写的"弗洛拉·弗兰德斯喜剧团"和"这儿是叫花子卖唱的场子"的字迹,他们一面嘴里念着,一面心里觉得他们跟那些早已散了伙的演员都是患难之交。

卡萝尔身上虽然穿着女用人的衣服,但是看上去也很好看。她好说歹说才算疏通临时客串的舞台杂工,把第一幕的布景都摆好,又对肯尼科特这位临时电工尖声地喝道:"看在老天爷的面上,可别忘了在第二幕的尾白时把灯光变成琥珀色。"接着一转身,又溜出去问检票员戴夫·戴尔能不能多弄一些椅子来,最后还提醒那个早已吓得面无人色的默特尔·卡斯说,上了台以后,只要约翰·格里姆一说"雷迪,快上这儿来"的时候,你就一定要立时把字纸篓打翻在地。

德尔·斯纳弗林那个由钢琴、小提琴和短号组成的小乐队一开始调音,在幕布后面准备出场的每一个人,全都吓得快要瘫痪了。卡萝尔哆哆嗦嗦走到幕布跟前,从一个隙缝里望出去,台下有那么多的观众,正在目不转睛地盯住——

她看到迈尔斯·伯恩斯塔姆坐在第二排,只有他一个人,碧雅并没有来。她心里想,他确实是真的要来看这个戏!这是好一个吉兆呀!有谁敢预言呢?也许今天晚上要叫戈镇人大开眼界,领略一下艺术之美。

她急匆匆赶到女化妆室,把吓得晕倒了的莫德·戴尔弄醒过来,又推又搡把她赶到舞台旁边,下了命令把幕拉起来。

幕布有些迟疑不决地拉上去,虽然还是摇摇晃晃、哆哆嗦嗦,但这一回确实真的给拉了上去,总算没有被卡住。她发现肯尼科特忘了把场内的灯光关掉。这会儿前排有个观众正在咯咯大笑。

她三步并作两步跑到舞台左侧,把开关拉下来,气呼呼地瞪了肯尼科特一眼,吓得他浑身瑟瑟发抖,一扭头就逃跑了。

戴尔太太就像一条爬虫似的蠕动着,走到了半明半暗的舞台上,这台戏好歹总算开场了。

就在这一刹那,卡萝尔突然发觉,这个戏本身就很差劲,而在台上演得不用说更糟糕了。

她脸上强作微笑,竭力给演员们鼓气;她眼看着自己的一腔心血都要付诸东流了。她觉得布景似乎有些俗气,舞台灯光也十分暗淡。她看到盖伊·波洛克说话结结巴巴,而且老是揪自己的胡子,其实,在这个场景里,他应该显出颐指气使的金融巨头的气派来才行。维达·舍温扮演的是格里姆的胆小如鼠的太太,但她却冲着观众在喋喋不休地说话,好像他们就是她中学里英文班上的学生。饰演女主角的久恩尼塔,好像对格里姆先生满不在乎似的,说话时赛过在念一长溜今儿早上她要付清杂货铺的账单。埃拉·斯托博迪说"我想要喝一杯茶"的腔调,就像是在朗诵《今夜不会有晚祷钟声》这首诗一样。古尔德大夫在跟丽塔·西蒙斯调情的时候,尖声喊叫:"我的——天哪——你——这个——小丫——头——可真——迷——人呀。"

饰演茶房的默特尔·卡斯,一看到亲友们给她鼓掌叫好,

374

简直欣喜若狂,后来又听到坐在后排的赛伊·博加特议论她身上穿的长裤子,使她显得非常激动,差点儿下不了舞台。唯独雷米埃见了那样场面一点都不害臊,这会儿正在全神贯注地演戏。

卡萝尔看见第一幕完了以后,迈尔斯·伯恩斯塔姆当即离座,一去不复返了。她方才明白,她原先对这个戏的看法可一点儿都没有错。

六

在演到第二幕与第三幕之间的时候,卡萝尔把全体演员召集在一起,向大家恳求着说:"在我们散伙以前,我有一件事儿很想问问大家。不管今天晚上我们演得好还是演得不好,这只不过是一个开端。可是,我要反问一下,我们把它仅仅看作一个开端就算完事了吗?我可不知道你们当中有哪几位赶明儿还自觉自愿跟我在一起干下去,打算到九月间再演另外一个戏?"

他们全都吃惊地凝望着她。后来,他们又点头赞同久恩尼塔所提出的不同看法:"依我看,演了这么一个戏,暂时来说已然很够了。今儿晚上的戏,演得很漂亮。不过,谈到再演另外一个戏,我觉得放到秋天里再说,反正还有足够的时间来讨论呢。卡萝尔!我希望你刚才所说的话,可不是在暗示我们今儿晚上演得不好了。我说,从喝彩叫好的盛况来看,观众们准保满意呢!"

卡萝尔这才知道到头来自己还是全盘皆输了。

观众纷纷离场时,她听到银行家B.J.高杰林对杂货铺老板豪兰这样说:"哦,我说他们演得相当出色,可以跟职业演员媲美。不过,像这样的戏我可不大喜欢。我最爱看的是电影,里面最好有车祸,有拦路抢劫,而且还要有一点儿刺激,不像刚才这个戏那样老是唠唠叨叨,说个没完没了。"

卡萝尔方才明白她还是要再次遭到挫败的。

她已疲惫不堪,没有责怪演员或观众。她只是责怪自己太天真,妄想在粗糙的松木板上精雕细刻。

"垮得真惨。我已给大街打垮了。'我绝不能后退一步。'可现下我又束手无策!"

戈镇《无畏周报》上的评述,显然并不是给她鼓鼓劲儿的:

> ……由于所有的演员在这个有名的纽约舞台剧里所扮饰的艰巨角色都有卓越表现,委实难以介绍是谁演得最出色。盖伊·波洛克扮演一个老态龙钟、脾性乖戾的百万富翁,真可以说是入木三分。哈里·海多克太太饰演来自美国西部的姑娘,巧妙地把纽约那些吹牛大王教训了一顿,她的扮相俊俏,台风儿也帅。我们人人爱戴的中学教师维达·舍温小姐饰演格里姆太太,可谓惟妙惟肖。古尔德大夫扮演一位年轻的情郎,是再合适不过了,少女们务必谨小慎微,千万要记住,这位大夫还是个单身汉。又据本镇上流社会报道,他还是个跳交际舞的大师。至于饰演速记员的丽塔·西蒙斯,形象优美,简直可以入画。埃拉·斯托博迪小姐在美国东部各校求学时曾经对戏剧等综合性艺术作过长期深刻研究,这次登台演出,技艺之精湛确实名不虚传。

> ……应当获得最大赞誉的,不是别人,而是呕心沥血

地导演该剧的威尔·肯尼科特太太。

"写得是那么讨好,"卡萝尔暗自思忖道,"那么善意,那么亲昵,但是极不真实!到底是我失败了,还是他们失败了?"

她尽量要求自己做到合情合理。她煞费苦心地给自己解释说,千万不能因为戈镇人对这个戏并没有爱得发疯起来,于是就横加指责。戈镇之所以存在,主要就是因为它是一个市集,为庄稼人提供服务。它勇敢而又慷慨地尽到了自己的职责,把粮食运到世界各地去,让庄稼人吃得饱饱的,并给他们诊治疾病。

后来,有一回她在她丈夫的诊所楼下一个拐角那里,听到一个庄稼人在大发议论:

"真见鬼!我当然给他们弄得走投无路了。这里的运输商人和食品商人,收购我们的土豆就是不肯出公平合理的价钱,而城市里哪一个人都使劲儿抢着要。所以,我们说,好吧,我们雇上一辆卡车,把它们直接运到明尼阿波利斯去就得了。哪知道那里的经销商人和戈镇这儿的运输商人,都是勾结在一起的。他们说反正多一分钱也不肯给的。后来,我们又打听到芝加哥的价钱比较高,可是我们想弄个货车皮,铁路上就是不肯给我们调拨,尽管有好些空车皮停放在车场里。明尼阿波利斯那边确实有销路很好的市场,可是,这些小市镇却偏偏不让我们去。唉,说穿了,这些小市镇就是想一辈子搜刮我们。他们要我们按照他们定的价钱,把我们的小麦卖掉,回过头来又要我们按照他们定的价钱,去购买他们店铺里的衣服。斯托博迪和道森拼命取消所有抵押进来的农场的赎回权,马上又转租给别的庄稼人。《无畏周报》上说什么'全国不参战者联盟'①的报道都是骗人的玩意儿。那些律师老是骗我们,敲竹杠。赶上歉收的年份,那些机器经销商也不肯宽放我们几天。你看,他们的女儿身上都穿得花里胡哨的,但把我们却看成是一拨无业游民。他妈的,老子真恨不得放上一把火,让整个戈镇通通烧掉!"

肯尼科特说:"韦斯·布兰尼根那个老妖怪,又在信口开河了。我的天哪,偏偏他就是爱嚼舌根!他妈的,该是把那个家伙驱逐出境的时候了!"

七

在中学举行毕业典礼的那个星期,通常成为戈镇的青年节。赶上这个节日,卡萝尔不禁感到自己青春难再和孤立无依了。毕业典礼的活动项目很多,其中有:在毕业典礼上对毕业生所作的布道,高年级学生的游行检阅,低年级学生的联欢晚会,来自艾奥瓦州的一位牧师在毕业典礼上致辞,说他深信德行的价值高于一切,等等;此外还有先烈纪念日的游行,有好几位南北战争时期的退伍军人跟在头上戴着褪了色的军便帽的钱普·佩里后面,沿着入春以来尘土飞扬的道路前往烈士墓园。她虽然遇见了盖伊,但在这时觉得对他简直无话可说了。她心里不由得感到一阵莫名其妙的难受。肯尼科特兴高采烈地说:"今年夏天,我们可要玩个痛快,提早到湖边别墅去,穿上旧衣服,该有多么自由自在。"她脸上虽然笑了一

---

① 这个联盟是作者路易斯虚构出来的,意谓在第一次世界大战期间拒绝为德国或英国任何一方作战。

笑,可是笑得十分难看。

正是大草原上天气炎热的时节,她步履艰难地行走在毫无变化的路上,跟那些无动于衷的行人简直无话可谈。可是,她暗自寻思:说不定她一辈子都没法躲开他们了。

她发现自己使用了"躲开"这个词儿,不禁感到大吃一惊。

三年——仿佛有如生命中短短的一个篇章,一晃眼就过去了,在这段时间里,除了伯恩斯塔姆夫妇和她自己的孩子以外,她对任何事情都不感兴趣了。